ROZSTAJE ZMIERZCHU

Cykl powieściowy

KOŁO CZASU

składa się z następujących tomów:

TOM I
OKO ŚWIATA

TOM II
WIELKIE POLOWANIE

TOM III
SMOK ODRODZONY

TOM IV
WSCHODZĄCY CIEŃ (CZ.1)
TEN KTÓRY PRZYCHODZI ZE ŚWITEM (CZ.2)

TOM V
OGNIE NIEBIOS (CZ. 1)
SPUSTOSZONE ZIEMIE (CZ. 2)

TOM VI
TRIUMF CHAOSU (CZ. 1)
CZARNA WIEŻA (CZ. 2)

TOM VII
CZARA WIATRÓW (CZ. 1)
KORONA MIECZY (CZ. 2)

TOM VIII
ŚCIEŻKA SZTYLETÓW

TOM IX
DECH ZIMY

TOM X
ROZSTAJE ZMIERZCHU (CZ. 1)

Robert Jordan

ROZSTAJE ZMIERZCHU

Przełożyła
Ewa Wojtczak

Zysk i S-ka
Wydawnictwo

Tytuł oryginału
CROSSROADS OF TWILIGHT vol.1

Mapy wykreśliła Ellisa Mitchell

Redakcja
Bogumiła Widła

Wszystkie postacie występujące w tej książce są fikcyjne i jakiekolwiek podobieństwo do prawdziwych osób, żyjących czy zmarłych, jest zupełnie przypadkowe.

Wydanie I

ISBN 83-7298-664-9

Zysk i S-ka Wydawnictwo s.j.
ul. Wielka 10, 61–774 Poznań
tel. 853 27 51, 853 27 67, fax 852 63 26
Dział handlowy ul. Zgoda 54, 61–122 Poznań
tel. 864 14 03, 864 14 04
e-mail: sklep@zysk.com.pl
nasza strona: www.zysk.pl

Druk i oprawa: ABEDIK Poznań

A w dniach, kiedy ruszy Gon Czarnego i kiedy prawica się zachwieje, lewica zaś zbłądzi, zdarzy się, że ludzkość przyjdzie na Rozstaje Zmierzchu i wszystko, co jest, wszystko, co było i wszystko, co będzie, zrównoważy się na czubku miecza. I zerwą się wtedy wichry Cienia.

z *Proroctw Smoka*;
tłumaczenie dokonane prawdopodobnie
przez Jaina Charina (znanego jako Jain Farstrider),
wkrótce przed jego zniknięciem

Dla Harriet.
Kiedyś, teraz i zawsze

Koło Czasu
Morze Martwe
Koniec Świata
Aile Dashar
Ocean Aryth
Bandar Eban
rzeka Dhagon
ARAD DOMAN
rzeka Akum
Katar
Paerish Swar (Czarny Las)
Baerlon
Głowa Tomana
Falme
Równina Almoth
Pole Emonda
rzeka Andahar
TARABON
Tanchico
Jehannah
Ocean Aryth
Elmora
Amador
AMADICIA
Wybrzeże Cienia
rzeka Sharia
Tremalking
Palec Pożeracza Wiatru
Qaim

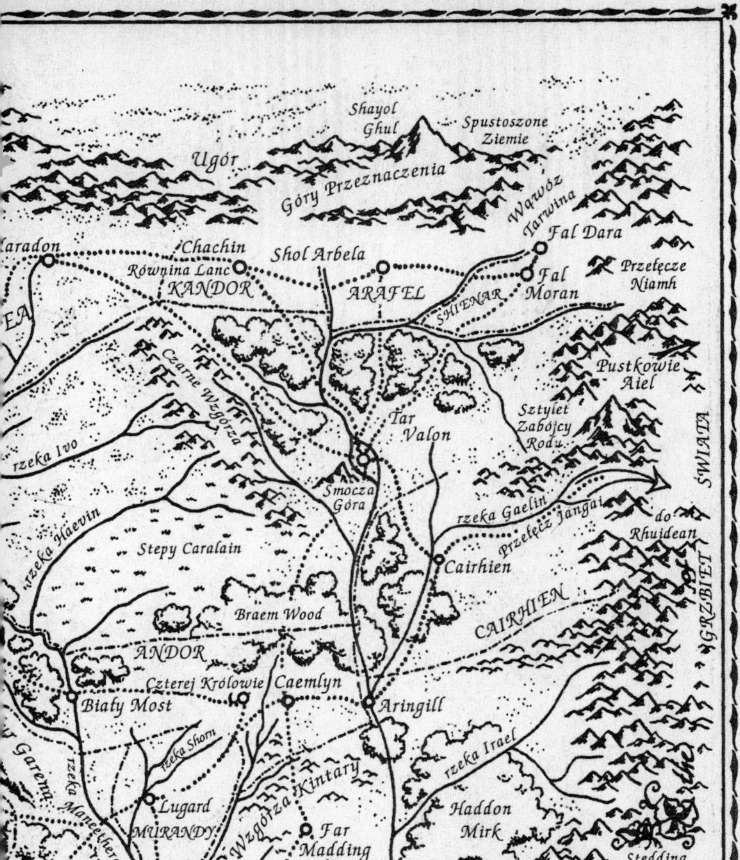

Shayol Ghul
Spustoszone Ziemie
Ugór
Góry Przeznaczenia
Wąwóz Tarwina
Fal Dara
Chachin
Równina Lanc
Shol Arbela
KANDOR
ARAFEL
SHIENAR
Fal Moran
Przełęcze Niamh
Czarne Wzgórza
Pustkowie Aiel
Tar Valon
Sztylet Zabójcy Rodu
rzeka Ivo
Smocza Góra
rzeka Gaelin
Przełęcz Jangai
do Rhuidean
ŚWIATA
GRZBIET
Stepy Caralain
Cairhien
CAIRHIEN
Braem Wood
ANDOR
Czterej Królowie
Caemlyn
Aringill
Biały Most
rzeka Shorn
rzeka Irael
Wzgórza Kintary
rzeka Manetherendrelle
Lugard
MURANDY
Haddon Mirk
Far Madding
Stedding Shangtal
Równiny Maredo
ŁZA
ALTARA
Łza
ILLIAN
Godan
Zatopione Ziemie
Palce Smoka
Illian
Mayene
Cindaking
Morze Sztormów
Wyspy Ludu Morza

PROLOG

BŁYSKI WZORU

Rodel Ituralde nienawidził czekania, chociaż dobrze wiedział, że czekanie stanowi nieodłączną część żołnierskiej profesji. Każdy żołnierz czeka na następną bitwę, na ruch wroga, na jego pomyłkę. Ituralde obserwował zimowy las, pozostając równie nieruchomy jak drzewa, którym się przypatrywał. Słońce znajdowało się w połowie swej wspinaczki i nie dawało na razie żadnego ciepła. Z ust mężczyzny wydobywał się oddech w postaci białej pary, pokrywając szronem starannie przycięte wąsy żołnierza i czarne futro przy kapturze. Ituralde cieszył się, że jego hełm wisi na łęku siodła. Wystarczy, że pancerz nie chronił go przed zimnem, wręcz przeciwnie — przesyłał je głębiej, ku płaszczowi oraz kilku warstwom wełny, jedwabiu i lnu. Nawet siodło Strzałki wydawało się zimne, jakby białego wałacha utoczono z zamrożonego mleka. Hełm na głowie chyba zmroziłby Rodelowi mózg.

Zima przyszła do Arad Doman tego roku późno, bardzo późno, za to z całą mocą. Wprost z gorącego lata, nienaturalnie długo przeciągającego się w jesień, w niecały miesiąc przeskoczyli w samo serce zimy. Liście, które przetrwały suszę niezwykłego lata, zamarzły, zanim zdążyły zmienić kolor i błyszczały teraz w porannym słońcu niczym dziwne, pokryte lodem szmaragdy. Konie otaczających Ituralde'a dwudziestu kilku zbrojnych od czasu do czasu dreptały w wysokim po kolana śniegu. Żołnierze przejechali już spory dystans, a zanim dzień skończy się na dobre czy na złe, czekała ich jeszcze daleka droga. Na północy kłębiły się ciemne chmury. Ituralde i bez Mądrej wiedział, że przed zmrokiem temperatura znacznie spadnie. Do tej pory musieli znaleźć sobie schronienie.

— Ta zima nie jest tak ostra jak przedostatnia, prawda, mój panie? — spytał Jaalam. Wysoki młody oficer jakimś sposobem potrafił czytać Ituralde'owi w myślach. Zawsze przemawiał cichym, lecz wyraźnym i przez to dobrze słyszalnym głosem. — Mimo to przypuszczam, iż niektórym marzy się teraz wino grzane z korzeniami. Oczywiście, nie ma na to szans. Musimy zachować wstrzemięźliwość. Sądzę jednak, że wszyscy mogą się napić herbaty. Zimnej herbaty, ma się rozumieć. A gdyby mieli kilka brzozowych witek, mogliby się obnażyć i zakosztować śnieżnej kąpieli.

— Lepiej niech na razie pozostaną w ubraniach — odparł sucho Rodel Ituralde. — Ale przy odrobinie szczęścia może rzeczywiście dostaną dziś wieczorem trochę zimnej herbaty. — Stwierdzenie wywołało chichot tego i owego. Spokojny, niegłośny chichot. Ituralde wybrał tych ludzi starannie, wiedzieli zatem, cóż znaczy hałas w nieodpowiednim momencie.

Sam chętnie by przyjął parujący kubek przyprawionego korzeniami wina lub chociaż herbaty. Od dawna jednak nikt nie przywoził do Arad Doman herbaty. Minęło sporo czasu, odkąd zagraniczni kupcy przestali się zapuszczać za granicę z Saldaeą. A kiedy nowiny z zewnętrznego świata docierały do tego kraju, okazywały się już nieświeże niczym chleb sprzed miesiąca, o ile kiedykolwiek w ogóle były czymś więcej niż tylko pogłoską. Fakt ten nie miał zresztą zbytniego znaczenia. Jeżeli Białą Wieżę naprawdę podzielono albo jeżeli mężczyzn z umiejętnością przenoszenia Mocy w istocie wezwano do Caemlyn… cóż, świat będzie się musiał obejść bez Rodela Ituralde'a, aż Arad Doman stanie się znów całością. Na razie jego kraj mu wystarczał.

Ituralde jeszcze raz przejrzał rozkazy, które wysyłał. Najszybsi jeźdźcy, jakich miał, poniosą je do każdego szlachcica lojalnego wobec Króla. Choć poróżniły ich odwieczne waśnie i stare wojny, nadal sporo ich łączyło. Na otrzymane od Wilka rozkazy wszyscy zbiorą swoje armie i wyruszą; przynajmniej póki Ituralde cieszył się królewską łaską. Nawet ukryją się w górach, czekając na jego rozkazy. Och, na pewno wielu się zirytuje, a niektórzy wręcz przeklną jego imię, będą jednak posłuszni. Wiedzieli, że Wilk wygrywa bitwy. Co więcej, wiedzieli, że wygrywa wojny. Gdy sądzili, że ich nie słyszy, nazywali go wprawdzie Małym Wilkiem, jego jednak nie obchodziło, co myślą na temat jego postury — w każdym razie nie bardzo się tym przejmował — byleby tylko jechali, dokąd im kazał i kiedy im kazał.

Niedługo ruszą do galopu i pojadą zastawić pułapkę, która na uruchomienie poczeka jeszcze dobrych parę miesięcy. Podejmował spore ryzyko. Skomplikowane projekty mogły się nie udać z mnóstwa powodów, a ten plan składał się z wielu warstw. Jeśli Ituralde nie zdoła dostarczyć przynęty, coś może zniweczyć plan, zanim na dobre zacznie działać. Albo jeżeli ktoś zignoruje jego polecenie unikania królewskich kurierów. Wszyscy wszakże znali jego racje i nawet najbardziej uparci je podzielali, chociaż niewielu decydowało się mówić o nich na głos. On sam od otrzymania ostatniego rozkazu Alsalama kręcił się jak w ukropie. Złożony papier tkwił teraz w jego rękawie, ukryty pod jasną koronką przykrywającą żelazną część rękawicy. Mieli ostatnią szansę, ostatnią, bardzo małą szansę uratować Arad Doman. Może nawet zdołają ocalić Alsalama przed nim samym, zanim Rada Kupców zdecyduje się posadzić na tronie innego kandydata. Alsalam przez dwadzieścia lat był dobrym władcą. Oby Światłość pozwoliła przedłużyć jego doskonałe rządy.

Na odgłos głośnego trzasku gdzieś na południu ręka Ituralde'a natychmiast opadła na rękojeść miecza. Słychać było ciche skrzypienie skóry i metalu, gdyż inni także chwycili za broń. Poza tym panowała cisza. Las był równie martwy jak zamarznięty grobowiec. To tylko jakaś gałąź złamała się gdzieś pod ciężarem śniegu. Po chwili Ituralde pozwolił sobie na odprężenie — tak samo się odprężył, gdy usłyszał nowiny o pojawieniu się Smoka Odrodzonego na niebie w Palme. Być może ten mężczyzna naprawdę był Smokiem Odrodzonym, może naprawdę ukazał się na niebie, jednak niezależnie od prawdziwości opowieści, rozpaliły one Arad Doman.

Ituralde miał pewność, że potrafiłby ugasić ten ogień, jeśliby mu dano wolną rękę. I nie były to czcze przechwałki. Znał swoją wartość i wiedział, czego potrafi dokonać — w bitwie, kampanii czy całej wojnie. Jednak odkąd Rada zdecydowała, iż bezpieczniej będzie wywieźć Króla z Bandar Eban, Alsalam najwyraźniej wbił sobie do głowy, że jest wcieleniem Artura Jastrzębie Skrzydło. Od tego dnia jego podpis i pieczęć pojawiły się na dziesiątkach bitewnych rozkazów płynących z miejsca, w którym Rada go ukryła. Członkowie Rady nie chcieli zdradzić kryjówki nikomu, nawet samemu Ituralde'owi. Każda kobieta z Rady, z którą rozmawiał, reagowała obojętnie i odpowiadała wymijająco na byle wzmiankę dotyczącą Króla. Rodel niemal uwierzył, że rzeczywiście nie znają miejsca pobytu Alsalama. Tyle że myśl ta była oczywiście śmieszna. Rada ani na moment nie spuszczała z Króla oka. Ituralde zawsze uważał, że kupieckie Domy za bardzo się we wszystko mieszają, tym razem jednak brakowało mu ich wścibstwa. Ich milczenie pozostawało tajemnicą, ponieważ żaden król, który niszczy handel, nie przetrwa zbyt długo na tronie.

Ituralde dotrzymywał złożonych przysiąg, a poza tym Alsalam był jego przyjacielem, chociaż wysłane przez niego rozkazy mogły wywołać jedynie chaos. Niestety, nie można ich było zignorować, gdyż Alsalam był Królem. Polecił Rodelowi jak najszybciej pomaszerować na północ przeciw jakiemuś wielkiemu skupisku Wyznawców Smoka, o którym dowiedział się przypuszczalnie od tajnych szpiegów, a później — dokładnie dziesięć dni później — choć nie dostrzegli do tamtej pory ani jednego Wyznawcy Smoka, wysłał Rodelowi kolejny rozkaz, zgodnie z którym Wilk miał wyruszyć jak najprędzej na południe przeciw następnemu zgromadzeniu wrogów, które również nigdy się nie zmaterializowało. A Ituralde — zamiast pustoszyć ziemię, którą jego zdaniem Wyznawcy Smoka już opuścili i maszerować tam, gdzie podobno obozowali — powinien skoncentrować wszystkie siły do obrony Bandar Eban przed atakami z trzech stron, gdyż mogły one zmieść miasto z powierzchni ziemi. Co gorsza, rozkazy Alsalama często docierały bezpośrednio do potężnych panów wielkich rodów. Ludzie ci mieli podążyć za Ituralde'em, a Król wysyłał Machira w jednym kierunku, Teacala w drugim, Rahmana zaś w jeszcze innym. Czterokrotnie dochodziło do przypadkowych potyczek, kiedy armie wpadały na siebie w nocy, ruszając na wyraźne polecenie Alsalama i spodziewając się przed sobą wroga. A przez cały ten czas rosły szeregi Wyznawców Smoka, a także ich pewność siebie. Ituralde odniósł kilka triumfów (w Solanje i Maseen, nad Jeziorem Somal i w Kandelmarze), a Lordowie Kataru nauczyli się nie sprzedawać wytworów swoich kopalni i kuźni wrogom Arad Doman, Alsalam jednakże swymi sprzecznymi poleceniami stale zaprzepaszczał jego wysiłki.

Ostatni rozkaz wydawał się wszakże odmienny. Najpierw jakiś Szary Człowiek zabił Lady Tuvę, próbując nie dopuścić, by pismo w ogóle dotarło do Ituralde'a. Tajemnicą pozostawało, dlaczego Cień miałby się bać tego właśnie rozkazu bardziej niż innych, tym niemniej również z tego powodu należało jak najszybciej wyruszać. Zanim Alsalam wyśle do Ituralde'a kolejne polecenie. Rozkaz ów otwierał też liczne możliwości, może ostatnie. Wszystko co dobre pojawiało się tutaj i dzisiaj. Trzeba było wykorzystać nawet najmniejsze szanse na sukces.

Przenikliwy krzyk sójki śnieżnej zabrzmiał w oddali raz,

potem drugi i trzeci. Ituralde ułożył dłonie w miseczkę, przyłożył je do ust, po czym powtórzył trzy zgrzytliwe dźwięki. Chwilę później kudłaty, łaciaty wałach wybiegł spośród drzew. Dosiadał go jeździec w białym, ubrudzonym ziemią płaszczu. Gdyby stali nieruchomo, i człowieka, i konia byłoby równie trudno dostrzec w ośnieżonym lesie. Przybysz zatrzymał wierzchowca obok konia Ituralde'a. Był to krępy mężczyzna uzbrojony w jeden tylko miecz o krótkim ostrzu oraz przymocowany do siodła łuk w futerale i kołczan ze strzałami.

— Wygląda na to, że wszyscy przybyli, mój panie — zagaił niezmiennie zachrypłym głosem, odrzucając kaptur z głowy. Podobno ktoś spróbował powiesić Donjela za młodu, chociaż powody tego zdarzenia zaginęły gdzieś w odległej przeszłości. Resztki krótko przyciętych włosów mężczyzny były obecnie stalowosiwe. Ciemna, skórzana łata skrywająca pusty oczodół po prawym oku stanowiła pozostałość innych młodzieńczych tarapatów. Może jednooki, lecz był najlepszym zwiadowcą, jakiego Ituralde kiedykolwiek spotkał. — Większość, w każdym razie — ciągnął. — Postawili wokół domku myśliwskiego dwa kręgi strażników, jeden wewnątrz drugiego. Widać ich na milę, ale nikt nie podejdzie dostatecznie blisko, bo go w domku usłyszą. Szlakami sprowadzili mniej osobników, niż, panie, przewidziałeś, choć mimo to nie sposób ich policzyć. Oczywiście — dodał z wymuszonym uśmiechem — i tak was znacznie liczebnie przewyższają.

Ituralde kiwnął głową. Stworzył Białą Wstęgę, a ludzie, których spotkał, przyjęli jego propozycję i wstąpili w szeregi tej jednostki. Trzy dni temu ludzie ci ślubowali Światłości na swoje dusze i nadzieję zbawienia nie wyciągać broni przeciwko drugiemu ani nie przelewać niczyjej krwi. Białej Wstęgi nie przetestowano wszak w tej wojnie i obecnie niektóre osoby zaiste w osobliwym miejscu szukały zbawienia. Na przykład ci, którzy nazywali siebie Wyznawcami Smoka. Ituralde od zawsze miał opinię ryzykanta, chociaż wcale nim nie był. Najważniejsze to wiedzieć, jakie ryzyko można bezpiecznie ponieść. Czasami też liczyła się świadomość, jak wiele można zaryzykować.

Wyciągnął z cholewy buta owiniętą w jedwab paczuszkę i wręczył ją Donjelowi.

— Jeśli w przeciągu dwóch dni nie dotrę do Coron Ford, oddaj to mojej żonie.

Zwiadowca wsunął pakunek pod płaszcz, dotknął palcami skroni, po czym zawrócił konia na zachód. Miał już wcześniej kontakty z Ituralde'em, zwykle w przededniu jakiejś bitwy.

Niech Światłość nie dopuści, by Tamsin musiała otwierać tę paczuszkę. Poszłaby za nim — tak mu powiedziała — nawet w śmierć.

— Jaalamie — odezwał się Ituralde — sprawdźmy, co nas czeka w domku myśliwskim Lady Osany.

Uderzył obcasami Strzałkę i ruszył, a jego ludzie podążyli za nim.

Gdy jechali, słońce osiągnęło szczyt, a później zaczęło schodzić coraz niżej, kierując się ku zachodowi. Wiszące na północy ciemne chmury przybliżyły się i zrobiło się jeszcze chłodniej. Nie słychać było żadnych dźwięków z wyjątkiem tętentu kopyt wierzchowców przedzierających się przez śnieżną skorupę. Las wydawał się pusty, jakby żołnierze byli w nim kompletnie sami. Ituralde nie dostrzegał strażników, o których wspomniał Donjel. Zwiadowca sporo chyba przesadził, twierdząc, że można ich zobaczyć z odległości mili. Rzecz jasna, strażnicy spodziewali się Ituralde'a. I na pewno go wypatrywali — dla pewności, że nie towarzyszy mu armia: ta zwana Białą Wstęgą czy jakakolwiek inna. Prawdopodobnie wielu z nich miało dość powodów, żeby wycelować w jego kierunku łuki i przeszyć go dziesiątkami strzał. Każdy lord może kazać swoim ludziom przysięgać na Białą Wstęgę, ale nie wszyscy przystępowali do oddziałów; niektórzy woleli zaryzykować własną drogę.

W połowie popołudnia spomiędzy drzew wyłonił się nagle tak zwany myśliwski domek Lady Osany — masa jasnych wież i zgrabnych, spiczasto zakończonych kopuł, które bardziej pasowały do któregoś z pałaców Bandar Eban. Osana polowała zawsze na mężczyzn albo na władzę, jej trofea (mimo stosunkowo młodego wieku Lady) były liczne i godne uwagi, a tutejsze „polowania" szokowały nawet mieszkańców stolicy. Domek myśliwski wyglądał teraz na opuszczony. Rozbite okna ziały niczym usta pełne wyszczerbionych zębów. Nigdzie ani śladu migoczącego światła czy jakiegokolwiek ruchu. Tym niemniej śnieg pokrywający oczyszczony teren wokół domku został mocno udeptany przez konie, a ponieważ prowadzące na główny dziedziniec ozdobne mosiężne bramy stały otworem, Ituralde wjechał, nie zwalniając. Za nim zaś cwałowali jego ludzie. Końskie kopyta stukotały na kamiennej nawierzchni, gdzie śnieg rozdeptano aż do błota.

Żaden służący nie wyszedł mu na powitanie, ale Rodel nikogo nie oczekiwał. Osana zniknęła na samym początku zamieszek, które od jakiegoś czasu targały Arad Doman niczym pies potrząsający szczurem, a cała służba szybko uciekła do innych posiadłości Lady, wybierając je w sposób mniej lub bardziej przypadkowy. W obecnych czasach pozbawieni panów służący głodowali lub przyłączali do bandytów. Bądź też do Wyznawców Smoka. Ituralde zeskoczył z konia u stóp szerokich, marmurowych schodów na końcu dziedzińca, wręczył wodze Strzałki jednemu ze swoich zbrojnych, Jaalamowi zaś polecił znalezienie schronienia dla wszystkich ludzi i zwierząt. Żołnierze przypatrywali się bacznie marmurowym balkonom i wielkim oknom, wyraźnie się bowiem obawiali, że ktoś stamtąd celuje im z kuszy między łopatki. Drzwi prowadzące do jednej ze stajni były nieznacznie uchylone, jednak mimo zimna mężczyźni woleli się rozsiąść w narożnikach dziedzińca. Tu znajdowali się blisko swoich koni i mieli na oku cały teren. W razie niebezpieczeństwa na pewno któryś dostrzeże zagrożenie.

Ituralde zdjął rękawice i wsunął je za pas, po czym wygładził koronkę i wszedł wraz z Jaalamem po schodach. Pod butami chrzęścił mu zdeptany i ponownie zmrożony śnieg. Rodel odrzucił pokusę zerkania na boki, starając się patrzeć wyłącznie przed siebie. Musiał wyglądać na absolutnie pewnego swoich racji, gdyż tylko takie postępowanie może całkowicie uspokoić jego ludzi. Zachowywał się zatem, jakby nawet nie dopuszczał myśli o ewentualności jakichkolwiek zdarzeń z wyjątkiem oczekiwanych. Pewność siebie stanowiła wszak jedyny klucz do zwycięstwa. Wtedy także przeciwnik wierzy, że potrafisz nad wszystkim zapanować. Na szczycie schodków Jaalam otworzył jedną z części wysokich, rzeźbionych drzwi, ciągnąc je za pozłacaną kołatkę w postaci koła. Ituralde, zanim wszedł do środka, musnął palcem sztuczny pieprzyk, ponieważ na tym straszliwym zimnie nie czuł, czy aksamitna gwiazdka nadal przylega do jego policzka. Dotknięcie pieprzyka poprawiło mu zresztą humor.

W ogromnym korytarzu powietrze było równie lodowate jak na zewnątrz, toteż oddechy obu mężczyzn wydobywały się z ich ust w postaci pióropuszy mgły. Nieoświetlona przestrzeń wydawała się spowita mrokiem. Podłogę pokryto kolorową mozaiką przedstawiającą myśliwych i zwierzęta, jednak w niektórych miejscach kafle były wyszczerbione, jakby ktoś wlókł po nich ciężary albo coś na nie rzucał. Oprócz pojedynczego przewróconego postumentu, na którym kiedyś być może stała duża waza lub mały posąg, pomieszczenie było puste. To, czego służba nie zabrała podczas ucieczki, dawno temu zagrabili bandyci. Przybyłych oczekiwał jeden człowiek — siwowłosy i bardziej wychudzony niż podczas ostatniego spotkania. Napierśnik mężczyzny był mocno zniszczony, a jego kolczyk był tylko małym złotym kółkiem, lecz koronka stroju pozostawała nieskazitelnie czysta, widniejący zaś obok lewego oka błyszczący, czerwony księżyc w kwadrze w lepszych czasach prezentowałby się dobrze na każdym dworze.

— Na Światłość, bądź pozdrowiony pod Białą Wstęgą, Lordzie Ituralde — zagaił uroczyście starzec, dodając lekki ukłon.

— Na Światłość, przyszedłem pod Białą Wstęgę, Lordzie Shimron — odparł uprzejmie Rodel. Shimron należał do najbardziej zaufanych doradców Alsalama. Przynajmniej póki nie dołączył do Wyznawców Smoka. Teraz pełnił wysokie stanowisko w ich radach. — Mój zbrojny to Jaalam Nishur, związany honorem z Domem Ituralde, podobnie jak wszyscy, którzy ze mną przybyli.

Przed Rodelem nie istniała Dynastia Ituralde, jednak Shimron położył rękę na sercu i powitał Jaalama ukłonem.

— To dla mnie zaszczyt. Będziesz mi towarzyszył, Lordzie Ituralde? — spytał, gdy się wyprostował.

Prowadzące do sali balowej wielkie drzwi zniknęły, chociaż Rodel z trudem mógł sobie wyobrazić bandytów wyjmujących je z zawiasów i wynoszących z budynku. Teraz wejście zwieńczone wysokim ostrym łukiem zrobiło się wystarczająco szerokie dla dziesięciu mężczyzn. Wewnątrz pozbawionego okien owalnego pokoju cień rozpraszało pół setki lamp wszelkiej możliwej wielkości i typu, chociaż ich światło docierało zaledwie do sklepionego sufitu. Po dwóch stronach ogromnego pomieszczenia, pod malowanymi ścianami stały dwie grupy mężczyzn i choć obecność Białej Wstęgi skłoniła ich do zdjęcia hełmów, cała dwusetka — lub więcej — nosiła pełne zbroje i chyba żaden z wojowników nie odłożył miecza. Po jednej stronie Ituralde dostrzegł paru równie potężnych jak Shimron domańskich lordów: Rajabiego, Wakedę, Ankaera; każdego z nich otaczał orszak pomniejszych lordów i zaprzysiężonych przedstawicieli ludu.

Stały tam też małe grupki (po dwóch, trzech mężczyzn), w których nie było żadnego pana wielkiego rodu. Tak, tak, Wyznawcy Smoka posiadali rady, lecz nie mieli dowódcy. Tym niemniej każdy z tych mężczyzn był swego rodzaju przywódcą, a niektórzy z nich liczyli swoich zwolenników w dziesiątkach, nieliczni w tysiącach. Żaden nie wydawał się cieszyć z uczestnictwa w spotkaniu, a ten czy ów posyłał piorunujące spojrzenia pod przeciwległą ścianę, gdzie tłoczyło się w jednej zbitej masie pięćdziesięciu czy sześćdziesięciu przeszywających ich wzrokiem Tarabonian. Może wszyscy oni należeli do Wyznawców Smoka, ale między tymi dwoma narodami nie było już sympatii. Ituralde o mało się jednak nie uśmiechnął na ich widok. Nawet się nie ośmielił marzyć, że na dzisiejsze zebranie przybędzie ich choć połowa.

— Pan Rodel Ituralde oddaje się pod Białą Wstęgę. — Głos Shimrona zadźwięczał w sali. — Niech każdy poszuka w sercu siły i rozważy swoją duszę.

Na tym kończyły się formalności.

— Dlaczego Lord Ituralde oferuje Białą Wstęgę? — spytał Wakeda. Jedną ręką trzymał rękojeść długiego miecza, drugą zacisnął w pięść przy boku. Chociaż wyższy niż Ituralde, nie był mężczyzną wysokim, lecz wyniosłym niczym zasiadający na tronie król. Kiedyś kobiety uważały go za przystojnego, teraz jednak ukośna czarna przepaska skrywała jego pozbawiony oka prawy oczodół, a pieprzyk miał postać czarnej strzałki wycelowanej w grubą bliznę biegnącą od policzka do czoła. — Czy zamierza do nas dołączyć? A może żąda naszego ustąpienia? Mamy się poddać? Wszyscy wiedzą, że Wilk jest zarówno śmiały, jak i przebiegły. Ale czy jest aż tak śmiały? — Gwar podniósł się wśród mężczyzn po jego stronie pomieszczenia: niektórzy się śmiali, inni reagowali gniewem.

Ituralde spiął palce za plecami, próbując się powstrzymać przed dotknięciem rubinu w lewym uchu. Gest ten był bowiem powszechnie znany jako objaw jego zdenerwowania. Czasami zresztą muskał klejnot celowo, teraz wszakże musiał pokazać zgromadzonym spokojne oblicze. Mimo słów tego człowieka! Tak, mimo tych słów, musiał zachować spokój. W złości dochodziło do pojedynków, a Rodel nie przybył tutaj walczyć. Doskonale pamiętał, że słowa mogą stanowić bardziej śmiercionośną broń niż miecze.

— Wszyscy tu zebrani wiedzą, że na południu mamy innego wroga — zaczął mocnym głosem. — Seanchanie połknęli Tarabon. — Przebiegł wzrokiem po Tarabonianach i napotkał obojętne spojrzenia. Nigdy nie umiał odczytać twarzy przedstawicieli tej nacji. Pod tymi niedorzecznymi wąsami, które wyglądały jak włochate kły (gorszymi niż u Saldaean) i śmiesznymi welonami równie dobrze mogliby nosić maski. A marne światło lamp nie pomagało Rodelowi w odgadnięciu ich myśli. Widział ich jednakże w zbroi i potrzebował ich. — Zalali Równinę Almoth — podjął — i wyruszyli na północ. Ich zamiary są jasne. Chcą przejąć także Arad Doman. Boję się, że chcą posiąść cały świat!

— Czy Lord Ituralde pragnie wiedzieć, kogo poprzemy, jeśli najadą na nas Seanchanie? — zapytał Wakeda.

— Szczerze wierzę, że będziesz walczył o Arad Doman, Lordzie Wakeda — odparł łagodnie.

Wakeda zrobił się purpurowy wobec tej bezpośredniej zniewagi, zaś ręce jego ludzi opadły na rękojeści mieczy.

— Uchodźcy powiadomili nas, że widzieli ostatnio na równinie Aielów — wtrącił pospiesznie Shimron, obawiał się bowiem, że Wakeda może zerwać Białą Wstęgę. Żaden z zaprzysiężonych Wakedzie ludzi nie wyciągnie ostrza, póki on sam tego nie zrobi lub póki nie wyda im takiego rozkazu. — Walczą dla Smoka Odrodzonego, tak mówią raporty... Pewnie ich wysłał, może nam na pomoc. Nikt nigdy nie pokonał armii Aielów, nawet Artur Jastrzębie Skrzydło. Pamiętasz z naszej młodości Bitwę Czerwonych Śniegów, Lordzie Ituralde? Sądzę, że zgodzisz się ze mną, iż wbrew niektórym opowieściom wcale ich tam nie pokonaliśmy. Nie potrafię też uwierzyć, że Seanchanie dysponują tak licznym wojskiem, jakie my wówczas mieliśmy. Osobiście słyszałem, że ruszyli na południe, oddalając się od granicy. Nie, podejrzewam, że wkrótce usłyszymy o ich wycofaniu się z równiny i rezygnacji z pomysłu zaatakowania nas. — Nie był złym dowódcą w polu, ale bywał zbyt pedantyczny.

Ituralde uśmiechnął się. Z południa nowiny docierały szybciej niż z innych stron, Rodel bał się jednak, że będzie musiał sprowadzić Aielów, którzy gotowi pomyśleć, iż próbuje ich oszukać. Ledwie mógł uwierzyć w ich obecność na Równinie Almoth i nawet nie brał pod uwagę, że Aielowie wysłani na pomoc Wyznawcom Smoka mogą się pojawić w samym Arad Doman.

— Ja również wypytałem uchodźców, a ci wspominali wprawdzie o atakach Aielów, lecz nie o ich armii. Zresztą sama obecność Aielów na równinie może spowolnić Seanchan, ale na pewno nie skłoni ich do odwrotu. Ich latające bestie zaczynają się rozglądać po naszej stronie granicy. Nie wygląda to na odwrót.

Zamaszystym gestem wyjął z rękawa papier i podniósł go, prezentując wszystkim Miecz i Rękę odciśnięte w zielono-niebieskim wosku. Jak zawsze ostatnio, użył gorącego ostrza do podważenia z jednego boku Królewskiej Pieczęci. W ten sposób odchodziła cała, więc wątpiącym mógł ją pokazać niezłamaną. A wielu wątpiło, gdy słyszeli niektóre polecenia Alsalama.

— Mam rozkazy od Króla Alsalama — oświadczył. — Muszę zewsząd, skąd zdołam, zebrać tylu ludzi, ilu mi się uda, a później jak najprędzej uderzyć na Seanchan. — Wziął głęboki wdech. Podejmował kolejne ryzyko i jeśli tym razem zawiedzie, Alsalam może zażądać jego głowy. — Proponuję rozejm. W imieniu Króla przyrzekam nie występować przeciwko wam w żaden sposób tak długo, jak Seanchanie stanowią zagrożenie dla Arad Doman, o ile zobowiążecie się do tego samego i będziecie walczyć obok mnie przeciwko wrogom, aż ich pobijemy.

Odpowiedziała mu pełna zdumienia cisza, Rajabi zaś — mężczyzna o charakterystycznej grubej, krótkiej szyi — wyglądał na wręcz ogłuszonego. Wakeda natomiast zagryzał wargę niczym zaskoczona dziewczyna.

Milczenie przerwał Shimron.

— Naprawdę można ich pobić, Lordzie Ituralde? Stawałem wobec nich... i wobec ich Aes Sedai, które ciągną za sobą na łańcuchach... na Równinie Almoth. Tak jak i ty.

Rozległy się niespokojne odgłosy szurania po podłodze, a twarze mężczyzn pociemniały w posępnym gniewie. Nikt nie lubi przypomnienia, że bywa bezradny wobec wroga, jednak wszyscy pamiętali z historii, jak potężny przeciwnik im się trafił.

— Można ich pokonać, Lordzie Shimron — zapewnił jego i pozostałych Ituralde. — Nawet gdy z ich strony zdarzają się... niespodzianki. — Takie na przykład jak wywołana sztucznie niespodziewana erupcja ziemi pod stopami albo pojawienie się zwiadowców, dosiadających stworzeń, które wyglądają na Pomiot Cienia... Tym niemniej Ituralde wypowiedział to zdanie z pełnym przekonaniem. Poza tym, dzięki znajomości potencjału wroga, człowiek jest w jakimś sensie przygotowany. Tak brzmiała jedna z podstawowych zasad działań wojennych. Sprawdzała się już na długo przed powstaniem narodu Seanchan. Ciemność pozbawiała zresztą tych ostatnich przewagi, podobnie jak burza, którą wiele Aes Sedai zawsze potrafiło przewidzieć. — Człowiek mądry przestaje gryźć, gdy dociera do kości — kontynuował obrazowo. — Jednak dotychczas Seanchanie, zanim sięgnęli po mięso, otrzymywali je pokrojone na cienkie plasterki. Ja natomiast zamierzam dać im twardą goleń. Mało tego, dzięki mojemu planowi rzucą się na nią tak szybko, że nim ugryzą kawałek mięsa, połamią sobie na tej kości wszystkie zęby. A zatem... Ja się zobowiązuję. Co z wami?

Trudno było nie wstrzymać oddechu. Wszyscy mężczyźni wyglądali na głęboko zadumanych. Ituralde niemal widział przetaczające im się przez głowy myśli. Wilk dysponował planem. Seanchanie mieli wprawdzie Aes Sedai na łańcuchach, latające bestie i Światłość jedna wie, co jeszcze, Wilk wszakże posiadał plan. Seanchanie czy Wilk. Trudny wybór.

— Jeśli jakiś człowiek potrafi pokonać Seanchan — przyznał w końcu Shimron — ty nim jesteś, Lordzie Ituralde. Więc, tak, złożę zobowiązanie i zawrę z tobą ów rozejm.

— I ja! — krzyknął Rajabi. — Odepchniemy ich z powrotem za ocean, skąd przyszli! — Miał nie tylko kark byka, lecz również byczy temperament.

Niespodziewanie Wakeda z równym entuzjazmem wyraził zgodę grzmiącym tonem, a chwilę później wszędzie wokół wybuchł prawdziwy tumult głosów. Mężczyźni krzyczeli, że odpowiedzą na rozkaz Króla i w pył rozbiją Seanchan. Niektórzy wołali, że wejdą za Wilkiem nawet w Szczelinę Zagłady. Ituralde poczuł satysfakcję, lecz nie tylko po nią tu przyszedł.

— Jeśli chcesz nas prosić, żebyśmy walczyli o Arad Doman — dał się słyszeć jeden głos ponad ogólnym szumem — w takim razie poproś nas o to!

Ci, którzy jeszcze przed chwilą zobowiązywali się udzielić pomocy, teraz zaczęli gniewnie mamrotać lub cicho przeklinać.

Skrywając radość pod uprzejmą miną, Ituralde obrócił się ku przeciwnej ścianie, by stawić czoło mówcy. Tarabonianin okazał się szczupłym mężczyzną o ostrym nosie widocznym pod przezroczystym welonem przesłaniającym mu twarz. Wzrok miał przenikliwy, patrzył twardo. Kilku spośród jego ziomków zmarszczyło brwi, jakby niezadowolonych, że się odezwał, więc Ituralde wywnioskował, że najwyraźniej w przeciwieństwie do Domańczyków nie mieli jednego przywódcy wyznaczonego do prowadzenia rozmów. Rodel miał nadzieję na obietnice i zobowiązania, nie były one wszakże konieczne dla jego planu. Byli dla niego natomiast niezbędni sami Tarabonianie. W każdym razie ich poparcie mogło znacząco zwiększyć prawdopodobieństwo powodzenia tego projektu.

Ituralde skłonił się uprzejmie mężczyźnie.

— Oferuję wam szansę walki za Tarabon, mój dobry panie. Mówili mi uchodźcy, że Aielowie wywołali zamęt na równinie. Powiedzcie, czy nieduży oddział waszych ludzi... stu, może dwustu żołnierzy... potrafiłby przemierzyć tę targaną niepokojami równinę i wejść do Tarabonu w zbrojach oznaczonych takimi paskami, jakie noszą Seanchanie?

Choć wydawało się to niemożliwe, na twarzy Tarabonianina pojawiło się jeszcze większe napięcie. Teraz z kolei jego rodacy zaczęli gniewnie mamrotać i przeklinać. Doszły do nich informacje, iż zarówno Król, jak i Panarch wstąpili na swe trony dzięki Seanchanom i przysięgali wierność lenniczą cesarzowej zza Oceanu Aryth. Na pewno nie chcieli, by im przypominać, jak wielu ich krajanów dla niej obecnie pracowało. Najwięcej „Seanchan" na Równinie Almoth okazywało się w istocie Tarabonianami.

— Cóż dobrego może uczynić taka jedna mała grupka? — odburknął pogardliwie szczupły rozmówca Ituralde'a.

— Zaiste, niewiele — odpowiedział mu Rodel. — A gdybyż tak wysłać pięćdziesiąt podobnych grup? Albo sto? — Tarabonianie na pewno mogli zorganizować tyle oddziałów. — Gdyby wszyscy wyruszyli tego samego dnia? Osobiście pojechałbym w jednej grupie i tylu moich ludzi, ilu zdołacie ubrać w taraboniańskie zbroje. Zrobię to choćby dla zapewnienia was, że nie szykuję żadnego podstępu i nie zamierzam się was w ten sposób pozbyć.

Stojący za nim Domańczycy zaczęli głośno protestować. Najgłośniej z nich krzyczał Wakeda, co Ituralde'a nieco zaskoczyło. Plan Wilka podobał im się, lecz chcieli też mieć Wilka na przywódcę. Większość Tarabonian poczęła się kłócić między sobą, szczególnie o to, czy tak wielu ludzi (nawet w małych zespołach) zdoła przejść równinę bez narażania się na rozpoznanie, rozważali również głośno, cóż dobrego zdołają te małe grupy uczynić dla Tarabonu. Zastanawiali się, czy zdecydują się założyć zbroje oznaczone seanchańskimi paskami. Tarabonianie sprzeczali się równie łatwo jak Saldaeanie i tak samo gorąco. Jednak rozmówca Ituralde'a milczał, patrząc na niego twardo. Po chwili lekko kiwnął Rodelowi głową. Gęste wąsy przesłaniały wargi mężczyzny, lecz Ituralde odniósł wrażenie, że Tarabonianin się uśmiechnął.

W tym momencie Domańczyk całkowicie się odprężył. Może jednak ów osobnik był taraboniańskim przywódcą. W przeciwnym razie, czy zgodziłby się z nim, skoro jego ziomkowie byli Ituralde'owi przeciwni? A jeśli był przywódcą, na pewno przekona do domańskich racji pozostałych. Później zaś pojadą wraz z Rodelem na południe, w samo serce krainy, którą Seanchanie uważali za własną. Pojadą i pobiją wroga. Tarabonianie bez wątpienia zechcą tam pozostać i kontynuować walkę we własnej ojczyźnie. Ituralde naprawdę nie mógł oczekiwać więcej. Wraz z kilkoma tysiącami swoich ludzi wróci wtedy na północ, przemierzając całą długą drogę przez Równinę Almoth. Światłość i wściekłość dodadzą mu siły.

Odpowiedział Tarabonianinowi uśmiechem. Przy odrobinie szczęścia rozjuszeni generałowie nie dostrzegą, dokąd ich prowadzi... aż będzie za późno. A jeżeli się domyślą... cóż, Ituralde miał na tę okoliczność drugi, alternatywny plan.

Brnąc wśród drzew przez głęboki śnieg, Eamon Valda owinął się szczelniej płaszczem. Zimny, mocny wiatr poruszał ciężkimi od śniegu gałęziami — odgłos brzmiał zwodniczo spokojnie w wilgotnej szarości świtu. Chłód przeciskał się przez grubą, białą wełnę stroju Valdy równie łatwo jak przez gazę i przenikał mężczyznę aż do kości. Obóz leżący wokół niego w lesie wydawał się także zbyt spokojny. Ruch nieco rozgrzewał, jednakże ludzie w obozowisku woleli podczas postoju trwać w miejscu, stłoczeni blisko siebie.

Nagle Eamon zatrzymał się w pół kroku, marszcząc nos na nagły smród — dławiący fetor przywodzący na myśl dwadzieścia kup gnoju rojących się od larw. Valda nie zakrył ust, a jedynie się skrzywił. W obozie nie panował porządek, który lubił. Namioty rozstawiono chaotycznie w miejscach, gdzie zwisały najgrubsze konary, konie spętano, zamiast tylko stosownie je uwiązać. Tego rodzaju niedbalstwo powodowało brud. Tacy ludzie po pewnym czasie zaczynają w pośpiechu przysypywać końskie łajno zaledwie kilkoma szuflami ziemi, a z powodu zimna kopią latryny jak najbliżej siebie. Każdego swojego oficera, który zezwoliłby na coś takiego, Valda natychmiast by zdymisjonował, po czym wręczyłby mu szuflę i polecił nauczyć się jej używać.

Uważnie rozejrzał się po obozie, szukając źródła zapachu, nagle jednak smród zniknął. Wiatr nie zmienił się, tym niemniej fetor w dziwny sposób się rozwiał. Zaskoczenie Eamona Valdy trwało zaledwie moment i sekundę później mężczyzna ruszył naprzód, nadal się krzywiąc. Smród musiał wszak skądś pochodzić! Szczególnie że Valda znalazł przecież ślady braku dyscypliny. A dyscyplina powinna być dla nich obecnie ważna, ważniejsza niż kiedykolwiek.

Ponownie zatrzymał się na brzegu rozległej polany. Śnieg był tu gładki i nienaruszony, mimo iż niemal całą przestrzeń zajmowało obozowisko. Po chwili Valda cofnął się z powrotem między drzewa, zadarł głowę i zapatrzył się w niebo. Mknące po nim szare chmury skrywały południowe słońce. Mężczyzna wstrzymał oddech, gdyż niespodziewanie coś mu mignęło przed oczyma, szybko jednak zrozumiał, że widział jedynie ptaka — jakąś małą, brązową ptaszynę, która latała nisko, starając się unikać jastrzębi. Valda zaśmiał się, lecz gorzko. Niewiele ponad miesiąc minął, odkąd przeklęta przez Światłość kraina Seanchan połknęła Amador i Fortecę Światłości w jednym, nieprawdopodobnym łyku, Eamon wszakże nauczył się od tego czasu nowych odruchów. Mądrzy ludzie zawsze się uczą, podczas gdy głupcy...

Ailron był takim właśnie głupcem, stale się puszącym i snującym opowieści o dawnej sławie, opromienionym przez wiek i nową nadzieję zdobycia prawdziwej władzy, która łączyła się z koroną. Człowiek ten nie chciał stawić czoła realiom i z tego powodu doszło do tak zwanej Klęski Ailrona. Valda słyszał także inną nazwę — Bitwa pod Jeramel — choć używała jej tylko garstka amadiciańskich szlachciców, którzy uciekli w stosownym momencie, oszołomieni niczym młode byczki, mimo iż wciąż bezwiednie próbowali robić dobrą minę do złej gry. Eamon zastanowił się, jakim mianem Ailron określał tę potyczkę, gdy „oswojone" seanchańskie wiedźmy zaczęły wycinać w pień jego zdyscyplinowane żołnierskie szeregi. Valda wciąż miał przed oczyma ziemię spływającą kaskadami ognia. Widywał też taki obraz w swoich snach. No cóż, Ailron już nie żył, zginął podczas próby odwrotu z pola, a jego głowę prezentowano na kopii jednego z Tarabonian. Była to odpowiednia śmierć dla głupca! Z drugiej strony, on sam zebrał wokół siebie dziewięć tysięcy Synów Światłości! W obecnych czasach człowiek z wizją wiele doprawdy mógł zdziałać.

Na przeciwnym krańcu polany stał wśród drzew barak należący niegdyś do węglarza — pojedyncze pomieszczenie z kamieni uszczelnionych zeschniętym zielskiem. Z pozoru ludzie opuścili tę siedzibę już jakiś czas temu; fragmenty strzechy zwisały niebezpiecznie, a zasłony w wąskich oknach dawno zniknęły i zostały zastąpione przez ciemne pledy. Źle dopasowanych, drewnianych drzwi pilnowało dwóch strażników, postawnych mężczyzn w płaszczach z wyhaftowanym godłem: krwistoczerwoną laską pastuszą za złotym, promienistym słońcem. Obaj spletli ręce za plecami i przestępowali w miejscu z nogi na nogę, tupaniem usiłując się rozgrzać na chłodzie. Gdyby Valda był wrogiem, żaden z wartowników nie zdołałby na czas chwycić za miecz. Śledczy lubili pracować we wnętrzach.

Obaj beznamiętnie popatrzyli na przybysza. Ich nieruchome twarze równie dobrze mogłyby być wyrzeźbione z kamienia. Żaden nie wysilił się na więcej niż chłodne pozdrowienie przeznaczone dla osoby bez pastuszego kija, nawet jeśli mieli do czynienia z samym Lordem Kapitanem Komandorem Synów Światłości. Jeden strażnik otworzył wprawdzie usta, jakby chciał spytać Valdę o powód przybycia, jednak nie zdążył, gdyż Eamon minął ich bez słowa i szybko pchnął prowizoryczne drzwi. Przynajmniej nie próbowali go zatrzymać. Gdyby spróbowali, zabiłby obu.

Asunawa na jego widok podniósł wzrok znad krzywego stołu, gdzie z uwagą czytał niewielką książeczkę, jedną kościstą dłonią otaczając parujący cynowy kubek, z którego dobywał się aromat przypraw. Krzesło mężczyzny, o prostym oparciu, jedyny poza stołem mebel w pomieszczeniu, wyglądało na rozklekotane, lecz ktoś je wzmocnił skórzanymi rzemieniami. Valda zacisnął usta, powstrzymując się przed szyderstwem. Czcigodny Inkwizytor Ręki Światłości zasługiwał nie na namiot, ale prawdziwy dach nad głową (nawet jeśli strzecha wymagała połatania) oraz grzane wino z korzeniami. A przecież nikt inny nie pił wina od tygodnia! Na kamiennym palenisku płonął też mały ogień dający wątłe ciepło. Jeszcze przed Klęską zakazano nawet gotować na ogniu, ponieważ dym mógł zdradzić miejsce ich pobytu. Tym niemniej, większość Synów Światłości — choć ogólnie rzecz biorąc, pogardzała Śledczymi — do Asunawy żywiła dziwny szacunek, jakby dzięki swej okolonej siwymi włosami wymizerowanej twarzy męczennika uosabiał wszystkie ich ideały. Na początku Valdę zaskoczyło to odkrycie; nie był pewien, czy sam Asunawa zdaje sobie sprawę, jakie wzbudza reakcje. Tak czy inaczej, dość było Śledczych, by mogli narobić kłopotów. Valda nie mógł nic na to poradzić, mógł tylko starać się tych kłopotów unikać. Przynajmniej na razie.

— Prawie pora — rzucił, zamykając za sobą drzwi. — Jesteś gotów?

Asunawa nie podniósł się i nie sięgnął po leżący obok niego na stole biały płaszcz, na którym nie wyhaftowano promienistego słońca, a jedynie krwistoczerwoną laskę. Zamiast tego mężczyzna złożył ręce na książce, zakrywając stronice. Valda podejrzewał, że Asunawa czyta *Drogę Światłości* Mantelara. Osobliwa lektura jak na Czcigodnego Inkwizytora, bardziej odpowiednia dla świeżo przyjętych, którzy po przysiędze mogli studiować słowa Mantelara.

— Posiadam sprawozdania na temat pobytu andorańskiej armii w Murandy, mój synu — odparł Asunawa. — Może głęboko w Murandy…

— Stąd do Murandy jest daleka droga — uciął Valda, udając, że nie rozpoznaje kolejnej próby rozpoczęcia starej kłótni. Kłótni, którą Asunawa już przegrał, o czym najwyraźniej często zapominał.

Ale co Andoranie robili w Murandy? O ile raporty były prawdziwe. Docierało tu tak wiele fantazji podróżnych i kłamstw. Andor! Sama nazwa wyzwalała w Eamonie gorycz. Morgase nie żyła lub służyła Seanchanom. A ci mieli niewielki szacunek dla tytułów innych niż ich własne. Martwa czy służąca, była dla niego stracona, podobnie — co zresztą było ważniejsze — jak jego plany wobec Andoru. Galadedrid mu się nie przyda, był obecnie tylko młodym oficerem, w dodatku niezbyt popularnym wśród prostych żołnierzy. Dobrzy oficerowie nigdy wszak nie bywają popularni. Jednak Valda był człowiekiem pragmatycznym. Przeszłość to przeszłość. Czas na nowe plany.

— Wcale nie tak daleka, jeśli ruszymy na wschód, przez Altarę, mój synu... przez północną część Altary. Seanchanie z pewnością nie oddalili się jeszcze zbytnio od Ebou Dar.

Wyciągnąwszy dłonie ku palenisku, ażeby złapać choć trochę ciepła, Valda westchnął. Seancheanie niczym zaraza rozprzestrzenili się w Tarabonie i tutaj, w Amadicii. Dlaczego ten mężczyzna uważa, iż w Altarze jest inaczej?

— Zapomniałeś, panie, o przebywających w Altarze wiedźmach? Mają własną armię, czy muszę ci o tym przypominać? Chyba że dotarły do tej pory do Murandy. — Wierzył w pogłoski o ruchach wiedźm. Wbrew sobie podniósł głos. — Może ta tak zwana andorańska armia, o której słyszałeś, to właśnie armia wiedźm! Dały al'Thorowi Caemlyn, pamiętasz? A także Illian i pół wschodu! Naprawdę wierzysz, że wśród wiedźm doszło do podziału? Naprawdę? — Powoli zrobił głęboki wdech, uspokajając się. A raczej próbując się uspokoić. Każda nowa opowieść na temat zdarzeń na wschodzie okazywała się gorsza od poprzedniej.

Podmuch wiatru w kominie wepchnął do pokoju iskry. Valda cofnął się z przekleństwem na ustach. Cholerna chłopska chata! Nawet komina nie umieli porządnie wykonać!

Asunawa zatrzasnął w dłoniach książeczkę. Jego ręce pozostały złożone jak w modlitwie, ale głęboko osadzone oczy zapłonęły nagle goręcej niż ogień.

— Sądzę, że wiedźmy trzeba powybijać! Właśnie tak uważam!

— Zadowoliłbym się znajomością seanchańskiej metody ich oswajania. — Z odpowiednio oswojonymi wiedźmami Valda mógłby wypędzić al'Thora z Andoru, Illian i wszystkich miejsc, w których nie osiadł jeszcze jako Cień. Mógłby prześcignąć nawet samego Artura Jastrzębie Skrzydło!

— Trzeba je zniszczyć — upierał się Asunawa.

— I nas wraz z nimi? — spytał Valda.

Rozległo się stukanie do drzwi. Na lakoniczne wezwanie Inkwizytora w wejściu ukazał się jeden ze strażników. Stanął sztywno wyprostowany i wykonał ręką krótki gest powitania.

— Mój panie Czcigodny Inkwizytorze — zagaił uroczystym tonem. — Jest tutaj Rada Namaszczonych.

Valda czekał. Czy ten stary głupiec będzie trwał w uporze wobec wszystkich dziesięciu ocalałych Lordów Kapitanów, siedzących na zewnątrz na koniach i gotowych do jazdy? Co się stało, to się nie odstanie. A stało się, co musiało.

— Jeśli w ten sposób unicestwimy Białą Wieżę — oświadczył w końcu Asunawa — mogę się przyłączyć. Pojadę na spotkanie.

Valda uśmiechnął się słabo.

— I mnie to zadowoli. Będziemy oglądać upadek wiedźm.

— On na pewno będzie oglądał ich upadek! — Dodam, że twój koń, panie, jest przygotowany. Czeka nas długa jazda aż do zmroku.

Czy Asunawa będzie go oglądał wraz z Valdą — to już inna sprawa.

Gabrelle cieszyła się przejażdżką przez zimowy las w towarzystwie Logaina i Toveine. Logain zawsze pozwalał jej i Toveine podążać we własnym tempie, dając im pozory prywatności. O ile nie zostawały za bardzo z tyłu. Tym niemniej obie Aes Sedai nawet na osobności rzadko wymieniały więcej słów, niż było to absolutnie konieczne. Ich stosunkom daleko było do przyjaźni. Właściwie Gabrelle często żałowała, że Toveine nie odmawia, gdy Logain proponuje im obu te wycieczki, wolałaby bowiem jechać z nim sama.

Trzymając wodze w odzianej w zieloną rękawiczkę dłoni, drugą ręką zaś przyciskając do ciała obszyty lisem płaszcz, poddała się uczuciu zimna — tylko trochę, dla jego orzeźwiającej siły. Śnieg nie był tu głęboki, a poranne powietrze rześkie. Ciemnoszare chmury zapowiadały dalsze opady śniegu. Wkrótce. Wysoko w górze latał jakiś ptak o długich skrzydłach. Może orzeł; Gabrelle nie bardzo się znała na ptakach. Rośliny i minerały pozostają w jednym miejscu, gdy się je studiuje, podobnie jak książki i rękopisy, choć te mogą się skruszyć pod palcami, jeśli są bardzo stare. Lecącego na tej wysokości ptaka ledwie dostrzegała, jednak orzeł pasował do tego krajobrazu.

Otaczał ich las: drzewa rosnące tu i ówdzie, wśród niskich gęstych zarośli. Wielkie dęby, ogromne sosny i jodły zdusiły większość podszycia, chociaż gdzieniegdzie przylgnęły do głazów lub niskich występów szarego kamienia gęste, brązowe kępki odpornych na mróz pnączy, które czekały na wciąż odległą wiosnę. Gabrelle przyrównywała ten cechujący się chłodem i pustką teren do ćwiczenia nowicjuszki.

Ponieważ w zasięgu jej wzroku nie było nikogo oprócz dwojga towarzyszy, prawie wyobrażała sobie, że znalazła się w zupełnie innym miejscu, z dala od Czarnej Wieży. Ta straszna nazwa przyszła jej teraz do głowy niemal zbyt łatwo. Czarna Wieża stała się równie realna jak Biała, a o szeregu wielkich, kamiennych budynków koszarowych, w których ćwiczyły setki ludzi oraz wiosce wyrosłej wokół nich, już nie mówiono „tak zwana Czarna Wieża". Gabrelle mieszkała w tej wsi od prawie dwóch tygodni, a istniały zakamarki Wieży, których nadal nie widziała. Posiadłość zajmowała całe mile, otoczone niskimi murami z czarnego kamienia. Tym niemniej tutaj, w lesie, kobieta niemalże o niej zapomniała.

Niemalże. Z wyjątkiem garści wrażeń i emocji, osoby Logaina Ablara, który nigdy nie znikał z jej myśli, stałego uczucia kontrolowanej ostrożności i ciągłego napięcia mięśni. W podobny sposób czuł się może polujący wilk albo lew. Głowa tego mężczyzny ciągle się poruszała; nawet w lesie obserwował otoczenie, jakby z każdej strony spodziewał się ataku.

Gabrelle nigdy nie miała Strażnika. Jej zdaniem dla Brązowych byli oni niepotrzebną ekstrawagancją, a byle najęty służący potrafił zrobić wszystko, czego kobieta potrzebowała. Poza tym czuła się osobliwie, będąc nie tylko częścią więzi, lecz także znajdując się na jej niewłaściwym końcu. Gorzej niż po prostu na niewłaściwym końcu, gdyż więź owa wymagała od Gabrelle posłuszeństwa i przestrzegania licznych zakazów. Z tego też względu ich więź nie przypominała w gruncie rzeczy tej, która łączy Aes Sedai ze Strażnikiem. Siostry nie zmuszały swoich Strażników do posłuszeństwa. Cóż, niezbyt często w każdym razie. Siostry od wieków nie wiązały mężczyzn wbrew ich woli. Tym niemniej badania były fascynujące. Gabrelle zajmowała się interpretacją swoich emocji. Czasami prawie potrafiła czytać temu mężczyźnie w myślach. Innymi razy odnosiła wrażenie, że kręci się bez lampy po głębokim wydobywczym szybie. Przypuszczała, że nie przerwałaby badań, nawet gdyby kazali jej położyć głowę na bloku kata. Brała zresztą taką ewentualność pod uwagę, gdyż Logain wyczuwał jej emocje dokładnie tak samo, jak ona jego.

Zawsze powinna o tym pamiętać. Być może niektórzy Asha'mani uważali, iż Aes Sedai są skazane na swoją niewolę, jednak tylko głupiec mógłby uwierzyć, że pięćdziesiąt jeden sióstr, które mężczyźni przymusowo związali, łatwo się pogodzi ze swoim losem. A Logain nie był głupcem. Poza tym wiedział, że kobiety przybyły zniszczyć Czarną Wieżę. Jeśli jednak podejrzewał, że nadal szukają sposobu pozbycia się zagrożenia w postaci setek umiejących przenosić Moc osobników płci przeciwnej... O Światłości, choć tak ograniczone, mógł je wszak powstrzymać jeden rozkaz! W żadnym razie nie niszczyć Czarnej Wieży! Gabrelle nie mogła zrozumieć, dlaczego od razu nie wydano tego rozkazu, choćby z prostej ostrożności. Muszą przecież odnieść sukces. Jeśli zawiodą, świat zginie.

Logain odwrócił się w siodle. Imponująca, barczysta postać w dobrze dopasowanym czarnym jak smoła płaszczu. Prawie całkowicie spowity był w czerń — z wyjątkiem srebrnego Miecza i czerwono-złotego Smoka na wysokim kołnierzu. Czarny płaszcz odrzucił, sugerując najwyraźniej, że zimno się go nie ima. Może i tak było; w każdym razie ci mężczyźni udawali, że potrafią zwalczyć wszystko, zawsze i wszędzie.

Teraz uśmiechnął się do niej (uspokajająco?), aż Gabrelle zamrugała. Czyżby dotarło do niego zbyt wiele jej niespokojnych myśli? Stale kontrolowała swoje emocje i starała się wysnuwać jedynie właściwe wnioski w związku z dręczącymi ją kwestiami. Czuła się jak w subtelnym tańcu lub podczas testu z szalem, gdy ani na chwilę nie wolno się rozproszyć, a każdy splot musi zostać utkany jak najdokładniej, bez najdrobniejszego nawet błędu. Tyle że ten taniec czy test trwały, trwały i nigdy się nie kończyły.

Logain przeniósł wzrok na Toveine, więc Gabrelle lekko odetchnęła. Najwyraźniej zatem posłał jej tylko zwyczajny uśmiech, okazał zwykłą uprzejmość. Logain bywał miły. Może Gabrelle obdarzyłaby go sympatią... gdyby był kimś innym.

Toveine z kolei rozpromieniła się pod wpływem jego spojrzenia, a Gabrelle — nie po raz pierwszy — powstrzymała się przed zdumionym potrząśnięciem głowy. Naciągnęła nieco do przodu swój kaptur, jakby ogarnęło ją nagłe zimno. Teraz, skryta pod kapturem, nie widziana przez Czerwoną siostrę, mogła ją do woli potajemnie obserwować.

Z tego, co widziała, Toveine niezbyt głęboko zakopała swoją nienawiść, o ile w ogóle. Niedawno jeszcze brzydziła się umiejącymi przenosić Moc mężczyznami — równie mocno, jak wszystkie inne Czerwone, jakie Gabrelle kiedykolwiek spotkała. Każda Czerwona powinna wszak gardzić Logainem Ablarem, skoro ów osobnik twierdził, iż to właśnie

Czerwone Ajah kazały mu udawać fałszywego Smoka. Może teraz zachowywał na ten temat milczenie, lecz nie mógł cofnąć swoich wcześniejszych słów. Niektóre więzione — wraz z nimi dwiema — siostry wprost obwiniały za swój los Czerwone. A jednak Toveine niemal się do tego Logaina wdzięczyła! Zakłopotana Gabrelle zagryzła dolną wargę. To prawda, że Desandre i Lemai poleciły wszystkim utrzymywanie serdecznych relacji z Asha'manem, z którym łączyła je więź. Twierdziły, że trzeba uśpić czujność przenoszących Moc mężczyzn — do czasu, aż siostry otrzymają szansę dokonania czegoś istotnego... Toveine wszakże otwarcie się jeżyła na rozkazy każdej z sióstr. Nie cierpiała im ustępować i może nawet jawnie by odmówiła wykonania poleceń Lemai, gdyby ta nie należała również do Czerwonych Ajah. Nawet jeśli Toveine usiłowała zachować dla siebie swoje poglądy. I nawet jeśli nikt nie wiedział o autorytecie Lemai, gdy prowadziła pozostałe w niewolę. A niewoli Toveine także szczerze nienawidziła. Tym niemniej zaczęła się uśmiechać do Logaina!

Z drugiej strony, czyż tkwiący na drugim końcu więzi Logain mógł uznać ten uśmiech za szczery? Gabrelle zastanawiała się już wcześniej nad przyczynami postępowania Toveine, niestety nie doszła do żadnych konkretnych wniosków. Logain wiedział zbyt dużo o jej Czerwonej towarzyszce. A znajomość Ajah powinna wystarczyć. A jednak Gabrelle nie wyczuwała w patrzącym na Toveine mężczyźnie niemal żadnej podejrzliwości, dokładnie tak samo jak w samej Czerwonej siostrze. Tak, Logain wydawał się prawie wolny od jakichkolwiek wątpliwości. Prawie, gdyż ten mężczyzna podchodził nieufnie chyba do każdego, jednak mniej podejrzewał siostry niż innych Asha'manów. Fakt ten zresztą także nie miał najmniejszego sensu.

„A przecież Logain nie jest głupcem" — przypomniała sobie Gabrelle. „Dlaczego zatem tak reaguje? I co z Toveine? Co ta kobieta knuje? I w jaki sposób spiskuje?".

Nagle Czerwona zerknęła na swą towarzyszkę z tym pozornie ciepłym uśmiechem i przemówiła, jakby odpowiadając głośno przynajmniej na jedno z pytań Gabrelle.

— Dzięki twojej bliskości — szepnęła bardzo cicho — on ledwie jest mnie świadom. Uczyniłaś go swoim jeńcem, siostro.

Zaskoczona Gabrelle mimowolnie się zarumieniła. Toveine nigdy nie zagajała rozmowy, a teraz ganiła towarzyszkę za sytuację z Logainem, przy czym słówko „ganić" wydawało się drastycznym niedopowiedzeniem. Uwodzenie go miało zapewne na celu poznanie jego planów i słabości. Ostatecznie, chociaż mężczyzna był Asha'manem, Toveine wszak została Aes Sedai na długo przed jego urodzeniem, a do teraz była niemal całkowicie niewinna, jeśli chodzi o związki z mężczyznami. Logain tak ogromnie się zdumiał, odkrywszy, co robi Czerwona, że Gabrelle o mało jego samego nie uznała za zupełnie niewinnego osobnika. Ależ była głupia! Życie wśród Domańczyków łączyło się przecież z ciągłym ukrywaniem zdziwienia i unikaniem najrozmaitszych pułapek. A najgorsza była ta pułapka, o której nigdy nikomu nie można powiedzieć. Gabrelle bała się jednak, że Toveine zna tę tajemnicę, przynajmniej częściowo. Zresztą... Nie ona jedna zapewne. Podejrzewała, że wiele sióstr ją zna. Żadna oczywiście nie rozmawiała z nią dotąd o tym problemie i żadna prawdopodobnie nie zechce o nim mówić. Logain potrafił maskować więź, dając Gabrelle do zrozumienia, że z łatwością można do niego dotrzeć. Dobrze skrywał emocje, jednak czasami, gdy dzielili poduszkę, pozwalał masce opaść. Skutki były wtedy — oględnie mówiąc — niszczycielskie. W takim momencie znikała możliwość spokojnej powściągliwości czy chłodnej obserwacji. Niemal nie było mowy o myśleniu.

Gabrelle znów pospiesznie przywołała obraz śnieżnego krajobrazu i skupiła się na nim. Drzewa, głazy i gładki, biały śnieg. Gładki, zimny śnieg.

Logain nie obejrzał się na nią ani nie dał żadnego wyraźnego znaku, jednak dzięki więzi zdawała sobie sprawę z jego świadomości, iż na chwilę straciła kontrolę. Odkryła, że mężczyznę przepełniło zadowolenie z siebie! I satysfakcja! Z całych sił starała się nie wybuchnąć. W dodatku Logain jawnie się spodziewał, że Gabrelle wybuchnie! Dokładnie znał wszystkie jej uczucia do niego. Jej gniew po prostu go rozbawił! I nawet nie próbował tego ukrywać!

Na twarzy Toveine dostrzegła lekki, zadowolony uśmieszek, miała jednakże zaledwie moment na zastanowienie się nad powodami wesołości swej towarzyszki.

Cały ranek spędzili jedynie we troje, teraz wszakże wśród drzew pojawił się kolejny jeździec — spowity w czerń mężczyzna, który na ich widok skierował ku nim konia, mimo głębokiego śniegu kopiąc obcasami boki zwierzęcia, by przyspieszyło. Logain ściągnął cugle i czekał na przybysza, wyglądając przy tym jak uosobienie spokoju, Gabrelle wszakże zesztywniała, zatrzymawszy obok niego swego wierzchowca. Emocje, które przenosiła więź, nagle się zmieniły i obecnie Logain skojarzył się kobiecie z wilkiem trwającym w napięciu na moment przed skokiem. Jego skrytej w rękawicy ręki prędzej spodziewałaby się na rękojeści miecza niż na wysokim łęku końskiego siodła.

Nowo przybyły niemal dorównywał wzrostem Logainowi, długie, złote loki sięgały mu do szerokich ramion, na twarzy miał triumfalny uśmiech. Gabrelle podejrzewała, że rozmyślnie zresztą przybrał taką minę. Mężczyzna był bowiem zbyt urodziwy, aby nie znać wartości swego uśmiechu; znacznie bardziej urodziwy od Logaina, na którego twardej twarzy widać było ślady wcześniejszego ciężkiego życia, lico młodzieńca zaś wciąż pozostawało gładkie. A jednak kołnierz płaszcza przybysza zdobiły Miecz i Smok. Mężczyzna przyglądał się przez chwilę obu siostrom jasnoniebieskimi oczyma.

— Sypiasz z nimi obiema, Logainie? — spytał głębokim

głosem. — Pulchna patrzy na mnie zimno, ta druga wszakże wydaje się osóbką wystarczająco ciepłą.

Toveine syknęła gniewnie, Gabrelle natomiast zacisnęła tylko szczęki. Nie była powściągliwą Cairhienianką i nie musiała ukrywać uczucia wstydu, co jednak nie znaczyło, że każdy miał prawo z niej żartować. Co gorsza, ten mężczyzna mówił o nich obu jak o tawernianych ladacznicach!

— Nie chcę tego więcej słyszeć, Mishraile'u — odparł Logain cicho, a Gabrelle uprzytomniła sobie, że emocje płynące przez więź znów się zmieniają.

Dotarło do niej teraz zimno, zimno tak wielkie, że śnieg wydawał się przy nim ciepły. Nawet grób wydawał się przy nim ciepły. Gabrelle słyszała wcześniej nazwisko Atala Mishraile'a, teraz zaś odkryła nieufność Logaina i jego gniew — uczucia mocniejsze niż wszystkie, które okazywał jej czy Toveine. Myśl ta prawie ją rozbawiła. Mężczyzna więził ją, a jednak dla obrony jej reputacji był gotów posunąć się do przemocy?! Gabrelle o mało się nie roześmiała, na szczęście zdołała się powstrzymać, choć zapamiętała sobie ten szczegół na później. Każda informacja może się kiedyś przydać.

Mishraile w żaden sposób nie zareagował na upomnienie, jego uśmiech zaś ani na chwilę nie osłabł.

— M'Hael twierdzi, że możesz odejść, jeśli chcesz. Nie potrafi zrozumieć, dlaczego postanowiłeś się zająć naborem.

— Ktoś musi — odparł spokojnie Logain.

Gabrelle wymieniła zaintrygowane spojrzenia z Toveine. Dlaczego Logain miałby podjąć taką decyzję i skupić się na rekrutacji? Obie widziały już Asha'manów wracających z wypraw werbunkowych. Wszyscy zawsze byli zmęczeni Podróżowaniem, gdyż pokonywali w ten niezwykły sposób ogromne odległości, a poza tym wydawali się zwykle brudni i gniewni. Najwyraźniej ludzi szukających poparcia dla Smoka Odrodzonego nie wszędzie przyjmowano ciepło, może nawet zanim poznawano powody ich przybycia. A dlaczego ona i Toveine właśnie o tym słuchały? Gabrelle mogłaby teraz przysiąc, że Logain powiedział jej wszystko, gdy razem leżeli.

Przybysz wzruszył ramionami.

— Wielu Wezwanych i wielu Żołnierzy wykonuje tego rodzaju robotę. Rozumiem oczywiście, że ciągła opieka nad szkolonymi nudzi cię. Nauczasz głupców skradać się po lesie i wspinać na urwiska, jakby w ogóle nie potrafili przenosić Mocy. Nawet najmniejsza wioska może się zatem dla ciebie prezentować bardziej kusząco. — Jego uśmiech się zmienił, stał się nagle bardziej pogardliwy i już nie tak triumfalny. — Jeślibyś poprosił M'Haela, pewnie pozwoliłby ci się przyłączyć do jego grupy w pałacu. Wtedy przestałbyś się nudzić.

Logain zachował kamienne oblicze, jednakże Gabrelle poczuła poprzez więź, że ogarnęła go potężna wściekłość. Podsłuchała kiedyś wprawdzie kilka interesujących szczegółów na temat Mazrima Taima i jego prywatnych lekcji, wszystkie siostry wiedziały wszakże, iż Logain i jego kompani nie ufają Taimowi ani nikomu, kto brał udział w kursach, a Taim odwzajemniał się Logainowi podobną podejrzliwością. Niestety, siostry niewiele się właściwie mogły dowiedzieć o tych kursach, gdyż żadna nie była związana z mężczyzną z odłamu Taima. Niektóre znajdowały powód ich wzajemnej nieufności w fakcie, iż obaj podawali się za Smoka Odrodzonego lub obarczały winą za te emocje szaleństwo związane u mężczyzn z umiejętnością przenoszenia Mocy. Tyle że Gabrelle nie dostrzegała u Logaina żadnych dowodów obłąkania, a szukała ich w nim bardzo dokładnie. Stale go zresztą bacznie obserwowała, a szczególnie starannie wtedy, kiedy miał przenosić Moc. Jeśli zacząłby popadać w obłęd, będąc z nią związany, szaleństwo mogłoby jej się udzielić. Stale sobie jednak powtarzała, że należy wykorzystywać każdy rozłam w szeregach Asha'manów.

Logain ledwie spojrzał na Mishraile i uśmiech przybysza zbladł.

— Ciesz się więc swoimi podróżami — oświadczył w końcu młodszy mężczyzna, zawracając konia. Sekundę później uderzył lekko obcasami zwierzę, które natychmiast ruszyło przed siebie, zdążył jednak dorzucić przez ramię kilka słów. — Niektórych z nas czeka sława, Logainie.

— Może nie cieszyć się zbyt długo swoim Smokiem — mruknął Logain, przypatrując się odjeżdżającemu galopem Mishraile'owi. — Za dużo sobie pozwala i jest zbyt gadatliwy.

Gabrelle nie sądziła, by miał na myśli stwierdzenie na temat jej i Toveine. O czym zatem mówił? I dlaczego nagle się zmartwił? Ukrywał tę emocję bardzo dobrze, szczególnie jeśli wzięło się pod uwagę istnienie więzi, tym niemniej był wyraźnie zaniepokojony. O Światłości, czasami znajomość myśli i uczuć mężczyzny tylko pogłębia zmieszanie!

Niespodziewanie Logain zwrócił spojrzenie na nią i na Toveine. Przez chwilę bacznie im się przypatrywał. Nowa nić troski przemknęła przez więź. Niepokoił się o nie? Lub... dziwna myśl... martwił się z ich powodu?

— Boję się, że musimy skrócić naszą wycieczkę — rzucił. — Muszę poczynić przygotowania.

Nie przeszedł w galop, choć narzucił im nieco szybsze tempo, kierując się ku wiosce szkolonych mężczyzn prędzej, niż z niej wyjeżdżali. Gabrelle podejrzewała, że skoncentrował się teraz na czymś i myślał o tym intensywnie. Więź niemal szumiała od jego emocji. Jechał chyba instynktownie.

Zanim się znaczniej oddalili, Toveine podjechała bliżej swej towarzyszki i pochyliwszy się w siodle, usiłowała przyciągnąć jej uwagę zdecydowanym spojrzeniem, równocześnie co rusz zerkając na Logaina, jakby z lęku, że mężczyzna się odwróci i zauważy ich chęć rozmowy. Dotąd nigdy nie zdawała się zwracać uwagi na przesyłanie więzi. Aktualne zachowanie sprawiło natomiast, że stale obracała głowę, aż

Gabrelle zaczęła się obawiać, iż Toveine spadnie za moment z konia.

— Musimy z nim pojechać — szepnęła. — Postaraj się zrobić w tym celu wszystko, co możliwe. Musimy mu towarzyszyć. — Gabrelle uniosła brwi, Czerwona zaś się zarumieniła, lecz nie przestała nalegać. — Nie możemy sobie pozwolić na pozostanie tutaj — dodała pospiesznie. — Ten mężczyzna na pewno nie porzuci swoich ambicji. Nie wiem, jaką niegodziwość planuje, lecz na pewno nie zdołamy go powstrzymać, jeżeli nie będzie nas wtedy przy nim.

— Widzę, co mam tuż pod swoim nosem — odburknęła Gabrelle złośliwie i odczuła ulgę, kiedy Toveine po prostu kiwnęła głową i zamilkła.

Tylko w ten sposób Gabrelle potrafiła zapanować nad rosnącym w niej strachem. Czy ta Czerwona nigdy nie bierze pod uwagę, jakie emocje przepływają przez więź? Determinacja Logaina wydała jej się nagle sprawą trudną i ostrą niczym czubeczek noża. Kobiecie przemknęło przez głowę, że tym razem wie, z czym ma do czynienia, i pod wpływem tej myśli aż zaschło jej w ustach. Nie miała pojęcia, przeciwko komu Logain zamierza walczyć, była jednak przekonana, że mężczyzna jedzie na wojnę.

Schodząc powoli jednym z licznych szerokich, nieco krętych korytarzy, które przecinały Białą Wieżę, Yukiri wydawała się poirytowana jak głodny kot. Ledwie potrafiła się zmusić do słuchania towarzyszącej jej siostry. Ranek nadal był mrocznawy, szczególnie że pierwsze światło świtu zaciemniał sypiący intensywnie na Tar Valon śnieg. Na średnich piętrach Wieży panowało zaś zimno tak lodowate jak na Ziemiach Granicznych o tej porze roku. „Och, no może nie aż takie" — poprawiła się po chwili Yukiri. Nie zapuszczała się tak daleko na północ od dobrych paru lat i pamięć ją zawodziła. Z tego też względu ważne było rejestrowanie wszystkiego na piśmie. Chyba że człowiek nie ośmieli się czegoś zapisać. Tak czy owak, panowało naprawdę nieznośne zimno. Mimo pomysłowości i umiejętności wszystkich starożytnych budowniczych gorąco buchające z wielkich pieców umieszczonych w podziemiach nigdy nie docierało na tak wysoki poziom. Pod wpływem przeciągu płomienie tańczyły na pozłacanych stojakach lamp, a niektóre — wystarczająco silne — podmuchy poruszały nawet zawieszonymi na białych ścianach ciężkimi gobelinami, które na przemian z wiosennymi kwiatami, leśnymi krajobrazami, egzotycznymi zwierzętami i ptakami przedstawiały sceny triumfów Wieży, nigdy nie pokazywane na niższych, publicznych piętrach. W wyposażonych w ciepłe kominki pokojach sióstr było znacznie przyjemniej.

Nowiny ze świata zewnętrznego wypełniały głowę Yukiri, choć starała się o nich nie myśleć. Właściwie częściej trapiła się brakiem stałych wiadomości. Przyniesione przez „oczy i uszy" informacje z Altary i Arad Doman okazywały się z sobą sprzeczne, a nieliczne sprawozdania, które zaczynały przeciekać z Tarabonu, również przerażające. Wedle plotek, władcy Ziem Granicznych znajdowali się wszędzie: od Ugoru, przez Andor i Amadicię aż po Pustkowie Aiel. Jedyny zaś potwierdzony raport głosił, że żaden z nich nie był tam, gdzie być powinien, czyli broniąc Granicy Ugoru. Aielowie z kolei przebywali niemal wszędzie i w końcu podobno uwolnili się od kontroli al'Thora, o ile w ogóle kiedykolwiek byli od niego zależni. A słysząc ostatnie nowiny z Murandy, Yukiri miała ochotę jednocześnie zgrzytać zębami i płakać, podczas gdy Cairhien...! Siostry były w całym Pałacu Słońca, jedne uważano za nielojalne, niektóre wręcz podejrzewano o bunt. Yukiri nie miała wiadomości od Coiren ani od przedstawicielek jej misji, odkąd opuściły miasto, chociaż powinny wrócić do Tar Valon już dawno temu. I jak gdyby to wszystko nie wystarczało, sam al'Thor znowu zniknął niczym mydlana bańka. Czy opowieści o zniszczeniu Pałacu Słońca mogły być prawdziwe? O Światłości, chyba ten człowiek przecież jeszcze nie oszalał! A może przestraszyła go głupia propozycja Elaidy i gdzieś się ukrył? Ale czy jego kiedykolwiek coś przerażało? To raczej on przerażał inne osoby — ją, pozostałe członkinie Komnaty Wieży — i zmuszał je do stawienia czoła własnym lękom.

Jedno było naprawdę pewne: że te wszystkie informacje nie mają praktycznie znaczenia wobec ogólnej nawałnicy. Wiedza na temat realiów w najmniejszym nawet stopniu nie poprawiała Yukiri nastroju. Mówiąc obrazowo, niepokój, że się wpadło między róże (nawet jeśli ciernie w końcu mogą zabić), stanowi właściwie luksus, jeśli równocześnie ma się przyciśnięty do żeber czubeczek noża.

— Ilekroć w ubiegłych dziesięciu latach opuszczała Wieżę, zawsze wyjeżdżała w sprawach prywatnych, więc nie istnieją żadne zapiski, które mogłybyśmy przejrzeć — mruknęła jej towarzyszka. — Bez… wścibstwa… trudno byłoby się dowiedzieć, kiedy dokładnie przebywała poza Wieżą. — Ciemnozłote włosy Meidani zdobiły grzebienie z kości słoniowej. Kobieta była wysoka i na tyle smukła, że zdawała się ją pozbawiać równowagi wydatna pierś podkreślona dodatkowo zarówno przez krój ciemnosrebrnego, haftowanego gorsetu, jak i przez przygarbioną postawę, którą przyjmowała, gdy odzywała się prosto do ucha niższej Yukiri. Szal osunął jej się na plecy i zatrzymał aż na nadgarstkach, toteż długie szare frędzle dotykały kaflowej podłogi.

— Wyprostuj się — warknęła cicho Yukiri. — Słyszę cię. Nie mam uszu zatkanych woskiem.

Druga kobieta od razu się wyprostowała, a na jej policzkach wykwitły słabe rumieńce. Zarzuciła szal wyżej na ramiona, po czym szybko zerknęła za siebie, na swojego Strażnika Leonina, który postępował za nimi w stosownej odległości. Skoro one obie ledwie słyszały słabe brzęczenie srebrnych dzwoneczków w czarnych warkoczach szczupłego mężczyzny, on na pewno nie mógł zrozumieć słów wypowiedzianych tak cichym głosem. Leonin wiedział nie więcej niż trzeba — czyli w gruncie rzeczy bardzo niewiele, tyle tylko, ile pragnęła jego Aes Sedai. Każdemu dobremu Strażnikowi taka wiedza całkowicie wystarczała, gdyż zbyt głęboka powodowała wyłącznie problemy. Siostry nie powinny jednakże szeptać, ponieważ każdy świadek szeptanej rozmowy zwykle chciał poznać sekret, którego dotyczyła.

Z tego właśnie powodu Meidani — druga Szara — drażniła Yukiri nie mniej niż świat zewnętrzny, nawet jeśli była jedynie kawką przystrojoną w łabędzie piórka. Nie przejmowała się nią jednak za bardzo. Choć buntowniczka udająca lojalność wydawała jej się osobą wstrętną, Yukiri była właściwie zadowolona, że Saerin i Pevara odwiodły ją na razie od wydania Meidani i jej sióstr buntowniczek prawu Wieży. Zmuszono je tylko do złożenia przysięgi, która w jakimś sensie „przycięła im skrzydła", dzięki czemu kobiety te stały się pożyteczne. Może nawet zasłużą sobie na nieco łaski, gdy ostatecznie staną przed sądem. Z tej przysięgi wszakże Yukiri też nie była do końca zadowolona. Buntowniczki czy nie, Meidani i inne zostały ukarane w sposób obcy zasadom Wieży. Równie obcy, jak morderstwo czy zdrada. Przysięga osobistego posłuszeństwa, złożona przy użyciu samej Różdżki Przysiąg, lecz nie złożona dobrowolnie, mocno się kojarzyła z Przymusem, który — choć nie do końca zdefiniowany — został zakazany wyraźnie i jednoznacznie. A jednak czasem, gdy się pragnie wykurzyć szerszenie, nie sposób nie zapaćkać ściany… a Czarne Ajah można by nazwać właśnie szerszeniami o jadowitych żądłach. Yukiri wiedziała, że kary są potrzebne — bez prawa nie można nic osiągnąć — jednak mniej interesowało ją egzekwowanie kar, bardziej własny los. Trupa nie bardzo obchodzi, czy jego morderca poniesie karę.

Dała krótki znak Meidani, zachęcając ją do kontynuacji

wypowiedzi, jednak w tym momencie, nim kobieta zdążyła się odezwać, z bocznego korytarza prosto na nie wyszły trzy Brązowe, popisując się swoimi szalami niczym Zielone. Yukiri słabo znała Marris Thornhill i Doraise Mesianos, tak słabo jak Zasiadające znały siostry z innych Ajah, które spędziły wiele lat w Wieży — czyli w praktyce potrafiła połączyć twarz z nazwiskiem i niewiele poza tym. Obie Zielone uważała za istoty łagodne i stale pochłonięte swoimi badaniami. Elin Warrel z kolei tak niedawno dostąpiła prawa noszenia szala, że nadal powinna instynktownie dygnąć na widok Yukiri. Tym niemniej żadna z Zielonych nie ukłoniła się Zasiadającej, w dodatku wszystkie wpatrzyły się w Yukiri i Meidani w sposób, w jaki koty gapią się na obce psy. A może psy na obce koty. Tak czy inaczej, popatrzyły niezbyt uprzejmie.

— Czy mogę spytać o pewien punkt z prawa arafeliańskiego, Zasiadająca? — spytała Meidani, jakby od początku tę właśnie kwestię pragnęła omówić.

Yukiri kiwnęła głową i Meidani zaczęła chaotyczną przemowę na temat praw rybackich na rzekach i jeziorach. Nie najlepiej chyba wybrała temat. Jakaś magistrat mogłaby poprosić Aes Sedai o przysłuchanie się sprawie związanej z prawami połowowymi, jednak tylko dla podparcia własnej opinii. Zwykle tego typu kwestie dotyczyły osób potężnych i magistrat wolała mieć za sobą najwyższą instancję.

Za Brązowymi wlókł się jeden Strażnik — Yukiri nie pamiętała, czy mężczyzna należy do Marris, czy do Doraise. Postawny osobnik o okrągłej, surowej twarzy i ciemnym czubie przypatrzył się Leoninowi i mieczom na jego plecach z niedowierzaniem, którego zapewne nauczył się od swej Aes Sedai. Zielone ruszyły dumnie w górę krętego korytarza. Starsze wysoko uniosły brody, chuda nowo przyjęta zaś niespokojnie podskakiwała, usiłując dotrzymać im kroku. Strażnik podążył za nimi wielkimi susami. Zachowywał się jak człowiek, który niespodziewanie znalazł się we wrogim kraju.

Obecnie zewsząd otaczała je zresztą wrogość. Niewidoczne ściany między siedzibami poszczególnych Ajah, kiedyś ledwie przesłony skrywające tajemnice każdej grupy, stwardniały teraz w kamienne wały obronne z fosami. Nie, nie były to fosy, raczej przepaście, głębokie i szerokie. Siostry nie opuszczały już same swoich kwater, często zabierały Strażników nawet do biblioteki czy jadalni i nigdy nie rozstawały się ze swoimi szalami, aby nikt nie miał wątpliwości, do których Ajah należą. Sama Yukiri nosiła swój najlepszy, haftowany srebrną i złotą nicią szal z sięgającymi aż do samych kostek jedwabnymi frędzlami. Najwyraźniej zatem również trochę się szczyciła swoją Ajah. A ostatnio zaczęła zadawać sobie pytanie, czy tuzin lat bez Strażnika nie jest okresem wystarczająco długim. Pomysł wydawał jej się straszny, gdyż przyszedł jej do głowy głównie ze strachu o własne bezpieczeństwo. A przecież żadna siostra nie powinna potrzebować ochrony Strażnika wewnątrz Białej Wieży!

Nie po raz pierwszy uderzyła ją myśl, że trzeba wprowadzić między Ajah jakiegoś mediatora i to jak najszybciej, w przeciwnym razie buntowniczki lada moment śmiało wtargną frontowymi drzwiami i jak złodziejki rozkradną wszystko, podczas gdy reszta będzie się sprzeczać o to, kto dostał naczynie cynowe cioci-babci Sumi. Na początek musiałaby jednakże skłonić Meidani i jej przyjaciółki do publicznego przyznania, że przysłały je do Wieży buntowniczki w celu rozpowszechniania pogłosek (co do których prawdziwości się upierały!), jakoby Czerwone Ajah namówiły Logaina, aby udawał fałszywego Smoka. Czyż mogła to być prawda?! Czy, w takim wypadku, Pevara nie wiedziałaby o tym ważnym zdarzeniu? Nie sposób wszak ogłupić Zasiadających, a zwłaszcza Pevary. Wokół tej plotki w każdym razie narosło tyleż różnych innych opowieści, że obecnie trudno było oddzielić prawdę od kłamstwa. Poza tym odrzucono pomoc dziesięciu z czternastu kobiet, które na pewno nie należały do Czarnych Ajah, nie wspominając o prawdopodobnym narażeniu działalności pozostałych.

Yukiri zadrżała i jej zachowanie nie miało nic wspólnego z podmuchami w korytarzu. Bez wątpienia zarówno ona, jak i każda inna kobieta, która mogłaby ujawnić prawdę, umrze, zanim nawałnica się przetoczy — w jakimś tak zwanym wypadku lub we własnym łóżku. A może Yukiri po prostu zniknie. Większość uzna, że zwyczajnie wyszła z Wieży i nikt już nigdy jej nie zobaczy. Była stuprocentowo pewna czekającego ją tragicznego losu. Później zaś ktoś schowa wszelkie ewentualne dowody tak głęboko, że nie wykopie ich choćby armia ludzi z szuflami. Zatuszowane zostaną nawet pogłoski. Tak już się wcześniej działo. Na przykład mnóstwo sióstr (i cała reszta świata) wciąż wierzyło, że Tamra Ospenya umarła w swoim łóżku. I Yukiri uwierzyła w to wyjaśnienie. Tak, tak, trzeba jak najszybciej wyłapać i zneutralizować Czarne Ajah, inaczej dojdzie do kolejnej tragedii.

Teraz, kiedy Brązowe znalazły się w bezpiecznej odległości, Meidani wróciła do swojego raportu. W następnej chwilę jednak znów zamilkła, gdyż tuż przed nimi nagle odsunęła ścienny gobelin czyjaś duża, owłosiona ręka. Z wejścia ukrytego przez gobelin przedstawiający jaskrawe ptaki z Zatopionych Ziem buchnął lodowaty podmuch, po czym do korytarza wszedł mocno zbudowany mężczyzna w grubym, brązowym płaszczu roboczym. Ciągnął zarzucony po brzegi kawałkami orzechowego drewna wózek, który pchał inny służący w chałacie. Zwykli robotnicy nie nosili na piersiach białego Płomienia.

Na widok dwóch Aes Sedai mężczyźni pospiesznie opuścili gobelin i zepchnęli wózek z drogi pod ścianę, a ponieważ równocześnie usiłowali się siostrom ukłonić, o mało przy tym nie przewrócili ładunku i przez chwilę łapali zsuwające się szczapy opałowego drewna. Zapewne spodziewali się zakończyć pracę, nie napotkawszy żadnych sióstr. Yukiri zawsze czuła sympatię dla ludzi, którzy musieli wciągać z dołu drewno, wodę i wszystkie inne przedmioty rampami dla służby, tym razem jednak minęła robotników z nachmurzoną miną.

Rozmowy odbywanej podczas spaceru praktycznie nie sposób podsłuchać, a korytarze we wspólnej części wydały się Yukiri najbardziej odpowiednie na prywatną dyskusję z Meidani. Lepsze w każdym razie niż jej apartamenty, gdzie wszelkie sposoby zapobiegania podsłuchowi tylko powiadamiałyby inne osoby w kwaterach Szarych, że Zasiadająca omawia jakieś sekrety i — co gorsza — z kim je omawia. Obecnie w Wieży znajdowało się zaledwie około dwustu sióstr. Niewielka ilość jak na Białą Wieżę, która wydawała się prawie pusta. Tym bardziej więc opuszczone powinny być wspólne korytarze. Tak przynajmniej pomyślała Yukiri.

Wzięła pod uwagę służących w liberiach, którzy biegali po korytarzach, sprawdzając knoty lamp, poziom oleju i tuzin innych rzeczy oraz odzianych w jasne stroje pracowników noszących na plecach wiklinowe kosze wypełnione Światłość jedna wie, czym. Ci ludzie pojawiali się zawsze we wczesnych godzinach porannych, jako że przygotowywali Wieżę na cały dzień, jednak tylko szybko się kłaniali bądź dygali, po czym usiłowali jak najszybciej zejść z drogi Aes Sedai. Nie chcieli słyszeć ich rozmów. Służba Wieży potrafiła się zachowywać taktownie, zwłaszcza że każdemu podejrzewanemu o podsłuchiwanie sióstr groziło natychmiastowe zwolnienie. Biorąc pod uwagę obecny nastrój w Wieży, służący szczególnie szybko starali się znikać siostrom z pola widzenia, unikając w ten sposób wszelkich okazji do podsłuchania rozmowy, której słyszeć nie powinni.

Yukiri nie wiedziała natomiast, ile sióstr postanowi wyjść tego ranka poza własne kwatery. A było ich niestety — mimo wczesnej godziny i panującego zimna — sporo. Chodziły dwójkami i trójkami. Czerwone patrzyły z góry na wszystkie spotkane, z wyjątkiem innych reprezentantek swojej Ajah, Zielone i Żółte prześcigały się w hardości spojrzeń, Brązowe zaś z całych sił starały się jawnie pogardzać każdą z przedstawicielek tamtych Ajah. Kilka Białych, wszystkie poza jedną bez Strażników, próbowały udawać spokojne, choć podskakiwały na odgłos własnych kroków. Co parę minut pojawiała się w zasięgu wzroku jakaś grupka, więc Meidani zamiast skupiać się na raporcie, przez większą część czasu paplała o kwestiach prawnych.

Najgorsze, że dwukrotnie jakieś Szare uśmiechnęły się z czymś w rodzaju ulgi na widok dwóch sióstr ze swojej Ajah i dołączyły do nich, jak gdyby Yukiri nie dała im wyraźnego znaku, potrząsając głową. Straszliwie ją to rozwścieczyło, ponieważ teraz wszystkie Szare odkryją, że Yukiri ma szczególny powód do rozmowy z Meidani sam na sam. Nawet jeśli Czarne Ajah nie zwróciły na to uwagi, a Światłość sprawi, że nie będą miały powodu do podejrzeń, obecnie zbyt wiele sióstr szpiegowało członkinie innych Ajah i mimo że same złożyły Trzy Przysięgi, ich opowieści osobliwie się rozrastały. W dodatku Elaida wielokrotnie karała za te opowieści, brutalną siłą starając się zmusić do posłuszeństwa wszystkie Ajah. Trzeba było przyjąć karę i wmówić sobie, że jest zasłużona. Yukiri raz już tego doświadczyła, jednak nie miała ochoty tracić kolejnych dni na szorowanie podłóg, zwłaszcza teraz, gdy miała na głowie taką masę spraw, że nie wiedziała, za którą się zabrać. Z kolei drugie wyjście — czyli prywatna wizyta u Silviany — nie było lepsze, nawet jeśli oszczędzało czas! Elaida wydawała się sroższa niż kiedykolwiek, odkąd zaczęła wzywać Silvianę — przypuszczalnie odbywając w ten sposób prywatną pokutę. W całej Wieży ciągle szumiało od plotek na ten temat.

Choć Yukiri nie chciała się do tego przyznać, te liczne kwestie wyrobiły w niej ostrożność, z jaką teraz patrzyła na inne siostry. Żadnej wszakże nie przyglądała się zbyt długo, gdyż wtedy i ją któraś mogła uznać za szpiega. Z drugiej strony szybkie odwrócenie wzroku narażało ją na identyczne podejrzenia. Mimo tych niuansów miała ochotę po prostu zagapić się na dwie Żółte, które sunęły korytarzem krokiem królowych przemierzających wnętrze własnego pałacu.

Postępujący za nimi w zapewniającej im prywatność odległości ciemny, krępy Strażnik należał zapewne do zielonookiej Pritalle Nerbaijan, gdyż Atuan Larisett w ogóle nie posiadała Strażnika. Yukiri niewiele wiedziała o Pritalle, lecz wielu spraw się domyśliła, widząc ją pogrążoną w prywatnej rozmowie z Atuan. W szarej sukni z żółtymi wstawkami i wysokim kołnierzem oraz jedwabnym szalu z frędzlami Tarabonianka wyglądała niezwykle efektownie. Ciemne włosy, splecione w szereg cienkich, zdobionych jaskrawymi paciorkami warkoczy, opadały jej aż do talii, zdobiąc twarz, która jakimś sposobem wydawała się doskonała, choć kobieta bynajmniej nie była piękna. Pritalle była również dość skromna, przynajmniej jak na Żółtą Ajah. Tyle że należała do tych mieszkanek Wieży, którym Meidani i jej towarzyszki usiłowały się bacznie przyglądać, nie dając się oczywiście przyłapać podczas tej inwigilacji. Jej imię je przerażało i wypowiadane było na głos jedynie na osobności. Atuan Larisett była z kolei jedną z trzech Czarnych sióstr, które znała Talene. Czarne były zorganizowane w trójki — trzy kobiety tworzyły jedną grupę, w której każda znała jedynie dwie pozostałe. Talene poza swoimi dwiema towarzyszkami znała jeszcze Atuan, istniała zatem nadzieja, że Atuan doprowadzi ją do dwóch innych.

Zanim dwie Żółte zniknęły za zakrętem, Atuan zerknęła w spiralny korytarz. Zaledwie musnęła przy tym wzrokiem Yukiri, jednak pod wpływem spojrzenia Szarej serce Yukiri podskoczyło do gardła. Szła wszakże dalej, usiłując nie dać nic po sobie poznać, a po dotarciu do zakrętu zdobyła się na szybkie zerknięcie. Atuan i Pritalle były już w połowie korytarza, kierując się ku zewnętrznemu kręgowi. Strażnik podążał za nimi, ani razu nie odwracając się za siebie. Pritalle potrząsała głową. Czyżby reagowała w ten sposób na jakąś wypowiedź Atuan? Obie kobiety za bardzo się już oddaliły, Yukiri słyszała więc jedynie słabe odgłosy uderzających o kaflową podłogę obcasów ciemnego Strażnika. Pocieszyła się, że przecież Atuan tylko na nią spojrzała, nic więcej! Niemniej jednak przyspieszyła kroku, nie chciała bowiem, by któreś z tych trojga obejrzało się przez ramię i na nią popatrzyło. Gdy znalazła się za wejściem do korytarza, odsapnęła, choć wcześniej nie zdawała sobie sprawy, że wstrzymuje oddech. Meidani zrobiła ta samo; jej ramiona opadły bezwładnie.

„Dziwne, jak na nas działają" — pomyślała Yukiri, prostując się.

Gdy siostry dowiedziały się, że Talene należy do Sprzymierzeńców Ciemności, Talene była już więźniem. „I mimo to straszliwie nas przerażała" — przyznała w duchu Yukiri. No cóż, to, co jej zrobiły wcześniej, skłaniając do wyznania prawdy, również straszliwie je przerażało, poznanie jej zaś kompletnie je zaszokowało. Teraz Talene dobrze tu pilnowano, a jej los był gorszy niż los Meidani, choć wydawała się mieć sporo swobody (nawet Saerin nie mogłaby uwięzić Zasiadającej tak, by nikt tego nie zauważył) i żałośnie podsuwała najbłahsze informacje lub podejrzenia w nadziei, że zdoła się uratować. Niestety, niewiele już od niej zależało. A jeśli chodziło o pozostałe...

Pevara sugerowała, że Talene pomyliła się co do Galiny Casban i wściekała się cały dzień, zanim w końcu uwierzyła, że jej Czerwona siostra faktycznie jest przedstawicielką Czarnych Ajah. Pevara nadal wspominała czasem o chęci uduszenia Galiny własnymi rękoma. Sama Yukiri poczuła natomiast zimną obojętność, gdy Talene wskazała Temaile Kinderode.

Skoro w Wieży przebywali Sprzymierzeńcy Ciemności, na pewno można ich było znaleźć także wśród Szarych. Może zresztą Yukiri pomogła niechęć, którą zawsze żywiła dla Temaile. Zachowała spokój także po skojarzeniu z sobą wszystkich faktów, kiedy zrozumiała, że Temaile opuściła Wieżę akurat tego dnia, gdy odnaleziono zwłoki trzech zamordowanych sióstr. Zaczęto wtedy podejrzewać inne osoby, na przykład siostry, które zniknęły wraz z Galiną i Temaile, lecz skoro ich już w Wieży nie było, nie można było żadnej udowodnić związków z Ciemnością.

A Atuan, która bez wątpienia była Czarną Ajah, swobodnie przemierzała korytarze Wieży — przez nikogo nie powstrzymywana i nie związana Trzema Przysięgami. Do czasu aż Doesine zdoła ją przesłuchać na osobności (trudna sprawa, nawet dla Zasiadającej Ajah, ponieważ o przesłuchaniu nie mógł się dowiedzieć naprawdę nikt), Aes Sedai mogły jedynie czekać i obserwować. Obserwować z daleka, ostrożnie i rozważnie. Było to jak życie ze żmiją — człowiek nigdy nie wie, kiedy znajdzie się z nią oko w oko, nigdy nie wie, kiedy gad może ukąsić. Albo jak życie w kłębowisku żmij, choć widzi się tylko jedną...

Niespodziewanie Yukiri uświadomiła sobie, że szeroki, kręty korytarz kompletnie opustoszał. Przed sobą nie widziała nikogo, za sobą zaś jedynie Leonina. Jakby w Wieży nie znajdował się nikt z wyjątkiem ich trojga. W zasięgu jej wzroku nie poruszało się nic oprócz migoczących płomieni na stojakach lamp. I panowała zupełna cisza.

— Wybacz mi, Zasiadająca — zaczęła cicho Meidani. — Zdumiałam się na jej widok. Gdzie skończyłam? Ach tak, wiem. Wiem, że Celestin i Annharid próbują znaleźć wśród Żółtych jej bliskie przyjaciółki. — Celestin i Annharid były współkonspiratorkami Meidani, obie należały do Żółtych Ajah. Pożyteczne okazały się po dwie z każdej Ajah, oczywiście z wyjątkiem przedstawicielek Czerwonych i Błękitnych. — Boję się jednak, że niewiele osiągną. Atuan ma spory krąg przyjaciółek, a w każdym razie miała, zanim... doszło do aktualnej sytuacji wśród Ajah. — W jej głosie pojawiła się nutka satysfakcji, twarz kobiety pozostała wszakże bez wyrazu. Meidani, mimo dodatkowej przysięgi, pozostała buntowniczką. — Przesłuchanie ich wszystkich będzie trudne, jeśli w ogóle jest możliwe.

— Zapomnij o niej na razie. — Yukiri z całych sił musiała się powstrzymywać przed ciągłym rozglądaniem się na boki. Gobelin przedstawiający białe kwiaty zmarszczył się nieznacznie i Yukiri się zawahała, nie miała bowiem pewności, czy poruszenie spowodował podmuch wiatru, czy też kolejny służący wychodzący z rampy. Nigdy nie pamiętała, gdzie się te rampy znajdowały. Nowy temat, który zamierzała podjąć w rozmowie z Meidani, był na swój sposób równie niebezpieczny jak dyskusja o Atuan. — Ubiegłej nocy — zaczęła w końcu — przypomniałam sobie, że odbywałaś nowicjat wraz z Elaidą i jej bliskimi przyjaciółkami. Dobrym pomysłem wydaje mi się odnowienie obecnie tej przyjaźni.

— Było to kilka lat temu — odparła wysoka Meidani sztywno, podnosząc szal z ramion i owijając się nim szczelnie, jakby nagle poczuła zimno. — Elaida bardzo słusznie zerwała naszą znajomość, gdy została Przyjętą. Jeślibym się znalazła w jej klasie, mogłaby zostać oskarżona o faworyzowanie.

— Tobie za to nie byłoby przyjemnie, gdybyś w takiej sytuacji nie została jej faworytką — odparła cierpko Yukiri. Aktualna srogość Elaidy była czymś zupełnie nowym. Zanim ta kobieta wyjechała przed laty do Andoru, protegowała swoje wybranki tak często, jawnie i jednoznacznie, że siostry niejednokrotnie musiały interweniować. Do tych faworytek należała Siuan Sanche, co zaskoczyło Yukiri, gdyż Siuan zawsze wydawała jej się osobą samodzielną. Dziwne, że zapamiętała ten szczegół. Dziwne i smutne. — Mimo to, zrobisz wszystko, co w twojej mocy, aby tę przyjaźń odnowić.

Meidani przeszła dwa tuziny kroków korytarzem, bezgłośnie otwierając i zamykając usta, przesuwając i wygładzając szal, machając rękoma niczym ktoś, kto się broni przed natrętną końską muchą, popatrując przy tym wszędzie, byle nie na Yukiri. Jakim sposobem tak mało opanowana kobieta mogła funkcjonować jako Szara Ajah?

— Próbowałam — odparła w końcu, lekko chrypliwie. Nadal unikała wzroku swej towarzyszki. — Kilka razy. Opiekunka... Alviarin zawsze mnie zbywała. „Amyrlin jest zajęta, ma spotkanie, musi odpocząć". Stale miała jakąś wymówkę. Myślę, że Elaida po prostu nie chce wrócić do przyjaźni, którą zerwała ponad trzydzieści lat temu.

A więc buntowniczki także o tej przyjaźni pamiętały. Do czego zamierzały ją wykorzystać? Najprawdopodobniej do szpiegowania. Yukiri musi się dowiedzieć, w jaki sposób Meidani miała przekazać zdobyte informacje. Buntowniczki bez wątpienia dostarczyły jakiegoś narzędzia, które Yukiri będzie umiała wykorzystać.

— Alviarin zeszła ci już z drogi — oznajmiła drugiej Szarej. — Opuściła Wieżę wczoraj czy może przedwczoraj... Nikt nie ma co do tego pewności, jej służebne twierdzą jednak, że zabrała zapasowe ubranie, więc przypuszczalnie wróci dopiero za kilka dni. Najprędzej za kilka dni...

— Dokąd mogłaby się udać w taką pogodę? — przerwała jej Meidani, marszcząc brwi. — Sypie od wczoraj rana, a już wcześniej zbierało się na śnieżycę.

Yukiri zatrzymała się, chwyciła drugą kobietę za ramiona i obróciła ją ku sobie.

— Ciebie, Meidani, powinno interesować jedynie, że wyjechała — oświadczyła ostro. „Dokąd właściwie ta Alviarin pojechała?" — zastanowiła się. — Masz prostą drogę do Elaidy i skorzystasz z niej. Sprawdzisz przy okazji, czy możesz dotrzeć do papierów Elaidy. Chcemy mieć pewność, że nikt cię nie obserwuje. — Talene twierdziła, że Czarne Ajah znają wszystkie wnioski wypływające ze studiów Amyrlin, zanim zostaną one ogłoszone, toteż Yukiri potrzebowała kogoś, kto zbliży się do Elaidy i odkryje ich szpiegowskie metody. Było jasne, że każdy dokument przed podpisaniem go przez Elaidę ogląda Alviarin, która posiadała większą władzę niż jakakolwiek Opiekunka Kronik przed nią, nie istniały wszakże żadne dowody na poparcie ewentualnej tezy, że Alviarin jest Sprzymierzeńcem Ciemności. Oczywiście, nie było też żadnych argumentów poświadczających jej potencjalną niewinność, chociaż dokładnie zbadały jej przeszłość. — Będziesz się musiała strzec Opiekunki, gdy powróci, jednak wierz mi, że papiery Elaidy są dla nas bardzo ważne.

Meidani westchnęła i niechętnie kiwnęła głową. Wiedziała, że musi okazać posłuszeństwo, miała jednak także świadomość, jak wielkie grozi jej niebezpieczeństwo, jeżeli Alviarin okaże się Sprzymierzeńcem Ciemności. W dodatku sama Elaida mogła być Czarną, przy czym upierały się Saerin i Pevara. Sprzymierzeniec Ciemności jako Zasiadająca na Tronie Amyrlin! Od tej myśli aż przestawało bić serce.

— Yukiri! — rozległ się kobiecy głos w górze korytarza.

Yukiri, Zasiadająca w Komnacie Wieży, o mało nie podskoczyła niczym przerażony kozioł na odgłos swojego imienia. Gdyby nie przytrzymała się Meidani, pewnie by upadła, na szczęście obie zatoczyły się jedynie jak pijani rolnicy w tańcu żniwnym.

Yukiri szybko się otrząsnęła z zaskoczenia, wygładziła szal i przybrała nachmurzoną minę. Kiedy zobaczyła, kto do niej spieszy, jej rysy bynajmniej nie złagodniały. Seaine nie powinna się zbytnio oddalać od własnych pokojów, podobnie jak wiele innych Białych, chyba że znajdowały się właśnie w otoczeniu Yukiri lub jednej z innych Zasiadających, które wiedziały o Talene i Czarnych Ajah, ta jednak pędziła korytarzem jedynie w towarzystwie krępej Tarabonianki nazwiskiem Bernaile Gelbarn i innych „kawek" Meidani. Leonin odsunął się na bok, kłaniając się formalnie Seaine i dotykając koniuszkami palców piersi w okolicy serca. Meidani i Bernaile okazały się na tyle głupie, że wymieniły uśmiechy. Były przyjaciółkami, lecz w miejscach publicznych nie należało się tak jawnie przyznawać do pewnych znajomości.

Yukiri z pewnością nie była w nastroju do uśmiechów.

— Wyszłaś zaczerpnąć powietrza, Seaine? — spytała cierpko. — Saerin będzie niezadowolona, kiedy jej o tym powiem. Bardzo niezadowolona! I mnie się to nie podoba, Seaine.

Meidani jęknęła cicho, a Bernaile szarpnęła głową tak gwałtownie, aż zagrzechotały liczne paciorki wplecione w jej wąskie warkoczyki. Obie kobiety zaczęły pilnie studiować gobelin, który najprawdopodobniej pokazywał poniżenie Królowej Rhiannon. Mimo obojętnych obliczy Meidani i Bernaile wyraźnie żałowały, że nie mogą się nagle znaleźć gdzieś daleko stąd, w jakimś zupełnie innym miejscu. Przypuszczalnie w ich opinii wszystkie Zasiadające powinny być sobie równe. Zresztą, były sobie równe... Tyle że w normalnej sytuacji. Mniej więcej równe. Leonin chyba nie słyszał ich rozmowy, wyczuł jednakże nastrój Meidani i odsunął się od nich jeszcze o krok. A równocześnie nie przestawał się uważnie rozglądać po korytarzu. Dobry człowiek. Mądry człowiek.

Seaine wykazała się bystrością i natychmiast się speszyła. Nieświadomie wygładziła obszytą śnieżnym haftem wzdłuż brzegu i na staniku sukienkę, ale prawie od razu złapała w obie ręce szal i gniewnie zmarszczyła czoło. Seaine znano z uporu — od dnia, w którym przybyła do Wieży. Była córką wytwórcy mebli z Lugard, która namówiła swego ojca na opłacenie przejścia dla niej i jej matki. Dla obu w górę rzeki lub dla jednej w dół. Miała silną wolę i była kobietą śmiałą. Na nieszczęście często jednak bywała równie ślepa na zdarzenia świata zewnętrznego jak Brązowe. Białym często się to zresztą zdarzało — duża doza logiki i zero rozsądku.

— Ja nie muszę się ukrywać przed Czarnymi Ajah, Yukiri — rzuciła.

Yukiri skrzywiła się. Cóż za głupota, żeby w takim miejscu mówić na głos o Czarnych. Korytarz był wprawdzie nadal pusty aż do zakrętów, jednak taka beztroska czasami naprawdę źle się kończyła. Seaine powinna się lepiej zastanowić, gdzie się znajduje. Najwyraźniej wszakże nie miała więcej rozumu niż gęś. Yukiri już miała skrytykować tę kobietę, ostro skrytykować, ale Seaine ją uprzedziła.

— Saerin powiedziała mi, że mogę cię tu znaleźć. — Powiedziawszy to, zacisnęła usta i rumieńce zapłonęły na jej policzkach. Zmuszona do pytania o cokolwiek lub proszenia o pozwolenie nie czuła się dobrze i, rzecz jasna, zdawała sobie sprawę ze swojej niezręcznej sytuacji. Jakże niemądre było takie niepogodzenie się z faktami. — Muszę z tobą porozmawiać sam na sam, Yukiri. O drugiej tajemnicy.

Przez chwilę Szara Yukiri wyglądała na równie zaintrygowaną jak Meidani i Bernaile. Może udawały, że nie słuchają, jednak stwierdzenie na pewno nie umknęło ich uwadze. Druga tajemnica? Co Seaine miała na myśli? Chyba że... Mówiła może o pierwotnych przyczynach, dla których Yukiri w ogóle rozpoczęła polowanie na Czarne Ajah? Rozważała wówczas powody, dla których wysoko postawione Ajah spotykają się potajemnie. Zepchnęła jednak tę sprawę na dalszy plan, gdyż pilniejsze okazało się znalezienie wśród sióstr Sprzymierzeńców Ciemności.

— No dobrze, Seaine — odparła Yukiri z pozornym opanowaniem. — Meidani, przejdź z Leoninem w dół korytarza. Stańcie na zakręcie, ale tak, abyście widzieli mnie i Seaine. Bacznie sprawdzajcie, czy nikt nie nadchodzi. Bernaile, ty się przesuń w górę korytarza. — Cała trójka odeszła, zanim Yukiri skończyła wydawać polecenia, a gdy miała pewność, że jej nie usłyszą, zwróciła się do Seaine. — A więc?

Ku jej zaskoczeniu Białą Zasiadającą i ją samą otoczyła

poświata *saidara*, który w tym przypadku dawał wprawdzie ochronę przed podsłuchem, lecz jednocześnie stanowił jawny dowód potajemnej rozmowy dla każdego, kto je zobaczy. Temat był najwyraźniej bardzo ważny.

— Pomyśl logicznie. — Seaine przemawiała spokojnym tonem, lecz w dłoniach wciąż miętosiła szal. Stała całkowicie wyprostowana, górując nad Yukiri, choć ta była kobietą ponadprzeciętnie wysoką. — Minął już z górą miesiąc, prawie dwa, od czasu, kiedy Elaida do mnie przyszła, a prawie dwa tygodnie, odkąd odkryłaś Pevarę i mnie. Gdyby Czarne Ajah o mnie wiedziały, już bym nie żyła. Obie z Pevarą byłybyśmy martwe, zanim ty, Doesine i Saerin zdążyłybyście się ogóle do nas zbliżyć. Wnioskuję z tego zatem, że Czarne o nas nie wiedzą. O żadnej z nas. Przyznaję, że najpierw się bałam, teraz jednak całkowicie nad sobą panuję. Reszta sióstr nie ma już powodu ciągle mnie traktować jak nowicjuszkę... — podniosła, spokojny dotąd, głos. — ...albo idiotkę.

— Będziesz musiała porozmawiać o tej kwestii z Saerin — odrzekła zwięźle Yukiri. Saerin od początku przejęła kontrolę nad sprawą (po czterdziestu latach reprezentowania Brązowych w Komnacie Wieży Saerin nieźle to potrafiła), a Yukiri, jak długo mogła, nie miała zamiaru jej się przeciwstawiać, szczególnie gdyby musiała do tego wykorzystać przywilej Zasiadającej. Zgodnie z przysłowiem: „Dopóki się da, trzeba usiłować złapać toczący się kamień". Jeśli Seaine zdoła przekonać Saerin, Pevara i Doesine także dadzą jej szansę, a wtedy Yukiri na pewno nie stanie Białej na drodze. — No więc, o co chodzi z tą „drugą tajemnicą"? Masz na myśli zebrania Ajah?

Seaine popatrzyła tępo. Yukiri niemal oczekiwała, że kobieta rozdziawi usta. Wreszcie Seaine sapnęła.

— Czy przywódczyni twoich Ajah przyłożyła rękę do wyboru Andayi do Komnaty? Chodzi mi o to, że... bardziej niż zwykle?

— Rzeczywiście — odpowiedziała ostrożnie Yukiri.

Wszyscy byli pewni, że Andaya któregoś dnia wejdzie do Komnaty Wieży, może za jakieś czterdzieści czy pięćdziesiąt lat, jednak Serancha już ją prawie namaściła, gdy dotychczasową metodę nagle poddano dyskusji, a później tajnemu głosowaniu. Były to jednak wyłącznie sprawy Ajah, równie sekretne jak imię i tytuł Seranchy.

— Wiedziałam o tym. — Seaine kiwnęła głową. Obecne podniecenie zupełnie nie pasowało do jej normalnego zachowania. — Saerin twierdzi, że Juilaine również nie została wybrana reprezentantką Brązowych w zwyczajny sposób, a Doesine to samo opowiada o Suanie, chociaż nie wprost. Sądzę, że Suana jest przywódczynią Żółtych. Była w każdym razie ich Zasiadającą przez czterdzieści lat, co, jak sama wiesz, stanowi długi okres. Z kolei Ferane ustąpiła ze stanowiska Zasiadającej Białych niecałe dziesięć lat temu. Nikt tak szybko nie wszedł powtórnie do Komnaty. Talene dodaje, że Zielone mianują kandydatki, z których jedną wybiera ich Kapitan-Generał, lecz Adelorna wybrała Rinę bez nominacji.

Yukiri z trudem zdołała powstrzymać się przed grymasem. Cała Wieża miała podejrzenia co do przywódczyń poszczególnych Ajah, chociaż nikt nie był świadkiem ich potajemnych spotkań. Yukiri pomyślała, że wypowiadanie na głos tych wszystkich imion jest co najmniej niegrzeczne. Nawet Zasiadające nie powinny rozprawiać o takich detalach. Oczywiście, obie z Seaine pamiętały o sprawie Adelorny. Talene, starając się im przypochlebić, przez nikogo nie pytana wydała wszelkie sekrety Zielonych. Wszystkie czuły się wtedy zażenowane, to znaczy… wszystkie oprócz samej Talene. Jej opowieść wyjaśniła wszakże, dlaczego Zielone tak się wściekły, gdy Adelornę wychłostano. Tym niemniej pozostała ona Kapitan-Generał. Śmieszny tytuł, nawet jeśli nazywały się Bojowymi Ajah… Przynajmniej Główna Urzędniczka naprawdę szczerze opisała, co zrobiła Serancha.

Stojący w dole korytarza Meidani i jej Strażnik wyraźnie o czymś cicho rozmawiali. Mimo to jedno lub drugie stale zerkało za zakręt. Bernaile znajdowała się także w zasięgu wzroku Yukiri, chociaż na przeciwległym krańcu korytarza. Kobieta stale obracała głowę, usiłując nie spuszczać oczu z Yukiri i Seaine, a równocześnie sprawdzać, czy ktoś nie nadchodzi. Poza tym przestępowała z nogi na nogę w sposób, który mógł przyciągnąć uwagę innych, jednak obecnie każda kręcąca się samotnie poza kwaterami swojej Ajah siostra aż się prosiła o kłopoty, a Bernaile o tym wiedziała i stąd wynikało jej zdenerwowanie. Tę rozmowę trzeba było jak najszybciej zakończyć.

Yukiri podniosła pięść i odgięła kciuk.

— Po pierwsze pięć Ajah musiało wybrać nowe Zasiadające, ponieważ ich dotychczasowe przedstawicielki w Komnacie przyłączyły się do buntowniczek. — Seaine skinęła głową, toteż Yukiri odgięła palec wskazujący. — Po drugie każda z tych Ajah wybrała Zasiadającą, która nie była... wyborem... logicznym. — Seaine kiwnęła głową. Środkowy palec dołączył do wskazującego. — Po trzecie Brązowe zostały zmuszone wybrać dwie nowe Zasiadające, a jednak nie wspomniałaś o Shevan. Jest w niej coś... — Yukiri przybrała wymuszony uśmiech — ...dziwnego?

— Nie. Saerin mówi, że prawdopodobnie sama wskazałaby Shevan, gdyby zdecydowała się wycofać, ale...

— Seaine, jeśli rzeczywiście sugerujesz, że przywódczynie Ajah spiskowały podczas podejmowania decyzji, kto ma objąć stanowisko w Komnacie Wieży... Zresztą, nigdy nie słyszałam dziwaczniejszego pomysłu! Jeśli jest tak, jak twierdzisz, dlaczego wybrały pięć podejrzanych kobiet i jedną zwyczajną?

— Właśnie coś takiego sugeruję — upierała się Seaine. — A ponieważ trzymacie mnie praktycznie pod kluczem, miałam więcej czasu na myślenie, niż mi potrzeba. Juilaine, Rina i Andaya dały mi wskazówki, Ferane zaś skłoniła mnie do sprawdzenia faktów. — Jakie wskazówki ze strony Andayi i innych miała na myśli Seaine? Och, no tak, jasne. W tak młodym wieku Rina i Andaya nie powinny jeszcze wstąpić do Komnaty Wieży. Zwyczaj nieporuszania kwestii wieku dość szybko sprawił, że przestano się nad nim również zastanawiać. — W przypadku tych dwóch mógł się zdarzyć zbieg okoliczności — ciągnęła Seaine. — Nawet w przypadku trzech, choć trudno w to uwierzyć, ale jeśli mamy do czynienia z pięcioma?! Poza Błękitnymi, tylko z Brązowych Ajah dwie Zasiadające dołączyły do buntowniczek. Może dlatego wybrały jedną zwyczajną siostrę. Jednak ta grupa jest dziwna, Yukiri. Zagadkowa. Nie wiem, czy myślę racjonalnie, coś mi jednak mówi, że lepiej rozwiązać radę, zanim do Wieży dostaną się buntowniczki. Stale odnoszę wrażenie, że ktoś kładzie mi rękę na ramieniu, a kiedy się oglądam, oczywiście nikogo tam nie ma.

Niewiarygodny był przede wszystkim sam pomysł, że przywódczynie Ajah spiskują. „Niemniej jednak — zadumała się Yukiri — konspiracja Zasiadających to wcale nie sprawa naciągana. Sama przecież biorę w czymś udział”. Istniała też zasada, że poza daną Ajah nikt nie zna przywódczyni, tyle że żadna przywódczyni Ajah nie przestrzegała tej zasady.

— Jeśli masz do czynienia z zagadką, zostało ci sporo czasu na jej rozwiązanie — odparła znużonym głosem. — Cokolwiek buntowniczki powiedziały ludziom, nie będą mogły opuścić Murandy przed wiosną, a marsz w górę rzeki zajmie im miesiące, o ile w ogóle tak długo utrzymają armię. — Nie wątpiła, że utrzymają ją przez jakiś czas, choć z pewnością nie bez końca. — Wróć do swoich pokojów, zanim ktoś zobaczy nas i nasze straże. Tam możesz myśleć o swojej łamigłówce — dodała, siląc się na uprzejmość, po czym położyła dłoń na ramieniu Seaine. — Będziesz musiała znieść jeszcze nieco opieki... do czasu, aż wszyscy się upewnimy, że jesteś całkowicie bezpieczna.

Gdyby Seaine nie była Zasiadającą, jej minę można by nazwać ponurą.

— Porozmawiam jeszcze raz z Saerin — oświadczyła, a otaczająca ją poświata *saidara* zniknęła.

Patrząc, jak Seaine dołącza do Bernaile, a później obie odchodzą krętym korytarzem ku kwaterom Ajah (obie ostrożne jak obawiające się wilków jelonki), Yukiri czuła ciężar na sercu. Szkoda, że buntowniczkom nie uda się dotrzeć przed latem. Może przynajmniej Ajah by się zjednoczyły i siostry nie musiałyby się przemykać do Białej Wieży. „Och, to jakbym pragnęła skrzydeł" — pomyślała ze smutkiem.

Zdecydowana panować nad nastrojem, ruszyła do Meidani i Leonina. Musiała przesłuchać Czarną siostrę, na szczęście śledztwo należało do zadań, z którymi dobrze sobie radziła.

Gawyn wytrzeszczył oczy w ciemnościach, gdy nowa fala zimna podniosła się aż do stryszku na siano. Grube, kamienne ściany pomieszczenia zazwyczaj chroniły nawet przed najgorszym chłodem nocy. Pod sobą Gawyn słyszał mamroczące głosy; wydawały się podekscytowane. Zdjął rękę z leżącego obok niego miecza i mocniej naciągnął rękawice. Tak jak cała reszta Młodych, spał w pełnym stroju. Prawdopodobnie nadeszła już pora na zmianę warty, więc powinien obudzić kilku ludzi wokół siebie, sam był jednak w tej chwili zupełnie rozbudzony i wątpił, czy szybko odnajdzie znów sen. Właściwie zawsze sypiał nerwowo, niepokojony przez mroczne sny i nawiedzany przez kobietę, którą kochał. Nie wiedział, gdzie jest Egwene, czy w ogóle żyje. I czy potrafi mu wybaczyć. Wstał, otrzepał się z drobinek siana, które przyczepiły mu się do płaszcza, po czym przypiął do pasa miecz.

Gdy ruszył między ciemne sylwetki mężczyzn śpiących na ułożonych w sterty belach siana, ciche szuranie butów na drewnianych szczeblach uprzytomniło mu, że ktoś wchodzi po drabinie na stryszek. Po chwili niewyraźna postać ukazała się na szczycie drabiny i tu się zatrzymała.

— Lordzie Gawynie? — spytał cicho Rajar głębokim głosem z domańskim akcentem, którego nie utracił mimo sześcioletniego szkolenia w Tar Valon. Dudniący głos Pierwszego Porucznika zawsze wszystkich zaskakiwał, jako że dobywał się z ust drobnego mężczyzny, sięgającemu Gawynowi niewiele wyżej niż do ramienia. Jednakże w innych czasach Rajar — mimo swej lichej postury — pewnie do tej pory zostałby już Strażnikiem. — Sądziłem, że będę cię musiał zbudzić. Właśnie przybyła jakaś siostra. Przyszła piechotą. Przyniosła wieści z Wieży. Ma tutaj dowodzić. Kazałem Tomilowi i jego bratu, zanim się położą, zabrać ją do domu Burmistrza.

Gawyn westchnął. Powinien pójść do domu, gdy wrócił do Tar Valon i odkrył, że Młodych wygnano z miasta, niestety zamiast tego utknął tu z powodu zimy. Szczególnie że miał już pewność, iż Elaida pragnie śmierci ich wszystkich. Jego siostra Elayne pojechała w końcu do Caemlyn, może już tam dotarła. Na pewno jakaś Aes Sedai zauważy, że Dziedziczka Tronu Andor zjawia się w Caemlyn w odpowiednim momencie, by zażądać tronu przed wszystkimi innymi. Biała Wieża na pewno postara się wykorzystać okazję i zapragnie mieć królową, która jest równocześnie Aes Sedai. Z drugiej strony Elayne mogła w tym momencie równie dobrze podążać do Tar Valon lub przebywać w Białej Wieży. Gawyn nie wiedział, w jaki sposób ani jak bardzo zbliżyła się z Siuan Sanche (Elayne zawsze skakała do wody, nie sprawdzając jej głębokości), ale Elaida i Komnata Wieży zapewne zechcą ją o to dokładnie wypytać, niezależnie od jej statusu — Dziedziczki Tronu czy nawet Królowej. Gawyn żywił jednak przekonanie, że nie obarczą jej odpowiedzialnością. Była przecież tylko jedną z Przyjętych. Tyle że... Musiał to sobie często powtarzać.

Najnowszy problem stanowiła armia, która rozbiła się na terenach pomiędzy nim i Tar Valon. Co najmniej dwadzieścia pięć tysięcy żołnierzy po tej stronie rzeki Erinin i prawdopodobnie tyleż samo na zachodnim brzegu. Popierali zapewne te Aes Sedai, które Elaida nazywała buntowniczkami. Któż inny bowiem ośmieliłby się oblegać wielki Tar Valon? Jednakże armia zjawiła się w sposób osobliwy i niezwykły, zdając się materializować z pustki w samym środku śnieżycy. Na myśl o tym zdarzeniu Gawyn czuł na plecach ciarki. Pogłoski i alarmy zawsze wyprzedzały każdą maszerującą większą siłę zbrojną. Zawsze! Ci żołnierze zaś przybyli niczym duchy, w kompletnej ciszy. Armia była wszakże równie prawdziwa jak otaczające skały, toteż Gawyn ani nie mógł wejść do Tar Valon i sprawdzić, czy Elayne przebywa w Wieży, ani odjechać na południe. W każdej armii znajdzie się przecież osobnik, który zwróci uwagę na poruszającą się grupę ponad trzystu mężczyzn. A buntowniczki na pewno nie miałyby litości dla Młodych. Zresztą, nawet gdyby Gawyn wyruszył sam, ze względu na zimowe utrudnienia podróżowałby bardzo powoli i może nie dotarłby do Caemlyn wcale wcześniej, niż jeśli przeczeka tu do wiosny. Nie miał też nadziei na rejs statkiem. Z powodu oblężenia ruch rzeczny zamierał w beznadziejnych zatorach. A Gawyn i tak już beznadziejnie utknął.

W dodatku teraz, w środku nocy zjawiła się jakaś Aes Sedai. Jej wizyta bez wątpienia nie uprości tych wszystkich kłopotliwych spraw.

— Dowiedzmy się, jakie wieści przyniosła — powiedział cicho, wyciągając rękę i wskazując Rajarowi drabinę.

Dwadzieścia koni i ich ułożone w stos siodła zajmowały niemal całą ciemną stodołę, a raczej tę część, której nie blokowały przegrody wraz z mniej więcej dwoma tuzinami mlecznych krów pani Millin, więc do szerokich drzwi on i Rajar musieli się przeciskać wśród zwierząt. W stodole było zimno, ciepło biło jedynie od śpiących stworzeń. Dwaj ludzie pilnujący koni wyglądali jak milczące cienie, jednak Gawyn czuł, że patrzą na niego i Rajara wychodzących w lodowatą noc. Na pewno słyszeli o przysłanej Aes Sedai i też zadawali sobie pytania związane z jej przybyciem.

Niebo było jasne, a ubywający księżyc nadal dawał dość światła. Wieś Dorlan połyskiwała od śniegu. Otuliwszy się szczelniej płaszczami, dwaj mężczyźni z trudem brnęli w głębokim po kolana śniegu przez pogrążoną w milczeniu wieś, drogą prowadzącą do Tar Valon z miasta, które nie istniało od setek lat. Obecnie nikt nie podróżował w tym kierunku z Tar Valon, chyba że do Dorlan, tu jednak tylko nieliczni mieli powód przychodzić w zimie. Wedle tradycji wieś dostarczała sery Białej Wieży i tylko tam. Osada była mała, składało się na nią zaledwie piętnaście szarych kamiennych domów krytych łupkowym dachem i zasypanych teraz śniegiem aż do pierwszych okien. W niewielkiej odległości za każdym domem stały obory i stodoły, wszystkie pełne nie tylko krów, lecz także ludzi i koni. Większość mieszkańców Tar Valon z pewnością w ogóle nie pamiętała o istnieniu Dorlan. Któż by się zastanawiał nad pochodzeniem jadanego sera? Wioska wydawała się więc idealnym miejscem na kryjówkę. Do tej pory.

Wszystkie domy, poza jednym, były ciemne. Z budynku pana Burlowa światło przeciekało przez okiennice na kilku oknach: na piętrze i na parterze. Garon Burlow — oprócz stanowiska Burmistrza — miał nieszczęście posiadać największy dom w Dorlan, wieśniacy umieścili tam zatem Aes Sedai, przesuwając sprzęty, aby przygotować jej posłanie. Wcześniej dwa pokoje w domu pana Burlowa i tak stały puste.

Na kamiennym progu Gawyn tupnął kilkakrotnie, starając

się otrząsnąć śnieg z butów, po czym pięścią w rękawicy zastukał w masywne drzwi Burmistrza. Nikt mu nie odpowiedział, mimo to mężczyzna po chwili otworzył drzwi i wprowadził Rajara.

Frontowe pomieszczenie z belkowym stropem było — jak na taki dom — dość duże. Dominowało w nim kilka wysokich, otwartych kredensów z półkami wypełnionymi naczyniami cynowymi oraz z emaliowanej gliny, a także długi, wypolerowany stół i krzesła z wysokimi oparciami. Wszystkie olejne lampy zapalono, co w zimie równało się straszliwej rozrzutności, gdyż wystarczyłoby parę łojowych świec, płomienie w kominku zaś ani nie oświetlały, ani nie ogrzewały pomieszczenia. Mimo to, dwie siostry, które zajmowały pokoje na piętrze, stały boso na gołej drewnianej podłodze, jedynie w obszytych futrem płaszczach narzuconych pospiesznie na lniane koszule nocne. Katerine Alruddin i Tarna Feir obserwowały niską kobietę w ciemnej, podróżnej sukni z żółtymi wstawkami i płaszczu aż do bioder białym od śniegu. Nowo przybyła stanęła najbliżej, jak tylko mogła, obszernego paleniska, znużonym ruchem ogrzewając ręce i drżąc. Przebijając się pieszo przez śnieg, nie mogła pokonać podróży z Tar Valon w mniej niż dwa, trzy dni, a po tak długim czasie nawet Aes Sedai zaczynają w końcu odczuwać zimno. Zapewne właśnie o niej wspominał Rajar, chociaż jej twarz różniła się od gładkich lic, które zachowywała większość sióstr, bowiem w jej rysach można było dostrzec ślad przeżytych lat. W porównaniu z pozostałymi dwiema wydawała się też dziwnie nijaka.

Nie widząc Burmistrza i jego żony, Gawyn poczuł dodatkowy ucisk w żołądku, choć właściwie spodziewał się, że ich nie zastanie. Zapewne oboje, niezależnie od godziny, obsługiwali Aes Sedai, oferując im gorące jadło i napitki, póki Katerine i Tarna nie odesłały ich do łóżka, pragnąc zostać same z nowo przybyłą Narenwin. Co prawdopodobnie oznaczało, że ze strony Gawyna głupotą była nadzieja na poznanie przyniesionych wiadomości. Wiedział o tym wszakże, już zanim opuścił stodołę.

— ...przewoźnik zapewnił mnie wprawdzie, że aż do końca oblężenia pozostanie na łodzi w miejscu, w którym wysiadłam — ciągnęła jakąś wypowiedź zmęczonym głosem niska nowo przybyła — ale tak bardzo był przestraszony, że w chwili obecnej może się równie dobrze znajdować daleko w dole rzeki. — Gdy uderzyło ją zimno z otwartych drzwi, rozejrzała się i jej kwadratowa twarz nieco się ożywiła. — Lordzie Gawynie Trakand — powiedziała. — Mam dla ciebie rozkazy od Zasiadającej na Tronie Amyrlin.

— Rozkazy? — spytał Gawyn. By zyskać na czasie, zdjął rękawice i wcisnął je za pas. Pomyślał, że tym razem wraz z rozkazem może poznać gorzką prawdę. — Dlaczego Elaida przysyła mi rozkazy? Dlaczego mam być jej posłuszny? Wyparła się mnie i Młodych.

Rajar, który, złożywszy ręce za plecami, przybrał postawę pełną szacunku dla Aes Sedai, posłał teraz Trakandowi szybkie spojrzenie z ukosa. Nie odezwałby się nie w porę, obojętnie co by Gawyn powiedział, jednak Młodzi nie podzielali ufności Gawyna. Siostry postępowały, jak chciały, i żaden mężczyzna nie potrafił zrozumieć ich intencji, póki jakaś Aes Sedai mu ich nie wyjaśniła. Młodzi całym sercem, na dobre i na złe, związali wszak swój los z Białą Wieżą.

— To może poczekać, Narenwin — wtrąciła oschle Katerine, otulając się ściślej płaszczem. Rozczochrane, czarne włosy rozsypały jej się na ramionach w nieładzie, jakby zdążyła tylko kilkakrotnie pospiesznie przeczesać je grzebieniem, po czym zrezygnowała. Była w niej siła, która skojarzyła się Gawynowi z polującym rysiem. A może z rysiem, który stara się unikać zastawionych na niego pułapek. Na Gawyna i Rajara siostra zaledwie zerknęła, tylko tyle. — Mam pilną sprawę w Wieży. Powiedz mi, jak znaleźć tę bezimienną rybacką wieś. Jeśli twojego przewoźnika nie ma na brzegu, znajdę kogoś, kto mnie zawiezie.

— I mnie — rzuciła krótko Tarna i uparcie zacisnęła mocne szczęki. Jej niebieskie oczy ciskały pioruny. W przeciwieństwie do Katerine, długie, jasnozłote włosy Tarny wyglądały tak schludnie, że wydawały się uczesane przez jakąś służącą tuż przed zejściem kobiety z piętra. Tarna była tak samo zdeterminowana jak jej towarzyszka, lecz bardziej nad sobą panowała. — Też mam pilne powody, żeby bez dalszej zwłoki dotrzeć do Wieży. — Kiwnęła Gawynowi głową, po czym nieco słabiej Rajarowi.

Jej gesty były zimne niczym marmur, z którego niemal wydawała się wyrzeźbiona. A jednak na nich obu patrzyła przyjaźniej niż na Katerine, która zresztą odwzajemniała jej się identycznym chłodem. Stosunki tych dwóch kobiet zawsze pozostawały nieco sztywne, mimo iż obie pochodziły z tej samej Ajah. Nie przepadały chyba wszakże za sobą, może nawet wcale się nie lubiły. W przypadku Aes Sedai trudno jednak było o pewność.

Gdyby odeszły, Gawyn nie tęskniłby za żadną z nich. Tarna przyjechała do Dorlan zaledwie dzień po przybyciu tajemniczej armii i jakkolwiek Aes Sedai ustalały takie sprawy, Tarna natychmiast usunęła Lusonię Cole z jej pokoju na piętrze, a Covarli Baldene odebrała dowództwo nad jedenastoma innymi siostrami, wcześniej przebywającymi w wiosce. Patrząc, jak energicznie się wszystkim od razu zajęła, można by ją wziąć za przedstawicielkę Zielonych. Wypytała inne siostry o sytuację i codziennie dokładnie kontrolowała Młodych, może szukając wśród nich potencjalnych Strażników. Gdy Czerwona ich tak studiowała, mężczyźni zaczynali się oglądać przez ramię. Co gorsza, niezależnie od pogody, Tarna spędzała długie godziny w siodle; jeździła, próbując znaleźć miejscowego, który pokaże jej drogę do Tar Valon, pragnęła się bowiem przemknąć obok oblegających miasto. Gawyn obawiał się, że swoim zachowaniem kobieta prędzej czy później przyciągnie do Dorlan zwiadowców. Katerine z kolei zjawiła się zaledwie wczoraj, wściekła z powodu blokady Drogi Tar Valon i z miejsca odebrała Tarnie dowództwo, a Covarli kwaterę. Choć nie korzystała ze swojej władzy w ten sam sposób, co wcześniej Tarna. Unikała innych sióstr, nikomu nie chciała powiedzieć, dlaczego zniknęła w Studniach Dumai ani gdzie przebywała. Jednak i ona przypatrywała się Młodym wzrokiem kobiety oglądającej siekierę, której zamierza użyć, nie dbając o to, ile przy tym popłynie krwi. Gawyna nie zaskoczyłoby, gdyby próbowała go zmusić do pomocy w dotarciu do miasta. Tak, tak, Gawyn będzie bardziej niż szczęśliwy, gdy obie odejdą. Tyle że kiedy odejdą, będzie się musiał zająć Narenwin. I wypełnić rozkazy Elaidy.

— To maleńka wioska, Katerine — stwierdziła Narenwin, nie przestając drżeć na całym ciele. — Zaledwie trzy czy cztery nędzne, zapuszczone chatki rybackie, położone o pełny dzień drogą lądową wzdłuż rzeki. Dalej niż stąd. — Wzięła w dłonie fałdy wilgotnych spódnic i przysunęła się bliżej ognia. — Może zdołamy znaleźć sposób wysłania wiadomości do miasta, jednak wy dwie jesteście potrzebne tutaj. Wiecie, co powstrzymało Elaidę przed przysłaniem pięćdziesięciu lub więcej sióstr zamiast mnie jednej? Trudność zdobycia choćby jednej małej łodzi, która niewidoczna przepłynęłaby tę rzekę, także w ciemnościach. Muszę powiedzieć, że zdumiało mnie odkrycie, iż tak blisko Tar Valon są jakieś siostry. W tych okolicznościach każda przebywająca poza murami Aes Sedai musi...

Tarna pospiesznie zamachała podniesioną dłonią.

— Och, Elaida nawet nie może się dowiedzieć, że tu jestem.

Katerine zacisnęła usta, zmarszczyła brwi i uniosła podbródek, jednak pozwoliła kontynuować drugiej Czerwonej.

— A jakie ci dała rozkazy dotyczące sióstr w Dorlan, Narenwin?

Rajar zaczął się z uwagą wpatrywać w swoje buty i w deski podłogowe przed sobą. Mężczyzna bez wahania poszedłby w każdą bitwę, a jednak tylko głupiec chciał być świadkiem sprzeczek Aes Sedai.

Nowo przybyła poruszała w milczeniu rozciętymi spódnicami.

— Polecono mi dowództwo nad siostrami, które tu znajdę — odparła w końcu wyniośle. — Mam zrobić wszystko, co się da. — Po chwili westchnęła i niechętnie się poprawiła: — To znaczy, nad siostrami, które dotąd podlegały Covarli. Choć zapewne...

— Nigdy nie podlegałam Covarli, Narenwin — przerwała jej tym razem Katerine. — A więc te rozkazy nie mogą się odnosić do mnie. Rano wyruszam na poszukiwanie tych trzech czy czterech rybackich chat.

— Ale...

— Wystarczy, Narenwin — oznajmiła lodowatym tonem Katerine. — Idź, pozałatwiaj swoje sprawy z Covarlą. — Czarnowłosa Katerine kątem oka posłała niewysokiej Narenwin spojrzenie. — Przypuszczam, że możesz mi towarzyszyć, Tarno. Na łodzi rybackiej powinno się znaleźć dość miejsca dla nas dwóch.

Tarna leciutko pochyliła głowę, prawdopodobnie w podzięce.

Obie Czerwone uznały rozmowę za skończoną. Otuliły się szczelniej płaszczami i ruszyły do drzwi prowadzących głębiej do wnętrza domu. Narenwin popatrzyła za nimi z irytacją, po czym z pozornie spokojną twarzą zwróciła uwagę na Gawyna.

— Masz jakieś wiadomości od mojej siostry? — spytał, zanim zdążyła otworzyć usta. — Wiesz, gdzie jest?

Kobieta była naprawdę zmęczona. Zamrugała, a Gawyn niemal widział, jak wymyślała odpowiedź, która nic mu nie powie.

Tarna zatrzymała się w połowie drogi do drzwi.

— Gdy widziałam ostatnio Elayne, była w towarzystwie buntowniczek. — Głowy wszystkich gwałtownie obróciły się w jej stronę. — Na szczęście twojej siostrze nie grozi zemsta — kontynuowała spokojnie. — Nie musisz więc się o nią martwić. Przecież Przyjęte nie mogą same decydować, której siostrze okazać posłuszeństwo. Zgodnie z prawem, Elayne na pewno nie doświadczy żadnej trwałej szkody, daję ci na to moje słowo. — Wydawała się nieświadoma intensywnego spojrzenia Katerine i wybałuszonych oczu Narenwin.

— Mogłaś mi o tym powiedzieć wcześniej — mruknął Trakand szorstkim tonem.

Nikt nie przemawiał w taki sposób do Aes Sedai, przynajmniej nie więcej niż raz, jednak Gawyna to w tym momencie nie obchodziło. Czy pozostałe dwie siostry zdziwił fakt, że Tarna zna odpowiedź na jego pytanie? A może zdumiały się, że mu jej udzieliła?

— Co masz na myśli przez określenie „żadnej trwałej szkody"?

Jasnowłosa Tarna parsknęła śmiechem.

— Nie mogę ci obiecać, że twoja siostra nie wyrządzi sobie jakiejś krzywdy, jeśli posunie się za daleko. Elayne jest tylko Przyjętą, a nie Aes Sedai. A jednak fakt ten chroni ją przed większą szkodą. Skoro na złą drogę sprowadziła ją jakaś siostra, należy ukarać tę siostrę. Poza tym, Elayne nie trzeba ratować, nawet gdybyś to potrafił. Dziewczyna przebywa wszak z Aes Sedai. Teraz wiesz tyle, ile mogę ci o niej powiedzieć. Zamierzam przespać kilka godzin przed świtem, a ciebie zostawiam Narenwin.

Katerine przypatrywała się odejściu Tarny z obojętną miną, tylko oczy błyszczały jej niczym dzikiemu kotu podczas polowania. W końcu wyszła z pomieszczenia tak szybko, że aż zatrzepotały za nią poły płaszcza.

— Tarna ma rację — oświadczyła Narenwin, gdy tylko za

Katerine zamknęły się drzwi. Niska Aes Sedai przy dwóch innych siostrach nie wyglądała może na uosobienie spokoju i tajemniczości, bez nich jednakże bardziej przypominała Aes Sedai, prezentowała się całkiem statecznie i nieźle sobie radziła. — Elayne należy do Białej Wieży. Tak jak i ty, mimo swoich słów o wyparciu się was przez Elaidę. Historia Andoru nierozerwalnie połączyła cię z Wieżą.

— My, Młodzi, wszyscy należymy do Wieży z własnego wyboru, Narenwin Sedai — wtrącił Rajar, składając oficjalny ukłon.

Narenwin nie spuściła jednak wzroku z Trakanda.

Gawyn zamknął oczy i przez moment zmagał się z ochotą przetarcia ich grzbietem dłoni. Młodzi rzeczywiście przynależeli do Białej Wieży. Nikt nigdy nie zapomni, że walczyli na terenach Wieży, powstrzymując odsiecz usuniętej Amyrlin. Na dobre czy na złe, opowieść ta podąży za nimi do grobu. On sam również był nią napiętnowany, naznaczyły go też własne sekrety. Mimo całego tego rozlewu krwi pozwolił wszak Siuan Sanche odejść wolno. Co ważniejsze jednak, z Białą Wieżą wiązała go zarówno Elayne, jak i Egwene al'Vere, a Gawyn nie wiedział, który związek był silniejszy — miłość do siostry czy miłość do wybranki swego serca. Opuścić jedną oznaczało opuścić wszystkie i drugą, i Wieżę, a póki żył, nie zamierzał porzucać ani Elayne, ani Egwene.

— Masz moje słowo, że zrobię wszystko, co w mojej mocy — stwierdził znużonym tonem. — Czego chce ode mnie Elaida?

Niebo nad Caemlyn było bezchmurne, a słońce w postaci jasnozłotej kuli dotarło już niemal do najwyższego punktu. Promienie cudownie oświetlały śnieżny kobierzec pokrywający okolicę, lecz w ogóle nie dawały ciepła. A jednak powietrze było cieplejsze niż Davram Bashere mógł oczekiwać po rodzinnej Saldaei, chociaż wcale nie żałował, że jego nowy płaszcz obszyty jest futrem kuny. Pod wpływem lodowatego oddechu Bashere'a szron osiadał na jego gęstych, przedwcześnie posiwiałych wąsach. Stojąc w głębokim po kostki śniegu, wśród pozbawionych liści drzew, na wzgórzu oddalonym może ligę na północ od Caemlyn, mężczyzna przyłożył do oka długą, pozłacaną tubę ze szkłem powiększającym i studiował ruchy odbywające się poniżej, w odległości mniej więcej mili na południe od niego. Kręcący się za jego plecami Śmigły co rusz trącał go niecierpliwie pyskiem w ramię. Śmigły nie lubił bezruchu, niestety nie zawsze dostajemy to, czego pragniemy.

Rozbity obóz zajmował sporo miejsca w dole, pośród rozproszonych drzew, po obu stronach Drogi Tar Valon. Żołnierze rozładowywali wozy z zapasami, kopali latryny, stawiali namioty i konstruowali z gałęzi oraz konarów różnej wielkości szałasy i przybudówki; wszyscy lordowie i lady trzymali się blisko swoich ludzi. Zamierzali tu pomieszkać przez pewien czas. Po liczbie koni przywiązanych do palików i ogólnej rozległości obozu Bashere ocenił, że ma przed sobą około pięć tysięcy osób, może nieco więcej lub nieco mniej. Żołnierzom towarzyszyli grotarze, kowale, zbrojmistrze, praczki, woźnice i inni cywile, którzy — jak zwykle w takich sytuacjach — rozbili własny obóz na obrzeżach wojskowego. Większość cywilów zamiast pracować, spędzała coraz więcej czasu na wypatrywaniu ku wzgórzu, gdzie stał Bashere. Tu i ówdzie któryś z żołnierzy przerywał wykonywane zajęcie i także zerkał w górę, jednak chorążowie i dowódcy oddziałów szybko kazali takiemu wracać do pracy. Davram nie zauważył, aby panowie wielkich rodów czy oficerowie, jeżdżący po stale rosnącym obozie, spoglądali na północ. Zagłębienie między wzgórzami skrywało obóz przed miastem, chociaż Bashere ze swej wysokości dostrzegał poprzecinane pasmami srebra szare mury. Ludzie w mieście oczywiście zdawali sobie sprawę z obecności wojska, które rano obwieszczało swoją obecność hejnałami, a w miejscach widocznych z murów wywieszono sztandary. Obóz leżał jednak dalej niż o strzał z łuku.

Obleganie miasta otoczonego wysokimi, mocnymi murami, których obwód przekraczał sześć lig, nie było sprawą łatwą, a w tym przypadku sprawę dodatkowo komplikowało leżące poza miejskimi murami Dolne Caemlyn — labirynt ceglanych i kamiennych domów oraz sklepów, pozbawionych okien magazynów i długich rynków. Wokół miasta rozmieszczono jeszcze siedem takich obozów jak ten, starając się zablokować każdą drogę i każdą bramę, które pozwalałyby na wypad większej grupy. Mimo to z miasta wypuszczały się patrole, a wartownicy prawdopodobnie czaili się w opuszczonych obecnie budynkach Dolnego Caemlyn. Małe grupki mogłyby się przedostać do miasta pod osłoną nocy, może nawet udałoby się wprowadzić kilka zwierząt jucznych, nie sposób jednak byłoby wykarmić to miasto, które należało do największych na świecie. W przeszłości więcej oblężeń wykańczał głód i choroby niż miecze czy machiny oblężnicze. Pytanie tylko, kto wcześniej ulegnie — oblegani czy oblegający.

Plan wydawał się niezły, jednak Davrama Bashere'a wprawiały w zakłopotanie sztandary w obozie poniżej. Skonstruowana przez Cairhienianina imieniem Tovere luneta, prezent od Randa al'Thora, silnie powiększała oglądane widoki, toteż Bashere całkiem dokładnie widział większość sztandarów, ilekroć rozprostował je wietrzyk. Dostrzegał sporo andorańskich godeł, Dąb i Topór Dawlina Armaghna, pięć Srebrnych Gwiazd Daerilly Raened i wiele sztandarów pomniejszych szlachciców, którzy poparli żądanie Naean Arawn do Tronu Lwa i Różanego Wieńca Andoru. Jednakże kreskowany Czerwony Mur Jailina Marana też był tam na dole, a także dwa Białe Lamparty Carlys Ankerin i złota Skrzydlata Ręka Erama Talkenda. Wedle wszelkich pogłosek złożyli oni przysięgę rywalce Naean, Elenii Sarand. Widząc ich wśród innych, Bashere odniósł wrażenie, że patrzy na pożywiające się razem wilki i wilczury. Albo wrogów przy otwartej na tę okazję beczce dobrego wina.

Prezentowały się tu również dwa inne sztandary, przybrane złotymi frędzlami i co najmniej dwa razy większe od pozostałych, toteż zbyt ciężkie, żeby mocniej poruszyły je sporadyczne podmuchy wiatru. Oba lśniły blaskiem grubego jedwabiu. Davram zobaczył je wyraźnie już wcześniej, łopoczące nad głowami galopujących chorążych, którzy to wjeżdżali na skrywające obóz wzgórza, to z nich zjeżdżali. Jednym ze sztandarów był Lew Andoru, biały na czerwonym tle, ten sam, który powiewał z wysokich, okrągłych wież znaczących miejskie mury. W obu przypadkach stanowił deklarację czyjegoś prawa do tronu i korony. Drugi wielki sztandar w dole kojarzył się z kobietą jawnie rzucającą wyzwanie Elayne Trakand. Cztery srebrne księżyce na granatowym polu, znak Dynastii Marne. Czy wszyscy oni zamierzali poprzeć Arymillę Marne? Miesiąc temu ta kobieta byłaby szczęśliwa, gdyby ktoś spoza jej Domu lub ten półgłówek Nasin Caeren udzielił jej noclegu!

— Ignorują nas — warknął Bael. — Mógłbym ich przed zachodem słońca rozbić w drobny mak i ani jeden nie dożyłby wschodu, a jednak oni nas ignorują.

Bashere posłał Aielowi spojrzenie z ukosa. Z ukosa i z dołu, gdyż mężczyzna przewyższał Davrama dobrze ponad stopę. Nad czarną zasłoną skrywającą twarz Baela widać było jego szare oczy i pas pociemniałej od słońca skóry. Bashere miał nadzieję, że Aiel jedynie ochrania usta i nos przed zimnem. Bael nosił swoje krótkie włócznie i puklerz z byczej skóry, miał też łuk w futerale na plecach i kołczan przy biodrze, lecz tylko woal się w tej chwili liczył. Wszak jeszcze nie przyszła pora na zabijanie. Dwadzieścia kroków w dół stoku w stronę obozowiska trzydziestu innych Aielów, kucając na piętach, trzymało swobodnie broń. Jeden na trzech nie miał zasłoniętej twarzy, więc może rzeczywiście chodziło jedynie o zimno. Tyle że z Aielami nigdy nic nie wiadomo.

Bashere rozważył szybko kilka możliwości.

— Elayne Trakand nie pochwaliłaby cię za takie posunięcie, Baelu, a na wypadek gdybyś zapomniał, co czują młodzi mężczyźni, dodam, że i Randowi al'Thorowi by się coś takiego nie spodobało.

Bael szorstko chrząknął.

— Melaine powtórzyła mi słowa Elayne Trakand. Nie musimy stale jej zadowalać. Czasem mogłaby nas uznać za naiwnych lub głupich. Gdy wróg staje naprzeciwko ciebie, wszelkimi sposobami jednasz sobie sojuszników. Czy oni postępują podczas wojny identycznie jak w swojej Grze Domów?

— Jesteśmy cudzoziemcami, Baelu. Fakt ten ma znaczenie tu, w Andorze.

Potężny Aiel znów chrząknął.

Bashere uznał, że moment nie jest odpowiedni na wyjaśnianie kwestii politycznych. Zagraniczna pomoc mogłaby dużo kosztować Elayne — może wszystko, co usiłowała zyskać. Jej wrogowie zdawali sobie zresztą z tego sprawę; wiedzieli też, że ona ma tego świadomość. Z tego też powodu nie obawiali się ani Bashere'a, ani Baela, ani nawet Legionu Smoka, niezależnie od jego liczebności. Właściwie, mimo oblężenia, obie strony wkładały sporo wysiłku w unikanie zażartego boju. Trwała wojna, jednak osobliwa: bez manewrów i potyczek, chyba że ktoś wpadł na kogoś przypadkiem, zwycięzcą zaś miał zostać człowiek, który zyska jakąś nienaruszalną pozycję lub zmusi drugiego do zajęcia niemożliwego do obrony stanowiska. Bael prawdopodobnie nie zauważał różnicy między tą wojną a *Daes Dae'mar*. Po prawdzie sam Bashere dostrzegał między nimi sporo podobieństw. Ze względu na bliskość Ugoru, Saldaea nie mogła sobie pozwolić na rywalizację o tron. Tyranię można jakoś znieść, a Ugór szybko zabijał głupich i chciwych, lecz nawet ten szczególny rodzaj wojny domowej pozwoliłby Ugorowi zmiażdżyć Saldaeę.

Bashere podjął studiowanie obozu przez lunetę, usiłując odgadnąć, w jaki sposób ktoś tak głupi jak Arymilla Marne mógł zyskać poparcie Naean Arawn i Elenii Sarand. Obie były chciwe i ambitne, a każda z nich żywiła absolutne przeświadczenie, iż posiada prawo do tronu, w dodatku — jeśli Davram dobrze rozumiał poplątaną sieć intryg, której Andoranie używali do decydowania w tych kwestiach — każda z tych dwóch kobiet miała znacznie większe szanse do Tronu Lwa niż Arymilla. To nie była sprawa wilków i wilczurów; można by raczej powiedzieć, że w tej sytuacji wilki postanowiły podążyć za pieskiem salonowym. Być może Elayne znała ich motywację, jednak go o niej nie powiadomiła, zwłaszcza że przesyłała mu tylko krótkie i pozbawione ważniejszych treści notki. Istniało wszak spore ryzyko, że ktoś je przeczyta i zacznie ją podejrzewać o spiskowanie z Bashere'em. I znowu w tym momencie kojarzyła się andorańska Gra Domów.

— Zdaje mi się, że ktoś się pali do tańca z włóczniami — oświadczył Bael i Davram opuścił ozdobną tubę niżej, starając się ustalić, na co wskazuje Aiel.

Od kilku dni widać było nieprzerwany strumień ludzi uciekających z miasta przed oblężeniem, ale niektórzy opuszczali je chyba zbyt późno. Pośrodku Drogi Tar Valon, tuż za rogatkami Dolnego Caemlyn, stało pół tuzina przykrytych płótnem wozów otoczonych przez pięćdziesięciu jeźdźców pod sztandarem, który na tle czterech naprzemiennych kwadratów błękitnych i białych przedstawiał prawdopodobnie biegnącego niedźwiedzia lub może jakiegoś wielkiego psa myśliwskiego; zwierzę mignęło Davramowi, gdy sztandar rozprostował się pod wpływem nagłego podmuchu wiatru. Przygnębieni ludzie stłoczyli się z jednej strony, zaciskając płaszcze wokół ciał; mężczyźni opuścili głowy, dzieci trzymały się kurczowo kobiecych spódnic. Niektórzy jeźdźcy zsiedli i zaczęli przeszukiwać wozy, otwierać skrzynie i pudła, podnosić ubrania nieco już osypane śniegiem. Bez wątpienia szukali pieniędzy lub napitków, choć w zasadzie brali wszystko, co wyglądało na wartościowe. Dość szybko zapewne ktoś odetnie jeden czy drugi zaprzęg, a może żołnierze przejmą również wozy. Wozy i konie zawsze przydawały się armii, zwłaszcza że zasady tej bardzo osobliwej andorańskiej wojny domowej nie bardzo chroniły osoby, które znalazły się w niewłaściwym miejscu o niewłaściwej porze. Po chwili przez miejskie bramy pod wysokim na dwadzieścia stóp łukiem wyjechali galopem lansjerzy w czerwonych strojach. Słońce błyskało na czubeczkach ich lanc, na pancerzach i hełmach, odbijało się od długich, pustych straganów na rynku. Wychodzili Gwardziści Królowej. Spora ich grupa. Bashere przesunął lunetę z powrotem na wozy.

Najwidoczniej oficer pod sztandarem z niedźwiedziem (o ile to był niedźwiedź) zebrał już odpowiednią sumkę. Pięćdziesięciu przeciwko dwóm setkom dawało bardzo nikłe szanse powodzenia, zwłaszcza że w grę wchodziło kilka wozów. Mężczyźni, którzy wcześniej zsiedli z koni, teraz byli już ponownie w siodłach. Mało tego, kiedy Bashere ich wyszukał, odkrył, że wielu z nich pędzi na północ, prosto ku niemu. Za nimi płynął błękitno-biały sztandar. Większość osób stłoczonych przy drodze znieruchomiała i w zmieszaniu gapiła się na odjeżdżających żołnierzy, niektórzy jednak natychmiast wrócili i zaczęli zbierać rozrzucone na śniegu przedmioty, które ładowali z powrotem na wozy.

Pakowaniu położyło kres przybycie Gwardzistów, którzy nadjechali kilka minut później. Zatrzymali się przy wozach i szybko spędzili do nich ludzi. Kilku mieszczan próbowało ratować najcenniejszy dobytek, a jeden mężczyzna machał rękoma w proteście, zwracając się do oficera Gwardzistów —

osobnika w hełmie z białym pióropuszem i czerwoną szarfą na napierśniku — który wychylił się tylko z siodła i spoliczkował buntownika. Mężczyzna od razu upadł na plecy, a po jednej minucie szoku wszyscy mieszkańcy miasta, którzy jeszcze nie wspięli się na wozy, popędzili ku nim. Wyjątkiem było dwóch śmiałków, którzy zatrzymali się, by podnieść leżącego za ręce i nogi, po czym najszybciej, jak potrafili, ruszyli z bezwładnym ciężarem. Jakaś kobieta na ostatnim wozie w rzędzie już zacięła konie, zawracając wóz i kierując się z powrotem do miasta.

Bashere opuścił lunetę, przez moment studiował obóz gołym okiem, po czym znowu przycisnął do niego przedmiot, pragnąc się lepiej przyjrzeć. Mężczyźni nadal kopali szuflami i oskardami, inni zaś ściągali worki i beczki z wozów. Arystokraci i oficerowie jeździli konno po obozie, doglądając pracy. Panowała cisza, nikt nie rozmawiał. W końcu ktoś wskazał na wzgórze między obozem i Caemlyn, potem w jego ślad podążyli inni, a ludzie na koniach przyspieszywszy, zaczęli wykrzykiwać rozkazy. Z obozu dostrzec już można było sztandar z niedźwiedziem.

Bashere wetknął lunetę pod pachę i zmarszczył brwi. Obozujący nie mieli straży, więc nikt nie ostrzeże ich, czego powinni się spodziewać. Chociaż bez wątpienia nikt nie zdecyduje się rozpocząć bitwy, która wydawała się nonsensem. Davram uznał, że warto ten drobiazg zapamiętać, gdyż zapewne w innych obozach tak samo brakuje ostrożności; o ile nikt nie naprawi tego błędu. Sapnął z irytacją pod wąsem. „I o ile oczywiście będę walczył z oblegającymi" — dodał w myślach.

Rzucił okiem ku Caemlyn. Eskortowane przez Gwardzistów wozy znajdowały się już w połowie drogi do Bramy Tar Valon. Woźnice zawzięcie uderzali konie. Może uciekali tylko przed oficerem z szarfą, który z jakiegoś powodu wymachiwał mieczem nad głową...

— Nie szykuj się dziś na żaden taniec — powiedział Aielowi.

— Zatem mam lepsze zajęcia na dzień dzisiejszy, niż gapić się na ludzi z bagien, którzy kopią dziury — odparował Bael. — Zawsze można znaleźć wodę i cień, Davramie Bashere.

— W chwili obecnej wolałbym mieć suche stopy i ciepły ogień — mruknął Bashere bezmyślnie, po czym pożałował, że się wcześniej nie zastanowił. Jeśli się naruszy czyjeś zasady, ten ktoś może cię zabić, a Aielowie przestrzegali swoich zasad i byli, w dodatku, bardzo dziwni.

Bael wszakże odrzucił jedynie w tył głowę i gromko się roześmiał.

— Bagna wszystkich ogłupiają, Davramie Bashere. — Wykonał osobliwy gest prawą ręką, którym wezwał swoich rodaków do powstania z ziemi. Po chwili cała grupka pobiegła na wschód wielkimi, długimi, lekkimi susami. Śnieg w istocie nie stanowił dla nich żadnej przeszkody.

Bashere wsunął lunetę w skórzany futerał wiszący w jukach siodła Śmigłego, po czym dosiadł gniadosza i skierował go ku zachodowi. Żołnierze z jego eskorty czekali na przeciwległym zboczu i teraz cicho uformowali się za nim w szereg; słychać było jedynie słabe skrzypienie skóry, lecz ani razu nie zabrzęczał metal. Eskorta Davrama była mniej liczna niż Baela, ale składała się z twardych ludzi pochodzących z jego posiadłości w Tyrze, których Bashere osobiście wielokrotnie prowadził do Ugoru, zanim przywiózł ich tutaj, na południe. Każdy żołnierz obserwował wyznaczoną część szlaku — przed sobą lub za sobą, z lewej bądź z prawej, w górze albo w dole, toteż stale obracali głowy. Bashere bardzo liczył na ich uwagę. Las wprawdzie był tu rzadki, gałęzie wszystkich drzew z wyjątkiem dębów, sosen, jodeł i mahoniowców po zimowemu ogołocone, ośnieżony teren zaś tak falisty, że skrywał setkę konnych na pięćdziesiąt kroków. Bashere nie spodziewał się niby żadnego szczególnego niebezpieczeństwa, z drugiej jednak strony człowieka zwykle zabijało coś nieoczekiwanego. Na tę myśl mimowolnie odpiął zatrzask skrywającej miecz pochwy. Trzeba być gotowym na nieoczekiwane.

Eskortą dowodził Tumad, tak jak zazwyczaj, kiedy Bashere nie przydzielał temu młodemu porucznikowi ważniejszego zadania. Wciąż go wszak przyuczał. Tumad potrafił logicznie myśleć i przewidywać zagrożenie; zajdzie wysoko, o ile pożyje wystarczająco długo. Był też rosły, chociaż kilka dłoni niższy od Baela. Dziś jego twarz wyrażała jednoznaczne niezadowolenie.

— Co cię niepokoi, Tumadzie?

— Ten Aiel ma rację, mój panie. — Młokos szarpnął gniewnie za gęstą czarną brodę spowitą w rękawicę ręką. — Andoranie w ogóle nas nie poważają. Nie podoba mi się, że musimy odjeżdżać, choć grają nam na nosie.

Tak, tak, Tumad nadal był bardzo młody.

— Uważasz może naszą sytuację za nudną? — spytał, po czym się roześmiał. — Potrzebujesz więcej ekscytacji? Tenobia znajduje się zaledwie pięćdziesiąt lig od nas i, jeśli wierzyć pogłoskom, towarzyszy jej Ethenielle z Kandoru i Paitar z Arafel, a nawet Easar z Shienaru. Cała siła Ziem Granicznych nas szuka, Tumadzie. Andoranom przebywającym w Murandy również nie podoba się nasz pobyt w ich kraju. Tak słyszałem. A jeśli armia Aes Sedai, wobec której stają, nie posieka ich na kawałki… co może już się zdarzyło… i oni mogą nas szukać. Podobnie zresztą jak same siostry, prędzej czy później. Przyjechaliśmy dla Smoka Odrodzonego, o czym na pewno żadna Aes Sedai nie zapomni. No i są jeszcze Seanchanie, Tumadzie. Naprawdę sądzisz, że widzieliśmy już ostatnich? Przyjdą do nas lub my będziemy musieli pójść do nich. Stanie się jedno bądź drugie, wierz mi. Wy, młodzi, nie dostrzegacie ekscytujących sytuacji, mimo iż tkwicie w nich po uszy!

Cichy chichot przeszedł przez szeregi jego ludzi, którzy

przeważnie byli w wieku Bashere'a, a i sam Tumad błysnął nad brodą białymi zębami w szerokim uśmiechu. Już wcześniej brali razem udział w kampanii, nigdy jednak tak dziwacznej jak ta. Davram wyprostował się w siodle i rozejrzał po lesie, chociaż tylko w połowie skupiał się na otoczeniu.

Po prawdzie, Tenobia naprawdę go martwiła. Światłość jedna wie, dlaczego Easar i inni zdecydowali się wspólnie opuścić Granicę Ugoru i tak liczną gromadą przybyć na południe. Nawet w plotkach wymieniano jedynie połowę ich liczby. Niewątpliwie ludzie ci mieli powody, które uważali za dobre i dostateczne, powody, które niewątpliwie dzieliła z nimi Tenobia. Ale Bashere znał Królową. Uczył ją jeździć konno, obserwował, jak dorastała, a gdy obejmowała tron, wręczał jej Pękniętą Koronę. Tenobia była dobrą władczynią — ani zbyt okrutną, ani zbyt słabą, inteligentną, jeśli nie zawsze mądrą, kobietą odważną, a nie ryzykantką. Bywała jednak nieco porywcza, mówiąc oględnie. Czasami nawet idealnie pasowało do niej określenie „w gorącej wodzie kąpana". Znał ją więc i teraz podejrzewał, że oprócz wspólnych z innymi celów, miała też własny. Pragnęła być może zdobyć głowę Davrama Bashere'a, jego głowę! A jeśli chciała jego głowy, na pewno nie zadowoli się jego wygnaniem. Im dłużej się Tenobia przy czymś upierała, tym trudniej było ją odwieść od raz podjętej decyzji. Na tym polegał problem. Tenobia powinna przebywać w Saldaei, strzegąc Granicy Ugoru, ale i on powinien tam być. Mogłaby go skazać za zdradę — przynajmniej dwukrotnie za to, co zrobił, odkąd wyruszył na południe, tym niemniej nie potrafił się zachować inaczej. Rebelia (tego słowa użyła zapewne Tenobia) była czymś strasznym, ale tylko w ten sposób Bashere mógł zachować głowę. Problem, cholerny problem.

Obozowisko rozbito dla ponad ośmiu tysięcy przedstawicieli lekkiej kawalerii, których Bashere opuścił za Illian. Obóz zajmował większy teren niż ten przy Drodze Tar Valon, prezentował się jednak znacznie porządniej. Konie stały tu w równych rzędach, przywiązane do palików wbitych między kuźnią kowala i równoległymi szeregami dużych, szarych lub kremowych, choć dość mocno już połatanych, namiotów. Każdy żołnierz potrafiłby dosiąść konia i ruszyć do walki w przeciągu pięćdziesięciu sekund od sygnału trąbki. Wartownicy Davrama przestrzegali zresztą tego czasu. Nawet namioty i wozy rzemieślników, położone sto kroków na południe od żołnierskich, za saldaeańskim przykładem ustawiono staranniej niż w obozie oblegających miasto. Przynajmniej stosunkowo staranniej.

Kiedy Bashere wjechał wraz ze swoją eskortą, ludzie wśród końskich szeregów zaczęli się ruszać szybko i ponuro, niemal jakby wydał im sygnał do akcji. Niejeden żołnierz wyciągnął miecz. Ludzie wołali do Davrama, lecz na widok sporego tłumu mężczyzn i kobiet (głównie kobiet), zebranych w środku obozu, Bashere poczuł nagłe odrętwienie. Uderzył piętami boki Śmigłego i wierzchowiec przeszedł w galop. Davram nie wiedział, czy ktoś za nim jedzie. Nie słyszał nic poza tętnieniem własnej krwi w uszach, nie widział też niczego oprócz tłumu stojącego przed jego spiczastym namiotem. Namiotem, który dzielił z Deirą.

Przed wejściem nie ściągnął cugli, po prostu zeskoczył z siodła i ruszył przed siebie biegiem. Słyszał, że ludzie rozmawiają, ale nie rozumiał słów. Tłum rozstąpił się przed nim, robiąc mu przejście, w przeciwnym razie nie wahałby się potrącić wielu gapiów.

Wszedł do wielkiego namiotu i zatrzymał się w progu. Namiot, wystarczająco duży dla dwudziestu żołnierzy, był zatłoczony od ściany do ściany kobietami — małżonkami panów wielkich rodów i oficerów — jednak oczy Davrama szybko odszukały wśród nich żonę, Deirę, która siedziała na składanym krześle pośrodku służących za podłogę dywanów. Na szczęście żyła, toteż Bashere poczuł, jak odrętwienie ustępuje. Wiedział, że pewnego dnia Deira umrze — oboje przecież kiedyś umrą — i bał się tylko jednej jedynej rzeczy: życia bez niej. Potem zrozumiał, iż kilka kobiet właśnie pomaga jej opuścić do talii górę sukienki. Inna przyciskała do lewej ręki Deiry złożony materiał, a szmatka robiła się coraz czerwieńsza, nasączając się krwią, która wyciekała z ramienia i skapywała po palcach do ustawionej na dywanie miski. W misce znajdowało się już sporo ciemnej krwi.

W tej samej chwili ranna dostrzegła męża i jej oczy zaiskrzyły się na zbyt mocno pobladłej twarzy.

— Tak się kończy wynajmowanie cudzoziemców, mężu — oświadczyła wściekle, potrząsając ku niemu prawą ręką, w której zaciskała długi sztylet. Równie wysoka jak większość mężczyzn, kilka cali wyższa niż Davram i piękna, o obliczu obramowanym kruczoczarnymi włosami przetykanymi bielą, rozgniewana Deira prezentowała się niebezpiecznie i władczo. Nawet gdy z trudem siedziała prosto. Większość kobiet obnażonych do pasa w obecności tak wielu innych osób i własnego męża na pewno by się zarumieniła. Ale nie ona. — Gdybyś stale nie pędził jak wiatr, mogliśmy mieć dobrych ludzi z naszych majątków. Zrobiliby wszystko, co trzeba.

— Wdałaś się w spór ze służącymi, Deiro? — spytał, unosząc brwi. — Nigdy bym nie przypuszczał, że rzucisz się na nich z nożem. — Prawie wszystkie przebywające w namiocie kobiety posłały mu chłodne spojrzenia z ukosa. Nie każdy mąż i żona tak dobrze się rozumieli jak oni. Niektórzy wręcz uważali ich za dziwaków, ponieważ rzadko podnosili na siebie głos.

Małżonka popatrzyła na niego groźnie, po czym wbrew swej woli krótko się zaśmiała.

— Zacznę od początku, Davramie. Będę mówić powoli, żebyś mnie dobrze zrozumiał — dodała z lekkim uśmieszkiem. Na moment zwróciła się do kobiet, które owijały lnem jej nagi tors, i podziękowała im. — Wróciłam z przejażdżki i zastałam w naszym namiocie dwóch obcych mężczyzn. Przeszukiwali go. Na mój widok natychmiast naturalnym ruchem wyjęli sztylety, więc jednego trzasnęłam krzesłem, a drugiego dźgnęłam. — Spojrzała z grymasem na przeciętą rękę. — Nie byłam dość szybka, toteż zdołał mnie zranić. Na szczęście w tym momencie wbiegły Zavion i inne, a dwaj rabusie uciekli przez rozcięcie, które zrobili na tylnej ścianie namiotu. — Wiele kobiet ponuro pokiwało głowami. Ręce trzymały na rękojeściach sztyletów, swej jedynej broni. — Kazałam im ruszyć w pogoń — podjęła Deira. — Niestety, postanowiły zająć się moim draśnięciem.

Ręce puściły rękojeści ostrzy, a twarze się zaczerwieniły, chociaż ani jedna z kobiet bynajmniej nie wyglądała na skruszoną z powodu nieposłuszeństwa, jakiego się dopuściły. Kobiety znalazły się wszak w trudnej sytuacji. Deira była ich lenną panią (a on ich suzerenem), więc powinny wykonywać jej rozkazy, lecz gdyby ją zostawiły i udały się w pościg za złodziejami, od rany, którą Deira nazwała draśnięciem, mogła się wykrwawić i umrzeć.

— W każdym razie — dodała — zarządziłam poszukiwania. Nie będzie trudno znaleźć tych dwóch złodziei. Jeden ma wielkiego guza, drugi krwawi. — Z satysfakcją zawzięcie pokiwała głową.

Zavion, żylasta, rudowłosa Lady Gahaur, podniosła igłę z nawleczoną nicią.

— Na pewno nie interesuje cię moja robota, panie — zasugerowała chłodno — więc może się wycofasz?

Bashere przytaknął, lekko skłaniając głowę. Deira nigdy nie lubiła, gdy się przyglądał, jak ktoś zszywa jej ranę. A i on nie lubił tego widoku.

Przed namiotem zatrzymał się i krzyknął głośno, że jego pani żona jest zdrowa i znajduje się pod dobrą opieką, zatem ludzie mają się zająć swoimi sprawami. Mężczyźni rozeszli się, życząc Deirze powrotu do zdrowia, jednak żadna z kobiet nawet się nie ruszyła. Nie naciskał na nie. Niezależnie od jego poleceń i tak pozostaną w miejscu do momentu pojawienia się samej Deiry. A mądry człowiek stara się unikać bitew, w których jest z góry skazany na przegraną, w dodatku kiedy ta przegrana go ośmiesza.

Tumad czekał na skraju tłumu. Podszedł do Bashere'a, który kroczył z rękoma ciasno splecionymi za plecami. Davram od dawna spodziewał się takiego lub podobnego zdarzenia, jednak od pewnego czasu zaczął z wolna wierzyć, że nigdy do niego nie dojdzie. A już na pewno nie podejrzewał, że Deira może prawie umrzeć.

— Odszukano tych dwóch mężczyzn — powiadomił go Tumad. — W każdym razie odpowiadają rysopisowi Lady Deiry. — Bashere rozejrzał się gwałtownie z morderczą miną na twarzy, więc młodzieniec szybko dodał: — Obaj nie żyją, mój panie, zginęli tuż za granicą obozu. Każdy otrzymał jedno pchnięcie wąskim ostrzem. — Dotknął palcem miejsca tuż za uchem, u podstawy czaszki. — Napastnik nie mógł być jeden, chyba że działał szybciej niż skalna żmija.

Bashere skinął głową. Niepowodzenie często równało się śmierci. Wysłano dwóch, a iluż trzeba było dla uciszenia ich? Ilu jeszcze pozostało? Ile czasu upłynie, zanim znów spróbują? I najtrudniejsze pytanie: kto ich wysyłał? Biała Wieża? Przeklęci? Czy zdąży się tego dowiedzieć?

Nikt prócz Tumada nie stał na tyle blisko, by go usłyszeć, lecz Davram, tak czy owak, odezwał się cicho, ostrożnie dobierając słowa. Czasami beztroska także równała się śmierci.

— Wiesz, gdzie znaleźć mężczyznę, który był u mnie wczoraj? Odszukaj go i przekaż, że się zgadzam, choć będzie trochę więcej, niż się umówiliśmy.

Lekki, miękki niczym puch śnieg spadający na miasto Cairhien nieco przymroczył światło poranka, tłumiąc jasność.

Z wąskiego, wysokiego, pałacowego okna złożonego ze złotych, chroniących przed zimnem szybek Samitsu dokładnie widziała zarówno drewniane rusztowanie wzniesione wokół zrujnowanej części Pałacu Słońca, jak i popękane kostki z ciemnego kamienia nadal usiane gruzem, a także schodkowe wieże niemal dorównujące strzelistością reszcie pałacowych iglic. Jedna z nich — Wieża Wschodzącego Słońca — po prostu już nie istniała. Spośród spadających płatków wynurzały się liczne sławne cairhieniańskie wieże „bez szczytów" — ogromne kwadratowe iglice na wielkich podstawach, dużo wyższe do tej pory niż jakakolwiek wieża pałacu, mimo jego usytuowania na najwyższym wzgórzu w mieście wzgórz. Od chwili, gdy przed dwudziestu laty spalili je Aielowie, nie odbudowano ich w pełni, toteż nadal otaczały je rusztowania. Prawdopodobnie remonty te nie zostaną ukończone jeszcze przez następne dwie dekady. Na rusztowania nie wspinali się dziś robotnicy, co przy tej pogodzie było zrozumiałe. Samitsu Tamagowa pożałowała, że jej także śnieg nie daje powodu do wytchnienia.

Kiedy w ubiegłym tygodniu wyjechała Cadsuane, pozostawiając jej dowództwo, zadanie wydawało się łatwe. Dopilnować, żeby w Cairhien nie zaczęło znów wrzeć. Tak, wtedy zadanie wydawało się proste, mimo iż Samitsu rzadko się zajmowała polityką. Tylko jedna duża grupa zbrojna szlachciców, a Dobraine był przeważnie pomocny, wyraźnie pragnąc spokoju. Chociaż przyjął oczywiście to głupie stanowisko „Cairhieniańskiego Zarządcy Smoka Odrodzonego". Młokos al'Thor mianował też „Zarządcą" w Łzie człowieka, który zbuntował się przeciwko niemu miesiąc temu! Gdybyż tak samo postąpił w Illian... Wydawało się to zresztą także całkiem prawdopodobne. Te stanowiska sprawią siostrom nieskończone kłopoty, zanim sytuacja się wyjaśni... Zanim wszystko zostanie powiedziane i zrobione! Tak, tak, młokos przynosił wyłącznie kłopoty! Na szczęście Dobraine dotychczas używał swej nowej pozycji jedynie do rządzenia miastem. I do potajemnego szukania wśród arystokracji poparcia dla Elayne Trakand, na wypadek gdyby wysunęła roszczenia do Tronu Słońca. Samą Samitsu fakt ten wyraźnie uspokajał, zwłaszcza że właściwie jej nie obchodziło, kto zasiada na cairhieniańskim tronie. Cairhien w ogóle nieszczególnie ją obchodziło.

Padający za oknem śnieg wirował w porywach wiatru niczym w białym kalejdoskopie. Jakżeż tu było... cicho. Czy wcześniej Samitsu doceniała ciszę i spokój? Jeśli tak, na pewno tego nie pamiętała.

Poza tym ani możliwość, że Elayne Trakand przejmie tron, ani nowy tytuł Dobraine'a nie konsternował jej tak bardzo jak śmieszne i śmiesznie liczne pogłoski o młokosie al'Thorze, który jakoby kierował się do Tar Valon z zamiarem poddania się Elaidzie. Nie powiedziała wszakże choćby słowa, aby je stłumić... Ta plotka przerażała i mroziła wszystkich — od panów wielkich rodów po prostych stajennych — lecz dla utrzymania spokoju strach wcale nie był taki zły. Gra Domów zabrnęła w ślepy zaułek... to znaczy w porównaniu z normalnym stanem spraw w Cairhien. Aielowie, którzy weszli do miasta, przybywszy ze swego ogromnego, położonego kilka mil na wschód obozu, prawdopodobnie bardzo się przydali, niestety większość mieszkańców odczuwała do nich nienawiść. Wszyscy wiedzieli, że Aielowie podążają za Smokiem Odrodzonym i nikt nie chciał ryzykować znalezienia się na niewłaściwym końcu tysięcy ich włóczni. Młody al'Thor był najwidoczniej znacznie przydatniejszy nieobecny niż obecny. Docierające z zachodu pogłoski, mówiące o Aielach atakujących zewsząd: grabiących, palących, zabijających wszystkich bez wyboru (tak twierdzili kupcy), skłoniły ludzi do ostrożności w traktowaniu przebywających tutaj przedstawicieli tej nacji.

Właściwie nic nie wyrywało Cairhien ze spokoju — poza

może sporadycznymi ulicznymi bijatykami między ludźmi z Podgrodzia i mieszkańcami miasta, którzy uważali hałaśliwych, jaskrawo odzianych Podgrodzian za równie obcych jak Aielowie, choć tutejsi wydawali im się znacznie mniej od tamtych groźni. Cairhien było aż po strychy zatłoczone mężczyznami i kobietami, którzy sypiali wszędzie, gdzie tylko zdołali znaleźć schronienie przed zimnem, jednakże zapasy jedzenia były bardziej niż wystarczające, jeśli nie nadmierne, a handel rozwijał się lepiej, niż można by się spodziewać w zimie. Ogólnie rzecz biorąc, Samitsu powinna być zadowolona. Wypełniała wskazówki Cadsuane, tak jak Zielona sobie życzyła przed odejściem. Chociaż… Cadsuane na pewno oczekiwała czegoś więcej. Zawsze tak było.

— Słuchasz mnie, Samitsu?

Z westchnieniem odwróciła się od pięknego, sennego widoku za oknem, nie zadając sobie w ogóle trudu wygładzenia spódnic z żółtymi wstawkami. Słabo brzęknęły srebrne dzwoneczki z Jakandy w jej włosach, dziś wszakże dźwięk ten nie zadziałał kojąco. Nawet w najlepszych czasach Samitsu nie czuła się w pełni dobrze w swoich apartamentach pałacowych, choć ogień płonący w dużym, marmurowym kominku dawał przyjemne ciepło, a łóżko w sąsiedniej komnacie wyposażone zostało w materac z pierza najlepszej jakości i gęsie poduszki. Wszystkie jej trzy pokoje były przesadnie ozdobne na bezduszną cairhieniańską modę: otynkowany na biało sufit miał postać splecionych kwadratów, rozległe gzymsy były intensywnie złocone, a drewniane panele ścienne wypolerowane do lekkiego połysku, mimo to pozostając ciemne. Sprzęty w pomieszczeniach zdawały się jeszcze ciemniejsze, chociaż bez wątpienia solidnie skonstruowane, ozdobione cienkimi, złoconymi liśćmi i inkrustowane kością słoniową. Kwiecisty taireniański dywan wyglądał w tym pokoju zbyt krzykliwie w porównaniu z resztą otoczenia i jeszcze bardziej podkreślał surowość sprzętów. Ostatnio Samitsu czuła się tu jak w klatce.

Najbardziej ją denerwowała kobieta z lokami do ramion, stojąca teraz pośrodku dywanu z pięściami na biodrach, buntowniczo zaciśniętymi ustami i zmarszczonymi brwiami zwężającymi jej niebieskie oczy. Na prawej ręce Sashalle nosiła oczywiście pierścień w kształcie Wielkiego Węża, lecz włożyła także naszyjniki i bransoletkę Aielów — duże paciorki ze srebra i kości słoniowej zawile rzeźbione, prezentujące się niezwykle zbytkownie na tle wełnianej sukni z wysokim kołnierzem, która była nijako brązowa, choć dobrze skrojona i ładnie uszyta. Biżuteria nie wyglądała oczywiście surowo, raczej wręcz... ekstrawagancko i mało która siostra zdecydowałaby się ją włożyć. Osobliwość tych błyskotek byłaby najprawdopodobniej wiele mówiąca, gdyby Samitsu usiłowała się czegoś doszukać. Mądre, zwłaszcza Sorilea, uważały ją za głupią, ponieważ nie wiedziała mnóstwa doskonale im znanych rzeczy, chyba że uprzednio o nie zapytała. Zresztą kobiety często usiłowały ją rozdrażnić odpowiedziami. Celowała w tym Sorilea. Samitsu nie była przyzwyczajona do takiego traktowania i bardzo go nie lubiła.

Nie po raz pierwszy trudno jej było znieść spojrzenie Sashalle. Siostra ta psuła jej humor, nawet jeśli sytuacja wokół wydawała się idealna. Najbardziej irytowało Samitsu, że Sashalle — choć Czerwona — wbrew swojej Ajah złożyła przysięgę wierności młodemu al'Thorowi. Wszak żadna Aes Sedai nie powinna przysięgać nikomu i niczemu innemu niż Biała Wieża! Jak, w dodatku, na Światłość, członkini Czerwonych Ajah mogła przysięgać mężczyźnie, który potrafił przenosić Moc?! Może Verin miała rację, kiedy mówiła o posiadanej przez tego *ta'veren* umiejętności zniekształcania losu. Samitsu nie potrafiła wymyślić żadnej innej przyczyny, dla której trzydzieści jeden sióstr (w tym pięć Czerwonych) złożyło mu taką przysięgę wierności.

— Do Lady Ailil przyszli panowie i panie, reprezentujący większą część siły Domu Riatin — rzekła, udając cierpliwszą, niż była. — Sugerują jej objęcie Wysokiego Tronu Dynastii Riatin, a ona pragnie aprobaty Białej Wieży. A przynajmniej aprobaty ze strony Aes Sedai.

Starając się uniknąć dalszej wymiany spojrzeń, podczas której czuła się bardzo nieswojo, ruszyła do stołu z ciemnego drewna, gdzie stojący na srebrnej tacy, ozdobiony złotem srebrny dzban nadal wydzielał słaby zapach przypraw. Napełnienie kubka grzanym winem dało jej usprawiedliwienie dla przelotnego kontaktu wzrokowego. Potrzeba usprawiedliwienia sprawiła jednak, że Samitsu odstawiła dzban na tacę tak gwałtownie, że w zetknięciu z podłożem aż zabrzęczał. Odkryła, że zbyt często unika wzroku Sashalle. Zdała sobie sprawę, że nawet teraz patrzy na nią jakoś z ukosa. Ku własnej frustracji nie mogła się zmusić do odwrócenia i wytrzymania spojrzenia tamtej.

— Odmów jej, Sashalle. Jej brat, gdy go ostatnio widziano, wciąż żył, a rebelia przeciwko Smokowi Odrodzonemu w żaden sposób nie musi dotyczyć Wieży. Na pewno nie teraz. — Podobno widziano Torama Riatina, jak biegł w dziwną, odporną na Jedyną Moc mgłę, która mogła przyjąć stałą formę i zabić. Tego dnia Cień wyszedł poza mury Cairhien. Samitsu przemawiała z wysiłkiem, przez ściśnięte gardło, starając się powstrzymać drżenie. Nie czuła strachu, lecz gniew. Tego właśnie dnia nie udało jej się Uzdrowić młodego al'Thora. Zawiodła. Nienawidziła niepowodzeń i nie cierpiała ich pamiętać. Wiedziała wszakże, iż nie musi się z nich tłumaczyć. — Większość siły Domu Riatin to jednak nie wszyscy. Osoby nadal powiązane z Toramem w razie potrzeby stawią jej opór, zresztą wspieranie przewrotów wewnątrz samych Dynastii nie jest odpowiednią metodą, jeżeli chce się utrzymać pokój. Obecnie równowaga w Cairhien została zachwiana, Sashalle, ale wciąż mamy do czynienia z jako taką i nie wolno nam tej nawet pozornej równowagi zakłócać.

Zdołała się powstrzymać przed stwierdzeniem, że Cadsuane nie spodobałoby się takie posunięcie. Zwłaszcza że Sashalle nie bardzo liczyła się z poglądami Cadsuane.

— Do przewrotu dojdzie, niezależnie od naszego poparcia czy też jego braku — odparowała stanowczo druga siostra. Na widok skoncentrowanej miny Samitsu jej marsowe oblicze nieco złagodniało, choć kobieta nadal mocno zaciskała szczęki. Może był to raczej objaw uporu niż agresji, zresztą uczucia Sashalle nie miały w tym momencie specjalnego znaczenia. Czerwona nie sprzeczała się ani nie próbowała przekonać Samitsu, po prostu stała twardo przy swoim stanowisku. A najbardziej drażniąca była jej pozorna uprzejmość. — Wiesz przecież, że Smok Odrodzony jest zwiastunem przewrotu i zmiany. Zwiastunem z przepowiedni! A jeżeli nie on, w jakimś sensie jest nim Cairhien. Sądzisz, że tutejsi naprawdę przerwali grę w *Daes Dae'mar*? Powierzchnia wody może się czasem wydawać niezmącona, jednak ryby nigdy nie przestają pływać.

Czerwona niczym uliczny demagog wychwalająca Smoka Odrodzonego! O Światłości!

— A jeśli się mylisz? — odgryzła się Samitsu, wbrew sobie.

Sashalle, niech sczeźnie, zachowała idealny spokój.

— Ailil odstąpiła od wszelkich żądań do Tronu Słońca na korzyść Elayne Trakand, a tego właśnie pragnie Smok Odrodzony. Gdy ją poproszę, chętnie złoży mu hołd lenny. Toram natomiast poprowadził armię przeciw Randowi al'Thorowi. Twierdzę, że warto dokonać zmian i podjąć ryzyko. I tak też odpowiem Lady Ailil.

Samitsu nerwowo potrząsnęła głową, aż zabrzęczały dzwoneczki w jej włosach. Ledwie zdołała się powstrzymać przed ponownym westchnieniem. W Cairhien pozostało jeszcze osiemnaście ze związanych z Wyznawcami Smoka sióstr — Cadsuane zabrała kilka z sobą, potem po kolejne przysłała Alannę. Pozycja pozostałej osiemnastki (poza Sashalle) była wyższa, lecz Mądre Aielów trzymały je z dala od niej. Samitsu nie podobały się te metody — wszak Aes Sedai nie powinny być uczennicami, u nikogo nie mogły terminować! To było oburzające... choć w praktyce ułatwiało jej pracę, dzięki takiemu układowi nie mogły się bowiem w nic wtrącać ani starać się wraz z Mądrymi bez przerwy kontrolować ich życie tutaj. Niestety, z jakiegoś powodu Samitsu nie potrafiła się dowiedzieć, dlaczego Mądre inaczej patrzą na Sashalle i dwie inne siostry, które zostały ujarzmione pod Studniami Dumai. Ujarzmione! Samitsu przeszedł słaby dreszcz na tę myśl. Wolałaby jednak wiedzieć, w jaki sposób Damer Flinn Uzdrowił to, czego dotąd nie można było Uzdrowić. Dobrze, że ktoś potrafił Uzdrawiać ujarzmione, nawet jeśli był mężczyzną. Mężczyzną z umiejętnością przenoszenia Mocy. O Światłości, jakże łatwo — kiedy człowiek się już przyzwyczai — wczorajsza groza dziś zmieniała się zaledwie w niepewność.

Samitsu była przekonana, że Cadsuane przed wyjazdem ułożyła sprawy z Mądrymi i poznała wszystkie szczegóły dotyczące Sashalle, Irgain i Ronaille. W każdym razie Samitsu się wydawało, że ma tę pewność. Nie po raz pierwszy legendarna Zielona wciągała ją w swój projekt. Cadsuane potrafiła być przebieglejsza niż Błękitne, umiała konstruować plany wewnątrz planów, łączyła je z fortelami, a całość starannie ukrywała przed wszystkimi wokół. Pomniejsze spiski z góry skazane były na klęskę, zapewniając w jakiś sposób powodzenie innym i jedynie Cadsuane wiedziała, które są które, co Samitsu bynajmniej nie pocieszało. Tak czy inaczej, te trzy siostry mogły przyjeżdżać i odjeżdżać, kiedy zapragnęły, i robić, co chciały. Na pewno też nie czuły żadnej potrzeby przestrzegania rad pozostawionych przez Cadsuane czy stosowania się do poleceń siostry, której przywództwo Cadsuane powierzyła. Ich postępowaniem kierowała tylko ich szalona przysięga wobec al'Thora i jedynie ona ograniczała je w działaniach.

Samitsu nigdy w życiu nie czuła się słaba czy nieskuteczna — chyba że zawiódł ją jakiś własny Talent — a jednak teraz nie mogła się wręcz doczekać powrotu Cadsuane, która natychmiast wzięłaby wszystkie sprawy we własne ręce. Kilka mądrych słów wyszeptanych w ucho Ailil zgasiłoby oczywiście wszelkie pragnienia lady związane z objęciem Wysokiego Tronu, jednak na niewiele się taki gest zda, jeśli Samitsu równocześnie nie wybije z głowy Sashalle jej celu. Chociaż Ailil bała się, iż jej głupie sekrety wymkną się poza granice, sprzeczne oświadczenia Aes Sedai mogłyby równie dobrze skłonić ją do wycofania się z gry — wolałaby zapewne wyjechać do swych wiejskich posiadłości, niż ryzykować obrazę którejś z sióstr. Cadsuane bez wątpienia przejęłaby się utratą Ailil. Podobnie zresztą jak sama Samitsu. Z faktu, że Ailil wplątała się w połowę spisków, które knuła arystokracja, jasno wynikało jedno: intrygi te były zupełnie niegroźne i przypuszczalnie nie zaowocują żadnymi poważniejszymi zajściami. O czym ta przeklęta Czerwona na pewno doskonale wiedziała. A jeśli Sashalle udzieli Ailil swego poparcia, lady za każdym razem będzie biegła z informacjami do niej, nie zaś do Samitsu Tamagowy.

Podczas gdy tak trwała pogrążona w rozterce, niespodziewanie otworzyły się drzwi do korytarza i w progu stanęła o dłoń niższa od Aes Sedai Cairhienianka o bladej, surowej twarzy. Kobieta miała włosy ułożone na karku w gruby, siwy kok, nosiła gładką sukienkę w tak ciemnym odcieniu szarości, że niemal wydawała się czarna. Był to aktualny strój służby Pałacu Słońca. Służący naturalnie nigdy się tu nie zapowiadali ani nie prosili o pozwolenie wejścia, zresztą Corgaide Marendevin nie była zwyczajną służącą. O jej pozycji świadczyło zawieszone przy pasie ciężkie, srebrnawe kółko z długimi kluczami. Opiekunka Kluczy bez wątpienia rządziła Pałacem Słońca, dlatego w zachowaniu Corgaide nigdy nie sposób się było dopatrzyć najmniejszych oznak pokory. Tak i teraz jedynie minimalnie dygnęła, wpatrując się gdzieś pomiędzy Samitsu i Sashalle.

— Poproszono mnie, żebym informowała o niezwykłych zdarzeniach — rzuciła w powietrze, chociaż właśnie Samitsu poprosiła ją kiedyś o to wprost. Bardzo prawdopodobne, że Opiekunka Kluczy widziała walkę o władzę między nimi dwiema równie często, jak one same. Niewiele dziejących się w pałacu spraw jej umykało. — Przekazuję więc, co mi powiedziano. W kuchni jest jakiś ogir. On i pewien młody człowiek podobno zawiadują murarką, ja jednak nigdy nie słyszałam o współpracy ludzi i ogirów. A Stedding Tsofu również nie powiadomił o murarzach z żadnych *stedding* w najbliższej przyszłości, gdy zapytywaliśmy po tamtym… zajściu. — Pauza była zaledwie dostrzegalna, a poważna mina Corgaide nie zmieniła się, jednak połowa plotek o ataku na Pałac Słońca wskazywała na al'Thora, druga połowa zaś na Aes Sedai. Niektórzy wspominali o współudziale Przeklętych, zawsze wszakże łączono ich albo z Randem, albo z siostrami.

Wydąwszy wargi w zadumie, Samitsu porzuciła rozważania na temat Cairhienian, którzy gmatwali wszystko, czego się tknęli. Zaprzeczenia Aes Sedai na niewiele się zdawały. W tym dziwnym mieście Trzy Przysięgi dawały powód do sześciu sprzecznych z sobą pogłosek. Ale… ogir…? Pałacowe kuchnie rzadko przyjmowały zabłąkanego przechodnia, chociaż kucharze mogliby dać ogirowi gorący posiłek przynajmniej z powodu jego osobliwego wyglądu. W ostatnim roku ogirowie stali się dla ludzi rasą jeszcze bardziej niezwykłą niż wcześniej. Nieliczni nadal pojawiali się tu i ówdzie, lecz przemieszczali się tak szybko, jak tylko ogirowie potrafią; nieczęsto też zatrzymywali się w jednym miejscu dłużej niż tylko na kilka godzin snu. Jeszcze rzadziej podróżowali z ludźmi, a niemal nigdy z nimi nie pracowali. Myśl o takiej współpracy z czymś jej się jednak skojarzyła, choć Samitsu nie wiedziała dokładnie, z czym. Usiłując wyjaśnić sobie tę kwestię, otworzyła usta, ażeby zadać kilka pytań...

— Dziękujemy, Corgaide — uprzedziła ją Sashalle z uśmiechem. — Byłaś bardzo pomocna. Teraz jednak zostaw nas same, dobrze?

Obcesowość wobec Opiekunki Kluczy była świetnym posunięciem, jeżeli ktoś pragnął stale znajdować brudne pościele we własnym łóżku, nieopróżnione nocniki pod nim bądź też marnie przyprawione posiłki na stole; czasami w takiej sytuacji zawieruszały się również listy. Osobie, która „podpadła", przydarzały się zresztą tysiące niemiłych rzeczy uprzykrzających życie i zmuszających do wiecznego marnowania energii na porządkowanie najbliższego otoczenia. Sashalle jawnie liczyła na to, że jej uśmiech złagodzi wypowiedziane do Corgaide surowe słowa. Siwowłosa służąca pochyliła nieznacznie głowę i ponownie wykonała niemal niezauważalne dygnięcie, tym razem wszakże wyłącznie dla Czerwonej siostry.

Ledwie za Cairhienianką zamknęły się drzwi, Samitsu odstawiła srebrny kubek na tacę ruchem tak zamaszystym, że rozlała sobie ciepłe wino na przegub, po czym odwróciła się do Sashalle. Nie dość że prawie całkowicie straciła kontrolę nad Lady Ailil, najwyraźniej nawet władza w Pałacu Słońca powoli wymykała jej się z rąk! Prawdopodobieństwo, że Corgaide zachowa dla siebie zasłyszaną tu rozmowę, było równie nikłe jak możliwość, że nagle wyrosną jej skrzydła i odleci. A wszystko, co ta kobieta powie, natychmiast obiegnie pałac, docierając do każdego służącego aż po mężczyzn czyszczących stajnie. Końcowy ukłon niedwuznacznie sugerował opinię Opiekunki Kluczy na temat Aes Sedai. O Światłości, ależ Samitsu nienawidziła tego Cairhien! Wśród sióstr grzeczność była głęboko zakorzeniona, a jednak Sashalle nie potrafiła się odpowiednio zachować. Samitsu czuła, że Czerwoną spotka za to kara.

Spojrzała z marsową miną na swoją towarzyszkę — naprawdę spojrzała jej w twarz, być może pierwszy raz — i nagle zrozumiała powody, dla których Sashalle tak ją drażniła. Tak, tak, wiedziała już, dlaczego trudno jej było wytrzymać wzrok Czerwonej siostry. Nie było to już bowiem typowe dla Aes Sedai, ponadczasowe i pozbawione śladów przeżytych lat oblicze. Większość ludzi nie zauważyłaby może w tej twarzy niczego niezwykłego, lecz zmiany nie umknęły uwadze Samitsu. Sashalle wydawała się wprawdzie piękniejsza niż w rzeczywistości, co stanowiło niewątpliwą cechę Aes Sedai, jednak wyglądała równocześnie na osobę w średnim wieku! Konstatacja ta zaszokowała Samitsu.

Powszechna wiedza na temat ujarzmionych kobiet niewiele wykraczała poza pogłoski. Zwykle przez resztę życia nieszczęsne uciekały i ukrywały się przed innymi siostrami, aż w końcu umierały. Zazwyczaj śmierć przychodziła w dość krótkim okresie po ujarzmieniu. Większość z tych kobiet nie potrafiła przez dłuższy czas znosić życia bez utraconego *saidara*. Wszystkie te informacje pochodziły wszakże z domysłów, zresztą — z tego, co Samitsu wiedziała — od dawna nikt nie miał odwagi studiować szerzej tego zagadnienia. Każdą Aes Sedai przed zbytnią ciekawością powstrzymywał skrywany w najgłębszej części umysłu lęk, iż ten sam los może jej się przydarzyć któregoś dnia, w jednym momencie braku ostrożności. Nawet siostry potrafiły udawać, że czegoś nie widzą, jeśli tego widzieć nie chciały. Plotki krążyły zawsze, choć rzadko się o nich opowiadało, a były tak osobliwie nieuchwytne, że nikt nie pamiętał, gdzie i kiedy jakąś zasłyszał. Zgodnie z jedną jedyną, którą Samitsu pamiętała (ledwie pamiętała), ujarzmiona kobieta młodniała, o ile oczywiście przeżyła dostatecznie długo. Do tej pory myśl ta wydawała jej się po prostu śmieszna. Odzyskanie zdolności do przenoszenia Mocy nie zwróciło wszak Sashalle wszystkiego, co utraciła. Aby inne Aes Sedai zaczęły ją postrzegać jako pełnoprawną siostrę, znowu musiałaby latami używać Mocy. Ale... czy odzyskałaby dawną twarz? Najprawdopodobniej tak, było to zapewne nieuniknione, choć nikt jeszcze takiej sytuacji nie opisał. Poza tym... skoro jej oblicze się zmieniło, czy w samej Sashalle zaszły jeszcze inne zmiany? Samitsu zadrżała, bardziej niż przed chwilą, kiedy pomyślała o ujarzmieniu. Może lepiej nie zastanawiać się, w jaki sposób Damer potrafił Uzdrawiać ujarzmione.

Sashalle w zamyśleniu dotykała swojego naszyjnika Aielów i wydawała się nieświadoma, że Samitsu ma do niej o coś pretensje i że bacznie jej się w tej chwili przygląda.

— Może nie chodzi o nic ważnego — odezwała się w końcu Czerwona. — Sądzę jednak, że trzeba sprawdzić tę informację. Corgaide przekazała jedynie tyle, ile usłyszała, toteż jeśli chcemy się czegoś dowiedzieć, musimy pójść i zobaczyć na własne oczy tego ogira. — Z tymi słowy zgarnęła spódnice i wyszła z pomieszczenia. Samitsu mogła albo zostać, albo za nią podążyć! Ta alternatywa była dla niej nieznośna! Tym niemniej pozostanie wydało jej się wręcz nie do pomyślenia.

Sashalle nie była wyższa od niej, w każdym razie bez wątpienia niewiele, lecz Samitsu musiała się bardzo spieszyć, aby dotrzymać kroku Czerwonej, sunącej szerokimi korytarzami o prostych sklepieniach. Wyprzedzić drugiej siostry nie zdołałaby, chyba że zaczęłaby biec. Wściekała się w milczeniu, zgrzytając po cichu zębami. Publiczna sprzeczka z inną Aes Sedai była zachowaniem — w najlepszym wypadku — niewłaściwym. Co gorsza wysiłkiem, bez dwóch zdań, daremnym. Wszczynając kłótnię, Samitsu pogrążyłaby się jeszcze bardziej. Sfrustrowana, miała ochotę krzyczeć.

Stojące w regularnych odstępach lampy intensywnie oświetlały nawet najciemniejsze odcinki korytarza, w którym niewiele było partii kolorowych, a z ozdób można było jedynie sporadycznie dostrzec gobelin przedstawiający zwierzęta ścigane na polowaniu lub postaci panów wielkich rodów, dzielnie walczących w bitwach; w niektórych ściennych niszach stały przedmioty ze złota lub porcelany Ludu Morza, a korytarzowe gzymsy udekorowano fryzami, zazwyczaj niepomalowanymi. I tyle. Cairhienianie nie wystawiali swojego bogactwa na widok publiczny. Spieszący korytarzami jeden za drugim — niczym szeregi pracowitych mrówek — przedstawiciele służby nosili liberie w odcieniu antracytowym, z wyjątkiem osób pracujących dla mieszkającej w pałacu arystokracji, których ubrania były jaskrawsze i miały na piersiach wyhaftowane godło danego Domu, a kołnierze i (czasem) rękawy oznaczone w jego barwach. Ten czy ów nosił nawet płaszcz lub cały strój w kolorach Dynastii swojego pana, wyróżniając się na tle pozostałych prawie jak cudzoziemiec. Wszyscy służący trzymali wszakże oczy spuszczone i przystawali przed dwiema siostrami ledwie na szybki ukłon bądź dygnięcie. Pałac Słońca wymagał niezliczonych setek służących i Samitsu odnosiła wrażenie, że dzisiejszego ranka wszyscy oni pędzą tymi korytarzami, wypełniając swoje obowiązki.

Korytarzami spacerowali także panowie wielkich rodów, kurtuazyjnie kłaniając się dwóm Aes Sedai, jakby byli im równi, choć na widok Czerwonej i Zielonej wyraźnie ściszali głosy. Potwierdzali stare powiedzenie, że dziwne czasy rodzą dziwnych towarzyszy podróży. Wobec nowych niebezpieczeństw należało odłożyć na bok starą wrogość. Na jakiś czas. Toteż gdzieniegdzie bladzi cairhieniańscy lordowie, niektórzy z czołami wysoko podgolonymi i upudrowanymi na sposób żołnierski, ubrani w płaszcze z ciemnego jedwabiu, rozjaśnione kolorowymi paskami na przedzie, przechadzali się obok grupek ciemnych Tairenian, wyższych, odzianych w jasne płaszcze o szerokich, pasiastych rękawach. Tu taireniańska szlachcianka w ciepłej, obszytej perłami czapce i barwnej brokatowej sukni z jasną koronkową krezą towarzyszyła niższej Cairhieniance, której włosy ułożono w wysoki, skomplikowany kok i której strój stanowiła ciemna, jedwabna suknia z szarą koronką pod brodą i wąskimi, spływającymi na przedzie szerokiej spódnicy, pasami kolorów Domu kobiety. Wszyscy sprawiali wrażenie dobrych przyjaciół i zaufanych powierników.

Pewne grupki wyglądały wszakże bardziej osobliwie niż inne. Niektóre kobiety zaczęły się ostatnio nosić po cudzoziemsku, wyraźnie nie zauważając, że przyciągają swoim ubiorem męskie spojrzenia; nawet służący musieli ostro nad sobą panować, żeby się na nie nie gapić. Opięte spodnie i płaszcze ledwie przykrywające biodra nie stanowiły odpowiedniego stroju dla kobiety, niezależnie od ilości bogatych haftów czy zdobiących płaszcze szlachetnych kamieni. Nabijane klejnotami naszyjniki, bransoletki i brosze z wiązkami kolorowych piór tylko zresztą podkreślały dziwaczność i obcość tego stroju. Podobnie jak barwione na jasno buty na obcasach, które zwiększały wzrost kobiet o dobrą dłoń, lecz sprawiały też, że każdy kołyszący krok idącej mógł się dla niej skończyć upadkiem.

— To skandal — szepnęła Sashalle, przypatrując się dwóm kobietom w takich strojach i w niezadowoleniu szarpiąc spódnice.

— Skandal — mruknęła Samitsu, zanim zdążyła się opanować, po czym zamknęła usta tak mocno, że jej zęby głośno o siebie trzasnęły. Wiedziała, że musi panować nad językiem. Nie mogła sobie pozwolić na przytakiwanie Czerwonej siostrze, nawet jeśli się z nią w danej chwili akurat zgadzała.

Niemniej jednak nie potrafiła się powstrzymać przed zerkaniem na dwie kobiety z dezaprobatą. Ale i ze zdumieniem. Rok temu Alaine Chuliandred i Fionnda Annariz szczerze się nienawidziły i chętnie wydrapałyby sobie oczy lub wysłały przeciwko sobie swoich zbrojnych. Albo któż mógłby się jakiś czas temu spodziewać, że Bertome Saighan będzie szedł spokojnie obok Weiramona Saniago i żaden z nich nie wyciągnie zza paska sztyletu? Zaiste dziwne nadeszły czasy, które zrodziły dziwnych towarzyszy podróży. Niewątpliwie nadal grali w Grę Domów, jak zawsze manewrując dla przyszłych korzyści, tym niemniej z łatwością pokonywali nieprzekraczalne niegdyś granice, które stały się obecnie ledwie widoczne. Tak, Samitsu doczekała dziwnych czasów.

Kuchnie mieściły się na najniższym poziomie części nadziemnej Pałacu Słońca, na tyłach. Były to ciągi pomieszczeń o kamiennych ścianach i belkowych powałach, zebrane wokół długiej, pozbawionej okien sali zapełnionej żelaznymi piecami, ceglanymi piekarnikami i kamiennymi kominkami. Bijące z nich wszystkich gorąco pozwalało szybko zapomnieć o zimie i śniegu na dworze. W normalnej sytuacji kucharze i podkuchenni o spoconych twarzach, pod białymi fartuchami ubrani równie ciemno jak inni pałacowi służący, uwijaliby się niczym w ukropie, przygotowując południowy posiłek, gniotąc bochenki chleba na posypanych mąką marmurowych blatach długich stołów, polewając tłuszczem pieczenie i ptactwo obracające się na rożnach w kominkach. Teraz wszakże biegały tu tylko pałacowe psy, czekając na jakiś kawałek pieczeni. Wszędzie wokół stały kosze nieobranych i niepokrojonych rzep i marchwi, a słodkie i pikantne zapachy pochodziły z zapomnianych sosjerek. Nawet kuchciki, chłopcy i dziewczęta, ukradkiem wycierający sobie oblicza w fartuchy, stali przy grupce kobiet skupionych dokoła jednego ze stołów. Z wejścia Samitsu widziała tył głowy ogira górującego nad ludźmi, choć osobnik ów siedział przy stole, a większość ludzi stała. Cairhienianie byli, rzecz jasna, raczej niscy. Samitsu położyła rękę na ramieniu Sashalle i Czerwona dziwnym trafem zatrzymała się bez słowa protestu.

— ...zniknął, nie zostawiwszy nawet wskazówki, dokąd idzie? — zahuczał ogir tak głębokim głosem, że o mało nie zatrzęsła się ziemia. Jego długie, włochate uszy, sterczące wśród ciemnych włosów, zwisających mu aż do wysokiego kołnierza, poruszały się niespokojnie to w przód, to w tył.

— Och, proszę przestać o nim mówić, panie Ledar — odparowała jakaś kobieta z wyraźnie wystudiowanym drżeniem w głosie. — Niegodziwy, taki był! Rozdarł pół pałacu Jedyną Mocą, tak zrobił! Potrafił samym spojrzeniem zmrażać krew człowieka i samym spojrzeniem zabijać. Z jego ręki zginęły tysiące. Dziesiątki tysięcy! Och, nigdy nie lubiłam o nim rozmawiać.

— Jak na osobę, która nie lubi o czymś rozprawiać, Eldrid Methin, za dużo gadasz o tej sprawie — przerwała jej ostro inna kobieta, korpulentna i całkiem wysoka jak na Cairhieniankę, niemal tak rosła jak Samitsu, z kosmykami siwych włosów wymykających się spod białej koronki czapeczki. Była najprawdopodobniej główną dyżurną kucharką, ponieważ wszyscy wokół zaczęli po jej słowach kiwać z aprobatą głowami, wesoło dyskutować między sobą lub mówić wyjątkowo pochlebnym tonem coś w rodzaju: „Tak, tak, ma pani rację, pani Beldair". Służba przestrzegała własnych hierarchii, równie sztywnych jak te w Białej Wieży. — Jednakże, widzi pan, panie Ledar, w gruncie rzeczy na tego typu tematy nie powinniśmy plotkować — kontynuowała Beldair. — To są sprawy dla Aes Sedai, a nie dla takich jak pan czy my. Lepiej niech pan nam opowie więcej o Ziemiach Granicznych. Naprawdę widzieliście trolloki?

— Aes Sedai — mruknął człowiek zasłonięty przez tłum. Był prawdopodobnie towarzyszem ogira Ledara, bowiem Samitsu nie dostrzegała dziś żadnych innych dorosłych mężczyzn pomiędzy pracownikami kuchni. — Powiedzcie mi, czy naprawdę sądzicie, że wiążą one mężczyzn, o których mówiłyście, tych... Asha'manów? Jako Strażników? A ten, który zmarł? Nie wspomniałyście mi, w jaki sposób...

— Bo to Smok Odrodzony go zabił — pisnęła Eldrid. — I kogo innego miałyby Aes Sedai wiązać? Och, oni byli straszni, ci Asha'mani. Potrafili wzrokiem zmieniać człowieka w kamień. Wystarczy na takiego spojrzeć i wiesz. Mają takie okropne, gorejące oczy.

— Bądź cicho, Eldrid — poleciła szybko pani Beldair. — Panie Underbill, może to byli Asha'mani, a może nie. Może byli połączeni więzią, a może nie byli. Ja... lub ktokolwiek inny możemy powiedzieć z całym przekonaniem tylko jedno: że ci mężczyźni towarzyszyli jemu! — Nacisk na ostatnie słowo poinformował wszystkich, o kim kobieta mówi. Rand al'Thor jawnie przerażał Eldrid Methin, pani Beldair zaś wyraźnie unikała jego imienia. — A tuż po jego zniknięciu — podjęła — nagle Aes Sedai poczęły im mówić, co mają zrobić, a oni wypełniali polecenia sióstr. Choć każdy głupiec oczywiście wie, że trzeba postępować zgodnie z zaleceniami Aes Sedai. Tak czy owak, wszyscy ci ludzie już odeszli. Dlaczego pan jesteś nimi tak zainteresowany, panie Underbill? I czy pańskie nazwisko jest andorańskie?

Ledar odrzucił głowę w tył i roześmiał się. Grzmiący odgłos wypełnił pokój, a uszy ogira raptownie się zatrzęsły.

— Och, chcemy wszystko wiedzieć o miejscach, które odwiedzamy, pani Beldair. Ziemie Graniczne, mówi pani? Pewnie uważacie, że tutaj jest zimno, my jednak widzieliśmy na Ziemiach Granicznych drzewa pękające z zimna z trzaskiem, niczym orzechy otwierające się w ogniu. Waszą rzeką spływają lodowe kry, my zaś zobaczyliśmy szerokie jak Alguenya rzeki kompletnie zamrożone. Kupcy podróżowali po nich wyładowanymi po brzegi wozami, a ludzie łowili ryby w przeręblach, gdzie lód miał grubość prawie piędzi. Nocami niebo wypełniają tam zorze świetlne, które zdają się trzeszczeć, a swą jasnością przyćmiewają gwiazdy...

Nawet pani Beldair pochyliła się ku ogirowi, porwana opowieścią, lecz jeden z młodych kuchcików, zbyt niski, by dostrzec coś obok wyższych dorosłych, odwrócił się, zerknął za siebie i szeroko otworzył oczy, gdyż zobaczył Samitsu i Sashalle. Utkwił w nich wzrok, jakby oczu nie mógł oderwać, równocześnie jednak przez chwilę szukał dłonią czegoś w powietrzu, aż dotknął rękawa pani Beldair i go pociągnął. Początkowo kobieta zbyła młokosa, nawet się na niego nie obejrzawszy, przy drugim wszakże szarpnięciu odwróciła głowę z nachmurzoną miną, która w mgnieniu oka na widok sióstr złagodniała.

— Oby łaska miała was w swojej opiece, Aes Sedai — powiedziała, pospiesznie chowając niesforny kosmyk z powrotem pod czapkę i jednocześnie dygając. — Czym wam mogę służyć?

Gdy Ledar przerwał w pół zdania, zesztywniały mu uszy i od tamtej chwili pozostawały w tym nieruchomym stanie. Ogir nawet nie spojrzał ku wejściu.

— Chcemy rozmawiać z waszymi gośćmi — oświadczyła Sashalle, wchodząc do kuchni. — Nie zabawimy tu długo.

— Oczywiście, Aes Sedai. — Jeśli korpulentną Beldair zaskoczyło, że dwie siostry pragną porozmawiać z kuchennymi gośćmi, nijak tego nie okazała. Rozejrzała się na wszystkie strony, obejmując spojrzeniem wszystkich zgromadzonych, po czym klasnęła w pulchne ręce i zaczęła wydawać rozkazy: — Eldrid, te rzepy na pewno się same nie obiorą. A kto dogląda sosu figowego? Suszone figi trudno przygotować! Gdzie twoja łyżka do polewania pieczeni, Kasi? Andil, biegnij, przynieś trochę...

I tak dalej.

Kucharki i kuchciki rozproszyli się we wszystkich kierunkach, a stukot naczyń i łyżek szybko wypełnił kuchnię, chociaż wszyscy wyraźnie próbowali zachowywać się jak najciszej, usiłując nie przeszkadzać Aes Sedai. Jawnie starali się nawet nie patrzeć w kierunku dwóch sióstr, choć czasami musieli się w tym celu mocno nagimnastykować.

Ogir podniósł się gładko, głową niemal dotykając grubych belek sufitu. Jego strój przypomniał Samitsu inne spotkane wcześniej ogiry — podobnie jak one, nosił długi, ciemny płaszcz i buty z wywiniętymi cholewami. Plamy na jego płaszczu sugerowały, że sporo podróżował; ogirowie byli bowiem osobnikami wybrednymi. Ledar jedynie na wpół się obrócił ku Samitsu i Sashalle, nawet gdy się im kłaniał, po czym częściowo skrywając dużą twarz, potarł szeroki nos, jakby go swędział. Wydawał się dość młody — oczywiście jak na ogira.

— Wybaczcie nam, Aes Sedai, ale naprawdę musimy już ruszać dalej — mruknął i schylił się po wypchaną mnóstwem kwadratowych przedmiotów ogromną skórzaną torbę z wielkim, zwiniętym kocem przywiązanym na wierzchu i zarzucił sobie na ramię jeden szeroki rzemień. Obszerne kieszenie jego płaszcza również wydymały się od jakichś kanciastych kształtów. — Przed zmrokiem musimy sporo przejść.

Jego towarzysz nadal jednak siedział przy stole z rękoma położonymi na blacie. Był to młody, jasnowłosy mężczyzna z ponadtygodniowym zarostem i w zmiętoszonym, brązowym płaszczu, w którym przespał z pewnością więcej niż jedną noc. Ostrożnie przyglądał się Aes Sedai ciemnymi oczyma, wzrokiem przypartego do muru lisa.

— Dokąd idziecie, że zdołacie tam dotrzeć do zmroku? — Sashalle nie zatrzymała się, póki nie stanęła przed młodym ogirem, na tyle blisko, że musiała zadzierać głowę, aby na niego spojrzeć, chociaż robiła to z wdziękiem, a nie niezdarnie. — Zmierzacie może na spotkanie, o którym słyszałyśmy? W Stedding Shangtai? Czy tak, panie... Ledar?

Ogir zastrzygł gwałtownie dużymi uszami, jego oczy wielkości filiżanek do herbaty zwęziły się, wyrażając niemal równą ostrożność, co oczy młodego mężczyzny, a zwisające koniuszki jego brwi dotknęły policzków.

— Ledar, syn Shandina syna Koimala, Aes Sedai — odparł niechętnie. — Ale na pewno nie idziemy na Wielkie Zgromadzenie. Cóż, Starsi nie pozwoliliby mi się zbliżyć i słuchać, o czym prawią. — Wydał głęboki, basowy chichot, który wydawał się wymuszony. — Tam, dokąd idziemy, nie zdołamy dotrzeć dzisiejszego wieczoru, Aes Sedai, lecz lig, które przejdziemy dziś, nie będziemy musieli przejść jutro. Na nas zatem czas. — Nieogolony młodzieniec wstał, przesunął nerwowo dłonią po długiej rękojeści miecza przypasanego do talii, jednak nie wyciągnął ręki po leżącą przy jego stopach torbę z kocem i nie ruszył za ogirem do drzwi prowadzących na ulicę, nawet kiedy Ledar rzucił mu przez ramię: — Musimy już iść, Karldinie.

Sashalle spokojnie zaszła ogirowi drogę, chociaż na jego jeden zwykły krok przypadały jej trzy wielkie.

— Chciałeś się zatrudnić jako murarz, panie Ledar, a jednak rąk nie masz stwardniałych jak znani mi murarze — oznajmiła tonem nie znoszącym sprzeciwu. — Najlepiej zrobisz, gdy odpowiesz na moje pytanie.

Powstrzymując się przed uśmiechem triumfu, Samitsu podeszła do Czerwonej siostry. Sashalle sądziła więc, że może ją po prostu zepchnąć na boczny tor i sama poprowadzić przesłuchanie? Ależ się zdziwi!

— Naprawdę powinniście pozostać nieco dłużej — powiedziała do ogira półgłosem. Hałas w kuchni zapewne chronił ich przed podsłuchaniem, po co jednak miała ryzykować? — Jeszcze zanim przybyłam do Pałacu Słońca, słyszałam o młodym ogirze, przyjacielu Randa al'Thora, który opuścił Cairhien kilka miesięcy wcześniej w towarzystwie młodego człowieka imieniem Karldin. Czyż nie tak, Loialu?

Ogirowi w jednej chwili opadły uszy.

Młody mężczyzna jawnie przełknął ordynarne przekleństwo, gdyż wiedział, że lepiej go nie wypowiadać w obecności sióstr.

— Odejdę, kiedy zechcę odejść, Aes Sedai — oświadczył szorstko, lecz półgłosem. Stale patrzył albo na Samitsu, albo na Sashalle, zerkał jednakże również na boki i sprawdzał, czy nie zbliżają się pracownicy kuchni. I on nie chciał, by ich podsłuchano. — Zanim odejdę, pragnę uzyskać odpowiedź. Co zdarzyło się... moim przyjaciołom? Im i jemu. Czy on... oszalał?

Loial westchnął ciężko i zrobił jedną ogromną ręką łagodzący gest.

— Uspokój się, Karldinie — mruknął. — Randowi nie spodoba się, jeśli pokłócisz się z Aes Sedai. Spokojnie.

Ponura mina młodzieńca po tych słowach nabrała jeszcze więcej posępności.

Nagle Samitsu przyszło na myśl, że mogłaby lepiej wykorzystać tę sytuację. Te oczy bardziej niż z przypartym do muru lisem kojarzyły się z wilkiem. Za mocno przyzwyczaiła się do Damera, Jahara i Ebena, bezpiecznych dzięki więzi i oswojonych. Może to przesada, chociaż Merise próbowała z Jaharem... jak to Merise. A jednak wczorajsza okropność dziś może przynieść zadowolenie. Karldin Manfor także był Asha'manem, lecz nie był ani związany, ani oswojony. Czy obejmował męską połowę Mocy? O mało się nie roześmiała. A czy ptaki latają?

Sashalle ze zmarszczonym czołem bacznie przypatrywała się młodzieńcowi, jej ręce zastygły na spódnicach. Samitsu cieszyła się, że nie widzi wokół Czerwonej poświaty *saidara*. Asha'mani potrafili wyczuć, kiedy kobieta dzierży Moc i Karldin Manfor mógłby z tego powodu zadziałać... zbyt pochopnie. Z pomocą Samitsu Czerwona pewnie by sobie z nim poradziła... chociaż czy aby na pewno? A gdyby mężczyzna dzierżył Moc? Oczywiście, że zdołają go pokonać. Oczywiście... chociaż lepiej byłoby nie walczyć.

Ponieważ Sashalle nie usiłowała w żaden sposób przejąć kontroli nad sytuacją, Samitsu położyła lekko rękę na lewym ramieniu młodzieńca. Ramię pod rękawem płaszcza było twarde niczym żelazna sztaba. Więc Manfor był równie zdenerwowany jak ona. Równie zdenerwowany? O Światłości, najwyraźniej przez Damera i pozostałych dwóch zatraciła instynkt!

— Kiedy go ostatnio widziałam, wydawał się nie bardziej szalony niż większość mężczyzn — odrzekła cicho, jedynie z minimalnym naciskiem. Żaden z pracowników kuchni nie znajdował się w pobliżu, niektórzy jednak zaczęli ciekawie zerkać ku ich stołowi. Loial sapnął głośno z ulgą; dźwięk przypominał szum wiatru wpadającego w wejście do jaskini, jednak Samitsu nie odwróciła oczu od Karldina. — Nie wiem, gdzie jest teraz, na pewno wszakże żył jeszcze kilka dni temu. — Alanna zachowała niezwykłą powściągliwość, patrząc z wyniosłą miną na trzymaną w pięści notkę Cadsuane. — A Fedwin Morr zmarł od trucizny, obawiam się, ale nie mam pojęcia, kto mu ją podał.

Ku jej zaskoczeniu Karldin tylko ledwie potrząsnął głową, zrobił smutny grymas i wymamrotał coś niezrozumiałego o kielichu z winem.

— Co do innych — ciągnęła — zostali Strażnikami z własnej i nieprzymuszonej woli. — O ile mężczyzna może coś zrobić z własnej woli. Jej Roshan z pewnością nie chciał być Strażnikiem, póki Samitsu nie zdecydowała, że pragnie go w tej roli mieć. Nawet kobieta, która nie jest Aes Sedai, zwykle potrafi skłonić mężczyznę do wypełniania poleceń. — Sądzili, że dokonują najlepszego możliwego wyboru, bezpieczniejszego niż powrót do... innych... jak ty. Widzisz, przy pomocy *saidina* dokonano tu szkód. Wiesz, kto je wyrządził? Doszło do próby zabicia tego, o którego stan umysłu się boisz.

I to nie wydawało się dziwić młodzieńca. Jakiego rodzaju ludźmi są ci Asha'mani? Czy ich tak zwana Czarna Wieża była czymś w rodzaju symbolicznego grobowca? Nagle Karldin przestał napinać mięśnie i zmienił się w zwyczajnego, zmęczonego drogą młodego człowieka z zapuszczonym zarostem.

— O Światłości! — wysapał. — Co teraz robimy, Loialu? Dokąd pójdziemy?

— Ja... nie wiem — odparł ogir. Jego ramiona pochyliły się ze znużenia, długie uszy opadły. — Ale... musimy go znaleźć, Karldinie. Jakoś trzeba będzie go znaleźć. Nie możemy się teraz poddać. Musimy go poinformować, że zrobiliśmy to, o co nas prosił. Że zrobiliśmy tyle, ile mogliśmy.

Samitsu zastanowiła się, o co al'Thor ich poprosił. Może przy odrobinie szczęścia dużo się dowie od tej dziwnej pary. Zmęczeni mężczyźni lub zmęczeni ogirowie, zagubieni i samotni, bardziej są skłonni do udzielania odpowiedzi na pytania.

W tym momencie Karldin nieoczekiwanie się zerwał, zaciskając jednocześnie dłoń na rękojeści miecza. Tym razem to Samitsu zmełła w ustach przekleństwo, bowiem do pomieszczenia wpadła pałacowa służąca, podwijając spódnice niemal do kolan.

— Pan Dobraine został zamordowany! — zapiszczała. — Wszyscy zginiemy w swoich łóżkach! Na własne oczy widziałam chodzącą śmierć, samego starego Maringila, a moja mama twierdzi, że jeśli dokonano morderstwa, duchy nas zabiją! Oni... — Zamknęła usta, gdy dostrzegła dwie Aes Sedai i natychmiast się zatrzymała, wciąż miętosząc fałdy spódnic. Wszyscy pracownicy kuchenni wyglądali na identycznie zaszokowanych. Trwali nieruchomo, zerkając spod oczu na Aes Sedai i czekając, co siostry zrobią.

— Och, nie Dobraine — jęknął Loial, kładąc po sobie uszy. — Nie on. — Wydawał się równie rozzłoszczony, co posmutniały, a jego twarz przybrała barwę kamienia. Samitsu nie przypuszczała, że kiedykolwiek w swoim życiu zobaczy rozgniewanego ogira.

— Jaki brzmi twoje imię? — spytała kobietę Sashalle, zanim Samitsu zdołała choćby otworzyć usta. — Skąd wiesz, że został zamordowany? Skąd w ogóle wiesz, że ten człowiek nie żyje?

Służąca przełknęła ślinę. Nie potrafiła odwrócić wzroku od Czerwonej siostry, jakby chłodne oczy Sashalle trzymały ją w straszliwym uścisku.

— Cera, Aes Sedai — oświadczyła z wahaniem, uginając kolana w lekkim ukłonie i dopiero w tym momencie zdając sobie sprawę z zebranych w górze spódnic. Pospiesznie wygładziła fałdy stroju i zarumieniła się jeszcze bardziej. — Nazywam się Cera Doinal. Wszyscy mówią... Wszyscy twierdzą, że Lord Dobraine jest... to znaczy był... to znaczy został... — Znów ciężko przełknęła ślinę. — Wszyscy mówią, że jego komnaty pokrywa krew. Znaleziono go, jak leżał w wielkiej kałuży krwi. Z uciętą głową... tak mówią.

— Wiele rzeczy ludzie gadają — odparowała srogo Sashalle. — I zwykle się mylą. Samitsu, pójdziesz ze mną. Jeśli Lord Dobraine został ranny, może zdołasz coś dla niego uczynić. Loialu, Karldinie, będziecie nam towarzyszyć. Nie zamierzam was spuścić z oczu, póki nie zadam wam kilku pytań.

— Nie dbam o twoje pytania! — warknął młody Asha'man, zarzucając na ramię torbę z dobytkiem. — Odchodzę!

— Nie, Karldinie — stwierdził Loial łagodnie, kładąc ogromną rękę na ramieniu przyjaciela. — Nie możemy odejść, zanim poznamy prawdę na temat Dobraine'a. To nasz druh, Randa i mój. Nie możemy odejść. Zresztą, dokąd się mamy spieszyć?

Karldin odwrócił się. Nie znajdował odpowiedzi.

Samitsu zamknęła oczy i wzięła głęboki wdech, jednak nic nie wymyśliła, wyszła więc za Sashalle z kuchni. Znowu stawiała wielkie kroki, starając się nadążyć za Czerwoną siostrą. W pewnym momencie odkryła nawet, że na wpół biegnie. Sashalle narzuciła jeszcze szybsze tempo niż wcześniej.

Gdy tylko znalazły się za drzwiami, uderzył je gwar podnoszących się za nimi głosów. Przedstawiciele ludu kuchennego zaczęli prawdopodobnie wypytywać kobietę służebną o szczegóły, a ta bez wątpienia powie im, co wie, a zmyśli to, czego nie wie. Z kuchni wyjdzie potem dziesięć różnych wersji tego zdarzenia, jeśli nie tyle, ile jest tam osób. A później kuchenne wersje zmieszają się z pogłoskami, które Corgaide Marendevin z pewnością zaczęła już rozpowszechniać. Samitsu nie potrafiła przypomnieć sobie tak złego dnia, w dodatku paskudne wydarzenia nawarstwiały się dziś, a ona odnosiła wrażenie, że uciekając z jednej śliskiej kry, odkrywa pod swoimi stopami kolejną. Cadsuane na pewno by jej nie pochwaliła za to wszystko!

Przynajmniej Loial i Karldin także szli za Sashalle. Wszystkie informacje, które Samitsu od nich uzyska, mogą być korzystne i zasugerować jakiś sposób ocalenia. Pędząc u boku Czerwonej siostry, Samitsu zerkała przez ramię, szybko oceniając mężczyznę i ogira. Ogir sunął wielkimi krokami, usiłując nadążyć za Aes Sedai. Marszczył brwi w zmartwieniu. Dumał prawdopodobnie o Lordzie Dobraine, ale też zapewne o „jak najlepszym" wypełnieniu swego tajemniczego zadania. Ten sekret Samitsu zamierzała z niego wydobyć. Młody Asha'man z kolei bez trudu dotrzymywał im kroku, chociaż jego twarz stale krzywiła się w upartej niechęci, a ręka nie przestawała pieścić rękojeści miecza. Zagrożenie z jego strony nie tkwiło jednakże w jego stali. Mężczyzna wpatrywał się podejrzliwie w plecy idących przed nim sióstr, toteż Samitsu raz napotkała jego gniewne spojrzenie. Karldin miał wszakże dość rozumu, by trzymać język za zębami. Samitsu wiedziała, że później musi jakoś przełamać jego niechęć, w przeciwnym razie niczego się od niego nie dowie.

Sashalle ani razu się nie odwróciła, nie sprawdziła więc, czy dziwna para idzie za nią, zapewne słyszała jednak głuchy stukot butów ogira na kaflach podłogi. Czerwona miała zadumaną twarz i Samitsu dużo by dała za poznanie jej myśli. Nawet jeśli Sashalle złożyła przysięgę Randowi al'Thorowi, jaką ochronę zyskiwał dzięki niej Asha'man? Mimo wszystko Sashalle pochodziła z Czerwonych Ajah. Samitsu nie mogła zinterpretować wyrazu twarzy swej towarzyszki. O Światłości, ta „kra" była chyba najgorsza!

Odbywali długą, żmudną wspinaczkę z kuchni do apartamentów Lorda Dobraine'a położonych w Wieży Pełnego Księżyca, zwykle zarezerwowanej dla arystokratycznych gości. Przez całą drogę Samitsu dostrzegała dowody, że Cera nie była pierwszą osobą, która usłyszała związane z morderstwem plotki. Teraz bowiem korytarzami nie sunęły już niekończące się strumienie służących, raczej stali oni w małych grupkach i wyraźnie podekscytowani, szeptali między sobą zaniepokojonymi głosami. Na widok Aes Sedai rozpraszali się i rozbiegali. Niektórzy rozdziawiali usta i wpatrywali się w ogira przemierzającego wielkimi krokami pałacowy korytarz, jednak przeważnie w końcu i ci uciekali. Panów wielkich rodów siostry spotykały niewielu, zapewne wycofali się do własnych komnat, gdzie dumali nad korzyściami i niebezpieczeństwami płynącymi dla nich ze śmierci Dobraine'a. Może Sashalle nie wierzyła w zgon lorda, Samitsu jednak nie miała już co do tego wątpliwości. Gdyby Dobraine żył, jego służba dawno już ukróciłaby pogłoski.

Podejrzenia potwierdził obraz korytarza przed komnatami lorda — stało tu mnóstwo pobladłych służących w uniformach, których rękawy aż do łokci zdobiły błękitno-białe znaki Domu Taborwin. Niektórzy płakali, inni wyglądali na zagubionych, jakby nagle usunęła im się spod stóp ziemia. Na polecenie Sashalle rozstąpili się, robiąc miejsce dla obu Aes Sedai, choć poruszali się albo mechanicznie, albo chwiejnie. Ich oszołomione oczy przesuwały się po ciele ogira, jednak prawdopodobnie wcale nie rejestrowali, kogo przed sobą widzą. Mało który pamiętał o choćby wymuszonym ukłonie.

W przedsionku było prawie równie wielu przedstawicieli służby Dobraine'a. Większość osób wyglądała na zupełnie ogłuszonych. Lord Dobraine leżał bez ruchu na noszach pośrodku dużego pokoju. Głowa wprawdzie tkwiła na karku, lecz oczy miał zamknięte, a od czaszki przez całą twarz biegło przecięcie, z którego częściowo tylko zaschnięta strużka ciemnej krwi ściekała między rozchylone wargi mężczyzny. Dwaj służący z mokrymi od łez policzkami, widząc wchodzące Aes Sedai, znieruchomieli w trakcie przykrywania twarzy swego pana białym płótnem. Dobraine wyraźnie nie oddychał, miał też głębokie, krwawe rozcięcia w okolicach piersi na długim do kolan płaszczu ozdobionym cienkimi, kolorowymi paskami. Zielono-żółty taireniański dywan z frędzlami, leżący obok noszy, szpeciła większa niż ciało ludzkie plama. Osoba, która straciła tak dużo krwi, po prostu musiała być martwa. Na podłodze leżało też dwóch innych mężczyzn. Szkliste oczy jednego z nich wpatrywały się martwo w sufit, drugi zaś spoczywał na boku, a spomiędzy żeber wystawał mu wykonany z kości słoniowej nóż wbity po rękojeść; ostrze zapewne sięgnęło serca. Obaj byli niskimi, bladoskórymi Cairhienianami ubranymi w pałacową liberię, choć tutejsi służący nigdy nie nosili długich sztyletów z drewnianymi rękojeściami, a takie leżały obok każdego trupa. Jakiś mężczyzna reprezentujący Dom Taborwin właśnie zamachnął się z zamiarem kopnięcia jednych zwłok, zawahał się wszakże na widok dwóch sióstr, po czym — tak czy inaczej — uderzył mocno żebra nieżyjącego mężczyzny.

— Zabierzcie to płótno — poleciła Sashalle ludziom przy noszach. — Samitsu, sprawdź, czy można jeszcze pomóc Lordowi Dobraine'owi.

Samitsu uważała, że nie można, tym niemniej już wcześniej instynktownie ruszyła ku lordowi, jednak ten rozkaz — a wyraźnie był to rozkaz! — zatrzymał ją w pół kroku. Zgrzytając zębami, ruszyła dalej, aż ostrożnie klęknęła obok noszy, przy nadal wilgotnej plamie i położyła dłonie na okrwawionej głowie Lorda Dobraine'a. Nigdy nie przeszkadzała jej krew na własnych rękach, jednak plam krwi nie sposób usunąć z jedwabiu, chyba że za pomocą Mocy, a Samitsu miała wyrzuty sumienia, gdy z powodów tak doczesnych marnowała Moc.

Potrzebne sploty stanowiły właściwie jej drugą naturę, toteż niemal bezwiednie objęła teraz Źródło i badała cairhieniańskiego lorda. Aż zamrugała z zaskoczenia. Sądziła, że w pokoju znajdują się trzy trupy, tym niemniej wyczuła w ciele Dobraine'a nadal migoczące życie. Był to maleńki, migoczący płomyk, który mógłby zagasić szok Uzdrowienia. Przynajmniej Uzdrowienia dokonywanego znanymi jej metodami.

Odszukała wzrokiem jasnowłosego Asha'mana. Mężczyzna kucał obok jednego z martwych służących i spokojnie go obszukiwał, niepomny na zaszokowane spojrzenia pozostałych przy życiu przedstawicieli służby. Jedna z kobiet zauważyła nagle Loiala, który stał w progu i wytrzeszczał oczy, jak gdyby zjawił się nieoczekiwanie nie wiadomo skąd. Z rękoma założonymi na piersi i srogą miną na obszernym pysku ogir wyglądał jak strażnik.

— Karldinie, znasz ten rodzaj Uzdrawiania, którego używa Damer Flinn? — spytała Samitsu. — Ten, który wymaga wszystkich Pięciu Mocy?

Mężczyzna przerwał i spojrzał na nią, marszcząc czoło.

— Flinn? Nie wiem nawet, o kim mówisz. Ja sam zaś nie mam szczególnego Talentu do Uzdrawiania. — Przypatrzył się Dobraine'owi. — Mnie się wydaje martwy — dodał — lecz spodziewam się, że ty potrafisz go uratować. Był w Studniach. — Po tych słowach pochylił się i wrócił do przetrząsania płaszcza martwego służącego.

Samitsu oblizała usta. Dreszcz związany z uczuciem wypełnienia *saidarem* w sytuacjach podobnych tej zawsze wydawał się jej osobliwie umniejszony. W sytuacjach, kiedy każdy wybór był zły. Ostrożnie zebrała przepływy Powietrza, Ducha i Wody, tkając je w splot jak przy podstawowym Uzdrawianiu, które zna każda siostra. Nikt z żyjących nie posiadał tak silnego Talentu do Uzdrawiania jak ona. Większość sióstr mogła Uzdrawiać najwyżej niegroźne stłuczenia, Samitsu natomiast sama potrafiła osiągnąć niemal tyle, co połączony okrąg. Wiele Aes Sedai prawie wcale nie umiało regulować splotu, spora ich część nawet nie próbowała się tego uczyć, Samitsu zaś posiadała tę umiejętność od samego początku. Och, nie umiała Uzdrowić jednego konkretnego problemu, zostawiając resztę w dotychczasowym stanie; tak mógł postępować jedynie Damer. Niemniej jednak potrafiła się zająć wszystkimi kłopotami leżącego przed nią mężczyzny — od ran kłutych po zapchany nos, który również doskwierał Dobraine'owi. Przeprowadziła Sondowanie i poznała wszystkie dolegliwości nieszczęsnego lorda. Często „zmywała" najgorsze nawet rany, po których nie zostawał choćby ślad lub Uzdrawiała chorego tak skutecznie, że czuł się jak po długiej rekonwalescencji bądź odpoczynku. „Kuracje" wymagały sporo siły od niej i dużo mniej od pacjenta. Im mniejsza część ciała była zmieniona, tym mniej sił tracił ranny. Tyle że wszystkie rany Lorda Dobraine'a, oprócz cięcia w skórze czaszki, były naprawdę poważne: cztery głębokie, kłute w płucach, z których dwie musnęły serce. Bardzo silne Uzdrowienie zabije go, zanim rany skończą się zasklepiać, natomiast podczas Uzdrawiania słabego mężczyzna utonie we własnej krwi. Samitsu musiała wybrać sposób pośredni i mieć nadzieję, że wybrała odpowiednio.

„Jestem najlepszą Uzdrowicielką, jaka kiedykolwiek istniała" — wmawiała sobie z całych sił. Tak przecież powiedziała jej Cadsuane. „Jestem najlepsza!". Zmieniła nieznacznie splot i pozwoliła mu wejść w leżące bez ruchu męskie ciało.

Kiedy Dobraine zadygotał, kilku służących krzyknęło w trwodze. Ranny na wpół usiadł, szeroko otworzył głęboko osadzone oczy, a z jego ust popłynął długi dźwięk przypominający agonalne rzężenie. Później powieki mu opadły, a mężczyzna wyśliznął się z uścisku Samitsu i zaczął ponownie opadać na nosze. Kobieta pospiesznie dopasowała splot i po raz kolejny zbadała rannego, wstrzymując oddech. Żył. Znajdował się na krawędzi śmierci i był tak słaby, że w każdej chwili mógł umrzeć, jednak nie rany kłute go zabijały, przynajmniej nie bezpośrednio. Nawet przez schnącą krew, która splątała mu włosy opadające na podgolone czoło, Zielona dostrzegła pomarszczoną, różową linię świeżej, miękkiej blizny biegnącej przez jego skalp. Zostanie mu taka sama pod płaszczem i może mu skracać oddech podczas wysiłku, jeśli się w końcu wyliże z ran, ale w tej chwili najważniejsze, że żył. Na razie. Istniało jeszcze oczywiście pytanie, kto chciał jego śmierci i dlaczego.

Uwalniając Moc, Samitsu zrobiła się niespokojna. Wypływający z niej *saidar* zawsze ją męczył. Jeden ze służących, rozdziawiwszy usta, z wahaniem wręczył jej płótno, które wcześniej zamierzał położyć na twarz swego pana, a Samitsu użyła materiału do wytarcia rąk.

— Zabierzcie go do łóżka — poleciła. — Podawajcie duże ilości miodu rozcieńczonego wodą. Lord Dobraine musi szybko odzyskać siły. I znajdźcie Mądrą... Wieszczkę? Tak, Wieszczkę. Jej również będzie potrzebował.

Teraz, po Uzdrowieniu, powinny mu pomóc zioła. Przynajmniej na pewno mu nie zaszkodzą, a może kobieta dopilnuje też, by służba nie przesadziła z miodem.

Po licznych ukłonach i wymamrotanych podziękowaniach czterech służących chwyciło nosze i zaniosło Dobraine'a głębiej do komnat. Większość pozostałych przedstawicieli służby z minami wyrażającymi ulgę ruszyła za nimi pospiesznie, reszta natomiast wybiegła do korytarza. Chwilę później rozległy się okrzyki zadowolenia i wiwaty, a Samitsu słyszała swoje imię niemal tak samo często jak imię Lorda Dobraine'a. Było jej bardzo przyjemnie. Satysfakcję umniejszył jednakże protekcjonalny uśmiech Sashalle i pełne aprobaty kiwnięcie głową. Aprobaty! Och, dlaczego nie posunęła się jeszcze dalej i nie poklepała jej po głowie?

Karldin w ogóle nie zwrócił uwagi na proces Uzdrowienia, tak w każdym razie sądziła Samitsu. Gdy obszukał trupa, podniósł się, przeszedł pokój i dotarł do Loiala, któremu usiłował coś pokazać, własnym ciałem zasłaniając przedmiot przed Aes Sedai. Ogir wyrwał Asha'manowi z ręki ów przedmiot, który okazał się arkuszem kremowego papieru z wyraźnymi liniami powstałymi po złożeniu w czworo, po czym — ignorując nachmurzoną minę mężczyzny — trzymając papier w grubych palcach, rozłożył go sobie przed oczyma.

— Ale to nie ma żadnego sensu — mruknął Loial, czytając i marszcząc brwi. — Kompletnie żadnego sensu. No chyba, że... — Uciął nagle, poruszając długimi uszami, a następnie nerwowo wymienił spojrzenie z jasnowłosym Asha'manem, który odpowiedział lakonicznym gestem potwierdzenia. — Och, to bardzo źle — zauważył ogir. — Jeżeli ich było więcej niż dwóch, Karldinie... Jeśli znaleźli... — Umilkł na widok szaleńczego potrząsania głową młodzieńca.

— Proszę mi to pokazać — oświadczyła Sashalle, wyciągając rękę. Niezależnie od użytego słowa, wcale nie występowała z prośbą.

Asha'man usiłował odebrać papier Loialowi, jednak ogir spokojnie wręczył pismo Sashalle, która obejrzała je z chłodną miną, a potem podała Samitsu. Papier był gruby, gładki, kosztowny i wyglądał na nowy. Czytając, Zielona starała się panować nad pragnieniem uniesienia brwi.

Zgodnie z moją wolą posiadacze tego pisma mają usunąć z moich apartamentów pewne znane im przedmioty i wynieść je z Pałacu Słońca. Należy dać tym ludziom dostęp do moich pokojów, udzielić wszelkiej po-

trzebnej pomocy i zachować w tajemnicy całą sprawę — w imię Smoka Odrodzonego i pod groźbą jego niezadowolenia.

Dobraine Taborwin

Samitsu wystarczająco często widziała charakter pisma Lorda Dobraine'a, by rozpoznać jego zaokrąglone litery.

— Najwidoczniej ktoś zatrudnia bardzo dobrego fałszerza — oznajmiła, otrzymując za to szybkie, pogardliwe spojrzenie Sashalle.

— Wydawało mi się nieprawdopodobne, że lord sam to napisał i przez pomyłkę został skłuty nożem przez własnych ludzi — powiedziała Czerwona kąśliwym tonem. Przenosiła wzrok od Loiala do Asha'mana. — Co mogliby tu znaleźć? — spytała. — Obawiacie się, że coś tu znaleźli?

Karldin popatrzył na nią beznamiętnie.

— Zamierzałem jedynie powiedzieć — tłumaczył się Loial — że jeśli czegoś szukali, musieli tu wejść, ażeby to ukraść. — Jego włochate uszy zadrżały jednakże tak mocno, że niemal wibrowały, zanim zdołał nad nimi zapanować. Większość ogirów marnie kłamała, przynajmniej w młodym wieku.

Loki Sashalle zawirowały, gdyż Czerwona w zadumie potrząsała głową.

— To, co wiecie, jest naprawdę ważne. Żaden z was nie odejdzie, póki się wszystkiego nie dowiem.

— A jak nas zatrzymasz? — Wypowiedziane niezwykle opanowanym tonem pytanie Karldina dodało jego słowom zabarwienia pogróżki. Spokojnie wytrzymał spojrzenie Sashalle, jakby o nic w świecie się teraz nie martwił. Tak, tak, znacznie więcej miał w sobie z wilka niż z lisa.

— Już myślałam, że nigdy was nie znajdę — oświadczyła Rosara Medrano, wkraczając w tym momencie niebezpiecznego milczenia. Kobieta nadal nosiła czerwone rękawiczki i obszyty futrem płaszcz; odrzucony kaptur ujawniał w jej czarnych włosach rzeźbione grzebienie z kości słoniowej. Na ramionach płaszcza widniały wilgotne plamy po stopniałym śniegu. Rosara była wysoka, a jej cera tak brązowa jak ogorzałych od słońca Aielów. O pierwszym świetle kobieta wyszła na poszukiwanie przypraw do rybnego gulaszu, który zamierzała przyrządzić według przepisu z jej rodzimej Łzy. Zaledwie zerknęła na Loiala i Karldina, nawet nie spytała o Dobraine'a. — Grupa sióstr wjechała do miasta, Samitsu. Pędziłam jak wariatka, starając się tu dotrzeć przed nimi, zjawią się wszakże zapewne lada chwila. Są z nimi Asha'mani, a jeden z nich to Logain!

Karldin zaśmiał się ostro i nagle Samitsu zadała sobie pytanie, czy w ogóle uda jej się dożyć do spotkania z Cadsuane.

ROZDZIAŁ 1

CZAS WYRUSZAĆ

Koło Czasu obraca się, a Wieki nadchodzą i mijają, pozostawiając wspomnienia, które stają się legendą. Legenda staje się mitem, ale nawet mit jest już dawno zapomniany, kiedy nadchodzi Wiek, który go zrodził. W jednym z Wieków, zwanym przez niektórych Trzecim Wiekiem, Wiekiem, który dopiero nadejdzie, Wiekiem dawno już minionym, w Górach Przeznaczenia podniósł się wiatr. Wiatr ten nie był prawdziwym początkiem. W obrotach Koła Czasu nie istnieją początki ani zakończenia. Niemniej był to jakiś początek.

Zrodzony wśród zagajników i winnic, które porastały większą część urwistych wzgórz, pośród oliwkowych drzew rosnących w wiecznie zielonych rzędach i uporządkowanych winorośli bezlistnych aż do wiosny, zimny wiatr wiał na zachód i północ przez dobrze prosperujące farmy, znaczące ziemię między wzgórzami i wielkim portem Ebou Dar. Ziemia wciąż jeszcze po zimowemu leżała odłogiem, lecz mężczyźni i kobiety już smarowali lemiesze i sprawdzali uprzęże, przygotowując się do wyjścia na siew. Nie zwracali zbytniej uwagi na kolumny jadących na wschód brudnymi drogami wozów ciężko obładowanych przedmiotami i ludźmi, którzy nosili dziwne stroje i mówili z dziwnym akcentem. Wielu obcych również wyglądało na farmerów, a na wozach widniały znajome narzędzia przywiązane do pudeł i nieznane młode drzewka z korzeniami zawiniętymi w zwykłe płótno, jednakże uciekinierzy zdążali ku odleglejszym terenom. Tu i teraz nie mogli żyć. Seanchańska ręka lekko uciskała tych, którzy nie podważali zasad Seanchan i rolnicy z Gór Przeznaczenia nie dostrzegali żadnych zmian w swoim życiu. Dla nich prawdziwym władcą zawsze był deszcz lub jego brak.

Północno-zachodni wiatr wiał nad rozległymi błękitnozielonymi wodami portu, w którym na kotwicach na lekko wzburzonych falach kołysały się setki ogromnych statków i okrętów: jedne miały prostopadłe dzioby i żebrowane żagle, inne były wydłużone, o ostrych dziobach i pokładach wypełnionych ludźmi usiłującymi dopasować do szerszych statków żagle i takielunek. Jednostek było wszakże znacznie mniej niż kilka dni temu. Wiele ich utknęło obecnie na mieliznach, gdzie zwęglone wraki leżały na burtach, a spalone konstrukcje osiadły w głębokim szarym mule, przywodząc na myśl poczerniałe szkielety. Mniejsze statki, pochylone pod trójkątnymi żaglami, muskały wodę portowych wód lub zbliżały się dzięki wiosłom, które nadawały im kształt wielonożnych żuków wodnych; wszystkie transportowały robotników i zapasy na większe jednostki. Niewielkie łodzie i barki płynęły przywiązane do osobliwych tratew, które wyglądały jak pozbawione konarów pnie drzew, wyrastające z błękitnozielonej wody. Z nich skakali do wody ludzie dzierżący kamienie, aby jak najszybciej opaść niżej, do zatopionych wraków i tam przywiązywali liny do wszystkiego, co można było wyciągnąć na powierzchnię i ocalić. Sześć nocy temu przez ten obszar przeszła śmierć: Jedyna Moc pozabijała wówczas mężczyzn i kobiety, rozdarła w ciemnościach statki i okręty srebrnymi błyskawicami oraz ognistymi kulami. Teraz ten port na wzgórzach, choć ruchliwy i wypełniony szaleńczą działalnością, w porównaniu z tamtym okresem wydawał się oazą spokoju; tylko mokry wiatr wiał na północny zachód przez ujście, w którym rzeka Eldar rozszerzała się w portową zatokę, na północny zachód i w głąb lądu.

Siedząc po turecku na głazie pokrytym brązowym mchem, nad porośniętym trzcinami brzegiem rzeki, Mat Cauthon zgarbił ramiona przed silnym wiatrem i cicho zaklął. W Ebou Dar nie było ani złota, ani kobiet, tańców czy zabawy. Za to sporo niewygód. Krótko mówiąc, miejsce należało do ostatnich, w jakim w normalnej sytuacji pragnąłby spędzać czas. Słońce stało ledwie nad horyzontem, niebo nad głową mężczyzny było jasnoszare, a nadpływające od morza ciężkie, sine chmury zapowiadały deszcz. Krajobraz nie bardzo wyglądał na zimowy z powodu braku śniegu — Mat nie widział tu jeszcze nawet płatka — jednak zimny, wilgotny, poranny, przenikający do kości wiatr od wody gorzej niż śnieg przypominał człowiekowi o niskiej temperaturze. Minęło sześć nocy, odkąd Cauthon wyjechał z tego miasta podczas burzy, a jednak rwanie w biodrze stale przywoływało w nim wspomnienia chwil moknięcia w siodle. To nie była ani pogoda, ani pora dnia, którą człowiek wybrałby z własnej woli. Mat żałował, że nie pomyślał o wzięciu dodatkowej peleryny. Żałował, że nie został we własnym łóżku.

Odległe zaledwie o milę na południe od Ebou Dar wzgórza, które skrywały miasto przed światem, skrywały równocześnie Mata przed miastem, jednak w zasięgu wzroku mężczyzna nie miał nawet drzew; poza niewielkimi krzewami niewiele widział. Pobyt na otwartym i tak pustym terenie przyprawiał go o dziwne mrowienie na całym ciele — jakby mrówki pełzały mu tuż pod skórą. Był chyba jednak bezpieczny. Prosty, brązowy, wełniany płaszcz i czapka nie składały się na strój, w którym Mata znano w tym porcie. Bliznę na szyi zakrył szalem nie z czarnego jedwabiu, lecz z szarej wełny; postawił też kołnierz płaszcza. Jego ubrania nie zdobił ani jeden kawałek koronki, ani jedna nitka haftu. Mężczyzna wyglądał bezbarwnie niczym dojący krowy rolnik. Jeśli zobaczą go ludzie, których musiał unikać, na pewno go nie rozpoznają. Chyba że podejdą bardzo blisko. Niemniej jednak na tę myśl Cauthon nerwowo naciągnął czapkę trochę niżej na uszy.

— Długo tu jeszcze zamierzasz zostać, Mat? — Obdarty granatowy płaszcz Noala miał już najlepszy okres za sobą, podobnie zresztą jak jego właściciel. Zgarbiony i siwowłosy starzec, którego twarz szpecił złamany nos, kucał obecnie na piętach pod głazem, łowiąc na brzegu rzeki bambusową wędką ryby. Był tak stary, że stracił już większość zębów, a co jakiś czas niespodziewanie odkrywał językiem nowe ubytki. — Na wypadek gdybyś nie zauważył, jest zimno. Powszechnie uważa się klimat Ebou Dar za ciepły, jednak zimą wszędzie panuje chłód i nawet w miejscach typu Ebou Dar można się poczuć jak w Shienarze. Moje stare kości błagają o bliskość ogniska. Albo chociaż o jakiś koc. Człowiek może się zadowolić kocem, o ile schroni się przed wiatrem. Zrobisz coś poza gapieniem się na rzekę?

Mat tylko na niego zerknął, więc Noal wzruszył ramionami i wrócił do oglądania tratwy ze smołowanego drewna, która huśtała się wśród rzadkich trzcin. Co jakiś czas starzec poruszał sękatą ręką, jak gdyby jego zdeformowane palce szczególnie odczuwały chłód, jeśli jednak tak było w istocie, Noal sam był sobie winien. Stary głupiec chodził niedawno po mieliznach i wybierał małe strzeble na przynętę koszem, który stał teraz na wpół zanurzony i przywiązany do gładkiego kamienia na brzegu. Mimo narzekań na pogodę Noal schodził do rzeki bez zbędnej zachęty czy ponagleń. Z tego, co mówił, wynikało, że od lat nie żyli już wszyscy, którzy go obchodzili, toteż niemal desperacko szukał wszelkiego ludzkiego towarzystwa. Doprawdy desperacko, skoro wybrał towarzystwo Mata, zamiast się oddalić od Ebou Dar już pięć dni temu. A przez pięć dni człowiek potrafi przemierzyć sporą odległość, szczególnie gdy ma dobre powody i niezłego konia. Mat sam często rozmyślał o odjeździe.

Po drugiej stronie Eldar, na wpół skryta przez jedną z bagnistych wysp, które cętkowały rzekę, cumowała łódź wiosłowa z szeroką pokładnicą. Wioślarze pochowali wiosła, a jeden z członków załogi stał, dźgając w trzcinach długim bosakiem. Po chwili drugi wioślarz pomógł mu wciągnąć do łodzi złowione trofeum, które z tej odległości wyglądało na duży worek. Mat skrzywił się i przeniósł spojrzenie dalej w dół rzeki. Nadal znajdowano ciała, a on ponosił odpowiedzialność za panoszącą się śmierć. Niewinni umierali wraz z winnymi. Jeśli jednak człowiek pozostawał bierny i nic nie robił... wtedy umierali tylko niewinni. Albo przytrafiało im się coś równie paskudnego jak śmierć. Równie paskudnego lub gorszego — zależy, jak na to spojrzeć.

Nachmurzył się poirytowany. Na krew i popioły, zmieniał się w cholernego filozofa! Odpowiedzialność odbierała mężczyźnie całą radość z życia i wysuszała go na wiór. Zapragnął nagle wielkiego dzbana wypełnionego grzanym winem, krzesła i stołu w wygodnej, pełnej muzyki głównej sali gospody i pulchnej dziewczyny służebnej na swoich kolanach. W dodatku najlepiej w gospodzie stojącej gdzieś daleko od Ebou Dar. Gdzieś bardzo daleko stąd. Nie mógł opuścić tej okolicy, tu miał bowiem zobowiązania i tu czekała go przyszłość, której nawet sobie nie wyobrażał. Najwyraźniej bycie *ta'veren* zupełnie w niczym człowiekowi nie pomagało, w każdym razie nie wtedy, gdy wokół danego osobnika już się ukształtował Wzór. Mat i tak miał zresztą szczęście. Przynajmniej żył i był wolny, a nie tkwił w celi, uwięziony i przykuty łańcuchem. W obecnych okolicznościach musiał swój aktualny los nazwać szczęściem.

Ze swojego miejsca dość dobrze widział ostatnie niskie, bagniste wysepki rzeczne. Wiatr wraz z drobinkami wody przesuwał się nad portem niczym wały delikatnej mgły, tak przezroczystej, że nie przesłaniała widoku, który Mat musiał zobaczyć. Cauthon próbował dokonać w głowie obliczeń, dodając do siebie liczbę wraków i statków nadal unoszących się na wodzie. Pogubił się jednak, sądząc, że niektóre policzył dwukrotnie, więc zaczął od nowa. Jego spokój zakłócały również myśli o nieszczęsnych przedstawiciele Ludu Morza. Mat słyszał, że na szubienicach w Rahad po drugiej stronie portu wisi ponad sto trupów osób skazanych za morderstwo i bunt. Normalnie Seanchanie używali kata z siekierą lub karali wbiciem na pal, członkowie Krwi stosowali wszakże sznur, toteż większość „przestępców" trafiła na szubienicę.

„Niech sczeznę, jeśli nie zrobiłem wszystkiego, co w mojej mocy" — zapewnił się gorzko w myślach. Nie powinien czuć się winny za każdą śmierć. To nie miało sensu, żadnego sensu. Żadnego! Mat musiał się raczej skoncentrować na ludziach, który uciekli.

Atha'an Miere, którzy odpłynęli, wzięli statki z portu, a przejęte jednostki niemożebnie obładowali pasażerami, ponieważ pragnęli na każdej zmieścić jak największą ilość uciekinierów. A jako że tysiące ich pracowało jako więźniowie w Rahad, wybrali wielkie statki Seanchan. Ich własne na pewno były wystarczająco pojemne, lecz wszystkie dotychczas odarto już z żagli i takielunku, dopasowując do seanchańskiego stylu. Gdyby Mat umiał obliczyć, ile zostało wielkich statków, wiedziałby mniej więcej, jak wielu przedstawicieli Ludu Morza naprawdę wydostanie się na wolność. Uwolnienie Poszukiwaczek Wiatru Atha'an Miere było rzeczą właściwą i praktycznie jedyną, jakiej mógł dokonać, jednak oprócz szubienic, obarczał się też winą za setki ciał wyławianych poza portem w ostatnich pięciu dniach, a Światłość jedna wie, ile ich zniósł do morza odpływ. Grabarze pracowali od wschodu do zachodu słońca, a wszystkie cmentarzyska stale wypełniały odgłosy łkania kobiet i dzieci. I mężczyzn. Zginęło naprawdę sporo przedstawicieli Ludu Morza, po których nikt nie płakał, gdy ich zwłoki wrzucano do masowych grobów, tym niemniej Mat pragnął choć w przybliżeniu wiedzieć, jak wielu ocalił, dzięki czemu mógłby nie myśleć wyłącznie o tym, ile osób zabił.

Ocena liczby statków, które wypłynęły na Morze Sztormów, była jednak trudna, nawet jeśli Mat nie tracił rachuby. W przeciwieństwie do Aes Sedai, Poszukiwaczki Wiatru bez ograniczeń mogły używać Mocy jako broni, szczególnie kiedy wchodziło w grę bezpieczeństwo ich ludu, a na pewno chciały powstrzymać pościg, zanim ten w ogóle na dobre się zacznie, wychodziły bowiem z założenia, że nikt nie rusza w pogoń płonącym statkiem. Dzięki swoim *damane* Seanchanie odwzajemniali się bez skrupułów.

Przez deszcz trzaskały pioruny, tak liczne jak źdźbła traw, a niebo rysowały ogniste kule, niektóre wielkości koni. Port wydawał się płonąć od jednego końca aż po drugi i wobec tej nocy wyglądałby marnie pokaz każdego Iluminatora.

Nie odwracając głowy, Mat potrafiłby wskazać tuzin miejsc, w których z płytkiej wody sterczały zwęglone wręgi wielkich statków albo ogromne kadłuby statków o prostopadłym dziobie leżące na boku; portowe fale lizały przechylone pokłady i znacznie liczniejsze poczerniałe szczątki drewnianych rakerów Ludu Morza. Najwyraźniej Atha'an Miere nie lubili zostawiać swoich statków ludziom, którzy mieli zwyczaj zakuwać ich w łańcuchy. Mat tuż przed sobą dostrzegł trzy tuziny, a nie liczył zatopionych wraków, przy których kręciły się łodzie ratownicze. Może prawdziwy żeglarz umiałby po samych wystających znad wody wierzchołkach masztów odróżnić wielki statek od rakera, jednak Cauthona takie zadanie przerastało.

Nagle ogarnęło go stare wspomnienie związane z załadunkiem statków na wypadek ataku z morza. Przypomniał sobie liczbę ludzi, których można było stłoczyć na jakiś czas na pewnej przestrzeni. To wspomnienie ze starożytnej wojny między Ferganseą i Moreiną nie należało właściwie do Mata, choć było niesamowicie rzeczywiste i wydawało mu się własnym. Wiecznie go zaskakiwało odkrycie, że tak naprawdę nie żył życiem tych starożytnych mężczyzn, mimo iż tyle szczegółów tkwiło w jego głowie, więc może jednak nimi żył...

w jakimś sensie. Na pewno „pamiętał" je dokładniej niż wiele fragmentów własnego życia. Pływające jednostki, które przywoływał w pamięci, były mniejsze niż większość w porcie, a jednak zasady pozostawały te same.

— Nie mają dość statków — szepnął. Seanchanie mieli ich więcej w Tanchico niż tutaj, jednak tu straty były bez wątpienia ogromne.

— Dość statków na co? — spytał Noal. — Nigdy wcześniej nie widziałem tak wielu w jednym miejscu. — W ustach starca stwierdzenie zabrzmiało poważnie. Gdy Noal wypowiadał takie słowa, Cauthon zawsze widział wszystko dokładniej i lepiej. W jego rodzinnej miejscowości mawiano, że niektóre osoby po prostu wyraźniej dostrzegają prawdę.

Mat potrząsnął głową.

— Nie zostawili dość statków, aby wszyscy mogli wrócić do domu — wyjaśnił.

— Nie musimy nigdzie wracać — wycedziła za nim jakaś kobieta. — Przybyliśmy do domu.

O mało nie podskoczył na odgłos bełkotliwej, seanchańskiej mowy, na szczęście rozpoznał osobę, która się do niego odezwała.

Egeanin popatrzyła groźnie ostrymi niczym sztylety niebieskimi oczyma. Jej gniew nie był skierowany przeciwko niemu, przynajmniej Mat tak sądził. Egeanin była wysoka i szczupła, miała surową twarz o bladej, mimo życia na morzu, cerze. Jej zielona sukienka byłaby wystarczająco jaskrawa dla przedstawicielki Druciarzy (lub prawie) i ozdobiona masą małych, haftowanych żółtych i białych kwiatków przy wysokim kołnierzu i na rękawach. Kwiecisty szal, przewiązany ciasno pod podbródkiem, przytrzymywał jej długą, bo sięgającą aż do połowy pleców czarną perukę. Kobieta nienawidziła zarówno szala, jak i sukni, która nie całkiem na nią pasowała, jednak co minutę sprawdzała, czy nie przekrzywiła jej się peruka. Peruka interesowała ją bardziej niż ubranie, a w dodatku określenie „zainteresowanie" wydawało się wręcz niedopowiedzeniem.

Egeanin tylko westchnęła, gdy kazał jej obciąć długie paznokcie, lecz polecenie kompletnego ogolenia głowy przyprawiło ją niemal o atak apopleksji — zrobiła się czerwona na twarzy, a oczy o mało nie wyskoczyły jej z orbit. Wcześniej goliła włosy jedynie nad uszami, zostawiając czubek oraz szeroki, długi do ramion koński ogon. Fryzura ta sugerowała, że Seanchanka należy do Krwi i jest pomniejszą arystokratką. Nawet osoby, które nigdy nie spotkały Seanchan, zapamiętałyby ją. Niechętnie zgodziła się ogolić głowę, potem wszakże prawie wpadła w histerię, aż Mat pozwolił jej zakryć czaszkę peruką. Jednak nie do końca chodziło jej o wygląd, raczej o to, że wśród Seanchan tylko przedstawiciele rodziny cesarskiej całkowicie golili głowy. Zwyczajni mężczyźni, gdy zaczynali znacząco łysieć, natychmiast zakładali peruki. Egeanin umarłaby ze wstydu, gdyby ktoś zaczął ją podejrzewać o udawanie przynależności do rodziny cesarskiej. Za takie podszywanie się Seanchanie karali zresztą śmiercią, choć Mat nie wierzył, aby Egeanin właśnie się tego obawiała. Czymże by była dla niej jeszcze jedna kara śmierci, jeśli jej szyi już groził topór? A może raczej sznur. Pętla czekała wszak i na Cauthona…

Wsuwając w połowie obnażony nóż z powrotem w lewy rękaw, Mat zsunął się z głazu. Wylądował dość nieszczęśliwie i o mało nie upadł, ledwie powstrzymując grymas z powodu bolesnego ukłucia w biodrze. Udało mu się jednak zachować kamienną twarz. Egeanin była seanchańską arystokratką oraz kapitanem statku i nie bardzo go poważała, nawet gdy nie okazywał słabości. Stale usiłowała też przejąć kontrolę. Przyszła do niego po pomoc, nie miała innego wyjścia, lecz fakt ten niczego nie ułatwiał. Oparłszy się o głaz, Cauthon założył ręce na piersi i wiercił się przez chwilę. Udając, że rozpiera się wygodnie, kopał bezradnie nogą kępy wyschłej trawy i czekał, aż przeminie ból, który okazał się na tyle ostry, że mimo zimy i lodowatego wiatru Matowi na czoło wystąpiły krople potu. Ucieczka w tamtej burzy kosztowała go sporo zdrowia i jego organizm jeszcze się nie zregenerował.

— Masz pewność w kwestii Ludu Morza? — spytał ją. Nie było sensu ponownie wzmiankować o braku statków. I tak zbyt wielu seanchańskich osadników opuściło Ebou Dar, a pewnie jeszcze więcej wyjechało z Tanchico. Jednak niezależnie od liczby posiadanych statków, żadna siła na ziemi nie przegoniłaby w tym momencie Seanchan.

Egeanin sięgnęła znów do peruki, zawahała się, marszcząc brwi na widok swoich krótkich paznokci i natychmiast schowała ręce, wsuwając je pod pachy.

— Ale o co ci dokładnie chodzi? — odpowiedziała pytaniem. Wiedziała, że Mat jest zwolennikiem uwolnienia Poszukiwaczek Wiatru, lecz żadne z nich dwojga o tym teraz nie wspomniało. Egeanin zawsze starała się unikać rozmów o Atha'an Miere. Uwalnianie *damane* było w opinii Seanchan podobnym przestępstwem jak zatapianie statków i zabijanie ludzi. Karali je śmiercią i uważali za zbrodnię niewiele mniej odrażającą od gwałtu czy molestowania dzieci. Egeanin wprawdzie sama pomogła uwolnić kilka *damane*, ale nie szczyciła się tymi czynami i zaliczała je do swoich występków. Zresztą i tego tematu unikała. Było też kilka innych, których wolałaby nie poruszać.

— Jesteś pewna, że nie mylisz się co do losu tamtych złapanych Poszukiwaczek Wiatru? Podsłuchałem rozmowę o odcinaniu rąk czy stóp… — Mat ciężko przełknął ślinę. Widział, jak umierali ludzie, a niektórym odbierał życie własnymi rękoma. Oby Światłość się nad nim ulitowała, raz zabił kobietę! Żadne, nawet najmroczniejsze z dręczących go wspomnień innych mężczyzn nie parzyło go tak straszliwie jak to, choć wśród tych obrazów były takie, które musiał topić w winie, ilekroć nim zawładnęły. Jednak na myśl o odcięciu komuś dłoni aż skręcił mu się żołądek.

Egeanin wykonała nagły ruch głową i przez moment Mat sądził, że kobieta zignoruje jego pytanie.

— Mówiła o tym Renna, założę się — odparła jednak w końcu, lekceważąco machając ręką. — Nonsensowna gadka niektórych *sul'dam*, która ma przestraszyć oporne *damane*, świeżo brane na smycz. Tej kary nie wykonuje się od... och... sześciuset czy siedmiuset lat. A i wtedy rzadko ją stosowano, ponieważ osoby, które nie potrafią kontrolować swojej własności bez... okaleczania jej... są od razu *sei'mosiev*. — Wydęła usta z obrzydzenia, Mat nie miał wszakże jasności, czy jest to reakcja na okaleczenia, czy na *sei'mosiev*.

— Zawstydzone czy nie, robią to — warknął. Dla Seanchan określenie *sei'mosiev* wykraczało poza pojęcie wstydu, Cauthon wszakże wątpił, czy osoba, która umyślnie utnie jakiejś kobiecie rękę, poczuje się tak ogromnie upokorzona, że zada sobie śmierć. — Suroth należy do tych rzadkich przypadków?

Seanchanka obrzuciła go nienawistnym spojrzeniem, wytrzymując przez moment jego wzrok, po czym oparła zaciśnięte pięści na biodrach, pochyliła się do przodu i rozstawiła nogi, jakby stała na pokładzie statku i zamierzała akurat zwymyślać opieszałego marynarza.

— Wysoka Lady Suroth nie posiada tych *damane*, tępy farmerze! One są własnością Cesarzowej, niech nam żyje wiecznie. Gdyby Suroth wydała taki rozkaz w sprawie cesarskich *damane*, mogłaby równie dobrze od razu podciąć sobie przeguby. Bo taka właśnie kara by ją za to spotkała. Nigdy nie słyszałam, by sama źle traktowała własne *damane*. Spróbuję ci wyjaśnić tę sprawę poprzez porównanie, które zrozumiesz. Jeśli twój pies ucieknie, nie okaleczasz go, lecz pouczasz surowo i przywiązujesz na powrót w zagrodzie. Poza tym, *damane* są zbyt... po prostu...

— Zbyt wartościowe — dokończył za nią oschle Mat. Słyszał to określenie tak często, że miał go już dość.

Egeanin zlekceważyła jego sarkazm, a może go nie zauważyła. Wiedział z doświadczenia, że jeśli kobieta nie chce czegoś słyszeć, potrafi tak skutecznie ignorować stwierdzenie mężczyzny, aż ten sam poczyna wątpić, czy w ogóle coś powiedział.

— W końcu zacząłeś rozumieć — wycedziła, kiwając głową. — Tym *damane*, o które tak bardzo się martwisz, prawdopodobnie do tej pory nie zostały nawet siniaki. — Przeniosła wzrok na statki w porcie i powoli jej oblicze wypełnił smutek, który wyglądał na głębszy z powodu jej surowych rysów. Przesunęła kciukami po koniuszkach pozostałych palców. — Nie uwierzyłbyś, ile mnie kosztuje moja *damane* — oświadczyła cicho. — Ona i wynajęta dla niej *sul'dam*. Och, oczywiście warta jest każdego tronu, który zapłaciłam. Ma na imię Serrisa. Jest świetnie wyszkolona, wrażliwa. Obje się słodkimi orzechami, jeśli jej pozwolisz, ale nigdy nie dostanie ataku choroby morskiej i nigdy się nie dąsa jak inne. Szkoda, że musiałam ją zostawić w Cantorin. Przypuszczam, że nigdy już jej nie zobaczę. — Westchnęła z żalem.

— Jestem pewien, że tęskni za tobą tak samo jak ty za nią — powiedział Noal, posyłając im szczerbaty uśmiech. Brzmiał absolutnie szczerze i być może był szczery. Twierdził, że widział gorsze rzeczy niż *damane* i *da'covale*.

Egeanin wyprostowała się, zmarszczyła brwi i znieruchomiała w tej pozie. Chyba nie wierzyła w jego współczucie. A może po prostu właśnie uprzytomniła sobie, że patrzy na statki w porcie. Tak czy owak, jednoznacznym ruchem odwróciła się od wody.

— Wydałam rozkazy, żeby nikt nie zostawiał wozów — oświadczyła twardo. Prawdopodobnie załoga na jej statkach aż podskakiwała, słysząc ten ton. Kobieta ostro szarpnęła głowę w stronę Mata i Noala, jakby oczekiwała, że również chętnie wypełnią każde jej polecenie.

— Naprawdę? Teraz? — Mat uśmiechnął się, szczerząc zęby. Zdołał zapanować nad bezczelnym uśmieszkiem, który nadętych głupców doprowadzał do apopleksji. Egeanin z pewnością nie była głupia, choć zbyt często się puszyła. Kapitan statku i arystokratka! Cauthon nie wiedział, która z tych funkcji była gorsza. Nie podobała mu się ani jedna, ani druga. — No cóż, byłem niemal gotowy wyruszyć w tamtym kierunku. Chyba że nie skończyłeś łowić, Noalu. W takim wypadku możemy tu chwilę poczekać.

Jednakże starzec już wyrzucał do wody pozostałe w koszu srebrnoszare strzeble. Jego ręce były kiedyś paskudnie połamane, sądząc po ich niekształtnym wyglądzie, może nawet więcej niż raz, jednak całkiem zręcznie owijał bambusową wędkę sznurkiem. Chociaż łowił krótko, złapał prawie tuzin ryb, które — największe z nich miały niemal stopę długości — powiesił wcześniej za skrzela na trzcinie, a teraz zaczął je przekładać do kosza, po czym go podniósł. Mówił, że jeśli zdoła znaleźć odpowiednie przyprawy, przyrządzi gulasz rybny — z Shary, akurat stamtąd! Równie dobrze mógłby serwować gulasz z księżyca, byle tylko Mat zapomniał o bólu w biodrze. Gdy Noal mówił o przyprawach, Cauthon zaczął podejrzewać, że będzie musiał zdobyć sporo piwa *ale*, by popić tak ostrą potrawę.

Egeanin czekała niecierpliwie, nie zwracając najmniejszej uwagi na szeroki uśmiech Mata, więc otoczył ją ramieniem. Skoro wracali z powrotem, chyba powinni zacząć już udawać. Jednak Egeanin odepchnęła jego rękę. Przy tej kobiecie niektóre znane mu oschłe stare panny zachowywały się jak dziewczyny z tawerny.

— Mają nas uważać za kochanków, ciebie i mnie — przypomniał jej.

— Ale tu nikt nas nie widzi — odburknęła.

— Ile razy muszę ci powtarzać, Leilwin? — Tego imienia używała obecnie. Twierdziła, że jest taraboniańskie. W każdym razie nie brzmiało po seanchańsku. — Jeśli będziemy się chwytać za ręce, dopiero gdy kogoś ujrzymy, ci, których nie dostrzeżemy, mogą nas uznać za dość dziwną parę kochanków.

Parsknęła drwiąco, tym niemniej pozwoliła mu się otoczyć ramieniem, a i sama go objęła. Jednocześnie posłała mu wszakże ostrzegawcze spojrzenie.

Mat potrząsnął głową. Egeanin była kompletnie stuknięta, skoro sądziła, że dotykanie jej sprawia mu przyjemność. Większość kobiet miała choćby trochę tłuszczyku na mięśniach, przynajmniej kobiety, w których Cauthon gustował, natomiast tę ściskało się jak palik ogrodzenia. Jej ramię było prawie tak twarde i równie sztywne jak kawał drewna. Mat nie potrafił pojąć, co Domon widzi w tej Seanchance. Może po prostu nie dała Illiańczykowi wyboru. Kupiła go przecież niczym konia. „Bodajbym sczezł, nigdy nie zrozumiem tych Seanchan" — pomyślał gniewnie. Nie żeby chciał ich zrozumieć. Tyle że… niestety musiał.

Gdy się obracali, rzucił ostatnie spojrzenie na port i o mało tego nie pożałował. Dwa małe statki żaglowe przedarły się akurat przez wielką ścianę mgły, która powoli opadała nad wodą. Płynęły pod wiatr. Tak, tak, pora wyruszać.

Od rzeki do Wielkiej Drogi Północnej szło się ponad dwie mile po falistym terenie porośniętym pobrązowiałą od zimy trawą i zielskiem oraz kępami krzewów o splątanych gałęziach tak gęstych, że choć straciły większość liści, nie sposób się było przez nie przebić. Wzgórza ledwie zasługiwały na swoje miano, szczególnie dla mężczyzny, który jako chłopiec wspiął się na Piaskowe Wzgórza i Góry Mgły (Mat miał sporo luk w pamięci, lecz te wspomnienia nadal pozostawały w nim żywe), jednak wkrótce Cauthon zaczął się cieszyć, że może się wesprzeć na czyimś ramieniu. Zbyt długo siedział bez ruchu na tej cholernej skale. Wprawdzie rwanie w biodrze osłabło do tępego bólu, Mat nadal wszakże lekko kulał i bez pomocy drugiej osoby słaniałby się na zboczach. Oczywiście, nie opierał się na Egeanin, ale dzięki niej zachowywał równowagę. Kobieta popatrywała na niego z niezadowoloną miną, wyraźnie się zastanawiając, czy jej towarzysz próbuje ją jakoś wykorzystać.

— Gdybyś robił, jak ci powiedziano, nie musiałabym cię teraz nieść — warknęła.

Znów wyszczerzył zęby, tym razem nie starając się ukryć szyderstwa pod uprzejmym śmiechem. Noal sunął obok nich z niezwykłą lekkością, ani na chwilę nie myląc kroku, mimo iż jedną ręką przytrzymywał przy biodrze kosz z rybami, w drugiej zaś dzierżył wędkę. Widok starca kłopotał Cauthona. Chociaż wyglądał na zniszczonego życiem, Noal okazał się człowiekiem całkiem dziarskim. Czasami znacznie zbyt dziarskim.

Ich trasa biegła na północ od Niebiańskiego Okręgu, z jego długimi, otwartymi rzędami wypolerowanych, kamiennych siedzeń, gdzie kiedyś bogaci bywalcy siadywali w cieplejsze dni na poduszkach pod kolorowymi płóciennymi markizami i oglądali wyścigi swoich koni. Obecnie markizy i słupki zabrano, konie, których nie zarekwirowali Seanchanie, stały w swoich wiejskich stajniach, a siedzenia były prawie puste — jedynie garstka małych chłopców bawiła się w nieznaną Matowi odmianę ciuciubabki. Cauthon lubił konie i wyścigi, teraz jednak obojętnie przesunął spojrzeniem obok Niebiańskiego Okręgu i spojrzał na Ebou Dar. Ilekroć wspinał się na wzgórze, widział za sobą solidne, białe wały obronne miasta, a wśród nich drogę otaczającą stolicę i widok ten dawał mu wymówkę do zatrzymania się na moment i patrzenia. Głupia kobieta! Trochę utykał, a ona twierdzi, że go niesie! Zdołał zachować spokój, przyjmując trudny okres gładko i bez żalu. Dlaczego ona nie mogła?

Wewnątrz miasta błyszczały w szarym świetle poranka białe dachy i ściany, białe kopuły i iglice ozdobione cienkimi paskami koloru, razem tworząc obraz spokoju. Z tej odległości Mat nie potrafił dostrzec pustych miejsc po budynkach, które całkowicie spłonęły. Długa kolejka ciągnionych przez woły wozów na wysokich kołach przesuwała się przez szeroką, zwieńczoną łukiem bramę, która otwierała się na Wielką Drogę Północną — mężczyźni i kobiety udawali się na miejskie rynki z zamiarem sprzedania pozostałych im do zimy produktów, a wśród nich toczyły się duże, okryte płótnem, zaprzężone w szóstkę lub ósemkę koni, kupieckie wozy wiozące towary zdobyte w — Światłość jedna wie — jakich miejscach. Siedem innych grup, złożonych z różnej liczby wozów — od czterech do dziesięciu — stało w rzędzie z boku drogi i czekało, aż wartownicy przy bramie skończą inspekcję. Stale, póki świeciło słońce, uprawiano tu handel, niezależnie od tego, kto rządził miastem; ustawał jedynie podczas walk, choć i wtedy nie zawsze całkowicie. Z drugiej strony nadciągali inni ludzie — głównie Seanchanie w równych szeregach, żołnierze ubrani w złożoną z segmentów zbroję pomalowaną w pasy oraz w hełmy, które przywodziły na myśl głowy ogromnych owadów. Jedni maszerowali, inni dosiadali koni; arystokraci zawsze jechali konno, kobiety spowite w ozdobne peleryny, plisowane jeździeckie suknie i koronkowe woale, mężczyźni w obszernych spodniach i długich płaszczach. Seanchańscy osadnicy także nadal opuszczali miasto, toteż wóz za wozem wypełniali rolnicy, rzemieślnicy i charakterystyczne dla danego fachu narzędzia. Osadnicy zaczęli wyjeżdżać natychmiast, gdy zeszli ze statków, miną wszakże tygodnie, zanim wszyscy odjadą. Mat miał przed sobą spokojną scenkę, obraz na pozór zwyczajnego, typowego dnia pracy, jednak za każdym razem, kiedy jakaś grupka docierała do bram, bezwiednie przypominał sobie zdarzenia sprzed sześciu nocy i myślami był tam, przy tych samych bramach.

Wtedy, gdy przeszli miasto od Pałacu Tarasin, burza jeszcze bardziej się wzmogła. Deszcz lał jak z cebra, łomocząc w ciemne miejskie budowle, kopyta koni ślizgały się na mokrych kamieniach brukowych, ostry wiatr od Morza Sztormów wył, niosąc krople deszczu i uderzając nimi niczym wysyłanymi z procy kamieniami, szarpiąc połami płaszczy, tak że nikt nie pozostawał całkowicie suchy. Chmury zakryły księżyc, a ulewa zdawała się wchłaniać światło lamp na tyczkach, które nieśli Blaeric i Fen, idący piechotą przed resztą. Potem wszyscy weszli w długi korytarz wiodący przez miejską ścianę, gdzie zyskali jako taką ochronę, przynajmniej przed deszczem. W tym swego rodzaju tunelu o wysokim stropie łkała wichura, przywodząc na myśl grę na flecie. Wartownicy bram czekali na drugim końcu korytarza — czterech mężczyzn, również z lampami na tyczkach. Kolejny tuzin, w połowie złożony z Seanchan, niósł halabardy, którymi można było trafić człowieka w siodle lub go z niego ściągnąć. Dwóch Seanchan bez hełmów wypatrywało z oświetlonego wejścia do wartowni wbudowanej w otynkowaną na biało ścianę, przesuwające się za nimi cienie sugerowały zaś obecność innych osób wewnątrz. Zbyt wielu osób, ażeby pokonać je po cichu, może w ogóle zbyt wielu dla nich. Mat musiałby postawić wszystko na jedną kartę.

Wartownicy nie stanowili zagrożenia, w każdym razie nie byli głównym zagrożeniem. Wysoka kobieta o okrągłej twarzy, ubrana w granatową suknię o podzielonych, długich do kostek spódnicach z czerwonymi wstawkami, na które naszyto srebrne błyskawice, przeszła obok stojących w drzwiach wartowni mężczyzn. W lewej ręce *sul'dam* trzymała zwiniętą długą, srebrzystą, metalową smycz, której drugi koniec połączony był z obrożą na szyi spowitej w ciemnoszary strój siwiejącej kobiety — *damane* szła za swoją panią, błyskając szerokim, gorliwym uśmiechem. Mat spodziewał się ich tutaj. Seanchanie mieli teraz *sul'dam* i *damane* przy wszystkich bramach. Przypuszczalnie wewnątrz też spotka jedną czy dwie pary. Seanchanie wyraźnie nie zamierzali pozwolić wymknąć się z ich sieci choćby jednej kobiecie posiadającej umiejętność przenoszenia Mocy. Mat poczuł na piersi pod koszulą zimny dotyk srebrnego medalionu z godłem lisiego łba. Zimno to nie sygnalizowało tym razem wcale, że ktoś w pobliżu obejmuje Źródło, sugerowało po prostu jedynie zimno nocy i chłód ciała Cauthona — tak lodowatego, że nie mogło ogrzać srebra. A jednak wbrew sobie czekał na jakiś ślad Mocy. O Światłości, doprawdy dużo dziś ryzykował!

Wartowników pewnie zaintrygowałaby arystokratka opuszczająca Ebou Dar w środku nocy i w taką pogodę, szczególnie że kobiecie towarzyszyło kilkunastu służących i konie juczne, których obecność wskazywała na planowaną daleką podróż, jednak Egeanin należała do Krwi, o czym świadczył płaszcz zdobiony haftem w kształcie orła z rozpostartymi czarno-białymi skrzydłami i wydłużone palce czerwonych rękawiczek podróżnych, skrywające długie paznokcie. Zwykli żołnierze nie pytali, co robią członkowie Krwi, nie pytali nawet jej najmarniejszych przedstawicieli... Choć oczywiście i dla nich istniały pewne formalności. Każdy mógł opuścić miasto, jednak Seanchanie rejestrowali ruch *damane*, a w grupie Egeanin szły trzy — z opuszczonymi głowami i niewidocznymi pod kapturami szarych płaszczów twarzami — każda przywiązana długą srebrzystą *a'dam* do jadącej konno *sul'dam*.

Sul'dam o okrągłej twarzy przeszła obok i ledwie na nich zerkając, skierowała się w dół korytarza. Jej *damane* przyglądała się jednak uważnie każdej mijanej kobiecie, sprawdzając, czy ta potrafi przenosić Moc. Mat aż wstrzymał oddech, kiedy, lekko marszcząc brwi, zatrzymała się obok ostatniej *damane*. Mimo swego szczęścia nie postawiłby nawet monety na to, że Seanchanie nie rozpoznają wiecznie młodego oblicza Aes Sedai, jeśli tylko zajrzą pod kaptur. Siostry trzymano wprawdzie jako *damane*, ale jaka była szansa, że wszystkie trzy *damane* Egeanin będą Aes Sedai? O Światłości, a jaka była szansa, że jedna z niższych przedstawicielek Krwi posiada ich aż trzy?

Kobieta o okrągłej twarzy wydała mlaśnięcie, którego używa się, przywołując ulubionego psa, po czym szarpnęła *a'dam* i wraz z *damane* odeszły. Najwyraźniej nie szukali *damane*, lecz próbujących ucieczki *marath'damane*. Mat nadal odnosił wrażenie, że lada chwila się udusi. Dźwięk toczącej się kości wypełnił ponownie jego głowę i był wystarczająco głośny, by rywalizować ze sporadycznym dudnieniem odległego grzmotu. Coś złego się stanie, wiedział to.

Oficer straży, tęgi Seanchanin z saldaeańskimi, nakrapianymi oczyma, lecz bladą, miodowobrązową cerą, skłonił się grzecznie i zaprosił Egeanin do wartowni na kubek grzanego z przyprawami wina, podczas gdy urzędnik zapisywał informacje na temat *damane*. Wszystkie wartownie, jakie Mat kiedykolwiek widział, były miejscami surowymi, jednak dzięki światłu lamp jarzących się w szczelinach łuczniczych ta prezentowała się niemal kusząco. Chociaż rosiczka prawdopodobnie również wygląda zachęcająco dla muchy. Cauthon cieszył się z kropel deszczu, które skapywały mu z kaptura płaszcza i spływały po twarzy, gdyż zalewały wywołany zdenerwowaniem pot. Mat wziął jeden ze swoich noży do rzucania i ułożył go płasko na szczycie długiego pakunku z przodu siodła. Leżącego w ten sposób nie powinien zauważyć żaden z żołnierzy. Cauthon wyczuł poruszenie kobiety oddychającej w tobołku pod jego dłońmi i napiął mięśnie ramion, bojąc się, że zacznie ona wzywać pomocy. Selucia trzymała swojego wierzchowca blisko jego konia, zerkając na niego spod skrywającego twarz i złoty warkocz kaptura, ani na chwilę nie popatrując jednak na boki, kiedy przechodziły *sul'dam* i *damane*. Zresztą krzyk Selucii wydawał mu się równie niebezpieczny jak krzyk Tuon. Mat sądził, że groźba w postaci noża skutecznie uciszy obie kobiety, które przypuszczalnie uważały go za człowieka naprawdę zdesperowanego lub pomylonego, więc na pewno wierzyły, że użyje ostrza. Nie miał jednak oczywiście pewności, czy nóż wystarczy; tej nocy działy się tak osobliwe rzeczy, że Cauthon niczego już nie był pewien.

Pamiętał, iż wstrzymał oddech, dumając, kiedy ktoś zauważy, że wieziony przez niego pakunek jest niezwykle bogato haftowany, a później zapyta, dlaczego Mat pozwala czemuś tak pięknemu moknąć na deszczu. Przeklinał moment, w którym podkusiło go zerwać kilim ze ściany, ponieważ był pod ręką. We wspomnieniach wszystkie wypadki rozgrywały się wolniej. Egeanin zsiadła i rzuciła wodze Domonowi, który wziął je, kłaniając się w siodle. Kaptur Illiańczyka częściowo opadł, ukazując głowę wygoloną z jednego boku i pozostałe włosy zebrane w sięgający mężczyźnie do ramienia warkocz. Krople deszczu kapały na krótką brodę krępego Domona, jednak ten znosił je z upartą arogancją typową dla *so'jhin*, czyli dziedzicznych wyższych służących przedstawicieli Krwi, a zatem osób prawie równych członkom Krwi. Bez wątpienia Illiańczyk ten znajdował się wyżej w hierarchii niż przeciętni żołnierze. Egeanin znów zerknęła na Mata i jego ładunek; jej twarz przypominała zmrożoną maskę i minę tę mógłby uznać za dumę ktoś niewiedzący, że kobieta jest przerażona ich obecnymi posunięciami. Wysoka *sul'dam* i jej *damane* po skończonej inspekcji szybko zawróciły do korytarza. Vanin, prowadzący tuż za Matem jedno ze zwierząt jucznych i jak zawsze zwisający ze swego konia niczym worek łoju, wychylił się z siodła i splunął. Cauthon nie miał pojęcia, dlaczego zapamiętał ten szczegół, tak jednak było. Vanin splunął i równocześnie zagrały trąbki — ich cienkie i ostre dźwięki rozległy się w oddali za nimi, najprawdopodobniej w południowej części miasta, gdzie ludzie planowali spalić zgromadzone wzdłuż Drogi do Zatoki zapasy Seanchan.

Na odgłos trąbek oficer straży się zawahał, nagle jednak zabrzmiał głośno także dzwon w samym centrum, potem drugi i kolejny, aż zaczęli odnosić wrażenie, że rozdzwoniły się na alarm ich setki. Po chwili czerń nocy przecinało już więcej błyskawic, niż zrodziła jakakolwiek burza, srebrzyście niebieskie smugi cięły powietrze wewnątrz murów. Całą grupką stali w tym tunelu, skąpani migoczącym światłem. Wtedy zaczęły się krzyki, krzyki wśród co rusz rozlegających się w mieście eksplozji.

Przez chwilę Mat przeklinał Poszukiwaczki Wiatru za to, że ruszyły prędzej, niż obiecały. Ale uświadomił sobie, że nieprzyjemny łoskot toczących się w jego głowie kości ustał. Dlaczego? Znów miał ochotę zakląć, chociaż nawet na to nie było dość czasu. W następnej chwili oficer pospiesznie popędził Egeanin z powrotem na siodło i kazał ruszać w drogę, po czym wrzaskliwie zaczął rozkazywać ludziom, którzy gwałtownie wybiegali z wartowni: jednym polecił biec do miasta i sprawdzić przyczynę alarmu, pozostałych zaś ustawiał w szyk na wypadek zagrożenia z wewnątrz bądź z zewnątrz. Zjawiła się kobieta o okrągłej twarzy, z wartowni wybiegła też jej *damane* wraz z żołnierzami i inną parą kobiet połączonych przez *a'dam*. Mat i reszta grupy popędziła w burzę, zabierając z sobą trzy Aes Sedai: dwie zbiegłe *damane* i porwaną spadkobierczynię seanchańskiego Kryształowego Tronu. Za nimi zaś, przez Ebou Dar przetaczała się znacznie gorsza burza.

Pioruny liczniejsze niż źdźbła traw...

Drżąc na całym ciele, Mat wrócił myślami do chwili obecnej. Egeanin patrzyła na niego spode łba i przesadnie mocno szarpała go za rękaw.

— Kochankowie przechadzają się niespiesznie — szepnął. — Raczej... spacerują, niż idą.

Uśmiechnęła się szyderczo. Mat nie miał już żadnych wątpliwości. Domona bez dwóch zdań oślepiła miłość. Miłość albo zbyt wiele ciosów w głowę.

W jakimś sensie najgorsze mieli za sobą. Cauthon żywił w każdym razie nadzieję, że najtrudniej będzie im opuścić miasto. Od tej pory nie łomotało mu w głowie. Wszak łomotanie zawsze oznaczało coś złego. Przeszłość Mata była maksymalnie poplątana i był pewien, że tylko człowiek o takim szczęściu jak on potrafi oddzielić ziarna od plew. Poszukujący jeszcze przed nocą złapią trop Egeanin, którą teraz mogliby oskarżyć dodatkowo o kradzież *damane*, jednak przedstawiciele władz pomyślą prawdopodobnie, że kobieta odjechała szybko i znajduje się obecnie wiele lig od Ebou Dar. Nikomu zapewne nie przyjdzie do głowy, że tkwiła tuż za rogatkami. Tylko zbiegiem okoliczności mogliby ją skojarzyć z Tuon albo z Matem i to się liczyło. Tylin na pewno dodałaby własne zarzuty przeciwko niemu — żadna kobieta nie wybaczy mężczyźnie, że ją związał i niczym tobołek wepchnął pod łóżko, nawet jeśli sama mu to sugerowała — tym niemniej przy odrobinie szczęścia nikt nie powinien go połączyć z innymi zdarzeniami tamtej nocy. Tak, tak, nikt poza Tylin nie domyśli się jego udziału. Związanie królowej niczym świni na rynku wystarczy oczywiście, by skazać człowieka na śmierć, czymże jednak był ten czyn wobec porwania Córki Dziewięciu Księżyców? I co on, Zabawka Tylin, miał na to poradzić? Ciągle go irytowało, że uważano go za niepoprawnego pochlebcę... gorzej, za coś w rodzaju ulubionego zwierzęcia domowego! Istniały jednak korzyści...

Sądził, że jest bezpieczny (przynajmniej nic mu chyba nie groziło ze strony Seanchan), a jednak pewna kwestia uwierała go niczym cierń w pięcie. Właściwie sporo spraw go niepokoiło — większość z nich wiązała się z samą Tuon — jedna wszakże szczególnie. Zniknięcie Tuon powinno wstrząsnąć ludźmi równie mocno jak pełne zaćmienie słońca w południe, lecz nikt nie podniósł alarmu. I nic się nie zdarzyło! Nic! Nie wyznaczono nagrody ani oferty wykupu, Mat nigdzie nie widział uważnych żołnierzy starannie przeszukujących wozy i furmanki w zasięgu wielu mil, żadne oddziały nie galopowały po okolicy i nie przeszukiwały każdego zakątka i niszy, w której ktoś mógłby ukryć kobietę. Cauthon posiadał w swej zmęczonej głowie jakieś stare wspomnienia o tropieniu porwanego członka królewskiej rodziny, a jednak — z wyjątkiem szubienic i spalonych statków w porcie — Ebou Dar prezentowało się z zewnątrz identycznie jak na dzień przed porwaniem. Egeanin twierdziła, że poszukiwania będą prowadzone w całkowitej tajemnicy, a wielu samych Seanchan ciągle nie dowiedziało się o zaginięciu Tuon. Tłumaczyła to potencjalnym szokiem dla Imperium, złymi omenami dla Powrotu i stratą *sei'taer*. Mówiła o całej sprawie tonem sugerującym wiarę w każde słowo, ale Mat nie dał jej się zwieść. Seanchanie byli dziwnym ludem, nikt jednak nie mógł być aż tak dziwny. Od ciszy panującej w Ebou Dar sam dostawał gęsiej skórki. Węszył w tym milczeniu pułapkę. Gdy dotarli do Wielkiej Drogi Północnej, był wdzięczny, że miasto skryło się już za niskimi wzgórzami.

Drogę stanowił szeroki trakt. Była to główna aleja handlowa, na której z łatwością zmieściłoby się obok siebie pięć czy sześć wozów. Nawierzchnia składała się z ziemi i gliny, które w trakcie minionych setek lat używania zostały ubite niemal do twardości starożytnego kamienia brukowego pozostałego po dawnych czasach i wystającego w niektórych miejscach kilka cali nad ziemię. Mat i Egeanin pospiesznie przeszli na pobocze po drugiej stronie; Noal niemal deptał im po piętach. Unikali strzeżonej przez kobietę z bliznami na twarzy, dziesięciu mężczyzn o bystrych oczach i w skórzanych kaftanach przykrytych metalowymi dyskami, kolumny kupców, ich toczących się do miasta furmanek oraz rzędu dziwacznie ukształtowanych osadniczych wozów ze spiczastymi czubkami, zmierzających na północ i ciągnionych przez konie, muły lub woły. Między wozami biegali bosi chłopcy, poganiając witkami rogate kozły o długim czarnym włosiu oraz duże białe krowy o wydatnych podgardlach. W tylnej grupie wozów jeden mężczyzna w workowatych, niebieskich spodniach i czerwonej czapce z okrągłym daszkiem prowadził masywnego, garbatego byka na grubym sznurze przywiązanym do kółka w nosie. Gdyby nie strój, osobnik mógłby zupełnie dobrze pochodzić z Dwu Rzek. Przyjrzał się Matowi i jego towarzyszom, jakby pragnął coś powiedzieć, potem jednak potrząsnął głową i mozolił się dalej, nie patrząc już na nikogo. Ze względu na kuśtykanie Cauthona nie poruszali się zbyt szybko i osadnicy mijali ich powoli, lecz nieprzerwanie.

Przygarbiona Egeanin wolną ręką przytrzymywała sobie szal pod brodą. Nagle wypuściła powietrze i rozluźniła palce drugiej dłoni, która niemal boleśnie wbijała się Matowi w bok. Po chwili kobieta wyprostowała się i przeszyła pełnym nienawiści wzrokiem plecy idącego przed nią farmera; wydawała się mieć ochotę dopaść go i wytargać za uszy najpierw mężczyznę, a później jego byka. Kiedy farmer oddalił się dobre dwadzieścia kroków, obrzuciła gniewnym spojrzeniem spory oddział seanchańskich żołnierzy — mniej więcej dwie setki ich maszerowały czwórkami środkiem drogi w tak szybkim tempie, że wkrótce dogonili osadników oraz ich przykryte mocno naprężonym płótnem, zaprzężone w muły wozy. Osadnicy rozstąpili się, pozostawiając dla wojska pusty środek drogi. Na czele kolumny jechało konno pół tuzina oficerów w hełmach z pióropuszami skrywającymi im całe twarze z wyjątkiem oczu. Oficerowie nie rozglądali się na boki, czerwone płaszcze starannie rozłożyli na zadach swoich wierzchowców. Na sztandarze Seanchan znajdował się przekreślony długą strzałą i postrzępioną złotą błyskawicą znak przypominający wyszczerbiony srebrny grot lub może kotwicę, pod nim natomiast mieścił się jakiś napis i liczby, których Mat nie mógł wyraźnie dojrzeć z powodu podmuchów wiatru szarpiących sztandarem we wszystkie strony. Ludzie na wozach z zapasami nosili granatowe płaszcze i spodnie oraz czapki w czerwono-niebieską kratę, żołnierze byli zaś ubrani bardziej krzykliwie niż większość Seanchan: w złożone z segmentów zbroje poprzecinane na dole błękitnymi i srebrzyście białymi pasami, natomiast wyżej pasami czerwonymi i złociście żółtymi; ich hełmy z kolei zostały pomalowane na wszystkie cztery kolory i wyglądali w nich jak straszne pająki. Na przedzie każdego hełmu przymocowano dużą odznakę z kotwicą — Mat uważał, że emblemat jest jednak kotwicą — a także strzałą i błyskawicą. Chyba każdy żołnierz (z wyjątkiem oficerów) niósł przy boku zakrzywiony łuk, a przy pasie najeżony strzałami kołczan i krótki miecz.

— Łucznicy statku — mruknęła Egeanin, zerkając na żołnierzy spode łba. Puściła szal, nadal wszakże zaciskała tę rękę w pięść. — Tawerniani awanturnicy. Gdy zbyt długo przebywają na lądzie, zawsze sprawiają kłopoty.

Matowi wydawali się przede wszystkim dobrze wyszkoleni. Nigdy w każdym razie nie słyszał o żołnierzach, którzy od czasu do czasu nie wpakowaliby się w jakąś burdę, szczególnie kiedy sobie popili lub po prostu się nudzili, a znudzeni żołnierze lubią się napić. Cauthon mimowolnie zadał sobie pytanie, jak daleko niosą ich łuki. Myśl była jednakże tylko teoretyczna, ponieważ nie chciał mieć nic wspólnego z żadnymi seanchańskimi wojakami. Gdyby mógł wybierać, nie chciałby mieć już nigdy nic wspólnego w ogóle z żadnymi żołnierzami. Nie miał wszakże takiego szczęścia. Los i szczęście to, niestety, dwie różne sprawy. Po chwili krótkiej zadumy zdecydował, że w najlepszym razie niosą na dwieście kroków. Z dobrej kuszy można było strzelać dalej, podobnie jak z łuków używanych w Dwu Rzekach.

— Nie jesteśmy w tawernie — wysyczał przez zaciśnięte zęby. — A oni wcale się w tej chwili nie awanturują. I nie kłóćmy się jedynie z powodu twojego strachu, iż jakiś farmer zechce z tobą pomówić.

Zacisnęła szczęki i posłała mu spojrzenie tak twarde, że gdyby wzrok potrafił zabijać, Mat leżałby teraz na ziemi z roztrzaskaną czaszką. Oboje wiedzieli jednak, że miał rację. Egeanin bała się, iż jeśli się odezwie, ktoś natychmiast rozpozna jej akcent. W jego przekonaniu wykazywała się mądrą ostrożnością, jednak tę kobietę jawnie wszystko denerwowało.

— Jak będziesz się w nich tak wgapiała, za chwilę podejdzie do nas chorąży. Eboudarianki słyną ze skromności — skłamał. Cóż mogła wiedzieć o miejscowych zwyczajach?

Tym razem posłała mu marsowe spojrzenie z ukosa — może próbowała zrozumieć, co w tym przypadku oznacza skromność — przestała się wszakże krzywić, kiedy patrzyła na łuczników. Teraz wyglądała raczej na gotową ukąsić, niż uderzyć.

— Ten mężczyzna ma tak ciemną cerę jak Atha'an Miere — szepnął Noal, popatrując na mijających ich żołnierzy. — Tak ciemną jak Sharanie. Przysiągłbym wszak, iż jego oczy są niebieskie. Widziałem wcześniej podobne… ale gdzie? — Usiłując otrzeć sobie skronie, o mało nie uderzył się w głowę bambusową wędką, po czym zrobił krok w stronę mężczyzny, jakby pragnął go wypytać, gdzie się urodził.

Cauthon przechylił się na bok i szybko złapał starego za rękaw.

— Musimy wracać do siedziby widowiska, Noalu. Nuże! Właściwie ani na moment nie powinniśmy się stamtąd oddalać.

— Mówiłam ci to — powiedziała Egeanin, ostro kiwając głową.

Mat jęknął, lecz nie pozostało mu nic innego, jak iść dalej. Tak, tak, nadeszła pora do odejścia. Miał jedynie nadzieję, że nie było zbyt późno.

ROZDZIAŁ 2

DWÓCH KAPITANÓW

Mniej więcej dwie mile na północ od miasta marszczył się na wietrze wielki, niebieski transparent rozwieszony między dwiema wysokimi tyczkami, ogłaszając Wielkie Wędrowne Widowisko i Wspaniałą Wystawę Cudów oraz Dziwów Świata Valana Luki jaskrawoczerwonymi literami, tak wielkimi, iż można je było odczytać z drogi położonej około stu kroków na wschód. Nawet analfabetom piękny napis sugerował istnienie w tym miejscu czegoś niezwykłego. Z transparentu wynikało też, że reklamuje największe wędrowne widowisko na świecie. Luca miał o sobie wprawdzie ogromne mniemanie, Mat znajdował jednakże w jego słowach ziarno prawdy. Płócienne ściany namiotu, stanowiącego siedzibę widowiska, wysokie na dziesięć stóp i starannie przymocowane do podłoża, zajmowały tak dużą połać ziemi, że zmieściłaby się tu spora wioska.

Ludzie przechodzący obok zerkali na transparent z ciekawością, lecz farmerzy i kupcy mieli do wykonania swoją robotę, osadnicy zaś byli zapatrzeni w przyszłość, więc nikt się nie odwracał. Dzięki grubym linom przymocowanym do wbitych w ziemię słupków tłumy czasem zbierały się przed szerokim, zwieńczonym łukiem wejściem tuż za transparentem, jednak o tej porze nikt tutaj nie czekał. Ostatnio zresztą w ogóle rzadko kto zaglądał do siedziby widowiska. Już po upadku Ebou Dar ludzie zaczęli przychodzić coraz rzadziej. Wprawdzie szybko zrozumieli, że miasto nie zostanie ograbione i nie będą musieli z niego uciekać, by zachować życie, jednak z powodu Powrotu, z powodu tych licznych statków i osadników, wzrosła zapobiegliwość i mieszkańcy woleli wydawać pieniądze na pilniejsze potrzeby. Pod transparentem pełnili dyżur jedynie dwaj potężni mężczyźni w bardzo zniszczonych płaszczach. Starali się nie wpuścić nikogo, kto chciałby się rozejrzeć bez kupowania biletu, ale nawet tacy rzadko obecnie przychodzili. Jeden z mężczyzn miał krzywy nos nad gęstymi wąsiskami, drugi wodził wokół tęsknym wzrokiem. Obaj kucali, grając na ziemi w kości.

Co zaskakujące, tutejszy siłacz nazwiskiem Petra Anhill stał z założonymi na piersi ramionami — szerszymi niż uda większości mężczyzn — i przypatrywał się dwóm treserom ujeżdżającym konie. Anhill — niższy od Mata, lecz przynajmniej dwa razy szerszy — nosił ciężki, niebieski płaszcz, który uszyła mu żona na wypadek zimna. Petra lubił się przyglądać ludziom grającym w gry hazardowe, sam jednak nie grał. Z oszczędności, gdyż wraz z żoną, Clarine, treserką psów, odkładali każdego pensa, a gdy ktoś ich pytał o powody, siłacz potrafił długo i szczegółowo opowiadać o zajeździe, który zamierzali kupić pewnego dnia. Cauthona jeszcze bardziej zaskoczył widok Clarine stojącej u boku męża, owiniętej w ciemny płaszcz i równie skupionej na realizacji zakładu przez ujeżdżaczy, co Anhill.

Petra zobaczył zbliżających się ramię w ramię Mata i Egeanin, po czym łypnął ostrożnie na obóz. Na widok zachowania siłacza Cauthon zmarszczył brwi. Nie lubił ludzi, którzy stale zerkają przez ramię. Pulchną, brązową twarz Clarine rozjaśnił jednakże ciepły uśmiech. Jak większość kobiet tutejszego widowiska, żona Petry uważała jego i Egeanin za parę. Taireniianin imieniem Col — treser koni, mający zakrzywiony nos i mocne ramiona — z pazernym uśmieszkiem zgarnął wygraną, kilka miedziaków. Nikt z wyjątkiem Domona nie dostrzegał urody Egeanin, choć dla wielu głupców arystokratyczne urodzenie równa się pięknu. Arystokratyczne pochodzenie lub pieniądze, bo przecież pani wielkiego rodu powinna być majętna. Nieliczni tylko sądzili, że szlachcianka, która opuściła męża dla kogoś takiego jak Mat Cauthon, chętnie zostawi i jego, zabierając z sobą swoje pieniądze. W każdym razie taką historię Mat i jego towarzysze opowiadali, gdy musieli wyjaśnić powody, dla których ukrywali się przed Seanchanami: okrutny mąż i ucieczka kochanków. Wszyscy słyszeli tego rodzaju opowieści — jeśli nie od uczestników takich ucieczek, to przynajmniej z ust bardów bądź z książek — więc z łatwością przyjmowali je do wiadomości i w nie wierzyli. Col wszakże wcale nie podniósł głowy. Egeanin (czyli Leilwin) już raz wyciągnęła nóż zza pasa przeciwko jakiemuś przystojnemu żonglerowi, czarusiowi, który długo usiłował ją przekonać do wypicia z nim w jego wozie kubka wina. Mat nie wątpił, że gdyby mężczyzna naciskał dłużej, kobieta użyłaby przeciwko niemu ostrza.

Skoro tylko Cauthon dotarł do siłacza, Petra odezwał się cicho:

— Z Lucą rozmawiają seanchańscy żołnierze, jest ich około dwudziestki. Przynajmniej oficer z nim rozmawia. — Nie wydawał się przestraszony, jednak zmartwienie zmarszczyło mu czoło i obronnym gestem obejmował żonę. Uśmiech Clarine znikł. Kobieta podniósłszy rękę, położyła ją na ramieniu Petry. Wierzyli w bystrość Luki, w każdym razie do pewnego stopnia, jednak znali ryzyko, na które się narażali. Albo tak sądzili. Zresztą, nie byli zachwyceni tą niebezpieczną sytuacją i własnym strachem.

— Czego chcą? — spytała Egeanin, odpychając Mata, zanim zdążył zareagować. Właściwie nikt nie czekał na jego reakcję.

— Trzymajcie ich dla mnie — wtrącił Noal, wręczając wędkę i kosz jednookiemu, który bezmyślnie się na niego zagapił. Starzec wyprostował się, przesunął sękatą dłonią pod płaszczem w miejscu, gdzie trzymał dwa noże o długich ostrzach. — Możemy dotrzeć do naszych koni? — spytał Petrę.

Siłacz przypatrzył mu się z powątpiewaniem. Nie tylko Mat się zatem obawiał, czy Noal nadal jest przy zdrowych zmysłach.

— Nie wygląda na to, żeby kogoś szukali — wtrąciła pospiesznie Clarine, składając Egeanin lekki ukłon. Wszyscy mieli udawać, że Cauthon i jego towarzysze są członkami widowiska, jednak do Egeanin większość osób odczuwała respekt. — Oficer siedział w wozie Luki dobre pół godziny, jego żołnierze wszakże przez cały ten czas stali przy koniach.

— Chyba nie przybyli tu w waszej sprawie — dodał Petra poważnym tonem. I on zwracał się do Egeanin. Dlaczego zresztą miałby się w swych emocjach różnić od pozostałych? Poza tym, prawdopodobnie zawczasu uczył się obcować z arystokracją, która później będzie odwiedzać jego gospodę. — Po prostu uprzedzamy, by nie zaskoczył was ich widok. Moglibyście się niepotrzebnie zaniepokoić. Jestem pewien, że Luca bez problemów pozbędzie się tych żołnierzy. — Mimo lekkiego tonu wciąż marszczył czoło. Większość mężczyzn dostaje szału, gdy opuszcza ich żona, a pan wielkiego rodu w takiej sytuacji mógł zareagować naprawdę ostro. Wędrowne widowisko wydawało się dla takiego rozsierdzonego męża-arystokraty szczególnie łatwym celem. — Niech się pani nie trapi, nikt nie wspomni o was nawet słowem. — Zerknąwszy na treserów, Petra dorzucił: — Zgadza się, Col?

Mężczyzna o zakrzywionym nosie potrząsnął głową, choć wzrok ciągle skupiał na przesuwanych w palcach jednej ręki kościach do gry. Col był duży i postawny, ale nie tak potężny jak siłacz Petra, który nagimi rękoma potrafił prostować podkowy.

— Wszyscy lubią od czasu do czasu napluć jakiemuś arystokracie na buty — mruknął jednooki, zerkając do kosza z rybami. Był niemal tak wysoki i barczysty jak Col, lecz skórę na twarzy miał twardą i bardzo pomarszczoną, zębów zaś nawet mniej niż Noal. Zerkając na Egeanin, mężczyzna schylił głowę. — Błagam o wybaczenie, pani — dodał. — Poza tym, w ten sposób zarobimy trochę, bo ostatnio nie najlepiej nam się wiedzie. Prawda, Col? Podobno ci Seanchanie wyłapią nas wszystkich i może powieszą... tak jak zrobili z przedstawicielami Ludu Morza. Albo każą nam oczyścić dla nich kanały i tamtą część portu.

Opiekunowie koni wykonywali wprawdzie w widowisku wszystkie niezbędne prace związane z oporządzaniem zwierząt: od czyszczenia pastwisk z gnoju oraz sprzątania klatek i boksów aż po stawianie i demontaż namiotu, tym niemniej na samą myśl o poleceniu przekopania zamulonego kanału w Rahad mężczyzna zadrżał, gdyż była to dla niego najwidoczniej perspektywa gorsza od zawiśnięcia na szubienicy.

— Wspomniałem coś o rozmowie z kimś? — zaprotestował Col, rozkładając ręce. — Pytałem tylko, jak długo mamy tu siedzieć, nic więcej. I spytałem, kiedy zobaczymy trochę obiecanych monet.

— Będziemy tu siedzieć tak długo, jak każę. — Nadzwyczajne, że Egeanin bez podnoszenia głosu i mimo typowego dla Seanchan cedzenia słów potrafiła przemawiać twardo, a polecenia wydawała tonem, który słuchaczom kojarzył się z odgłosem wysuwanego z pochwy ostrza. — Zobaczycie swoje pieniądze, kiedy dotrzemy do celu. Najwierniejsi otrzymają dodatkową premię, zamyślających zdradę zaś czeka zimny grób!

Col otoczył się szczelniej mocno połatanym płaszczem i szerzej otworzył oczy. Wyraźnie starał się wyglądać na oburzonego lub może niewinnego, ale prawdopodobnie myślał jedynie o tym, by Egeanin podeszła do niego bliżej, dzięki czemu mógłby jej skraść sakiewkę.

Mat zazgrzytał zębami. Przede wszystkim złoto, którym kobieta tak chętnie szafowała, należało do niego, nie do niej.

Egeanin posiadała co nieco, lecz nawet w przybliżeniu nie tak dużo. Co ważniejsze, znów usiłowała przejąć kontrolę. O Światłości, gdyby nie on, nadal wszak tkwiłaby w Ebou Dar, starając się unikać Poszukujących... a może nawet wpadłaby już w ich łapy. Tak, tak, gdyby nie on, nigdy by też nie pomyślała o kryjówce tak blisko Ebou Dar, dzięki której jakże łatwo zmylić pościg. I bez wątpienia nie trafiłaby do widowiska Luki. Skąd jednak wzięli się tu żołnierze? Seanchanie, choćby podejrzewając obecność Tuon, wysłaliby stu ludzi albo i tysiąc. Jeśliby natomiast sądzili, że gdzieś niedaleko przebywa Aes Sedai... Nie, nie. Petra i Clarine nie wiedzieli przecież, że pomagają w ukryciu Aes Sedai, mogliby jednak wspomnieć o *sul'dam* i *damane*, co żołnierzom bez wątpienia dałoby do myślenia. Mat dotknął tkwiącego pod płaszczem medalionu z godłem lisiego łba. Nosił go i we śnie, i na jawie, licząc na to, że medalion w odpowiednim momencie go ostrzeże.

Nigdy nie brał pod uwagi ucieczki konno i to nie tylko dlatego, że Col i tuzin jemu podobnych powiadomiłoby w takim przypadku Seanchan, zanim jeszcze zniknąłby im z pola widzenia. Ludzie, których znał, nie żywili szczególnej animozji ani do niego, ani do Egeanin — nawet żonglujący mieczami Rumann czy związana z nim akrobatka imieniem Adria — jednak niektórym na pewno trudno było się oprzeć pokusie zarobienia dodatkowej garści złota. Na szczęście w chwili obecnej nie słyszał we własnej głowie żadnego ostrzegawczego łomotu. A w tym namiocie znajdowali się ludzie, których nie mógł zostawić.

— Jeśli nie przeszukują terenów, nie mamy się czym martwić — oświadczył stanowczo. — Ale dzięki za ostrzeżenie, Petra. Nigdy nie lubiłem być zaskakiwany.

Siłacz wykonał krótki gest, sugerujący, że nie zrobił niczego wielkiego, jednak Egeanin i Clarine spojrzały na Mata przerażone, jakby wcześniej kompletnie o jego osobie zapomniały. Nawet Col i jednooki gbur po słowach Cauthona zamrugali gwałtownie. Rozgniewany Mat zacisnął zęby, starając się znów nimi nie zgrzytać.

— Przejdę się może w pobliżu wozu Luki i rozejrzę wokół. Leilwin, ty i Noal odszukacie Olvera i zostaniecie z nim — dodał.

Wszyscy lubili tego chłopca, Mat wolałby mieć oboje z głowy, samotnie się wyprawić na zwiad i może co nieco podsłuchać. A w razie konieczności natychmiastowej ucieczki Egeanin i Noal mogliby pomóc wydostać się stąd także chłopcu. Oby Światłość do tego nie dopuściła! Nagła konieczność ucieczki stanowiłaby z pewnością nie lada katastrofę.

— No cóż, przypuszczam, że nikt nie żyje wiecznie — westchnął Noal, odbierając od jednookiego wędkę i kosz.

Ten stary diabeł, niech sczeźnie, potrafiłby rozbawić nawet umarłego! Marsowa mina Petry wyraźnie się jednak pogłębiła. Żonaci mężczyźni stale się czymś trapią. Między innymi dlatego Mat nie palił się do ożenku. Noal zniknął już za rogiem, jednooki zaś popatrzył tęsknie za rybami. Cauthon pomyślał, że i on nie ma chyba wszystkich klepek w porządku. I ten prawdopodobnie miał gdzieś żonę.

Mat naciągnął sobie czapkę niemal na oczy. Nadal nic mu w głowie nie grzechotało. Starał się nie myśleć, ile razy — mimo braku ostrzegawczego alarmu — cudem uniknął podcięcia gardła lub śmiertelnego ciosu w głowę. W przypadku prawdziwego niebezpieczeństwa na pewno otrzymałby ostrzeżenie. Na pewno i bez wątpienia!

Nie zrobił nawet trzech kroków ku wozowi Luki, gdy Egeanin podbiegła do niego i otoczyła go ramieniem w talii. Zatrzymał się w pół kroku, przypatrując jej się złowrogo. Egeanin opierała się jego rozkazom niczym złowiony pstrąg walczący z wędką, tym razem jednak chodziło o coś więcej niż o opór.

— Co twoim zdaniem robisz?! A jeśli ten seanchański oficer cię rozpozna? — Coś takiego wydawało się równie mało prawdopodobne jak pojawienie się w namiocie samej Tylin, Mat wszakże ze wszystkich sił starał się w tej chwili pozbyć Egeanin.

— Jak duże jest ryzyko, że znam tego człowieka? — zadrwiła. — Nie mam... — skrzywiła się na moment — ...nie miałam... wielu przyjaciół po tej stronie oceanu i ani jednego w Ebou Dar. — Dotknęła opadającego na piersi warkocza czarnej peruki. — Zresztą — dodała posępnie — w tym przebraniu nawet własna matka by mnie nie poznała.

Uprzytomnił sobie, że jeśli nie przestanie zaciskać zębów, w końcu je sobie połamie. Sprzeczka z Egeanin w tym miejscu i w tym momencie była bardziej niż bezużyteczna, jednak w umyśle Cauthona wciąż świeże pozostało spojrzenie, jakim ta kobieta obrzucała seanchańskich żołnierzy.

— Nie możesz patrzeć na ludzi z furią — ostrzegł ją. — Najlepiej w ogóle na nich nie patrz.

— Jestem poważną eboudarianką — obruszyła się wyzywającym tonem. — Umówmy się, że ty poprowadzisz całą rozmowę. — Najwyraźniej go przestrzegała.

O Światłości, te kobiety! Często utrudniają najnormalniejsze nawet sprawy, a Egeanin chyba zawsze i wobec wszystkiego się buntowała. Za chwilę Mat naprawdę połamie sobie zęby!

Za wejściem główna ulica widowiska wiła się wśród wozów przypominających te używane przez Druciarzy — wozy z dyszlami umieszczonymi przy siedzeniach woźniców tkwiły pod ścianami namiotu niczym spore domy na kółkach. Większość tych wozów pomalowano jaskrawo: na różne intensywne odcienie czerwieni, zieleni, żółci lub błękitu; płócienne budy również były barwne, niektóre pasiaste. Tu i ówdzie, często przy uliczkach, stały drewniane estrady, na których mogli występować mieszkańcy wozów, czyli członkowie widowiska. Kolorowy materiał zaczynał już wyglądać na nieco brudny. Szeroki trakt, liczący blisko trzydzieści stóp i ubity przez tysiące nóg twardo niczym droga, przecinał zajmowany przez widowisko obszar. Wiatr pędził jasnoszare wstęgi dymu wznoszącego się z cynowych kominów umieszczonych na dachach wozów lub plandekach namiotów. Większość mieszkańców wyszła teraz prawdopodobnie na śniadanie lub nadal leżała w łóżkach. Z reguły — którą Cauthon pochwalał — wstawali późno, a w tym chłodzie nikt nie miał ochoty jeść na dworze przy ognisku kucharza. Mat zobaczył więc tylko jedną osobę — Aludrę, która zawinąwszy nad łokcie rękawy ciemnozielonej sukienki, rozcierała coś, tłukąc tłuczkiem w brązowym moździerzu na stole rozłożonym przy jej intensywnie niebieskim wozie, tuż za rogiem, na jednej z węższych bocznych uliczek.

Skupiona na pracy, smukła Tarabonianka w ogóle nie dostrzegła Egeanin i Mata. On nie mógł jednak oderwać od niej wzroku. Z ciemnymi włosami splecionymi w sięgające talii cienkie, zdobione paciorkami warkocze, Aludra była prawdopodobnie najbardziej egzotycznym z dziwów Luki. Reklamował ją jako Iluminatorkę i w przeciwieństwie do wielu innych wykonawców i cudów naprawdę była tym, za kogo się podawała, choć sam Luca przypuszczalnie w to nie wierzył. Cauthon zastanowił się, co ucierała. I czy to, co ucierała, mogło nagle eksplodować? Obiecała mu ujawnić sekret fajerwerków, o ile Mat zdoła rozwiązać pewną łamigłówkę, niestety do tej pory mu się to nie udało. Miał jednak nadzieję, że w końcu zgadnie. Tak czy inaczej.

Egeanin dźgnęła go mocno palcem w żebra.

— Mamy udawać kochanków, czego nie przestajesz mi przypominać — warknęła. — Kto w to uwierzy, jeśli zobaczy, że z takim głodem gapisz się na inną kobietę?

Cauthon uśmiechnął się lubieżnie.

— Zawsze spoglądam na ładne kobiety. Nie zauważyłaś?

Egeanin poprawiła szal na głowie trochę gwałtowniej niż zwykle i wydała lekceważące chrząknięcie. Mat poczuł zadowolenie. Jej pruderyjność czasami się przydawała. Egeanin uciekała, by zachować życie, a jednak nadal pozostała w każdym calu Seanchanką i już wiedziała o nim więcej, niż pragnął. Nie ufał jej i nie chciał powierzać swoich sekretów. Nawet tych, których... jeszcze nie znał.

Wóz Luki stał w samym środku obozu widowiska, w najbardziej uprzywilejowanym miejscu, jak najdalej od zapachów ze zwierzęcych klatek i wbitych wzdłuż płóciennych ścian namiotu palików dla koni. Wóz był jeszcze bardziej jaskrawy niż pozostałe, czerwono-błękitny, błyszczał pięknie niczym polakierowany, a każda jego powierzchnia przyciągała spojrzenie malowanymi złotymi kometami i gwiazdami. Tuż pod linią dachu wyrysowano wszędzie srebrną farbką księżyc w poszczególnych fazach. Nawet cynowy komin pokryto czerwonymi i niebieskimi kręgami. Druciarze na widok tego wozu zarumieniliby się ze wstydu. Obok jednego jego boku stały sztywno przy koniach dwa szeregi seanchańskich żołnierzy w hełmach; każdy wojownik trzymał zdobioną zielonym chwostem lancę ustawioną pod identycznym kątem jak pozostałe. Jeden z mężczyzn dzierżył w dłoni wodze dodatkowego luzaka, pięknego, ciemnobrązowego wierzchowca o silnych pośladkach i świetnych kostkach. Błękitno-zielone zbroje żołnierzy wydawały się przy czarownym wozie Luki wręcz brudne.

Mat nie zdziwił się, widząc, że nie jego jednego interesują Seanchanie. Bayle Domon, w ciemnej wełnianej czapce przykrywającej jego ogoloną głowę, kucał na piętach, oparty plecami o koło oddalonego od żołnierzy o jakieś trzydzieści stóp zielonego wozu należącego do Petry i Clarine. Pod wozem leżały psy Clarine — zbieranina rozmaitych małych zwierząt, które spały stłoczone i przylepione do siebie. Potężny Illiańczyk udawał, że coś struga, jednak efektem jego pracy był tylko stosik wiórów piętrzący się przy jego stopach. Mat żałował, że mężczyzna nie zapuścił wąsów, które ukryłyby jego górną wargę; mógł też całkowicie ogolić brodę. Ktoś może skojarzyć Illiańczyka z Egeanin. Wysoki Blaeric Negina, który opierał się obok o wóz, dotrzymując prawdopodobnie Domonowi towarzystwa, nie zawahał się zgolić typowej dla Shienarian kępki włosów na czubku, dzięki czemu nie przyciągał uwagi Seanchan, choć tak samo często jak Egeanin dotykała peruki, przesuwał palcami po czarnym jeżyku na głowie. Może i on powinien włożyć czapkę.

W ciemnych płaszczach z postrzępionymi mankietami i mocno zużytych butach obaj mężczyźni mogliby uchodzić za tutejszych cyrkowców, na przykład treserów koni. Obserwowali Seanchan potajemnie i spod oka, choć Blaericowi udawanie przychodziło łatwiej, czego zresztą można się było spodziewać po Strażniku. Z pozoru maksimum uwagi poświęcał Domonowi, a tylko sporadycznie zerkał na żołnierzy, w dodatku najswobodniej, jak to jest możliwe. Z kolei jego towarzysz groźnie łypał na Seanchan, o ile nie obrzucał piorunującymi spojrzeniami kawałka drewna, który trzymał w dłoni, wydawał się więc dumać, jak zmienić kloc w ładną rzeźbę. Domon bez wątpienia za bardzo wziął sobie do serca pozycję *so'jhin* Egeanin.

Cauthon zastanawiał się akurat, w jaki sposób niewidziany przez żołnierzy ma się podkraść blisko wozu Luki i podsłuchać odbywającą się tam rozmowę, gdy drzwiczki z tyłu wozu nagle się otworzyły i po schodkach zszedł jasnowłosy Seanchanin. Kiedy jego stopy dotknęły ziemi, nasadził sobie na głowę hełm z rzadkim niebieskim pióropuszem. Za oficerem ukazał się Luca, spowity w oszałamiający szkarłat haftowany złotymi promienistymi słońcami. Idąc za Seanchaninem, kłaniał się wyszukanie i z rozmachem. Luca posiadał co najmniej dwa tuziny płaszczy, większość z nich była w odcieniach czerwieni, a jeden bardziej krzykliwy od drugiego. Dobrze, że miał największy wóz w widowisku, w przeciwnym razie nie pomieściłby wszystkich swoich strojów.

Ignorując Lucę, seanchański oficer zbliżył się do swojego wałacha, poprawił miecz i wykrzyczał rozkazy. Jego ludzie natychmiast dosiedli koni i ustawili się w kolumnie dwójek, które ruszyły powoli ku wyjściu. Luca znieruchomiał i przyglądał im się ze sztucznym uśmieszkiem na twarzy. Ilekroć któryś z konnych się odwracał, Luca od razu mu się kłaniał.

Mat pozostał z boku uliczki, robiąc z siebie głupka, który z otwartymi ustami śledzi cud w postaci seanchańskiej kawalerii. Niewielu wojów zresztą na niego zerkało i na pewno żaden go nie zapamięta. Któżby zwracał uwagę na wiejskiego kmiotka czy też zaprzątał sobie uwagę jego osobą.

Ku zaskoczeniu Cauthona Egeanin aż do odjazdu ostatniego jeźdźca wpatrywała się twardo w ziemię u swoich stóp, kurczowo zaciskając przy tym zawiązany pod brodą szal. Gdy w końcu uniosła głowę i zerknęła za żołnierzami, na moment wydęła wargi.

— Wydaje mi się, że znam tego chłopca — wycedziła cicho. — Wiozłam go do Palme na „Nieustraszonym". Jego służący zmarł w połowie podróży i młodzieniec pomyślał, że mógłby użyć kogoś z mojej załogi. Musiałam go wyprowadzić z błędu. Obserwując zamieszanie, jakie wywołał, można by pomyśleć, że pochodzi z Krwi.

— Na krew i cholerne popioły — sapnął Mat. Iluż innych zdenerwowała w swoim życiu lub w taki sposób „wyprowadziła z błędu"? Znając Egeanin, prawdopodobnie dobrą setkę osób. A on pozwalał jej się kręcić wśród ludzi, chociaż całe jej przebranie składało się z peruki i nieco odmiennego od seanchańskich stroju! Setki?! Tysiące były bardziej prawdopodobne. Ta kobieta potrafiłaby zirytować nawet cegłę.

W każdym razie oficer już odjechał. Mat z wolna wypuścił powietrze. Naprawdę wciąż towarzyszyło mu szczęście. Czasami sądził, że jedynie dzięki swemu szczęściu nie rozpłakał się jak dziecko. Ruszył do Luki. Zamierzał się dowiedzieć, czego chcieli od niego żołnierze.

Domon i Blaeric dotarli do właściciela widowiska równie szybko jak Cauthon, podobnie Egeanin. Okrągła twarz Domona skrzywiła się z niesmakiem, gdy mężczyzna zobaczył, że Mat otacza ramieniem jego panią. Illiańczyk rozumiał konieczność symulacji — tak w każdym razie twierdził — jednak wyraźnie sądził, że ci dwoje nie powinni się dotykać. Cauthon cofnął rękę. Tutaj nie musiał niczego udawać, gdyż Luca znał prawdę. Egeanin jednakże była istotą przekorną, toteż — choć również zaczęła się od niego odsuwać — na widok spojrzenia Domona od razu objęła Mata mocniej w talii, czyniąc to zresztą bez mrugnięcia okiem. Domon nadal patrzył gniewnie, lecz teraz w ziemię. Mat uznał, że nawet Seanchan rozumie znacznie lepiej niż kobiety. Seanchan czy też — jak w tym wypadku — Illiańczyków.

— Konie — warknął Luca, niemal zanim Mat stanął przed nim. Swoim niezadowoleniem obejmował wszystkich, chociaż jego gniew jawnie skupiał się na Cauthonie. Choć niewiele wyższy, wyraźnie patrzył na Mata z góry. — Właśnie tego chcieli. Pokazałem oficerowi pismo zwalniające moje konie z loterii i podpisane przez samą Wysoką Lady Suroth, ale myślisz, że zrobiło ono na nim wrażenie? Nie miał dla niego najmniejszego znaczenia fakt, że uratowałem wysokiej rangi Seanchankę. — Kobieta nie była wysokiej rangi, a on wcale tak bardzo jej nie uratował, każąc jej podróżować jako artystce na etacie, jednak Luca zawsze przesadzał, gdy chodziło o jego korzyści. — Nie wiem zresztą, jak długo jeszcze to pismo utrzyma się w mocy. Seanchanie rozpaczliwie potrzebują koni. Każdego dnia mogą mi odebrać zwierzęta! — Jego twarz zarumieniła się, przybierając niemal odcień równie intensywny jak płaszcz mężczyzny. Luca pogroził Matowi palcem. — Będziesz odpowiedzialny, jeśli zabiorą mi konie! Jak ruszę bez nich w trasę? Odpowiedzże mi, jeśli potrafisz. Byłem gotowy wyruszać, natychmiast gdy zobaczyłem to szaleństwo w porcie, ty jednak mnie wtedy zatrzymałeś. Ciebie obarczę odpowiedzialnością, jeśli zechcą uciąć mi głowę! Mogłem być teraz sto mil stąd, gdybyś nie przyjechał w środku nocy i nie wciągnął mnie w swoje zwariowane plany! Nie zarabiam tu ani pensa! Od trzech dni widownia zawodzi, a zwierzęta muszę karmić co dzień! A właściwie co pół dnia! Powinienem odejść stąd przed miesiącem! Albo dawniej! Tak, wówczas trzeba było stąd wiać!

Luca zaczął bełkotać, a Cauthon o mało się nie roześmiał. Konie. Więc chodziło tylko o konie! Poza tym stwierdzenie, że ciężko obciążone wozy widowiska potrafiłyby przejechać sto mil w pięć dni, było równie śmieszne jak wóz Luki. W dodatku, Luca może odjechałby miesiąc czy dwa temu, lecz chciał opróżnić do ostatniego miedziaka kieszenie zarówno eboudarian, jak i seanchańskich zdobywców. Mat rzeczywiście wciągnął go do swojego planu sześć nocy temu, przyszło mu to wszakże z identyczną łatwością jak wstawanie z łóżka.

Nie roześmiał się jednak, lecz otoczył właściciela widowiska ramieniem. Luca był próżny jak paw i niewyobrażalnie chciwy, po co jednak wzmagać jego gniew?

— Sądzisz, przyjacielu, że jeśli odjedziesz dziś w nocy, nie wzbudzisz niczyich podejrzeń? Seanchanie przeszukaliby twoje wozy, zanim byś ujechał ligę. Można by powiedzieć, że cię przed nimi uratowałem. — Luca popatrzył na niego groźnie. Niektórzy widzą jedynie czubek własnego nosa. — Tak czy owak, możesz się przestać martwić. Kiedy tylko Thom wróci z miasta, możemy od razu wyruszyć i przejechać tyle mil, ile zechcesz.

Luca podskoczył tak nagle, że zaniepokojony Mat aż się cofnął, jednak mężczyzna kręcił się jedynie przez chwilę w kółko i rechotał. Domon wytrzeszczył na niego oczy; nawet Blaeric się zagapił. Luca zachowywał się czasem jak skończony głupiec.

Ledwie zresztą zaczął swój taniec, Egeanin odciągnęła Mata na bok.

— Wyruszamy natychmiast, gdy wróci Merrilin? — spytała. — Wydałam wszak rozkazy, by nikt się nie oddalał od terenu widowiska! — Obrzucała piorunującymi spojrzeniami to jego, to Lucę, a oczy jej płonęły, równocześnie uosabiając lodowatą furię. — Oczekuję, że będziecie przestrzegać moich poleceń!

Właściciel widowiska zatrzymał się nagle i przypatrywał się kobiecie z ukosa, po czym złożył jej ukłon tak nieoczekiwany i tak wymyślny, że aż mu zawirował płaszcz. Na pewno zawirowały wszystkie hafty na płaszczu! Ten dziwaczny osobnik najwyraźniej myślał, że potrafi sobie radzić z kobietami.

— Ty wydajesz rozkazy, moja słodka lady, a ja skaczę i od razu je wypełniam. — Wyprostował się do pionu i przepraszająco wzruszył ramionami. — Tyle że to pan Cauthon posiada złoto, więc się obawiam, że posłuszny będę przede wszystkim jego poleceniom.

Pełen złotych monet kufer Mata wystarczył, by przekonać Lucę. Mat był *ta'veren* i fakt ten może również mu pomagał, lecz za odpowiednią kupkę złota Valan Luca wziąłby udział nawet w porwaniu Czarnego.

Egeanin zaczerpnęła wielki haust powietrza, gotowa nawymyślać właścicielowi widowiska, na szczęście ten odwrócił się do niej tyłem i wbiegł po schodkach prowadzących do jego wozu.

— Latelle! Latelle! — krzyczał. — Trzeba zaraz wszystkich pobudzić! Nareszcie wyruszamy! Czekamy jedynie na powrót Merrilina! Chwała niech będzie Światłości!

Chwilę później zjawił się ponownie, zbiegając po krótkich schodkach i ciągnąc za sobą żonę, która pospiesznie otaczała się czarnym aksamitnym płaszczem obszytym lśniącymi błyskotkami. Ta kobieta o surowym obliczu zmarszczyła nos na widok Cauthona, jakby źle pachniał, Egeanin zaś posłała spojrzenie, po którym tresowane przez nią niedźwiedzie przypuszczalnie wspinały się na drzewa. Latelle nie lubiła kobiet uciekających od mężów, nawet jeśli w tym przypadku znała prawdę. Szczęśliwym trafem, najwyraźniej z jakiegoś powodu czciła Lucę, a złoto lubiła niemal równie mocno jak on. Właściciel widowiska pobiegł już do najbliższego wozu i zaczął walić w drzwi, a Latelle szybko poszła w jego ślady i zastukała w kolejny.

Nie czekając na nikogo, Cauthon ruszył w dół jednej z bocznych uliczek. Będąca bardziej alejką, w porównaniu z główną ulicą, droga wiła się wśród wozów i namiotów tego samego rodzaju; wszystkie zamknięto z powodu panującego na dworze zimna, z metalowych kominów zaś dobywał się dym. Tutaj nie stały żadne estrady dla wykonawców, natomiast między wozami wisiały sznury do suszenia prania, a tu i ówdzie leżały na ziemi drewniane zabawki. Przy tej alejce wyłącznie się mieszkało, a jej wąskość miała zapewne odstraszyć osoby postronne.

Mat szedł szybko mimo bólu biodra — który podczas ruchu zwykle stopniowo mijał — nie uszedł jednak nawet dziesięciu kroków, kiedy zrównali się z nim Egeanin i Domon. Blaeric zniknął, prawdopodobnie pobiegł przekazać Aes Sedai, że nadal są bezpieczne i że w końcu mogą się zbierać do odejścia. Siostry, przebrane za przerażone służące, zamartwiające się, że mąż ich pani je złapie i ukarze, nie ruszały się ze swojego wozu. W dodatku jadać musiały wraz z *sul'dam*. Tak polecił im Mat. Dzięki temu mogły się przypatrywać *sul'dam*, które jawnie starały się trzymać z dala od Aes Sedai. Tak czy owak, teraz Cauthon ucieszył się, iż Blaeric wybrał się do wozu sióstr zamiast niego. Od momentu ucieczki z miasta jedna lub druga Aes Sedai wzywała Mata nawet cztery czy pięć razy dziennie. Za każdym razem zjawiał się w ich wozie — rzadko udawało mu się tego uniknąć — spotkań z nimi nie uważał wszakże za mile spędzone chwile.

Tym razem Egeanin go nie objęła. Szła obok niego, sadząc wielkie kroki i wpatrując się prosto przed siebie, co nie przeszkadzało jej raz po raz poprawiać peruki. Domon sunął za nimi, stawiając niedźwiedzie kroki i mrucząc coś pod nosem z ciężkim illiańskim akcentem. Wełniana czapka podkreślała fakt, że zarost mężczyzny kończy się w połowie ucha, powyżej zaś miał jedynie krótkiego jeżyka. Domon wyglądał z tego powodu na nieco... niedokończonego.

— Dwaj kapitanowie na jednym statku bez dwóch zdań doprowadzą statek do katastrofy — wycedziła Egeanin z przesadną powolnością. Wyrozumiały uśmiech wydawał się ranić jej twarz.

— Nie jesteśmy na statku — odparował Mat.

— Wszędzie jest taka sama zasada, Cauthon! Jesteś farmerem. Wiem, że dobry z ciebie człowiek i nieźle sobie radzisz w tych trudnych momentach. — Zerknęła przez ramię na Domona. To on połączył ją z Matem, gdy już zaczęła się obawiać, że będzie musiała kogoś nająć. — Jednak ta sytuacja wymaga rozsądku i wielkiego doświadczenia. Pływamy na niebezpiecznych wodach, a ty nie masz pojęcia o dowodzeniu.

— Mam większe pojęcie, niż sądzisz — odciął się cierpko. Mógłby przedstawić jej listę bitew, w których zdawało mu się, że dowodził, ale o większości z nich słyszeli jedynie historycy i to prawdopodobnie nie wszyscy. Zresztą i tak nikt by mu nie uwierzył. Sam Mat również nie dałby wiary, gdyby ktoś opowiedział mu tę historię jako swoją. — Ty i Domon nie powinniście się przypadkiem przygotować do drogi? Chyba nie chcesz tu czegoś zostawić.

Całe jej mienie leżało już w wozie, który Egeanin i Mat dzielili z Domonem (układ ten nie był zbyt wygodny), jednak Cauthon przyśpieszył kroku, mając nadzieję, że kobieta pojmie aluzję. Poza tym, widział już przed sobą cel.

Jasnoniebieski namiot, wtłoczony między dwa wozy: jadowicie żółty i szmaragdowozielony, był tak mały, że mieścił zaledwie trzy składane łóżka, dostarczał wszakże schronienia wszystkim, których Mat wyprowadził z Ebou Dar, choć oczywiście zarówno ich uratowanie, jak i przechowanie, wymagało wręczenia sowitej łapówki. Wynajął namiot, który przeznaczył mu właściciel, w dodatku za cenę pięknego pokoju w dobrym zajeździe. Teraz przed namiotem siedział na ziemi po turecku Juilin, ciemny, nabity mężczyzna o krótkich, czarnych włosach oraz Olver, chłopiec chudy (choć już nie tak chudy jak podczas jego i Mata pierwszego spotkania), lecz niski jak na dziesięć lat, do których się przyznawał. Obaj byli bez płaszczy mimo wiatru i grali w Węże i Lisy na planszy, którą ojciec chłopca przed śmiercią wyrysował dla niego na kawałku czerwonej szmatki. Olver rzucił kostką, policzył starannie kropki, po czym zastanowił się nad potencjalnym ruchem wzdłuż pajęczyny czarnych linii i strzał. Taireniański łowca złodziei zwracał mniejszą uwagę na grę, a na widok Mata usiadł prosto.

Nagle z tyłu namiotu zjawił się Noal, sapiąc ciężko jak po biegu. Juilin podniósł na niego zaskoczony wzrok, a Cauthon zmarszczył brwi. Kazał staremu przyjść od razu tutaj. Gdzie zabawił po drodze? Noal spojrzał na niego wyczekująco, nie z poczuciem winy czy zakłopotaniem; wydawał się po prostu chętny wysłuchać, co Mat ma do powiedzenia.

— Wiecie o Seanchanach? — spytał Juilin, zwracając uwagę także na Cauthona.

Jakiś cień poruszył się wewnątrz namiotu tuż za frontowymi klapami i po chwili wysunęła się spomiędzy nich ciemnowłosa kobieca głowa. Kobieta siedziała na końcu jednego z łóżek, owinięta starym szarym płaszczem. Teraz pochyliła się do przodu i położyła dłoń na ramieniu Juilina, na Mata zaś zerknęła ostrożnie. Thera była ładna, jeśli lubi się kobiece usta o niemal zawsze wydętych wargach. Juilin najwidoczniej bardzo takie usta lubił, tak przynamniej Cauthon wnosił z uspokajającego sposobu, w jaki mężczyzna się uśmiechnął i poklepał Therę po ręce. Pełne nazwisko i tytuł kobiety brzmiały Amathera Aelfdene Casmir Lounault, Panarch Tarabonu i dysponowała ona władzą niemal równą królowej. W każdym razie kiedyś. Juilin wiedział o tym, podobnie Thom, jednak Mata postanowił o tym poinformować, dopiero gdy znaleźli się na terenach widowiska. Cauthon przypuszczał jednak, że fakt ten nie ma szczególnego znaczenia. Kobieta reagowała prędzej na imię Thera niż na Amatherę, nie wysuwała żadnych żądań, chciała tylko przebywać z Juilinem, a ryzyko, że ktoś ją tu rozpozna, nie wydawało się zbyt duże. Tak czy inaczej, Mat miał nadzieję, że Thera czuje do Juilina coś więcej niż tylko wdzięczność za ratunek, ponieważ mężczyzna na pewno mocno się w niej zadurzył. A któż śmie twierdzić, że zdetronizowana panarch nie może się zakochać w łowcy złodziei? Dziwniejsze rzeczy już się zdarzały, chociaż Cauthon nie potrafił oczywiście wymienić ich ot tak, od ręki.

— Chcieli tylko zobaczyć pismo zwalniające konie Luki z loterii — oświadczył, a Juilin kiwnął głową. Wyraźnie, choć lekko się odprężył.

— Nawet nie policzyli palików ani koni. — W piśmie wpisana była dokładna liczba koni, które Luce pozwolono trzymać. Seanchanie czasem hojnie szafowali uprzejmościami, jednak wobec obecnej potrzeby koni wierzchowych i zaprzęgowych niechętnie wręczali pozwolenia na handel tymi zwierzętami. — W najlepszym wypadku wzięliby zapasowe. W najgorszym zaś... — Łowca złodziei wzruszył ramionami. Kolejna wesoła duszyczka.

Westchnąwszy, Thera niespodziewanie otoczyła się szczelniej płaszczem i wycofała do wnętrza namiotu. Juilin spojrzał gdzieś za Mata, jego wzrok stwardniał i Tairenianin wyglądał teraz niemal na srogiego Strażnika. Egeanin wyraźnie nie pojęła, o co chodzi i bezmyślnie wytrzeszczyła oczy na namiot. Domon stał obok niej ze złożonymi rękoma, cmokając w zadumie lub z powodu narzuconej mu cierpliwości.

— Spakuj swój namiot, Sandarze — poleciła Egeanin. — Całe widowisko wyrusza natychmiast po powrocie Merrilina. — Zacisnęła szczęki i obrzuciła Mata prawie nienawistnym spojrzeniem. Prawie. — Dopilnuj swojej... kobiety... żeby nie sprawiła nam kłopotów. — Ostatnio Thera była służącą, *da'covale*, własnością Wysokiej Lady Suroth, której Juilin ją wykradł. Egeanin uważała kradzież *da'covale* za przestępstwo niemal równe uwolnieniu *damane*.

— Mogę jechać na Wietrze? — krzyknął Olver, zrywając się na równe nogi. — Mogę, Mat? Mogę, Leilwin?

Egeanin uśmiechnęła się do niego. Cauthon uprzytomnił sobie, że chyba nigdy jeszcze nie widział jej uśmiechu, nawet do Domona.

— Jeszcze nie — odparł chłopcu. Pozwoli mu dopiero, kiedy znajdą się wystarczająco daleko od Ebou Dar, gdzie nikt nie zapamięta siwego wierzchowca z dzieckiem na grzbiecie. — Może za kilka dni. Juilin, przekażesz innym? Blaeric już wie, więc powiadomi siostry.

Juilin nie tracił czasu, jedynie zajrzał do namiotu, by uspokoić Therę. Najwyraźniej często ją trzeba było uspokajać. Kiedy mężczyzna wyszedł w ciemnym taireniańskim płaszczu, który powoli zaczynał wyglądać na znoszony, kazał Olverowi odłożyć grę i do swojego powrotu pomóc Therze w pakowaniu, po czym włożył na głowę stożkowy, czerwony kapelusz z płaskim denkiem i odszedł, wzruszając ramionami pod płaszczem. Nigdy właściwie nie patrzył na Egeanin. Kobieta uważała go za złodzieja, co stanowiło wielką obrazę dla łowcy złodziei, a i Tairenianin za nią nie przepadał.

Mat chciał wypytać Noala, gdzie był, jednak zanim zdążył się odezwać, starzec rzucił się zwinnie za Juilinem, wołając przez ramię, że poinformuje tutejszych o planowanym odjeździe. No cóż, dwie osoby szybciej przekażą nowinę niż jedna — Vanin i czterech ocalałych Czerwonorękich dzieliło zatłoczony namiot na jednym końcu terenu widowiska, sam Noal zaś mieszkał wraz z Thomem i dwoma służącymi, Lopinem i Nerimem, na przeciwnym krańcu — a pytanie mogło poczekać. Stary spóźnił się przypuszczalnie, bo odkładał gdzieś swoje cenne ryby. W każdym razie odpytanie go nagle wydało się Cauthonowi nieważne.

Tu i ówdzie ludzie zaczęli krzyczeć na treserów, każąc im zaprzęgać konie, inni wrzeszczeli co sił w płucach, pragnąc się dowiedzieć, co się właściwie dzieje. Coraz głośniejszy rwetes wypełniał obóz. Adria, smukła w zielonej, kwiecistej szacie, przybiegła boso i zniknęła w żółtym wozie, w którym mieszkała czwórka akrobatek. Ktoś w zielonym wozie ryknął ochryple, że artyści próbują spać. Przebiegła obok nich garstka dzieci wykonawców widowiska i kilkoro dorosłych. Olver podniósł na nich oczy znad składanej gry. Plansza stanowiła jego najcenniejsze mienie i gdyby nie ona, na pewno pobiegłby za gromadką. Minie wszakże trochę czasu, zanim widowisko przygotuje się do podróży, jednak nie z powodu opóźnienia Mat jęknął. Usłyszał właśnie ponownie w swojej głowie grzechot cholernych kości.

ROZDZIAŁ 3

WACHLARZ KOLORÓW

Cauthon nie wiedział, czy przeklinać, czy płakać. Skoro żołnierze odeszli, a Ebou Dar za moment zostanie daleko za nimi, nie widział powodu do niepokoju, z drugiej strony wiedział, że przyczyny owego ostrzegawczego grzechotu kości w jego głowie zazwyczaj wyjaśniały się dopiero wtedy, gdy było już niemal zbyt późno na ratunek. Do zdarzenia, przed którym przestrzegały, mogło dość dopiero za wiele dni lub zaledwie za parę godzin, a Mat nigdy przed czasem nie potrafił go sobie nawet wyobrazić. Miał jedynie pewność, że coś ważnego bądź strasznego się zdarzy, on zaś nie może tego uniknąć. Czasami, jak tej nocy przy bramie, nie rozumiał, dlaczego kości grzechoczą, nawet potem, kiedy w jego głowie już zapanował spokój. W jakimś sensie nie chciał tego spokoju, gdyż — choć łomot denerwował go i skręcał jego ciało niczym dotkniętego świerzbem kozła — grzechotanie oddalało nieuchronny incydent. Jednakże oczywiście w końcu ustawało. Zawsze, prędzej czy później, ustawało.

— W porządku, Mat? — spytał Olver. — Ci Seanchanie nie mogą nas złapać. — Miało to być burkliwe stwierdzenie, lecz drugiemu zdaniu w głosie chłopca towarzyszyła pytająca nutka.

Nagle Cauthon zrozumiał, że od jakiegoś czasu wpatruje się przed siebie. Egeanin z roztargnieniem i bezmyślnie przebierała palcami w peruce, jawnie bocząc się na niego i gniewając za to, że ją ignoruje. Domon pogrążył się w zadumie. Najwyraźniej nie zdecydował jeszcze, czy stanąć po stronie

Egeanin, a z pewnością nie chciał robić sobie wroga z Mata. Nawet Thera zerkała na niego z wejścia do namiotu, choć zwykle starała się schodzić Egeanin z oczu. Cauthon nie mógł im niczego wyjaśnić. Tylko człowiek z sieczką zamiast mózgu uwierzyłby, że dostaje przestrogi od niewidocznych, chociaż głośno hałasujących kości. Albo może człowiek napiętnowany przez Moc. Lub przez Czarnego. Mat nie obawiał się, że ktoś może go o coś takiego podejrzewać. Może noc przy bramie w kółko się powtarzała. Nie, tego sekretu nie potrafił nikomu ujawnić. Gdyby go zresztą ujawnił, i tak nic by mu to nie dało.

— Nigdy nas nie złapią, Olverze, ani ciebie, ani mnie. — Zmierzwił chłopcu włosy, a dziesięciolatek odwzajemnił się wielkim uśmiechem, sugerującym łatwy powrót zaufania. — Nie złapią nas, póki trzymamy oczy szeroko otwarte i bacznie się rozglądamy wokół. Pamiętaj, że zawsze można znaleźć drogę wyjścia, jeśli odpowiednio się koncentrujesz, jeżeli zaś się nie skupisz, możesz się potknąć nawet o własne stopy.

Olver poważnie pokiwał głową, jednak przygana Mata odnosiła się raczej do innych towarzyszy podróży. A może do niego samego. O Światłości, nie mogli być chyba czujniejsi. Wszyscy z wyjątkiem chłopca, który uważał ich ucieczkę za wspaniałą przygodę, przed opuszczeniem miasta prawie wychodzili ze skóry.

— Idź pomóc Therze, tak jak ci kazał Juilin — dodał Mat. Ostry poryw wiatru szarpnął jego płaszczem, przyprawiając mężczyznę o drżenie. — I ubierzże się, przecież jest zimno — rzucił, gdy chłopiec wsuwał się obok Thery do namiotu.

Dochodzące ze środka szelesty i skrobanie szybko uprzytomniły Matowi, że Olver, w płaszczu czy bez płaszcza, zabrał się do pracy, jednak Thera wciąż kucała w wejściu do namiotu, wpatrując się w Cauthona. Wszyscy szczególnie troszczyli się o bezpieczeństwo chłopca. Skoro tylko Olver zniknął,

Egeanin zbliżyła się do Mata z rękoma na biodrach. Mat cicho zaklął pod nosem.

— Teraz wyjaśnimy sobie wszelkie kwestie, Cauthon — oświadczyła twardo kobieta. — Tak, teraz. Nie pozwolę, żebyś odwoływał moje rozkazy i rujnował w ten sposób naszą podróż!

— Nie ma tu nic do wyjaśniania — odparł. — Nigdy nie byłem najętym przez ciebie pomocnikiem i powinnaś o tym pamiętać.

Jej rysy jeszcze bardziej stwardniały, jawnie wskazując, że Egeanin bynajmniej się z nim w tej kwestii nie zgadza. Ta kobieta była równie agresywna jak żółw jaszczurowaty, ale musiał przecież istnieć jakiś sposób, by Mat mógł oderwać od swojej nogi głodne szczęki stworzenia. Niech sczeźnie, jeśli chciał pozostać sam z kośćmi grzechoczącymi w jego głowie, a jednak wolał już słuchać ich łomotu niż odbywać sprzeczkę z Egeanin.

— Przed odjazdem zamierzam się spotkać z Tuon — oznajmił, wypowiadając te słowa, zanim zdążył się zastanowić. Zrozumiał, że od dawna chodził mu ten pomysł po głowie, powoli tężejąc, aż ujawnił się w postaci jasnego zdania.

Na odgłos rzuconego przez Mata imienia cała krew spłynęła z policzków jego rozmówczyni. Cauthon usłyszał też pisk Thery, która natychmiast odgarnęła klapy namiotu i skryła się w środku. Dawna panarch, będąc własnością Lady Suroth, przyswoiła sobie mnóstwo typowych dla Seanchan reakcji i przejęła sporo ich tabu. Egeanin jednakże nie dała się zastraszyć.

— Po co? — spytała ostro, a następnie dodała prędko głosem równocześnie niespokojnym i wściekłym: — Nie wolno ci jej tak nazywać. Musisz jej okazywać szacunek. — Dziwnym trafem jej głos z każdym zdaniem twardniał jeszcze bardziej.

Cauthon uśmiechnął się, lecz Egeanin najwidoczniej nie

dostrzegała żartu. Szacunek? Niewiele respektu dostrzegał we wpychaniu knebla w czyjeś usta i zawijaniu ciała tej osoby w dywan. I niczego nie zmieni nazwanie tej istoty Wysoką Lady Tuon czy jeszcze inaczej. Egeanin wolała oczywiście mówić o uwolnieniu *damane* niż o Tuon. Gdyby mogła udawać, że do porwania nigdy nie doszło, na pewno skorzystałaby z okazji. Zresztą próbowała. O Światłości, ta kobieta usiłowała ignorować przeszłe zdarzenia! Potrafiła wypchnąć z umysłu także wszelkie inne popełnione zbrodnie.

— Ponieważ chcę z nią rozmawiać — odrzekł. A dlaczego niby nie? Musiał pomówić z Tuon, prędzej czy później.

Ludzie zaczęli już przemierzać pospiesznie wąską uliczkę, jedni w górę, drudzy w dół. Większość mężczyzn była na wpół ubrana, koszule wysuwały im się ze spodni, kobiety nadal miały na głowach nocne chusty; niektórzy prowadzili konie, inni — o ile Mat dobrze widział — chyba tylko kręcili się po terenie. Muskularny chłopiec, niewiele wyższy od Olvera, wykonywał kilka przerzutów przez biodro, jeśli tylko znajdował dość miejsca w tłumie; może ćwiczył, może się popisywał. Ospały osobnik z intensywnie zielonego wozu wciąż się nie pojawiał. Wielkie Wędrowne Widowisko Luki nigdzie nie wyruszy jeszcze przez dobre kilka godzin. Mieli sporo czasu.

— Możesz pójść ze mną — zaproponował tonem najniewinniejszym z możliwych. Och, powinien się najpierw zastanowić.

Słysząc propozycję, Egeanin zastygła, a jej twarz w niektórych miejscach pobladła, w innych poczerwieniała.

— Okaż jej stosowny szacunek — wychrypiała w końcu kobieta. Szarpała obiema rękoma zawiązany pod brodą szal, jakby usiłowała wcisnąć jeszcze głębiej na głowę i tak ściśle przylegającą czarną perukę. — Chodź, Bayle. Chcę się upewnić, że moje rzeczy są odpowiednio ładowane.

Domon zawahał się, lecz Egeanin już się obróciła i, nie

oglądając się za siebie, ruszyła spiesznie w tłum. Mat przyjrzał się z uwagą mężczyźnie. Miał niewyraźne niegdysiejsze wspomnienia rejsu na pokładzie rzecznego statku Domona, tyle że nawet określenie tych wspomnień słowem „niewyraźny" było nieco na wyrost. Thom przyjaźnił się z Domonem, co stanowiło punkt na korzyść Illiańczyka, jednak Bayle był obrońcą Egeanin, gotowym wspierać ją we wszystkim, łącznie z niechęcią do Juilina, toteż Cauthon ufał mu nie bardziej niż jej. Czyli, ma się rozumieć, nie za bardzo. Egeanin i Domon trzymali się własnych celów i właściwie ich nie interesowało, czy Mat Cauthon przeżyje tę wyprawę. Wątpił, czy ten mężczyzna obdarza go większym zaufaniem, jednak tak naprawdę żaden z nich nie miał w tym momencie wyboru.

— Los mnie nie rozpieszcza — szepnął Illiańczyk, drapiąc się po krótkich włoskach rosnących nad jego lewym uchem. — Cokolwiek planujesz, uważaj. Jest moim zdaniem twardsza, niż sądzisz.

— Egeanin? — spytał Mat z niedowierzaniem. Prędko rozejrzał się wokół, sprawdzając, czy ktoś w alei nie słyszał imienia, które mu się wymknęło. Jedynie nieliczne przechodzące osoby w ogóle zerkały na niego i Domona, nikt też nie spojrzał powtórnie. Nie jeden Luca palił się do opuszczenia miasta, w którym przychodziło na widowisko coraz mniej gości, a wszyscy świeżo w pamięci mieli błyskawice rozpalające niebo nad pogrążonym w nocy portem. Gdyby Luca ich nie przekonał do pozostania, pewnie uciekliby tej pierwszej nocy, pozbawiając Mata kryjówki. A Luca był przekonujący dzięki obiecanemu przez Cauthona złotu. — Wiem, że jest twardsza niż stare buty, Domonie, jednak stare buty niewiele mnie obchodzą. Nie płyniemy żadnym cholernym statkiem, nie pozwolę jej na przejęcie kontroli i zrujnowanie wszystkich naszych planów.

Domon skrzywił się, jakby miał do czynienia z człowiekiem niespełna rozumu.

— Mówię o dziewczynie. Sądzisz, że potrafiłbyś zachować taki spokój, gdyby cię wyniesiono w nocy w dywanie? Cokolwiek planujesz, uważaj, gdy gadasz głupoty o małżeństwie albo będziesz się miał z pyszna.

— Tylko żartowałem — odrzekł cicho Mat. — Ile razy mam to powtarzać? Przez moment byłem zaskoczony. — Tak, na pewno był przez chwilę wytrącony z równowagi. Gdyby na jego miejscu znajdował się jakiś cholerny trollok, nawet jego wytrąciłaby z równowagi informacja, kim jest Tuon.

Domon chrząknął nieufnie. No cóż, nie była to najlepsza z wymyślonych przez Mata historyjek. A jednak poza Domonem wszyscy, którym ją opowiadał, szczerze w nią wierzyli. Tak przynajmniej zdawało się Cauthonowi. Może Egeanin na samą myśl o Tuon język stawał kołkiem, jednak na pewno miałaby sporo do powiedzenia, gdyby sądziła, że Mat mówi poważnie. Prawdopodobnie wbiłaby mu nawet nóż w pierś.

Illiańczyk potrząsnął głową, zerkając w kierunku, w którym poszła Egeanin.

— Od tej pory staraj się bardziej panować nad słowami. Egea... To znaczy Leilwin... niemal dostaje szału, ilekroć przypomni sobie twoje oświadczenie. Słyszałem, jak mamrotała coś pod nosem i mogę się założyć, że nawet dziewczyna, o której mówimy, nie przyjęłaby tego lżej. Zażartowałeś sobie z niej i przez ciebie mogą nas wszystkich skrócić o... — Wyraziście przesunął sobie palcem po gardle i krótko kiwnął głową za przepychającą się przez tłum Egeanin.

Obserwując, jak Domon odchodzi, Mat potrząsnął głową. Tuon twarda? To prawda, że dziewczyna była Córką Dziewięciu Księżyców i zalazła mu za skórę już z Pałacu Tarasin, kiedy uważał ją za zwykłą zarozumiałą, seanchańską arystokratkę, która pojawia się w miejscach, gdzie jej zupełnie nie oczekiwał. I tyle. Twarda? Wyglądała jak lalka wykonana z kruchej, czarnej porcelany. Jak bardzo mogła być twarda?

A jednak postanowił, że będzie się starał jej nie prowokować.

Wiedział, że nie powinien powtarzać tego, co Bayle nazwał „głupotami", jednak prawda była taka, iż rzeczywiście zamierzał poślubić Tuon. Na tę myśl westchnął. Czuł, że to się zdarzy, że było to jak proroctwo. I może w jakimś sensie było. Tyle że Mat nie mógł sobie wyobrazić, jak mogłoby dojść do takiego małżeństwa. Na pierwszy rzut oka nie wydawało się ono możliwe, a Cauthon nie będzie płakał, jeśli się takie okaże. Wiedział jednak, że nie powinien na to liczyć. Dlaczego stale trafiały mu się przeklęte kobiety, które wyciągały na niego nóż lub atakowały w inny sposób? Uważał, że to nie w porządku.

Zamierzał pójść prosto do wozu, w którym Setalle Anan — twarda karczmarka, przy której kamień wydawał się miękki — pilnowała Tuon i Selucii. Rozpieszczona arystokratka i jej służąca nie sprawiały żadnych kłopotów, szczególnie że na zewnątrz dyżur pełnili Czerwonoręcy. Nie sprawiały ich przynajmniej do tej pory, w przeciwnym razie Mat na pewno by o tym usłyszał. Wbrew jego zamiarowi wszakże, nogi poniosły go na kręte uliczki przecinające tereny widowiska. Krzątanina wypełniała je wszystkie, zarówno te szerokie, jak i te najwęższe. Cauthona mijali mężczyźni prowadzący konie, które zbyt długo nie ćwiczone co rusz podskakiwały i płoszyły się. Inni składali namioty i pakowali wozy towarowe lub wyciągali owinięte w płótno tobołki, okute mosiądzem kufry, beczki i wszelakiej wielkości pojemniki z wozów mieszkalnych, które stały tu od miesięcy, częściowo tylko rozładowane, aby w każdej chwili można było w miarę szybko wyruszyć w drogę. Do wozów dołączano końskie zaprzęgi. Nieprzerwanie panował hałas: konie rżały, kobiety krzyczały na dzieci, dzieci płakały za zagubionymi zabawkami lub darły się w niebogłosy z powodu ogólnego rwetesu i nerwowości, mężczyźni głośno pytali, kto pożyczył ich uprząż bądź takie czy inne narzędzie. Jednego z treserów otaczała grupka akrobatek: szczupłych, lecz umięśnionych kobiet, które występowały na linach zawieszonych na wysokich słupkach. Wszystkie machały rękoma i krzyczały z całych sił; żadna nie słuchała drugiej. Mat zatrzymał się na chwilę, usiłując zrozumieć, o co się sprzeczają, w końcu jednak zrezygnował, uznał bowiem, że prawdopodobnie same nie są tego pewne. Dwóch mężczyzn bez płaszczy walczyło i tarzało się po ziemi na oczach prawdopodobnej „przyczyny" bijatyki — ładnej, smukłej szwaczki imieniem Jameine — na szczęście w tym momencie zjawił się Petra i rozdzielił ich, zanim Cauthon zdążył się choćby zastanowić, który z nich ma większe szanse.

Mat nie bał się zobaczyć ponownie Tuon. Oczywiście, że nie! Trzymał się od niej z dala, odkąd umieścił ją w tym wozie, dając jej czas na urządzenie się i uspokojenie. I tyle. No tak, ale... Domon nazwał ją uosobieniem spokoju i miał rację. Porwana w środku nocy, zabrana w burzę przez ludzi, którzy z łatwością i w każdej chwili mogli jej podciąć gardło, patrząc jej przy tym w oczy, z czego zdawała sobie sprawę... A jak dotąd wydawała się najspokojniejsza z całej grupy. O Światłości, była tak opanowana, jakby sama zaplanowała własne porwanie! Na ten pomysł już wcześniej poczuł osobliwe swędzenie między łopatkami, a i teraz odniósł wrażenie, że ktoś kłuje go w tym miejscu nożem. I wyimaginowane kości znów zagrzechotały mu w czaszce.

„Ta kobieta raczej nie zaproponuje mi tu i teraz wymiany przysiąg" — pomyślał z chichotem, który nawet dla niego zabrzmiał wymuszenie. Tym niemniej nie istniał żaden pod słońcem powód do lęku. Mat był po prostu ostrożny, nie przestraszony.

Na rozległym terenie widowiska można by pobudować sporą wioskę, niemniej jednak przestrzeń okazała się nie dość duża dla ociągającego się Cauthona. Z tego też względu szybko, o wiele za szybko, stanął przed pomalowanym na jasnopurpurowo, pozbawionym okien wozem otoczonym przez zwieńczone płóciennymi budami wozy towarowe oraz paliki dla koni wbite na najbardziej południowym krańcu. Łajna dziś rano nie wywieziono, toteż fetor był silny. Wiatr przyniósł tutaj także intensywne zapachy z najbliższych klatek ze zwierzętami: piżmowy odór dużych kotów, niedźwiedzi i Światłość jedna wie, czego jeszcze. Za wozami towarowymi i szeregami koni część ściany namiotu opadała i zaczynała drżeć, gdyż mężczyźni poluźniali linki przymocowane do słupków. Słońce, częściowo obecnie schowane za ciemnymi chmurami, przemierzyło już połowę drogi do południowego szczytu — a może nawet wyżej, choć pora była jeszcze stosunkowo wczesna.

Harnan i Metwyn, dwaj Czerwonoręcy, zdążyli przywiązać pierwszą parę koni do dyszla purpurowego wozu i niemal skończyli z drugą parą. Żołnierze ci, dobrze wyszkoleni w Legionie Czerwonej Ręki, będą w pełni gotowi wyruszać, podczas gdy artyści widowiska nadal się będą zastanawiać, w jaką stronę ustawić konie. Mat nauczył przedstawicieli Legionu szybkiego reagowania w potrzebie. Sam wlókł się powoli, jakby brnął w błocie.

Pierwszy dostrzegł go Harnan, mężczyzna z głupim tatuażem w postaci jastrzębia na policzku. Mocując postronek, dowódca roty o wydatnych szczękach wymienił spojrzenia z Metwynem, Cairhienianinem o chłopięcej twarzy, którego wygląd zaprzeczał zarówno wiekowi, jak i jego słabości do burd w tawernach. Obaj nie wyglądali na zaskoczonych.

— Wszystko idzie gładko? Chcę wyruszyć w odpowiednim czasie. — Zacierając ręce z zimna, Cauthon niespokojnie przypatrzył się purpurowemu wozowi. Powinien przynieść Tuon prezent, biżuterię lub kwiaty. Któryś z tych przedmiotów działał na większość kobiet.

— Całkiem gładko, mój panie — odparł Harnan roztropnie. — Żadnych krzyków, wrzasków czy płaczu. — Zerknął na wóz, jakby sam sobie nie wierzył.

— Spokój mi pasuje — powiedział Metwyn, przywiązując jedne z cugli do pierścienia w chomącie. — Gdy kobieta zaczyna krzyczeć, można zrobić tylko jedno: odejść, o ile cenisz swoją skórę. A tych nawet nie możemy wysadzić gdzieś na pobocze. — Tym niemniej również zerknął na wóz i z niedowierzaniem potrząsnął głową.

Mat nie miał tu w istocie nic do roboty, mógł jedynie wejść do środka. Wszedł więc. Przywołał na twarz uśmiech i w dwóch krokach pokonał niskie, malowane drewniane schodki na tyłach wozu. Nie czuł strachu, co najwyżej lekkie zdenerwowanie.

Mimo braku okien w wozie było bardzo jasno, gdyż paliły się tu cztery lampy z odblaśnicami. Olej w lampach był świeży, w każdym razie Mat nie poczuł smrodu jełczenia. Chociaż wziąwszy pod uwagę panujący na zewnątrz fetor, nie miał pewności. Następnym razem będzie musiał znaleźć lepsze miejsce postojowe dla wozu Tuon. Mały, ceglany piecyk z żelaznymi drzwiami i żelazną płytą do gotowania dodawał pomieszczeniu ciepła, szczególnie w porównaniu z dworem. Wóz nie był duży, więc niemal każdy wolny cal ściany zastawiono szafkami, obwieszono półkami bądź zajmowały go kołki, na których wisiała odzież, ręczniki i inne rzeczy, stolik zaś zwisał na sznurach z sufitu. Trzy kobiety ledwie się mieściły w wozie.

Te trzy nie mogłyby się chyba bardziej od siebie różnić. Pani Anan — kobieta majestatyczna, o włosach dotkniętych siwizną — siedziała na jednym z dwóch wąskich łóżek wbudowanych w ścianę i, pozornie skupiona na tamborku, zupełnie nie wyglądała na strażniczkę. W uszach miała duże złote koła, zaś jej małżeński nóż z rękojeścią wysadzaną czerwonymi i białymi kamieniami wisiał na dopasowanym srebrnym naszyjniku przylegającym do skóry w wąskim, przepastnym dekolcie eboudariańskiej sukienki, której jeden bok podszyto, by ujawniał żółtą halkę pod spodem. Setalle Anan nosiła też zgodnie ze zwyczajem Ebou Dar schowany za pasem drugi nóż o długim, zakrzywionym ostrzu. Nie zgodziła się na żadne przebranie, co zresztą nie wydawało się konieczne. Nikt nie miał powodów, by ją ścigać, a znalezienie ubrań dla wszystkich innych osób i tak stanowiło wystarczająco duży problem. Selucia, ładna kobieta o kremowej skórze, siedziała ze skrzyżowanymi nogami na podłodze między łóżkami, z ciemnym szalem przykrywającym wygoloną głowę i ponurym wyrazem twarzy, chociaż zazwyczaj prezentowała się tak dostojnie, że pani Anan wyglądała przy niej niemal na trzpiotkę. Selucia miała oczy równie niebieskie jak Egeanin i podobnie przenikliwe, a z powodu utraty włosów zamieszanie zrobiła nawet większe niż tamta. Nie spodobała jej się także granatowa, eboudariańska suknia, którą dostała. Twierdziła, że głęboki dekolt jest nieprzyzwoity, jednak strój ten ukrył ją tak skutecznie jak maska. Niewielu zresztą mężczyzn, którzy choć w przelocie dostrzegli imponującą pierś Selucii, mogło skupić się dłużej na jej twarzy. Mat chętnie sam ucieszyłby oko tym widokiem przez chwilę czy dwie, tyle że na jedynym stołku w wozie siedziała Tuon z oprawną w skórę, otwartą książką na kolanach, toteż nie potrafił patrzeć na nikogo innego. Jego potencjalna żona. O Światłości!

Tuon była nieduża — nie tylko niska, lecz szczupła prawie jak chłopiec — i w luźnej sukni z brązowej wełny, nabytej od jednej z artystek, wydawała się dzieckiem odzianym w ubranie starszej siostry. Nie była kobietą w typie, jaki Mat lubił, szczególnie z tym zaledwie kilkudniowym czarnym jeżykiem na głowie. Jeśli się wszakże przymknęło oko na nieszczęsną „fryzurę", Tuon nie sposób było nie nazwać ładną, o ile komuś odpowiadała sercowata twarz, pełne wargi i oczy w postaci dużych ciemnych płynnych sadzawek — uosobienia spokoju. Ten idealny spokój o mało nie wytrącił zresztą Mata z równowagi. Nawet Aes Sedai nie zachowałaby pogody ducha w takich okolicznościach. A cholerne, grzechoczące w jego głowie kości w niczym mu nie pomagały.

— Setalle o wszystkim mnie informuje — oświadczyła chłodnym tonem, wolno cedząc słowa, gdy Cauthon zamknął za sobą drzwi. Zaczął rozróżniać niuanse seanchańskiego akcentu. Przy Tuon wymowa Egeanin brzmiała, jakby kobieta mówiła z ustami pełnymi jakiejś papki, jednak wszyscy Seanchanie wypowiadali się powoli i niewyraźnie. — Opowiedziała mi historię, którą rozgadałeś o mnie, Zabawko. — Jeszcze w Pałacu Tarasin Tuon uparła się, by go tak nazywać. Wtedy o to nie dbał. No cóż, w każdym razie nie tak bardzo jak teraz.

— Mam na imię Mat — zaczął. Nie wiedział, skąd się wzięła w jej dłoni ceramiczna filiżanka, zdołał wszakże paść na podłogę na tyle szybko, że naczynie roztrzaskało się o drzwi zamiast o jego głowę.

— Czy ja jestem służącą, Zabawko? — Jeśli wcześniej ton Tuon był chłodny, teraz stał się lodowaty, niczym gruby zimowy lód. Ledwie podniosła głos, ale był on obecnie też twardy jak lód. Jej mina przyprawiłaby o zawroty głowy nawet sędziego wymierzającego najwyższy wymiar kary. — Służąca złodziejka? — Książka zsunęła jej się z kolan, kiedy dziewczyna wstała i schyliła się po biały nocnik z przykrywką. — Niewierna służąca?!

— Będziemy tego potrzebowały — powiedziała Selucia z szacunkiem, zabierając baniaste naczynie z rąk Tuon. Ustawiła nocnik ostrożnie z boku, po czym kucnęła przy jej stopach, niemal gotowa rzucić się na Mata. Może dla osoby postronnej wyglądała śmiesznie, lecz na pewno nie dla Cauthona.

Pani Anan sięgnęła w górę i z półki nad głową zdjęła inną filiżankę, którą wręczyła Tuon.

— Mamy ich dużo — mruknęła.

Mat posłał jej oburzone spojrzenie, dostrzegł jednak, że jej leszczynowe oczy migoczą wesoło. Kobieta była rozbawiona! A przecież miała pilnować tych dwóch!

Ktoś głucho zastukał w drzwi.

— Potrzebujesz pomocy? — zawołał przepojonym niepewnością głosem Harnan. Cauthon zastanowił się, kogo dowódca roty pyta.

— Nad wszystkim panujemy — odkrzyknęła Setalle, spokojnie wbijając igłę w rozciągnięty na tamborku materiał. Można by pomyśleć, że ta robótka jest dla niej najważniejsza. — Kontynuujcie swoją pracę. Nie guzdrajcie się. — Nie była eboudarianką, lecz bez wątpienia przyswoiła sobie zachowanie tutejszych kobiet.

Po chwili na zewnątrz dał się słyszeć głuchy odgłos schodzących po schodkach i oddalających się od wozu butów. Najwyraźniej Harnan również zbyt długo przebywał już w Ebou Dar.

Tuon obracała w dłoniach nową filiżankę, jakby przypatrywała się wymalowanym na naczyniu kwiatom, a jej usta wykrzywiły się w uśmiechu tak nikłym, że Mat nie miał całkowitej pewności, czy przypadkiem go sobie nie wyobraził. Była więcej niż ładna, gdy się uśmiechała, jednak obecny wyraz twarzy sugerował, że dziewczyna wie o rzeczach, z których Cauthon nawet nie zdaje sobie sprawy. Poczuł, że wybuchnie, jeśli Tuon nie zmieni tej miny.

— Nie będę znana jako służąca, Zabawko.

— Nazywam się Mat, nie… tak, jak powiedziałaś — oświadczył, wstając i ostrożnie badając sobie biodro. Ku jego zaskoczeniu, nie bolało go bardziej mimo kontaktu z deskami podłogowymi. Tuon uniosła w zdziwieniu brwi i zważyła w jednej ręce filiżankę. — Mógłbym po prostu powiadomić artystów widowiska, że porwałem Córkę Dziewięciu Księżyców — dodał tonem rozdrażnienia.

— Wysoka Lady Tuon chłopką! — stwierdziła Selucia rzeczowo. — Chłopką skrytą pod woalem!

„Pod woalem?" — zastanowił się Mat. Tuon rzeczywiście w pałacu nosiła woal, od tej pory jednakże ani razu go nie założyła.

Mała kobietka wykonała sugerujący łaskawość gest — niczym zezwalająca na coś królowa.

— To nie jest ważne, Selucio. Ten człowiekiem jest jeszcze ciemny i my musimy mu uświadomić kilka kwestii. Zmienisz tę historię na inną, Zabawko. Nie będę udawać służącej.

— Za późno, by coś zmieniać — odburknął Cauthon, nie spuszczając oka z filiżanki. Ręce Tuon wyglądały krucho, szczególnie z obciętymi paznokciami, jednak mężczyzna pamiętał, jakie są szybkie. — Nikt ci nie każe pełnić roli służącej.

Luca i jego żona znali prawdę, trzeba było wszakże znaleźć jakiś powód, tłumaczący pozostałym, dlaczego Mat trzyma Tuon i Selucię zamknięte w wozie i strzeżone. Doskonałą wymówką wydawało się nazwanie ich parą dziewczyn służebnych, które miały zostać odprawione za kradzież, ale wiedziały o ucieczce ich pani z kochankiem. W każdym razie Mat uznał tę historyjkę za doskonałą. Natomiast artystom pasowała do romansu. Kiedy Cauthon opowiadał ją Luce, Egeanin o mało nie połknęła własnego języka. Może podejrzewała straszliwą reakcję Tuon. O Światłości, jak bardzo Mat pragnął, by grzechoczące mu w głowie kości zatrzymały się! Jak ma człowiek myśleć, gdy przeszkadza mu coś takiego?!

— Nie mogłem cię zostawić bez wywołania alarmu — ciągnął cierpliwie. Była to w zasadzie prawda. — Wiem, że pani Anan ci to wyjaśniła. — Znów sobie przypomniał, że z nerwów nazwał Tuon swoją przyszłą żoną… Pewnie uznała go za kompletnie stukniętego! Tak czy owak, wolał nie podnosić ponownie tego tematu. Jeśli i Tuon pominie go milczeniem, tym lepiej. — Wiem, że ci już wszystko powiedziała —

podkreślił — i obiecuję, że nikt cię tu nie skrzywdzi. Nie porwaliśmy cię dla okupu, chcieliśmy jedynie zachować własne głowy na karkach. Kiedy wymyślę sposób bezpiecznego odesłania cię do domu całą i zdrową, natychmiast to zrobię. Przyrzekam! Do tej pory zaś postaram ci się zapewnić wszelkie wygody. Tyle że musisz mieszkać z innymi.

Duże, ciemne oczy dziewczyny ciskały gorące błyskawice w jego stronę, jednak Tuon odezwała się ze spokojem:

— Zobaczymy, ile warte są twoje obietnice, Zabawko.

Kucająca u jej stóp Selucia syknęła niczym oblany wrzątkiem kot i zaczęła powoli obracać głowę, jakby zamierzała się sprzeciwić, jednak jej młoda pani poruszyła lewą ręką, a niebieskooka służąca zarumieniła się i pozostała milcząca. Przedstawiciele Krwi używali w kontaktach ze służbą wyższej rangi szczególnych gestów. Mat żałował, że nie rozumie przesyłanych sygnałów.

— Odpowiedz mi na pytanie, Tuon — polecił.

Zdało mu się, że słyszy z ust Setalle mruknięcie: „Głupiec".

Selucia zacisnęła szczęki, jej pani zaś przybrała groźną minę. Cauthon uważał wszakże, że skoro Tuon nazywa go „Zabawką", okazałby się tchórzem, gdyby zwracał się do niej inaczej niż po imieniu.

— Ile masz lat? — spytał. Słyszał, że dziewczyna jest od niego młodsza zaledwie kilka wiosen, jednak w tej workowatej sukni naprawdę wyglądała jak dziecko.

Ku jego zaskoczeniu ta niebezpieczna iskra wybuchła płomieniem. Nie powinien jej prowokować, powinien dać jej spokój. Tuon wyprostowała ramiona i wstała. Wątpił, czy mierzyła choćby pięć stóp bez butów, a jednak wyglądała majestatycznie.

— Czternasty rok, odkąd nadano mi prawdziwe imię, przypada za pięć miesięcy — odrzekła głosem, który z pewnością nie sposób było nazwać zimnym. Wręcz przeciwnie, wydawał się tak gorący, że mógłby ogrzać wóz lepiej niż piec. Na moment Mata ogarnął promyczek nadziei, niestety dziewczyna nie skończyła. — Ale ty pytasz, kiedy się urodziłam. W tym roku mija więc od tego dnia dwadzieścia lat. Zadowolonyś, Zabawko? Bałeś się, że porwałeś… dziecko? — ostatnie słowo niemal wysyczała.

Cauthon zamachał przed sobą rękoma, szaleńczo zaprzeczając jej sugestii. Gdy kobieta zaczyna na mężczyznę syczeć niczym imbryk, rozumny osobnik powinien szybko znaleźć sposób ostudzenia jej. Tuon trzymała filiżankę tak mocno, że widać było wszystkie ścięgna na grzbiecie dziecięcej rączki. Mat nie chciał ryzykować bólu biodra, gdyby znów musiał się rzucić na podłogę. W dodatku nie był pewien, jak dotkliwie chciała go zranić, rzucając w niego za pierwszym razem. Pamiętał wszak, że była szybka.

— Chciałem po prostu wiedzieć. I tyle — rzekł pospiesznie. — Byłem ciekawy, więc spytałem. Sam nie jestem wiele starszy. — Dwadzieścia lat. A miał nadzieję, że jeszcze przez trzy, cztery lata będzie zbyt młoda na zamążpójście. Mile widziane wydawało się Cauthonowi wszystko, co odsuwało dzień jego ożenku.

Tuon przyglądała mu się podejrzliwie, pochyliwszy głowę, w końcu rzuciła filiżankę lekko na łóżko obok pani Anan i znowu siadła na stołku, wygładzając obszerne, wełniane spódnice, niczym warstwy jedwabnej sukni. Wciąż jednak z uwagą patrzyła spod długich rzęs na Mata.

— Gdzie jest twój sygnet? — spytała.

Bezwiednie dotknął kciukiem palca lewej ręki, gdzie zwykle tkwił wydłużony pierścień.

— Nie noszę go przez cały czas.

Zwłaszcza odkąd wszyscy w Pałacu Tarasin dowiedzieli się o istnieniu tej błyskotki. Zresztą na tle szorstkiego stroju obiboka przedmiot przyciągałby zbyt wiele ludzkich spojrzeń. Poza tym sygnet, choć wyraźnie wykonany na czyjeś zamówienie, był jedynie pokazem sztuki jubilerskiej. Dziwne, jakże zauważalnie lżejsza wydawała mu się bez niego dłoń. Wręcz zbyt lekka. Niesamowite, że Tuon także go zauważyła. Ale właściwie dlaczego nie? O Światłości, te grzechoczące kości sprawiały, że Mat płoszył się na byle cień i podskakiwał na zwykłe westchnienie. Choć może — myśl była krępująca — wszystko to działo się z powodu Tuon.

Zrobił krok w stronę pustego łóżka, zamierzając na nim usiąść, jednak Selucia — z szybkością, której mogliby jej pozazdrościć wszyscy tutejsi akrobaci — rzuciła się w tym samym kierunku i wyciągnęła na łóżku, podpierając ręką głowę. Podczas tego skoku przekrzywił jej się na moment szal, lecz szybko go poprawiła. Przez cały czas gapiła się na niego dumnie i lodowato niczym królowa. Mat spojrzał na drugie łóżko, lecz pani Anan położyła haft i wygładziła rozłożyste spódnice, dając mężczyźnie do zrozumienia, że nie zamierza się z nim dzielić miejscem. Bodajby sczezła, ta kobieta zachowywała się, jakby chroniła przed nim Tuon! Kobiety chyba zawsze się konsolidowały z sobą, stając przeciwko mężczyźnie. No cóż, Cauthon zdołał do tej pory powstrzymać Egeanin przed przejęciem kontroli, więc nie zamierzał dać się tyranizować ani Setalle Anan, ani służącej o pełnej piersi, ani potężnej Wysokiej Lady, która jest dodatkowo Córką cholernych Dziewięciu Księżyców! Och, musiał tylko przesunąć z drogi jedną z nich i znaleźć sobie miejsce, na którym mógłby usiąść.

Oparłszy się o niewielką komódkę stojącą przy łóżku nadal zajmowanym przez panią Anan, Mat spróbował się zastanowić, co powiedzieć. Rozmowy z kobietami nigdy nie sprawiały mu kłopotów, ale ostatnio własny umysł wydawał mu się przeraźliwie ogłuszony grzechotem toczących się w nim wyobrażonych kości. Wszystkie trzy kobiety posyłały Cauthonowi niechętne i przepełnione dezaprobatą spojrzenia — na pewno chciały się go pozbyć — toteż... uśmiechnął się do nich. Wszak wiele znanych mu kobiet uważało jego uśmiech za ujmujący!

Tuon wydała długie gniewne sapnięcie, które bynajmniej nie potwierdziło tej teorii.

— Pamiętasz oblicze Jastrzębiego Skrzydła, Zabawko? — spytała.

Pani Anan zamrugała w zdumieniu, a Selucia usiadła prosto na łóżku, zmarszczyła czoło i zapatrzyła się na niego. Na niego! Dlaczego marszczyła czoło, patrząc na niego?! Nie przestawała mu się także przyglądać Tuon, złożywszy ręce na podołku. Ta dziewczyna była równie chłodna i opanowana jak Mądre w Niedzielę.

Matowi uśmiech zamarł na twarzy. O Światłości, co ta dziewczyna wie? Skąd mogła cokolwiek wiedzieć?

Leżał pod płonącym słońcem, trzymając się obiema rękoma za bok, starając się powstrzymać uchodzące z niego życie i dumając, czy warto dalej żyć. Aldeshar przestał już istnieć. Jakiś cień przesłonił na moment słońce, a później kucnął tuż obok niego wysoki mężczyzna w zbroi, z hełmem wciśniętym pod pachę i o ciemnych, głęboko osadzonych oczach nad haczykowatym nosem.

— Dobrze walczyłeś przeciwko mnie, Culainie, i dziś, i w dniach przeszłych — powiedział ten pamiętny głos. — Będziesz żył ze mną w pokoju?

Roześmiał się wydającemu ostatnie tchnienie Arturowi Jastrzębie Skrzydło w twarz.

Mat nienawidził wspomnień związanych z umieraniem. Jego umysł zresztą dręczyło również kilkanaście innych starożytnych wspomnień, które należały teraz do niego. Już przed rozpoczęciem wojen Artur Paendrag był człowiekiem trudnym we współpracy.

Wziąwszy głęboki wdech, przez chwilę starannie dobierał słowa. Pora nie była odpowiednia na bluzganie w Dawnej Mowie.

— Oczywiście, że nie! — skłamał. Kobiety łatwo się rozprawiały z mężczyzną, który nie potrafił przekonująco kłamać. — O Światłości, Jastrzębie Skrzydło umarł wszak tysiąc lat temu! Co to za pytanie?

Tuon otworzyła powoli usta i przez sekundę Cauthon był pewien, że dziewczyna mu coś buntowniczo odburknie.

— Głupie pytanie, Zabawko — przyznała jednak w końcu. — Nie wiem, skąd mi coś takiego przyszło do głowy.

Usztywniające mu ramiona napięcie opadło i Mat nieco się odprężył. Oczywiście! Był *ta'veren*, toteż ludzie w jego otoczeniu robili rzeczy i mówili słowa, które nie zdarzały im się nigdzie indziej. Rozmaite nonsensy znajdowały zatem usprawiedliwienie. Tym niemniej tego typu stwierdzenia bywały niewygodne, szczególnie gdy były bliskie prawdy.

— Nazywam się Mat. Mat Cauthon — powiedział, choć wcale nie musiał nic mówić.

— Nie umiem ci powiedzieć, Zabawko, jak postąpię po powrocie do Ebou Dar. Jeszcze nie zdecydowałam. Może zrobię z ciebie *da'covale*. Nie jesteś dość dobry na podczaszego, istnieje wszakże możliwość, że zechcę cię do tej roli. Tak czy inaczej, poczyniłeś wobec mnie pewne obietnice, toteż i ja mam ochotę ci coś przyrzec. Póki będziesz dotrzymywał swoich obietnic, zobowiązuję się, że nie ucieknę, w żaden sposób cię nie zdradzę ani nie doprowadzę do tarć między twoimi zwolennikami. Sądzę, że wymieniłam wszystkie ewentualności.

Tym razem pani Anan zagapiła się na nią, a Selucia wydała gardłowy dźwięk, Tuon wszakże jawnie zignorowała obie. Patrzyła tylko na Cauthona wyczekująco, domagając się odpowiedzi.

Mat również mimowolnie wydał gardłowy dźwięk. Nie jęknięcie, po prostu dźwięk. Twarz Tuon pozostała równie gładka jak sroga maska z ciemnego szkła. Jej spokój wzbudzał w nim wściekłość i przyprawiał go o szaleństwo! Jednocześnie Cauthon pomyślał, że ta dziewczyna jest chyba obłąkana, skoro uważa, że on uwierzy w jej obietnicę. No, chyba że o to jej chodziło. Może potrafiła kłamać lepiej od niego, lepiej niż jemu kiedykolwiek się uda. Znów ogarnęło go straszliwie przeczucie, że Tuon wie więcej niż on. Myśl ta była oczywiście absurdalna, lecz nie potrafił się jej pozbyć. Przełknął grudę w gardle. Twardą grudę.

— No cóż, doceniam twoją obietnicę — odrzekł, starając się zyskać na czasie — ale co z Selucią? — Zyskiwał na czasie, ale do czego zużyje ten czas? I tak nie mógł się skupić, gdy w czaszce grzechotały mu wyobrażone kości do gry.

— Selucia zrobi to, co jej każę, Zabawko — odparła dziewczyna niecierpliwie.

Niebieskooka służąca wyprostowała się i zagapiła na Mata. Wydawała się oburzona, że wątpił w słowa jej pani. Jak na służącą potrafiła wyglądać niezwykle dziko, jeśli tylko chciała.

Cauthon nie wiedział, co powiedzieć czy zrobić. Bezwiednie splunął na dłoń, po czym wyciągnął ją do Tuon, jak gdyby zamierzał przypieczętować umowę na zakup konia.

— Twoje zwyczaje są... prymitywne — oceniła Tuon oschle, tym niemniej również splunęła sobie na rękę i uściskała mu dłoń. — W ten sposób podpisaliśmy nasz traktat. Czyli że zawarliśmy porozumienie. Co znaczy napis na twojej włóczni, Zabawko?

Tym razem Mat jęknął, ponieważ dziewczyna przeczytała inskrypcję w Dawnej Mowie na jego *ashandarei*. W takiej sytuacji nawet cholerny kamień by zajęczał. W dodatku gdy dotknął ręki Tuon, kości w jego głowie znieruchomiały. O Światłości, co się stało?

Znów ktoś zastukał kłykciami w drzwi. Cauthon był tak zdenerwowany, że bezwiednie się obrócił i spuścił z rękawa nóż w dłoń, gotów rzucić się na tego, kto wejdzie.

— Stań za mną — warknął.

Drzwi się otworzyły i do środka zajrzał Thom. Nie zrzucił kaptura płaszcza z głowy, z czego Mat wywnioskował, że na dworze pada. Skupiony na Tuon i grzechoczących kościach, przeoczył odgłosy deszczu uderzającego w dach wozu.

— Mam nadzieję, że w niczym nie przeszkodziłem? — spytał Thom, gładząc długie, białe wąsy.

Mata paliła twarz. Setalle zamarła nad haftem z niebieską nicią nawleczoną na grubą igłę, a jej brwi uniosły się tak wysoko, jakby próbowały wyskoczyć kobiecie przez czubek głowy. Siedząca w napięciu na krawędzi drugiego łóżka Selucia z wielkim zainteresowaniem obserwowała, jak Cauthon wsuwa na powrót nóż w rękaw. Dotąd Mat nie podejrzewał, że Selucia należy do kobiet, które lubią niebezpiecznych mężczyzn. Sam wolał takich kobiet unikać, gdyż w jakiś sposób potrafiły one skłonić mężczyzn do ponoszenia jeszcze większego ryzyka. Oparł się pokusie spojrzenia za siebie, na Tuon, która prawdopodobnie gapiła się na niego, jak na kogoś, kto wydziwia niczym Luca. Fakt, że nie chciał się ożenić, nie dawał przyszłej żonie prawa do nazwania go głupcem.

— Co odkryłeś, Thom? — spytał obcesowo. Coś musiało się zdarzyć, w przeciwnym razie kości nadal by mu dokuczały. Na tę myśl stanęły mu na karku wszystkie włoski. Kości już po raz drugi zatrzymały się w obecności Tuon. A właściwie po raz trzeci, jeśli liczyć incydent przy bramie wiodącej z Ebou Dar. Trzy cholerne zdarzenia, wszystkie związane z tą dziewczyną.

Nieznacznie kulejąc, białowłosy mężczyzna wszedł głębiej, po czym odrzucił kaptur i zamknął za sobą drzwi. Kuśtykał z powodu starej rany, a nie kłopotów w mieście. Wysoki i szczupły, o twardej skórze, przenikliwych, niebieskich oczach i śnieżnobiałych wąsach, które zwisały mu aż pod podbródek, Thom wydawał się przyciągać ludzką uwagę, gdziekolwiek szedł, potrafił jednakże ukryć się przed wzrokiem innych, zaś jego ciemnobrązowa kurtka i płaszcz z brązowej wełny sugerowały mężczyznę, który chce wydać trochę pieniędzy, choć nie ma ich zbyt wiele.

— Ulice pełne są pogłosek o niej — oświadczył, kiwając głową ku Tuon. — Nic się wszakże nie mówi o jej zniknięciu. Postawiłem po drinku kilku seanchańskim oficerom i dowiedziałem się, że w ich opinii dziewczyna jest bezpieczna w Pałacu Tarasin albo wyprawiła się gdzieś na inspekcję. Moim zdaniem żaden z moich rozmówców niczego nie udawał. Oni nie mają pojęcia o porwaniu, Mat.

— Oczekiwałeś publicznych komunikatów, Zabawko? — spytała Tuon z niedowierzaniem w głosie. — Zresztą może Suroth się zastanawia, czy nie odebrać sobie ze wstydu życia. W dodatku spodziewasz się, że rozpowszechni ona taki zły omen dla Powrotu?

A więc Egeanin miała rację. To wciąż wydawało się niemożliwe, a w porównaniu ze znieruchomieniem kości także niezbyt ważne. Co zatem się zdarzyło? Potrząsnął ręką Tuon, nic więcej. Wymienili uścisk dłoni i zawarli ugodę. Mat zamierzał dotrzymać swojej części umowy... lecz co mówiły mu kości? Że dziewczyna dotrzyma swojej części paktu? Albo... że nie dotrzyma? Z tego, co wiedział, seanchańskie arystokratki miały w zwyczaju wychodzić za mąż za... Co Tuon powiedziała? Czym chciała go uczynić? Podczaszym? Może panie wielkich rodów w Seanchan stale poślubiały swoich podczaszych?

— Mam więcej informacji, Mat — powiedział Thom, przypatrując się Tuon w zadumie i z lekkim zaskoczeniem. Cauthonowi przyszło do głowy, że dziewczyna nie zmartwiła się zbytnio na myśl, że Suroth mogłaby się zabić. Może jednak była tak twarda, jak uważał Domon. Co te cholerne kości usiłowały mu powiedzieć?! Na pewno coś istotnego. Jednak gdy Thom wypowiedział kolejne zdania, Mat przestał myśleć zarówno o potencjalnej odporności Tuon, jak i o grzechoczących kościach. — Tylin nie żyje. Trzymają tę informację w tajemnicy z obawy przed zamieszkami, ale pewien oficer ze Straży Pałacowej, młody porucznik, który nie mógł utrzymać swojej brandy w dłoni, powiedział mi, że jednego dnia zamierzają odprawić jej pogrzeb i koronować Beslana.

— Jak to? — spytał Mat.

Tylin była od niego starsza, ale nie aż tyle! Koronacja Beslana! O Światłości! Jak Beslan poradzi sobie z tym wszystkim, skoro nienawidził Seanchan? Właśnie on wymyślił plan podpalenia zapasów na Drodze do Zatoki. Wywołałby w ten sposób powstanie, gdyby Cauthon go nie przekonał, że skończy się ono jedynie rzezią i bynajmniej nie rzezią Seanchan.

Thom zawahał się, gładząc wąsy kciukiem. W końcu westchnął.

— Znaleziono ją w komnacie sypialnianej rano po naszym odejściu, Mat. Nadal miała związane ręce i nogi. A jej głowę... Jej głowę odcięto.

Cauthon nie zdawał sobie sprawy z tego, że kolana się pod nim ugięły, póki nie usiadł ciężko na podłodze. W głowie mu brzęczało. Niemal słyszał jej głos. „Utną ci głowę, prosiaczku, jeśli nie zachowasz ostrożności, a mnie się to wcale nie spodoba". Setalle pochyliła się przed siebie na wąskim łóżku i ze współczuciem przycisnęła dłoń do policzka.

— Poszukiwaczki Wiatru? — spytał głucho. Nie musiał mówić nic więcej.

— Według słów porucznika Seanchanie postanowili obwinić Aes Sedai. Ponieważ Tylin złożyła seanchańskie przysięgi. To właśnie obwieszczą podczas czynności pogrzebowych.

— Tylin umiera tej samej nocy, w której uciekają Poszukiwaczki Wiatru, a Seanchanie obwiniają o jej zabicie Aes Sedai? — Nie potrafił uwierzyć, że Tylin nie żyje. „Przygotuję dla ciebie kolację, kaczorku". — To nie ma sensu, Thom.

Thom zawahał się, marszcząc brwi, jakby przez chwilę rozważał słowa Cauthona.

— Może była to zbrodnia polityczna, Mat, przynajmniej

częściowo, wierzę jednak, że naprawdę tak sądzą. Ten porucznik twierdził, że w ich opinii Poszukiwaczki Wiatru uciekały zbyt zdecydowanie, ażeby się z jakiegokolwiek powodu zatrzymywać lub zbaczać z obranej drogi, a najłatwiejsza droga wyjścia wiedzie wszak obok zagród *damane*, które znajdują się daleko od apartamentów Tylin.

Cauthon chrząknął. Był przekonany, że stało się inaczej. Zresztą, cokolwiek się zdarzyło, i tak nic nie mógł na to poradzić.

— *Mar'ath'damane* miały powód do zamordowania Tylin — oświadczyła nagle Selucia. — Na pewno się obawiały, że Tylin stanie się przykładem dla innych. Jaki powód miałyby *damane*, o których mówisz? Żadnego. Ręka sprawiedliwości żąda motywów i dowodów, nawet dla *damane* i *da'covale*. — Mat miał wrażenie, że Selucia czyta te słowa z jakiejś księgi. A kątem oka stale popatrywała przy tym na Tuon.

Cauthon zerknął przez ramię, lecz jeśli dziewczyna pokazała gestem, co służąca ma mówić, zdążyła już skończyć, gdyż jej ręce znów spoczywały na podołku. Obserwowała Mata z obojętnym wyrazem twarzy.

— Aż tak bardzo obchodziła cię Tylin? — spytała ostrożnie.

— Tak. Nie. Niech sczeznę, po prostu ją lubiłem! — Odwróciwszy się, przeczesał palcami włosy, spychając czapkę. Nigdy w życiu nie cieszył się tak bardzo jak teraz, że może opuścić jakąś kobietę, a jednak...! — Poza tym przecież zostawiłem ją związaną i zakneblowaną, aby nie mogła nawet wezwać pomocy. I stała się łatwą zdobyczą dla *gholam* — dokończył gorzko. — Bo *gholam* szukał mnie. Nie potrząsaj głową, Thomie. Wiesz o tym równie dobrze jak ja.

— Co to jest... *gholam*? — chciała wiedzieć Tuon.

— Pomiot Cienia, moja pani — odparł Thom, marszcząc brwi z niepokojem. Niełatwo było go zmartwić, jednak chyba tylko głupiec nie przejmowałby się *gholam*. — Wygląda jak człowiek, lecz potrafi się prześlizgnąć nawet przez mysią dziurę albo szczelinę pod drzwiami, a jest tak silny, że... — mruknął coś pod nosem. — No dobrze, dość tego. Mat, nawet gdyby Tylin pilnowało stu strażników, nie zapobiegliby jej śmierci.

„Nie potrzebowałaby stu strażników, gdyby nie zaprzyjaźniła się ze mną" — zripostował w myślach Cauthon.

— *Gholam* — szepnęła Tuon z lekką drwiną. Nagle mocno popukała Mata kłykciami w czubek głowy. Gwałtownie położył sobie dłoń w tym miejscu i zerknął na nią przez ramię z niedowierzaniem. — Jestem bardzo szczęśliwa, że okazujesz lojalność wobec Tylin, Zabawko — oznajmiła mu surowym tonem — ale nie daję wiary w zabobony. I nie zamierzam w nie wierzyć. To dla Tylin żaden honor.

Bodajby sczezła, śmierć Tylin najwyraźniej obchodziła ją równie mało jak ewentualne samobójstwo Suroth. Jaką kobietę miał poślubić?!

Tym razem, gdy ktoś załomotał pięścią w drzwi, Mat wcale się nie ruszył. Czuł się straszliwie odrętwiały i mocno podrapany. Do wozu bez pytania wszedł Blaeric w ociekającym od deszczu, ciemnobrązowym płaszczu. Płaszcz był stary, w niektórych miejscach nieco przetarty, ale jeśli przeciekał, na mężczyźnie nie robiło to wrażenia. Strażnik skoncentrował się wyłącznie na Cauthonie. Albo raczej niemal wyłącznie, jako że udało mu się przy okazji zerknąć na wydatną pierś Selucii!

— Joline cię wzywa, Cauthon — oświadczył, ciągle zerkając na służącą.

O Światłości! Tylko tego Mat potrzebował w tym okropnym dniu!

— Kim jest Joline? — spytała Tuon.

Cauthon zignorował ją.

— Przekaż jej, Blaericu, że spotkam się z nią, gdy tylko wyruszymy. — Ostatnia rzecz, na jaką miał w tej chwili ochotę, było wysłuchiwanie kolejnych skarg Aes Sedai.

— Chce się spotkać teraz, Cauthon.

Westchnąwszy, wstał i zebrał z podłogi czapkę. Sądząc po wzroku Blaerica, jeśli Mat odmówi, Strażnik spróbuje go stąd wywlec na siłę. A w swoim aktualnym nastroju Cauthon mógłby się za tę próbę odwdzięczyć mężczyźnie wbiciem mu noża w plecy. Bleanic na pewno nie dałby się podejść łatwo, więc cała sprawa i tak nie skończyłaby się najlepiej dla Mata. Miał zresztą pewność, że umarł już kiedyś w ten sposób i nie było to stare wspomnienie. Bez wątpienia w miarę możliwości powinien unikać podejmowania ryzyka.

— Kim jest Joline, Zabawko? — Gdyby nie znał Tuon, powiedziałby, że słyszy w jej głosie zazdrość.

— Cholerną Aes Sedai — odrzekł gderliwie, mocno naciągając na głowę czapkę i z przyjemnością zerknął na dziewczynę. Zaszokowana Tuon aż otworzyła usta i opuściła dolną wargę.

Zamknął za sobą drzwi, zanim zdążyła znaleźć w sobie odpowiednie słowa i je wypowiedzieć. Drobna przyjemność. Jeden motyl na kupie gnoju. Tylin nie żyła, a Poszukiwaczki Wiatru mogły jeszcze wziąć na siebie winę, wbrew słowom Thoma. W dodatku Tuon i cholerne kości w jego głowie. Bardzo mały motyl na bardzo dużej kupie gnoju.

Przez niebo przetaczało się mnóstwo ciemnych chmur, z których solidnie padało. Zaczęła się prawdziwa ulewa, deszcz, który przeszywał do żywego. Matowi najpierw przylepiły się włosy do czaszki, mimo iż miał na niej czapkę, kilka kroków dalej przeciekł mu zaś płaszcz. Blaeric niemal nie zważał na wielkie, mokre krople, choć niezbyt starannie otulił się płaszczem. Cauthon nie mógł nic poradzić na pogodę, więc pochylił się tylko, zgarbił ramiona i brnął dalej wśród kałuży szybko powiększających się na ubitej ziemi służącej za ulice. Cauthon wiedział, że gdyby ruszył do swojego wozu po okrycie, i tak dotarłby tam kompletnie przemoczony. Poza tym aura pasowała do jego nastroju.

Zdziwił się, zauważywszy, że mimo padającego ulewnego deszczu w tym krótkim czasie, który spędził wewnątrz, wykonano na terenach widowiska niewiarygodną ilość pracy. Boczne ściany płócienne zwinięto, o ile dobrze widział, już chyba całkowicie, zniknęła gdzieś również połowa wozów towarowych, otaczających wcześniej wóz Tuon, podobnie jak większość zwierząt, które widział uprzednio przywiązane do barierek i palików. W pewnym momencie przejechała obok niego duża klatka z żelaznymi kratami, mieszcząca w sobie lwa z czarną grzywą. Klatka kierowała się ku drodze, ciągniona powoli przez zaprzęg koni równie mało zainteresowanych najwidoczniej śpiącym za nimi lwem, jak padającym na ich grzbiety deszczem. Wykonawcy także się ruszali, chociaż Mat nie miał pojęcia, kto wydał im rozkaz do odejścia. Większości namiotów już nie było, w jednym miejscu brakowało prawdopodobnie trzech jaskrawo pomalowanych wozów stojących tu wcześniej obok siebie, w innym zniknął chyba co drugi wóz, gdzie indziej natomiast stojących i czekających na hasło wymarszu wozów wydawało się wręcz zbyt wiele. Cauthon wiedział jednak, że artyści jeszcze nie uciekli — zobaczył Lucę, który defilował ulicą w jasnoczerwonym płaszczu, zatrzymując się tu i ówdzie, by poklepać jakiegoś mężczyznę po ramieniu lub szepnąć jakiejś kobiecie słówko, które ją rozśmieszy. Gdyby w widowisku doszło do rozłamu, jego właściciel bez wątpienia ścigałby osoby usiłujące umknąć. Trzymał tych ludzi przy sobie zarówno za pomocą perswazji, jak i innych metod i nigdy nie pozwolił nikomu odejść bez uprzedniej kłótni popartej krzykiem oraz mocnymi argumentami. Mat wiedział, że widok nadal pozostającego na miejscu Luki powinien go ucieszyć, tym niemniej zaczął się obawiać, że w chwili obecnej nic nie potrafi poprawić mu humoru. Czuł jedynie odrętwienie i gniew.

Wóz, do którego zabrał go Blaeric, niemal dorównywał wielkością siedzibie Luki, tyle że go nie pomalowano, a tylko pobielono. Zresztą biel w niektórych miejscach dawno wypłowiała, w innych się zabrudziła, a spływający deszcz odsłaniał raczej odcień szarości lub nagie drewno. Wóz należał do grupki błaznów: czterech markotnych mężczyzn, którzy malowali twarze dla gości widowiska, oblewali się nawzajem wodą lub bili dmuchanymi świńskimi pęcherzami, wszystkie wolne chwile zaś spędzali, racząc się winem, na które wydawali całe zarobione pieniądze. Za sumkę, którą zapłacił im za najem Cauthon, mogli pozostawać w stanie alkoholowego upojenia jeszcze przez dobre kilka miesięcy. Trudniejsze i kosztowniejsze było przekonanie innych, by na ten czas przyjęli ich do siebie.

Cztery kosmate, nijakie konie stały już zaprzężone do wozu, a Fen Mizar, drugi Strażnik Joline, spowity w stary szary płaszcz, tkwił na siedzeniu woźnicy i błaznów z cuglami w ręku. Skośnymi oczyma przypatrywał się Cauthonowi w sposób, w jaki wilk mógłby obserwować zuchwałego kundla. Strażnikom od początku nie podobał się plan Mata i jeśli to by zależało od nich, dawno zabraliby siostry daleko od niebezpiecznego miasta. Może i by im się udało, chociaż Seanchanie energicznie polowali na kobiety umiejące przenosić Moc — nawet tereny widowiska przeszukano przynajmniej cztery razy w dniach tuż po upadku Ebou Dar — toteż równie dobrze mogliby się w tej chwili znajdować w niewoli. Ze słów Egeanin i Domona Cauthon wnosił, iż Poszukujący potrafili nawet głaz zmusić do opowiedzenia wszystkiego, co widział. Na szczęście siostry nie były tak pewne siebie jak Strażnicy Joline. Niektóre przynajmniej bały się ryzyka.

Kiedy dotarli do schodków z tyłu wozu, Blaeric zatrzymał Mata, dotykając ręką jego piersi. Ociekająca deszczem twarz Strażnika wyglądała teraz jak wyrzeźbiona, nie bardziej zainteresowana towarzyszem niż kawałkiem drewna.

— Wraz z Fenem jesteśmy ci wdzięczni za wyprowadzenie naszej pani z miasta, Cauthon, jednak taka sytuacja nie może dłużej trwać. Siostry tłoczą się tutaj, dzieląc przestrzeń mieszkalną z innymi kobietami, z którymi nie bardzo się rozumieją. Jeśli nie znajdziemy dla nich innego wozu, będą kłopoty.

— O co dokładnie chodzi? — spytał Mat ze złością w głosie, podnosząc kołnierz płaszcza. Niestety, kołnierz niewiele pomagał. Był już mokry, i to z obu stron. Jeśli Joline wezwała go, by wysłuchał kolejnych jej jęków w sprawie kwater…

— Ona ci powie, o co dokładnie chodzi, Cauthon. Po prostu zapamiętaj moje ostrzeżenie.

Mat wymamrotał cicho przekleństwo, po czym wspiął się po pokrytych ziemią schodkach i wszedł do wozu, zatrzaskując za sobą drzwi.

Wóz wyposażono bardzo podobnie do siedziby Tuon, tyle że tu mieściły się cztery łóżka, z których górne dwa były obecnie złożone i przymocowane do ścian. Cauthon nie miał pojęcia, gdzie sypia każda z sześciu kobiet, podejrzewał jednak, że musiały sobie wywalczyć zajmowane miejsca. Atmosfera w wozie była niemal tak gorąca jak tłuszcz na blasze. Na każdym z dolnych łóżek siedziały po trzy kobiety, popatrując przed siebie gniewnie lub jawnie ignorując trójkę zajmującą drugie łóżko. Joline, której udało się uniknąć losu *damane*, zachowywała się tak, jakby trzy *sul'dam* nie istniały. Czytając małą książeczkę w drewnianej okładce i wręcz promieniejąc arogancją, wyglądała w każdym calu na Aes Sedai, mimo stroju — wytartej niebieskiej sukni, ostatnio należącej do treserki lwów. Inne dwie siostry zdążyły już wszakże poznać los *damane*. Edesina ostrożnie przyglądała się trzem *sul'dam*, jedna ręka tej Aes Sedai ani na chwilę nie oddalała się od noża przy pasie, podczas gdy oczy drugiej, imieniem Teslyn, stale się poruszały, przeskakując od *sul'dam* na boki i z powrotem, w rękach zaś nie przestawała miętosić ciemnych wełnianych spódnic. Mat nie wiedział, w jaki sposób Egeanin przymusiła trzy *sul'dam* do pomocy *damane* w ucieczce, jednak kontrolerki — choć podobnie jak Egeanin poszukiwane przez władze — bynajmniej nie zmieniły swego stosunku do kobiet przenoszących Moc. Bethamin, wysoka i tak ciemna jak Tuon, w eboudariańskiej sukni z bardzo głębokim dekoltem i podszytymi z jednej strony nad kolano spódnicami, spod których wyzierały spłowiałe, czerwone halki, postawą przypominała matkę, która czeka na nieuniknione oznaki złego zachowania ze strony swoich dzieci, natomiast blondwłosa Seta, okryta od stóp do szyi szarą wełnianą suknią z wysokim kołnierzem, wydawała się studiować niebezpieczne psy, które powinno się prędzej czy później zamknąć w klatce. Renna, jawnie wcześniej opowiadająca o odcinaniu rąk i nóg, również udawała, że czyta, jednak co jakiś czas podnosiła znad cienkiego tomu złudnie łagodne brązowe oczy i bacznie przyglądała się Aes Sedai, niezbyt przyjemnie się przy tym uśmiechając. Mat miał ochotę przekląć, zanim któraś z nich otworzy usta. Każdy mądry mężczyzna trzyma się z dala od niechętnych mu kobiet, szczególnie gdy wśród tych kobiet znajdowały się Aes Sedai. Niestety, identyczną atmosferę znajdował zawsze, ilekroć wchodził do tego wozu.

— Lepiej, żebyś miała coś ważnego, Joline — oznajmił zamiast powitania. Rozpiął płaszcz i starał się go otrząsnąć z wody. Pomyślał, że najkorzystniej było go wykręcić. — Właśnie się dowiedziałem, że w noc, w którą odeszliśmy, *gholam* zabił Tylin, więc nie jestem w nastroju do wysłuchiwania skarg.

Joline powoli zaznaczyła stronę haftowaną zakładką i złożyła ręce na zamkniętej książce. Aes Sedai nigdy się nie śpieszyły, chociaż od wszystkich innych osób w swoim otoczeniu wiecznie oczekiwały pośpiechu. Bez pomocy Mata Joline prawdopodobnie do tej pory nosiłaby już *a'dam*, ale Cauthon nigdy nie zauważył u tej Aes Sedai szczególnych objawów wdzięczności. A teraz zignorowała także to, co powiedział o Tylin.

— Blaeric twierdzi, że artyści powoli wyruszają — oznajmiła chłodno. — Musisz ich zatrzymać. Luca posłucha tylko ciebie. — Po tych słowa nieznacznie zacisnęła wargi. Siostry nie były przyzwyczajone do braku posłuchu, a Zielonym najtrudniej przychodziło ukrywanie niezadowolenia. — Na razie powinniśmy porzucić pomysł o Lugard. Trzeba wsiąść na prom w porcie i udać się do Illian.

Nie była to może najgłupsza z sugestii, jaką od niej usłyszał, tyle że Joline nie uważała wcale swej propozycji za sugestię, bardziej za polecenie. W tym względzie Aes Sedai była gorsza od Egeanin. Skoro połowa artystów już wyruszyła albo była gotowa do odjazdu, cały dzień zajęłoby im samo dotarcie do przystani promów, zresztą po drodze musieliby wejść do miasta. A skierowanie się do Lugard odciągnie ich od Seanchan najszybciej jak można, szczególnie że żołnierze obozowali aż do granicy z Illian, a może i dalej.

Egeanin nie była chętna powiedzieć, co wie, Thom wszakże miał swoje sposoby na odkrywanie takich tajemnic. A Mat nie zamierzał mu w tym przeszkadzać. Nie potrzebował.

— Nie — wtrąciła Teslyn napiętym głosem z silnym illiańskim akcentem. Pochyliła się obok Edesiny; wyglądała, jakby zamiast normalnych posiłków trzy razy dziennie żuła kamienie. Miała mocną twarz o wyraźnie zarysowanych szczękach, lecz w jej oczach Cauthon dostrzegł nerwowość, którą złożył na karb wielotygodniowego wcielania się w rolę *damane*. — Nie, Joline. Mówiłam ci, że nie odważymy się ponieść takiego ryzyka! Nie odważymy się na nie!

— O Światłości! — prychnęła Joline, zrzucając książkę na podłogę. — Weź się w garść, Teslyn! Nie możesz się załamywać tylko dlatego, że na krótki czas cię uwięziono!

— Załamywać? Załamywać się? Pozwól sobie nałożyć ten kołnierz na szyję, a potem porozmawiamy o załamaniu! — Teslyn podniosła rękę do gardła, jakby nadal czuła tam kołnierz *a'dam*. — Pomóż mi ją przekonać, Edesino. Przez nią znowu nas złapią i uwiążą na smyczy!

Edesina cofnęła się do ściany za łóżkiem. Ta szczupła, urodziwa kobieta o czarnych włosach sięgających talii zawsze milczała, gdy Czerwona i Zielona się sprzeczały, co zdarzało im się niezwykle często. Joline zaledwie na nią zerknęła.

— Prosisz o pomoc buntowniczkę, Teslyn? Powinniśmy zostawić ją Seanchanom! Posłuchaj mnie. Na pewno czujesz to samo co ja. Naprawdę potrafisz zaakceptować większe niebezpieczeństwo, by uniknąć mniejszego?

— Mniejszego?! — odburknęła Teslyn. — Nie wiesz nic o...!

Renna wyciągnęła swoją książkę na długość ramienia i upuściła ją na podłogę z hukiem.

— Jeśli, mój panie, wybaczysz nam na chwilę, ciągle mamy nasze *a'dam* i natychmiast możemy nauczyć te dziewczyny odpowiedniego zachowania. — W jej intonacji była swego rodzaju melodyjność, jednak mimo uśmiechu na wargach brązowe oczy pozostały poważne i srogie. — Zbyt wiele wolności nigdy nie wychodzi na dobre. — Seta pokiwała ponuro głową i wstała, prawdopodobnie zamierzając pójść po smycze.

— Myślę, że skończyłyśmy z *a'dam* — oświadczyła Bethamin, lekceważąc zaszokowane spojrzenia pozostałych dwóch *sul'dam*. — Istnieją wszakże inne sposoby uspokojenia tych dziewcząt. Mogę zasugerować, byś, mój panie, powrócił za godzinę? Wtedy może nie będą mogły usiąść bez bólu, ale z pewnością powiedzą ci wszystko, co chcesz usłyszeć. I to bez niepotrzebnej pyskówki. — Sądząc po jej tonie, naprawdę miała zamiar odpowiednio się rozprawić z krnąbrnymi *damane*.

Joline zagapiła się na trzy *sul'dam* z obrazą i niedowierzaniem, jednak Edesina usiadła prosto i z determinacją na twarzy zacisnęła palce na rękojeści noża za paskiem. Teraz Teslyn przylgnęła nerwowo do ściany, a dłońmi objęła się mocno w talii.

— To nie będzie konieczne — odparł Cauthon po chwili. Zaledwie po chwili. Jakkolwiek satysfakcjonujące byłoby „uspokojenie" Joline, Edesina mogłaby naprawdę wyciągnąć nóż, a wtedy Mat, niezależnie od dalszego przebiegu wypadków, znalazłby się niczym kot między kurczętami. — O jakim większym niebezpieczeństwie mówisz, Joline? Joline?! Co nam obecnie zagraża bardziej niż Seanchanie?

Zielona uznała, że jej spojrzenie nie robi na Bethamin żadnego wrażenia, więc popatrzyła bezpośrednio na Cauthona. Różniła się od Aes Sedai, Mat powiedziałby, że wyglądała na nadąsaną. Joline nie lubiła niczego wyjaśniać.

— Jeśli musisz wiedzieć, ktoś tu przenosi Moc.

Teslyn i Edesina kiwnęły głowami, Czerwona siostra niechętnie, Żółta z naciskiem.

— Tu, w obozie? — spytał z trwogą. Automatycznie podniósł prawą rękę i przycisnął do wiszącego pod koszulą srebrnego medalionu z głową lisa, jednak medalion pozostał ciepły.

— Gdzieś dalej — odparła Joline, wciąż z niechęcią w głosie. — Na północy.

— Dużo dalej, niż któraś z nas potrafi wyczuć przenoszenie — dorzuciła Edesina z lekkim strachem. — Ilość *saidara*, którą ta istota włada, jest wyraźnie ogromna, wręcz niepojęta. — Zamilkła, dostrzegłszy ostre spojrzenie Joline, choć ta sekundę później ponownie przeniosła wzrok na Cauthona i przyglądała mu się z uwagą, jakby decydowała, ile powinna mu powiedzieć.

— Z tej odległości — podjęła w końcu — nie potrafiłybyśmy wyczuć żadnej siostry przenoszącej w Wieży Moc. *Saidara* muszą więc obejmować Przeklęci, a cokolwiek robią, nie chcemy do nich podchodzić ani trochę bliżej niż to konieczne.

Mat znieruchomiał na moment.

— Jeśli są daleko, możemy się trzymać planu — odparł wreszcie.

Joline dalej się spierała, lecz Cauthon nie miał ochoty jej słuchać. Ilekroć pomyślał o Randzie albo Perrinie, przed oczyma pojawiały mu się kolory. Sądził, że wiązały się z jego rolą *ta'veren*. Tym razem nie pomyślał o żadnym z przyjaciół, a jednak barwy nagle się zjawiły — wachlarz tysiąca tęcz. W dodatku właśnie niemal skonstruowały obraz, stworzyły niewyraźny efekt, który mógł być mężczyzną i kobietą siedzącymi na ziemi twarzą w twarz. Miraż zniknął prawie od razu, jednak Mat wiedział, kogo uosabiał. Znał imię tego mężczyzny. Nie, nie, nie chodziło o żadnego z Przeklętych. To był Rand! Cauthon nie potrafił się powstrzymać przed pytaniem, co Rand akurat robił, gdy kości w jego głowie znieruchomiały?!

ROZDZIAŁ 4

OPOWIEŚĆ O LALCE

Furyk Karede siedział i gapił się na swoje biurko, nie widząc ani rozłożonych przed nim papierów, ani map. Obie jego lampy oliwne, stojące na stoliku, paliły się, lecz on ich już nie potrzebował. Na dworze słońce prawdopodobnie właśnie wschodziło nad horyzont. Furyk jednakże nie miał co do tego całkowitej pewności, gdyż zaraz po przebudzeniu z nerwowego snu i odmówieniu modlitw do Cesarzowej, niech nam żyje wiecznie, natychmiast wdział szatę w kolorze bardzo ciemnej, imperialnej zieleni, który pewne osoby upierały się nazywać czarnym, i od tej pory cały czas przesiedział tutaj. Nawet się nie ogolił. Deszcz przestał padać i mężczyzna zastanowił się, czy nie kazać swemu służącemu imieniem Ajimbura otworzyć okno i wpuścić nieco świeżego powietrza do zajmowanego przez niego pokoju w gospodzie Wędrowna Kobieta. Czyste powietrze mogłoby rozjaśnić jego myśli. Tyle że w ubiegłych pięciu dniach deszcz tylko na moment ustawał, po czym znienacka powracał w postaci gwałtownej ulewy, łóżko Furyka zaś stało między oknami, więc po takim pogodowym szaleństwie musiał już raz powiesić w kuchni materac i pościel do wyschnięcia.

Cichy pisk i zadowolone chrząknięcie Ajimbury sprawiły, że teraz podniósł wzrok i dostrzegł swego żylastego, małego służącego, który na końcu długiego sztyletu prezentował bezwładnego szczura wielkości połowy kota. Nie był to pierwszy gryzoń, jakiego Ajimbura zabił ostatnio w tym pokoju. Karede sądził, że szczurów nie byłoby tutaj, gdyby gospoda nadal należała do Setalle Anan, choć z drugiej strony od wiosny liczba tych zwierząt w Ebou Dar wydatnie się zwiększyła. Ajimbura sam wyglądał trochę jak zasuszony szczur, w tej chwili zaś szeroko się uśmiechał — równocześnie triumfalnie i dziko. Przedstawicieli plemion ze Wzgórz Kaensada, mimo iż od ponad trzystu lat pozostawali mieszkańcami Imperium, można było nazwać zaledwie na wpół cywilizowanymi i mniej niż w połowie oswojonymi. Służący Furyka miał przetykane bielą, ciemnorude włosy splecione w gruby warkocz, lubił polować, skwapliwie wróciłby w te bliskie góry i dał się wciągnąć w jedną z niekończących się wojen między rodzinami lub plemionami, a pijał z ozdobionego srebrem pucharu, który — jeśli mu się przyjrzeć dokładniej — wykonano ze sklepienia ludzkiej czaszki.

— Jeśli zamierzasz go zjeść — powiedział Karede, jakby miał jakieś wątpliwości — oporządź go sobie w stajniach, gdzie nikt cię nie zobaczy.

Ajimbura jadał wszystko z wyjątkiem jaszczurek, których spożywanie było w jego plemieniu zabronione z powodów, których mężczyzna nie potrafił wyjaśnić.

— Ależ oczywiście, wielki — odparł Ajimbura, garbiąc ramiona, co uchodziło wśród jego ludu za ukłon. — Znam dobrze zasady mieszczan i nie chcę tobie, wielki, sprawiać żadnych problemów. — Po blisko dwudziestu latach w służbie Furyka, Ajimbura z lubością odzierał szczury ze skóry i najchętniej piekł je nad ogniem w małym, ceglanym kominku.

Mężczyzna zdjął truchło z ostrza i wsunął je do niewielkiego płóciennego worka, następnie wetknął go w jakiś kąt na później i ostrożnie wytarł do czysta nóż, który schował do pochwy. W końcu kucnął i czekał na dalsze polecenia swego pana. W razie potrzeby potrafił przeczekać w tej pozycji cały dzień, z równą cierpliwością jak *da'covale*. Karede nigdy nie poznał powodów, dla których Ajimbura opuścił swój dom na wzgórzach i poszedł za żołnierzem ze Straży Skazańców. Życie służącego było znacznie bardziej ograniczone niż to, które prowadził do tamtej pory, a poza tym Furyk o mało go trzykrotnie nie zabił, zanim Ajimbura dokonał tego wyboru.

Porzuciwszy rozmyślania na temat własnego służącego, Karede skupił się ponownie na zalegających biurko papierach, choć na razie nie wziął w rękę pióra. Awansował na Generała Sztandaru za jakiś mało znaczący sukces w bitwach z Asha'manami, gdyż było to w okresie, kiedy tylko nieliczni odnosili jakiekolwiek zwycięstwa, a teraz — ponieważ wcześniej dowodził ludźmi przeciwko mężczyznom umiejącym przenosić Moc — usiłował na podstawie przeszłych zdarzeń wymyślić sposób walki z *marath'damane*. Nikt nie musiał tego robić od stuleci, a odkąd tak zwane Aes Sedai ujawniły swoją nieznaną broń zaledwie kilka lig od miejsca pobytu Furyka, generał mnóstwo czasu poświęcał na znalezienie sposobu osłabienia ich siły. Nie była to jedyna sprawa zaśmiecająca blat biurka. Oprócz zwykłych próśb związanych z zapotrzebowaniem i sprawozdań, które wymagały jego podpisu, jego uwag (o które zwrócili się czterej lordowie i trzy lady) w kwestii wrogich wojsk rozmieszczonych w Illian, a także komentarzy na temat szczególnego problemu Aielów (prośba sześciu lady i pięciu lordów), decyzje w tych kwestiach zostaną wszakże podjęte gdzie indziej, zresztą bardzo prawdopodobne, że już je podjęto. Z obserwacji Furyka skorzystają podczas Powrotu w walce o odzyskanie przejętych ziem. W każdej wojnie dochodziło do jakiegoś zdarzenia, które wymagało wezwania Straży Skazańców. Och, Straż uczestniczyła w większości głównych bitew, składała się bowiem z żołnierzy Cesarzowej, niech nam żyje wiecznie, atakowali oni więc jej wrogów, nawet jeśli jej samej nie było w pobliżu, i zawsze brali udział w najgorętszych walkach, chociaż ich podstawowym zadaniem była ochrona życia i zdrowia przedstawicieli rodziny cesarskiej. Strażnicy nadstawiali za nich własną pierś, a w razie konieczności ochoczo oddawali życie. A dziewięć nocy temu podczas burzy zniknęła Wysoka Lady Tuon. Karede nie nazywał jej Córką Dziewięciu Księżyców, nie mógłby, póki nie dowie się, że zrzuciła woal.

Nie brał wcale pod uwagę odebrania siebie życia, mimo iż ze wstydu bolało go serce. Członkowie Krwi — aby uciec przed hańbą — nie mieli w zwyczaju wybierać najłatwiejszej drogi. Straż Skazańców walczyła do końca. Musenge dowodził strażą przyboczną Wysokiej Lady Tuon, ale zapewnienie jej bezpieczeństwa było obowiązkiem Furyka Karede'a, jako najwyższego rangą członka Straży Skazańców po tej stronie Oceanu Aryth. Pod takim czy innym pretekstem przeszukano każdą kryjówkę w mieście, każdy statek większy niż łódź wiosłowa, najczęściej jednak ludzie nie wiedzieli, czego szukają i nie byli świadomi, że od ich pilności może zależeć los Powrotu. Tak, to był jego obowiązek. Rzecz jasna, rodzina cesarska oddawała się jeszcze bardziej skomplikowanym intrygom niż reszta Krwi, Wysoka Lady Tuon zaś często zagrywała naprawdę ryzykownie, a w dodatku ostro i z morderczą zręcznością. Tylko nieliczni wiedzieli, że wcześniej już dwukrotnie zniknęła, za każdym razem wtedy donoszono o jej śmierci i rozpoczynano przygotowania do obrządku pogrzebowego. I oba te przypadki wyreżyserowała sama. Tyle że Karede musiał ją odnaleźć i chronić — niezależnie od powodów zniknięcia. A dotychczas nie miał pojęcia, gdzie jej szukać. Nie miał żadnej wskazówki. Chyba rzeczywiście pochłonęła ją burza. Albo Pani Cieni. Zresztą już od dnia narodzin Tuon dochodziło do niezliczonych prób porwania kobiety, a nawet zamordowania. Jeśli Furyk znajdzie jej ciało, będzie musiał odkryć też mordercę oraz osobę, która rozkazała dokonanie tej zbrodni, a później — nie bacząc na koszty — srodze pomścić dziewczynę. Te sprawy również należały do jego obowiązków.

Jakiś szczupły mężczyzna bez pukania wszedł z korytarza

do pokoju. W prostym płaszczu wyglądał na jednego ze stajennych gospody, tyle że tutejsi ludzie nie mieli tak jasnych włosów ani tak niebieskich oczu, którymi ten teraz błądził po pomieszczeniu, jakby je sobie przypominał. Nagle wsunął rękę pod płaszcz i Karede wyobraził sobie, jak go zabija gołymi rękoma. Na szczęście po chwili mężczyzna wyjął i okazał małą płytkę z kości słoniowej, obramowaną złotem; widniały na niej wygrawerowane kruk i wieża. Poszukujący Prawdy nie musieli pukać, zabicie zaś któregoś z nich nie było mile widziane.

— Zostaw nas — polecił Ajimburze Poszukujący, chowając płytkę, gdy już się upewnił, że Karede ją rozpoznał.

Mały człowieczek pozostał nieruchomy w kuckach, toteż Poszukujący z zaskoczenia uniósł brwi. Nawet mieszkańcy Wzgórz Kaensada wiedzieli, że rozkaz Poszukujących ma moc prawną. No cóż, może ci z nieco odleglejszych fortów niewiele wiedzieli o Poszukujących, jednak Ajimbura z pewnością o nich słyszał.

— Zaczekaj na zewnątrz — rzucił ostro Karede i służący wstał gorliwie, mrucząc pod nosem: „Słyszę cię i jestem ci posłusznym, wielki". Zanim wszakże wyszedł, otwarcie studiował oblicze Poszukującego, wyraźnie dając przybyszowi do zrozumienia, że zapamięta jego twarz. Być może z powodu takiego zachowania ktoś go pewnego dnia skróci o głowę.

— Cenna rzecz, lojalność — oświadczył jasnowłosy mężczyzna, utkwiwszy po wyjściu Ajimbury wzrok w blacie biurka. — Zostałeś włączony w plany Lorda Yulana, panie Generale Sztandaru Karede? Nie spodziewałem się, że Yulan wciągnie w tę sprawę Straż Skazańców.

Furyk zdjął dwa, mające formy lwów, spiżowe przyciski do map i leżąca na blacie mapa Tar Valon zwinęła się w rulon. Druga czekała dopiero na rozwinięcie.

— Musisz sam zapytać Lorda Yulana, Poszukujący. Lojalność wobec Kryształowego Tronu jest cenniejsza nad życie, trzeba zatem wiedzieć, kiedy należy zachować milczenie. Im więcej ktoś prawi na jakiś temat, tym więcej dowie się od niego osoba, która niczego wiedzieć nie powinna.

Nikt oprócz przedstawicieli rodziny cesarskiej nie upominał Poszukujących i nie podważał ich zadań, jednak przybysz nie wydawał się poruszony słowami Furyka. Po chwili usiadł w miękkim fotelu i złożył dłonie, spoglądając nad nimi na Karede'a, który miał teraz wybór — przestawić krzesło albo siedzieć niemal tyłem do mężczyzny. Większość ludzi ogromnie się deprymowała, mając za plecami Poszukującego. Większość denerwowałaby się nawet, przebywając z Poszukującym w jednym pokoju. Furyk ukrył uśmieszek i nie przestawił krzesła, odwrócił jedynie nieco głowę. Potrafił kątem oka dostrzec wiele szczegółów.

— Pewnie jesteś dumny ze swoich synów — oświadczył Poszukujący. — Dwaj poszli za tobą do Straży Skazańców, trzeciego wymienia się wśród najznakomitszych zmarłych. Twoja żona byłaby z nich bardzo dumna.

— Jak brzmi twoje imię, Poszukujący?

Odpowiedziała mu ogłuszająca cisza. Nieliczni ośmielali się besztać Poszukujących, lecz jeszcze mniej osób pytało ich o imiona.

— Mor — odparł w końcu przybysz. — Almurat Mor.

Więc to tak, Mor! Mężczyzna o tym nazwisku, przodek gościa Furyka, zjawił się wraz z Luthairem Paendragiem. Zatem Poszukujący miał powody do dumy. Z braku dostępu do książek genealogicznych, do których nie wolno było zaglądać żadnym *da'covale*, Karede nie wiedział, czy opowieści o jego własnych przodkach są prawdziwe — może jego antenat towarzyszył kiedyś na przykład wielkiemu Arturowi Jastrzębie Skrzydło? Fakt ten nie miał jednak zbytniego znaczenia, gdyż ludzi, którzy zamiast wybrać samodzielność, usiłowali się wybić dzięki zaszczytom przodków, często skracano o głowę. Szczególnie *da'covale*.

— Mów mi Furyk. Obaj wszak stanowimy własność Kryształowego Tronu. Czego ode mnie chcesz, Almuracie? Sądzę, że na pewno nie przybyłeś dyskutować o mojej rodzinie.

Gdyby synowie Furyka mieli kłopoty, ten mężczyzna na pewno nie wspomniałby o nich tak szybko, a Kalii nie można już było pomóc. Kątem oka Karede widział na twarzy Poszukującego oznaki walki wewnętrznej, chociaż mężczyzna bardzo się starał zachować kamienne oblicze. Mor wyraźnie przestał panować nad przeprowadzanym przesłuchaniem... Czyżby oczekiwał, że na błysk jego płytki z krukiem i wieżą generał Straży Skazańców będzie po byle poleceniu gotów wbić sobie sztylet w serce?

— Posłuchaj pewnej historii — zaczął powoli. — I powiedz mi, co o niej sądzisz. — Jego spojrzenie przylgnęło do Furyka, jakby zostało przyklejone i przez długą chwilę Poszukujący wpatrywał się, oceniał, szacował generała niczym prezentowanego na sprzedaż niewolnika. — Dotarła do nas przed kilkoma dniami. — Do „nas", czyli do Poszukujących Prawdy. — Pochodzi od miejscowego ludu, o ile wiemy, choć nie znaleźliśmy jeszcze jej źródła. Przypuszczalnie... jakaś mówiąca z seandarańskim akcentem dziewczyna okradała ze złota i biżuterii kupców tutaj, w Ebou Dar. Ktoś wymienił tytuł Córki Dziewięciu Księżyców. — Mor skrzywił się ze wstrętem i na moment ścisnął palce tak mocno, że aż ich koniuszki zbielały. — Nikt z miejscowych najwidoczniej nie ma pojęcia, co ów tytuł oznacza, jednak opis dziewczyny jest znacząco dokładny. Znacząco wierny! Nikt też nie pamięta, ażeby słyszał tę plotkę przed nocą... nocą, po której znaleziono zamordowaną Tylin — dokończył, dla określenia czasu wybierając najmniej nieprzyjemne zdarzenie.

— Seandarański akcent — powtórzył Karede tępo, a Poszukujący skinął głową. — Ta pogłoska doszła do naszych ludzi. — Nie było to pytanie, lecz Mor ponownie potwierdził. Żaden miejscowy nie mógłby wymyślić ani akcentu z Seandar, ani wiernego opisu dziewczyny. Ktoś grał zatem w bardzo niebezpieczną grę. Niebezpieczną dla niego samego i dla Imperium. — Jak w Pałacu Tarasin przyjęto ostatnie wydarzenia?

Do tej pory między służącymi byli Słuchacze, prawdopodobnie nawet między eboudariańskimi służącymi, a Słuchacze przekazywali Poszukującym wszystko, co obiło im się o uszy.

Mor oczywiście odpowiednio zrozumiał pytanie. Nie było żadnej potrzeby wzmiankować kwestii, których nie powinni poruszać. Odpowiedział zatem obojętnie.

— Świta Wysokiej Lady Tuon zachowuje się, jakby nic się nie wydarzyło. Z jednym wyjątkiem. Anath, jej Mówczyni Prawdy, udała się do samotni, powiedziano mi wszakże, iż nie jest to dla niej zachowanie niezwykłe. Sama Suroth prywatnie jest jeszcze bardziej zrozpaczona, niż to okazuje publicznie. Niewiele sypia, warczy na faworytów i zleca swojej służbie zajmowanie się błahostkami. Codziennie skazuje na śmierć jednego Poszukującego, póki sprawy się nie wyjaśnią. Dziś odwołała swój rozkaz, zrozumiała bowiem, że może jej nie starczyć Poszukujących. — Lekko wzruszył ramionami, może sugerując bezradność, może ulgę. — To jest zrozumiałe. Jeśli zostanie pociągnięta do odpowiedzialności, będzie się modliła o Śmierć Dziesięciu Tysięcy Łez. Inni przedstawiciele Krwi, którzy wiedzą, co zaszło, rozglądają się uważnie na wszystkie strony. Niektórzy nawet po cichu czynią na wszelki wypadek przygotowania do pogrzebu.

Karede wolałby inną reakcję ze strony tego mężczyzny. Był przyzwyczajony, że się go obraża — nauczył się tego podczas szkolenia — ale coś takiego... Odepchnął krzesło, wstał i usiadł na krawędzi biurka. Mor gapił się na niego nieruchomo, napięty, gotów do obrony w razie ataku. Furyk zrobił głęboki wdech, starając się zapanować nad gniewem.

— Dlaczego przyszedłeś do mnie, skoro wierzysz, że w porwaniu brała udział Straż Skazańców? — Wysiłek utrzymania głosu na spokojnym poziomie generał o mało nie przypłacił śmiercią przez uduszenie. Odkąd oddziały pierwotnej Straży Skazańców przysięgały na trupa Luthaira Paendraga, że będą bronić jego syna, nigdy wśród Strażników nie doszło do zdrady! Nigdy!

Mor odprężył się znacząco, kiedy pojął, że Karede nie zamierza go zabić, przynajmniej nie w tej chwili, a jednak czoło zrosiły mu kropelki potu.

— Mówi się, że ludzie ze Straży Skazańców potrafią dostrzec nawet oddech motyla. Masz coś do picia?

Karede wskazał szybko ceglany piec, na którym stał srebrny puchar i dzban. Dzięki bliskości płomieni trunek pozostawał ciepły. Dzban stał tam nietknięty, odkąd przyniósł go Ajimbura po przebudzeniu się Furyka.

— Do tej pory wino może trochę się ochłodziło, ale częstuj się, proszę. A gdy przepłuczesz gardło, odpowiedz mi na pytanie. Albo bowiem podejrzewasz nas, ludzi ze Straży Skazańców, albo chcesz mnie wciągnąć w jakąś swoją gierkę, a wierz mi, że wtedy poznam, w jaką i po co.

Mężczyzna przemknął niemal nieśmiało do pieca, zerkając na gospodarza kątem oka, lecz gdy się schylił nad dzbanem, zmarszczył brwi i znieruchomiał. Obok pucharu stało naczynie, które wyglądało na obramowaną srebrem misę o podstawie z posrebrzonego rogu baraniego. O Światłości niebios, Karede kazał wszak Ajimburze trzymać ją z dala od ludzkich spojrzeń! Nie miał wątpliwości, że Mor rozpoznał przedmiot i jego przeznaczenie.

I ten mężczyzna uważał, że jeden ze Straży Skazańców dopuścił się zdrady?!

— Nalej mi także, jeśli nalewasz sobie.

Mor zamrugał, okazując lekką konsternację — trzymał w ręku jedyny prawdziwy puchar — i wtedy jego oczy wypełniło światło zrozumienia. Pojmował, lecz był zażenowany.

Napełnił również miskę nieco drżącą ręką, potem wytarł dłoń w płaszcz i dopiero wówczas wziął misę. Każdy człowiek, nawet Poszukujący, ma swoje ograniczenia, a przełamując je, może się stać szczególnie niebezpieczny. Jednak Furyka widok osobliwego naczynia też wyprowadził z równowagi.

Karede przyjął puchar-czaszkę obiema rękoma, podniósł naczynie wysoko, po czym opuścił głowę.

— Za Cesarzową, niech nam żyje wiecznie w chwale i sławie. Śmierć i hańba jej wrogom.

— Za Cesarzową, niech nam żyje wiecznie w chwale i sławie — zawtórował mu Mor, również pochylając głowę i podnosząc własne naczynie. — Śmierć i hańba jej wrogom.

Furyk przytknął misę Ajimbury do warg, świadom, że Poszukujący mu się przygląda. Wino było naprawdę chłodne, a przyprawy nadały mu posmak goryczy. Wyczuł też słabą, cierpką nutę polerki do srebra, a następnie wmówił sobie, że posmak prochu jakiegoś truposza jedynie sobie wyobraził.

Mor pochłonął połowę wina w kilku pospiesznych łykach, po czym zagapił się na swój puchar, wyraźnie dopiero teraz zdając sobie sprawę, co zrobił. Widać było, że wiele wysiłku kosztuje go odzyskanie panowania nad sobą.

— Furyk Karede — odezwał się szybko. — Urodzony czterdzieści dwa lata temu wśród tkaczy, własność niejakiego Jalida Magonine, rzemieślnika z Ancarid. Jako piętnastolatek wybrany na szkolenie w Straży Skazańców. Dwukrotnie publicznie chwalony za bohaterstwo i trzykrotnie wzmiankowany w komunikatach jako weteran siedmioletnich walk, a po narodzinach Wysokiej Lady Tuon mianowany jej osobistym strażnikiem. — Wtedy, ma się rozumieć, nie nosiła takiego imienia, ale wypowiedzenie nadanego jej przy urodzeniu stanowiłoby obecnie obrazę. — W tym samym roku jako jedna z trzech ocalałych osób po pierwszym znanym zamachu dokonanym na jej życie wybrany oficerem szkoleniowym. Służba podczas Powstania Muyami i Incydentu Jianmin, a później kolejne pochwały za bohaterstwo. Znów wymieniany w komunikatach i przydzielony z powrotem jako osobisty strażnik Wysokiej Lady tuż przed dniem nadania jej pierwszego prawdziwego imienia. — Mor zerknął na swoje wino, potem szybko podniósł głowę. — Spełnili twoją prośbę. A była niezwykła. W następnym roku odniosłeś trzy poważne rany, przesłaniając Tuon i chroniąc ją własnym ciałem przed zabójcami. Wysoka Lady dała ci za twoje poświęcenie swoją najcenniejszą rzecz, lalkę. Po dalszej wybitnej służbie, kolejnych pochwałach i wzmiankach w dokumentach wybrano cię na osobistego strażnika samej Cesarzowej, niech nam żyje wiecznie, i służyłeś jej, aż otrzymałeś rozkaz towarzyszenia Wysokiemu Lordowi Turakowi na te ziemie wraz z *Hailene*. Zmieniły się czasy i zmienili się ludzie, jednak zanim zająłeś się ochroną tronu, jeszcze dwukrotnie wystąpiłeś z prośbą o przydział do straży przybocznej Wysokiej Lady Tuon. Bardzo to, bardzo niezwykłe. I zatrzymałeś lalkę, aż spaliła się podczas Wielkiego Pożaru Sohimy, jakieś dziesięć lat temu.

Nie po raz pierwszy Karede cieszył się z efektów odbytego szkolenia, na którym nauczył się zachowywać obojętne oblicze, niezależnie od wszelkich zdarzeń i słów. Nieostrożna mina mogła zdradzić przeciwnikowi zbyt wiele emocji. Furyk przypomniał sobie twarzyczkę dziewczynki, która położyła tę lalkę na jego noszach. Pamiętał jej słowa: „Ochroniłeś moje życie, więc musisz wziąć Emelę, która będzie ciebie strzec”. To były słowa małej Tuon. „Oczywiście, tak naprawdę nie zdoła cię przed niczym uchronić, bo jest tylko lalką. Trzymaj ją jednak, gdyż dzięki niej będziesz wiedział, że zawsze cię usłyszę, jeśli tylko wymówisz moje imię. Ma się rozumieć, o ile wciąż będę żyć”.

— Mój honor to lojalność — odparł, stawiając powoli misę Ajimbury na biurku i starając się nie rozlać wina na papiery. Choć jego służący wyraźnie często polerował srebro,

Karede nie sądził, by Ajimbura mył to naczynie. — Lojalność wobec tronu. Dlaczego do mnie przyszedłeś?

Poszukujący nieznacznie się przesunął, toteż dzielił ich teraz fotel. Bez wątpienia próbował udawać, że stanął tak przypadkowo, jednak wyglądał na jawnie gotowego rzucić pucharem. Miał też nóż pod płaszczem na wysokości krzyża i przypuszczalnie co najmniej jeszcze jeden w innym miejscu.

— Trzy prośby, by chronić Wysoką Lady Tuon. I zatrzymałeś lalkę.

— Rozumiem, o co ci chodzi — odrzekł mu sucho Karede. Strażnicy nie powinni się przywiązywać do osób, które polecono im chronić. Straż Skazańców służyła jedynie Kryształowemu Tronowi, służyła temu, kto akurat na tym tronie zasiadał, służyła mu całym sercem i z absolutną wiernością. Furyk wszakże zapamiętał twarz tego poważnego dziecka, już wtedy świadomego, że może nie dożyć do momentu, w którym ma zacząć wypełniać swoje obowiązki. Mała usilnie się jednak starała i dlatego Karede zatrzymał lalkę. — Ale chodzi o coś więcej niż tylko o pogłoski związane z dziewczyną, prawda?

— Oddech motyla — mruknął Poszukujący. — Przyjemnie się rozmawia z kimś, kto widzi tak dogłębnie. W nocy, kiedy zamordowano Tylin, z zagród Pałacu Tarasin zabrano dwie *damane*. Obie były kiedyś Aes Sedai. Nie uważasz, że to zbyt wielki zbieg okoliczności?

— Każdy zbieg okoliczności zawsze wydaje mi się podejrzany, Almuracie. Jak jednak wspomniane przez ciebie pogłoski łączą się z... innymi sprawami?

— Sieć ta jest bardziej poplątana, niż sobie wyobrażasz. Owej nocy pałac opuściło także kilka innych osób, wśród nich pewien młody człowiek, zdaje mi się, ulubieniec Tylin, a także czterech mężczyzn, którzy bez wątpienia byli żołnierzami, jakiś starzec oraz niejaki Thom Merrilin... tak się w każdym razie przedstawiał... przypuszczalnie służący, choć na takowego wydawał się zbyt wykształcony. Tych wszystkich ludzi widywano czasem w towarzystwie przebywających w mieście Aes Sedai, zanim Imperium je przejęło. — Skoncentrowany na swojej opowieści Poszukujący pochylił się nieznacznie do przodu i oparł o fotel. — Być może Tylin nie zginęła dlatego, że przysięgła hołd lenny, lecz ponieważ poznała jakieś niebezpieczne nowiny. Może zaniedbała ostrożność i ujawniła swemu faworytowi wiadomości, które on przekazał Merrilinowi. Będziemy go tak nazywać, póki nie poznamy jego prawdziwego nazwiska. Im więcej się o nim dowiaduję, tym bardziej mnie ten mężczyzna intryguje: uczony, wiele wie o świecie, elokwentny, bez skrępowania rozmawia zarówno z panami wielkich rodów, jak i z koronowanymi głowami. Gdybyś nie wiedział, że jest służącym, nazwałbyś go raczej dworzaninem. Jeżeli Biała Wieża wiązała pewne plany z Ebou Dar, siostry mogły przysłać tu właśnie takiego osobnika, aby te plany przeprowadził.

Plany. Karede mimowolnie podniósł naczynie Ajimbury i o mało nie napił się wina, na szczęście w porę zrozumiał, co robi. Wciąż trzymał miskę-puchar, chociaż głównie po to, żeby pokryć zmieszanie. Wszyscy — przynajmniej w każdym razie ci, którzy wiedzieli — byli pewni, że zniknięcie Wysokiej Lady Tuon jest częścią rywalizacji o sukcesję po Cesarzowej, niech nam żyje wiecznie. Tak wyglądało życie w rodzinie cesarskiej. Gdyby Wysoka Lady nie żyła, trzeba by mianować nowego spadkobiercę. Gdyby nie żyła... A jeśli żyła... Wtedy Biała Wieża mogłaby rzeczywiście wysłać swojego najlepszego człowieka, zleciwszy mu porwanie Tuon. O ile Poszukujący nie grał z nim w jakąś własną grę. Poszukujący próbowali przecież złapać w sidła każdego z wyjątkiem samej Cesarzowej, niech nam żyje wiecznie.

— Przekazałeś ten pomysł swoim zwierzchnikom, a oni go odrzucili, w przeciwnym razie nie przyszedłbyś do mnie. No chyba że... Nie wspomniałeś im o niczym, co? Dlaczego?

— Sieć jest znacznie bardziej poplątana, niż sądzisz — powtórzył cicho Mor, z uwagą wpatrując się w drzwi, być może podejrzewając, że ktoś za nimi podsłuchuje ich rozmowę. Skąd u niego ta nagła ostrożność? — Jest sporo... komplikacji. Te dwie *damane* zwolniła Lady Egeanin Tamarath, która wcześniej miała kontakty z Aes Sedai. Mówiąc dokładniej, bliskie kontakty. Bardzo bliskie. Wyraźnie wypuściła inne *damane*, starając się odwrócić uwagę od ucieczki tamtych. Tej samej nocy miasto opuściła też Egeanin wraz z trzema kolejnymi *damane* i przypuszczamy, że przyłączyła się do Merrilina oraz pozostałych. Nie wiemy, kim była trzecia *damane* — podejrzewamy kogoś ważnego spośród Atha'an Miere albo może jakąś Aes Sedai, która do tej pory ukrywała się w Ebou Dar. Zidentyfikowaliśmy w każdym razie jej *sul'dam* i dowiedzieliśmy się, że obie były blisko związane z Suroth. Ona sama jest mocno związana z Aes Sedai — Mor przekazywał te rewelacje z pozoru spokojnym tonem, lecz Karede nie dziwił się, że mężczyzna znajduje się o krok od wybuchu.

Miał też wiele racji. Suroth rzeczywiście spiskowała z Aes Sedai i zdeprawowała przynajmniej niektórych Poszukujących ważniejszych od Mora, a Biała Wieża co jakiś czas przydzielała niezwykłe zadania swoim najlepszym mężczyznom. Cała historia brzmiała wiarygodnie. Kiedy Furyka wysłano wraz ze Zwiastunami, otrzymał zadanie szukania wśród członków Krwi osób o wygórowanych ambicjach. Zawsze istniała możliwość, że ludzie ci, będąc tak daleko od Imperium, zechcą stworzyć na tych terenach własne, małe królestwa. A sam Karede wysłał żołnierzy do miasta, bo choć wiedział, że niezależnie od jego działań obronnych ono upadnie, jego ludzie mogli przynajmniej gnębić wroga od wewnątrz.

— Znasz kierunek, w którym się udali, Almuracie?

Mor potrząsnął głową.

— Poszli na północ, a ktoś w stajniach pałacowych wspomniał o mieście Jehannah, jednak wygląda mi to na oczywistą próbę wyprowadzenia nas w pole. Pewnie na pierwszym lepszym skrzyżowaniu zmienią kierunek. Sprawdziliśmy wszystkie łodzie, które mogłyby przewieźć przez rzekę tak liczną grupkę osób, jednak rozmaite jednostki pływają po okolicznych wodach. Nikt tu nad niczym nie panuje, nikt niczego nie kontroluje.

— To daje wiele do myślenia.

Poszukujący skrzywił się nieznacznie, jednak powoli już rozumiał, że Karede zaangażuje się w sprawę tylko w takim stopniu, w jakim zechce. Kiwnął głową.

— Cokolwiek postanowisz zrobić, musisz znać wszystkie fakty. Można się zastanowić, w jaki sposób dziewczyna omamiła tych kupców. Najwyraźniej zawsze towarzyszyli jej dwaj lub trzej żołnierze. Ludzie podawali również bardzo dokładny opis ich zbroi. — Poszukujący wyciągnął lekko rękę, jakby chciał dotknąć szaty Furyka, na szczęście wykazał się mądrością i zamiast tego położył sobie dłoń na udzie. — Większość osób określiłaby kolor owych zbroi jako czarny. Rozumiesz mnie? Poza tym… Jeśli się zdecydujesz na jakiś ruch, nie zwlekaj. — Mor podniósł puchar. — Twoje zdrowie, Generale Sztandaru. Furyku! Zdrowie twoje i Imperium.

Karede bez wahania opróżnił naczynie Ajimbury.

Poszukujący odszedł równie nagle, jak się zjawił. Drzwi, które za sobą zamknął, niemal natychmiast znów się otworzyły i w progu stanął Ajimbura. Od razu wpatrzył się oskarżycielsko w puchar-czaszkę w rękach swego pana.

— Znasz tę pogłoskę, Ajimbura? — Zamiast się upewniać, czy niski służący podsłuchiwał, równie dobrze Furyk mógłby spytać, czy słońce wschodzi co ranek. Ajimbura — tak czy owak — nie zaprzeczył.

— Nie kalałbym sobie języka takimi brudami, wielki — odparował, podchodząc bliżej.

Karede pozwolił sobie na westchnięcie. Niezależnie od tego, kto zorganizował zniknięcie Wysokiej Lady Tuon — ona sama czy ktoś inny — dziewczynie groziło ogromne niebezpieczeństwo. A jeśli plotki łączyły się z jakąś sztuczką Mora... Najlepszy sposób na pokonanie kogoś innego jest rozpoczęcie własnej gry.

— Wyjmij moją brzytwę. — Siadając, sięgnął po pióro. Lewą ręką przytrzymał prawy rękaw szaty, usiłując nie powalać go atramentem. — Potem znajdziesz kapitana Musenge i jeśli zastaniesz go samego, wręczysz mu pismo. Wracaj szybko, mam dla ciebie więcej zadań.

Krótko po południu następnego dnia Karede przepływał już port na promie odchodzącym co godzinę odmierzaną punktualnie przez grzmiące dzwony. Prom był powolną, niezgrabną barką, niezdarnie falującą na wzburzonych portowych wodach. Liny, którymi przywiązano do pokładowych knag pół tuzina kupieckich wozów krytych płóciennymi budami, skrzypiały wraz z każdym ruchem promu, konie przestępowały nerwowo, tupiąc kopytami, a wioślarze musieli walczyć z woźnicami i wynajętymi strażnikami, którzy chcieli wymiotować za burtę. Niektórzy ludzie po prostu nie mają wystarczająco mocnych żołądków i nie nadają się na rejsy. Jedna z przedstawicielek stanu kupieckiego, kobieta o miedzianej cerze i nalanej twarzy, stała na dziobie spowita w ciemny płaszcz i balansując lekko wraz z falowaniem promu, wpatrywała się niewzruszenie w zbliżającą się przystań. Ignorowała przy tym stojącego obok niej Furyka Karede'a. Prawdopodobnie wiedziała, że jest Seanchaninem, choćby po siodle jego gniadosza, generał ukrył wszakże zieloną oficerską kurtę z czerwoną lamówką pod prostym szarym płaszczem, toteż jeśli kobieta w ogóle się zastanawiała nad jego osobą, uważała go zapewne za zwykłego żołnierza. Z pewnością nie wyglądał na osadnika, gdyż nosił przy biodrze miecz. Furyk wiedział, że choć starał się nie rzucać w oczy, ktoś mógł podpatrzeć, jak idzie przez miasto lub wsiada na prom, jednakże nic nie mógł na to w tej chwili poradzić. Przy odrobinie szczęścia minie jeszcze dzień lub dwa, zanim ktoś zauważy, że nie ma go w gospodzie i że nie zamierza do niej zbyt szybko powrócić.

Siodło rozhuśtało się, gdy prom uderzył mocno w obite skórą słupki przystani. Karede pierwszy zjechał na brzeg po spuszczonym trapie. Kupcy dopiero zaganiali woźniców do wozów, które przewoźnicy promowi odwiązywali od knag. Furyk zmuszał Aldazara do zaledwie powolnego stępa po kamieniach, nadal śliskich od porannego deszczu, rozmytego końskiego łajna i kup pozostałych po wyraźnie niedawnym przejściu owczego stada. Dopiero kiedy wjechali na Drogę do Illian, pozwolił wałachowi przyspieszyć, choć jedynie do kłusa. W podróży, której długości się nie zna, niecierpliwość zazwyczaj okazuje się wyłącznie błędem.

Wzdłuż trasy, za przystanią, po obu stronach pobudowano liczne gospody — budynki o płaskich dachach, pobielone obecnie popękanym i łuszczącym się tynkiem, których szyldy zdążyły już wypłowieć bądź też poodpadały. Ta droga znaczyła północną krawędź Rahad. Na ławach przed gospodami rozsiedli się niedbale odziani mężczyźni, którzy ponuro przypatrywali się jego przejazdowi. Nie dlatego, że był Seanchaninem — Karede podejrzewał, że nie są milsi dla żadnego innego konnego. Ani ogólnie dla żadnego innego posiadacza choćby kilku monet. Wkrótce opuścił szeregi gospod i przez następne parę godzin pędził między gajami oliwkowymi i małymi farmami, których pracownicy byli na tyle przyzwyczajeni do przejezdnych, że nawet się nie odrywali od swoich zajęć. Ruch był w każdym razie rzadki: Furyka minęło kilka farmerskich wozów na wysokich kołach i — dwa razy — kolumna jadących do Ebou Dar kupców, którym towarzyszyli wynajęci wartownicy. Wielu woźniców i dwaj kupcy nosili charakterystyczne dla Illian brody. Karede zdziwił się, że Illiańczycy wciąż handlują z Ebou Dar mimo walk z Imperium, jednak ludzie po tej stronie Morza Wschodniego często postępowali osobliwie, cechowali się dziwacznymi zwyczajami i nie bardzo się kojarzyli z bohaterami historii opowiadanych o ojczyźnie wielkiego Artura Jastrzębie Skrzydło. Wielu w ogóle takich bohaterów nie przypominało. Trzeba ich będzie oczywiście zrozumieć, skoro mieli wejść w skład mieszkańców Imperium, ale zadanie przestudiowania ich zachowania otrzymają inni, ważniejsi od niego. On zresztą miał swoje obowiązki.

Farmy ustąpiły miejsca terenom lesistym i obszarom porośniętym zaroślami. Do czasu aż Karede dostrzegł to, czego szukał, jego cień wydłużył się znacznie przed nim, a słońce przekroczyło już połowę drogi ku zachodowi. Tuż przed generałem, na północnej stronie drogi kucał Ajimbura. Grając na trzcinowym flecie, wyglądał jak uosobienie wykręcającego się od pracy lenia. Zanim Furyk do niego dotarł, służący schował flet za pasek, otoczył się brązowym płaszczem i zniknął wśród drzew i krzewów. W tym samym momencie Karede zerknął za siebie, by sprawdzić, czy i tam droga jest pusta, po czym skierował Aldazara w las.

Mały służący czekał w najbliższym niewidocznym z drogi miejscu, czyli w zbiorowisku wielkich sosen, z których najwyższe osiągały dobre sto stóp. Mężczyzna zgarbił ramiona w typowym dla siebie dziwnym ukłonie i wgramolił się na siodło szczupłego kasztanka o czterech białych kopytach. Ajimbura upierał się, że białe kopyta przynoszą szczęście.

— Tędy, wielki? — spytał, a gdy Karede zezwolił mu gestem, służący skierował wierzchowca głębiej w las.

Udając się na dużą polanę, mieli do pokonania krótką drogę, nie więcej niż zaledwie pół mili, jednak nikt z jadących głównym traktem nawet by nie podejrzewał, co się na niej odbywa. Musenge sprowadził tu z sobą stu ludzi ze Straży Skazańców na dobrych koniach, dwudziestu ogirskich Ogrodników w pełnej zbroi oraz zwierzęta juczne obładowane zapasami, które wystarczą przynajmniej na dwa tygodnie. Wśród tych ostatnich był przygotowany poprzedniego dnia przez Ajimburę koń juczny ze zbroją Karede'a. Obok własnych wierzchowców stały *sul'dam*, niektóre z nich prowadziły na smyczy nawet po sześć *damane*. Kiedy Musenge wyjechał na spotkanie Furykowi, towarzyszył mu sadzący wielkie kroki Pierwszy Ogrodnik imieniem Hartha, ogir z ponurą miną i zdobionym zielonym chwostem toporkiem w ręku. Po chwili dosiadła konia i dołączyła do nich jedna z kobiet: *der'sul'dam* Wysokiej Lady Tuon o imieniu Melitene.

Musenge i Hartha przytknęli pięści do piersi w okolicy serc. Generał Karede odpowiedział na ich pozdrowienie, lecz spojrzenie utkwił w nieruchomo czekających *damane*, a ściśle rzecz biorąc, w jednej z nich — niewysokiej kobiecie, którą gładziła po włosach ciemna *sul'dam* o kwadratowej twarzy. Oblicza *damane* zazwyczaj bywały zwodnicze — kobiety te starzały się powoli i bardzo długo żyły — jednak tę szczególną charakteryzowało coś odmiennego, co Furyk nauczył się rozpoznawać jako cechę istot, które nazywały siebie Aes Sedai.

— Jakiej wymówki użyliście, ażeby usprawiedliwić jednoczesne wyprowadzenie tak dużej grupy z miasta? — spytał.

— Ćwiczenia, Generale Sztandaru — odparła Melitene z lekko drwiącym uśmieszkiem. — Wszyscy wierzą w taki pretekst. — Mówiono wprawdzie, że Wysoka Lady Tuon właściwie nie potrzebuje do szkolenia posiadanych istot *der'sul'dam* ani *sul'dam*, jednak Melitene, kobieta, w której włosach więcej było siwizny niż naturalnej czerni, posiadała liczne talenty wykraczające poza jej fach i dokładnie wiedziała, o co Karede naprawdę pyta. Sam wszak prosił Musenge'a o sprowadzenie w miarę możliwości kilku *damane*. — Żadna z nas nie pozostałaby w mieście, Generale Sztandaru. Nie, gdy chodzi o taką sprawę. Co do Mylen... — Prawdopodobnie chodziło o byłą Aes Sedai. — Gdy opuściliśmy Ebou Dar, wyjaśniliśmy *damane* prawdziwe przyczyny naszego wymarszu. Najlepiej, jeśli wiedzą, czego się mają spodziewać. Do tej pory uspokajamy Mylen, która naprawdę kocha Wysoką Lady. Wszystkie ją kochają, jednak Mylen czci ją tak, jakby Tuon już zasiadała na Kryształowym Tronie. Jeśli Mylen dostanie w swoje ręce jedną z tych Aes Sedai — zachichotała — będziemy musieli się spieszyć, o ile zależy nam na zachowaniu nieszczęsnych przy życiu, w przeciwnym razie Mylen tak je sponiewiera, że już nie warto ich będzie brać na smycz.

— Nie widzę powodów do śmiechu — zagrzmiał Hartha. Ogir — o długich siwych wąsach i przypominających czarne kamienie oczach łypiących spod hełmu — wyglądał na jeszcze bardziej znużonego i zasmuconego niż kapitan Musenge. Został Ogrodnikiem na wiele lat przed urodzeniem się ojca Furyka, może nawet przed narodzinami dziadka generała. — Nie mamy żadnego planu. Próbujemy złapać wiatr w sieci.

Melitene szybko się opanowała, a Musenge przybrał jeszcze bardziej ponurą minę niż Hartha, choć wydawało się to niemożliwe.

W ciągu dziesięciu dni poszukiwani ludzie mogli się oddalić o szereg mil. Jeśli w grupie znajdowali się najlepsi przedstawiciele Białej Wieży, nie skierowaliby się na wschód po głośnej, lecz zapewne fałszywej wzmiance o Jehannah, nie byli też na tyle głupi, by podążyć na północ, a jednak potencjalny obszar do przeszukania pozostawał ogromny i stale się rozszerzał.

— Musimy zatem niezwłocznie zarzucić nasze sieci — odparował Karede. — I precyzyjnie je rozłożyć.

Musenge i Hartha pokiwali głowami. Straż Skazańców wiedziała, że każdy rozkaz trzeba wykonać. Nawet rozkaz łapania wiatru w sieci.

ROZDZIAŁ 5

WYKUWANIE MŁOTA

Biegł lekko przez noc, mimo pokrywającego ziemię śniegu. Sunął wśród cieni drzew, oślepiony księżycową poświatą niemal równie jasną jak światło słońca. Zimny wiatr szarpał jego grubym futrem, aż nagle przyniósł zapach, który go rozjuszył, a jego serce przepełnił nienawiścią większą niż ta odczuwana dla Niezrodzonego. Nienawiścią i przekonaniem o zbliżającej się śmierci. Nie miał wyboru, nie teraz. Biegł jeszcze szybciej, ku śmierci.

Perrin Aybara obudził się nagle w głębokich ciemnościach przed świtem, pod jednym z towarowych wozów na wysokich kołach. Aż do kości ogarnęło go przygruntowe zimno, które poczuł mimo ciężkiego, obszytego futrem płaszcza i dwóch koców. Wiał kapryśny wietrzyk, niezbyt silny, lecz lodowaty. Kiedy Perrin przecierał twarz rękoma w rękawicach, zmrożona krótka bródka aż zaskrzypiała. Najwyraźniej na szczęście w nocy nie spadł już śnieg. Zbyt często Perrin budził się zasypany białym puchem, przed którym nie uchronił go nawet wóz. W dodatku opady utrudniały zwiad. Mężczyzna żałował, że nie może porozmawiać z Elyasem w sposób, w jaki porozumiewał się z wilkami. Wtedy nie musiałby znosić tego niekończącego się czekania. Zmęczenie przylgnęło do niego niczym druga skóra i nie potrafił sobie przypomnieć, kiedy ostatnio spał głęboko w nocy. Sen czy też jego brak nie wydawał mu się zresztą zbyt ważny. Obecnie własny gorący gniew dawał mu siłę do dalszej drogi.

Perrin nie sądził, że obudził go dzisiejszy sen. Każdej nocy kładł się, oczekując koszmarów i one każdej nocy się zjawiały. W najgorszych z nich znajdował Faile martwą lub nigdy jej nie znajdował. Z takich budził się drżący i spocony. Po mniej okropnych nie budził się albo pozostawał przez jakiś czas w półśnie, niemal czując, jak jego ciało żywcem tną trolloki, zamierzając je zapewne ugotować, czasem zaś urojony draghkar wyjadał mu duszę. Ten sen zanikał szybko, jak to sny, jednak mężczyzna pamiętał, że był w nim wilkiem i pachniał... czym? Czymś, czego wilki nienawidziły nawet bardziej niż Myrddraali. Czymś, czego nienawidziły, bo wiedziały, że może je to zabić. Świadomość, która towarzyszyła Perrinowi we śnie, opuściła go; pozostały jedynie niewyraźne wrażenia. Nie był w wilczym śnie odbijającym świat, w którym żyły wilki po śmierci i do którego żywe mogły pójść po poradę. Wilczy sen stale pozostawał wyraźny w jego głowie, odkąd odszedł — czy poszedł tam świadomie, czy nie. Tym niemniej sen ten wciąż wydawał się realny i osobliwie natarczywy.

Leżąc bez ruchu na plecach, Perrin zaczął mentalnie poszukiwać wilków. Próbował je przekonać do pomocy w swoich łowach, niestety bezskutecznie. Nakłonienie ich do zainteresowania się działalnością istoty dwunożnej było — w najlepszym razie — trudne. Wilki unikały większych grup ludzkich; wystarczyło pół tuzina osób, ażeby się rozproszyły. Ludzie ścigali zwierzęta, a większość mężczyzn starała się zabić każdego dostrzeżonego wilka. Początkowo w myślach Perrina panowała pustka, później jednak, po pewnym czasie, zaczął wyczuwać wilki, nawet z niejakiej odległości, której nie był dokładnie pewien. Odnosił wrażenie, że chwyta jakiś ledwie słyszalny szept, więc odległość wydawała mu się spora. Fakt ten go dziwił. Mimo rozrzuconych tu i ówdzie wiosek oraz rezydencji, a nawet sporadycznych miast, właściwie otaczała go kraina nietkniętych lasów i jako taka od zawsze należała do wilków, a także do jeleni i mniejszej zwierzyny łownej.

Ze stadem, którego nie był członkiem, za każdym razem rozmawiał bardzo uprzejmie. Grzecznie wysyłał wilkom swoje imię, Młody Byk wydzielał swój zapach, otrzymując w zamian ich woń — ich, czyli Łowczyni Liści, Rosłego Niedźwiedzia, Białego Ogona, Pióra, Grzmiącej Mgły i wielu innych. Było to spore stado, któremu przewodziła spokojna i pewna siebie wadera imieniem Łowczyni Liści, jej towarzyszem zaś był Pióro — bystry basior w sile wieku. Wszystkie słyszały o Młodym Byku i chętnie gawędziły z przyjacielem sławnego Długiego Kła, pierwszego dwunożnego, który nauczył się rozmawiać z wilkami po długiej przerwie sięgającej od zamierzchłych czasów Wieku Legend. Przez głowę Perrina przepływał zasadniczo potok obrazów i wspomnień zapachów, które umysł mężczyzny przekształcał w słowa, słowa zaś zmieniał jakimś sposobem w obrazy i zapachy zrozumiałe dla wilków.

„Jest coś, czego chcę się dowiedzieć — pomyślał natychmiast po powitaniu. — „Czego wilki nienawidzą bardziej niż Niezrodzonego?". — Spróbował przywołać zapach ze snu i przekazać go stadu, niestety nie potrafił już sobie przypomnieć tej woni. — „Coś, co dla wilka oznacza śmierć" — dodał w myślach.

Odpowiedziała mu cisza, później zwierzęta przesłały mu swoje emocje: nutę strachu zmieszaną z nienawiścią, determinacją i niechęcią. Poczuł już wcześniej wilczy lęk — stado bało się przede wszystkim straszliwych pożarów, które szybko ogarniały las, tak w każdym razie zrozumiał — jednak obecny strach należał do typu powodującego u człowieka mrowienie, gęsią skórkę, drżenie całego ciała i nerwowe podrywanie się przy byle okazji. Perrin był zdecydowany za wszelką cenę odkryć przyczynę takiego przerażenia. Większość wilków na szczęście nigdy nie doświadczyła tego rodzaju strachu. Niektóre jednak tak.

Jedno po drugim, zwierzęta znikały z jego świadomości, umyślnie nie dopuszczając go do swoich umysłów, aż pozostała jedynie Łowczyni Liści.

„Ostatnie Polowanie nadchodzi" — wyjaśniła mu w końcu, a później i ona zamknęła swój umysł przed jego ingerencją.

„Czy was obraziłem?" — wysłał pytanie. — „Jeśli tak, to tylko z powodu nieznajomości reguł". Niestety, nie otrzymał żadnej odpowiedzi. Przedstawiciele tego wilczego stada nie będą z nim rozmawiać znów zbyt szybko.

„Ostatnie Polowanie nadchodzi". Tak wilki nazywały Ostatnią Bitwę, czyli Tarmon Gai'don. Wiedziały, że będą uczestniczyć w tej ostatecznej konfrontacji między Światłością i Cieniem, chociaż nie umiały wyjaśnić przyczyn swej w niej obecności. Istniały sprawy przesądzone, tak niezmienne jak wschód i zachód słońca czy księżyca, było też stuprocentowo pewne, że wiele wilków umrze w Ostatnim Polowaniu. Teraz jednak obawiały się czegoś innego. Perrin miał silne przeczucie, że powinien również wziąć udział w Tarmon Gai'don, wiedział jednak, że jeśli do Ostatniego Polowania dojdzie wkrótce, nie włączy się w nie. Miał swoje zadanie do wykonania i nie mógł się od niego uchylić się — nie mógł, nawet dla Ostatniej Bitwy!

Porzuciwszy próżne rozważania na temat nieokreślonych lęków i Tarmon Gai'don, zdjął rękawice i poszukał w kieszeni płaszcza długiego rzemienia z surowej skóry. W porannym rytuale jego palce wykonały mechanicznie kolejny węzeł, potem zsunęły się po rzemieniu, licząc. Dwadzieścia dwa węzły. Dwadzieścia dwa ranki, odkąd porwano Faile.

Na początku nie myślał, że będzie musiał prowadzić tego typu rachubę. Pierwszego dnia był wprawdzie zziębnięty i odrętwiały, jednak uważał się za skupionego, teraz wszakże spoglądając wstecz, wiedział, że ogarniała go wówczas niepoprawna wściekłość i trawiąca potrzeba jak najszybszego znalezienia przedstawicieli Shaido Aiel. Ludzi z innych klanów również dostrzegł wśród Aielów, którzy porwali Faile, tym niemniej — przynajmniej na pierwszy rzut oka — najwięcej było Shaido Aiel, więc o nich myślał. Konieczność wyrwania im Faile, zanim zostanie ranna, chwytała go mocno za gardło, niemal dusiła. Perrin uratowałby oczywiście przy okazji inne, schwytane wraz z Faile kobiety, chociaż co jakiś czas musiał sobie powtarzać w myślach ich imiona, jeśli nie chciał całkowicie zapomnieć. Alliandre Maritha Kigarin, Królowa Ghealdan i jego lenniczka... Posiadanie lenniczki, która złożyła mu przysięgę wierności, szczególnie królowej, nadal wydawało mu się nie w porządku — przecież był kowalem! To znaczy kiedyś był kowalem, ale miał obowiązki wobec Alliandre, a ona nigdy nie narażała się na niebezpieczeństwo wyłącznie dla niego. Oprócz niej: Bain ze szczepu Czarnej Skały, Shaarad Aiel i Chiad ze szczepu Kamiennej Rzeki, Goshien Aiel, aielskie Panny Włóczni, które podążyły za Faile do Ghealdan i Amadicii. Obie stawiały również czoło trollokom w Dwu Rzekach, gdy Perrin potrzebował każdej pary rąk zdolnych do noszenia broni, a one w zamian zyskały prawo do wzywania jego w razie potrzeby. Były też Arrela Shiego i Lacile Aldorwin, dwie głupie młódki, którym się zdawało, że potrafią się nauczyć być Aielami lub jakąś dziwną wersją Aielów. Obie przysięgały Faile, podobnie jak Maighdin Dorlain, uciekinierka bez grosza, którą Faile wzięła pod swoje skrzydła i uczyniła jedną ze swoich dziewczyn. Perrin nie mógł zostawić ludzi Faile. Ani Faile ni Bashere t'Aybara, ani jej ludzi.

Powtórzył w głowie całą listę i wrócił do niej, do Faile, do swojej żony, oddechu swego życia. Z jękiem chwycił rzemień tak mocno, że węzły odcisnęły się boleśnie na jego stwardniałej od długich dni wielogodzinnego machania młotem w kuźni ręce. O Światłości, dwadzieścia dwa dni!

Praca nad żelazem nauczyła go, że pośpiech rujnuje metal, a przecież na początku bywał zbyt szybki, Podróżując na południe przez bramy utworzone przez Grady'ego i Nealda, dwóch Asha'manów, do miejsca, gdzie znaleziono najdalsze ślady Shaido. Potem skakał jeszcze dalej na południe, tak jak wiodły ich ślady, natychmiast gdy Asha'mani zdołali wykonać kolejne bramy. Umysł Perrina trawił niepokój, że każda godzina przeznaczona na odpoczynek i utrzymywanie utkanych bram otwartych wystarczająco długo, aby zdążyli przejść wszyscy, oddala go od znalezienia Faile, którą pragnął za wszelką cenę uwolnić z niewoli. Z każdym dniem jego ból rósł, szczególnie kiedy zwiadowcy zapuszczali się coraz dalej na niezamieszkane pustkowie i wracali bez pozytywnych nowin, jako że nie spotkali po drodze nikogo i nie dostrzegli najmniejszych nawet znaków czyjejś bytności. Później Perrin odkrył, że musi odtworzyć swoją przeszłą drogę i strwonił mnóstwo dni na przejście terenu, który wcześniej dzięki Asha'manom i utworzonym przez nich bramom przeskoczył. Szukał choćby najdrobniejszego znaku, w którym punkcie zboczyli z trasy członkowie klanu Shaido Aiel.

Powinien od razu pomyśleć, że skręcą. Południe zawiodło ich wszak na cieplejsze ziemie pozbawione śniegu, który tak bardzo Aielów dziwił. Tym samym jednak zbliżyli się także do przebywających w Ebou Dar Seanchan. Perrin wiedział o Seanchanach i powinien się domyślić, że i Shaido Aiel o nich usłyszą! Shaido jednakże przybyli tu grabić, a nie walczyć z Seanchanami i ich *damane*. Dni powolnego marszu ze zwiadowcami rozbiegającymi się przed nimi na boki, dni, kiedy padający śnieg oślepiał nawet Aielów i zmuszał wszystkich do irytujących postojów... Aż w końcu Jondyn Barran znalazł na pniu drzewa ślad otarcia przez budę jakiegoś wozu, a Elyas przypadkiem kopnął wystający spod śniegu, pęknięty trzonek włóczni Aielów. Perrin skręcił w końcu na wschód, najwyżej dwa dni od miejsca, skąd za pierwszym razem Podróżował. Gdy sobie tę zbieżność uświadomił, miał ochotę zawyć, na szczęście się powstrzymał. Nie mógł się przecież załamać, ani trochę nie mógł, od niego bowiem zależał los Faile. Właśnie tamtego dnia zaczął oszczędnie gospodarować swoim gniewem, powoli zaczął nad nim panować.

Jej porywacze mieli nad nim wielką przewagę, ponieważ na początku się pospieszył, jednak od tamtej pory zachowywał identyczną ostrożność, jak wcześniej w kuźni. Umiał już panować nad gniewem i potrafił go skierować w odpowiednią stronę. Odkąd ponownie znalazł ślady Shaido, Podróżował nie dalej niż po jednym skoku, zwiadowcy zaś wyruszali i wracali między świtem i zmierzchem. Jego ostrożność się opłaciła, gdyż Shaido kilkakrotnie nagle zmieniali kierunek i szli niemal zygzakiem, jakby nie mogli się zdecydować, dokąd właściwie pójść. A może zbaczali z drogi, żeby dołączyć do swoich ziomków? Perrin kierował się jedynie pozostawionymi śladami — na przykład opuszczonymi przez nich, częściowo zasypanymi przez śnieg, obozowiskami — a wszyscy zwiadowcy zgodnie stwierdzili, że liczba idących się ostatnio zwiększyła. Teraz mieli przed sobą prawdopodobnie co najmniej dwa, trzy szczepy przemieszczające się wspólnie, może nawet więcej. Straszliwy był to przeciwnik! Powoli, lecz pewnie jednak ich doganiali i to się wydawało najważniejsze.

Shaido przeszli większe połacie ziemi, niż Perrin uważał za możliwe, biorąc pod uwagę ich liczbę i padający śnieg, w dodatku najwyraźniej zupełnie nie dbali o to, czy ktoś ich śledzi. Może sądzili, że nikt się nie ośmieli. Czasami obozowali kilka dni w jednym miejscu. Perrin skupiał swój gniew na celu. Shaido — niczym ludzka szarańcza — pozostawiali za sobą zrujnowane wsie, małe miasta i posiadłości, ograbione magazyny i sklepy. Zabierali mężczyzn i kobiety wraz z żywym inwentarzem. Perrin stale zastawał jedynie puste domy, gdyż ocalali ludzie szukali w okolicy jedzenia, które pozwoliłoby im przeżyć do wiosny. Kiedy przekroczył rzekę Eldar i znalazł się w Altarze, wsiadł na mały prom używany nie przez kupców, lecz przez domokrążców i miejscowych farmerów, i pokonał na nim odległość dzielącą dwie wioski położone na przeciwległych zalesionych brzegach rzeki. Nie miał pojęcia, w jaki sposób Shaido Aiel przedostali się na drugą stronę, kazał jednak Asha'manom utworzyć bramy. Na obu brzegach z przystani dla promów pozostały jedynie nierówne kamienne lądowiska i nieliczne niespalone budowle, całkowicie opuszczone przez ludzi. Na drugim brzegu Perrin dostrzegł tylko trzy wychudłe, zdziczałe psy, które umykały na widok ludzi. Jego gniew stwardniał i przybrał kształt młota.

Wczoraj rano Perrin dotarł do małej wioski, gdzie dwie grupki ogłuszonych mężczyzn o brudnych twarzach gapiły się na setki lansjerów i łuczników wyjeżdżających z lasu przy pierwszym świetle za sztandarami — Czerwonym Orłem Manetheren, szkarłatnym Wilczym Łbem, Srebrnymi Gwiazdami Ghealdan oraz Złotym Jastrzębiem Mayene. Za jeźdźcami ciągnęły się długie szeregi wozów na wysokich kołach i sznury zapasowych luzaków. Na widok Gaula i drugiego Aiela ludzie ci przezwyciężyli ogarniający ich swego rodzaju paraliż i zaczęli uciekać w panice między drzewa. Złapali kilka osób, ale nie uzyskali od nich odpowiedzi na swoje pytania. Ludzie woleli umrzeć, niż pozwolić się do siebie zbliżyć Aielom. Brytan zamieszkiwało tylko około tuzina rodzin, a jednak Shaido zabrali stamtąd dziewięciu młodych mężczyzn i kobiet wraz ze wszystkimi ich domowymi zwierzętami. Było to zaledwie dwa dni temu. Dwa dni! Perrin coraz wyraźniej widział przed sobą konkretny cel.

Wiedział, że musi być ostrożny, w przeciwnym razie na zawsze utraci Faile, ale przesadna ostrożność z jego strony również mogłaby ją zgubić. Wczoraj rozesłał zwiadowców o wyjątkowo wczesnej porze, każąc im przejść dłuższą niż zwykle drogę i wrócić jak najpóźniej, no chyba że znajdą wcześniej Shaido. Tuż po wschodzie słońca i kilka godzin później wrócą Elyas, Gaul i inni, a także Panny Włóczni i ludzie z Dwu Rzek, o których wiedział, że umieją przez wodę wyśledzić cień. Gdy tylko Shaido się ruszą, zwiadowcy będą mogli przyspieszyć. Nie byli obarczeni rodzinami, wozami i jeńcami. Tym razem będą mogli powiedzieć mu dokładnie, gdzie się znajdują Shaido Aiel. I powiedzą mu. Czuł to w kościach. Pewność wręcz płynęła w jego żyłach. Znajdzie Faile i uwolni ją. Zadanie to było najważniejsze, ważniejsze nawet od własnego przetrwania, o ile Perrin pożyje wystarczająco długo, by je wypełnić. Przepełniający go gniew stał się już konkretny jak młot. Jeśli tylko Perrin znajdzie sposób pokonania Shaido, potrzaska Aielów tym młotem na kawałki.

Odrzuciwszy na bok koce, nałożył z powrotem rękawice, podniósł leżący obok toporek, którego półksiężycowe ostrze równoważył ciężki kolec, przetoczył się z nim do wyjścia, gdzie wstał na udeptany, zmrożony śnieg. Wozy otaczały go w rzędach na terenie, który jeszcze niedawno zajmowały brytańskie pola. Przybycie wielu obcych, tak wielu obcych, w dodatku uzbrojonych, pod zagranicznymi sztandarami, zaszokowało ocalałych mieszkańców tej małej wsi. Skoro tylko Perrin im pozwolił, nieszczęsna garstka uciekła do lasu, unosząc tyle dobytku, ile mogli udźwignąć na swoich plecach i zmieścić na saniach. Uciekali tak szybko, jakby Perrin był kolejnym przedstawicielem klanu Shaido Aiel; nawet nie oglądali się za siebie ze strachu, że za nimi pójdzie.

Gdy wsunął trzonek toporka w grubą pętlę przy pasie, głęboki cień obok pobliskiego wozu wyprostował się i przybrał postać mężczyzny owiniętego w płaszcz, który wydawał się w ciemnościach czarny. Perrin nie był zaskoczony, szczególnie że wcześniej poczuł ludzki zapach. Od pobliskich szeregów przywiązanych do palików koni buchała wprawdzie woń kilku tysięcy zwierząt: wierzchowców, luzaków i koni zaprzęgowych, nie wspominając słodkawego smrodu końskiego łajna, jednak Perrin bez trudu rozróżniał woń człowieka. Zapach istoty ludzkiej zawsze się wyróżniał. Poza tym Aram stale znajdował się blisko Perrina, czekając na jego przebudzenie. Ubywający sierp księżyca, nadal wiszącego nisko na niebie, dawał jeszcze dość światła, aby można było dostrzec — choć już niezbyt wyraźnie — twarz drugiej osoby, a także ukośnie przewieszony przez ramię miecz o rękojeści zakończonej mosiężną głowicą. Aram był kiedyś Druciarzem, który zdaniem Perrina już nigdy nie wróci do dawnego zajęcia, mimo iż wciąż nosił typowy dla Tuatha'anów płaszcz w jaskrawe pasy. Również sroga, nachmurzona mina Arama nawet w tym nikłym świetle nie mogła umknąć uwadze Aybary. Dawny Druciarz stale trwał w gotowości, wyraźnie skory do natychmiastowego użycia miecza, a od dnia porwania Faile gniew stał się jedną z nieodłącznych odcieni składających się na jego zapach. Wiele się zresztą zmieniło od porwania Faile. Trawiąca Perrina i Arama wściekłość była dla nich obu czymś nowym. Przed zniknięciem Faile żaden z nich się tak nie czuł.

— Chcą cię widzieć, Lordzie Perrinie — oświadczył były Druciarz, szarpnąwszy głową ku dwóm, ledwie widocznym wśród linii wozów, ludzkim sylwetkom. W zimnym powietrzu z ust mówiącego buchały kłęby słabej mgły. — Zabroniłem im zakłócać twój sen. — Aram stale popełniał ten sam błąd, gdyż nieproszony za bardzo się nim opiekował.

Wciągając nosem powietrze, Perrin oddzielił od końskich zapachów woń dwojga stojących w cieniu istot ludzkich.

— Zaraz z nimi pomówię. Przygotuj dla mnie Steppera, Aramie. — Starał się zwykle siedzieć już w siodle, zanim reszta mieszkańców obozowiska w ogóle się obudziła. Częściowo dlatego, że nie cierpiał zbyt długo pozostawać w bezruchu. Trwając w bezruchu, nie schwyta wszak przedstawicieli Shaido Aiel. Poza tym Perrin, jeśli mógł, wolał unikać towarzystwa niektórych osób. Nawet sam wyjeżdżałby ze zwiadowcami, gdyby wykonujący tę pracę mężczyźni i kobiety nie byli w niej od niego znacznie lepsi.

— Tak, mój panie.

Z trudem brnący przez śnieg, Perrin ledwie zauważył w zapachu Arama nową nutę sugerującą swoistą nerwowość lub rozdarcie. Zignorował ją jednak, wiedział bowiem, że tylko coś naprawdę ważnego mogło wyciągnąć Sebbana Balwera w ciemnościach spod koca, a co do Selande Darengil...

Balwer wydawał się chudy nawet w obszernym płaszczu, a jego wynędzniała twarz niemal tonęła w zbyt dużym kapturze. Mężczyzna stał wyprostowany, nie garbił się, a jednak co najwyżej o dłoń przewyższał towarzyszącą mu niewysoką Cairhieniankę. Otoczywszy się w pasie rękoma, podskakiwał z nogi na nogę, usiłując unikać kontaktu z zimnym podłożem, które przez buty chłodziło mu stopy. Selande, w ciemnym męskim płaszczu i takowych spodniach, potrafiła lekceważyć niską temperaturę mimo mglistej bieli znaczącej każdy jej wydech. Drżała, lecz udawało jej się zachować dumnie wyprostowaną sylwetkę. Stała nieruchomo, z odrzuconą w tył jedną połą płaszcza i dłoniach w rękawicach opartych na rękojeści miecza. Kaptur płaszcza także opuściła, eksponując przycięte krótko włosy z wyjątkiem końskiego ogona związanego na karku ciemną wstążką. Selande była przywódczynią głupców próbujących naśladować Aielów, to znaczy tych Aielów, którzy nosili miecze. Wydzielała zapach słaby, ale osobliwie zawiesisty, przywodzący na myśl galaretkę. Wyraźnie się martwiła. Balwer z kolei pachniał... determinacją, choć pachniał tak niemal zawsze, tyle że mniej w tej woni było prawdziwego gorąca czy intensywności, więcej zaś zwyczajnego skupienia.

Na widok podchodzącego Perrina chudy człowieczek przestał podskakiwać i wykonał sztywny, pośpieszny ukłon.

— Lady Selande ma dla ciebie nowiny, mój panie. Sądzę,

że powinieneś ich posłuchać z jej ust. — Cienki głosik Balwera był cierpki i precyzyjny, identycznie jak jego właściciel. Prawdopodobnie brzmiałby tak samo, gdyby Balwer leżał z szyją ułożoną na pniaku kata. — Zaczynaj, lady, proszę. — Balwer był tylko sekretarzem, sekretarzem Faile i Perrina, drobiazgowym, lecz skromnym osobnikiem, Selande zaś arystokratką, a jednak stwierdzenie Balwera wydawało się czymś więcej niż prośbą.

Kobieta posłała Perrinowi ostre spojrzenie z ukosa, po czym przesunęła oparty o ziemię miecz. Perrin skoncentrował się na niej całkowicie, ciekaw, co Selande ma do powiedzenia. Nie ufał ani jej, ani jej śmiesznym towarzyszkom. Balwer, nieco przekrzywiwszy głowę, popatrywał na nią, a jego zapach sugerował niecierpliwość, lecz nie troskę.

Odrzuciwszy głowę, kobieta zwróciła uwagę na Perrina.

— Widzę cię, Lordzie Perrinie „Złote Oko" — zaczęła powoli z dosadnym, cairhieniańskim akcentem, jednak uświadomiła sobie zniecierpliwienie mężczyzny, więc porzuciła udawanie formalnego zachowania Aielów. — Dowiedziałam się dzisiejszej nocy trzech rzeczy — dodała pospiesznie. — Po pierwsze, co jest najmniej ważne, Haviar zakomunikował, że Masema wysłał wczoraj kolejnego jeźdźca do Amadicii. Nerion spróbował za nim podążyć, niestety go zgubił.

— Powiedz Nerionowi, że nie każę mu nikogo śledzić — oświadczył jej ostro Perrin. — I to samo powtórz Haviarowi. Sami powinni o tym wiedzieć! Mają patrzeć, słuchać, a potem donosić mi, co widzieli i słyszeli. I nic więcej. Rozumiesz mnie?

Selande szybko kiwnęła głową, a w jej zapachu na moment pojawił się ostry strach. Strach przed nim, jak mniemał Perrin, strach, że on się na nią rozgniewa.

Jego żółte oczy niepokoiły ludzi.

Zdjął dłoń z toporka i spiął obie ręce za plecami.

Haviar i Nerion należeli do dwóch tuzinów młodych głupców Faile. Pierwszy był Taireniańinem, drugi — Cairhienianinem. Faile używała wielu z nich jako swoich „oczu i uszu", co stale go z jakiegoś powodu irytowało, chociaż wyjaśniła mu prosto w twarz, że szpiegowanie to sprawa każdej żony. Mężczyzna powinien intensywnie słuchać, szczególnie gdy sądzi, że jego żona żartuje; bo może nie żartowała. Na samą myśl o szpiegostwie czuł się nieswój, ale jeśli Faile potrafiła używać do takich zadań tych ludzi, mógł z nich skorzystać w razie potrzeby i on, jej mąż. Chodziło jednak tylko o tych dwóch. Masema najwyraźniej wyrażał przekonanie, że przeznaczeniem wszystkich chyba Sprzymierzeńców Ciemności jest podążenie za nim prędzej czy później, jednak mógłby zacząć coś podejrzewać, gdyby zbyt wiele osób opuściło obóz Perrina i przyłączyło się do niego.

— Nie nazywaj go Masemą, nawet tutaj go tak nie nazywaj — dodał szorstko. Ostatnio ktoś twierdził, że Masema Dagar właściwie umarł, po czym powstał z grobu jako Prorok Lorda Smoka Odrodzonego i odtąd stał się drażliwszy niż kiedykolwiek, ilekroć słyszał swoje dawne imię. — Jeżeli nie zachowasz ostrożności i za dużo ci się wymknie w niewłaściwym miejscu, będziesz miała szczęście, jeśli nie każe kilku swoim oprychom dać ci wycisk następnym razem, gdy spotkają cię samą.

Selande znów kiwnęła głową, poważnie i nie wydzielając strachu. O Światłości, tym idiotom Faile brakowało rozumu i nie potrafili nawet ocenić, czego należy się bać.

— Jest prawie świt — mruknął Balwer, drżąc i szczelniej otaczając się płaszczem. — Wszyscy się wkrótce pobudzą, a niektóre kwestie najlepiej dyskutować na uboczu. Będziesz, moja pani, kontynuować? — ponownie ponaglił ją, choć wciąż uprzejmie. Z tego, co Perrin widział, Selande i reszta pochlebców Faile głównie powodowała kłopoty. Chociaż Balwer wyraźnie usiłował ją zdenerwować, kobieta wydała tylko zakłopotane chrząknięcie, po czym wymamrotała przeprosiny.

Rzeczywiście mrok powoli się rozpraszał. Przynajmniej dostrzegały to bystre oczy Perrina. Niebo nad nim nadal było ciemne i upstrzone jasnymi gwiazdami, jednak mężczyzna powoli rozróżniał sześć cienkich pasów na przedzie płaszcza Selande. W każdym razie widział granice między nimi. Spał tej nocy dłużej niż zwykle i myśl o tym rozsierdziła go. Nie mógł sobie pozwolić na poddanie się zmęczeniu, niemniej jednak był straszliwie strudzony! Musiał wysłuchać sprawozdania Selande, która bez wątpienia w ogóle nie przejmowała się faktem, iż Masema wysłał jeźdźców, ponieważ wysyłał ich niemal codziennie. Perrin rozejrzał się z niepokojem za Aramem i Stepperem. Wychwycił jakieś odgłosy ruchów w szeregach koni, nigdzie wszakże nie dostrzegał swojego wierzchowca.

— Druga rzecz, mój panie — podjęła w końcu Selande. — Haviar widział oznakowane altarańskimi symbolami beczki z solonymi rybami i takąż wołowiną. Było ich naprawdę sporo. Haviar twierdzi, że dostrzegł Altaran wśród ludzi Mas… to znaczy wśród ludzi Proroka. Kilku wyglądało na rzemieślników, a ten czy ów mógł być kupcem albo miejskim urzędnikiem. W każdym razie byli to mężczyźni i kobiety o ustalonej reputacji, rzetelni obywatele. Na dodatek niektórzy z nich nie wyglądali na pewnych siebie, może zastanawiali się, czy podjęli właściwą decyzję. Kilka pytań mogłoby nam ujawnić, skąd się wzięły ryby i wołowina. A może zdobylibyśmy też dla ciebie, panie, kilkoro „oczu i uszu".

— Wiem, skąd przysłano ryby i wołowinę. Ty, pani, również doskonale to wiesz — odciął się poirytowanym tonem Perrin.

Ręce za plecami zacisnął w pięści. Miał nadzieję, że tempo, z jakim się przemieszczał, powstrzyma Masemę przed wysłaniem oddziałów szturmowych. Tym właśnie bowiem były grupy jego ludzi, nie mniej zresztą niebezpieczne niż Shaido Aiel, o ile nie bardziej. Proponowali napotkanym osobom złożenie przysięgi Smokowi Odrodzonemu, a ci, którzy odmówili albo po prostu się zbyt długo wahali, ginęli od ognia lub stali. Jeśli wybrali przyłączenie się do Masemy, poza przysięgą musieli jeszcze przekazać hojną dotację dla sprawy Proroka, zaś osoby, które z powodu swej odmowy zginęły, zwyczajnie uważano za Sprzymierzeńców Ciemności, a ich mienie przepadało. Według prawa Masemy rabusiom obcinano rękę, lecz swoich łupieżców Prorok Lorda Smoka Odrodzonego nie uważał za złodziei. Za morderstwo i całą masę innych zbrodni karał powieszeniem, a jednak spora liczba jego zwolenników jawnie wolała zabijać, niż dotrzymywać przysiąg. Z tego powodu częściej dochodziło do grabieży, a niektórzy traktowali morderstwo jak sport, dzięki któremu nabierali apetytu przed posiłkiem.

— Zabraniam wam się zbliżać do tych Altaran — podjął Perrin. — Przedstawiciele rozmaitych narodowości przyłączają się Masemy i nawet jeśli później tego żałują, zwykle większość z nich bynajmniej nie traci ochoty na zabijanie. Nie zawahaliby się wypatroszyć sąsiada, nie mówiąc o obcych, którzy zadają niewłaściwe pytania. Chcę tylko wiedzieć, co Masema robi i co planuje.

Perrin nie miał wątpliwości, że Masema ma jakiś program. Prorok uważał za bluźnierstwo dotykanie Jedynej Mocy przez wszystkich oprócz Randa, twierdził, że nie pragnie niczego poza dołączeniem do przebywającego na wschodzie al'Thora. Jak zawsze, myśl o Randzie wyzwalała w głowie Perrina swoiste wirowanie kolorów; dziś barwy były żywsze niż zazwyczaj, choć z drugiej strony przyciemniał je dławiący go gniew. Bluźnierstwo czy nie, Masema akceptował Podróżowanie, do którego dochodziło nie dość że dzięki przenoszeniu Mocy, to w dodatku dzięki męskiemu przenoszeniu! I niezależnie od tego, co utrzymywał, pozostawał na zachodzie najdłużej, jak mógł, chociaż jego zamiarem nie było uratowanie Faile. Perrin zazwyczaj ufał ludziom — do czasu, aż okazali się jego zaufania niegodni — jednak wystarczyło mu pociągnąć nosem w towarzystwie Masemy i wiedział, że mężczyzna jest szalony niczym zarażone wścieklizną zwierzę, nie wydawał mu się zatem towarzyszem zbyt rzetelnym.

Teraz szukał w myślach sposobów powstrzymania planu Proroka, ale nie znał szczegółów. Na pewno należało ukrócić zabójstwa i pożary dokonywane przez ludzi Masemy. Prorokowi Lorda Smoka Odrodzonego towarzyszyło już dziesięć, dwanaście tysięcy osób, a może nawet więcej — dokładna liczba nie była znana, gdyż on sam niezbyt chętnie opowiadał o konkretach, a i rozciągnięte, niedbałe obozowiska niewiele mówiły o rzeczywistej liczbie ich mieszkańców — natomiast za Perrinem szła mniej niż jedna czwarta tej masy: kilkuset woźniców, stajennych i innych, którzy w walce stanowiliby raczej zawadę niż pomoc; jeszcze trzy Aes Sedai i dwóch Asha'manów, nie wspominając sześciu Mądrych Aielów, dzięki którym mógłby pokrzyżować Masemie szyki. Mądre i dwie Aes Sedai chętnie z Perrinem współpracowały. Nawet bardziej niż chętnie. Pragnęły śmierci Proroka. Jednak rozproszenie armii Masemy rozbiłoby ją jedynie na setki mniejszych grup, które rozbiegłyby się po Altarze, a później ruszyły dalej, wciąż grabiąc i mordując, tyle że teraz dla siebie zamiast w imieniu Smoka Odrodzonego. „Rozbicie Shaido da identyczny efekt" — pomyślał Perrin, lecz odepchnął od siebie tę myśl. Powstrzymując Proroka, zyska czas, którego mu brakowało. Musiał powstrzymać Masemę aż do momentu odbicia Faile i zapewnienia jej bezpieczeństwa. Czyli do czasu, aż rozbije Shaido Aiel w drobny mak.

— Jak brzmi trzecia informacja, którą zdobyłaś dzisiejszej nocy, Selande? — spytał wprost. Ku jego zaskoczeniu zapach zmartwienia bijący od kobiety nasilił się.

— Haviar widział kogoś — odparła powoli. — Najpierw mi nie powiedział... — jej głos stwardniał na chwilę. — Dopilnuję, żeby to się nie powtórzyło! — Wzięła głęboki wdech, przez kilka sekund chyba zmagała się z sobą, wreszcie wybuchnęła. — Masuri Sedai odwiedziła Masemę... Proroka. To prawda, mój panie, wierz mi! Haviar zauważył ją kilka razy. Wślizgiwała się do ich obozu skryta pod kapturem i w ten sam sposób opuszczała teren, ale Haviar dwukrotnie dobrze przypatrzył się jej twarzy. Za każdym razem towarzyszył jej mężczyzna, a czasami także druga kobieta. Haviar nie widział tego mężczyzny na tyle dobrze, by mieć pewność, jednak do opisu pasuje Rovair, Strażnik Masuri. Haviar jest pewien, że druga kobieta to Annoura Sedai.

Przerwała nagle, a gdy mu się przyglądała, jej oczy jarzyły się mrocznie w świetle księżyca. O Światłości, ta kobieta niepokoiła się, jak Perrin przyjmie jej nowiny! Zmusił się do rozwarcia pięści. Masema pogardzał Aes Sedai tak samo jak Sprzymierzeńcami Ciemności. Niemal uważał same Aes Sedai za Sprzymierzeńców Ciemności. Dlaczego zatem przyjmował dwie siostry? Po co do niego przychodziły? Opinia Annoury o Proroku Smoka Odrodzonego kryła się za tajemnicą Aes Sedai i wieloznacznymi komentarzami, które mogły oznaczać wszystko, Masuri jednak mówiła wprost, że tego mężczyznę należy ujarzmić jak wściekłego psa.

— Dopilnuj, żeby Haviar i Nerion bacznie przyglądali się siostrom. Niech spróbują też podsłuchać jedno z ich spotkań z Masemą.

Czy Haviar mógł się pomylić? Nie, niewiele było kobiet w obozie Proroka, oględnie mówiąc... Perrin nie wierzył, że Tairenianin mógłby pomylić Aes Sedai z kręcącymi się wokół Masemy starymi wiedźmami Masuri, kobietami o plebejskim wyglądzie i morderczych spojrzeniach. Przy tych wiedźmach, chętnych maszerować z Prorokiem, mężczyźni zwykle wyglądali jak Druciarze.

— Poleć im jednak, żeby na siebie uważali — dodał. — Lepiej stracić okazję, niż dać się schwytać. Na nic nam się przydadzą, jeśli zawisną na gałęziach. — Wiedział, że przemawia burkliwym tonem i starał się go złagodzić. Niestety, od dnia porwania Faile uprzejmości przychodziły mu coraz trudniej. — Dobrze siebie radzicie, Selande. — Przynajmniej to stwierdzenie nie zabrzmiało jak warknięcie. — Ty, Haviar i Nerion. Gdyby Faile o tym wiedziała, byłaby z was dumna.

Uśmiech rozjaśnił jej twarz i kobieta jeszcze bardziej się wyprostowała, o ile było to możliwe. Duma, czysta i jasna duma wywołana własnymi osiągnięciami, niemal przesłoniła bijący od niej zapach strachu!

— Dziękuję ci, mój panie. Dziękuję ci! — Można by pomyśleć, że Perrin wręczył jej jakąś nagrodę. Może zresztą jego słowa stanowiły dla Selande nagrodę. Chociaż, kiedy Perrin się zastanowił, przemknęło mu przez głowę, że Faile mogłoby się nie spodobać, że małżonek używa jej „oczu i uszu" i że w ogóle o nich wie. Kiedyś myśl o niezadowoleniu Faile denerwowała go i czyniła niespokojnym, działo się tak jednak, zanim się dowiedział o istnieniu jej szpiegów. I ta mała sprawa Pękniętej Korony, której Elyas pozwolił się wymknąć. Zawsze się mawiało, że żony mają swoje sekrety, istniały wszakże jakieś granice!

Poprawiając jedną ręką płaszcz na wąskich ramionach, Balwer zakaszlał, drugą ręką zasłoniwszy usta.

— Dobrze powiedziane, mój panie. Bardzo dobrze powiedziane. Moja pani, jestem pewien, że przy najbliższej sposobności zechcesz przekazać ludziom instrukcje Lorda Perrina. Wolimy przecież uniknąć nieporozumień.

Selande, nie patrząc na Perrina, kiwnęła głową. Jej wargi się rozchyliły i Perrin był przekonany, że kobieta zamierza powiedzieć coś o swojej nadziei. Na przykład, że Perrin znajdzie wodę i cień. O Światłości, wody mieli w tej chwili pod dostatkiem, nawet jeśli w większości pozostawała zamrożona, cienia zaś — nawet w południe — o tej porze roku nikt nie potrzebował! Selande prawdopodobnie doszła do tych samych wniosków, ponieważ się zawahała.

— Łaska niech ci sprzyja, mój panie — powiedziała tylko. — Jeśli mogę być tak śmiała... I niech łaska ma w swojej opiece Lady Faile. W tobie cała dla naszej pani nadzieja.

Perrin skinął głową w podziękowaniu. W ustach miał smak popiołów. Łaska w zabawny sposób sprzyjała Faile, dając jej męża, który nadal jej nie odnalazł, mimo ponad dwutygodniowych poszukiwań. Panny Włóczni twierdziły, że Faile zostanie w niewoli *gai'shain* i nie będzie źle traktowana, z drugiej strony jednak nie mogły nie przyznać, że ci Shaido Aiel już setki razy postąpili niezgodnie z własnymi niegdysiejszymi zwyczajami.

W opinii Perrina już samo porwanie równało się złemu traktowaniu. Gorycz popiołów.

— Pani bardzo dobrze sobie poradzi, mój panie — powiedział Balwer cicho, zerkając za Selande znikającą w ciemnościach między wozami. Jego aprobata zaskoczyła Perrina, gdyż wcześniej mężczyzna odradzał mu korzystanie z usług Selande i jej przyjaciół, twierdząc, że wszyscy oni są w gorącej wodzie kąpani i nie można na nich polegać. — Posiada wszystkie niezbędne zdolności. Mają je zazwyczaj Cairhienianie, a do pewnego stopnia także Tairenianie, przynajmniej przedstawiciele arystokracji, szczególnie kiedy... — uciął gwałtownie i ostrożnie przypatrzył się swemu panu. Gdyby Perrin gawędził teraz z kimś innym, sądziłby zapewne, że rozmówcy wymknęło się zbyt wiele, ten mężczyzna był na to wszakże zbyt opanowany. Jego zapach nie zmienił się nawet o jotę i z pewnością nie wyczuwało się w nim niepokoju. — Czy mogę dodać kilka kwestii do sprawozdania Selande, mój panie?

Chrzęst kopyt w śniegu obwieścił przybycie Arama prowadzącego bułanego ogiera Perrina i własnego smukłego, siwego wałacha. Oba konie próbowały się podgryzać, więc Aram trzymał je z dala od siebie, chociaż z niejakimi problemami. Balwer westchnął.

— Panie Balwer, nie musisz się krępować Aramem. Możesz przy nim mówić wszystko, co chcesz — wyjaśnił Perrin.

Mały mężczyzna pokiwał głową na zgodę, znów jednak westchnął. Każdy w obozie wiedział, że Balwer posiada umiejętność wyciągania mądrych wniosków z byle pogłosek i łączenia w całość rozmaitych plotek wraz z przypadkowo zasłyszanymi komentarzami, a także znanymi mu czynami różnych osób, dzięki czemu zyskiwał rzeczywisty obraz prawdziwych lub potencjalnych, lecz bardzo możliwych zdarzeń. Sam Balwer uważał tę swoją działalność za normalną część sekretarskiej pracy, z jakiegoś powodu wszakże nie lubił się do tego talentu przyznawać. Słabostka ta wydawała się Perrinowi nieszkodliwa, więc swemu sekretarzowi pobłażał.

— Idź w pewnej odległości za nami, Aramie — powiedział, biorąc od niego wodze Steppera. — Muszę rozmawiać z panem Balwerem na osobności.

Westchnienie Balwera było tak ciche, że Perrin ledwie je usłyszał.

Ruszyli, Aram powlókł się za nimi bez słowa, słychać było tylko odgłosy pękania zmarzniętego śniegu pod ich stopami i kopytami koni. Aram wydzielał silny zapach — znów osobliwie drażniący, drżący, rzadki i kwaśny. Tym razem Perrin rozpoznał tę woń, choć nie skupiał się na niej bardziej niż zwykle. Aram był zazdrosny o wszystkich z wyjątkiem Faile, która spędzała z nim sporo czasu. Perrin zresztą nie widział sposobu powstrzymania zaborczości Arama i był do niej przyzwyczajony, podobnie jak do podskoków towarzyszącego mu Balwera, który co rusz popatrywał przez ramię, sprawdzając, czy Aram nie idzie przypadkiem w odległości na tyle bliskiej, żeby usłyszeć ich rozmowę. W końcu zdecydował się przemówić. Bił od niego ostry jak brzytwa zapach, dziwnie cierpki i dość chłodny, sugerujący podejrzliwość i stanowiący kontrapunkt wobec zazdrości Arama. Nie można zmienić ludzi, którzy nie chcą się zmienić.

Szeregi przywiązanych do palików koni i wozy z zapasami umieszczono pośrodku obozu, gdzie złodziejom byłoby trudno do nich dotrzeć i chociaż niebo nadal dla oczu większości osób pozostawało czarne jak smoła, woźnice i stajenni, którzy z racji pełnionych obowiązków spali w pobliżu, już się obudzili i teraz składali koce albo pracowali przy tymczasowych szałasach wykonanych z sosnowych konarów i gałęzi małych drzew zebranych w otaczającym lesie; umacniali je starannie, na wypadek gdyby ich potrzebowali następnej nocy. Powoli rozpalano ogniska, nad którymi wisiały niewielkie, czarne kociołki, tyle że w obozie nie było zbyt wiele pożywienia poza kaszą owsianą oraz suszoną fasolą. Czasem ludzie polowali bądź też zastawiali wnyki, ale mięsa schwytanych zwierząt — dziczyzny, królików, kuropatw, zwanych potocznie dzikimi kurami nielotów o nazwie weka leśna i innego ptactwa — nie starczało oczywiście dla wszystkich. Póki nie przekroczą rzeki Eldar, nie będą też mogli nigdzie dokupić zapasów.

Przechodzącemu Perrinowi wszyscy wokół kłaniali się, dygali lub mruczeli: „Dzień dobry, mój panie" czy „Niech Światłość ci sprzyja, mój panie", jednak mężczyźni i kobiety, dostrzegłszy go, przerywali pracę nad umacnianiem szałasów, a niektórzy zaczynali je demontować, jakby wyczuwając w jego postawie i wielkich krokach swoistą determinację. Do tej pory już się prawdopodobnie nauczyli interpretować jego zachowanie. Od dnia, gdy Perrin zrozumiał swój błąd, nie spędził dwóch nocy w jednym miejscu. Teraz zaś, nie zwalniając, oddawał pozdrowienia i powitania.

Pozostała część obozu tworzyła cienki okrąg wokół koni i wozów, sięgając otaczającego ich ze wszystkich stron lasu. Mieszkańców Dwu Rzek podzielono na cztery grupy, wśród których rozmieszczono lansjerów z Ghealdan i Mayene. Ktokolwiek się do nich zbliżył, z któregokolwiek kierunku, miał przeciwko sobie długie łuki ludzi z Dwu Rzek i dobrze wyszkoloną kawalerię. Bardziej niż nagłego pojawienia się Shaido, Perrin obawiał się ataku Masemy. Ten człowiek podążał za nim z pozoru spokojnie, jednak oprócz nadejścia nowin o jego napaściach, zdarzyło się coś jeszcze — w ostatnich dwóch tygodniach z obozu zniknęło dziewięciu Ghealdan i ośmiu Mayenian; Perrin podejrzewał, że zdezerterowali. Przedtem, w dzień porwania Faile, dwudziestu Mayenian wpadło w zasadzkę i zginęło, a Perrin nie wierzył, że tego zabójstwa dokonał ktoś inny niż ludzie Proroka. Był więc między nimi swego rodzaju niespokojny pokój, pokój dziwacznie cierniowy, który zapewne szybko się skończy — ten, kto postawiłby miedziaka na jego trwałość, prawdopodobnie straciłby go. Masema udawał nieświadomego niebezpieczeństw grożących temu pokojowi, zwolennicy Proroka zaś chyba w ogóle się nim nie przejmowali i cokolwiek Masema udawał, i tak pozostawał ich przywódcą. Perrin natomiast do momentu uwolnienia Faile nie zamierzał tego pokoju naruszać. Jednym ze sposobów przedłużenia obecnego stanu rzeczy było odpowiednie zabezpieczenie własnego obozu.

Aielowie chcieli mieć we wszystkim swój udział, choć nie było ich nawet pięćdziesięciu, licząc wraz z *gai'shain*, którzy służyli Mądrym. Perrin zatrzymał się i przyjrzał niskim, ciemnym namiotom Aielów. Poza przedstawicielami tej nacji namioty w obozie wzniosły jedynie Berelain i jej dwie kobiety służebne — ich siedziby znajdowały się po drugiej stronie obozu, z dala od nielicznych domów osady Brytan, w których nie dało się mieszkać ze względu na plagę pcheł i wszy; uciekali z nich więc nawet zahartowani żołnierze szukający schronienia przed zimnem. Z kolei zrujnowane stodoły miały przegniłe, dziurawe ściany, toteż wewnątrz wył wiatr i panoszyło się jeszcze liczniejsze robactwo niż w domach. Panny Włóczni i Gaul, jedyny mężczyzna spośród Aielów, który nie był *gai'shain*, pracowali jako zwiadowcy, dlatego też namioty Aielów wydawały się ciche i nieruchome, chociaż zapach dymu dobywający się w otworów kominowych sugerował, że *gai'shain* przygotowują śniadanie dla Mądrych albo je właśnie podają. Annoura była doradczynią Berelain i zwykle dzieliła z nią namiot, jednak Masuri i Seonid zapewne przebywały z Mądrymi, może nawet pomagały *gai'shain* w przyrządzaniu śniadania. Obie wciąż próbowały ukryć fakt, że Mądre uważają je za uczennice, choć do tej pory wszyscy w obozie zapewne zdawali już sobie z tego sprawę. Domyśliłby się tego każdy, kto widział Aes Sedai niosącą drwa lub wodę, albo przynajmniej usłyszał o tym zdarzeniu. Dwie Aes Sedai złożyły przysięgę Randowi — na tę myśl znów kolory zawirowały w głowie Perrina, istna eksplozja barw, którą ponownie stłumił nieprzerwanie mu towarzyszący gniew — lecz pilnowały je przysłane w tym celu Edarra i inne Mądre.

Tylko same Aes Sedai znały siłę wiążących je przysiąg czy też wielkość pola do manewru, tak czy inaczej żadna nie mogła się ruszyć bez pozwolenia Mądrej. Zarówno Seonid, jak i Masuri twierdziły, że Masemę należy ujarzmić niczym wściekłego psa, z czym zresztą Mądre się zgadzały. Tak w każdym razie twierdziły obie uczennice. Perrin nie wiedział, czy im wierzyć, nie musiały bowiem jeszcze przestrzegać Trzech Przysiąg, zresztą Przysięga związana z prawdą i tak zazwyczaj pozostawała tylko na papierze. Poza tym Perrinowi zdawało się, że pamięta, co powiedziała mu jedna z Mądrych: podobno Masuri wspomniała jej o wzięciu na smycz wściekłego psa. Niestety, nie mogła się ruszyć, póki Mądra jej nie pozwoli. Dla Perrina te wszystkie fakty składały się na coś w rodzaju kowalskiej łamigłówki — koniecznego do ułożenia w całość zestawu kawałków metalu o ostrych krawędziach. Perrin musiał rozwiązać zagadkę i ułożyć tę łamigłówkę, jednak najmniejsza pomyłka mogła się dla niego zakończyć symbolicznym przecięciem kości.

Kątem oka dostrzegł Balwera, który przyglądał mu się, wydąwszy w zadumie wargi. Przypominał ptaka studiującego nieznany przedmiot, ptaka ani przestraszonego, ani głodnego, tylko ciekawego. Perrin pociągnął cugle Steppera i podjął wędrówkę tak szybko, że mały człowieczek, chcąc go dogonić, musiał wydłużyć krok do niewielkich podskoków.

Ludzie z Dwu Rzek zajmowali północno-wschodni odcinek obozu obok Aielów. Perrin zastanawiał się, czy nie pójść nieco dalej na północ, gdzie rozłożyli się ghealdańscy lansjerzy, bądź też na południe, do najbliższej części Mayenian, jednak wziął głęboki wdech, po czym poprowadził konia wśród obozowiska przyjaciół i sąsiadów z Dwu Rzek. Zupełnie rozbudzeni, opatuleni w płaszcze, podgrzewali nad ogniem resztki znalezionych w szałasach zapasów lub wkrawali do gotowanej w kociołkach owsianej kaszy kawałki królika pozostałe z ubiegłej nocy. Na widok Perrina obracały się głowy, rozmowy cichły, powietrze wypełniał gęstszy zapach ostrożności. Tu i ówdzie zatrzymywały się osełki ostrzące stal, po czym ludzie wznawiali rozmowy prowadzone syczącym szeptem. Łuk był tu najczęstszą bronią, ale każdy mężczyzna nosił też ciężki sztylet albo krótki, a czasem dłuższy miecz. Niektórzy nosili również włócznie, halabardy i inne rodzaje kłującej broni drzewcowej o dziwnych ostrzach i czubkach, której Shaido Aiel nie uznali za wartą zabrania podczas grabieży. Ich ręce były wprawdzie przyzwyczajone do włóczni lub do okutych drągów, którymi wymachiwali w dni świąteczne podczas obrzędowych pojedynków, jednak broń Shaido przypadła im do gustu, szczególnie że wraz z metalowym końcem niemal nie różniła się od znanych im wagą. Twarze ludzi były głodne, zmęczone i ponure.

Ktoś podniósł wymuszony okrzyk: „Złote Oko!", nikt wszakże go nie podjął, z czego jeszcze miesiąc temu Perrin byłby całkiem zadowolony. Od porwania Faile wiele się jednak zmieniło. Teraz ich milczenie mu ciążyło. Kenly Maerin, bladolicy młokos, który bardzo pragnął wyhodować sobie bródkę, choć dopiero niedawno zaczął mu rosnąć na podbródku zarost, unikał spojrzenia mu w oczy, a Jori Congar, mężczyzna, któremu ręce lepiły się do każdego wartościowego drobiazgu i który upijał się przy byle okazji, splunęli pogardliwie, gdy Perrin ich minął. Ban Crawe dość mocno uderzył za to Joriego pięścią w ramię, ale sam również nie podniósł oczu na Aybarę.

Dannil Lewin wstał, wygładził nerwowym ruchem gęste wąsiska, które wyglądały komicznie pod jego haczykowatym nosem.

— Jakieś rozkazy, Lordzie Perrin?

Kiedy Perrin potrząsnął głową, chudzielec poczuł wyraźną ulgę. Znów usiadł szybko i zagapił się w najbliższy kociołek, jakby nie mógł się doczekać porannego kleiku. Może tak było; nikt całkowicie nie zapełniał ostatnio brzucha, a Dannil nigdy nie miał zbyt dużo ciała na kościach. Idący za Perrinem Aram wydał oburzony odgłos, który prawie przypominał warkot.

W tej części obozowiska przebywali nie tylko mieszkańcy Dwu Rzek, lecz stosunek pozostałych do Perrina nie był wiele lepszy. Wprawdzie Lamgwin Dorn, niezdarny facet z bliznami na twarzy, szarpnął pukiel nad czołem i zadarł głowę. Lamgwin wyglądał na zabijakę, tawernianego zbira, ale należał obecnie do służących Perrina, gdy lord — nieczęsto — takowych potrzebował, więc prawdopodobnie chciał pozostać w dobrych relacjach z pracodawcą. Jednak Basel Gill, korpulentny mężczyzna, niegdyś karczmarz, którego Faile wzięła na ich *shambayan*, z przesadną troską zajmował się składaniem swoich koców, trzymając łysiejącą głowę pochyloną nad nimi, a główna służąca Faile, Lini Eltring, koścista kobieta, której twarz z powodu ciasnego, białego koka wydawała się jeszcze węższa, wyprostowała się nad kociołkiem, zacisnęła cienkie wargi i podniosła długą, drewnianą warząchew, jakby starała się nią odeprzeć Perrina. Breane Taborwin, Cairhienianka o bladej twarzy, spojrzała ze srogością w ciemnych oczach, po czym klepnęła Lamgwina mocno w ramię i popatrzyła na Perrina dłużej, lecz z marsową miną. Breane była kobietą Lamgwina, choć nie jego żoną i drugą z trzech służących Faile. Ci ludzie będą podążać za Shaido, w razie konieczności oddadzą życie, a kiedy znajdą Faile, rzucą jej się na szyję, jednak tylko Lamgwin w ogóle pozdrowił teraz Perrina. Więcej Aybara mógłby się spodziewać od Jura Grady'ego — Asha'mana, który trzymał się z dala od całej reszty i który nigdy nie okazał mu nawet śladu animozji — tyle że mimo hałasu czynionego przez ludzi kręcących się po zamarzniętym śniegu i przeklinających, ilekroć się potknęli, Grady nadal leżał zawinięty w koce, pochrapując pod prowizoryczną przybudówką z sosnowych gałęzi. Perrin szedł wśród przyjaciół, sąsiadów i służących, a czuł się kompletnie samotny. Choć się jeszcze nie poddał, ludzie przestali obwieszczać swą wierność wobec niego. A serce jego życia biło gdzieś na północnym wschodzie. Wierzył, że kiedy odzyska Faile, sytuacja wróci do normalności.

Obóz otaczały głębokie na dziesięć kroków rzędy zaostrzonych palików, więc Perrin ruszył wzdłuż tego ogrodzenia do krawędzi części obozu zajmowanej przez ghealdańskich lansjerów, gdzie dla wyjeżdżającej konnicy zostawiono szersze ścieżki, chociaż idącym za nim obok siebie Balwerowi i Aramowi było tu zbyt wąsko. Przy ludziach z Dwu Rzek piechur stale musi się obracać i patrzeć za siebie. Składający się z ogromnych, pnących się ku niebu drzew, których rozłożyste korony tworzyły niemal baldachim, las zaczynał się nieco ponad sto kroków stąd; strzały mieszkańców Dwu Rzek z łatwością by tam doleciały. Wygląd wielu spośród tutejszych drzew był Perrinowi zupełnie obcy, lecz rozróżnił też sosny, mahoniowce i wiązy, niektóre o pniach grubych na trzy albo cztery kroki u podstawy, a także jeszcze większe dęby. Te ogromne drzewa odbierały miejsce wszelkiej, próbującej pod nimi rosnąć roślinności większej niż chwasty czy małe krzewy; między drzewami pozostawały wprawdzie szersze przestrzenie, panował tam wszakże ciemniejszy niż w nocy mrok. Był to stary las, w typie tych, które potrafiły połknąć całe armie, nie zostawiając nawet kości.

Balwer szedł za Perrinem całą drogę wśród palików, wreszcie uznał, że bardziej sam na sam z Aybarą prawdopodobnie na razie nie będzie, więc się w końcu odezwał.

— Jeźdźcy, których wysłał Masema, mój panie... — zaczął, po czym otoczył się szczelniej płaszczem i rzucił podejrzliwe spojrzenie na Arama, który popatrzył na niego obojętnie.

— Wiem — przerwał mu Perrin. — Uważasz, że jadą do Białych Płaszczy. — Miał ochotę odjechać i to znacznie dalej niż jego towarzysze. Położył dłoń z cuglami na łęku siodła, ale wstrzymał się z wsunięciem buta w strzemię. Stepper odrzucił głowę, także zniecierpliwiony. — Równie łatwo Prorok mógłby wysyłać wiadomości do Seanchan...

— Jest jako rzekłeś, mój panie. Istnieje taka możliwość, na pewno istnieje. Czy mogę jednak jeszcze raz zasugerować, że pogląd Masemy na Aes Sedai jest bardzo bliski poglądom Białych Płaszczy? W gruncie rzeczy, ich podejście jest niemal identyczne. Gdyby to zależało od Proroka, wszystkie siostry już by leżały martwe. Punkt widzenia Seanchan jest bardziej... pragmatyczny, jeśli wolno mi użyć tego słowa. W każdym razie, nie w pełni się pokrywa z opinią Masemy.

— Wiem, że nienawidzisz Białych Płaszczy, panie Balwer, jednak nie oni są źródłem wszelkiego zła. A Prorok już wcześniej radził sobie z Seanchanami.

— Skoro tak twierdzisz, mój panie. — Wyraz twarzy Balwera ani o jotę się nie zmienił, lecz w mężczyźnie można było wyczuć wątpliwości. Perrin nie potrafił udowodnić spotkań Masemy z Seanchanami, zaś opowieść wyjaśniająca, skąd się o nich dowiedział, jedynie zwiększyłaby jego obecne problemy. Tyle że Balwer lubił dowody i bez nich nie sposób go było przekonać. — Co do Aes Sedai i Mądrych, mój panie... Aes Sedai najwyraźniej zawsze wierzą, że wiedzą wszystko lepiej niż całe ich otoczenie, oprócz prawdopodobnie innych Aes Sedai. Mądre, moim zdaniem, tak samo.

Perrin sapnął, wydychając w powietrze niewielki pióropusz białej mgły.

— Powiedz mi coś, czego nie wiem. Na przykład dlaczego Masuri spotkała się z Masemą i dlaczego Mądre na to pozwoliły. Stawiam Steppera przeciw jednemu końskiemu kopytu, że nie odbyłaby rozmowy bez ich pozwolenia.

Annoura to co innego, ale Annoura mogła robić, co chciała. Perrinowi w każdym razie nie wydawało się prawdopodobne, żeby działała z rozkazu Berelain.

Balwer poprawił płaszcz na ramionach, po czym poprzez rzędy naostrzonych palików zerknął za siebie: na obóz i na namioty Aielów. Patrzył z ukosa, jakby spodziewał się wejrzeć przez namiotowe ściany.

— Istnieje szereg możliwości, mój panie — oświadczył drażliwie. — Dla niektórych składających przysięgę osób dozwolone jest wszystko, co nie jest zabronione i uważają, że można ignorować wszystko, co nie zostało przekazane w konkretnym rozkazie. Inni podejmują działanie, nie pytając uprzednio o pozwolenie suzerena, jeśli tylko sądzą, że mu się w ten sposób przysłużą. Aes Sedai i Mądre w mojej opinii mieszczą się w którejś z tych kategorii, w obecnym stanie rzeczy jedynie są to spekulacje.

— Mógłbym po prostu je zapytać. Aes Sedai nie mogą kłamać, a jeżeli zacznę wystarczająco mocno naciskać, może Masuri zdradzi mi prawdę.

Balwer skrzywił się, jakby schwycił go nagły ból żołądka.

— Być może, mój panie, być może. Choć bardziej prawdopodobne, że Masuri powie ci coś, co dla ciebie zabrzmi jak prawda. Aes Sedai mają doświadczenie w takich rozmowach, przecież wiesz. Tak czy owak, mój panie, twoje pytanie skłoni Masuri do zastanowienia, skąd się o tych sprawach dowiedziałeś, a ten tok myślenia może ją doprowadzić do Haviara i Neriona. Kto wie, komu się w takich okolicznościach zwierzy? Droga bezpośrednia nie zawsze jest najlepsza. Czasem pewne kwestie trzeba próbować wyjaśniać po kryjomu, choćby dla własnego bezpieczeństwa.

— Mówiłem ci, że Aes Sedai nie można ufać — wtrącił niespodziewanie Aram. — Powiedziałem ci o tym, Lordzie Perrin. — Zamilkł, gdy Aybara podniósł rękę, jednak od służącego bił tak silny zapach furii, że Perrin zaczął gwałtownie oddychać, pragnąc oczyścić płuca. Musiał wszakże przyznać, iż jakaś część jego istoty pragnęła wciągnąć tę woń gniewu i dać się jej kompletnie owładnąć.

Przemyślał spokojnie słowa Balwera. Jeśli Aes Sedai potrafiły przekręcać prawdę w taki sposób, że w końcu trudno ją było odróżnić od kłamstwa, jeśli to potrafiły i to robiły... w jakim stopniu można im było ufać? Zaufanie zawsze stanowiło problem. Perrin nauczył się tego podczas twardych lekcji. Zapanował jednak nad wściekłością. Mówiąc obrazowo, wykutego z gniewu młota należało używać rozważnie, gdyż za jeden błąd można było zapłacić wydarciem serca z piersi.

— Czy sytuacja może się zmienić, jeżeli kilkoro druhów Selande zacznie spędzać więcej czasu z Aielami? Przecież pragną zostać Aielami. W ten sposób zyskaliby dostateczne usprawiedliwienie. I może któraś z kobiet zaprzyjaźni się z Berelain i jej doradczynią...

— To powinno być możliwe, mój panie — odparł Balwer po krótkim wahaniu. — Ojciec Lady Medore jest Wysokim Lordem Łzy, więc ta kobieta urodziła się arystokratką i bez problemów może się zbliżyć do Pierwszej z Mayene. Jest to wystarczające uzasadnienie. Prawdopodobnie jedna czy dwie Cairhienianki mają także odpowiednio szlachetne pochodzenie. Umieszczenie ich między Aielami powinno być jeszcze łatwiejsze.

Perrin kiwnął głową. Tak, tak, musiał panować nad tym młotem, choć pragnął rozbić w drobny mak wszystko, co leżało w zasięgu jego wzroku.

— Zorganizuj zatem całą sprawę. Ale, panie Balwer, próbujesz... mnie do tego namówić... odkąd opuściła nas Selande. Od tej pory, jeśli masz jakąś sugestię, przedstaw mi ją. Nawet jeśli odmówię dziewiątej w rzędzie, zawsze chętnie wysłucham dziesiątej. Nie jestem wybitnie sprytny, lecz pragnę słuchać rad mądrzejszych od siebie, do których moim zdaniem i ty należysz. Tylko nie usiłuj mnie do niczego popychać. Bo tego nie lubię, panie Balwer!

Sekretarz zamrugał, potem ukłonił się, założywszy ręce w talii. Wydzielał zapach zaskoczenia. I zadowolenia. Zadowolenia?!

— Będzie, jak sobie życzysz, mój panie. Poprzednia pracodawczyni nie chciała moich sugestii, póki sama o nie nie poprosiła. Nie popełnię drugi raz tego samego błędu, zapewniam cię. — Przypatrując się Perrinowi, wyraźnie dojrzewał do jakiejś decyzji. — Jeśli mogę tak powiedzieć — dodał ostrożnie — znajduję służbę u ciebie... przyjemną... w sposób, którego nie oczekiwałem. Jesteś, panie, taki, jakim się wydajesz, nie ma w tobie zupełnie trującej obłudy, nie ukrywasz w sobie broni, którą pragniesz wycelować w kogoś nieostrożnego... Moja poprzednia pracodawczyni była powszechnie znana ze swego sprytu, sądzę wszak, żeś ty jest jednakowo zdolny, choć w inny sposób. Wierzę, że gdybym porzucił służbę u ciebie, srogo bym tego żałował. Ludzie powiadają takie rzeczy, by utrzymać posadę, ja jednak mówię poważnie i szczerze.

Trująca obłuda? Zanim Balwer trafił do Perrina, służył jako sekretarz jakiejś murandiańskiej pani wysokiego rodu, która popadła w biedę i z powodu trudnej sytuacji nie mogła sobie dłużej pozwolić na zatrudnianie go. Murandy było więc chyba znacznie gorszym miejscem, niż Perrin sądził.

— Nie widzę powodów, by cię zwalniać, panie Balwer. Powiedz tylko, co chcesz zrobić i pozwól mi samodzielnie podjąć decyzję w tej kwestii, nie próbując mnie do niczego zmuszać. I zapomnij o pochlebstwach.

— Nigdy nikomu nie schlebiam, mój panie. Doskonale natomiast potrafię dopasować się do potrzeb mojego pracodawcy. Tego wymaga ode mnie moja profesja. — Mały mężczyzna skłonił się ponownie. Wcześniej nigdy nie był taki oficjalny. — Jeśli nie masz do mnie więcej pytań, mój panie, może pójdę odnaleźć Lady Medore?

Perrin skinął głową. Balwer znów zgiął się wpół, wycofał, po czym ruszył pospiesznie do obozu. Gdy omijał ostre paliki, niczym wróbel skaczący po śniegu, trzepotały za nim poły jego płaszcza. Dziwny był z niego człowiek.

— Nie ufam mu — mruknął Aram, spoglądając za sekretarzem. — Nie ufam też Selande i jej ludziom. Zobaczysz, zjednoczą się z Aes Sedai. Zapamiętaj moje słowa.

— Komuś trzeba zaufać — pouczył go szorstko Perrin. Pytanie brzmiało: „Komu?".

Wskoczył na siodło Steppera i dotknął butami żeber bułanka. Leżący spokojnie młot jest zazwyczaj bezużyteczny.

ROZDZIAŁ 6

ZAPACH SNU

Zimne powietrze, które Perrin wciągał nosem, wydawało mu się czyste i rześkie. Mężczyzna wjechał galopem do lasu. Wiatr był równie mroźny jak śnieg, który wzlatywał w obłokach spod kopyt Steppera. Tu Aybara mógłby zapomnieć o starych przyjaciołach skłonnych wierzyć w najgorsze pogłoski. Tu mógłby spróbować zapomnieć o Masemie, Aes Sedai i Mądrych. Shaido Aiel, niestety, tkwili we wnętrzu jego czaszki niczym żelazna łamigłówka — złożony z kawałeczków kalejdoskop, który nie znikał, obojętnie jak długo Perrin kręcił głową. Straszliwie pragnął się pozbyć tej kowalskiej łamigłówki, rozszarpać ją na strzępy.

Po krótkim, szaleńczym cwale zwolnił swego bułanego wierzchowca do kłusa. Natychmiast zawładnęły nim wyrzuty sumienia. Ciemność pod leśnym baldachimem była głęboka, a kamienie wśród strzelistych drzew niewidoczne pod śniegiem, toteż pędzący koń mógł sobie złamać nogę w stu miejscach, nie licząc świstaczych, lisich i borsuczych nor. Nie było potrzeby podejmować ryzyka. Galop nie przyspieszy uwolnienia Faile nawet o godzinę, a żaden koń nie potrafił długo utrzymać takiego tempa. W niektórych miejscach nawiało tyle śniegu, że sięgał po kolana, a i w innych było go sporo. Perrin jechał jednak na północny wschód, gdyż zwiadowcy z nowinami o Faile przybywali właśnie z tamtego kierunku. To znaczy przynajmniej z nowinami o Shaido Aiel. Perrin bardzo często miał na nie nadzieję i modlił się o nie, a dziś po prostu wiedział, że je otrzyma. Niestety, wiedza ta jedynie dodatkowo zwiększała niepokój. Znalezienie Shaido stanowiło zaledwie pierwszy element łamigłówki. Z powodu przepełniającego go gniewu Perrin nie mógł się skupić na jednej konkretnej rzeczy, myśli skakały mu jak szalone i wiedział, że wbrew komplementom Balwera, jest człowiekiem — w najlepszym razie — metodycznym. Nie bardzo sobie radził z szybkim myśleniem, a ponieważ nie posiadał sprytu, metodyczność będzie musiała mu wystarczyć. Jakoś.

Aram zrównał się z nim, mocno poganiając swojego siwka, po czym zwolnił, trzymając się nieco z tyłu i z boku — niczym świetnie wyszkolony pies myśliwski. Perrin pozwolił mu na to. Gdy kazał Aramowi jechać obok siebie, służący nigdy nie wydzielał zapachu sugerującego dobre samopoczucie. Były Druciarz nie odzywał się, jednak jego wypełniająca lodowate powietrze woń stanowiła mieszaninę wściekłości, podejrzliwości i niezadowolenia. Mężczyzna siedział w siodle napięty jak struna i ponuro rozglądał się po lesie. Może się obawiał, że zza najbliższego drzewa wyskoczą Shaido.

Przed większością osób można było w tym lesie ukryć właściwie niemal wszystko. W miejscach, w których niebo prześwitywało przez gęste korony drzew, miało zdecydowaną, ciemnoszarą barwę, w tej chwili wszakże gałęzie pogrążały las w mroczniejszym niż noc cieniu, a drzewa wyglądały jak solidne, czarne kolumny. Tym niemniej nawet ruch czarnoskrzydłej kawki, która siedząc na ciężkim od śniegu konarze, stroszyła z zimna piórka, przyciągnął spojrzenie Perrina, a polująca kuna leśna, kompletnie czarna na tle ciemności, ostrożnie podniosła głowę na widok jeźdźców. Perrin wyczuł zapachy obu zwierząt, a także obcą, słabą, ludzką woń bijącą z okolic ogromnego dębu o ciemnych, rozłożystych konarach grubych jak męskie udo. Ghealdanie i Mayenianie wysyłali konne patrole, które objeżdżały obóz w promieniu kilku mil, jednak Perrin wolał polegać na ludziach z Dwu Rzek. Wprawdzie nie miał ich zbyt wielu, ale wszyscy czuli się w lesie jak w domu, potrafili polować na zwierzęta, które w przeciwnym razie mogłyby zapolować na nich i umieli dostrzec ruch, który umknąłby człowiekowi myślącemu w kategoriach żołniersko-wojennych. A można tu było spotkać schodzące za owcami z gór kuguary, a także niedźwiedzie i dziki ukryte w zaroślach i czatujące na potencjalną ofiarę. Z gałęzi rosnących trzydzieści, czterdzieści stóp nad ziemią ludzie mogli zobaczyć wszystko, co poruszało się pod nimi — w samą porę, by ostrzec obóz, zaś dzięki swym potężnym łukom mogli odpowiednio potraktować każdego wroga, który stanął im na drodze. Niemniej jednak zapachy wartowników musnęły umysł Perrina równie lekko jak woń małej kawki. Skoncentrował się na drzewach i cieniach przed sobą, wypatrując pierwszych znaków wracających zwiadowców.

Nagle Stepper odrzucił łeb, parsknął, wyrzucając z pyska kłęby mgły i potoczył oczyma z takim strachem, jakby zobaczył trupa. Siwek Arama zarżał lękliwie i spłoszył się. Perrin pochylił się do przodu, zamierzając poklepać drżącego ogiera po szyi, znieruchomiał wszakże z wyciągniętą ręką, gdy w nos uderzył go ślad zapachu w powietrzu. Był to słaby odór spalonej siarki, od którego mężczyźnie stanęły wszystkie włoski na karku. Prawie spalona siarka... w zasadzie jedynie blada imitacja tego smrodu. Kojarzyła się z czymś złym, a równocześnie nierzeczywistym, czymś, co nie należało do tego świata. Zapach nie był nowy — w każdym razie nikt nie nazwałby go „świeżym" — ale nie był także stary. Miał z godzinę, może nawet mniej. Pojawił się prawdopodobnie w porze przebudzenia Perrina. W czasie gdy Aybara właśnie o takim zapachu śnił.

— Co to takiego, Lordzie Perrinie? — Aram miał kłopoty z zapanowaniem nad siwkiem, który tanecznym krokiem kręcił się i walczył z cuglami, wyraźnie starając się umknąć w jakimkolwiek kierunku, byle jak najdalej stąd. Mimo szarpaniny z wałachem eks-Druciarz zdołał wyciągnąć miecz o głowicy zdobionej wilczą głową. Mężczyzna ćwiczył z tą bronią codziennie, godzinami, ilekroć tylko znalazł czas i wszyscy, którzy znali się na walce, zgodnie przyznawali, że posługiwał się swoim mieczem doskonale. — Może ty, panie, potrafisz dostrzec byle cieniutką, białą nitkę na czarnym tle, dla mnie jednak nadal panuje wokół noc. Nie widzę niczego, co mogłoby mieć jakiekolwiek znaczenie.

— Odłóż miecz — polecił mu Perrin. — Nie będzie ci potrzebny. A mógłby nawet zaszkodzić. — Przez moment namawiał czule drżącego bułanka do ruchu, w końcu jednak wierzchowiec podążył za nieświeżym zapachem, ostrożnie wąchając ośnieżoną ziemię przed sobą. Perrin znał ten zapach, znał go nie tylko ze snu.

Szybko odnalazł to, czego szukał, a Stepper zarżał głośno, gdy jego pan skierował go na prawo, gdzie na ziemi leżał jakiś prostokątny, szeroki na dwa kroki przedmiot o wyglądzie płyty z szarego kamienia. Śnieg wszędzie wokół był gładki i niemal niezadeptany, jednak pochyłą, kamienną płytę znaczyły psie ślady, jak gdyby przebiegło po niej spore stado lub wataha. Choć dokoła panował jeszcze wypełniony ciemniejszymi cieniami półmrok, Perrin widział te ślady dokładnie. Odciski łap były większe niż jego dłoń, wyraźnie odbite w kamieniu niczym w miękkiej ziemi. Aybara znów poklepał Steppera po szyi. Nic dziwnego, że zwierzę się przestraszyło.

— Wróć do obozu, Aramie, i odszukaj Dannila. Powiedz mu, że kazałem powiadomić wszystkich o obecności w okolicy Psów Czarnego. Biegły tędy może z godzinę temu. I odłóż miecz. Wierz mi, nie chciałbyś spróbować zabić nim jednego z Psów Czarnego.

— Psy Czarnego? — krzyknął służący, bacznie przyglądając się mrocznym cieniom wśród drzew. Teraz w jego zapachu Perrin wyczuł niepokój i strach. Większość osób śmiała się z opowieści podróżnych lub historii dla dzieci,

Druciarze jednak stale wędrowali po świecie i dobrze wiedzieli, jakie dziwy można spotkać na pustkowiu. Aram z wyraźną niechęcią schował miecz do umieszczonej na plecach pochwy, ale jego prawa ręka pozostała w górze, muskając rękojeść. — A jak zabić Psa Czarnego? Czy w ogóle można go zabić? — Chyba nie widział zbyt dużego sensu w tym wszystkim.

— Aramie, ciesz się po prostu, że nie musisz się tego dowiadywać. Teraz jedź i zrób, jak ci poleciłem. Niech wszyscy bacznie obserwują teren, na wypadek gdyby Psy wróciły. Moim zdaniem to minimalne ryzyko, najważniejsze wszak jest bezpieczeństwo. — Perrin pamiętał pewną konfrontację ze stadem. Zabił wówczas jedno zwierzę, a raczej sądził, że je zabił, gdyż trafił w nie kolejno trzema strzałami o rozszerzonych grotach. Pomiot Cienia nie umiera jednak łatwo. Wreszcie Moiraine wykończyła stado płomieniem stosu. — Dopilnuj, żeby o Psach Czarnego dowiedziały się przede wszystkim Aes Sedai i Mądre. I Asha'mani.

Niewielka była wprawdzie szansa, że któreś z nich potrafi skonstruować płomień stosu — zresztą i kobiety, i mężczyźni mogli nie mieć chęci przyznać się do umiejętności wykonania zakazanego splotu — może wszakże wiedzieli coś innego, co mogło w tej sytuacji pomóc.

Aram nie miał ochoty zostawiać Perrina samego, więc Aybara musiał na niego warknąć i dopiero wtedy mężczyzna zawrócił ku obozowi. Ciągnął się za nim zapach zranionej urazy sugerującej, że dwaj ludzie zawsze są odrobinę bezpieczniejsi niż jeden. Skoro tylko Aram zniknął Perrinowi z pola widzenia, Aybara skierował Steppera na południe, czyli w kierunku, w którym pobiegły Psy Czarnego. Nie chciał towarzystwa podczas poszukiwań, nawet towarzystwa byłego Druciarza. Choć niektóre osoby czasami zauważały wyjątkowo bystry wzrok Perrina, nie zamierzał się z nim obnosić czy nim popisywać. Ani wzrokiem, ani zdolnością wyczuwania i rozróżniania zapachów. A to już były wystarczające powody do unikania towarzystwa innych.

Bliskość Psów Czarnego mogła oznaczać zwyczajny przypadek, jednak po przeżyciach ostatnich kilku lat Aybarę niepokoiły podobne zbiegi okoliczności. Aż za często okazywały się czymś innym — wcale nie przypadkiem, lecz sytuacją starannie przez kogoś zaplanowaną. Perrin był wszak *ta'veren*, osobą, wokół której Koło Czasu oplatało wątki losów otaczających go ludzi, i fakt ten raczej mu w tej chwili przeszkadzał, niż pomagał. Mógłby się bez tego obejść. Bycie *ta'veren* wydawało się mieć więcej wad niż zalet, nawet jeśli zdarzenia z pozoru działały na jego korzyść. Przypadek, który w jednej minucie sprzyjał, w następnej mógł się obrócić przeciwko niemu. I zawsze istniała jeszcze inna możliwość. Jako *ta'veren* człowiek wyróżniał się we Wzorze i czasem niektórzy Przeklęci mogli z tego względu go znaleźć... Tak przynajmniej słyszał Aybara. Może Pomiot Cienia również potrafiłby go odszukać.

Trop, za którym jechał, pochodził mniej więcej sprzed godziny, jednak Perrin czuł pod jego wpływem napięcie w łopatkach i ciarki na czaszce. Niebo, tam gdzie prześwitywało między koronami drzew, wciąż miało barwę intensywnej ciemnej szarości, nawet dla bystrych oczu Aybary. Słońce nie zaczęło jeszcze swojej wspinaczki nad horyzont. Pora tuż przed świtem — gdy ciemność miała się właśnie przemienić w światło, lecz tego światła nadal nie było — należała do najgorszych momentów na spotkanie Dzikiego Gonu. Na szczęście nie było w pobliżu żadnego skrzyżowania ani żadnego cmentarzyska, a jedyne kamienne paleniska znajdowały się w Brytan, choć Perrin nie był pewien, jak duże bezpieczeństwo zapewniały tamtejsze rudery. Przypomniał sobie położenie najbliższego strumienia, z którego obóz czerpał wodę, wyciąwszy uprzednio przeręble w lodzie. Ruczaj miał zaledwie dziesięć czy dwanaście kroków szerokości, woda w nim sięgała jedynie do kolan, Perrin wszakże wiedział, iż nawet najwęższa struga powinna zatrzymać Psy Czarnego. Musiałby jednak stanąć wobec stada, co zapewne nie obyłoby się bez negatywnych skutków. Pociągnął teraz nosem, szukając tego starego zapachu. I choćby nutki jakiegoś świeższego. Najgorsze bowiem było niespodziewane spotkanie z Pomiotem Czarnego.

Stepper łapał zapach równie łatwo jak jego pan, a czasami nawet szybciej, ale w takich sytuacjach zdarzało się bułankowi znarowić i wówczas Perrin musiał go popędzać. Na śniegu wokół było mnóstwo rozmaitych znaków, śladów kopyt pozostawionych przez wyjeżdżające i powracające patrole konne, sporadycznych tropów królików i lisów, lecz odciski łap Psów Czarnego pozostały jedynie na wystającej ze śniegu kamiennej płycie. Zapach spalonej siarki był tam najsilniejszy, jednakże niewielka jego ilość unosiła się również w pobliżu, zapewne aż do następnego miejsca, gdzie można było dostrzec ich ślady, czyli do kolejnej skalnej powierzchni. Ogromne łapy zachodziły zazwyczaj na siebie, toteż nie sposób było ocenić wielkości stada, ale bez względu na to, czy skała miała szerokość jednego, czy też sześciu kroków, ślady Psów Czarnego, które po niej przebiegły, pozostawały widoczne, jakby wyrzeźbione. W okolicach Illian Perrin widział stado składające się z ponad dziesięciu psów. Dobrze ponad dziesięciu. Czy dlatego na tym terenie nie mieszkały już wilki? Perrin był przekonany, że myśl o nieuchronnej śmierci z jego snu była jak najbardziej rzeczywista, a on wszak był w tym śnie właśnie wilkiem.

Ponieważ trop zaczął skręcać na zachód, w Aybarze zrodziły się podejrzenia, które w miarę upływu czasu umacniały się, aż przekształciły się w pewność. Psy Czarnego całkowicie okrążyły obozowisko, przebiegły miejsce na północ od niego, docierając do punktu, w którym kilka olbrzymich drzew leżało na wpół przewróconych lub wspartych na sąsiednich;

wysokie, odcięte pniaki spoczywały na rozszczepionych karczach. Psie ślady pokrywały kamienną odkrywkę — gładką i płaską niczym wypolerowana marmurowa podłoga z wyjątkiem jednego cienkiego jak włos wyżłobienia przecinającego ją pionowo. Nic nie pilnowało wejścia do bram Asha'manów, więc dwie zostały otwarte. W pniu grubej sosny, który upadłszy, zablokował jedno z wejść, widniała wypalona część szeroka na cztery kroki, a zwęglone końce wydawały się odcięte równo niczym w tartaku. Najwyraźniej ów dowód działania Jedynej Mocy nie zainteresował Psów Czarnego. Stado nie zatrzymało się tu na dłużej niż gdzie indziej, z tego, co Perrin widział, nawet nie zwolniło. Psy Czarnego potrafiły galopować szybciej niż konie i mogły biec dłużej, a ich zapach nigdzie chyba nie był szczególnie silny. W dwóch miejscach na obwodzie wokół obozu Perrin dostrzegł rozwidlenie w śladach, jednak raz stado skręcało na północ, raz na południe. Obiegły obozowisko i popędziły dalej, ścigając coś lub kogoś.

Oczywiście nie jego goniły. Może krążyły, ponieważ go wyczuły, to znaczy wyczuły kogoś, kto jest *ta'veren*, jednak Perrin wątpił, żeby Psy Czarnego — gdyby ścigały jego — zawahały się choć jedną chwilę przed wtargnięciem do obozu. Stado, które spotkał przed wjazdem do miasta Illian, nie próbowało go od razu zabić. Czyżby Psy Czarnego donosiły, co widziały, tak jak to robią szczury i kruki? Na tę myśl aż zacisnął szczęki. Uwagi zwróconej przez Cień bał się każdy człowiek przy zdrowych zmysłach, a Perrinowi dodatkowo mogła przeszkodzić w uwolnieniu Faile. Kwestia ta zmartwiła go bardziej niż większość innych. A przecież istniały sposoby walki z Pomiotem Cienia, metody walki z Przeklętymi. Cokolwiek zaszło między nim i Faile, Psami Czarnego, Przeklętymi czy kimkolwiek innym, Perrin znajdzie sposób — mniej lub bardziej bezpośredni — wybrnięcia z tej sytuacji. Zrobi wszystko, co będzie konieczne! Każdy strach ma swoje granice i nie można się bać bez końca, zresztą Perrin lękał się wyłącznie o Faile. Nie było w nim miejsca na strach o cokolwiek lub kogokolwiek innego.

Zanim dotarł znów do punktu wyjścia, wiatr przyniósł mu wraz z lodowatym zimnem ostry zapach ludzi i koni. Perrin ściągnął cugle Steppera, który zwolnił do stępa, po czym się zatrzymał. Jakieś sto kroków przed sobą Aybara zauważył pięćdziesiąt czy sześćdziesiąt koni. Słońce wreszcie wyjrzało nad horyzont, natychmiast posyłając przez koronę drzew ostre, ukośne promienie, które odbijały się od śniegu i nieco rozpraszały mrok, choć między smukłymi, słonecznymi palcami pozostały głębokie, cętkowane cienie. Jeden z tych cieni objął także Perrina. Grupa konna znajdowała się niedaleko od miejsca, w którym widzieli pierwsze ślady Psów Czarnego, a Aybara zauważył wśród zebranych typowy dla Druciarzy jaskrawozielony płaszcz Arama oraz jego kaftan w czerwone pasy i umieszczoną na plecach pochwę z mieczem. Większość jeźdźców nosiła płaskie, czerwone hełmy z okapami i ciemne płaszcze na czerwonych napierśnikach, zaś długie, cienkie, czerwone wstążki na ich lancach poruszały się wraz z lekkim wiatrem, gdy żołnierze rozglądali się we wszystkich kierunkach. Pierwsza z Mayene często wyjeżdżała rankiem, pod odpowiednią ochroną Skrzydlatej Gwardii.

Pragnąc uniknąć spotkania z Berelain, Perrin usiłował się wycofać, jednak wówczas zobaczył w grupie trzy wysokie piechurki w ciemnych szalach spowijających każdej głowę i górną część tułowia, więc się zawahał. Mądre dosiadały koni tylko wtedy, kiedy naprawdę musiały, a i wówczas robiły to niechętnie, a wędrówka milę czy dwie w ciężkiej, wełnianej spódnicy przez śnieg najwyraźniej nie wydała im się wystarczającym powodem do jazdy na końskim grzbiecie. Prawie na pewno gdzieś tutaj znajdowała się Seonid lub Masuri. Mądre Aielów wydawały się lubić Berelain z jakiegoś powodu, którego Aybara nie potrafił zgłębić.

Nie zamierzał się przyłączać do żadnych jeźdźców, kimkolwiek byli, lecz coraz dłuższe niezdecydowanie zmniejszało jego szansę uniknięcia ich. W tym samym momencie jedna z Mądrych — sądził, że to Carelle, ogniście ruda kobieta, która zawsze i na wszystkich wyzywająco patrzyła bystrymi, niebieskimi oczyma — podniosła właśnie rękę i wskazała w jego stronę, a wówczas cała grupa obróciła się we wskazanym kierunku; żołnierze ponaglili stopami konie do zwrotu i zapatrzyli się między drzewa, wycelowawszy w jego stronę lance z długimi na stopę, stalowymi czubkami. Perrinowi wydało się nieprawdopodobne, żeby ci mężczyźni mogli go wyraźnie dostrzec przez głębokie plamy cienia i jasne, słoneczne snopy. Zaskoczyło go, że Mądra go zauważyła, przypomniał sobie jednak, że wszyscy Aielowie mają doskonały wzrok.

Wypatrzył Masuri, dosiadającą pstrokatej klaczy, szczupłą kobietę w brązowym płaszczu, a także Annourę, osóbkę trzymającą się z tyłu na kasztance, lecz wyróżniającą się tuzinami cienkich, ciemnych warkoczyków, które zwisały jej spod kaptura. Berelain jechała z przodu na lśniącym, gniadym wałachu. Była odzianą w czerwony płaszcz obszyty czarnym futrem wysoką, młodą pięknością o długich, czarnych włosach. Mimo niezwykłej urody miała wszakże jedną wielką wadę — nie była Faile! Co gorsza, właśnie od niej dowiedział się o porwaniu małżonki i kontaktach Masemy z Seanchanami, jednak niemal wszyscy w obozie sądzili, że spał z Berelain w noc zniknięcia Faile, a Pierwsza z Mayene bynajmniej tym pogłoskom nie zaprzeczała. Perrin nie mógł jej wprost poprosić o powstanie i publiczne zdementowanie pomówień, jednak bez wątpienia mogła coś powiedzieć czy też zrobić, na przykład polecić swoim służącym ukrócenie plotek. Cokolwiek! Niestety, Berelain zachowała milczenie, a jej służące, trajkoczące niczym sroki, w zasadzie tę opowieść potwierdzały. W Dwu Rzekach właśnie w taki sposób dana osoba zyskiwała szczególną reputację.

Od tamtej nocy Aybara unikał Berelain, toteż teraz również miał ochotę odjechać, mimo iż kobiety go zobaczyły, jednak Pierwsza z Mayene wzięła koszyk z pałąkowatymi uchwytami od towarzyszącej jej służącej — pulchnej kobiety spowitej w błękitno-złoty płaszcz — powiedziała coś do pozostałych, a następnie skierowała ku niemu lśniącego, gniadego wałacha. Sama! Annoura podniosła rękę i coś za nią zawołała, ale Berelain ani się na nią nie obejrzała. Perrin nie wątpił, że ta kobieta podąży za nim, gdziekolwiek by pojechał, poza tym swoim odjazdem mógłby sugerować, że pragnie się spotkać z nią na osobności. Uderzył zatem piętami w boki Steppera, zamierzając dołączyć do grupy — choć wcale tego nie chciał — i pozwalając Pierwszej z Mayene zawrócić wraz z nim. Ona wszakże, nie bacząc na zmarzniętą ziemię i śnieg, popędziła gniadosza do cwału, każąc mu nawet przeskoczyć kamienną odkrywkę. Czerwony płaszcz płynął za Berelain, aż kobieta spotkała się z Perrinem w połowie drogi. Aybara musiał niechętnie przyznać, że doskonale jeździła konno. Nie tak świetnie jak Faile, lecz prawie równie dobrze.

— Twoja nachmurzona mina wygląda całkiem dziko — roześmiała się cicho, zatrzymując swego wierzchowca tuż przed Stepperem. Ze sposobu, w jaki trzymała cugle gniadosza, Perrin wywnioskował jej gotowość do zablokowania go, gdyby spróbował ją objechać. Ta kobieta zupełnie nie miała wstydu! — Uśmiechnij się, to ludzie pomyślą, że flirtujemy. — Podała mu kosz w odzianej w szkarłatną rękawiczkę dłoni. — A na widok zawartości tego kosza w istocie powinieneś się przynajmniej uśmiechnąć. Słyszałam, że zapominasz o jedzeniu. — Zmarszczyła nos. — I chyba także o myciu, tak mi się zdaje. Twoją brodę również trzeba by przyciąć. Zatroskany, nieco zaniedbany mąż spieszący żonie na ratunek to postać romantyczna, lecz Faile mógłby się nie spodobać taki brudny obszarpaniec. Żadna kobieta nigdy nie wybaczy mężczyźnie, który niszczy swój obraz w jej oczach.

Nagle zmieszany Perrin wziął kosz, postawił go przed sobą na wysokim łęku siodła i nieświadomie potarł nos. Przyzwyczaił się już do pewnych odcieni zapachu Berelain, które czasami kojarzyły mu się z polującą wilczycą, a wtedy czuł się wybraną ofiarą, dzisiaj jednak kobieta nie wydzielała żadnej myśliwskiej woni. Nawet najmniejszej nuty. Pachniała prawie nieziemską cierpliwością, rozbawieniem i może nieznacznie strachem. O ile sobie dobrze przypominał, nigdy nie bała się jego. Na pewno. Ale czy musiała być taka strasznie cierpliwa? I czy musiała tak usilnie starać się go rozbawić? Kuguar pachnący jak jagnię nie skonfundowałby go bardziej.

Zakłopotanemu czy nie, Perrinowi aż zaburczało w brzuchu, gdy poczuł aromaty unoszące się spod pokrywki kosza. Pieczona dzika kura, chyba — jeżeli się nie mylił, oraz świeżo upieczony, nadal ciepły chleb. A ponieważ mąki nie mieli w obozie zbyt dużo, chleb jadali prawie równie rzadko jak mięso. To prawda, że Aybara w niektóre dni tęsknił za jedzeniem. Naprawdę czasami o nim zapomniał, kiedy zaś sobie przypominał, jedzenie okazywało się męczarnią, gdyż musiał podczas posiłków znosić obecność Lini i Breane albo natręctwo innych osób, chętnych z nim obiadować. Teraz pod wpływem bliskości ciepłego pożywienia o mało nie pociekła mu ślinka. Czy byłoby nielojalnością zjeść zawartość przyniesionego przez Berelain koszyka?

— Dziękuję za chleb i dziką kurę — odparł gburowato. — Jednak ostatnia rzecz na ziemi, jakiej pragnę, to sugerowanie komukolwiek, że flirtujemy. A myję się, ilekroć tylko mogę... W co zresztą nie powinnaś się wtrącać. Nie jest łatwo się myć przy takiej pogodzie. Poza tym, nikt inny nie pachnie dużo lepiej niż ja. — Nagle uświadomił sobie, że się myli — ona pachniała znacznie lepiej od niego. Przez jej lekkie, kwiatowe perfumy nie przebijała najmniejsza nuta woni potu czy brudu. Zirytowało go, że zauważył jej perfumy, a może zdenerwował się faktem, że pachniała tak czysto. Jej zapach zakrawał niemal na zdradę.

Oczy Berelain rozszerzyły się na moment w zdumieniu — dlaczego? — jednak później kobieta westchnęła, mimo uśmiechu, który zaczynał wyglądać na przylepiony, zaś w jej woni pojawiła się nutka rozdrażnienia.

— Każ rozbić swój namiot. Wiem, że jest dobra miedziana wanna w jednym z twoich wozów. Powinieneś wziąć w niej kąpiel. Ludzie oczekują, że pan wielkiego rodu będzie wyglądał jak... pan wielkiego rodu, Perrinie. Zawsze warto się dobrze prezentować, nawet kiedy utrzymanie czystości wymaga dodatkowego wysiłku. Nazwij swoje działanie umową pomiędzy tobą i nimi. Musisz dać im to, czego oczekują, czego potrzebują lub chcą, w przeciwnym razie stracą do ciebie szacunek, a później zaczną mieć właśnie do ciebie pretensje za to, że cię przestali szanować. Tak to zazwyczaj wygląda, a szczerze mówiąc, żadne z nas nie może pozwolić, żeby doszło do takiej sytuacji. Wszyscy przebywamy z dala od naszych domów, otoczeni przez wrogów i bardzo wierzę, że ty, Lordzie Perrin „Złote Oko", możesz stanowić naszą jedyną życiową szansę na powrót do naszych domów. Bez ciebie wszystko się rozpada. Teraz się do mnie uśmiechnij, ponieważ skoro flirtujemy, na pewno nie mówimy o niczym poważnym.

Aybara obnażył zęby. Mayenianie i Mądre rzeczywiście im się przyglądały, jednak z odległości pięćdziesięciu kroków w tym mroku mogły jego minę rzeczywiście uznać za uśmiech. Utrata szacunku? Wszak to właśnie Berelain przyczyniła się pogardy, którą żywili do niego obecnie mieszkańcy Dwu Rzek, nie wspominając o uczuciach służących Faile. Co gorsza, Faile niejednokrotnie wygłaszała do niego podobny wykład o obowiązkach arystokraty, który powinien dawać ludziom to, czego się po nim spodziewają i czego od niego pragną. Największą obrazą dla Perrina było wysłuchiwanie tej kobiety, akurat tej kobiety, powtarzającej słowa jego małżonki!

— O czym zatem rozmawiamy, skoro nie ufasz w tej sprawie własnym ludziom i nie dzielisz się z nimi swoją wiedzą?

Twarz Pierwszej z Mayene pozostała łagodna i uśmiechnięta, a jednak nutka lęku w jej zapachu pogłębiła się. Berelain była daleka od paniki, ale wyraźnie sądziła, że grozi jej jakieś niebezpieczeństwo. Ręce w rękawiczkach zaciskała mocno na cuglach gniadosza.

— Kazałam moim łowcom złodziei powęszyć w obozie Masemy i zaprzyjaźnić się z tamtejszymi ludźmi. Nie są tak dobrzy jak „oczy i uszy", lecz wzięli wino, które przypuszczalnie ukradli mnie i dzięki uważnemu słuchaniu dowiedzieli się co nieco.

Przez chwilę przypatrywała mu się zagadkowo, z przechyloną głową. O Światłości! Zatem Berelain wiedziała, że Faile używała Selande i tych innych głupków jako szpiegów! Tak, wszak właśnie Berelain wspomniała mu o tym jako pierwsza. Prawdopodobnie Gendar i Santes, jej łowcy złodziei, przyuważyli Haviara i Neriona w obozie Masemy. Trzeba będzie ostrzec Balwera, zanim spróbuje wysłać Lady Medore do Berelain i Annoury. Może wówczas bowiem dojść do kompletnego zamieszania.

Perrin nie odezwał się, więc kobieta kontynuowała.

— Położyłam coś w tym koszu... oprócz chleba i dzikiej kury... pewien dokument... Santes znalazł go wczoraj wcześnie rano. Dokument spoczywał zamknięty w obozowym biurku Masemy. Głupi Santes zawsze pragnie się dowiedzieć, co tkwi w każdym zamkniętym na klucz schowku. Skoro już musiał grzebać w zamkniętych na klucz szufladach Masemy, powinien był zapamiętać przedmiot, zamiast go zabierać, ale co się stało, już się nie odstanie. Jeśli zadałam sobie tyle trudu przy ukryciu go, postaraj się, proszę, ażeby nikt cię nie zobaczył, jak go czytasz! — dodała ostro, gdy Perrin podniósł wieko kosza, odkrywając owiniętą w materiał paczuszkę i uwalniając jeszcze silniejszy aromat pieczonego drobiu oraz ciepłego chleba. — Widziałam już wcześniej szpiegujących cię ludzi Proroka. Może i teraz ci się przyglądają!

— Nie jestem głupcem — warknął.

Wiedział o obecności obserwatorów Masemy. Większość zwolenników tego człowieka była mieszczanami, a niemal wszyscy czuli się w lesie nieswojo. Nie znaczy to, że jeden czy dwóch nie mogło się ukrywać gdzieś wśród drzew i z cienia szpiegować Perrina. Chociaż z drugiej strony nigdy nie podchodzili zbyt blisko, ponieważ Aybara miał tak doskonały wzrok, że uważali go niemal za na wpół oswojonego przedstawiciela Pomiotu Cienia, rzadko więc wyczuwał zapach któregoś z nich. Dzisiejszego ranka miał natomiast na głowie inne rzeczy.

Odgarnął materiał i jego oczom ukazała się dzika kura — była wielkości sporego domowego kurczaka, skórkę miała przyrumienioną i na oko chrupiącą. Odrywając nóżkę, Perrin dostrzegł i wymacał pod mięsem gruby, kremowy papier złożony w czworo. Nie dbając o tłuszcz, nieco niezdarnie rozwinął dłońmi w rękawicach papier na ptaku i podczas ogryzania kurzego udka przeczytał tekst. Osoba patrząca z boku niechybnie odniosłaby wrażenie, że głodny mężczyzna zastanawia się, którą część dzikiej kury zaatakować następnie. Gruba, zielona woskowa pieczęć złamana z jednej strony przedstawiała zdaniem Aybary trzy ręce, każdą z rozwartymi dwoma palcami: wskazującym i małym, a pozostałymi złożonymi. Napisane płynnym pismem litery wydawały się osobliwie ukształtowane, toteż zrozumienie treści przychodziło Perrinowi z trudem i wymagało pewnej dozy wysiłku.

Okaziciel niniejszego dokumentu znajduje się pod moją osobistą ochroną. W imię Cesarzowej, niech nam żyje wiecznie, udzielcie tej osobie wszelkiej możliwej pomocy, gdyż działa ona w służbie Imperium i nie rozmawiajcie o niej z nikim poza mną.

Pieczętowane przez
Suroth Sabelle Meldarath
Wysoką Lady
Asinbayaru i Barsabby

— Cesarzowej — powtórzył cicho. Odgłos przywiódł na myśl żelazo prasujące jedwab. Perrin miał zatem przed sobą potwierdzenie umowy Masemy z Seanchanami, chociaż właściwie takiego potwierdzenia nie potrzebował. W takich sprawach Berelain by nie skłamała. Suroth Sabelle Meldarath była najprawdopodobniej kimś ważnym, skoro sporządziła takie pismo. — Prorok Smoka Odrodzonego będzie skończony, gdy Santes potwierdzi, gdzie znalazł dokument. — „W służbie Imperium?" — zacytował pytającym tonem.

Przecież Masema wiedział, że Rand walczy z Seanchanami! Prawdziwe tęcze wybuchły w głowie Aybary. Naprawdę nim wstrząsnęła ta myśl. Tak, Masema był zdrajcą!

Pierwsza z Mayene roześmiała się, jakby powiedział coś dowcipnego, teraz jednak jej uśmiech wyglądał na zdecydowanie wymuszony.

— Santes zapewnił mnie, że z racji panującej w obozie krzątaniny nikt go tam nie dostrzegł. Z tego względu pozwoliłam jemu i Gendarowi opróżnić moją ostatnią beczkę dobrego wina z Tunaighan. Mieli się zjawić najpóźniej godzinę po zmroku, jednak jak dotąd żaden z nich nie wrócił. Przypuszczam, że odsypiają pijaństwo, chociaż nigdy nie byli…

Wzdrygnęła się, wydając dźwięk zaskoczenia i gapiąc się na niego. Perrin uprzytomnił sobie, że przegryzł kość udową w połowie. O Światłości, nawet nie zauważył, że dokładnie ogryzł mięso na kości.

— Byłem bardziej głodny, niż sądziłem — szepnął. Wypluł kawałki kości na dłoń w rękawicy, po czym upuścił je na ziemię. — Bezpieczniej byłoby wszakże przyjąć, iż Masema zdaje sobie sprawę z tego, że dokument trafił w twoje ręce. Mam nadzieję, że nie tylko, kiedy wyjeżdżasz, lecz przez cały czas twoi ludzie dobrze cię pilnują.

— Począwszy od ubiegłej nocy Gallenne kazał pięćdziesięciu mężczyznom spać wokół mojego namiotu — odparła, nadal mu się przypatrując.

Perrin westchnął.

„Można by mniemać — pomyślał — że ta kobieta nigdy wcześniej nie widziała, jak przegryzam kości na dwoje".

— Co ci powiedziała Annoura?

— Poleciła oddać jej ten papier, gdyż zamierzała go zniszczyć. Wyjaśniłam jej, że już go nie mam i nie wiem, gdzie przepadł, a ona mi uwierzyła. Wątpię wszakże, czy taka odpowiedź zadowoliłaby Proroka.

— Ja również w to wątpię. — Annoura także musiała o tym wiedzieć. Aes Sedai mogły się czasem mylić bądź też wyciągać niewłaściwe wnioski, na pewno jednak nie sposób im było zarzucić głupoty. — Powiedziała, że zniszczy dokument, jeśli jej go oddasz, czy też że być może go zniszczy?

Czoło Berelain zmarszczyło się w zadumie. Minęła dobra chwila, zanim kobieta odpowiedziała z całym przekonaniem.

— Że go zniszczy. — Gniadosz wykonał kilka niecierpliwych kroków w miejscu, jednakże Pierwsza z Mayene opanowała go łatwo i niemal bezwiednie. — Nie potrafię się domyślić, co innego chciałaby z nim zrobić — dodała po kolejnej długiej pauzie. — Mało prawdopodobne, ażeby Prorok był podatny na... naciski.

Oczywiście miała na myśli szantaż. Perrin też nie potrafił sobie wyobrazić Masemy uginającego się wobec gróźb. Szczególnie wobec szantażu ze strony Aes Sedai.

Pod pozorem odrywania drugiej nóżki dzikiej kury Perrin

zdołał złożyć pismo i wsunąć sobie w rękaw, gdzie przed wypadnięciem chroniła je gruba rękawica. Miał zatem dowód. Ale na co? Jak ten człowiek mógł być równocześnie fanatykiem stojącym po stronie Smoka Odrodzonego i... zdrajcą? Może zabrał ten dokument komuś? Komu? Jakiemuś współpracownikowi, którego przyłapał na gorącym uczynku? Lecz w takim razie po co trzymałby pismo w zamknięciu? Po co, jeśli nie zamierzał użyć go na swoją korzyść? Wszak spotykał się z Seanchanami. A jeżeli zamierzał wykorzystać ów dokument? Ale jak? Do czego mógłby zostać wezwany Masema? Kto potrafiłby wyjaśnić tę kwestię? Aybara westchnął ciężko. Tak, miał zbyt wiele pytań i żadnych odpowiedzi. Odpowiedzi wymagały bystrzejszego umysłu niż jego własny. Być może Balwer potrafiłby wyjaśnić niektóre z tych kwestii.

Pod wpływem zapachu jedzenia jego żołądek domagał się zarówno nóżki, którą mężczyzna trzymał w dłoni, jak i reszty ptaka, jednak Perrin zdecydowanym ruchem zamknął wieko kosza i starał się gryźć powoli, starannie przeżuwając. Istniała jedna odpowiedź, którą potrafił zdobyć.

— Co jeszcze powiedziała Annoura? O Masemie.

— Nic, poza tym, że ten człowiek jest niebezpieczny i powinnam go unikać. Jakbym tego wcześniej nie wiedziała! Annoura nie przepada za Prorokiem i nie lubi o nim mówić. — Berelain znów przez chwilę się wahała. — A dlaczego pytasz? — dorzuciła. Pierwsza z Mayene była przyzwyczajona do intryg i potrafiła czytać między wierszami.

Aybara ugryzł kawałek nóżki i przeżuwał, starając się zyskać czas na zastanowienie, w końcu przełknął mięsną papkę. Dla niego intrygi były raczej czymś obcym, lecz miał dość rozumu, by wiedzieć, że zbytnia gadatliwość może się okazać groźna. Jednak w przeciwieństwie do Balwera uważał również, że podobnie niebezpieczna jest przesadna małomówność.

— Annoura spotyka się potajemnie z Masemą — odparował. — Podobnie Masuri.

Sztuczny uśmiech pozostał Berelain na ustach, jednak w jej zapachu pojawiła się trwoga. Kobieta zaczęła się nerwowo kręcić w siodle, jakby pragnęła się obejrzeć na dwie Aes Sedai, na szczęście się powstrzymała. Oblizała sobie usta koniuszkiem języka.

— Aes Sedai zawsze mają swoje powody — oświadczyła.

To była jej cała riposta. Tak, wyraźnie zaniepokoiła ją wiadomość o spotkaniu jej doradczyń z Prorokiem Smoka Odrodzonego. A może zaalarmował ją fakt, że Perrin wie o tych spotkaniach. Albo...? Aybara nienawidził wszystkich tych komplikacji. Trudno było wybrać najważniejszą możliwość. O Światłości, uświadomił sobie właśnie, że zdołał już ogryźć do kości drugą nogę! Mając nadzieję, że Pierwsza z Mayene niczego nie zauważyła, pospiesznie rzucił na bok kości. A jego żołądek burczał, domagając się następnej porcji pieczonego drobiu.

Ludzie Berelain trzymali się w odpowiedniej odległości, Aram jednakże podjechał bliżej Perrina i Pierwszej z Mayene, po czym nagle się pochylił i patrzył na nich przez ocienione drzewa. Mądre stały po jednej stronie, rozmawiając między sobą, pozornie nieświadome, że tkwią po kostki w śniegu, a zimny, wzmagający się wiatr szarpie luźnymi końcami ich szali. Co chwila któraś z tej trójki zerkała w stronę Aybary i jego towarzyszki. Mądre nigdy nie przestrzegały zasady prywatności i bez oporów wtykały nos w nie swoje sprawy. W tym sensie z zachowania przypominały Aes Sedai. Masuri i Annoura także ich obserwowały, chociaż wyraźnie trzymały się w pewnej odległości od siebie. Perrin mógłby się założyć, że gdyby nie było tu Mądrych, obie siostry użyłyby Jedynej Mocy do podsłuchania jego rozmowy z Berelain. Oczywiście Mądre również prawdopodobnie potrafiły przenosić Moc, a poza tym pozwoliły na wizytę Masuri u Masemy. Czy Aes Sedai zacisnęłyby zęby, gdyby zobaczyły, że

Mądre podsłuchują, posługując się Jedyną Mocą? Annoura wydawała się prawie tak ostrożna wobec Mądrych jak Masuri. O Światłości, Perrin nie miał przecież czasu na te próżne dumania! Niemniej jednak musiał się im oddawać.

— Nasza gadanina wzbudziła dość ich zainteresowania — mruknął. Nie potrzebowali go ani trochę więcej. Zaczepiwszy rączki kosza na łęku siodła, uderzył butami w boki Steppera. Zjedzenie ptaka można by uznać za najdrobniejszą z nielojalności.

Berelain nie ruszyła za nim natychmiast, a jednak jeszcze zanim dotarł do Arama, zachęciła gniadosza do biegu i po chwili dogoniła Aybarę, a następnie zwolniła.

— Odkryję, co knuje Annoura — oświadczyła zdecydowanie, spoglądając prosto przed siebie. Jej wzrok był twardy. Perrin prawie żałował Annoury, nie był wszakże gotów sam spróbować wydobyć z niej odpowiedzi na swoje pytania. Z drugiej strony Aes Sedai rzadko potrzebowały współczucia, lecz i rzadko udzielały informacji, które wolały zatrzymać dla siebie. W sekundę później Berelain znowu wyglądała na wesołą i zadowoloną, chociaż nadal otaczała ją woń determinacji, niemal przygniatająca zapach strachu. — Młody Aram powiedział nam wszystko o Zmorze Serc jeżdżącym po tych lasach wraz z Dzikim Gonem, Lordzie Perrinie. Myślisz, że to prawda? Pamiętam, że słyszałam takie opowieści we wczesnym dzieciństwie — przemawiała głosem lekkim, wręcz rozbawionym i donośnym. Policzki Arama spowił szkarłat, a kilku mężczyzn w pobliżu zarechotało wesoło.

Przestali się śmiać, gdy Aybara pokazał im ślady na kamiennej płycie.

ROZDZIAŁ 7

KOWALSKA ŁAMIGŁÓWKA

Gdy wszyscy spoważnieli, Aram przybrał szeroki, zadowolony uśmiech. Teraz nie wydzielał zapachu przerażenia. Można by pomyśleć, że już wcześniej widział ślady pozostawione przez Psy Czarnego i wiedział na ich temat wszystko, co trzeba. Zresztą, nikt nie zwracał uwagi na jego uśmieszek, ponieważ cała grupa wpatrywała się jedynie w ogromne psie ślady odciśnięte w kamieniu; ludzie nawet nie słuchali tłumaczenia Perrina, że Psy Czarnego odeszły już dawno temu. Oczywiście nie mógł im powiedzieć, skąd o tym wie, jednak nikomu jego wiedza nie wydała się dziwna i nikt nie wypytywał go o szczegóły. Jeden z ostrych, ukośnych snopów wczesnoporannego słońca padł bezpośrednio na szarą płytę, wyraźnie ją oświetlając. Stepper przyzwyczaił się już do niknącego zapachu spalonej siarki — w każdym razie jedynie z rzadka jeszcze parskał i kładł po sobie uszy — inne konie jednak spłoszyły się przy przechylonym kamieniu. Żadna z osób oprócz Aybary nie potrafiła wyczuć tego smrodu, większość zrzędziła z powodu nagłej krnąbrności swoich wierzchowców i łypała na dziwacznie oznaczoną kamienną płytę niczym na osobliwość wskazaną przez przewodnika wycieczki.

Jakaś pulchna służąca Pierwszej z Mayene wrzasnęła na widok psich śladów i zachwiała się w siodle, o mało nie spadając z nerwowo tańczącej klaczy o wydatnym brzuchu, jednak Berelain beznamiętnym głosem poprosiła tylko Annourę o opiekę nad dziewczyną i dalej gapiła się na odciski z twarzą tak pozbawioną wyrazu, jakby sama była Aes Sedai. W rękach wszakże mocno ściskała cugle, toteż cienka, czerwona skóra wbijała jej się w palce, aż kobiecie pobielały kłykcie. Tego ranka szefem osobistej straży przybocznej Pierwszej był Bertain Gallenne, Lord Kapitan Skrzydlatej Gwardii, mężczyzna w czerwonym hełmie ozdobionym skrzydełkami i trzema cienkimi szkarłatnymi piórami. Teraz Gallenne zmusił swego wysokiego, czarnego wałacha do podjazdu pod kamień, po czym zeskoczył z konia, a wpadłszy po kolana w śnieg, zdjął hełm i zmarszczył brwi. Wpatrywał się w kamienną płytę swoim jedynym okiem, bowiem pusty oczodół drugiego przykrywała szkarłatna skórzana łata umocowana rzemieniem, który znikał pod długimi do ramion siwymi włosami kapitana. Sądząc po grymasie na jego twarzy, mężczyzna podejrzewał kłopoty, jednak zawsze i wszędzie dostrzegał najpierw najgorszą możliwość. Perrin przypuszczał, że dobrego żołnierza powinna raczej charakteryzować właśnie podejrzliwość i czarnowidztwo niż przesadny optymizm.

Masuri także zsiadła z pstrokatej klaczy, po czym zastygła nieruchomo z cuglami w spowitej w rękawiczkę dłoni i patrzyła niepewnie na trzy opalone Mądre Aielów. Niektórzy żołnierze mayenieńscy mamrotali coś niespokojnie, jednak zdaniem Perrina powinni już się do tego widoku przyzwyczaić. Annoura skryła twarz głębiej w szarym kapturze, jak gdyby nie chciała patrzeć na kamień, a potem szybko potrząsnęła głową, spoglądając na służącą Berelain, kobieta zaś zagapiła się na nią wytrzeszczonymi ze zdziwienia oczyma. Masuri natomiast czekała obok swej klaczy z pozorem cierpliwości przerywanej jedynie niemal nieświadomym wygładzaniem brunatnych, jedwabnych spódnic sukni jeździeckiej. Mądre wymieniły milczące spojrzenia, a oblicza tych kobiet Aiel były równie nieodgadnione jak twarze sióstr. Carelle stała pomiędzy Nevarin, chudą, zielonooką kobietą, i Marline, kobietą o granatowych oczach i ciemnych włosach, rzadkich wśród Aielów i nie przykrytych szalem. Wszystkie trzy były wysokie, tak wysokie jak mężczyźni i żadna nie wyglądała na starszą od Perrina o więcej niż kilka lat, jednak przybranie takiej spokojnej pewności siebie wymagało bardziej zaawansowanego wieku niż ten widoczny na ich obliczach. Mimo długich naszyjników i ciężkich bransolet ze złota i kości słoniowej, które nosiły, ich ciemne, ciężkie spódnice i ciemne szale niemal całkowicie przesłaniające białe bluzki pasowałyby farmerkom, tym niemniej nikt nie mógł mieć wątpliwości, która dowodzi nimi i Aes Sedai. Po prawdzie, Aybara sam czasem wątpił, czy ta osoba nie dyryguje także nim samym.

W końcu Nevarin kiwnęła głową i posłała wszystkim ciepłe, aprobujące uśmiechy. Perrin nigdy przedtem nie widział, by się uśmiechała. Nie powiedziałby, że kręciła się wokół, groźnie popatrując, zwykle wszakże wydawała się szukać kogoś, kogo mogłaby skarcić.

Kiedy teraz skinęła głową, Masuri przekazała lejce jej konia jednemu z żołnierzy. Jej Strażnika nie było nigdzie widać, więc większość zadań spadła na Mądre. A przecież Rovair zwykle nie odstępował swej pani na krok. Podniósłszy liczne spódnice, Masuri ruszyła przez śnieg, coraz głębszy im bliżej była kamienia, a dotarłszy do płyty, zaczęła przesuwać rękoma po odciskach łap, wyraźnie przenosząc Moc, chociaż nie działo się nic szczególnego, w każdym razie Perrin niczego takiego nie dostrzegł. Mądre przypatrywały się kobiecie z uwagą, jednak sploty Masuri były niewidoczne nawet dla nich. Annoura nie okazała najmniejszego zainteresowania. Koniuszki wąskich warkoczy Szarej siostry zadrgały, jakby kobieta potrząsała głową wewnątrz kaptura, odebrała konia od służącej i odsunęła się od Mądrych, chociaż tym samym oddaliła się też od Berelain, która być może potrzebowała teraz jej rady. Annoura jednakże naprawdę unikała Mądrych, jeśli tylko mogła.

— Niczym historie opowiadane przy kominku — szepnął Gallenne, odciągając swego wałacha od kamiennej płyty i łypiąc z ukosa na Masuri. Mężczyzna szanował Aes Sedai, tym niemniej niewielu przedstawicieli jego płci miało ochotę znajdować się blisko Aes Sedai, która przenosi Moc. — Chociaż nie wiem, dlaczego jestem zaskoczony po tym wszystkim, co widziałem od opuszczenia Mayene.

Skupiona na śladach Masuri wydawała się go nie zauważać.

Wśród konnych lansjerów zapanowało poruszenie, jakby mężczyźni mimo potwierdzenia dowódcy nie wierzyli własnym oczom, a niektórzy z nich zaczęli wydzielać niepokój i strach, wyraźnie się obawiając, że gdzieś z cienia wyskoczą nagle Psy Czarnego. Perrin nie potrafiłby wskazać wśród nich osobników naprawdę spokojnych, gdyż smród roztrzęsienia i lęku wydawał się pochodzić od wszystkich.

Kapitan Gallenne czuł prawdopodobnie to samo, co Aybara. Czasem popełniał błędy, lecz ogólnie rzecz biorąc, dowodził żołnierzami od długiego czasu. Teraz zawiesił swój hełm na długiej rękojeści miecza i uśmiechnął się. Z powodu opaski na oku wyglądał na mężczyznę nieugiętego, który potrafi gorzko żartować w obliczu śmierci i tego samego oczekiwał po innych.

— Jeśli Psy Czarnego wejdą nam w drogę, natrzemy im uszy solą — obwieścił donośnym, kordialnym głosem. — Właśnie tak się postępuje w tego typu przypadkach, nieprawdaż? Sypie im się sól na uszy i Czarne Psy znikają.

Kilku jego lansjerów roześmiało się, jednak zapach strachu bynajmniej nie osłabł znacząco. Opowieści snute przy kominku to jedna rzecz, a własne życie i konieczność działania to coś całkiem innego.

Gallenne podprowadził swego karego konia do Pierwszej z Mayene i położył dłoń w rękawicy na karku jej gniadosza. Posłał Perrinowi zadumane spojrzenie, na które Aybara zareagował spokojnie, nie zamierzając się zastanawiać nad ewentualną aluzją kapitana. Jeśli ten człowiek chciał coś powiedzieć, musiał to zrobić wprost, czyli się odezwać do niego i Arama.

Gallenne westchnął.

— Moi ludzie zachowają zimne nerwy, moja pani — powiedział cicho do Berelain. — Ale nie sposób ukryć, że nasza pozycja jest niepewna, ze wszystkich stron otaczają nas wrogowie i kończą nam się zapasy. Pomiot Cienia może jedynie pogorszyć sprawy. Mam obowiązki wobec ciebie, moja pani, i wobec Mayene, więc z całym szacunkiem dla Lorda Perrina, pragnę spytać, czy nie zechcesz zmienić swoich planów, pani.

Gniew ogarnął Aybarę — ten człowiek zatem z łatwością opuściłby Faile!

Jednakże Berelain przemówiła, zanim zdołał cokolwiek zasugerować.

— Nie będzie żadnej zmiany planów, Lordzie Gallenne. — Czasami łatwo było zapomnieć, że tu dowodziła, Mayene było niewielkim krajem, przemawiała wszakże królewskim tonem, który pasowałby nawet władczyni Andoru. Sztywno wyprostowana, siedziała w siodle niczym na tronie i mówiła głośno, aby wszyscy usłyszeli jej decyzję, stanowczym tonem, który miał przekonać wszystkich, że decyzję tę podjęła i jest ona nieodwołalna. — Jeśli mamy wszędzie wokół mnóstwo wrogów, droga naprzód nie jest bardziej niebezpieczna niż zboczenie z niej czy odwrót. Zresztą, nawet gdyby odwrót albo zmiana trasy były dziesięć razy groźniejsze, i tak kontynuowałabym poszukiwania. Pragnę uczestniczyć w uratowaniu Lady Faile, nawet jeśli trzeba będzie w tym czasie pokonać tysiąc Psów Czarnego i hordy trolloków. Tak przysięgłam postąpić i swej przysięgi dotrzymam!

Odpowiedział jej ryk wiwatów. Żołnierze Skrzydlatej Gwardii krzyczeli i kłuli lancami powietrze, aż wirowały czerwone, długie wstążki. Zapach strachu pozostał, jednak w głosach i zachowaniu mężczyzn dało się zauważyć pełną gotowość do działania. Perrin uznał, że wszyscy oni natychmiast rzuciliby się przeciwko dowolnej masie trolloków, byle tylko nie zawieść Berelain. Dowodził nimi kapitan Gallenne, lecz do swej władczyni czuli coś więcej niż miłość — mimo reputacji Pierwszej z Mayene i jej sposobu traktowania mężczyzn. A może kochali ją właśnie z powodu jej reputacji, przynajmniej po części. Berelain uchroniła swój mały kraj przed przejęciem go przez Łzę, ponieważ umiała podburzyć jednego mężczyznę, który doceniał jej piękno, przeciwko drugiemu. Aybara złapał się na tym, że musi nad sobą bardzo panować, by nie rozdziawić ust w zaskoczeniu. Ta kobieta potrafiła przemawiać równie kategorycznie jak on sam! W jej zapachu dawało się wyczuć prawdziwe zdecydowanie! Gallenne pochylił siwą głowę w niechętnej akceptacji, a Berelain kiwnęła mu lekko, z zadowoleniem, po czym przeniosła uwagę na Aes Sedai stojącą obok kamiennej płyty.

Masuri przestała akurat machać rękoma i gapiła się na odciski psich łap, w zamyśleniu dotykając palcem warg. Była ładną kobietą, choć nie piękną, zresztą sporo uroku dodawał jej typowy dla Aes Sedai brak śladu przeżytych lat, a wdzięk i elegancję również mogła zawdzięczać przynależności do sióstr. W przypadku Aes Sedai często trudno było odróżnić siostrę urodzoną na biednej, nieurodzajnej farmie od tej pochodzącej z wielkiego pałacu. Perrin widział wcześniej Masuri z czerwoną od gniewu twarzą, ale także wycieńczoną, a nawet u kresu wytrzymałości, tym niemniej mimo trudów podróży i życia w namiotach Aielów jej ciemne włosy i strój zawsze pozostawały tak zadbane, jakby kobietą opiekowała się najlepsza służąca. Jednym słowem, ta Aes Sedai zawsze prezentowała się idealnie.

— Czego się dowiedziałaś, Masuri? — spytała Berelain. — Masuri, jeśli łaska... Masuri?!

Ostatnie słowo wypowiedziała nieco ostrzej i Aes Sedai poruszyła się nerwowo, wyraźnie zaskoczona, kiedy zdała sobie sprawę z tego, że nie jest sama. Miała prawo być zdumiona, gdyż z zachowania często bardziej przypominała przedstawicielkę Zielonych Ajah niż Brązową, toteż bardziej koncentrowała się na działaniu niż na kontemplacji, przechodziła wprost do rzeczy i nigdy się nie wahała, w dodatku zdolna była zupełnie się zatracić w sprawie, która przyciągnęła jej zainteresowanie. Teraz złożyła ręce na wysokości talii i otworzyła usta, jednak zamiast się odezwać, znieruchomiała, patrząc pytająco na Mądre.

— Kontynuuj, dziewczyno — poleciła jej niecierpliwie Nevarin, gwałtowne przyciskając pięści do bioder, czemu towarzyszyło brzęczenie bransoletek. Gdy zmarszczyła brwi, bardziej przypominała dawną siebie. Żadna z pozostałych Mądrych nie patrzyła już z aprobatą. Wszystkie trzy tkwiły w rzędzie z marsowymi minami niczym trzy jasnookie kruki siedzące na ogrodzeniu. — Nie wystarczy przecież, że zaspokoisz własną ciekawość. Musisz się z nami podzielić wynikami swojego doświadczenia. Powiedz nam, czego się dowiedziałaś.

Twarz Masuri poczerwieniała, lecz ona sama natychmiast odezwała się głośno, utkwiwszy wzrok w Pierwszej z Mayene. Na pewno nie lubiła publicznej reprymendy, niezależnie od swoich układów z Mądrymi.

— Stosunkowo mało wiadomo o Psach Czarnego, ale zdołałam przeprowadzić pewne badania na ten temat… na małą skalę. Przez rok śledziłam mianowicie ścieżki siedmiu stad, pięciu z nich dwukrotnie, dwóch pozostałych zaś trzy razy. — Szkarłat zaczął znikać z jej policzków, a ton z każdą minutą coraz bardziej przywodził na myśl wykład. — Niektórzy starożytni pisarze twierdzą, że istnieje jedynie siedem stad, inni natomiast wspominają o dziewięciu lub trzynastu… albo wymieniają inną liczbę, która ich zdaniem ma jakieś szczególne znaczenie, chociaż podczas Wojen z Trollokami Sorelana Alsahhan wspomniał gdzieś o „stu stadach psów

Cienia, które polują tej nocy", a Ivonell Bharatiya jeszcze wcześniej podobno napisał „psy zrodzone z Cienia, w masach koszmarnych dla ludzkości". Jednakże po prawdzie, tekst Ivonella może być apokryfem. Tak czy inaczej… — Jej gest sugerował, że szuka po omacku odpowiednich słów. — …Zapach nie jest właściwym określeniem, podobnie nie pasuje tu słowo aromat. Każde stado wydziela bowiem specyficzną, niepowtarzalną woń i mogę z całym przekonaniem oświadczyć, że z tutejszą wonią nigdy wcześniej się nie spotkałam. Fakt ten daje nam pewność, że siedem w przypadku liczby stad jest bez wątpienia niewłaściwa. Obojętnie czy prawdziwa jest liczba dziewięć, trzynaście czy jeszcze inna, opowieści o Dzikim Gonie Czarnego pojawiają się dużo częściej niż same Psy Czarnego, które w dodatku zjawiają się naprawdę niezmiernie rzadko w tak znacznej odległości na południe od Ugoru. I druga osobliwość: w tym stadzie było co najmniej pięćdziesiąt zwierząt, choć zazwyczaj stado liczy maksymalnie dziesięć, dwanaście osobników. W tym momencie przypomina mi się pewna przydatna maksyma: „Dwie rzadkości pojawiające się łącznie zawsze domagają się uwagi i zbadania". — Zrobiwszy pauzę, podniosła palec dla podkreślenia tej kwestii, potem skinęła głową, pewna, że Berelain zrozumiała ten punkt, po czym ponownie złożyła dłonie. Porywisty wiatr zerwał jej żółtawobrązowy płaszcz z jednego ramienia, jednak Masuri nie wydawała się zauważać utraty ciepła. — Śladom Psów Czarnego zawsze towarzyszy nastrój nagłości… który zmienia się wszakże zależnie od pewnej grupy czynników. Nie wiem, czy wszystkie znam. Tutejsze ślady charakteryzuje intensywna domieszka czegoś, co, jak przypuszczam, można by nazwać niecierpliwością. Nie jest ona właściwie wystarczająco silna… mówiąc obrazowo, bardziej przypomina ukłucie szpilką niż ranę kłutą… tym niemniej się tutaj unosi. Powiedziałabym wprost, że Psy polują już od dłuższego czasu, a ofiara stale im… jakoś… uchodzi.

Niezależnie od treści opowiadanych o Psach Czarnego historii... tak przy okazji, Lodzie Gallenne, sól wcale nie rani tych przedstawicieli Pomiotu Cienia. — Na moment umilkła, całkowicie pogrążając się w myślach. — Zatem wbrew rozmaitym opowieściom Psy nigdy nie tropią na chybił trafił, chociaż rzeczywiście nie przerywając polowania, zabijają, ilekroć tylko nadarzy się okazja. Jednak tropienie i ściganie jest dla nich najważniejsze, a ich ofiara zawsze jest ważna dla Cienia, chociaż my, ludzie, czasami nie potrafimy się domyśleć powodów jej znaczenia. Wiadomo, że Psy Czarnego omijają wielkich i potężnych, a bez wahania zabijają żonę byle farmera czy jakiegoś rzemieślnika albo też niespodziewanie przebiegają miasto czy wieś, nikogo nie ruszywszy, choć z pewnością wchodzą do danej osady z konkretnego powodu. Co do naszego przypadku... ponieważ Psy pobiegły dalej, musiałam odrzucić pierwszą myśl wyjaśniającą przyczyny, dla których stado się tu zjawiło. — Obrzuciła spojrzeniem Perrina, tak szybko, że być może tylko on zauważył jej wzrok. — Biorąc pod uwagę wszystkie fakty, szczerze wątpię, czy stado wróci na te tereny. Tak, odeszły stąd już z godzinę temu lub dawniej. Obawiam się, że to naprawdę wszystko, co mogę wam powiedzieć.

Kiedy skończyła, Nevarin i inne Mądre pokiwały z aprobatą głowami, a policzki Masuri znów zabarwiły się lekką czerwienią, nad którą kobieta natychmiast zapanowała, prędko przywołując na oblicze spokojną maskę Aes Sedai. Powiew wiatru przyniósł jej zapach Perrinowi, który w owej woni wyczuł zaskoczenie, zadowolenie i niepokój z powodu własnej satysfakcji.

— Dziękujemy, Masuri Sedai — oznajmiła oficjalnym tonem Berelain, po czym ukłoniła się krótko w siodle. Masuri odpowiedziała jej lekkim skinieniem głowy. — Uspokoiłaś nasze podenerwowane umysły.

I rzeczywiście. Bijący od żołnierzy zapach strachu zaczął

powoli słabnąć, chociaż Aybara usłyszał, jak Gallenne mamrocze pod nosem:

— Mogła najpierw wypowiedzieć ostatnie zdania.

Czujne uszy Perrina wychwyciły jeszcze coś przez odgłosy stukania kopyt końskich i cichego, lecz pełnego ulgi śmiechu ludzi. Gdzieś na południu rozległ się, niesłyszalny dla nikogo innego, tryl sikory modrej, zwanej modraszką, po którym nastąpił niemal identyczny odgłos wydany przez wielogłosa błękitnego, ptaka z rodziny przedrzeźniaczy. Po chwili inna modraszka zaćwierkała, sekundę później przedrzeźniał ją już kolejny wielogłos, później ta sama para dała się słyszeć ponownie, tyle że nieco bliżej. W Altarze mogły oczywiście mieszkać zarówno sikory modre, jak i wielogłosy błękitne, jednak Perrin wiedział, że ptaki te często towarzyszą łucznikom, na przykład z Dwu Rzek. Głos modraszki sugerował zatem nadejście ludzi, raczej sporej grupy, i być może nieprzyjaźnie nastawionych. Z drugiej strony przedrzeźniacze, które w rodzimym Andorze Aybary nazywano „złodziejskimi ptaszkami" — ze względu na ich zwyczaj kradzieży jaskrawych przedmiotów... Perrin przesunął kciukiem po krawędzi toporka, jednak poczekał na następne tryle ptasiej pary, tym razem tak bliskie, ażeby mogli je usłyszeć także inni.

— Słyszeliście te odgłosy? — spytał, spoglądając na południe, jakby właśnie po raz pierwszy wychwycił dźwięki ptaków. — Sądzę, że moi wartownicy dostrzegli Masemę. — Wszyscy podnieśli głowy, zasłuchali się, po czym kilka osób kiwnęło głowami, szczególnie gdy ćwierkanie się powtórzyło jeszcze bliżej. — Gdzieś tutaj nas mija.

Mrucząc ciche przekleństwa, Gallenne gwałtownym ruchem założył hełm i dosiadł konia. Annoura zebrała cugle, a Masuri ruszyła przez śnieg ku swojej pstrokatej klaczy. Lansjerzy poruszyli się w siodłach i zaczęli wydzielać woń gniewu, znowu wzmocnioną nutką strachu. Skrzydlatą Gwardię łączył z Prorokiem Smoka Odrodzonego dług krwi —

przynajmniej w ich oczach — jednak żaden z żołnierzy nie zabiegałby o „ściągnięcie” długu, skoro było ich zaledwie pięćdziesięciu, a Masemie zazwyczaj towarzyszyło co najmniej stu ludzi.

— Nie będę przed nim uciekać — oświadczyła Berelain. Wpatrzyła się na południe z lodowatą marsową miną. — Poczekamy na niego tutaj.

Gallenne otworzył usta, ale zamknął je, nie wypowiedziawszy ani słowa. W każdym razie nie odezwał się do Pierwszej z Mayene, wziął bowiem głęboki wdech i zaczął wykrzykiwać rozkazy zmuszające jego Gwardzistów do ustawienia się w szyk. Przegrupowanie w tym miejscu nie było łatwe. Niezależnie zresztą od gęstości rosnących drzew, żaden las nigdy nie stanowił dobrego miejsca dla lansjerów. Każde natarcie wyglądało w ich wykonaniu na bezładne, przynajmniej na początku, a trafienie lancą przeciwnika wydawało się trudne, skoro mógł on odskoczyć za pień drzewa i znaleźć się w następnej chwili za lansjerem. Gallenne usiłował uformować swoich ludzi w szereg przed Berelain, między nią i nadchodzącymi przeciwnikami, jednak kobieta posłała swojemu kapitanowi ostre spojrzenie i jednooki Galenne zmienił rozkazy, ustawiając teraz lansjerów w pojedynczym, nierównym rzędzie otaczającym wielkie drzewa, lecz skupionym na Pierwszej z Mayene. Jednego żołnierza kapitan wysłał z powrotem do obozu. Gwardzista położył się płasko na karku swego wierzchowca, wycelował lancę przed siebie, równolegle do końskiego grzbietu, jakby szarżował, po czym mimo śniegu i trudnego terenu ruszył galopem. Berelain uniosła brwi, lecz nic nie powiedziała.

Annoura skierowała kasztanową klacz ku niej, jednak zatrzymała się, gdy Masuri zawołała ją po imieniu. Brązowa siostra zebrała wodze pstrokatej, nadal wszakże tkwiła w śniegu wraz z otaczającymi ją Mądrymi, które były od niej o tyle wyższe, że wyglądała przy nich jak dziewczynka. Annoura zawahała się, więc Masuri zawołała ją ponowne, tym razem ostrzej, a wtedy Perrinowi wydało się, że słyszy ciężkie westchnienie Annoury, jednak kobieta podjechała do nich i zsiadła z konia. Cokolwiek powiedziały jej skupione wokół niej Mądre — głosami zbyt cichymi nawet dla Aybary — pochodzącej z Tarabonu Annourze na pewno się to nie spodobało. Jej twarz pozostała schowana w kapturze, ale cienkie warkoczyki rozhuśtały się mocniej niż wcześniej, gdy siostra potrząsnęła głową. W końcu kobieta nagle się obróciła i wsunęła stopę w strzemię siodła. Masuri stała dotąd w milczeniu, pozwalając przemawiać Mądrym, teraz wszakże chwyciła Annourę za rękaw i szepnęła jej półgłosem coś, co sprawiło, że Tarabonianka zwiesiła ramiona, Mądre zaś pokiwały głowami. Annoura odrzuciła kaptur płaszcza i poczekała, aż Masuri dosiądzie klaczy, następnie sama wskoczyła na siodło swojej kasztanki, a wówczas obie siostry odjechały z powrotem ku szeregowi lansjerów, przeciskając się obok Berelain oraz Mądrych i przejeżdżając między nimi po drugiej stronie Perrina. Szerokie usta Annoury wykrzywiły się w ponurej minie, a sama Tarabonianka zaczęła nerwowo pocierać kciuki.

— Co planujecie? — spytał Aybara, nawet nie starając się kryć podejrzliwości.

Może Mądre pozwoliły Masuri na spotkanie z Masemą, nadal jednak wyraźnie życzyły temu człowiekowi śmierci. Aes Sedai nie mogły użyć Jedynej Mocy jako broni, póki nie znalazły się w prawdziwym niebezpieczeństwie, Mądre wszakże nie musiały przestrzegać tego typu zakazów. Perrin zastanowił się, czy są połączone w krąg. Wiedział więcej, niż chciał o Jedynej Mocy i wystarczająco dużo na temat Mądrych, miał więc pewność, że jeśli rzeczywiście utworzą krąg, będzie go kontrolowała Nevarin.

Annoura otworzyła usta, lecz zamknęła je pod wpływem ostrzegawczego dotyku Carelle, po czym obrzuciła Masuri piorunującym spojrzeniem. Brązowa siostra wydęła wargi i potrząsnęła nieznacznie głową, lecz nie udało jej się tym gestem udobruchać Annoury, która tak mocno zaciskała cugle, że aż jej się ręce trzęsły.

Nevarin podniosła wzrok na siedzącego obok Berelain Perrina, jakby czytała mu w myślach.

— Planujemy odstawić cię bezpiecznie z powrotem do obozu, Lordzie Perrinie Aybara — oświadczyła ostrym tonem. — Ciebie i Berelain Paeron. Pragniemy, aby jak najwięcej osób przeżyło dzień dzisiejszy i dni, które nastąpią. Masz coś przeciwko temu?

— Po prostu nie róbcie niczego, dopóki wam nie polecę — odparował. Tego typu odpowiedź mogła mieć wiele znaczeń. — Niczego!

Nevarin potrząsnęła głową z oburzeniem, a Carelle zaśmiała się niczym w reakcji na jakiś wspaniały żart. Wszystkie Mądre najwyraźniej uznały, że więcej słów nie potrzeba. Otrzymały polecenie słuchania Perrina, ale ich pojęcie posłuszeństwa bardzo się różniło od jego poglądów na tę kwestię. Prędzej jednak świniom wyrosną skrzydła, niż Aybara otrzyma lepszą odpowiedź od Mądrych.

Mógłby to przerwać. Wiedział, że powinien. Bez względu na to, co zaplanowały Mądre, spotkanie tak daleko od obozu Masemy, który zapewne do tej pory wiedział już, kto ukradł mu seanchański dokument, przypominało nadzieję wyrwania ręki z kowadła, zanim opadnie na nią młot. Berelain niemal z równą niechęcią, co Mądre, podchodziła do wypełniania rozkazów. Perrin sądził jednak, że kobieta prawdopodobnie go posłucha, gdy wprost wyda jej polecenie wycofania się do obozowiska. Tak uważał, ponieważ mimo zapachów, które wydzielała, była osóbką upartą. Pozostanie w tym miejscu łączyło się z nonsensownym ryzykiem i Aybara był przekonany, że potrafiłby przekonać o tym Pierwszą z Mayene. Z drugiej strony nie chciał uciekać przed tym człowiekiem. Coś mu mówiło, że zachowuje się jak głupiec. Miał w sobie wprawdzie sporo gniewu, starał się jednak nad nim zapanować. Aram stanął przy nim, groźnie łypiąc, ale przynajmniej nie wyciągnął miecza. Wymachiwanie mieczem mogłoby się okazać zarzewiem konfliktu, a przecież czas na konfrontację z Masemą jeszcze nie nadszedł. Perrin położył dłoń na toporku. Nie, jeszcze nie.

Mimo ostrych promieni światła, które przebijały się przez gęste korony drzew, cały las spowijały przyćmione, wczesnoporanne cienie. Zresztą było tu ciemnawo nawet w południowej godzinie. Najpierw Aybara usłyszał dźwięki — stłumiony w śniegu odgłos galopujących kopyt, ciężki oddech popędzanych koni — dopiero później pojawiła się grupka jeźdźców: niezorganizowany tłumek, mimo śniegu i zmarzniętej ziemi sunący niemal cwałem na północ wśród ogromnych drzew. Liczba kawalerzystów zdecydowanie przekraczała wspomnianą setkę, a mogło być ich nawet dwa lub trzy razy tyle. Jeden z koni upadł właśnie z rżeniem, przyduszając dosiadającego go mężczyznę, jednak żaden z pozostałych wierzchowców nawet nie zwolnił. Dopiero mniej więcej siedemdziesiąt czy osiemdziesiąt kroków dalej prowadzący grupę jeździec podniósł rękę i nagle wszyscy ściągnęli wodze spienionych, dyszących ciężko i wyrzucających z pysków kłęby pary koni, których kopyta wzbijały w powietrze obłoki wirujących drobin śnieżnych. Ten i ów żołnierz uniósł lancę do pionu. Większość nie nosiła żadnej zbroi, jedynie napierśnik czy hełm, a jednak z ich siodeł zwisały miecze, topory i maczugi. Snopy słonecznego światła rozjaśniły niektóre twarze ponurych mężczyzn o stanowczych spojrzeniach. Ci ludzie wyglądali, jakby nigdy się nie uśmiechali i nie potrafili tego robić.

Perrinowi przemknęło przez myśl, że może popełnił błąd, gdy nie zabronił Berelain wycieczki. Nieprzemyślane decyzje wyzwalały w nim wściekłość. Wszyscy wiedzieli, że Pierwsza z Mayene często wyjeżdża na poranne przejażdżki, Masema zaś mógł zdecydować się na próbę odzyskania swojego seanchańskiego dokumentu. A walka w tym lesie — nawet z pomocą Aes Sedai i Mądrych — może się szybko zmienić w zwykłą, krwawą jatkę, podczas której mężczyźni i kobiety zginą, nie widząc nawet, kto ich zabił. Jeśli ataku nie przeżyje żaden świadek, zawsze można zrzucić wówczas winę na anonimowych bandytów lub nawet na Shaido Aiel. Bywało już tak wcześniej. Jeżeli zaś zostaną świadkowie, Masema chętnie powywiesza kilka tuzinów własnych ludzi, twierdząc, że ukarał winnych. Prawdopodobnie pragnął wszakże pochwycić jego, Perrina Aybarę, żywcem i przez jakiś czas zachować go przy życiu, może zatem nie spodziewał się obecności Mądrych albo większej liczby Aes Sedai. Życie ponad pięćdziesięciu osób zawisło nagle na cieniutkim włosku. A życie Faile na jeszcze cieńszym. Perrin chwycił toporek przy pasie. Stojąca obok Aybary Berelain wydzielała zapach chłodnego spokoju i lodowatej determinacji. Nie było w niej strachu. Dziwne! Zupełnie żadnego strachu. Aram natomiast pachniał... ekscytacją.

Dwie grupy stały, obserwując się nawzajem w milczeniu, aż w końcu wyjechał naprzód Masema w towarzystwie zaledwie dwóch mężczyzn; wszyscy trzej odrzucili kaptury z głów. Żaden nie nosił hełmu ani jakiekolwiek części zbroi. Jadący obok Proroka Nengar i Bartu podobnie jak on byli Shienaranami, ale tak jak i on całkowicie zgolili czuby, a ich łyse głowy przywodziły na myśl trupie czaszki. Przybycie Smoka Odrodzonego złamało wszelkie więzi, łącznie z tymi, które zobowiązywały tych ludzi do walki z Cieniem na terenach wzdłuż Ugoru. I Nengar, i Bartu nosili jeden miecz na plecach, drugi zaś zawieszony przy łęku siodła, a Bartu, niższy od swoich towarzyszy, wiózł także przy siodle krótki łuk w futerale i kołczan ze strzałami. U Masemy Perrin nie dostrzegł żadnej broni. Prorok Lorda Smoka Odrodzonego żadnej nie potrzebował. Aybara ucieszył się, widząc, że Gallenne przypatruje się pozostawionym przez Masemę ludziom, ponieważ było coś w Proroku, co przyciągało spojrzenia wszystkich. Może wystarczała sama wiedza, kim ten człowiek jest.

Masema zatrzymał swego smukłego, cisawego wierzchowca kilka kroków od Perrina. Prorok był średniego wzrostu mężczyzną o ciemnawej cerze, na czole zawsze miał marsa i wyblakłą, białą bliznę w kształcie strzały. Nosił zniszczony brązowy, wełniany płaszcz i ciemny kaftan o postrzępionych brzegach, nie dbał bowiem o wygląd, przynajmniej o własny. Idący za nim Nengar i Bartu popatrywali rozpalonymi oczyma, jednak przy ich głęboko osadzonych, prawie czarne oczy Masemy wydawały się gorące jak węgle w kuźni, które za moment wiatr rozdmucha w ogień, zapach Proroka zaś był wyraźnie metaliczny i kojarzył się prawie z obłąkaniem. Masema z nieukrywaną pogardą zignorował Mądre i Aes Sedai. Mądre uważał za istoty jeszcze gorsze od Aes Sedai, gdyż nie tylko bluźniły, przenosząc Jedyną Moc, lecz w dodatku wywodziły się spośród dzikiego narodu Aielów, więc grzeszyły podwójnie. Żołnierzy Skrzydlatej Gwardii z kolei traktował z lekceważeniem, niczym rzucane przez drzewa cienie.

— Urządziliście sobie piknik? — spytał, zerkając na koszyk wiszący u siodła Perrina. Zazwyczaj głos Proroka dorównywał intensywnością jego spojrzeniu, teraz wszakże brzmiała w nim lekka drwina, a mężczyzna wydął wargi, gdy przeniósł wzrok na Berelain. Słyszał oczywiście pogłoski.

Fala wściekłości ogarnęła ciało Aybary, jednak powstrzymał się przed wybuchem i narzucił sobie spokój. Zdusił złość, mocno ją zdławił. Jego gniew miał bowiem jeden tylko cel i Perrin nie powinien go zmarnować na innych przeciwników. Stepper pojął nastrój swego jeźdźca i obnażył zęby, patrząc na wałacha Masemy. Aybara szybko zapanował nad koniem.

— W nocy biegły tędy Psy Czarnego — oznajmił nieco jeszcze nerwowym, lecz już niemal opanowanym tonem. —

Odeszły i Masuri twierdzi, że nie wrócą, więc nie ma potrzeby się martwić.

Masema nie wydzielał zapachu przywodzącego na myśl zmartwienie. Nigdy zresztą nie pachniał niczym oprócz wściekłości. Cisawy szarpnął ostro głową w stronę Steppera, na szczęście Prorok powstrzymał zwierzę natychmiastowym szarpnięciem. Był dobrym jeźdźcem, chociaż konie traktował z tą samą szorstkością co ludzi.

Po raz pierwszy popatrzył na Masuri. Jego spojrzenie stało się chyba jeszcze gorętsze, o ile było to w ogóle możliwe.

— Cień można znaleźć wszędzie — oznajmił, wypowiadając podnieconym głosem tę bezsporną prawdę. — Nikt nie musi bać się Cienia, który podąża za Lordem Smokiem Odrodzonym, niech Światłość opromienia jego imię. Nawet w śmierci znajdą oni ostateczne zwycięstwo Światłości.

W tym momencie spłoszyła się klacz Masuri, jakby oparzona wzrokiem Masemy, jednak kobieta opanowała zwierzę, lekko pociągnąwszy cugle i odpowiedziała Prorokowi typowym dla Aes Sedai nieodgadnionym, nieruchomym jak zamarznięty staw spojrzeniem. Nic nie potwierdzało ich potajemnych spotkań.

— Strach stanowi przydatny bodziec do dowcipów i determinacji, o ile jest dobrze kontrolowany. Jeśli wcale nie lękamy się naszych wrogów, pozostaje jedynie pogarda, pogarda zaś prowadzi do zwycięstwa przeciwnika. — Można by sądzić, że kobieta gawędzi z prostym farmerem, z którym nigdy przedtem się nie zetknęła. Natomiast Annoura wyglądała na nieco niedomagającą. Czyżby obawiała się, że ich sekret się wyda? Że ktoś może udaremnić ich plany związane z Masemą?

Prorok znów wydął wargi — w uśmiechu bądź szyderstwie. Aes Sedai wyraźnie przestała dla niego istnieć, kiedy przeniósł uwagę na Perrina.

— Niektórzy spośród podążających za Lordem Smokiem znaleźli miasto o nazwie So Habor. — Zawsze tak opowiadał o swoich zwolennikach: że w gruncie rzeczy idą oni za Smokiem Odrodzonym, nie zaś za nim, Prorokiem Smoka. Fakt, że Masema mówił im, co mają zrobić oraz kiedy i jak mają to zrobić, wydawał się dla niego jedynie szczegółem. — Ładne miejsce dla trzech lub czterech tysięcy ludzi, położone o dzień drogi... albo i mniej... na południowy zachód. Najwyraźniej zeszli z podstawowej drogi Aielów, a zbiory mieli w ubiegłym roku dobre mimo suszy. Ich magazyny są pełne jęczmienia, prosa, owsa i innych potrzebnych produktów, wszystkich, jakie przyjdą wam na myśl. Wiem, że brakuje wam żywności. Jedzenia dla ludzi i paszy dla waszych koni.

— Dlaczego ich magazyny miałyby być pełne o tej porze roku? — Berelain pochyliła się do przodu, marszcząc czoło. W jej tonie można było dosłyszeć żądanie i nieufność.

Nengar, groźnie popatrując, położył rękę na rękojeści miecza przy siodle. Nikt nie wysuwał żądań wobec Proroka Lorda Smoka, nikt też nigdy w niego nie wątpił. Nikt, kto pragnął żyć. Skóra zaskrzypiała, kiedy lansjerzy przesunęli się w siodłach, lecz Nengar ich zignorował. Powietrze wypełnił zapach wściekłości Masemy i uderzył w nos Perrina. Prorok przypatrywał się Pierwszej z Mayene. Wydawał się nieświadom Nengara, lansjerów czy też możliwości, że otaczający go ludzie lada moment mogą się zacząć zabijać.

— Kwestia chciwości — oznajmił w końcu. — Widocznie handlarze ziarnem z So Habor zamierzali więcej zarobić dzięki przetrzymaniu zapasów aż do zimy i podbiciu w ten sposób cen. Normalnie sprzedają na zachód, do Ghealdan i Amadicii, ale po zdarzeniach, do których doszło tam i w Ebou Dar, przerazili się, że wszystko, co wyślą, zostanie skonfiskowane. Teraz z powodu tejże chciwości mają pełne magazyny i puste sakiewki. — W głosie Masemy pojawiła się nutka satysfakcji. Prorok gardził chciwością. Zresztą gardził wszelkimi ludzkimi słabościami, wielkimi czy małymi. — Myślę, że teraz bardzo tanio rozstaną się ze swoim ziarnem.

Aybara wyczuł pułapkę, co wcale nie wymagało wilczego nosa. Masema musiał wyżywić własnych żołnierzy i konie, a niezależnie od tego, jak gruntownie jego ludzie oczyścili z żywności krainę, którą przemierzali, nie byli prawdopodobnie w lepszej formie niż ludzie Perrina. Dlaczego Prorok Smoka Odrodzonego nie wysłał kilku tysięcy swoich zwolenników do tego miasta i nie opróżnił mieszkańcom magazynów? Dzień drogi stąd. To odciągnęłoby Aybarę jeszcze bardziej od Faile, a Shaido Aiel zyskaliby czas na pokonanie kolejnych mil. Czy taki był powód tej szczególnej oferty? Albo dalsza zwłoka, dzięki której Masema pozostanie na zachodzie, blisko swoich przyjaciół Seanchan?

— Może będzie czas na odwiedzenie tego miasta po uwolnieniu mojej żony. — Do uszu Perrina ponownie dotarł słaby odgłos pędzących przez las ludzi i koni. Bez wątpienia usłyszał ich jako pierwszy. Tym razem zbliżali się z zachodu, czyli od strony obozu. Posłaniec Gallenne'a najwyraźniej przez całą drogę galopował.

— Twojej żony — powiedział stanowczym głosem Masema, po czym przeniósł wzrok na Berelain, a od jego spojrzenia w Aybarze zawrzała krew. Nawet twarz Pierwszej z Mayene spąsowiała, choć jej rysy pozostały niewzruszone. — Naprawdę wierzysz, że dostaniesz dziś jakąś wiadomość o niej?

— Tak — odparł Perrin tonem równie stanowczym jak głos Proroka, lecz twardszym. By powstrzymać się przed sięgnięciem po toporek, chwycił łęk swojego siodła, tuż nad rączkami otrzymanego od Berelain koszyka. — Uwolnienie jej jest najważniejsze. Uwolnienie jej i pozostałych. Gdy ją odzyskam, wtedy maksymalnie napełnimy nasze brzuchy, najpierw jednak muszę ją odnaleźć i odbić.

Odgłos nadbiegających koni stał się teraz słyszalny dla wszystkich. Na zachodzie, wśród ocienionych drzew pojawił się rozległy szereg lansjerów, a za nim drugi szereg konnych. Długie, czerwone wstążki i napierśniki Mayenian przeplatały się z długimi, zielonymi wstążkami i lśniącymi pancerzami Ghealdan. Szeregi rozciągnęły się przed Perrinem i masą jeźdźców Masemy. Piechurzy z charakterystycznymi dla Dwu Rzek długimi łukami przemieszczali się od drzewa do drzewa. Aybara miał nadzieję, że w obozie pozostała ich choćby garstka. Kradzież seanchańskiego dokumentu mogła wywrzeć presję na Masemę, który przyzwyczajony był do walk wzdłuż granicy Ugoru i przeciwko Aielom. Może miał szersze plany, niż tylko przejażdżka w celu znalezienia Berelain. Kolejna kowalska łamigłówka. Wystarczy ruszyć jeden element, by przesunąć drugi, a tym samym uwolnić trzeci. Obóz niemal pozbawiony obrońców łatwo najechać, a w tym lesie bardziej niż ogólna liczba ludzi liczyło się posiadanie osób z umiejętnością przenoszenia Mocy. Czy Masema chciał za wszelką cenę zachować swój sekret? Perrin zdał sobie sprawę, że położył całą dłoń na toporku, na szczęście nie podniósł broni.

Wśród mas zwolenników Proroka zafalowało — jeźdźcy szarpali cugle wierzchowców, konie przestępowały nerwowo z nogi na nogę, ludzie krzyczeli i unosili broń — jednak sam Masema studiował nadjeżdżających lansjerów i łuczników, nie zmieniwszy wyrazu twarzy: ani był sroższy, ani mniej srogi. Równie dobrze mógł obserwować ptaki skaczące z gałęzi na gałąź. Bijący od niego gniewny zapach także się nie zmienił.

— Trzeba zrobić wszystko, co konieczne w służbie Światłości — oświadczył, kiedy przybysze zatrzymali się mniej więcej dwieście kroków od niego. Łucznicy z Dwu Rzek z łatwością trafiali na tę odległość i Prorok chociaż dostrzegł ogólne poruszenie, nijak na reagował na fakt, że strzały o szerokich grotach w każdej chwili mogą trafić go w serce. — Wszystko inne to niewiele warte bzdury. Pamiętaj o tym, Lordzie Perrinie „Złote Oko". Wszystko poza służbą Światłości to niewiele warte bzdury!

Wypowiedziawszy te słowa, gwałtownie zawrócił cisawego wierzchowca i ruszył ku czekającym na niego ludziom. Nengar i Bartu pojechali za nim, wszyscy trzej ponaglali konie do cwału, nie biorąc pod uwagę niebezpieczeństwa złamania nogi przez zwierzę lub rozbicia sobie głowy. Reszta żołnierzy uformowała się za nimi i cała grupa pognała na południe. Kilka osób na tyłach przystanęło, by wyciągnąć bezwładne ciało mężczyzny spod rannego konia, którego cierpienia ukróciło szybkie cięcie sztyletu. Potem zaczęło się patroszenie i krojenie. Nie mogli sobie pozwolić na zmarnowanie tak dużej ilości mięsa. Zmiażdżonego jeźdźca nie tknęli.

— Ten człowiek wierzy w każde słowo, które wypowiada — sapnęła Annoura. — Ale dokąd zaprowadzi go ta wiara?

Aybara zastanowił się, czy nie spytać wprost, dokąd jej zdaniem zaprowadzi Masemę jego wiara i… dokąd Annoura chciałaby Proroka zaprowadzić, jednak kobieta przybrała tę typową dla Aes Sedai nieprzeniknioną minę i Perrin zrezygnował. Czubeczek ostrego nosa poczerwieniał Annourze od zimna, a ona sama przypatrywała się Aybarze z uwagą. Mężczyzna uprzytomnił sobie, że ze spoglądającej w ten sposób Aes Sedai nie wydobędzie żadnej odpowiedzi. Byłoby to równie trudne, co podniesienie gołymi rękoma z ziemi tego oznaczonego przez Psy Czarnego kamienia. Będzie musiał zatem wypytać Berelain.

Człowiek dowodzący lansjerami dotknął nagle stopami boków swego konia i podjechał. Ten niewysoki, szczupły mężczyzna w posrebrzanym napierśniku, hełmie z kratowaną przyłbicą i trzema krótkimi, białymi piórami, nosił nazwisko Gerard Arganda i był twardym żołnierzem, który wbrew wszelkim przeciwnościom utorował sobie drogę na szczyt i obecnie pełnił funkcję Pierwszego Kapitana straży przybocznej Alliandre. Nie przepadał za Perrinem, który bez powodu przywiózł jego królową na południe i pozwolił ją porwać, jednak Aybara miał nadzieję, że Arganda zatrzyma się i złoży uszanowanie Berelain, a może naradzi się też z Gallenne'em. Arganda żywił sporo szacunku dla Gallenne'a i często spędzał z nim czas, popalając fajkę. Tym razem wszakże deresz Pierwszego Kapitana przemknął obok Perrina i pozostałych. Arganda wbijał pięty w boki zwierzęcia, zachęcając je do przyspieszenia. Gdy Aybara zobaczył, dokąd mężczyzna zdąża, zrozumiał jego zachowanie. Pojedynczy jeździec na ciemnosiwym wierzchowcu nadjeżdżał kłusem od wschodu, obok konia sunął zaś na śnieżnych rakietach niewiadomej płci przedstawiciel nacji Aielów.

ROZDZIAŁ 8

ZAWIROWANIA KOLORU

Przylgnąwszy do karku Steppera, Perrin pędził za Argandą. Śnieg był tu nie mniej głęboki, podłoże równie zmarznięte, jak wszędzie, światło bynajmniej nie lepsze, a jednak Stepper galopował wśród cieni, gdyż wyraźnie nie miał ochoty pozwolić dereszowi na prowadzenie, a i Aybara dodatkowo go popędzał do szybszego biegu. Nadjeżdżającym jeźdźcem okazał się Elyas, mężczyzna o gęstej, smaganej wiatrem, sięgającej piersi brodzie, w kapeluszu o szerokim, zacieniającym mu twarz rondzie i długim do ud, obszytym futrem płaszczu. Jego towarzyszką okazała się jedna z aielskich Panien Włóczni, z ciemną *shoufą* spowijającą głowę i w białym płaszczu, dzięki któremu stawała się niemal niewidoczna na tle śniegu. Pod płaszczem nosiła kaftan i spodnie w odcieniach szarości, brązu i zieleni. Przybycie tych dwojga — Elyasa i jednej tylko Panny — oznaczało odnalezienie Faile. Musiało to oznaczać!

Arganda odważnie poganiał konia, nie dbając ani o kark deresza, ani o własny. Przeskakiwał kamienne odkrywki, rozpryskując śnieg niemal w galopie, Stepper wszakże dogonił go, jeszcze zanim Pierwszy Kapitan dotarł do Elyasa. Choć to Arganda spytał gromkim głosem:

— Widziałeś królową, Machera? Czy żyje? Odpowiedz mi, człowieku!

Panna Włóczni, imieniem Elienda, kobieta o ogorzałej od słońca, pozbawionej wyrazu twarzy, wyciągnęła rękę do Perrina. Gest ten mógł oznaczać pozdrowienie lub sympatię, jednak kobieta ani na chwilę się nie zatrzymała. Skoro Elyas miał przedłożyć sprawozdanie Perrinowi, ona swoje przedstawi Mądrym.

— Znalazłeś ją? — Nagle Aybarze straszliwie zaschło w gardle. Tak długo na to czekał. Arganda warknął bezgłośnie przez stalowe pręty przyłbicy swego hełmu; wiedział, że Perrin nie pyta o Alliandre.

— Znaleźliśmy Shaido, za którym podążamy — odparł Elyas rozważnie, obie ręce trzymając na łęku swojego siodła. Nawet Elyas Machera, sławny Długi Kieł, który żył i biegał z wilkami, wyglądał na zmęczonego z powodu przebytych mil i niedostatecznej ilości snu. Od znużenia obwisła mężczyźnie skóra policzków, a jego zły stan podkreślały złotożółte błyski w oczach widocznych pod rondem kapelusza. Siwizna pstrzyła jego gęstą brodę i włosy, które wisiały mu aż do talii, związane przy karku skórzanym rzemieniem, i po raz pierwszy, odkąd Perrin go znał, Elyas wyglądał naprawdę staro. — Rozbili się obozem wokół miasta sporego rozmiaru, które przejęli, na wyżynie blisko czterdzieści mil stąd. Nie mają tam wartowników, przynajmniej nie ma ich nigdzie w pobliżu, a ci dalsi jawnie pilnują więźniów, którzy zapewne niejeden raz starali się uciec, więc udało nam się podejść na tyle blisko, by im się dobrze przyjrzeć. Ale, Perrinie, Shaido Aiel jest tam więcej, niż sądziliśmy. Co najmniej dziewięć albo dziesięć szczepów, jak twierdzą Panny Włóczni. W każdym razie, licząc *gai'shain* — ludzi w bieli — w tym obozie może być nawet tyle osób, co w Mayene albo w Ebou Dar. Nie wiem, ilu jest włóczników, ale wydaje mi się, że widziałem z dziesięć tysięcy wojowników.

Aybarę ogarnęła desperacja, a jego żołądek skręcił się i ścisnął. W ustach miał tak sucho, że nie potrafiłby się odezwać, nawet gdyby Faile w cudowny sposób zjawiła się właśnie przed nim. Dziesięć tysięcy *algai'd'siswai*, a nawet tkacze, złotnicy i starcy, którzy spędzali dni w cieniu na wspomnieniach, w razie ataku podnieśliby włócznie. Perrinowi towarzyszyło jedynie niecałe dwa tysiące lansjerów, którzy mieliby małe szanse nawet przeciw dwóm tysiącom Aielów. Mniej niż trzystu ludzi z Dwu Rzek, którzy mogliby w pewnej odległości zrobić małe spustoszenie strzałami ze swoich łuków, jednak nie powstrzymaliby dziesięciu tysięcy przeciwników. Tak wielu Shaido poszatkowałoby morderczą hałastrę Masemy niczym kot rozbijający w pył mysie gniazdo. Nawet licząc Asha'manów, Mądre i Aes Sedai... Edarra i inne Mądre nie były zbyt hojne w swoich opowieściach o Mądrych, Aybara wiedział wszak, iż w dziesięciu szczepach może być z pięćdziesiąt kobiet potrafiących przenosić Moc, a może nawet więcej. Chociaż może i mniej — nie istniała ustalona liczba — lecz na pewno było ich sporo.

Perrin z wysiłkiem zdławił i ścisnął szarpiącą go rozpacz, aż niemal całkowicie zniknęła, a jej miejsce znów zastąpił gniew. Gniewem można było pokonać nawet rozpacz. Dziesięć szczepów czy cały klan Shaido, ci ludzie mieli Faile, więc Aybara musiał znaleźć sposób jej odbicia.

— Jakie znaczenie ma ich liczba? — spytał Aram. — Kiedy do Dwóch Rzek przyszły trolloki, były ich tysiące, dziesiątki tysięcy, a my ich pozabijaliśmy. Shaido na pewno nie są gorsi od trolloków.

Perrin zamrugał, zaskoczony, że ten mężczyzna znajduje się tuż za nim. Przybyli też Berelain, Gallenne i Aes Sedai. Pragnąc jak najszybciej dotrzeć do Elyasa, Aybara zupełnie nie zważał na innych. Ledwie widoczni wśród drzew, ludzie sprowadzeni przez Argandę na konfrontację z Masemą nadal stali w nierównych szeregach, jednak straż przyboczna Pierwszej z Mayene utworzyła luźny krąg wokół Elyasa. Twarzami ludzie ci zwrócili się na zewnątrz. Mądre stały poza kręgiem i z poważnymi obliczami słuchały Eliendy, która przemawiała niegłośnym szeptem, co rusz potrząsając głową. Najwyraźniej, podobnie jak Elyas, oceniała sprawy jako beznadziejne. W pośpiechu Aybara najprawdopodobniej zgubił kosz lub go odrzucił, gdyż zwisał on teraz z siodła Berelain. A na twarzy Pierwszej z Mayene dostrzegł osobliwe spojrzenie... Czy mogło oznaczać sympatię? Niech sczeźnie, z powodu zmęczenia nie myślał logicznie. A przecież właśnie teraz bardziej niż kiedykolwiek powinien się skupić i wymyślić coś sensownego. Jego następna pomyłka może być ostatnią — dla Faile.

— Z tego, co słyszałem, Druciarzu — odparł cicho Elyas — trolloki przyszły do was, do Dwu Rzek, a wy zdołaliście je wyłapać podstępem. Przychodzi ci do głowy jakaś cudowna pułapka w związku z Shaido Aiel?

Aram popatrzył na niego posępnie. Elyas poznał Arama, zanim tamten zaczął władać mieczem i choć nadal nosił jaskrawe ubrania, nie lubił, by mu przypominać tamte czasy.

— Dziesięć szczepów czy pięćdziesiąt — warknął Arganda — musi istnieć sposób uwolnienia Królowej. I innych... ma się rozumieć. Innych także. — Jego zawzięta twarz zmarszczyła się w gniewną, nachmurzoną minę, jednak mężczyzna przede wszystkim wydzielał zapach szaleństwa, przywodzący na myśl lisa, który gotów jest odgryźć sobie łapę, byle tylko wyrwać się z sideł. — Czy oni... czy przyjmą okup? — Ghealdanin rozglądał się przez moment, aż dostrzegł Marline, przechodzącą między żołnierzami Skrzydlatej Gwardii. Mimo śniegu kobieta stawiała wielkie kroki, ani na moment nie tracąc równowagi. Innych Mądrych nie było już widać wśród drzew, zniknęła również Elienda. — Czy ci Shaido przyjmą okup... Odpowiedz, Mądra? — Grzecznościowy ton Argandy brzmiał nieco sztucznie. Mężczyzna nie wierzył już, że towarzyszący im Aielowie wiedzieli cokolwiek o porwaniu, lecz zachowywał jeszcze resztki szacunku.

— Nie potrafię na to odpowiedzieć. — Marline najwyraźniej nie zwróciła uwagi na jego ton. Złożywszy ręce na piersi, stała i patrzyła raczej na Perrina niż na Argandę, obrzucając go jednym z tych swoich bacznych spojrzeń, ważąc go w myślach i mierząc, jakby szyła dla niego ubranie albo oceniała czystość jego bielizny. Aybara na pewno poczułby się nieprzyjemnie, gdyby miał czas na zastanowienie. Kiedy Mądra ponownie się odezwała, w jej głosie nie było propozycji ani rady. Koncentrowała się wyłącznie na faktach i sucho je przedstawiała. — Ludzie z bagien, którzy płacą okup, nie postępują zgodnie z naszymi zwyczajami. *Gai'shain* można komuś przekazać jako prezent albo wymienić za innego *gai'shain*, nie są oni wszakże zwierzętami, którymi się handluje. Tym niemniej podejrzewam, że Shaido Aiel nie przestrzegają już *ji'e'toh*. Zmieniają ludzi z bagien w *gai'shain* i zabierają wszystko, choć wolno im jedynie wziąć co piąty przedmiot. Ustanawiają też prawdopodobnie ceny.

— Moje klejnoty są do twojej dyspozycji, Perrinie — wtrąciła Berelain. Jej ton był stanowczy, mina zdecydowana. — Jeśli trzeba, Grady lub Neald mogą przywieźć więcej z Mayene. Także złoto.

Gallenne odchrząknął.

— Altaranie są przyzwyczajeni do rabusiów, moja pani, gdyż sąsiadują zarówno z panami wielkich rodów, jak i z bandytami — powiedział powoli, uderzając cuglami o dłoń. Chociaż nie chciał się sprzeczać z Berelain, wyraźnie sugerował jej przemyślenie propozycji. — Tak daleko od Ebou Dar nie istnieją żadne ogólne prawa i wszystko zależy od danego miejscowego lorda czy lady. Arystokrata czy przedstawiciel gminy, wszyscy bez różnicy płacą komuś, z kim nie dają rady walczyć. Wydaje się nierozsądne, że żaden z ich nie próbował sobie kupić bezpieczeństwa, jednak na ścieżce tych Shaido widzieliśmy jedynie ruiny, które podobno doszczętnie łupią i bezwzględnie odzierają ze wszystkiego. Może zgodzą się na okup i nawet go przyjmą, ale czy można im zaufać, że oddadzą nam w zamian przetrzymywane osoby? Mamy nad nimi przewagę, póki nie zdają sobie sprawy z naszej tu obecności i tę przewagę stracimy, jeśli oficjalnie wystąpimy z propozycją okupu. — Annoura nieznacznie potrząsnęła głową, ruch był niemal niewidoczny, lecz Gallenne dostrzegł go kątem oka i zmarszczył brwi. — Nie zgadzasz się ze mną, Annoura Sedai? — spytał uprzejmie, choć z nutką zaskoczenia w głosie.

Szara wydawała się czasami nie wierzyć we własne siły, co było dziwne, szczególnie jak na siostrę, nigdy wszakże nie wahała się przemówić, gdy nie zgadzała się z jakąś radą udzielaną Berelain.

Tym razem Annoura wyglądała jednak na niezdecydowaną. Otuliła się szczelniej płaszczem i przez chwilę starannie wygładzała fałdy. Jej zachowanie było tym dziwniejsze, że Aes Sedai, jeśli tylko chciały, potrafiły ignorować gorąco czy zimno, a ich skóra pozostawała sucha, mimo iż ciała wszystkich wokół spływały w danej sytuacji potem albo musieli się powstrzymywać przed szczękaniem zębami. W tej chwili zatem Annoura zwracała uwagę na temperaturę, by zyskać czas na zastanowienie, starając się równocześnie ukryć swoje myśli. Popatrzyła na Marline, lekko marszcząc brwi, lecz w następnej sekundzie podjęła decyzję i jej czoło się wygładziło.

— Negocjacje zawsze są lepsze niż walka — odparła flegmatycznie z taraboniańskim akcentem. — A zaufanie w negocjacjach zawsze łączy się z kwestią środków ostrożności, prawda? Musimy dokładnie rozważyć środki ostrożności, które należy podjąć. Trzeba się zastanowić także nad osobą, którą do nich wyślemy. Może Shaido nie traktują już Mądrych jak święte, ponieważ wzięły one udział w bitwie pod Studniami Dumai. Czyż nie lepiej wysłać siostrę albo nawet grupę sióstr? Tym niemniej… tak czy owak… trzeba ich wyprawę starannie przygotować. Sama mogłabym…

— Nie będzie okupu — przerwał jej Perrin, a gdy wszyscy zagapili się na niego, większość w konsternacji, Annoura z nieodgadnionym wyrazem twarzy, Aybara odezwał się jeszcze raz, tym razem twardszym głosem: — Żadnego okupu! — Nie zapłaci tym Shaido Aiel za to, że przez nich Faile cierpiała. Faile po powrocie będzie zalękniona i w jakimś sensie na pewno zapłacą za jej strach, bez wątpienia nie czerpiąc z niego żadnych korzyści. Poza tym Gallenne miał rację. Nic, co Aybara widział w Altarze, Amadicii lub wcześniej w Cairhien, nie sugerowało w żaden sposób, że Shaido Aiel można obdarzyć zaufaniem. Ci ludzie z pewnością nie dotrzymują umów. Równie dobrze można wpuścić szczury do koszy z ziarnem albo gąsienice między plony. — Elyasie, chcę zobaczyć ich obóz. — Kiedy Perrin był chłopcem, poznał pewnego ślepca, starego Nata Torfinna o pomarszczonym obliczu i cienkich białych włosach. Ten człowiek jednym dotknięciem potrafił rozwiązać każdą kowalską łamigłówkę. Przez lata Aybara usiłował się dowiedzieć, jak powtórzyć wyczyn tamtego, nigdy mu się wszakże to nie udało. Musiał zrozumieć, w jaki sposób pasują do siebie kawałki łamigłówki, zanim pojmie ich ogólny sens. — Aramie, znajdź Grady'ego i każ mu się ze mną spotkać jak najszybciej, w miejscu Podróżowania. — Chodziło o miejsce, do którego przybywali po każdym skoku i z którego rozpoczynali następny. Asha'manowi łatwiej było skonstruować bramę w miejscu już wcześniej dotkniętym w tym samym celu przez innego Asha'mana.

Aram odpowiedział jednym krótkim, zdecydowanym kiwnięciem głowy, po czym zawrócił siwka i popędził do obozu, jednak Perrin zgadywał z twarzy otaczających go osób, że ludzie nie zgadzają się z nim i mają do niego wiele pytań. Marline nadal przypatrywała mu się z uwagą, jakby nagle zwątpiła, z kim ma do czynienia, Gallenne, marszcząc brwi, przyglądał się trzymanym w rękach cuglom, bez wątpienia uważając, że obojętnie, co Perrin postanowi, wszystko i tak skończy się źle, Berelain z kolei patrzyła wzrokiem wskazującym na niepokój i szereg wątpliwości, Annoura zaś zacisnęła usta w cienką linię. Aes Sedai nie lubiły, gdy im przerywano, toteż nawet jeśli Annoura przedtem nie była pewna swych racji, teraz wydawała się gotowa dać upust swojemu niezadowoleniu. Policzki kapitana Argandy coraz bardziej czerwieniały, a on sam otwierał właśnie usta do krzyku. Ten mężczyzna często krzyczał, odkąd porwano jego królową. Aybara nie widział sensu w czekaniu na ten krzyk, a później słuchaniu go.

Uderzywszy piętami w boki Steppera, popędził konia między rzędy Skrzydlatej Gwardii. Kierował się ku niższym drzewom. Nie galopował, ale też nie szedł stępa — raczej przemierzał wielki las w szybkim kłusie. Ręce mocno zaciskał na cuglach, spojrzeniem już przeszukiwał pstrokaty mrok, w którym usiłował dojrzeć Grady'ego. Elyas bez słowa podążał za nim na swoim wałachu. Perrin był pewien, że w sercu Machery nie ma miejsca nawet na uncję lęku, jednak cisza ciążyła mu. Temu mężczyźnie zazwyczaj niestraszne były żadne przeszkody, więc Aybara odnosił teraz wrażenie, że milczenie tamtego krzyczy o niemożliwych do przebycia górach. Niemniej jednak musiał istnieć sposób odbicia Faile, musiał jakiś istnieć! Gdy dotarli do gładkiej kamiennej odkrywki, Perrin przejechał w tę i z powrotem przez ukośne promienie światła, objechał i te przewrócone, i te stojące drzewa. Nie potrafił się zatrzymać. Coś kazało mu stale pozostawać w ruchu. Tak, musiał istnieć jakiś sposób, musiał! Aybara myślał tak intensywnie, że jego umysł szalał niczym zamknięty w klatce szczur.

Elyas zsiadł z konia, przykucnął i zmarszczył czoło, patrząc na oznaczony kamień. Nie zwracając uwagi na zachowanie swego wałacha, szarpnął wodze i próbował się wycofać. Obok kamienia leżała zwalona sosna o grubym pniu, która wcześniej rosła dobre pięćdziesiąt kroków stąd, a teraz jednym końcem podpierała się o rozszczepione resztki pniaka na tyle wysoko, że Elyas mógł przejść pod nią całkowicie wyprostowany. Olśniewające promienie słonecznego światła, wszędzie wokół przebijające się przez sklepienie lasu, w okolicach oznaczonej śladami odkrywki wydawały się pogłębiać cień niemal do czerni, jednak fakt ten nie zmartwił Macherę bardziej niż Perrina. Elyas zmarszczył nos, gdy ogarnął go wciąż wiszący w powietrzu zapach spalonej siarki.

— Gdzieś po drodze tutaj odniosłem wrażenie, że czuję ten smród. Mam nadzieję, że wspomniałbyś mi o nim, gdybyś nie miał tylu innych rzeczy na głowie. Spore stado. Większe od wszystkich, jakie kiedykolwiek widziałem i o jakich słyszałem.

— To samo powiedziała Masuri — przyznał Aybara nieobecnym tonem. Co zatrzymało Grady'ego? Ilu ludzi było w Ebou Dar? Jak wielki był obóz Shaido? — Twierdziła, że miała do czynienia z siedmioma stadami, a to tutejsze nie jest żadnym z tamtych.

— Siedmioma — mruknął zaskoczony Elyas. — Nawet Aes Sedai musiała je jakoś wyśledzić, nie spotkała ich przecież przypadkiem. Większość opowieści o Psach Czarnego mówi raczej o ludziach przerażonych przez ciemność. — Z marsową miną przyglądał się przez chwilę śladom przecinającym gładki kamień, wreszcie potrząsnął głową. — Były kiedyś wilkami — dodał ze smutkiem w głosie. — W każdym razie miały wilcze dusze, lecz schwytał je i zepsuł Cień. Z tego materiału Cień stworzył Psy Czarnego, Braci z Cienia. Sądzę, że właśnie dlatego wilki muszą uczestniczyć w Ostatniej Bitwie. A może Cień stworzył Psy Czarnego, ponieważ w Ostatniej Bitwie będą właśnie uczestniczyć wilki i chciał, ażeby te dwa gatunki stworzeń walczyły z sobą. Czasem Wzór sprawia, że delikatna koronka z Sovarry wygląda jak kawałek sznura. Tak czy inaczej, było to dawno temu, z tego, co wiem, podczas Wojen z Trollokami i wcześniej, w trakcie Wojny z Cieniem. Wilki mają długą pamięć, a wspomnienia danego wilka wcale nie umierają wraz z nim, ale żyją, póki żyją inne wilki. Wilki nie chcą mówić o Psach Czarnego, unikają też samych Psów. Sto wilków mogłoby zginąć podczas próby zabicia jednego Brata z Cienia. Co gorsza, w razie klęski, Pies Czarnego może pożreć dusze niezupełnie martwych wilków i w mniej więcej rok powstanie nowe stado Braci z Cienia, którzy nie będą pamiętać, że kiedykolwiek byli wilkami. Mam w każdym razie nadzieję, że tego nie pamiętają...

Perrin ściągnął wodze, chociaż aż się palił do dalszej jazdy. Bracia z Cienia. Wilcza nazwa Psów Czarnego przybrała nowy, srogi wymiar.

— Czy mogą zjeść ludzką duszę, Elyasie? Odpowiedz mi, człowieku, który rozmawiasz z wilkami?

Machera wzruszył ramionami. O ile obaj wiedzieli, tylko garstka osób potrafiła robić to, co oni. Odpowiedź na to pytanie można poznać dopiero przed samą śmiercią. Co ważniejsze, musieliby być wtedy wilkami i w dodatku na tyle inteligentnymi, aby zrozumieć zdarzenia, których są świadkami. Masuri wiedziała to wszystko. Nadzieja na coś innego była głupotą. Ile czasu im zostało? Ile czasu Perrin będzie uwalniał Faile?

Dźwięk kopyt skrzypiących w śniegu obwieścił przybycie jeźdźców, więc Aybara pospiesznie powiedział Elyasowi, że Psy Czarnego okrążyły obóz i być może opowiedzą o nim, Perrinie, temu, komu donoszą.

— Nie martwiłbym się przesadnie, chłopcze — odparł starzec, z uwagą wypatrując zbliżających się koni. Oddaliwszy się od kamienia, zaczął się przeciągać, ćwicząc mięśnie, których ostatnio nie używał, gdyż zbyt długo siedział w siodle. Elyas był zbyt ostrożny, by dać się przyłapać na obserwacji widoków niedostępnych dla oczu innych osób. — Wydaje mi się, że Psy polują na kogoś ważniejszego od ciebie. Będą za nim ganiać, aż go dopadną, a zabierze im to z rok. Nie przejmuj się zatem. Odbijemy twoją żonę, zanim Psy Czarnego doniosą komukolwiek o twojej tu obecności. Nie mówię, że będzie to łatwe, ale uda nam się, zobaczysz. — Perrin usłyszał w jego głosie i wyczuł w zapachu determinację, ale niewiele nadziei. Właściwie wcale.

Walcząc z rozpaczą i nie pozwalając jej się znowu ogarnąć, Aybara zachęcił Steppera do lekkiego stępa, gdy wśród drzew pojawiła się Berelain wraz z ochroną — Marline, która siedziała okrakiem za Annourą. Natychmiast kiedy Aes Sedai ściągnęła wodze, chmurnooka Mądra zeskoczyła na ziemię i otrzepała grube spódnice zakrywające ciemne, grube pończochy. Wiele kobiet zarumieniłoby się z powodu takiego obnażenia nóg, jednak nie Marline, która tylko spokojnie wygładziła ubranie. To raczej Annoura wyglądała na zdenerwowaną, a przez cierpką, niezadowoloną minę jej nos wydawał się dłuższy i niemal przypominał dziób. Milczała, jednak nie zacisnęła warg. Prawdopodobnie miała pewność, że jej propozycja negocjacji z Shaido zostanie przyjęta, szczególnie wobec poparcia Pierwszej z Mayene i przynajmniej neutralnego podejścia Marline. Szare były negocjatorkami i mediatorkami, sędzinami i twórczyniami traktatów. Może stąd wynikała jej motywacja. Bo o cóż jeszcze mogło jej chodzić? Kwestię tę musiał Perrin chwilowo odłożyć na później, w tej chwili bowiem nie miał czasu się nad nią zastanowić. Powinien wprawdzie brać pod uwagę wszystko, co mogłoby przeszkadzać w uwalnianiu Faile, ale główny problem do rozwiązania leżał czterdzieści mil na północny wschód.

Kiedy Skrzydlata Gwardia tworzyła ochronny krąg między ogromnymi drzewami wokół miejsca Podróżowania, Berelain podjechała gniadoszem do Steppera, zrównała się z nim i ruszyła obok niego, próbując wciągnąć Perrina w rozmowę i zwabić go resztką dzikiej kury. Biła od niej woń niepewności — Pierwsza z Mayene najwyraźniej nie była pewna jego decyzji. Może miała nadzieję, że namówi go do oferty okupu. Aybara nie zatrzymał Steppera, lecz nie zamierzał słuchać wywodów kobiety. Uważał, że wystąpienie z propozycją okupu byłoby równoznaczne z postawieniem wszystkiego na jedną kartę. A on nie zamierzał traktować Faile jak stawki w grze hazardowej. Istniał tylko jeden sposób — metodyczny jak praca w kuźni. O Światłości, ależ był zmęczony. Skupił się mocniej na własnym gniewie, czerpiąc z jego ciepła energię.

Niedługo po Berelain przybyli Gallenne i Arganda wraz z podwójną kolumną ghealdańskich lansjerów w wypolerowanych napierśnikach i jaskrawych stożkowych hełmach. Lansjerzy przemieszali się ze stojącymi wśród drzew Mayenianiami. W zapachu Pierwszej z Mayene pojawiła się nutka rozdrażnienia, a sekundę później kobieta opuściła Perrina i podjechała do Gallenne'a. Ich konie stanęły obok siebie, jednooki kapitan przechylił głowę na bok, słuchając, co ma mu do powiedzenia Berelain. Kobieta mówiła cicho, jednak Aybara znał temat, przynajmniej częściowo. Co chwilę jedno z nich popatrywało na niego, gdy prowadził Steppera stępa tam i z powrotem, tam i z powrotem... Arganda osadził swego deresza i zapatrzył się przez drzewa na południe, w stronę obozu. Tkwił nieruchomo jak posąg, a równocześnie jego ciało wydzielało niecierpliwość, tak jak ogień emituje gorąco. Z tym pióropuszem, mieczem, posrebrzaną zbroją i twardym niczym kamień obliczem mógłby pozować do obrazu przedstawiającego żołnierza doskonałego, tym niemniej sądząc po zapachu, który od niego bił, mężczyzna był o krok od paniki. Perrin zastanowił się, jaki zapach wydziela on sam. Trudno mu było czuć własną woń, szczególnie na otwartej przestrzeni. A jednak nie sądził, żeby pachniał paniką, raczej zdrowym strachem i gniewem. Wiedział, że sytuacja wróci do normy, gdy odzyska Faile. Wtedy wszystko będzie dobrze. Tam i z powrotem, tam i z powrotem...

W końcu pojawił się Aram wraz z ziewającym Jurem Gradym dosiadającym ciemnogniadego wałacha. Maść konia była na tyle ciemna, że wobec białej strzałki na jego nosie reszta wydawała się prawie czarna. W pewnej odległości za nimi jechał Dannil i tuzin mężczyzn z Dwu Rzek, którzy schowali chwilowo włócznie i halabardy na korzyść długich łuków. Grady, krępy osobnik o ogorzałej twarzy, na której wbrew stosunkowo młodemu wiekowi mężczyzny pojawiały się już zmarszczki, mimo miecza o długiej rękojeści przy pasie i czarnego płaszcza ze srebrną szpilką w kształcie miecza przy wysokim kołnierzu, wyglądał jak senny farmer, choć na zawsze porzucił farmerski żywot, a Dannil i pozostali zawsze ustępowali mu miejsca. Ustępowali także Perrinowi, jednak nieco się przy tym ociągali i patrzyli w ziemię, czasami rzucając szybkie, zakłopotane spojrzenia na niego lub na Berelain. Dla Aybary ich zachowanie nie miało znaczenia. Wszystko będzie dobrze, gdy odzyska Faile.

Aram starał się skierować Grady'ego do Perrina, lecz Asha'man wiedział, po co Aybara go wezwał. Westchnąwszy, zsiadł z konia i zbliżył się do Elyasa, który kucał w kręgu słonecznego światła, palcem rysując w śniegu mapę, mówiąc o odległości i kierunku, szczegółowo opisując miejsce, do którego chciał się dostać — polanę na zboczu zwróconym niemal całkowicie na południe, nad którym górowało pasmo o trzech szczytach. Wystarczyło podać odległość i kierunek, byle precyzyjnie, jednak im dokładniejszy obraz miejsca miał w swoim umyśle Asha'man, tym bliżej danego punktu mógł się dostać.

— Nie ma tu mowy o jakimkolwiek marginesie błędu, chłopcze. — Oczy Elyasa wydawały się w tym momencie wyjątkowo lśnić. Cokolwiek inni myśleli o Asha'manie, nigdy go do niczego nie zmuszali. — Wiele jest górskich szczytów w tej krainie, a główny obóz znajduje się tylko mniej więcej milę po drugiej stronie tego. Będą tam wartownicy, mała grupka, każdej nocy w innym miejscu, ale nie dalej niż dwie mile od obozowiska w którąś stronę. Wyślesz nas za blisko nich, a wtedy na pewno zostaniemy dostrzeżeni.

Grady wytrzymał jego spojrzenie bez mrugnięcia okiem. Później kiwnął głową, przeczesał krótkimi, grubymi paluchami włosy i zrobił głęboki wdech. Wyglądał na tak samo zmęczonego jak Elyas. I na tak straszliwie wykończonego, jak Perrin się czuł. Tworzenie bram i utrzymywanie ich w stanie otwarcia wystarczająco długo, aby mogło przez nie przejść tysiące ludzi i koni, stanowiło wyczerpującą pracę.

— Czy jesteś dostatecznie wypoczęty? — spytał Grady'ego Aybara. Zmęczeni ludzie popełniali pomyłki, a pomyłki popełniane przy użyciu Jedynej Mocy mogły się skończyć śmiercią wielu osób. — Może powinienem posłać po Nealda?

Grady podniósł wzrok i zagapił się na niego zaczerwienionymi oczyma, po czym potrząsnął głową.

— Fager nie jest ode mnie bardziej wypoczęty. A może nawet jest bardziej znużony. Jestem trochę silniejszy niż on. Lepiej jeśli ja to zrobię. — Odwrócił się, zapatrzył na północny wschód i bez dodatkowego ostrzeżenia zaczął konstruować bramę. Po chwili obok oznaczonego przez Psy Czarnego kamienia ukazało się pionowe srebrnobłękitne przecięcie. Annoura głośno sapnęła, po czym szarpnęła klacz, zjeżdżając z drogi, gdyż świetlista kreska rozszerzyła się w otwór w powietrzu, a następnie w większą dziurę, za którą widać było nasłonecznioną polanę na stromym stoku wśród drzew znacznie mniejszych niż rosnące wokół Perrina i pozostałych. Rozszczepiony już pień sosny zadrżał, tracąc kolejny cienki pasek kory, która spadła na ziemię z przytłumionym przez śnieg plaśnięciem. Odgłos wystraszył konie, które zaczęły parskać i nerwowo tańczyć w miejscu. Annoura popatrzyła na Asha'mana z furią i ciemniejącą twarzą, Grady wszakże jedynie zamrugał oczami. — Czy tak wygląda punkt docelowy? — spytał.

Elyas poprawił kapelusz, później pokiwał głową.

Na takie potwierdzenie czekał Perrin. Pochylił głowę i popędził Steppera w śnieg, który sięgał bułankowi nad pęciny.

Polanka była niewielka, jednak pod pełnym białych obłoków niebem wydawała się rozległa, szczególnie po lesie, który Aybara zostawiał za sobą. W porównaniu z lasem również tutejsze światło prawie oślepiało, chociaż słońce nadal chowało się za porośniętym drzewami szczytem. Obóz Shaido Aiel znajdował się po drugiej stronie tego górskiego grzbietu. Perrin zapatrzył się tęsknie w jego stronę. Na razie wszakże musiał tu czekać, a nie gnać tam, gdzie może w końcu znajdzie Faile. Zwrócił Steppera w kierunku bramy, przez którą właśnie przechodziła Marline.

Nadal obserwowała go z uwagą, odwracając od niego wzrok jedynie na krótką chwilę i spoglądając wtedy w dół, na swoje stopy, aby się nie poślizgnąć na śniegu. Gdy stanęła obok bramy, wyjechali z niej Aram i przedstawiciele Dwu Rzek, którzy do tej pory przyzwyczaili się już do Podróżowania, choć chyba nie do Asha'manów, toteż teraz jedynie nieznacznie pochylali głowy podczas przejścia przez bramę. Tylko najwyżsi musieli się nieco ugiąć, by nie zaczepić głową o szczyt otworu. Perrina uderzyła wielkość bramy, która była większa niż poprzednia wykonana przez Grady'ego. Wtedy, przemieszczając się, Aybara musiał zsiąść z konia. Ta luźna myśl zjawiła się w jego umyśle bezwiednie i nie była dla niego ważniejsza niż brzęczenie muchy.

Aram podjechał prosto do niego. Na jego twarzy Perrin dostrzegł napięcie, w zapachu zaś wyczuł niecierpliwość i pragnienie dalszej jazdy, a kiedy Dannil i pozostali — ustępując z drogi następnym — odeszli od bramy i zaczęli spokojnie nakładać strzały na cięciwy łuków, równocześnie nie odrywając wzroku od otaczających drzew, zjawił się Gallenne i z ponurą miną przypatrzył się drzewom, jakby oczekiwał, że lada moment wybiegnie z nich wróg. Za kapitanem wyszło z bramy pół tuzina Mayenian, którzy, chcąc się obok niego przecisnąć, musieli opuścić lance z czerwonymi wstążkami.

Później przez długi czas nikt nie wychodził, jednak akurat

gdy Perrin zdecydował się wrócić i sprawdzić, co zatrzymało Elyasa, brodaty starzec wyprowadził swego konia, tuż za nim zaś wyjechał Arganda i sześciu Ghealdan z niezadowoleniem wyraźnie wyrzeźbionym na twarzach. Nigdzie nie było widać ani lśniących hełmów mężczyzn, ani ich pancerzy, oni sami zaś popatrywali groźnie, jakby się obawiali, że za moment ktoś każe im zrzucić także portki.

Perrin pokiwał głową. Oczywiście! Obóz Shaido Aiel mieścił się po przeciwnej stronie tegoż szczytu, tam też było słońce. Błyszcząca zbroja Ghealdan lśniłaby niczym lustra. Aybara sam powinien o tym pomyśleć. Ciągle pozwalał, by strach zwiększał jego niecierpliwość i mącił mu umysł. Musiał przecież myśleć jasno i trzeźwo, teraz bardziej niż kiedykolwiek. Każdy przeoczony obecnie szczegół mógł się skończyć jego śmiercią. A wtedy Faile na zawsze zostanie w rękach Shaido. Łatwiej wszakże powiedzieć, niż naprawdę wyzbyć się lęku. Jak miał się przestać bać o małżonkę? Musiał przegonić strach, ale jak?

Ku jego zaskoczeniu Annoura przejechała przez bramę tuż przed Gradym, który prowadził swego ciemnogniadego wierzchowca. Dokładnie tak samo jak zawsze, kiedy widział ją przejeżdżającą przez bramę, kobieta leżała tak płasko na grzbiecie klaczy, jak wysoki łęk jej siodła pozwalał, krzywiąc się na otwór wykonany przez skażoną męską połówkę Jedynej Mocy. Natychmiast gdy wyjechała z przejścia, popędziła klacz tak daleko w górę zbocza, że o mało nie wjechała między drzewa. Grady zamknął bramę, która zostawiła w oczach Perrina purpurowy powidok pionowej linii, Annoura natomiast zawróciła klacz i ruszyła ku nim, obrzucając piorunującymi spojrzeniami Marline i Perrina. Gdyby nie była Aes Sedai, Aybara powiedziałby, że gotowała się w ponurej furii. To Berelain poleciła jej przejść przez bramę, lecz nie Pierwszą z Mayene kobieta obwiniała za swój pobyt tutaj.

— Stąd idziemy pieszo — oznajmił Elyas głosem niewiele głośniejszym niż sporadyczny stukot końskich kopyt. Powiedział wcześniej, że Shaido są nieostrożni i nie wystawili żadnych albo prawie żadnych wartowników, a teraz przemawiał tak cicho, jakby żywił obawy, że przeciwnik znajduje się zaledwie o dwadzieścia kroków stąd. — Człowiek na koniu zawsze się bardziej wyróżnia. Shaido Aiel nie są ślepi, choć ślepi jak na Aielów, co oznacza, że i tak widzą dwukrotnie ostrzej niż każdy z was, więc kiedy dotrzemy do wierzchołka, starajcie się nie rzucać w oczy. I spróbujcie nie robić więcej hałasu niż to konieczne, bo Shaido nie są również głusi. W końcu znajdą nasze ślady... nic na to nie poradzimy przy takim śniegu... jednak nie powinno dojść do tego ani zbyt szybko, ani z naszej winy.

Arganda, już dostatecznie rozwścieczony faktem utraty zbroi i piór, teraz zaczął się sprzeczać z Elyasem o dowodzenie. Ponieważ nie był kompletnym głupcem, toteż kłócił się cichym głosem, który się nie niósł po okolicy. Tyle że Arganda w wieku piętnastu lat został żołnierzem, a później prowadził swoich ludzi przeciwko Białym Płaszczom, Altaranom i wojownikom z Amadicii, lubił także podkreślać, że walczył w Wojnie z Aielami i przeżył Bitwę Krwawego Śniegu w Tar Valon. Wiedział o Aielach sporo i nie życzył sobie, aby rozkazywał mu jakiś nieogolony drwal. Perrin nie wtrącał się, póki Pierwszy Kapitan dobrze wykonywał swoje obowiązki i panował nad swoimi żołnierzami. W sumie na pewno nie był głupcem, po prostu obawiał się o los swojej królowej. Gallenne zostawił wszystkich swoich ludzi, mamrocząc, że bez koni lansjerzy są bardziej niż bezużyteczni, a jeśli każe im przejść większą odległość na piechotę, prawdopodobnie skręcą sobie karki. Gallenne także nie był głupi, lecz zawsze w każdej sprawie dostrzegał najpierw jej najczarniejsze aspekty. Elyas objął prowadzenie, a Perrin zabrał jedynie z sakw Steppera lunetę w grubej, oprawnej w mosiądz tubie i włożył ją sobie do kieszeni płaszcza, po czym ruszył za Macherą.

Pod drzewami rosły zarośla w kępach. Wśród drzew przeważały sosny i jodły, od czasu do czasu zdarzały się liściaste — po zimowemu szare i bezlistne, a teren, wcale nie bardziej stromy niż rodzinne Piaskowe Wzgórza, choć może nieco bardziej skalisty, nie sprawiał żadnych problemów Dannilowi i innym mężczyznom z Dwu Rzek, którzy wspinali się w milczeniu z napiętymi łukami i czujnie popatrywali na boki, niemal tak cisi jak mgła ich oddechów. Aram, któremu nieobca była jazda przez las, trzymał się blisko Perrina z wyciągniętym mieczem. W pewnym momencie zaczął nim wprawdzie siekać plątaninę gęstych, brązowych pnączy rosnących im na drodze, toteż Aybara musiał go powstrzymać, kładąc mu rękę na ramieniu, jednak ogólnie rzecz biorąc, Aiel nie robił większego hałasu niż sam Perrin, którego buty lekko chrzęściły na śniegu. Aybary nie zdziwiło, że Marline przemieszcza się wśród drzew z wprawą osoby, która wychowała się w lesie zamiast na Pustkowiu Aiel, gdzie drzewa były niezwykle rzadkie, a o śniegu nikt nie słyszał; wbrew obawom Perrina jej liczne naszyjniki i bransoletki wcale podczas ruchu nie brzęczały. Annoura natomiast wspinała się z pewnym wysiłkiem, grzęznąc nieco w śniegu z powodu licznych spódnic, lecz zwinnie unikała ostrych cierni asparagusów i innych roślin. Aes Sedai zawsze potrafią człowieka zaskoczyć. Przy lada okazji Annoura nie przestawała zerkać na Grady'ego, chociaż Asha'man wydawał się całkowicie skupiony na stawianiu jednej stopy przed drugą; czasami wzdychał ciężko, zatrzymywał się na minutę, marszcząc brwi, spoglądał na wierzchołek przed sobą, mimo to wszakże nigdy nie zostawał w tyle. Gallenne i Arganda nie byli już młodzi ani przyzwyczajeni do wędrówki, gdyż zazwyczaj jeździli konno, więc ich oddechy w miarę wspinaczki stawały się coraz cięższe, co jakiś czas któryś z nich zatrzymywał się przy kolejnych drzewach, choć z drugiej strony obserwowali się bacznie nawzajem, gdyż żaden najwyraźniej nie zamierzał dać się prześcignąć drugiemu. Z kolei czterej ghealdańscy lansjerzy ślizgali się, zsuwali, potykali o przykryte śniegiem korzenie, a pochwy mieczy stale im utykały wśród winorośli, więc wszyscy pozostali co rusz mruczeli przekleństwa pod ich adresem, szczególnie ilekroć któryś lansjer upadł na skałę albo nadział się na ciernie. Perrin zaczął się zastanawiać, czy ich nie odesłać z poleceniem poczekania przy koniach. Albo zostawić ich tutaj i zabrać w drodze powrotnej.

Nagle z zarośli wyszli dwaj Aielowie. Stanęli przed Elyasem. Ciemne welony skrywały ich twarze aż po oczy, na grzbietach nosili długie, białe płaszcze, w rękach zaś włócznie i puklerze. Sądząc po ich wzroście, nie byli mężczyznami, lecz Pannami Włóczni, choć fakt ten bynajmniej nie czynił ich mniej niebezpiecznymi od innych *algai'd'siswai*, toteż wszyscy towarzysze Perrina równocześnie wycelowali w ich serca dziewięć strzał o szerokich grotach z dziewięciu długich łuków.

— W ten sposób możesz zostać ranna, Tuandho — szepnął Machera. — Powinnaś lepiej przemyśleć swój ruch, Sulin. — Aybara dał znak ręką ludziom z Dwu Rzek i ci opuścili łuki, a Aramowi rozkazał schować miecz. Złapał zapachy obu kobiet w tym samym czasie, co Elyas, czyli jeszcze zanim Panny Włóczni w ogóle się ujawniły.

Obie kobiety wymieniły zaskoczone spojrzenia, tym niemniej odsłoniły twarze i woale opadły im na piersi.

— Dobrze zauważyłeś, Elyasie Machera — powiedziała Sulin. Ta umięśniona, o twardej skórze na twarzy i bliźnie przecinającej jeden policzek kobieta miała bystre, niebieskie oczy, którymi potrafiła przeszywać niczym szydłem, teraz wszakże uwidaczniały wyłącznie zdumienie. Wyższa i młodsza od niej Tuandha mogła być ładna, zanim straciła prawe oko i zyskała grubą szramę, która teraz biegła jej od podbródka aż pod *shoufę*. Blizna uniosła jeden kącik ust tej Panny w półuśmiech, który jednakże nigdy się nie rozszerzał.

— Wasze kaftany są inne — zauważył Perrin. Tuandha z marsową miną popatrzyła w dół, na swój strój, cały szaro-zielono-brązowy, potem na identyczną część garderoby Sulin. — Także wasze płaszcze. — Elyas rzeczywiście był zmęczony, skoro umykały mu fakty. — Nie wyruszyli jeszcze, prawda?

— Nie, Perrinie Aybara — odparła Sulin. — Shaido zdają się przygotowani na pozostanie w jednym miejscu przez pewien czas. Z ich powodu ludzie z miasta odeszli ubiegłej nocy i skierowali się na północ... to znaczy, ci mieszkańcy, którym Shaido pozwolili odejść. — Lekko potrząsnęła głową, wciąż zmieszana faktem, że Shaido Aiel zmieniają ludzi w *gai'shain*, którzy nie służą zgodnie z wymogami *ji'e'toh*. — Twoi przyjaciele: Jondyn Barran, Get Ayliah i Hu Marwin poszli za nimi, starając się dowiedzieć czegoś konkretnego. Nasze siostry włóczni i Gaul znów okrążają obóz. Czekaliśmy tutaj na Elyasa Macherę. Zamierzamy wrócić z wami. — Sulin rzadko dopuszczała do głosu emocje i teraz też trudno się było doszukać jakichkolwiek uczuć w jej tonie, kobieta wydzielała wszakże zapach smutku. — Chodź, pokażę ci.

Dwie Panny Włóczni wspięły się na zbocze, a Perrin pospieszył za nimi, zapominając o swoich ludziach. Tuż przed szczytem kobiety kucnęły, po czym opadły na kolana i łokcie. Aybara podążył za ich przykładem. Ostatnie kilka piędzi przebyli na czworakach wśród śniegu, aż w końcu zza drzewa mogli spojrzeć za szczyt pasma. Tam las przechodził w rzadkie zarośla, stok porastały jedynie nieliczne młode drzewka. Perrin był wystarczająco wysoko, aby widzieć na odległość kilku lig — gdzie znajdowały się faliste szczyty i długie bezdrzewne wzgórza — a także dalej, na ciemny pas kolejnych lasów. Widział teraz niemal wszystko, co chciał zobaczyć.

Wcześniej, po opisach Elyasa, próbował sobie wyobrazić obozowisko Shaido Aiel, okazało się jednak, że jego wyobraźnię ograniczała rzeczywistość. Teraz tysiąc kroków niżej stała masa niskich namiotów Aielów — namiotów wszelkiego rodzaju — oraz mnóstwo wozów, furmanek, ludzi i koni. Obóz ciągnął się dobrze ponad milę we wszystkich kierunkach: od szarych, kamiennych murów miasta aż prawie do następnego wzgórza. Perrin wiedział, że część obozowiska prawdopodobnie znajduje się także po jego drugiej stronie. Miasto nie było duże, nie przypominało Caemlyn czy Tar Valon, miało niecałe czterysta kroków szerokości wzdłuż jednego boku i nieco mniej przy innych, o ile Aybara dobrze widział, a jednak miało wysokie mury i wieże, od północnej zaś strony przypominało fortecę. Tym niemniej obóz Shaido połknął je w całości. A gdzieś w tym wielkim morzu ludzi czekała na Perrina Faile.

Wyjąwszy z kieszeni lunetę, Aybara przypomniał sobie w ostatniej chwili, że powinien przysłonić jedną ręką koniec tuby. Słońce miało obecnie kształt wielkiej, złotej kuli, która znajdowała się niemal dokładnie przed nim, będąc w połowie drogi do południowego szczytu. Przypadkowo odbite od soczewki lunety promienie mogłyby zrujnować całe przedsięwzięcie. Przez szkło powiększające Perrin dostrzegł grupki ludzi o jasnych — przynajmniej na jego oko — twarzach. Widział długowłose kobiety z ciemnymi szalami udrapowanymi na ramionach i obwieszone tuzinami długich naszyjników, dojące kozy kobiety z mniejszą ilością naszyjników, kobiety ubrane w *cadin'sor*, czasami z włóczniami i puklerzami w dłoniach, zerkające spod głębokich kapturów ciężkich, białych szat i spieszące po śniegu, już udeptanym prawie do błota. W obozowisku przebywali również mężczyźni i dzieci, lecz oko Aybary omijało je obojętnie i ignorowało. Jednak kobiet było tu kilka tysięcy, licząc choćby tylko te w bieli.

— Zbyt wiele — szepnęła Marline, a Perrin opuścił lunetę i posłał kobiecie nienawistne spojrzenie. Do niego i Panien Włóczni dołączyli już pozostali, wszyscy leżeli teraz w rzędzie w śniegu wzdłuż krawędzi górskiego pasma. Ludzie z Dwu Rzek zadawali sobie sporo trudu, usiłując utrzymać cięciwy nad śniegiem bez podnoszenia łuków ponad krawędź pasma. Arganda i Gallenne studiowali obozowisko przez własne lunety, Grady zaś gapił się w dół zbocza, podparłszy podbródek na dłoniach, równie skupiony jak dwaj kapitanowie. Może w jakiś sposób pomagał sobie Jedyną Mocą. Marline i Annoura również wpatrywały się w obóz — Aes Sedai oblizywała wargi, Mądra marszczyła brwi. Aybara pomyślał, że Marline nie zamierzała wypowiedzieć tego stwierdzenia na głos.

— Jeżeli sądzisz, że zrezygnuję tylko dlatego, iż Shaido Aiel jest więcej, niż oczekiwałem... — zaczął podniecònym tonem, jednak kobieta przerwała mu, odpowiadając równie mocnym spojrzeniem na jego marsową minę.

— Chodziło mi o to, Perrinie Aybara, że jest tu zbyt wiele Mądrych. Gdziekolwiek zerknę, dostrzegam kobietę umiejącą przenosić Moc. Jedna tu, druga tam... Mądre oczywiście nie przenoszą Mocy przez cały czas... widzę je wszakże wszędzie, gdzie spojrzę. Dziesięć szczepów oznacza zbyt wiele Mądrych.

Perrin wciągnął głęboki wdech.

— Jak wiele jest ich tam twoim zdaniem?

— Mam wrażenie, że w tym jednym miejscu zebrały się wszystkie Mądre Shaido Aiel — odparła Marline, tak spokojnie, jakby mówiła o cenie za jęczmień. — Wszystkie, które potrafią przenosić Moc.

Wszystkie?! To nie miało najmniejszego sensu! Dlaczego wszystkie Mądre miałyby się znaleźć właśnie tutaj, w tym jednym obozowisku, skoro Shaido Aiel byli rozrzuceni po całym świecie? W każdym razie Aybara słyszał, że Shaido dokonywali najazdów i w Ghealdan, i w Amadicii, także tutaj, w Altarze... na długo przed porwaniem Faile, a zgodnie z pogłoskami również na odleglejszych terenach. Skąd zatem wszystkie wzięłyby się nagle w tym jednym obozie? Chyba że Shaido Aiel postanowili się tutaj zgromadzić, zebrać tu cały klan... Nie, nie, Perrin musiał porzucić próżne rozważania i skoncentrować się na faktach. Fakty i tak były dostatecznie paskudne.

— Czyli ile? — spytał w miarę opanowanym tonem.

— Nie warcz na mnie, Perrinie Aybara. Nie potrafię jednoznacznie odpowiedzieć na twoje pytanie. Nie wiem dokładnie, ile Mądrych Shaido jeszcze żyje. Nawet Mądre umierają czasem z powodu choroby, ukąszenia żmii czy wypadku. Niektóre zginęły pod Studniami Dumai. Znalazłyśmy tam ciała, które potem Shaido zabrali zapewne i pochowali zgodnie z tradycją. Nawet Shaido Aiel nie porzucili wszystkich naszych tradycji. Jeśli pytasz mnie, ile zostało Mądrych i ich uczennic, które potrafią przenosić Moc, powiedziałabym, że chyba jakieś czterysta. Może więcej, lecz na pewno poniżej pięciuset. Gdy Shaido przekraczali Mur Smoka, mieli mniej niż pięćset Mądrych i około pięćdziesięciu uczennic z umiejętnością przenoszenia Mocy. — Większość farmerów okazałoby więcej emocji mówiąc o jęczmieniu.

Annoura, nadal gapiąc się na obozowisko Shaido, wydała zdławiony dźwięk, jakby półszloch.

— Pięćset? — jęknęła. — O Światłości! Pół Wieży z jednego klanu? Och, och, Światłości!

— Moglibyśmy się wkraść do obozu w porze nocnej — mruknął Dannil ze swego miejsca w rzędzie. — W taki sposób, w jaki weszliście swego czasu do obozu Białych Płaszczy.

Elyas odchrząknął. Może to chrząknięcie coś oznaczało, jednak Perrin nie dosłyszał w nim nadziei.

Sulin parsknęła kpiąco.

— Nawet my nie mogłybyśmy się zakraść do tego obozu, o ile chciałybyśmy wyjść z niego całe i zdrowe. A co do was... Zanim dotrzecie do pierwszych namiotów, zwiążą was niczym kozły przygotowane do nadziania na ruszt.

Aybara powoli pokiwał głową. Wcześniej rozważał pomysł wśliźnięcia się do obozu pod osłoną ciemności i wyrwania Faile. Myślał, że zrobi to jakoś. I oczywiście wyprowadzi również inne uwięzione... Jego małżonka nie potrafiłaby wszak wyjść z niewoli bez swoich towarzyszek. Chociaż właściwie Perrin nigdy tak naprawdę nie wierzył, że taka akcja może mu się udać, nie akcja przeciwko Aielom, zaś myśl o wielkości obozu zgasiła ostatnie migotliwe światła tlącej się w nim nadziei. Całymi dniami mógłby przecież wędrować wśród tych ludzi i nie znaleźć swej żony.

Nagle zrozumiał, że już nie musi się zmagać z rozpaczą, bowiem zniknęła. Pozostał w nim wprawdzie gniew, lecz był teraz zimny jak stal w zimie, a desperacji, która zagrażała mu wcześniej, zupełnie nie potrafił w sobie dostrzec. W tym obozie znajdowało się dziesięć tysięcy *algai'd'siswai* i pięćset kobiet z umiejętnością przenoszenia Mocy. A więc Gallenne miał rację... Jednakże gdy człowiek przygotuje się na najgorsze, zapewne wiele zdarzeń mile go zaskoczy. Pięćset kobiet, które nie zawahają się użyć Jedynej Mocy jako broni! A Faile pozostawała tu ukryta niczym jeden płatek na pokrytej głębokim śniegiem łące. Mówiąc krótko, przy tak wielu negatywnych zdarzeniach nie było już po prostu w Perrinie miejsca na rozpacz. I rozpacz nie miała już w tym momencie najmniejszego sensu. Trzeba się było energicznie zabrać do działania albo od razu ze wszystkiego zrezygnować. Poza tym Aybara posiadał teraz do odgadnięcia konkretną zagadkę. A Nat Torfinn stale powtarzał, że każdą łamigłówkę można rozwiązać, trzeba tylko odkryć, gdzie pchnąć, a gdzie pociągnąć.

Za miastem, od strony północnej i południowej, teren był mniej zaludniony i rzadziej zalesiony niż tutejsze wzgórza. Tu i ówdzie znaczyły krajobraz farmy, jednak z kominów domów nie unosił się dym. Płoty odgradzały leżące pod śniegiem pola, przez które prawdopodobnie grupka ludzi mogłaby spróbować przejść niezauważona, nawet z pochodniami, sztandarami czy grając na trąbach. Perrin dostrzegł wśród farm dwie drogi — jedna wiodła mniej więcej na południe, druga mniej więcej na północ. Prawdopodobnie obie były bezużyteczne dla jego celów, choć wiedział, że nigdy nie należy niczego przesądzać. Może Jondyn przyniesie jakieś informacje o mieście, chociaż fakt istnienia miasta też im chyba w niczym nie pomoże, skoro leżało ono obecnie w samym środku obozowiska Shaido. Tak przynajmniej podejrzewał Aybara. Gaul i Panny Włóczni po powrocie z obchodu obozu na pewno będą mogli mu powiedzieć, co się znajduje za następnym górskim pasmem. Jedna z przełęczy w tym paśmie wyglądała na drogę prowadzącą gdzieś na wschód. Co dziwne, może z milę na północ od owej przełęczy stała grupka wiatraków, których długie, białe skrzydła obracały się powoli, zaś druga podobna garstka stała najprawdopodobniej na szczycie następnego wzgórza. Perrin zauważył także rząd osobliwych łuków przywodzących na myśl długi, wąski most — ciągnęły się po zboczu w dół, od najbliższych wiatraków aż do murów miasta.

— Czy ktoś wie, co to jest? — spytał, wskazując na owe łuki. Dokładna obserwacja przez lunetę nie powiedziała mu wiele więcej. Odkrył jedynie materiał — łuki wykonano najwyraźniej z tego samego szarego kamienia, co miejskie mury. Przez lunetę cała konstrukcja wydała mu się wszakże zbyt wąska jak na most. Brakowało jej też bocznych ścian i chyba również podłoża.

— Służy do przynoszenia wody — wyjaśniła Sulin. — Biegnie przez pięć mil, aż do jeziora. Nie wiem, dlaczego nie zbudowali swego miasta bliżej wody, chociaż większość ziemi wokół jeziora wygląda na błotnistą, szczególnie podczas roztopów, więc może w tym tkwi przyczyna. — Już nie musiała się zastanawiać nad nieznanymi słowami, takimi jak „błoto”, tym niemniej z respektem wymówiła wyraz „jezioro". Tyle wody w jednym miejscu zapewne ciągle wydawało się Aielom nieco niepojęte. — Myślisz o tym, że można by wstrzymać ich dostawy wody? Pewnie wtedy opuściliby obóz. — Miała na myśli walkę przy użyciu wody. Na Pustkowiu większość bitew rozpoczynała się od kwestii wody. — Ja wszakże nie sądzę...

W głowie Aybary wybuchły nagle kolory, prawdziwa eksplozja barw — tak silna, że mężczyzna przestał na moment cokolwiek widzieć i słyszeć. To znaczy w każdym razie nie widział niczego poza zawirowaniami koloru. Barwy napływały wielkimi falami, jak gdyby wcześniej wypychając je wielokrotnie z głowy, skonstruował w niej sobie tamę, w którą teraz uderzała ta milcząca powódź, wirując w bezdźwięcznych wirach i próbując go w siebie wessać. W owym zawirowaniu Perrin dostrzegł nagle obraz Randa i Nynaeve siedzących naprzeciwko siebie na ziemi — wizerunek tak jasny i wyraźny, że wcale nie wydawał się tworem wyobrażonym. Ale Aybara nie miał czasu dla Randa, nie teraz. Nie teraz! Złapał więc w myślach kolory, niczym tonący człowiek usiłujący wbić palce w twardą powierzchnię, szarpnął z całych sił i... wyrzucił je!

Wzrok i słuch wróciły, wrócił otaczający świat, zwaliwszy się na mężczyznę w jednej sekundzie.

— ...to szaleństwo — mówił Grady tonem pełnym niepokoju. — Nikt nie może dzierżyć tak dużej ilości *saidina*, żebym mógł to wyczuć z tak ogromnej odległości! Nikt!

— Teoretycznie nikt nie może też dzierżyć tak dużej ilości *saidara* — odparowała Marline. — A jednak ktoś to robi.

— Przeklęci? — Annourze jawnie drżał głos. — Przeklęci, używający jakiegoś *sa'angreala*, o którym nigdy nie słyszeliśmy. Albo... albo sam Czarny.

Cała trójka zapatrzyła się ponownie na północny zachód. Choć Marline wydawała się spokojniejsza niż Annoura czy Grady, unosił się wokół niej zapach strachu i zmartwienia.

Pozostali, z wyjątkiem Elyasa, badali tę trójkę wzrokiem ludzi, którzy czekają na obwieszczenie, że właśnie się rozpoczęło nowe Pęknięcie Świata. Oblicze Machery natomiast oznaczało akceptację. Wilk warczy, gdy widzi przed sobą lawinę przynoszącą mu śmierć, z drugiej strony jednak zwierzę wie, że śmierć przyjdzie i tak, prędzej czy później, i że nie sposób z nią walczyć.

— To Rand — szepnął Perrin ochrypłym głosem. Zadrżał, gdyż kolory próbowały powrócić, na szczęście zdołał je powstrzymać. — To jego sprawka. A Rand nie porzuca w połowie rozpoczętych spraw, niezależnie od ich rodzaju. — Wszyscy się na niego gapili, nawet Machera. — Potrzebuję więźniów, Sulin. Shaido chyba wysyłają jakieś oddziały na polowanie? Elyas twierdzi, że mają wartowników, kilka mil od obozu, małe grupki. Możecie zdobyć dla mnie paru jeńców?

— Posłuchaj mnie uważnie — odrzekła Annoura. Mówiła szybko, niemal wypluwając słowa. Uniosła się znad śniegu na tyle, by sięgnąć przez Marline i złapać w dłoń wielką garść fałd płaszcza Aybary. — Coś się dzieje. Może coś cudownego, a może straszliwego, lecz bez wątpienia doniosłego, ważniejszego niż wszystko, co się zdarzyło w utrwalonej dotąd historii! Musimy się dowiedzieć, o co chodzi! Grady może nas tam zabrać, doprowadzić przynajmniej na tyle blisko, żebyśmy mogli wszystko zobaczyć. Gdybym znała właściwe sploty, sama mogłabym nas tam przenieść! Tak czy owak, musimy się tego dowiedzieć!

Wytrzymując jej spojrzenie, Aybara podniósł rękę i Annoura zamilkła z otwartymi ustami. Żadnej Aes Sedai nie udało mu się chyba nigdy przedtem tak łatwo uciszyć.

— Powiedziałem ci, co się dzieje. My jednak mamy zadanie do wykonania. Tam na dole, przed nami. Sulin?

Panna Włóczni spoglądała to na niego, to na Aes Sedai, to na Marline. W końcu wzruszyła ramionami.

— Niewiele przydatnych faktów poznasz, nawet jeśli dokładnie wypytasz tych Aielów. Jeńcy zniosą ból, a później cię wyśmieją. Wstyd przyjdzie powoli… o ile ci Shaido w ogóle jeszcze potrafią się wstydzić.

— Obojętnie, czego się dowiem, i tak będę wiedział więcej, niż wiem teraz — odciął się Perrin. Czekało go zadanie, było tuż przed nim. Łamigłówka, którą musiał rozwiązać, Faile, którą musiał uwolnić i Shaido, których musiał zniszczyć. Tylko te sprawy ze wszystkich na świecie miały teraz dla niego znaczenie.

ROZDZIAŁ 9

PUŁAPKI

A ona skarżyła się znów na trwożliwość innych Mądrych — podsumowała Faile najłagodniejszym tonem, na jaki potrafiła się zdobyć, poprawiając duży kosz, który niosła na jednym ramieniu i przestępując z nogi na nogę w błotnistym śniegu. Kosz nie był ciężki, chociaż po brzegi wypełniony brudnym praniem, włożona na ciepłą bieliznę biała, wełniana szata kobiety — gruba i ciepła, jednak wysokie buty z miękkiej, pobielonej skóry nie dawały zbytniej ochrony wobec zimnego, rozmokłego śniegu. — Kazano mi dokładnie informować o każdym słowie wypowiedzianym przez Mądrą Sevannę — dodała szybko. Someryn należała właśnie do tych „innych" Mądrych i skrzywiła się na słowo „trwożliwość".

Tylko dolną część jej twarzy widziała Faile spod opuszczonych powiek. Od *gai'shain* wymagano pokornego zachowania, szczególnie od *gai'shain*, które nie pochodziły z Aielów i chociaż Faile popatrywała przez rzęsy, starając się zinterpretować minę Someryn, niewiele widziała, gdyż Mądra była wyższą niż większość mężczyzn, nawet mężczyzn Aielów, złotowłosą olbrzymką, która wyraźnie nad nią górowała. Zazwyczaj więc sięgała wzrokiem jedynie ku wydatnemu biustowi Someryn, słonecznej cerze pulchnego dekoltu w rozsznurowanej niemal do połowy piersi bluzce, prawie całkowicie pokrytemu solidną kolekcją długich naszyjników, łez ognia i szmaragdów, rubinów i opali, trzywarstwowych splotów dużych pereł i złotych łańcuchów o zawiłych wzorach. Większość Mądrych wydawała się nie lubić Sevanny, która

„pełniła obowiązki dowodzącej" aż do czasu wyboru nowego szefa klanu Shaido, do czego najprawdopodobniej nie dojdzie zbyt szybko. Mimo to Mądre starały się wciąż umniejszać jej autorytet, ilekroć tylko nie sprzeczały się między sobą albo nie tworzyły klik; jednak wiele z nich podzielało miłość Sevanny do biżuterii ludzi z bagien, a niektóre zaczęły nawet za jej przykładem nosić pierścienie na palcach. Dlatego też Someryn miała na palcu prawej dłoni duży, biały opal, który błyszczał czerwienią, kiedy kobieta poprawiała szal na ramionach, na palcu lewej zaś długi, niebieski szafir otoczony rubinami. Nie przyswoiła sobie wszakże strojów z jedwabiu. Bluzkę miała więc z prostej białej *algode*, z Pustkowia, a spódnicę i szal z grubej wełny, równie ciemnej jak złożona wpół szarfa, którą przewiązała sobie długie do talii złote włosy, dzięki czemu nie opadały jej na twarz. Zimno chyba wcale jej nie przeszkadzało.

Faile i Someryn stały za czymś, co Faile uważała za granicę między obozem Shaido i obozem *gai'shain* — czyli obozem więźniów — choć właściwie obie te części składały się na jedno duże obozowisko. Niektórzy *gai'shain* spali wśród Shaido, resztę wszakże trzymano w środku obozu (chyba że komuś wyznaczono pracę w innym miejscu), niczym bydło ogrodzone murem Shaido Aiel przed pokusą wolności. Większość mijających je mężczyzn i kobiet nosiła białe szaty *gai'shain*, choć stroje jedynie nielicznych były tak pięknie utkane jak rzeczy Faile. Ponieważ Shaido musieli przyodziać nagle tyle osób, zwykle korzystali z pierwszego lepszego białego materiału, który mieli pod ręką. Niektórych zatem ubrano w warstwy grubego lnu, tkaniny ręcznikowej lub szorstkiego płótna namiotowego; wiele szat nosiło plamy z błota bądź sadzy. Naprawdę niewielu *gai'shain* było wysokimi, jasnookimi Aielami. Ogromna większość miała rumianą cerę Amadician, oliwkową skórę Altaran albo bladą karnację Cairhienian, od czasu do czasu trafiali się też wśród nich podróżnicy lub kupcy z Illian czy Tarabonu lub przedstawiciele innych narodowości, którym przydarzyło się znaleźć w nieodpowiednim miejscu o nieodpowiedniej porze. Oprócz garstki Aielów w bieli, najdłużej Shaido trzymali Cairhienian, toteż podchodzili oni do swojej sytuacji z największą rezygnacją, niemniej jednak wszyscy ze spuszczonymi oczyma wykonywali swoje zadania tak szybko, jak pozwalał rozdeptany w papkę śnieg i błoto. Spodziewano się, że *gai'shain* będą okazywać pokorę, posłuszeństwo i gorliwość. Inne zachowanie kończyło się bolesnymi szturchańcami.

Faile chętnie by się pospieszyła. Było jej zimno w stopy i pragnęła jak najprędzej pozbyć się brudnych ubrań Sevanny. Poza tym zbyt wiele osób mogłoby ją zobaczyć, jak stoi na dworze wraz z Someryn. Mimo obszernego kaptura skrywającego jej twarz, z powodu otaczającego jej talię szerokiego pasa z lśniących złotych kółek i dopasowanego kołnierza wszyscy wiedzieli, że mają do czynienia z jedną ze służących Sevanny. To znaczy nikt nie określał ich tym słowem — w oczach Aielów określenie „służący" było poniżające — jednak tym właśnie byli, przynajmniej ludzie z bagien, a w dodatku im nie płacono, mieli mniej praw i mniej wolności niż jakikolwiek przedstawiciel służby, o jakim Faile kiedykolwiek słyszała. Prędzej czy później sama Sevanna się dowie, że Mądre zatrzymują jej *gai'shain*, usiłując ich wypytać. Sevanna miała dobrze ponad stu służących i ciągle do tej grupy dodawała nowych, a Faile była pewna, że nawet najmniej ważny z nich powtarza dalej jej każde słowo, które słyszał w rozmowie Sevanny z Mądrymi.

Pułapka okazywała się brutalnie skuteczna. Sevanna była surową panią, choć raczej w niedbały sposób, toteż nigdy nie krzyczała i w ogóle rzadko otwarcie się gniewała, jednak najdrobniejsze naruszenie prawa, najmniejsze nawet uchybienie w postępowaniu albo zachowaniu karała natychmiast uderzeniem witką lub rzemieniem, co wieczór zaś pięciu *gai'shain*, którzy najbardziej jej się narazili, wybierano do dalszych kar — czasami po pobiciu spędzali noc związani i zakneblowani, ot, choćby dla zniechęcenia do buntu pozostałych. Faile wolała się nie zastanawiać, jak ta kobieta potraktowałaby szpiega. Z drugiej strony Mądre nie ukrywały, że osobę, która nie przekaże im dobrowolnie tego, co podsłuchała, spróbuje coś zatrzymać dla siebie bądź też zechce negocjować „cenę" za donosicielstwo, czeka niepewna przyszłość i prawdopodobnie skończy ona w płytkim grobie. Krzywdzenie *gai'shain* poza dozwolone granice dyscypliny oznaczało pogwałcenie *ji'e'toh*, zbioru zasad honoru i zobowiązań, którym rządziło się życie Aielów, ale *gai'shain* z bagien najwidoczniej pewna liczba reguł nie dotyczyła.

Prędzej czy później jedna czy druga strona tej pułapki się zatrzaśnie. Może nie zatrzasnęły się jeszcze dlatego, że Shaido uważali swoich *gai'shain* z bagien za istoty nie lepsze od koni zaprzęgowych czy zwierząt jucznych, chociaż po prawdzie zwierzęta traktowali zdecydowanie łaskawiej. Od czasu do czasu jakiś *gai'shain* próbował uciec, lecz na co dzień po prostu wszyscy oni dostawali jedzenie i schronienie, wyznaczano im zadania i karano ich, gdy tych zadań nie wypełniali. Mądre nie spodziewały się po *gai'shain* nieposłuszeństwa, a Sevanna nie myślała, że będą ją szpiegować — nie bardziej, niż się oczekuje śpiewu po koniach. Jednak prędzej czy później… I nie była to jedyna pułapka, w której utknęła Faile.

— Mądra, nie mam ci nic więcej do powiedzenia — wymamrotała, widząc, że Someryn milczy. Trzeba być niezdrowym na umyśle, aby odejść od Mądrej bez jej pozwolenia i jednoznacznej odprawy. — Mądra Sevanna mówi przy nas całkiem swobodnie, lecz nie mówi zbyt wiele.

Wysoka Someryn nadal milczała, więc po długiej chwili Faile ośmieliła się nieco wyżej unieść oczy. Mądra wpatrywała się gdzieś ponad jej głową, a otwarte usta jawnie sugerowały ogłuszające zdumienie. Faile zmarszczyła brwi, przesunęła kosz na ramieniu i zerknęła za siebie, nie zobaczyła jednak niczego, co mogłoby wyjaśniać zaskoczoną minę Someryn — widziała po prostu rozległy obóz, ciemne, niskie namioty Aielów przemieszane z namiotami spiczastymi, prostokątnymi i różnymi innymi, zazwyczaj w odcieniach brudnej bieli lub jasnego brązu, choć zdarzały się także zielone, niebieskie, czerwone, a nawet pasiaste. Shaido podczas ataku zabierali wszystko, co wartościowe i wszystko, co mogłoby się okazać przydatne, a gdy wyruszali w dalszą drogę, dokładnie sprzątali miejsce po obozowisku, nie pozostawiając po sobie niemal żadnych śladów.

Tutejsze obozowisko było wielkie i tłoczne. Zebrało się w nim dziesięć szczepów, czyli ponad siedemdziesiąt tysięcy Shaido Aiel i — wedle oceny Faile — prawie tyleż samo *gai'shain*. Wszędzie dostrzegała jedynie zwykłą krzątaninę — zajmujący się swoimi sprawami ciemno odziani Aielowie kręcili się między pędzącymi w tę i z powrotem, ubranymi na biało jeńcami. Kowal dął w miechy kowalskie w kuźni, którą stworzył sobie w otwartym namiocie; jego narzędzia leżały na wygarbowanej, byczej skórze. Dzieci poganiały witkami stadka meczących kóz, jakaś przekupka prezentowała swoje towary w dużym, otwartym, ozdobnym namiocie z żółtego płótna — leżały tam wszystkie możliwe przedmioty (oczywiście zagrabione) od złotych świeczników i srebrnych misek po zwyczajne rondle i czajniki. Szczupły mężczyzna prowadzący na postronku konia stał pogrążony w rozmowie z siwowłosą Mądrą imieniem Masalin. Wnosząc z jego gestu, wskazującego na brzuch zwierzęcia, bez wątpienia szukał lekarstwa na jakąś dolegliwość swego wierzchowca. Nie, wokół nie działo się nic, co mogłoby tak bardzo oszołomić Someryn, że aż mimowolnie otworzyła usta.

Faile już miała się odwrócić, kiedy zauważyła zapatrzoną w dal ciemnowłosą kobietę Aiel. Jej włosy były nie tyle ciemne, co czarne niczym skrzydło kruka. Taki kolor włosów stanowił wśród Aielów prawdziwą rzadkość. Mimo iż nie widziała jej twarzy, Faile wydało się, że rozpoznaje Alarys, inną Mądrą. W obozie było około czterystu Mądrych, jednak Faile szybko nauczyła się je rozpoznawać po wyglądzie. Tkaczka czy garncarka myląca z sobą Mądre mogła szybko zasłużyć na chłostę.

Może fakt, że Alarys również stała nieruchomo i spoglądała w tym samym kierunku co Someryn, nic by nie znaczył, podobnie jak to, że pozwoliła swemu szalowi ześlizgnąć się na ziemię, tyle że za nią Faile rozpoznała jeszcze inną Mądrą, też patrzącą w dal, na północny zachód i klepiącą przechodzące przed nią osoby. Tą Mądrą musiała być Jesain, która otrzymałaby epitet „niska", nawet gdyby nie pochodziła z Aielów, kobieta o wielkiej czuprynie tak intensywnie rudych włosów, że zbladłby przy nich ogień, i równie ognistym temperamencie. Masalin mówiła coś do człowieka z koniem i wskazywała na zwierzę. Nie potrafiła przenosić Mocy, jednak trzy Mądre, którzy umiały, wpatrywały się w tym samym kierunku! Tylko jedna rzecz mogła wyjaśnić to zdarzenie — Mądre dostrzegły kogoś przenoszącego Moc w górze, na zalesionym paśmie górskim, za obozem. Inna przenosząca Moc Mądra na pewno nie wzbudziłaby w nich tak ogromnego zaskoczenia. Czy mogła to zatem robić jakaś Aes Sedai? A może więcej niż jedna? Lepiej nie wzbudzać w sobie nadziei. Za wcześnie.

Klepnięcie w głowę oszołomiło ją i Faile o mało nie upuściła kosza.

— Czego stoisz jak kołek? — warknęła na nią Someryn. — Kontynuuj swoją pracę. Idź, zanim ci...!

Faile odeszła więc, podtrzymując jedną ręką kosz, drugą zaś unosząc spódnice swej szaty nad błotnistym śniegiem i przemieszczając się najszybciej, jak mogła bez poślińięcia się i upadku na ziemię. Someryn nigdy nikogo nie biła i nigdy na nikogo nie podnosiła głosu. Skoro teraz zareagowała zatem tak nerwowo, najlepiej było natychmiast zejść jej z drogi. Pokornie i posłusznie.

Duma podpowiadała wprawdzie Faile inne zachowanie — chłodny bunt, spokojną odmowę wykonania polecenia — jednak rozum mówił, że w ten sposób ściągnie na siebie uwagę Mądrych, które zaczną ją dwukrotnie staranniej pilnować. Może Shaido uważali *gai'shain* z bagien jedynie za oswojone zwierzęta, nie byli wszakże zupełnie ślepi. Niech myślą, że Faile uznała swoją niewolę za coś nieuniknionego i nieodwracalnego, że nie zamierza uciec. Nie powinni wiedzieć, że zamyślała ucieczkę. Im prędzej, tym lepiej. Na pewno zanim zjawi się Perrin. Ani przez chwilę nie wątpiła, że małżonek podąża jej tropem, że jakoś ją znajdzie — ten człowiek potrafiłby chyba przejść przez ścianę, gdyby tak sobie postanowił! — czuła wszakże, że musi umknąć wcześniej. Była przecież córką żołnierza. Znała liczbę Shaido Aiel i znała też wielkość potencjalnych sił, które jej mąż mógł wezwać, toteż zdawała sobie sprawę, że musi dotrzeć do niego, zanim zacznie się potyczka. Trzeba było tylko najpierw wymyślić, jak wyrwać się spod nadzoru Shaido.

Na kogo patrzyły Mądre? Na Aes Sedai czy może na Mądre Perrina? O Światłości, Faile miała nadzieję, że to nie one, że to jeszcze nie grupka jej męża! Inne sprawy miały teraz pierwszeństwo, na przykład pranie. Faile niosła kosz z ruin, które pozostały po mieście Malden, przebijając się przez gęsty strumień *gai'shain*. Opuszczający miasto nosili na ramionach długie drągi z parą ciężkich wiader na końcach, natomiast puste wiadra wchodzących do Malden kołysały się na drągach dzierżonych przez innych *gai'shain*. Tak wiele osób w obozie potrzebowało bardzo dużo wody, którą jeńcy dostarczali wiadro po wiadrze. Do tej pracy wyznaczono najpierw tych *gai'shain*, którzy wcześniej mieszkali w Malden. Ponieważ miasto leżało tak daleko na północy Altary, cera jego mieszkańców była raczej jasna niż oliwkowa, niektórzy mieli nawet niebieskie oczy. Wszyscy jednak posuwali się przed siebie w oszołomieniu. Shaido, którzy wspięli się na miejskie mury pewnej nocy, z łatwością przełamali obronę Malden, zanim jeszcze większość maldeńczyków uświadomiła sobie, że znajdują się w niebezpieczeństwie. Chociaż od tamtej nocy minęło nieco czasu, mieszkańcy miasta wciąż wydawali się niezdolni uwierzyć w zdarzenia, w wyniku których ich życie tak kompletnie się zmieniło.

Jednakże Faile szukała pewnej konkretnej twarzy i miała nadzieję, że ta osoba nie nosi dziś wody. Rozglądała się za nią od dnia, w którym Shaido rozbili tu obóz, co miało miejsce cztery dni temu. Odszukała teraz tę kobietę tuż za miejskimi bramami stojącymi obecnie otworem. Odziana na biało, wyższa od Faile, z płaskim koszem chleba przy biodrze i kapturem odsuniętym na tyle, że ujawniał grzywę ciemnorudych włosów, Chiad opierała się o granitowy mur. Kobieta prawdopodobnie przypatrywała się żelaznym bramom, które nie zdołały ochronić Malden, ale obróciła się, gdy tylko Faile do niej podeszła. Stały przez moment obok siebie, właściwie na siebie nie patrząc i udając, że poprawiają niesione kosze. Nie istniały żadne powody, dla których dwie *gai'shain* nie miałyby z sobą rozmawiać, obie powinny wszakże pamiętać, że zostały razem schwytane. Bain i Chiad nie obserwowano tu z taką uwagą jak *gai'shain* służących Sevannie, lecz ich status mógłby się zmienić, jeśli ktoś zapamięta tę rozmowę. Prawie wszystkie osoby w zasięgu ich wzroku były *gai'shain*, w dodatku pochodzącymi z miejsca na zachód od Muru Smoka, tym niemniej zbyt wielu jeńców odkryło, jak łatwo wkraść się w czyjeś łaski dzięki przekazywaniu opowieści i pogłosek. A większość ludzi zrobi wszystko, co trzeba, byle tylko przeżyć, niektórzy zaś zawsze, niezależnie od okoliczności, próbują obrosnąć w piórka.

— Odeszli stąd pierwszej nocy — mruknęła Chiad. — Bain i ja wyprowadziłyśmy ich do tych drzew, a wracając, zatarłyśmy ślady. Chyba nikt nie zauważył ich odejścia, tak mi się zdaje. Przy tak wielkiej ilości *gai'shain,* Shaido jedynie cudem mogliby odkryć czyjeś zniknięcie.

Faile wydała ciche westchnienie ulgi. Minęły zatem trzy dni i Shaido Aiel nie zauważyli ucieczki. Nieliczni miewali pełny dzień swobody, więc szanse na sukces zwiększały się z każdym dniem na wolności, Faile miała zaś pewność, że Shaido wyruszą jutro lub pojutrze. Od jej porwania nie zatrzymywali się nigdzie na tak długo. Podejrzewała, że podejmą próbę marszu z powrotem do Muru Smoka i przekroczenie go, aby ponownie się znaleźć w Pustkowiu.

Niełatwo jej było namówić Lacile i Arrelę na odejście bez niej. W końcu przekonała ich prośbą, by skontaktowały się z Perrinem i przekazały mu, gdzie znajduje się jego żona, a przy okazji ostrzegły go przed ogromną ilością Shaido Aiel i zażądały w jej imieniu wstrzymania jakichkolwiek działań, które mogłyby jej zaszkodzić i uniemożliwić ucieczkę. Ucieczkę, którą jakoby już starannie przygotowała. Faile żywiła przekonanie, że obie kobiety uwierzyły w jej słowa, zresztą w jakimś sensie rzeczywiście przygotowywała już zbiegnięcie — faktycznie miała kilka planów, z których jeden musiał się przecież powieść — jednak aż do tamtej chwili była w połowie pewna, że Lacile i Arrela postanowią dotrzymać złożonych przysiąg i nie zdecydują się na ucieczkę bez swojej pani. Przysięgi wody w jakiś sposób wiązały silniej niż przysięgi posłuszeństwa, jednak zostawiały też wiele miejsca dla głupot popełnianych w imię honoru. Po prawdzie, Faile nie wiedziała, czy dwie kobiety potrafią odnaleźć Perrina, ale — tak czy owak — będą wolne, a jej zostaną jeszcze dwie towarzyszki, których losem będzie się musiała przejmować. Nieobecność trzech służących Sevanna oczywiście bardzo szybko by zauważyła, w przeciągu kilku godzin zapewne, i bezzwłocznie wysłałaby za nimi najlepszych zwiadowców, wyznaczając im zadanie sprowadzenia kobiet z powrotem.

Faile świetnie znała lasy, jednak na pewno nie zdołałaby uniknąć zwiadu Aielów. Nawet „zwykłego” *gai'shain*, który uciekł i został schwytany, spotykała sroga kara, a w przypadku *gai'shain* Sevanny... lepiej byłoby umrzeć podczas próby ucieczki, niż dać się złapać i doprowadzić z powrotem. W najlepszym razie tacy zbiegowie nigdy nie zyskiwali drugiej okazji.

— Reszta z nas miałaby większe szanse, gdybyście ty i Bain poszły z nami — odparła półgłosem. Strumień transportujących wodę mężczyzn i kobiet w bieli nie ustawał, lecz im dwu nikt się nie przyglądał, ten czy ów najwyżej rzucił obojętne spojrzenie w ich stronę. Tyle że Faile w ostatnich dwóch tygodniach nauczyła się ostrożności. O Światłości, odnosiła wrażenie, że jest już więźniem Shaido dobre dwa lata, a nie dwa tygodnie! — Pomogłyśmy dotrzeć Lacile i Arreli do lasu, więc równie dobrze mogłybyśmy się chyba same wyprawić dalej? — Przemawiała przez nią rozpacz, gdyż tak naprawdę doskonale znała różnicę między tymi dwoma zdarzeniami. Bain i Chiad były jej przyjaciółkami i dowiedziała się od nich wiele na temat życia Aielów, ich *ji'e'toh*, a nawet poznała gesty Panien Włóczni, więc nie była zaskoczona, gdy teraz Chiad zwróciła nieznacznie głowę i przyjrzała jej się uważnie szarymi oczyma, w których nie było nic z potulności *gai'shain*; podobnie zresztą jak w jej głosie, chociaż na szczęście odezwała się bardzo cicho:

— Pomogę ci, jeżeli zdołam, ponieważ uważam, że Shaido nie postępują w porządku, przetrzymując tu ciebie. Ty nie podążasz za *ji'e'toh*, ja jednak tak. Jeśli odrzucę swój honor i swoje zobowiązania tylko dlatego, że tak postępują Shaido, wtedy w jakiś sposób pozwolę im zdecydować o moim zachowaniu. Będę się nosić na biało przez rok i dzień, a wtedy mnie wypuszczą lub sama odejdę, ale na pewno nie wyprę się siebie — to powiedziawszy, Chiad ruszyła wielkimi krokami w stronę tłumu *gai'shain*.

Faile podniosła rękę z zamiarem zatrzymania kobiety, jednak szybko opuściła dłoń. Zadała już to pytanie wcześniej, otrzymała łagodniejszą odpowiedź i pytając powtórnie, obraziła przyjaciółkę. Będzie musiała ją za to przeprosić. Nie po to, aby otrzymać od Chiad pomoc — kobieta nie odeszłaby w taki sposób — lecz ponieważ ona także miała swój honor, nawet jeśli nie przestrzegała *ji'e'toh.* Nie obraża się przyjaciół, by później po prostu o tym zapomnieć. A i oni nie powinni tego robić. Przeprosiny będą jednak musiały poczekać. Dwie kobiety nie miały śmiałości rozmawiać z sobą zbyt długo.

Niegdyś Malden było dobrze prosperującym miastem, producentem dobrej wełny i dużych ilości doskonałej jakości win, teraz wszakże zmieniło się ono w opustoszałe ruiny wewnątrz murów. Równie wiele krytych łupkiem domów było z drewna, co z kamienia, więc podczas gdy Shaido plądrowali ulice, mnóstwo budowli spłonęło. Na południowym krańcu Malden zalegały obecnie poczerniałe po pożarze i pokryte soplami lodu drewniane części konstrukcji: na wpół spalone, pozbawione dachów ściany. Powierzchnia wszystkich ulic, czy to brukowanych kamieniem, czy to z udeptanej ziemi, poszarzała od przenoszonych z wiatrem i osiadłych na śniegu drobin popiołu, w dodatku całe miasto śmierdziało zwęglonym drewnem. Wcześniej mieszkańcy Malden raczej nie narzekali na brak wody, teraz jednak Shaido — jak wszyscy Aielowie — ustalili za nią bardzo wysoką cenę, a maldeńczycy nie znali żadnych innych metod walki z szalejącym ogniem. Na Pustkowiu Aiel naprawdę niewiele rzeczy mogło spłonąć. Po złupieniu całego miasta Shaido woleli dać mu spłonąć, niż zmarnotrawić na jego gaszenie cenną wodę, w końcu jednak pozwolili mieszkańcom Malden wyprowadzić wozy wyposażone w ręczne pompy, a swoim *gai'shain* kazali wziąć wiadra i stanąć w kolejkach po wodę. Faile sądziła, że Shaido przynajmniej nagrodzą wolnością gaszących pożar maldeńczyków i pozwolą im odejść wraz z osobami, które nie nadają się na jeńców; niestety obsługujący pompy wodne mężczyźni byli młodzi i w dobrej formie, a zatem zdaniem Shaido wręcz idealni na *gai'shain*. Istniało kilka reguł związanych z *gai'shain* — nie mogły nimi zostać na przykład ciężarne kobiety czy matki wychowujące dzieci poniżej dziesiątego roku życia, a także młodzież do lat szesnastu i miejscy kowale, których otaczano czcią i wdzięcznością. Jednak sama wdzięczność — na przykład za ugaszenie miasta — nie wystarczała.

Wszędzie na ulicach leżały meble — duże przewrócone stoły, ozdobne skrzynie i krzesła, powierzchnię zaśmiecały tu i ówdzie zerwane ze ścian, wymiętoszone gobeliny lub popękane naczynia kuchenne. Wokół walało się też mnóstwo kawałków ubrań: płaszczy, spodni, sukien; większość przybrała postać poszarpanych łachmanów. Shaido zabrali wszystkie przedmioty wykonane ze złota bądź srebra, przyozdobione szlachetnymi kamieniami, a także wszystko, co wydawało im się przydatne albo jadalne, meble wszakże wyrzucali prawdopodobnie na zewnątrz w grabieżczym szale, po czym je tam zostawiali, gdyż dochodzili do wniosku, że powierzchnia danego sprzętu ma zbyt cienką warstwę złoceń, a piękne z pozoru rzeźbienia nie są warte ich wysiłku. Przeciętni Aielowie w ogóle nie używali krzeseł, siadali na nich jedynie szefowie klanów, zaś dla ciężkich stołów nie było miejsca na wozach i furmankach. Kilku Shaido nadal kręciło się po mieście, przeszukując domy, gospody i sklepy, sprawdzając, czy nie przeoczyli czegoś cennego, jednak większości ludzi, których Faile dostrzegała, było noszącymi wiadra *gai'shain.* Aielów praktycznie nie interesowały miasta, traktowali je jedynie jako miejsca do splądrowania.

W tym momencie Faile minęło kilka Panien Włóczni. Używały czubeczków włóczni do popędzania ku bramom nagiego mężczyzny o dzikim spojrzeniu i rękach związanych za plecami. Mężczyzna niewątpliwie pomyślał, że zdoła się ukryć w suterenie albo na jakimś strychu do czasu, aż Shaido odejdą. Panny Włóczni zapewne przypuszczały, że znalazły kryjówkę monet lub sreber i tam odkryły nieszczęśnika. Nagle przed Faile stanął ogromny człowiek odziany w *cadin'sor* typowy dla *algai'd'siswai*, kobieta skręciła więc w bok i obeszła go najnaturalniej, jak potrafiła. *Gai'shain* zawsze tak postępowali w obecności Shaido.

— Jesteś bardzo ładna — oświadczył mężczyzna, ponownie stając jej na drodze. Wydał jej się najpotężniejszym osobnikiem, jakiego kiedykolwiek widziała, mierzył chyba z siedem stóp i był bardzo wielki. Nie tłusty — Faile nigdy nie spotkała tłustego Aiela — lecz bardzo szeroki w barach. Mężczyzna czkał, buchał od niego ostry zapach wina. Widywała sporo pijanych Aielów, odkąd znaleźli wszystkie te beczki z winem tu, w Malden. Nie poczuła wszakże strachu. *Gai'shain* można było ukarać za dowolną liczbę przewinień, często za występki zupełnie niezrozumiałe dla ludzi z bagien, jednak biała szata dawała równocześnie pewną ochronę, a Faile wiedziała, jak się obronić.

— Jestem *gai'shain* Mądrej Sevanny — oświadczyła tak służalczym tonem, na jaki potrafiła się zdobyć. Ku swemu oburzeniu całkiem nieźle go opanowała. — Sevanna będzie niezadowolona, jeśli zobaczy, że rozmawiam, zamiast wypełniać wyznaczone mi przez nią obowiązki. — Spróbowała znów obejść wielkiego osobnika i aż straciła oddech, gdy mężczyzna złapał jej przegub w ogromną rękę, którą zdołałby prawdopodobnie bez problemu otoczyć nawet jej udo.

— Sevanna ma setki *gai'shain*. Przeżyje godzinkę czy dwie bez jednej z nich.

Kosz upadł na ulicę, a Aiel porwał Faile w powietrze równie lekko, jakby podnosił poduszkę z pierza. Zanim kobieta odkryła, co się dzieje, porywacz unieruchomił jej ramiona, po czym wcisnął ją sobie pod potężną pachę. Faile otworzyła usta do krzyku, niestety olbrzym wolną dłonią przycisnął jej twarz do swojej przepastnej piersi. Zapach przepojonej potem wełny wypełnił jej nos, widziała przed sobą jedynie szorstki szarobrązowy materiał. Gdzie się podziały te dwie Panny Włóczni? Na pewno zabroniłyby mu w taki sposób zabierać Faile! Każdy Aiel powinien się w takim momencie wtrącić! Faile nigdy bowiem nie oczekiwałaby pomocy od *gai'shain*. Jeden czy drugi może pobiegłby po pomoc, gdyby miała trochę szczęścia, jednak większość na pewno doskonale pamiętała pierwszą lekcję, jaką udzielano każdemu *gai'shain* — że byle sugestia nieposłuszeństwa karana będzie powieszeniem za kostki i biciem, aż krnąbrny pechowiec zacznie wyć. To znaczy przynajmniej dla ludzi z bagien była to pierwsza lekcja, Aielowie bowiem od urodzenia wiedzieli, że żadnemu *gai'shain* niezależnie od powodów nie wolno stosować przemocy. Niezależnie od powodów! Co wszakże nie powstrzymało Faile od wściekłego wierzgania i prób wyrwania się wielkiemu mężczyźnie. Sądząc jednak po wrażeniu, jakie na nim robiła, równie dobrze mogłaby kopać ścianę. Olbrzym przemieszczał się szybko, gdzieś ją unosząc. Mocno otworzyła usta i ugryzła go. Z trudem przebiła się przez grubą, brudną wełnę, po czym jej zęby ześlizgnęły się po twardym mięśniu. Nie zyskała niczego, poza bólem. Aiel wydawał się ukształtowany z kamienia. Wrzasnęła, lecz jej krzyk zabrzmiał cicho i głucho, nawet dla niej samej.

Nagle niosący ją potwór zatrzymał się.

— To ja zrobiłem z niej *gai'shain*, Nadricu — odezwał się głębokim głosem inny mężczyzna.

Faile poczuła rosnący w piersi porywacza huk jego śmiechu, jeszcze zanim usłyszała rechot. Nie przerwała wierzgania, nie przestała się wykręcać ani wydobywać krzyku, a jednak jej zdobywca wyglądał na zupełnie nieświadomego jej wysiłków.

— Ta kobieta należy teraz do Sevanny, Pozbawiony Braci — odparł pogardliwie olbrzym… Nadric? — Sevanna bierze, co chce i ja tak samo. To nowa metoda.

— Sevanna ją wzięła — odrzekł jego towarzysz spokojnie — lecz ja tej kobiety nigdy Sevannie nie dawałem. Nigdy nie wyznaczyłem Sevannie ceny za nią. Odrzucasz swój honor, ponieważ Sevanna postępuje niehonorowo?

Zapadła dłuższa cisza, którą przerywały jedynie zduszone odgłosy wydawane przez Faile. Kobieta nie zrezygnowała ze zmagań, nie potrafiła z nich zrezygnować, czyniła wszakże szkody nie większe niż niemowlę w powijakach.

— Nie jest dość ładna, by o nią walczyć — odparł w końcu Nadric, choć w jego głosie nie było ani przestrachu, ani nawet niepokoju.

Olbrzym opuścił ręce i Faile odpadła od jego płaszcza, tak zawzięcie szarpnąwszy przy tym zębami, że być może straciła jeden czy dwa. W następnej sekundzie uderzyła plecami w ziemię, a wtedy uszło z jej płuc całe powietrze, z głowy zaś umknęła większość myśli. Zanim zdążyła odzyskać oddech, zebrać myśli i unieść się na rękach, zobaczyła, że olbrzym odchodzi wielkimi krokami aleją, docierając już prawie do ulicy. Zresztą aleja, którą szedł, zmieniła się obecnie w wąski pas ziemi między dwoma kamiennymi budynkami. Nie będzie świadków jego poprzedniego czynu. Drżąc (nie dygotała, tylko drżała!), wypluwała przez chwilę z ust kawałki brudnej wełny i ślinę przesiąkniętą potem Nadrica, gapiąc się w plecy porywacza pełnym nienawiści spojrzeniem. Gdyby miała w zasięgu ręki nóż, który wcześniej ukryła, zadźgałaby wielkiego Aiela. Nie była dość ładna, by o nią walczyć?! Jakąś częścią swego umysłu wiedziała, że absurdem jest karmienie własnego gniewu, ot tak, dla samego ciepła tego uczucia. Ale skoro pomagało jej to powstrzymać drżenie… Dźgała go w myślach i dźgałaby go, póki starczyłoby jej siły w rękach.

Stanęła w końcu na trzęsących się jak galareta nogach

i zbadała zęby językiem. Na szczęście wszystkie były całe; nie wyczuła żadnych odprysków. Twarz miała podrapaną od szorstkiej wełny płaszcza Nadrica, a wargi obolałe, poza tym wszakże nic jej się nie stało. Otrząsnęła się z zaskoczenia. Była cała, zdrowa i mogła opuścić aleję. Była wolna, w każdym razie tak wolna, jak mogła być wolna osoba w szatach *gai'shain*. Jeśli więcej osób — podobnie jak Nadric — przestało widzieć w tych szatach ochronę dla noszącego je *gai'shain*... Fakt taki oznaczałby swego rodzaju rozłam wśród Shaido. W takim przypadku obóz stałby się dla Faile miejscem bardziej niebezpiecznym, z drugiej strony wszakże większa dezorganizacja dawała więcej okazji do ucieczki. Z takiej w każdym razie strony starała się spojrzeć na tę sytuację. Dowiedziała się właśnie czegoś, co mogło jej pomóc. Gdybyż tylko potrafiła powstrzymać to drżenie.

Wreszcie niechętnie zerknęła na swojego wybawcę. Już wcześniej rozpoznała jego głos. Mężczyzna stał w pewnej odległości od niej, przyglądając jej się spokojnie i nie robił żadnego gestu sugerującego współczucie. Przemknęło jej przez głowę, że zacznie wrzeszczeć, jeśli tylko Aiel ją dotknie. Kolejny absurd, wszak ją uratował, jednak miała już dosyć. Rolan był nie więcej niż o dłoń niższy od Nadrica i prawie tak samo szeroki w barach, Faile zaś miała powody, by pragnąć również jego śmierci. Nie był przedstawicielem Shaido, lecz Pozbawionych Braci, czyli *Mera'din*, ludzi, którzy opuścili swe klany, ponieważ nie akceptowali Randa al'Thora, za którym podążyli pozostali Aielowie. A poza tym rzeczywiście „zrobił z niej *gai'shain*". To prawda, że tylko dzięki niemu nie zamarzła na śmierć w noc po porwaniu, gdyż owinął ją wtedy własnym płaszczem, nie potrzebowałaby wszakże żadnego dodatkowego okrycia, gdyby najpierw on sam nie pociął na niej ubrania. Osobę, która miała zostać *gai'shain*, zawsze w pierwszej kolejności obnażano, lecz mimo to Faile wcale nie zamierzała wybaczyć Rolanowi jego postępku.

— Dziękuję — powiedziała. Wydało jej się, że słowo smakuje na jej języku cierpko.

— Nie proszę cię o wdzięczność — odparł łagodnie. — Nie patrz na mnie, jakbyś chciała mnie ugryźć, tylko dlatego, że nie mogłaś pokąsać Nadrica.

Ledwie nad sobą zapanowała, ale udało jej się nie warknąć na mężczyznę. Potrafiła sobie narzucić potulne zachowanie, a równocześnie już się obróciła i dumnie ruszyła ku ulicy. To znaczy... starała się kroczyć z dumą, gdyż nogi nadal trzęsły się tak mocno, że jej chód wypadał nieco kaczkowato. Mijający ją *gai'shain* najwyżej rzucali w jej kierunku szybkie spojrzenia i dalej z trudem sunęli ulicą, obciążeni pełnymi wody wiadrami. Niewielu jeńców miało ochotę interesować się kłopotami innych. Wszyscy mieli dość własnych problemów.

Sięgając po przewrócony kosz z praniem, Faile wydała ciężkie westchnienie. Kosz leżał na boku, a białe, jedwabne bluzki i spódnice z ciemnego jedwabiu wypadły z niego na brudny od popiołu chodnik. Na szczęście wyglądało na to, że nikt ich nie podeptał. Gdyby podeptała je jedna z osób, które cały ranek nosiły wodę i miały przed sobą perspektywę noszenia wiader aż do wieczora, Faile musiałaby wybaczyć komuś takiemu, że nie zdołał obejść strojów Sevanny, szczególnie że wszędzie wokół walały się strzępy odzieży zdartej ze zmienionym w *gai'shain* maldeńczyków. W każdym razie próbowałaby komuś takiemu wybaczyć. Ustawiła kosz prosto i zaczęła zbierać ubrania, otrzepując je z ziemi i luźnego popiołu, a jednocześnie usiłując ich nie wygnieść. W przeciwieństwie do Someryn, Sevanna pokochała jedwab. Nie nosiła niczego innego. Była tak samo dumna ze swoich jedwabi, jak ze swojej biżuterii i traktowała je z jednakową zaborczością. Nie byłaby zadowolona, gdyby się okazało, że którejś z części jej garderoby nie da się już doczyścić.

Kiedy Faile położyła ostatnią bluzkę na wierzchołek pozostałych ubrań, stojący obok niej Rolan pochylił się i podniósł jedną ręką kosz. Już miała na niego warknąć — mogła nosić własne ciężary, dziękuję bardzo! — jednak przełknęła te słowa. Mózg stanowił jej jedyną prawdziwą broń i wiedziała, że powinna używać go roztropnie i nie tylko do kontrolowania własnych nastrojów. Rolan na pewno nie znalazł się tutaj przez przypadek. Faile nie była aż tak łatwowierna, by uwierzyć w taki splot zdarzeń. Widywała go zresztą często od dnia porwania, dużo częściej, niż można by to wyjaśnić przez zbieg okoliczności. Mężczyzna wyraźnie za nią chodził. Jak to powiedział Nadricowi? Nigdy jej nie dawał Sevannie i nigdy nie wyznaczył Sevannie ceny za nią. Mimo iż to on ją schwytał, widocznie był przeciwnikiem zmieniania w *gai'shain* ludzi z bagien — podobnie jak większość Pozbawionych Braci; najwyraźniej wciąż się upominał o swoje prawa do niej.

Była przekonana, że nie musi się obawiać, iż Rolan spróbuje ją zgwałcić. Miał już swoją szansę na to, gdy leżała przed nim naga i związana, a on mógł ją potraktować, jak mu się żywnie podobało. Może w ogóle nie lubił kobiet. W każdym razie Shaido uważali Pozbawionych Braci za tak samo obcych jak ludzi z bagien. Nikt z Shaido Aiel tak naprawdę im nie ufał, a sami Pozbawieni Braci często wydawali się zadzierać nosa i sugerować, że wolno im więcej niż innym. Faile pomyślała, że gdyby zaprzyjaźniła się z tym osobnikiem, być może byłby skłonny jej pomóc. Może nie w ucieczce, nie, nie, na pewno w ucieczce by jej nie pomógł — wówczas prosiłaby o zbyt wiele — ale przynajmniej... A może pomógłby nawet w ucieczce...?! Wiedziała, że jeśli nie spróbuje, w żaden sposób nie przekona się o intencjach mężczyzny.

— Dziękuję — powtórzyła, tym razem z szerszym uśmiechem. Zaskoczyło ją, że jej wyzwoliciel odpowiedział również uśmiechem. Lekkim, niemal niewidocznym, Aielowie wszakże rzadko bywali ostentacyjni w wyrażaniu uczuć. Póki człowiek się do nich nie przyzwyczaił, nigdy na ich twarzach nie dostrzegał najmniejszego nawet śladu emocji.

Kilka pierwszych kroków przeszli obok siebie w milczeniu, on niósł kosz w jednej ręce, ona trzymała w górze spódnice swej szaty. Wyglądali, jakby wybrali się na przechadzkę. Gdyby oczywiście popatrzeć z ukosa. Niektórzy mijający ich *gai'shain* popatrywali na nich w zaskoczeniu, jednak zawsze bardzo szybko spuszczali oczy. Faile nie wiedziała, jak zacząć rozmowę, zwłaszcza że nie chciała, by Rolan uznał ją za flirciarę. Może jednak lubił kobiety… na przykład w ostateczności czy z konieczności… więc wolała nie ryzykować.

— Przyglądałem ci się — zagadnął. — Jesteś silna, dzika i mało czego się boisz. Tak uważam. Większość ludzi z bagien wygląda na przerażonych niczym zaszczute zwierzęta. Robią hałas, aż zostaną ukarani, a wtedy płaczą i kulą się ze strachu. Myślę, że jesteś kobietą, która ma dużo *ji*.

— Ależ ja jestem przestraszona — odparła. — Jednak staram się nie pokazywać tego po sobie. Płaczem zazwyczaj niewiele można osiągnąć.

Większość mężczyzn tak uważała. Często łzy mogą wręcz utrudnić sytuację lub w czymś przeszkodzić, z drugiej strony wszakże kilka wylanych w nocy łez ułatwia przetrwanie następnego dnia.

— Jest czas na płacz i czas na śmiech. Chciałbym zobaczyć, jak się śmiejesz.

Faile roześmiała się niewesoło.

— Odkąd noszę biel, Rolanie, niewiele mam powodów do śmiechu. — Zerknęła na niego kątem oka. Czy nie posuwała się zbyt szybko?

Mężczyzna jednakże jedynie kiwnął głową.

— A jednak chciałbym go zobaczyć. Uśmiech pasuje do twoich rysów. Ze szczerym śmiechem zaś byłoby ci jeszcze bardziej do twarzy. Nie mam żony, ale potrafię czasem rozśmieszyć kobietę. Słyszałem, że masz męża.

Zaskoczona Faile potknęła się o własne stopy i musiała się złapać rękawa Rolana. Prędko oderwała rękę i spod kaptura obserwowała mężczyznę. Rolan stanął, czekając, aż Faile się uspokoi i ruszył dopiero, gdy ona podjęła spacer. Wyraz jego twarzy uosabiał jedynie subtelną ciekawość. W przeciwieństwie do Nadrica, większość Aielów pozwalała działać kobiecie, gdy ją sobą zainteresowali. Zadawali pytania, wręczali prezenty, rozśmieszali... Rolan zatem był po prostu uprzejmy i przestrzegał zwyczajów.

— Rzeczywiście, Rolanie, mam męża i bardzo go kocham. Bardzo! Nie mogę się doczekać, kiedy do niego wrócę.

— To, co ci się przydarzy jako *gai'shain*, nie będzie się liczyło, kiedy zdejmiesz biały strój — zauważył spokojnie. — Chociaż może wy, ludzie z bagien, nie postrzegacie swojej sytuacji w ten sposób. Tak czy inaczej, jak każdy *gai'shain* na pewno często odczuwasz samotność, więc może moglibyśmy od czasu do czasu pogawędzić.

Ten mężczyzna przed chwilą oświadczył, że pragnie zobaczyć jej śmiech, a teraz Faile nie wiedziała, czy się śmiać, czy płakać. Pozbawiony Braci wyraźnie sugerował, że nie zamierza zrezygnować z próby przyciągnięcia jej uwagi. Kobiety Aielów podziwiały w mężczyznach wytrwałość. A dla Faile Rolan stanowił najwspanialszą szansę ucieczki, lepszą nawet niż Chiad i Bain, które chciały pomóc jej dotrzeć do lasu, lecz mogłoby im się to nie udać. Faile wierzyła, że — jeśli będzie miała dość czasu — zdoła przekonać mężczyznę do swoich racji. Wierzyła w to gorąco! Wszak ludzie tchórzliwi i niepewni swego nigdy nie odnoszą sukcesów! Rolan był wzgardzonym wyrzutkiem, którego Shaido przyjęli między siebie tylko dlatego, że potrzebowali jego włóczni. Jednakże Faile będzie musiała dać mu powód do oporu.

— Chciałabym — odrzekła ostrożnie. Trochę flirtu było czasem przecież konieczne, tyle że Faile nie mogła natychmiast po stwierdzeniu, że bardzo kocha swego męża, zagapić się na mężczyznę z szeroko otwartymi oczyma i stracić oddech. Nie, nie zamierzała się do tego posuwać — nie była przecież Domanką! — tym niemniej czuła, że może trzeba będzie się zachować nieco nieprzystojnie. Chwilowo uznała, że Rolanowi przyda się małe przypomnienie, iż jej pani ma do niej jakieś „prawa". — Teraz muszę jednak wykonać pewne zadanie i wątpię, czy Sevannie spodobałoby się, że zamiast pracować dla niej, rozmawiam z tobą.

Mężczyzna znów kiwnął głową, Faile zaś westchnęła. Może — tak jak się chełpił — rzeczywiście potrafił rozśmieszyć kobietę, nie grzeszył wszakże rozmownością. Faile będzie się musiała namęczyć, jeśli chce coś z niego wyciągnąć: coś więcej niż dowcipy, których zresztą nie rozumiała. Mimo wyjaśnień Chiad i Bain, humor Aielów pozostawał dla niej czymś kompletnie niepojętym.

Dotarli do obszernego placu przed fortecą położoną na północnym krańcu miasta, gigantyczną masą ścian z szarego kamienia, która — podobnie jak miejskie mury — nie zdołała uchronić mieszkańców Malden przed atakiem Shaido Aiel. Faile widziała chyba wśród niosących wodę *gai'shain* panią, która wcześniej rządziła miastem i okolicą (dwadzieścia mil wokół murów); była to atrakcyjna i dostojna wdowa w średnim wieku. Na brukowanym kamieniem placu tłoczyli się ubrani na biało mężczyźni i kobiety z wiadrami. Na wschodnim krańcu wznosiła się wysoka na trzydzieści stóp szara ściana, która wyglądała na część zewnętrznych murów Malden, lecz w rzeczywistości stanowiła bok ogromnego rezerwuaru zasilanego przez akwedukt. Każdą z czterech pomp obsługiwało dwóch mężczyzn i z każdej tryskała woda, którą napełniano wiadra. Na kamienne podłoże rozbryzgiwało się sporo płynu, znacznie więcej, niż wylewałoby się, gdyby ludzie wiedzieli, że Rolan jest tak blisko i wszystko widzi. Faile rozważała już tę możliwość ucieczki, czyli wypełznięcie przez przypominający tunel akwedukt, jednak wodociąg był stale wypełniony wodą, toteż nawet gdyby Faile udało się go przebyć, wyszłaby z niego całkowicie przemoczona i prawdopodobnie zamarzłaby podczas dalszej drogi — brnąc milę czy dwie w śniegu.

W mieście istniały dwa inne miejsca, gdzie można było czerpać wodę, oba zasilane przez kamienne przewody podziemne, tutaj jednak u stóp ściany rezerwuaru stał długi stół z czarnego drewna na szerokich nogach wyrzeźbionych w kształt lwich łap. Kiedyś był to stół biesiadny, o blacie inkrustowanym kością słoniową, teraz wszakże kliny z kości słoniowej usunięto, a na blacie stołu stał szereg drewnianych balii. O nogę mebla opierały się dwa drewniane cebrzyki, a za jednym jego końcem stał parujący, miedziany czajnik na prowizorycznym ognisku, w którym palono potrzaskane krzesła. Faile wątpiła, czy Sevanna kazała jej zanieść swoje pranie do miasta, ażeby oszczędzić swojej *gai'shain* noszenia wody do namiotów, jednak niezależnie od powodów, była swej pani za ten przydział niezmiernie wdzięczna. Kosz z praniem był znacznie lżejszy od pełnych wody wiader. Faile znała różnicę, gdyż wcześniej dość sporo już takich wiader przeniosła.

Na stole stały też dwa kosze, ale pracowała tu tylko jedna kobieta ze złotym pasem i kołnierzem. Rękawy białej szaty podwinęła najwyżej, jak się dało, zaś długie, ciemne włosy związała pasem białej szmatki, dzięki czemu nie wpadały do balii z wodą.

Kiedy Alliandre dostrzegła nadchodzącą z Rolanem Faile, wyprostowała się i osuszyła gołe ręce o swoją szatę. Alliandre Maritha Kigarin, Królowa Ghealdan, Błogosławiona przez Światłość Obrończyni Muru Garena i posiadaczka tuzina innych tytułów, była elegancką, powściągliwą kobietą, postawną i majestatyczną. Jako *gai'shain,* królowa nadal pozostała piękna, tyle że stale przybierała udręczoną minę. Z plamami wilgoci na szatach i rękoma pomarszczonymi od długiego moczenia w wodzie mogłaby uchodzić za ładną pomywaczkę. Obserwując, jak Rolan stawia kosz i uśmiecha się do Faile, po czym wielkimi krokami odchodzi, patrząc, jak Faile odwzajemnia się uśmiechem, Alliandre żartobliwie uniosła brwi.

— To mężczyzna, który mnie schwytał — oświadczyła Faile, wyjmując z kosza części garderoby i rozkładając je na stole. Nawet tutaj, wśród *gai'shain*, najlepiej było rozmawiać jedynie podczas pracy. — Należy do Pozbawionych Braci i wydaje mi się, że w gruncie rzeczy nie aprobuje zmieniania ludzi z bagien w *gai'shain*. Myślę, że mógłby nam pomóc.

— Rozumiem — powiedziała Alliandre. Jedną ręką musnęła delikatnie tył szaty Faile.

Zmarszczywszy brwi, Faile odwróciła się i obejrzała przez ramię. Przez chwilę gapiła się na ziemię i popiół, które pokrywały jej plecy od ramion aż do samego dołu. Potem gorąco zalało jej twarz.

— Upadłam — oznajmiła szybko. Nie mogła powiedzieć Alliandre o zdarzeniu z udziałem Nadrica. Sądziła, że nie mogłaby opowiedzieć o tym nikomu. — Rolan zaoferował się, że poniesie mój kosz.

Alliandre wzruszyła ramionami.

— Gdyby pomógł mi uciec, poślubiłabym go — stwierdziła. — Albo nie, ale zrobiłabym, co by chciał. Nie jest zbyt przystojny, lecz schadzka z nim z pewnością nie sprawiłaby mi bólu, a mój mąż, jeślibym takowego miała, nigdy nie musiałby się o tym zdarzeniu dowiedzieć. Gdyby posiadał rozum, cieszyłby się, że ma mnie z powrotem i nie zadawał żadnych pytań, na które zresztą wcale nie chciałby usłyszeć odpowiedzi.

Faile zazgrzytała zębami, zaciskając ręce na jedwabnej bluzce. Alliandre była jej lenniczką, poprzez Perrina, i w tej kwestii kobieta zachowywała się odpowiednio, a w każdym razie słuchała poleceń, niestety natura ich stosunków stała się ostatnio nieco napięta. Uzgodniły, że skoro pragną zachować życie, muszą spróbować myśleć jak służące, że wręcz spróbują być służącymi, a jednak umowa ta oznaczała, że jedna będzie widziała drugą posłusznie dygającą i składającą Aielom ukłony. Kary wyznaczane przez Sevannę wykonywał *gai'shain* najbliższy karanego, więc pewnego razu Faile otrzymała polecenie wychłostania Alliandre. Co gorsza, Alliandre musiała w ten sam sposób dwukrotnie ukarać Faile. Zbyt długie wahanie kończyło się karą także dla osoby wyznaczonej, zaś pierwsza ukarana musiała znieść podwójną chłostę z ręki kogoś, kto jej nie oszczędzał. Tym niemniej Alliandre zapewne dziwnie się czuła, sprawiając swojej lennej pani ból, od którego lady wierzgała i wrzeszczała.

Nagle Faile uprzytomniła sobie, że nie miętosi własnej bluzki, lecz jedną z tych, które dodatkowo się pobrudziły, gdy kosz się przewrócił. Rozluźniła więc uścisk i z niepokojem dokładnie obejrzała czyszczoną część garderoby Sevanny. Chyba na szczęście nie wtarła brudu w tkaninę. Na chwilę poczuła ulgę, później własna ulga ją rozdrażniła. A jeszcze bardziej Faile zirytowało, że ulga nie znikała.

— Arrela i Lacile uciekły już trzy dni temu — powiedziała półgłosem. — Do tej pory powinny być daleko. Gdzie Maighdin?

Alliandre ze zmartwieniem uniosła brwi.

— Usiłuje się wkraść do namiotu Theravy. Mijałyśmy z Theravą grupkę Mądrych i z tego, co podsłuchałyśmy, wynikało, że szły na spotkanie z Sevanną. Maighdin podała mi swój kosz i powiedziała, że spróbuje. Sądzę... Sądzę, iż jej desperacja rośnie i wolałabym, żeby nie podejmowała zbytniego ryzyka — dodała z nutką rozpaczy w głosie. — Właściwie do tej pory powinna już wrócić.

Faile wciągnęła głęboki wdech i powoli wypuściła powietrze. W nich wszystkich coraz bardziej rosła desperacja. Gromadziły zapasy na ucieczkę — noże i jedzenie, buty, męskie spodnie i w miarę dopasowane płaszcze; przedmioty czekały starannie pochowane na wozach. Zbierały też białe szaty, które miały posłużyć im jako koce i okrycia niewidoczne na tle śniegu, jednak szansa uwieńczenia ucieczką tych przygotowań wydawała im się obecnie wcale nie bliższa niż w dzień, w którym zostały porwane. Tylko dwa tygodnie. A właściwie więcej. Dokładnie mówiąc, dwadzieścia dwa dni. Ten okres nie powinien niczego zmienić, ale mimo to obie kobiety czuły, że udając służące, jakoś wbrew sobie wewnętrznie się zmieniają. Minęło zaledwie dwadzieścia parę dni, a one już bezwiednie podskakiwały i wypełniały otrzymane rozkazy, martwiły się karami i stale zadawały sobie pytanie, czy Sevanna jest z nich zadowolona. Najgorzej, że jedna widziała poniżające zachowanie drugiej i wiedziała, iż nowe, wyuczone instynkty są przeciwne ich wolnej woli. Wmawiały sobie wprawdzie, że wykonują wszystkie nieprzyjemne obowiązki tylko po to, aby uniknąć podejrzeń i jedynie do momentu, aż pojawi się możliwość ucieczki, prawda była wszakże taka, iż z każdym kolejnym dniem niewoli ich reakcje stawały się coraz bardziej automatyczne. Niedługo przyjdzie zapewne moment, w którym ucieczka zmieni się jedynie w blady sen i niemożliwe do spełnienia marzenie, a one staną się doskonałymi *gai'shain* nie tylko w czynach, lecz także w myślach. Kiedy to będzie? Dotychczas żadna z nich nie ośmielała się zadać tego pytania na głos, a Faile czuła, że sama stara się je odpychać jak najdalej od siebie, pytanie to jednak stale trwało gdzieś na krawędzi jej świadomości. W pewnym sensie obawiała się, że o nim zapomni. Czy kiedy przestanie sobie je zadawać, porzuci też myśli o ucieczce?

Zrobiła wysiłek i otrząsnęła się z przygnębienia. Zdawała sobie sprawę, że ma do czynienia z drugą pułapką. Przed wpadnięciem w nią powstrzymywała ją jedynie własna siła woli.

— Maighdin wie, że musi zachować ostrożność — oświadczyła zdecydowanym tonem. — Przybędzie tu wkrótce, Alliandre.

— A jeśli ją złapali?

— Na pewno nie! — odparowała ostro Faile. Jeśli złapano Maighdin...! Nie. Nie wolno jej myśleć o klęsce, musi mieć w perspektywie jedynie zwycięstwo. Ludzie o słabych sercach nigdy nie wygrywają.

Pranie jedwabiu jest czasochłonne. Woda, którą przynosiły wiadrami z pomp przy rezerwuarze, była lodowato zimna, gorącą brały natomiast z miedzianego czajnika. Wlewały do balii ciepłą i lodowatą, mieszając je starannie i dokładnie badając, czy wynikowy płyn stał się odpowiednio letni. Nie można prać jedwabiu w gorącej wodzie. Przyjemnie było włożyć ręce w balię wypełnioną letnią wodą, jednak w końcu trzeba je było z niej wyjąć, a wtedy zimne powietrze wydawało się podwójnie nieprzyjemne. Nie istniało mydło wystarczająco łagodne dla jedwabiu, więc każdą spódnicę i bluzkę musiały moczyć pojedynczo, a następnie delikatnie pocierać materiał o siebie. Później wykładały daną część garderoby na ręcznik, który wraz z jedwabiem luźno zwijały, starając się wycisnąć z tkaniny jak najwięcej wody. Wilgotną część garderoby zanurzały w innej balii wypełnionej mieszaniną wody i octu, który zapobiegał blaknięciu kolorów i wzmacniał połysk jedwabiu, po czym ponownie zawijały strój w pochłaniający nadmiar wody ręcznik. Mokry ręcznik mocno wykręcały i rozciągały na słońcu w dowolnym pustym miejscu, gdzie wysychał, natomiast każdy kawałek jedwabiu wieszały na poziomej żerdzi umieszczonej w cieniu rzucanym przez wzniesiony na brzegu placu duży namiot z grubego płótna. Pozostawało jeszcze dokładne wygładzenie wiszącego materiału, by zapobiec pognieceniu. Dzięki dokładnemu wykonaniu tego zadania stroju nie trzeba było już prasować. Zresztą, choć Alliandre i Faile doskonale potrafiły dbać o jedwab i świetnie wiedziały, jak należy go prać, prasowanie wymagało doświadczenia, którego żadna z nich nie miała. Żadna *gai'shain* Sevanny tego nie potrafiła, nawet Maighdin, chociaż zanim przyszła na służbę u Faile, była pokojówką pewnej lady. Tyle że Sevanna nie akceptowała tego typu wymówek. Dlatego też, ilekroć Faile lub Alliandre szły powiesić kolejną część garderoby, przeglądały te wiszące już na żerdzi i wygładzały wszystkie, które tego potrzebowały.

— Idzie do nas Aes Sedai — oznajmiła Alliandre z goryczą, gdy Faile dolewała gorącej wody do balii.

Galina była pełną Aes Sedai, miała zatem wiecznie młodą twarz, a na palcu złoty pierścień w kształcie Wielkiego Węża, nosiła jednakże również białe szaty *gai'shain* — z jedwabiu niemal tak grubego jak wełna, ale zawsze był to jedwab! — a także ciasno opasujący jej talię szeroki, wyszukany pas ze złota i łez ognia oraz wysoki, dopasowany przy szyi złoty kołnierz wysadzany tymi samymi klejnotami. Klejnotami, których nie powstydziłaby się żadna monarchini. Jako Aes Sedai, Galina wyjeżdżała czasem samotnie z obozu, zawsze jednak do niego powracała. Podobnie jak zwykłe *gai'shain* podskakiwała na byle gest Mądrych, szczególnie Theravy, z którą często dzieliła namiot. W pewnym sensie ten ostatni fakt był najdziwniejszy ze wszystkich. Galina wiedziała, kim są Faile i jej mąż, znała związki Perrina z Randem al'Thorem i odgrażała się, że ujawni swoją wiedzę Sevannie, chyba że Faile i jej przyjaciółki co jakiś czas ukradną coś z namiotu, w którym sypiała. W tym tkwiła trzecia pułapka, która im zagrażała. Sevanna miała prawdziwą obsesję na punkcie al'Thora i żywiła szaleńcze przekonanie, że mogłaby go poślubić, toteż gdyby się dowiedziała, że posiada wśród swoich *gai'shain* żonę Perrina Aybary, ani na moment nie spuściłaby wzroku z Faile. A wtedy ta musiałaby całkowicie porzucić myśli o ucieczce. Zostałaby „wystawiona" niczym kozioł, który ma przyciągnąć lwa.

Faile widziała wcześniej Galinę skradającą się i kulącą, teraz jednak siostra prześlizgiwała się przez plac niczym królowa pogardzająca otaczającym ją motłochem. Od stóp do głów wyglądała jak Aes Sedai. Nigdzie wokół nie było Mądrych, do których musiałaby się wdzięczyć. Galina była ładna, lecz bynajmniej nie piękna i Faile nie rozumiała, co Therava w niej widzi, chyba że dzięki Galinie zaspokajała po prostu w sobie potrzebę dominowania nad Aes Sedai. Dlaczego jednak Galina trwała w obozowisku, skoro Therava wyraźnie korzystała z każdej okazji, by ją upokorzyć? Na to pytanie Faile nie znajdowała odpowiedzi.

Siostra zatrzymała się krok od stołu i obserwowała obie „praczki" z nikłym uśmieszkiem, który można by nazwać litościwym.

— Nie robicie zbytnich postępów w swojej pracy — zauważyła. Najprawdopodobniej nie mówiła o praniu.

W tym momencie powinna się odezwać Faile, jednak Alliandre ją uprzedziła. Przemówiła głośno, tonem jeszcze bardziej przepełnionym goryczą niż wcześniej.

— Galino, Maighdin poszła dziś rano przynieść ci twój pręt z kości słoniowej. A kiedy my możemy liczyć na pomoc, którą nam obiecałaś? — Pomoc w ucieczce była swego rodzaju „marchewką", którą Galina im zaoferowała wraz z kijem, czyli groźbami pod adresem Faile. Jednak dotychczas widziały jedynie ów symboliczny kij.

— Maighdin poszła dziś rano do namiotu Theravy? — szepnęła Galina, blednąc.

Faile uprzytomniła sobie, że słońce znajduje się w połowie drogi ku zachodniemu horyzontowi i jej serce zaczęło ciężko i boleśnie łomotać. Maighdin powinna była dołączyć do nich dawno temu.

Aes Sedai wyglądała nawet na bardziej wstrząśniętą niż Faile.

— Dzisiaj rano? — powtórzyła Galina, oglądając się przez ramię. Natychmiast wzdrygnęła się zaskoczona, po czym wydała okrzyk, gdyż Maighdin nagle ukazała się w tłumie *gai'shain* tłoczących się na placu.

W przeciwieństwie do Alliandre, złotowłosa Maighdin stwardniała od dnia porwania. Była nie mniej zdesperowana, lecz wyraźnie zdołała przekształcić tę desperację w determinację. Zawsze posiadała prezencję, która bardziej pasowała do królowej niż do służącej; zresztą taka prezencja często się zdarzała pokojówkom pań wielkich rodów. Teraz jednak, podchodząc do swoich towarzyszek, potykała się niepewnie, popatrywała tępo na boki, a gdy dotarła na miejsce, pospiesznie zanurzyła ręce w wiadrze, po czym podniosła złożone w miseczkę dłonie do ust i zaczęła łapczywie pić. W końcu przetarła usta grzbietem ręki.

— Gdy będziemy odchodzić, zamierzam zabić Theravę — warknęła. — Chciałabym już teraz ją zamordować. — Do jej niebieskich oczu wróciło życie i ciepło. — Jesteś bezpieczna, Galino. Therava pomyślała, że z własnej woli przyszłam ją okraść. A ja nawet nie zaczęłam się jeszcze rozglądać. Jednak coś... coś się zdarzyło i wyszła. To znaczy najpierw mnie związała. Zostawiła mnie sobie na później. — Jej oczy znowu zlodowaciały i pojawiło się w nich zakłopotanie. — Co się dzieje, Galino? Nawet ja czuję, że coś się dzieje, a mam przecież niewiele zdolności. Wszak te kobiety Aiel uznały, iż nie stanowię żadnego niebezpieczeństwa.

Maighdin potrafiła przenosić Moc. Przychodziło jej to wszakże z trudem i nie była w tym zbyt dobra — o ile Faile miała dokładne informacje, Biała Wieża odesłała ją po kilku tygodniach, choć sama zainteresowana się tego wypierała. Tak czy owak, z tego względu jej zdolności nie mogły im się za bardzo przydać podczas ucieczki. Faile spytałaby, o czym Maighdin właściwie w tej chwili mówi, jednak nie miała okazji.

Galina nadal była blada, lecz poza tym wyglądała jak uosobienie spokoju Aes Sedai. Po chwili wszakże chwyciła w rękę kaptur Maighdin wraz z jej włosami i gwałtownie szarpnęła głowę kobiety w tył.

— Niech cię nie obchodzą szczegóły — oświadczyła chłodno. — Te sprawy nie mają z tobą nic wspólnego. Twoim zadaniem jest jedynie zdobywanie tego, czego pragnę. I tylko o to powinnaś się mocno martwić.

Zanim Faile zdołała się ruszyć w obronie Maighdin, skądś pojawiła się inna kobieta z szerokim, złotym pasem na białej szacie. Odciągnęła Galinę i cisnęła ją na ziemię. Była to pulchna i nieładna Aravine, osóbka o znużonym, zrezygnowanym spojrzeniu. Faile zauważała je zresztą u niej stale do momentu, w którym zobaczyła tę Amadiciankę po raz pierwszy, czyli w chwili, w której Aravine wręczyła jej złoty pas i poinformowała, że od tej pory Faile znajduje się w służbie „lady Sevanny". Dni, które upłynęły od tamtego czasu, dodały jednakże Aravine siły i wzmocniły ją — jeszcze bardziej niż Maighdin.

— Oszalałaś, że tak traktujesz Aes Sedai? — warknęła na nią Galina, usiłując się podnieść. W końcu wstała, otrzepała z ziemi jedwabne szaty, po czym całą swoją furię skierowała ku pulchnej Aravine. — Każę cię...

— Zastanawiam się, czy powiedzieć Theravie, że poniewierałaś jedną z *gai'shain* Sevanny — przerwała jej zimno Aravine. Przemawiała w kulturalnym akcentem. Może pochodziła spośród znaczących i bogatych kupców albo może nawet była arystokratką, jednak nigdy nie opowiadała o swojej przeszłości, to znaczy z okresu sprzed założenia białego stroju. — Ostatnim razem, gdy Therava doszła do wniosku, że wsadziłaś swój nos tam, gdzie nie trzeba, wszyscy w zasięgu stu kroków mogli słyszeć twoje lamenty i błagania.

Galina oczywiście aż zadrżała z wściekłości. Faile po raz pierwszy widziała jakąś Aes Sedai tak pokonaną. Z widocznym wysiłkiem Galina odzyskała panowanie nad sobą. Ledwo, ledwo. Tylko z jej głosu sączył się kwas.

— Aes Sedai postępują czasem tak, a nie inaczej z sobie tylko znanych przyczyn, Aravine, przyczyn, których prawdopodobnie nie potrafiłabyś zrozumieć. Kiedy przyjdzie moment odwetu, pożałujesz, że się wtrąciłaś. Pożałujesz całym sercem, że cię zapamiętałam! — Otrzepawszy po raz ostatni szaty, odeszła dumnym krokiem, już nie królowej gardzącej motłochem, lecz lamparta prowokującego owcę do wejścia mu w drogę.

Aravine patrzyła za nią pozornie niewzruszona i nieskłonna do pogawędki.

— Sevanna chce cię widzieć, Faile — rzuciła jedynie.

Faile nie zamierzała pytać o powody. Wysuszyła tylko ręce, opuściła rękawy i ruszyła za Amadicianką, obiecawszy uprzednio Alliandre i Maighdin, że wróci natychmiast, gdy będzie mogła. Sevannę fascynowały wszystkie trzy (Maighdin, jedyna służąca prawdziwej wielkiej pani wśród jej *gai'shain*, wyraźnie interesowała ją równie mocno jak Królowa Alliandre i sama Faile: kobieta wystarczająco potężna, by mieć królową za lenniczkę), więc czasami wzywała którąś z nich do pomocy w przebieraniu, kąpaniu w dużej miedzianej balii, której używała częściej niż namiotu parowego; lub po prostu wezwana miała jej nalać wina. Przez resztę czasu oddawały się tym samym pracom domowym co jej inne służące, ale Sevanna nigdy nie pytała, jakie wcześniej otrzymały zadanie, które teraz musiały przerwać, by zjawić się na jej rozkaz. Czegokolwiek Sevanna chciała tym razem, Faile wiedziała, że wciąż pozostaje odpowiedzialna za pranie — na równi ze swymi dwiema towarzyszkami. Jednym słowem Sevanna rozkazywała, ilekroć miała na coś ochotę i nie przyjmowała żadnych usprawiedliwień.

Nikt nie musiał pokazywać Faile drogi do namiotu Sevanny, tym niemniej Aravine prowadziła ją przez tłum roznosicieli wody, aż dotarły do pierwszych niskich namiotów Aielów, a wtedy wskazała w kierunku przeciwnym do miejsca, w którym stał namiot Sevanny.

— Najpierw pójdziesz tamtędy — poleciła.

Faile zatrzymała się niepewnie.

— Dlaczego? — spytała podejrzliwie. Zdawała sobie sprawę, że pomiędzy służącymi Sevanny są mężczyźni i kobiety zazdrośni o uwagę, jaką ich pani obdarzała Faile, Alliandre i Maighdin, i chociaż nigdy nie zauważyła takich uczuć u Aravine, ktoś z pozostałych mógłby spróbować jej zaszkodzić, na przykład poprzez wydanie jej fałszywych instrukcji.

— Zechcesz coś zobaczyć jeszcze przed spotkaniem z Sevanną. Uwierz mi, że zechcesz.

Faile otworzyła usta z zamiarem wypowiedzenia prośby o dalsze wyjaśnienia, jednak Aravine po prostu się obróciła i ruszyła we wskazaną przez siebie stronę. Faile uniosła spódnice i podążyła za tamtą.

Wśród namiotów stały najróżniejsze rodzaje wozów i furmanek, od małych po całkiem spore. Koła pojazdów zastąpiły płozy sań. Większość została wysoko obciążona tobołkami, drewnianymi skrzyniami i beczkami, a na samej górze ładunku przywiązywano zazwyczaj zdjęte koła, jednak Faile nie musiała długo iść za Aravine, aby zauważyć opróżniony wcześniej z pakunków wóz z platformą. Lecz platforma wozu nie była całkowicie pusta — na deskach z surowego drewna leżały dwie kobiety, nagie i związane jak wieprze. Obie trzęsły się w zimnym powietrzu, a równocześnie sapały jak po wielogodzinnym biegu, obie zwiesiły ze znużeniem głowy, nagle jednak jednocześnie je podniosły, jakby skądś wiedziały, że nadchodzi Faile. Arrela, ciemna Tairenianka, dorównująca większości kobiet Aiel, zakłopotana odwróciła wzrok. Twarz Lacile, szczupłej i bladej Cairhienianki, oblała się jasnym szkarłatem.

— Przywieziono je dzisiejszego ranka — wyjaśniła Aravine, z uwagą przypatrując się obliczu Faile. — Zostaną rozwiązane przed zmrokiem, ponieważ była to ich pierwsza próba ucieczki, chociaż wątpię, czy do jutra ich stan poprawi się na tyle, aby mogły chodzić.

— Dlaczego mi je pokazałaś? — spytała Faile. Wszystkie trzy były na tyle ostrożne, że utrzymywały swoją bliską znajomość w sekrecie.

— Zapominasz, moja pani, że uczestniczyłam w rytuale spowijania was w biel. — Aravine bacznie obserwowała ją przez moment, potem nagle chwyciła jej dłonie i odwróciła je tak, że jej własne ręce znalazły się między dłońmi Faile. Ugiąwszy kolana niemal do klęku, powiedziała szybko: — W imię Światłości i mojej nadziei odrodzenia, ja, Aravine Carnel, powierzam moją dziedzinę Lady Faile t'Aybara i ślubuję jej służyć we wszystkich sprawach.

Chyba jedynie Lacile zauważyła czyn Aravine. Przechodzący obok nich Shaido nie zwracali najmniejszej uwagi na dwie kobiety należące do *gai'shain*. Faile wyszarpnęła ręce.

— Skąd znasz to nazwisko? — Oczywiście musiała podać nie tylko imię, lecz także nazwisko, przedstawiła się jednak jako „Faile Bashere", odkryła bowiem, że nikt z Shaido nie ma pojęcia, kim jest Davram. Poza Alliandre i innymi jej towarzyszkami prawdę znała tylko Galina. Tak w każdym razie sądziła do tej pory Faile. — I komu je wyjawiłaś?

— Potrafię słuchać, moja pani. Podsłuchałam raz twoją rozmowę z Galiną. — Nutka niepokoju pojawiła się w głosie Aravine. — I nikomu go nie wyjawiłam. — Nie wydawała się zaskoczona, że Faile usiłowała ukryć swoje nazwisko, chociaż „t'Aybara" wyraźnie nic dla niej nie znaczyło. A może „Aravine Carnel" nie było jej prawdziwym nazwiskiem albo jedynie częścią prawdziwego nazwiska. — W tym miejscu sekrety trzeba ukrywać tak starannie jak w Amadorze. Wiedziałam, że te kobiety należą do ciebie, ale nikomu o tym nie powiedziałam. Wiem, że zamierzasz uciec. Jestem tego pewna od drugiego czy trzeciego dnia i nic, co zobaczyłam od tamtej pory, nie zachwiało mojego przekonania. Przyjmij moją przysięgę i weź mnie z sobą. Potrafię ci pomóc, a co więcej, możesz mi zaufać. Udowodniłam to poprzez dotrzymanie twoich sekretów. Proszę cię. — Ostatnia fraza wyszła osobliwie nienaturalnie, jakby Aravine nie była przyzwyczajona do wypowiadania takich słów. Arystokratka zatem raczej niż przekupka.

Wprawdzie kobieta nie udowodniła niczego poza swoją umiejętnością wyszpiegowania czyichś tajemnic, z drugiej strony wszakże była to zdolność całkiem przydatna. Niestety, Faile słyszała przynajmniej o dwóch *gai'shain*, które zostały zdradzone przez inne osoby podczas próby ucieczki. Niektórzy ludzie naprawdę usiłują skorzystać na każdej sprawie i niezależnie od okoliczności obrosnąć w piórka. Aravine i tak w tym momencie wiedziała już wystarczająco dużo, by zrujnować wszystkie przygotowania. Faile znów pomyślała o ukrytym nożu. Martwa kobieta nie może zdradzić niczyich tajemnic. Jednakże nóż znajdował się pół mili stąd, Faile nie miała pojęcia, jak pozbyłaby się ciała, a poza tym Aravine mogła się wcześniej wkraść w łaski Sevanny, choćby sugerując swej pani, że jej zdaniem Faile planuje ucieczkę.

Tym razem Faile wzięła w dłonie ręce Aravine, po czym odezwała się równie szybko, jak przed chwilą jej towarzyszka.

— W imię Światłości, przyjmuję twoją przysięgę i obiecuję, że będę bronić i ochraniać ciebie oraz twoich poddanych i przed zgiełkiem bitwy, i przed porywem zimy, i przed wszystkim, co może przynieść los. Powiedz mi teraz, czy znasz jeszcze kogoś, komu możemy zaufać? Nie osoby, które są twoim zdaniem godne zaufania, lecz takie, co do których masz pewność.

— Nie tak prosto, moja pani — odparła ponuro Aravine. Jej twarz rozjaśniła się wszakże i pojawiła się na niej wyraźna ulga. Najwidoczniej kobieta wcale nie była pewna, czy Faile przyjmie jej przysięgę. Właśnie ta ulga bardziej niż cokolwiek innego przekonała Faile co do czystych intencji Aravine. Choć oczywiście nie w pełni. — Połowa zdradziłaby własne matki, gdyby mieli nadzieję na wykupienie sobie w ten sposób wolności, druga połowa zaś wydaje się zbyt przestraszona, by spróbować cokolwiek zrobić... lub tak ogłuszona, że bez wątpienia prędzej czy później wpadnie w panikę. Jestem przekonana, że jeśli dobrze poszukamy, znajdziemy kilka godnych zaufania osób, przyglądam się nawet jednej czy dwóm, chcę po prostu zachować maksymalną ostrożność. Nie możemy sobie pozwolić nawet na jedną pomyłkę.

— Maksymalną ostrożność — zgodziła się z nią Faile. — Czy Sevanna naprawdę po mnie posłała? Czy też wcale nie...

Najprawdopodobniej jednak Sevanna rzeczywiście poleciła się zjawić Faile, więc ta pospiesznie ruszyła ku namiotowi swej pani — po prawdzie prędzej, niż chciała. Irytowało ją, że pędzi, starając się uniknąć niezadowolenia Sevanny. Na szczęście, gdy weszła i stanęła pokornie za klapą namiotu, nikt nie zwrócił na nią najmniejszej uwagi.

Namiot Sevanny nie był typową dla Aielów niską konstrukcją, lecz sześcianem o wysokich ścianach z czerwonego płótna, na tyle dużym, że wymagał dwóch dodatkowych centralnych masztów, a rozświetlono go blisko tuzinem stojących lamp wyposażonych w odblaśnice. Dwa złocone kosze z płonącymi węglami dawały nieco ciepła, wydzielając cienkie wstążki dymu, które wirowały ku otworom kominowym w dachu, jednak wewnątrz było niewiele cieplej niż na dworze. Kosztowne dywany, pod którymi starannie starto śnieg, zmieniły podłogę w krainę czerwieni, zieleni, błękitów, taireniańskich labiryntów, kwiatów i zwierząt. Na dywanach leżały rozrzucone jedwabne poduszki z frędzlami, kilka też znajdowało się na jedynym krześle, stojącym w kącie meblu intensywnie i zawile rzeźbionym oraz ciężko złoconym. Faile nigdy nie zauważyła, żeby ktoś na nim siedział, wiedziała jednak, że przeznaczone jest dla szefa klanu. W chwili obecnej cieszyła się, że może po prostu stać w milczeniu ze spuszczonymi oczyma. Troje innych *gai'shain* ze złotymi pasami i kołnierzami — w tym jeden brodaty mężczyzna — stało przy jednej ze ścian namiotu na wypadek, gdyby ich pani do czegoś ich potrzebowała. Była tu również Sevanna, a także Therava.

Sevanna była wysoką kobietą, nieco wyższą niż sama Faile, miała oczy jasnozielone i włosy, które wyglądały jak złota przędza. Może byłaby piękna, gdyby nie jawna chciwość wykrzywiająca jej wydatne usta. Poza oczyma, włosami i pociemniałą od słońca cerą niemal nie wyglądała na kobietę Aiel. Bluzkę nosiła z białego jedwabiu, spódnicę — rozciętą do konnej jazdy, również jedwabną, tyle że ciemnoszarą, jej owinięta wokół skroni chusta w kolorach płomiennego szkarłatu i żółci też była jedwabna. Gdy Sevanna się poruszała, spod brzegu jej spódnicy wyzierały czerwone, wysokie buty. Każdy jej palec zdobiły wysadzane klejnotami pierścienie, a przy naszyjnikach i bransoletach z dużymi perłami, brylantami, wielkimi jak gołębie jaja rubinami, szafirami, szmaragdami i łzami ognia gasła cała biżuteria Someryn. Żadnego z tych przedmiotów nie wykonali zresztą Aielowie. Therava natomiast — w ciemnej, wełnianej spódnicy i bluzce z białej *algode*, z nagimi ramionami i naszyjnikami oraz bransoletami ze złota i kości słoniowej — wyglądała jak uosobienie kobiety Aiel. Nie nosiła żadnych pierścieni ani szlachetnych kamieni. Wyższa niż większość mężczyzn, o ciemnorudych włosach tkniętych smugami bieli, wydawała się niebieskookim orłem, który powinien pożreć Sevannę niczym kalekie jagnię. Faile wolałaby dziesięć razy rozgniewać Sevannę niż choćby raz Theravę, teraz wszakże dwie kobiety stały naprzeciwko siebie po obu stronach inkrustowanego kością słoniową i turkusem stołu, a Sevanna odpowiadała na utkwiony wzrok Theravy piorunującym spojrzeniem.

— To, co się dzieje dzisiaj, oznacza niebezpieczeństwo — oznajmiła Therava tonem osoby zmęczonej wiecznym powtarzaniem tej samej frazy. Wyraźnie chyba zamierzała wyciągnąć nóż zza paska. Gdy mówiła, pieściła jego rękojeść, zdaniem Faile, w geście niezupełnie roztargnionym. — Musimy się oddalić od tego zjawiska jak najdalej i jak najprędzej. Na wschodzie leżą góry. Kiedy do nich dotrzemy, będziemy prawdopodobnie bezpieczni do czasu, aż znów zbierzemy razem wszystkie szczepy. Szczepy, które nigdy by się nie rozdzieliły, gdybyś nie była tak pewna siebie, Sevanno.

— Mówisz o bezpieczeństwie? — Sevanna roześmiała się. — Czy jesteś już tak stara i bezzębna, że trzeba cię karmić chlebem i mlekiem? Spójrz tylko. Widzisz, jak bardzo odległe są te twoje góry? Ile dni lub tygodni musielibyśmy brnąć w tym przeklętym śniegu? — Wskazała na dzielący je stół, gdzie leżała rozłożona mapa, obciążona w rogach dwiema miskami z grubego złota i ciężkim, trójramiennym, złotym świecznikiem. Większość Aielów gardziła mapami, Sevanna jednak wprowadziła je wraz z innymi zwyczajami ludzi z bagien. — Cokolwiek się dzieje, dzieje się bardzo daleko stąd, Theravo. Zgodziłaś się z tym, tak jak każda Mądra. W tym mieście jest pełno jedzenia, wystarczy, by wykarmić nas przez kilka tygodni, jeśli postanowimy tu pozostać. Kto rzuci nam tutaj wyzwanie, jeżeli zostaniemy? A jeżeli zostaniemy… Słyszałaś zwiadowców, ich wiadomości. W przeciągu dwóch, trzech tygodni, najwyżej czterech dołączy do mnie jeszcze dziesięć szczepów. Może nawet więcej! Do tego czasu śnieg się stopi, o ile wierzyć mieszkańcom miasta. Wtedy możemy podróżować szybko, zamiast ciągnąć wszystko na saniach.

Faile zastanowiła się, czy któryś z maldeńczyków wspomniał o błocie.

— Dołączy jeszcze dziesięć szczepów… do ciebie — powtórzyła Therava, kładąc wyraźny nacisk na ostatnie słowo. Jej dłoń zacisnęła się na rękojeści noża. — Przemawiasz w imieniu szefa klanu, Sevanno, a mnie wybrano na doradczynię szefa klanu, który dla dobra całego klanu ma słuchać moich rad. I ja ci doradzam jak najszybsze wyruszenie na wschód. Inne szczepy mogą do nas dołączyć tak samo łatwo w tych górach jak tutaj, a jeśli po drodze trzeba będzie nieco zgłodnieć... cóż, czy którejś z nas obcy jest niedostatek?

Sevanna dotknęła naszyjników, a duży szmaragd na jej prawej ręce zapłonął w świetle stojących lamp niczym zielony ogień. Usta kobiety się zacisnęły i przez to wyglądała na jeszcze bardziej zgłodniałą. Może Sevanna znała kiedyś niedostatek, ale od tamtej pory poza brakiem ciepła w namiocie nie zamierzała się godzić na żadne inne niedogodności.

— Przemawiam w imieniu szefa klanu i mówię ci, że pozostaniemy tutaj. — Jej głos brzmiał jawnie wyzywająco, jednak Sevanna nie dała Theravie szansy na ripostę. — Ach, widzę, że przyszła Faile — rzuciła szybko. — Moja dobra, posłuszna *gai'shain.* — Podniosła ze stołu jakiś przedmiot owinięty w kawałek materiał, który następnie rozłożyła. — Rozpoznajesz go, Faile Bashere?

Przedmiot w ręku Sevanny okazał się nożem o pojedynczym ostrzu, długim na półtora dłoni narzędziem, jakie nosiły tysiące farmerów. Z tym wyjątkiem, że Faile rozpoznała wzór przynitowany do drewnianej rękojeści i szczerbę na krawędzi. Było to nóż, który sama ukradłszy, ukryła tak troskliwie i tak daleko stąd. Nie odezwała się. Nie miała nic do powiedzenia.

Gai'shain nie wolno było posiadać żadnej broni, nawet noża, chyba że akurat przekrawały mięso albo obierały warzywa do potraw. Faile nie potrafiła się wszakże powstrzymać przed nagłym wzdrygnięciem, gdy Sevanna kontynuowała:

— Galina przyniosła mi go, zanim zdążysz go użyć. Niezależnie od celu. Gdybyś nim kogoś zadźgała, musiałabym się na ciebie bardzo rozgniewać.

Galina? Oczywiście! Ta Aes Sedai nie zamierzała im pozwolić na ucieczkę, póki nie wykonają wszystkich jej poleceń.

— Jest wstrząśnięta, Theravo. — Sevanna roześmiała się

wesoło. — Galina wie, czego wymagamy od *gai'shain*, Faile Bashere. Co powinnam z nią zrobić, Theravo? Takiej właśnie rady możesz mi udzielić. Kilku ludzi z bagien zabito za ukrywanie broni, jednak Faile bardzo nie chciałabym stracić.

Therava uniosła palcem podbródek Faile i wpatrzyła się jej w oczy. Faile wytrzymała to spojrzenie bez mrugnięcia, chociaż czuła, że drżą jej kolana. Nie próbowała sobie wmawiać, że powodem drżenia jest jedynie zimno. Wiedziała, że brakuje jej odwagi, lecz kiedy Therava na nią patrzyła, Faile postrzegała siebie jako tchórzliwego królika uwięzionego w szponach tego niebieskookiego orła, żywego, ale czekającego, aż lada chwila opadnie dziób. Właśnie Therava jako pierwsza kazała jej szpiegować Sevannę, Faile nie miała wszakże wątpliwości, że niezależnie od przezorności Mądrych, Therava bez najdrobniejszego wahania rozcięłaby jej gardło, gdyby Faile ją zawiodła. Nie było sensu udawać, że ta kobieta jej nie przeraża. Musiała tylko panować nad swoim strachem. Jeśli potrafiła.

— Sądzę, że planowała ucieczkę, Sevanno. Myślę jednak, że i ona może się nauczyć wypełniać nasze polecenia.

Stół z surowego drewna wystawiono między namioty, w najbliższym pustym miejscu w pobliżu namiotu Sevanny, mniej więcej sto kroków od niego. Początkowo Faile pomyślała, że najgorszy będzie wstyd z powodu nagości, wstyd i lodowate zimno, które będzie szarpać jej skórę. Słońce tkwiło nisko na niebie, temperatura powietrza stale spadała i do rana zrobi się naprawdę zimno. A Faile będzie musiała zostać tam właśnie do samego rana. Shaido świetnie wiedzieli, czego wstydzą się ludzie z bagien i wykorzystywali wstyd jako karę. Ilekroć ktoś popatrzył na nią, Faile odnosiła wrażenie, że na śmierć spali ją własny rumieniec, jednak mijający ją Shaido na jej widok nawet nie przystawali. Sama w sobie nagość nie była dla Aielów powodem do wstydu. Przed Faile pojawiła się Aravine, lecz zatrzymała się jedynie na krótkie szepnięcie: „Zachowaj odwagę, Faile", po czym odeszła. Faile doskonale pojęła jej słowa. Lojalna czy nielojalna, ta kobieta nie ośmieli się jej w żaden sposób pomóc.

Po bardzo krótkim czasie Faile przestała się przejmować swoim upokorzeniem. Przeguby związano jej za plecami, potem musiała klęknąć, a kostki zostały przywiązane do łokci. Wtedy pojęła, dlaczego Lacile i Arrela tak ciężko sapały. Oddychanie w tej pozycji sprawiało spore trudności i wymagało wysiłku. Robiło się coraz zimniej, aż ciało Faile zaczęło się niekontrolowanie trząść, choć wkrótce nawet ten fakt wydawał jej się sprawą drugorzędną. Jej nogi, ramiona, boki szarpały skurcze, mięśnie zdawały się płonąć, coraz bardziej się napinając. Z całych sił starała się nie wrzeszczeć. Uniknięcie krzyku stało się dla niej w tym momencie najważniejsze. Nie mogła krzyknąć! Niestety, o Światłości, jak strasznie ją bolało!

— Sevanna kazała ci tu pozostać do świtu, Faile Bashere, ale nie powiedziała, że nie możesz mieć towarzystwa.

Faile musiała zamrugać kilka razy, zanim udało jej się wyraźnie dostrzec stojącą przed nią osobę. Pot szczypał ją w oczy. Jak to możliwe, że się pociła, gdy równocześnie była przemarznięta do szpiku kości? W końcu zauważyła, że stoi przed nią Rolan, który, co dziwne, przyniósł z sobą dwa niskie, brązowe kosze pełne płonących węgli. Aby uniknąć poparzenia, owinął skrawkami materiału nóżki każdego kosza. Widząc, że Faile skupiła wzrok na węglach, wzruszył ramionami.

— Kiedyś zimne noce mi nie przeszkadzały, jednak odkąd przekroczyłem Mur Smoka, stałem się słabszy.

Faile niemal straciła oddech, gdy Rolan ustawił pod stołem kosze z płonącymi węglami. Ciepło uniosło się ku niej z dołu przez szczeliny między deskami. Mięśnie Faile nadal targały skurcze, ale ciało wypełniło błogosławione ciepło.

Kobieta złapała oddech, gdy mężczyzna położył jedną rękę na jej piersi, drugą zaś na zgiętych kolanach. Nagle odkryła, że z łokci znika napięcie. Rolan... ściskał... masował mięśnie Faile. Jedną ręką miętosił jej udo. O mało nie wrzasnęła, czując, jak jego palce wbijają się w ściągnięte mięśnie, czuła jednak, że zaczyna się rozluźniać. Nadal bolało, właściwie masaż nawet zwiększał ból, lecz masowany przez mężczyznę muskuł uda bolał inaczej. Cierpiała teraz inaczej, chociaż nie mniej intensywnie, wiedziała jednak, że ból znacząco osłabnie w trakcie masażu.

— Nie przeszkadza ci, że trochę popracuję podczas wymyślania najlepszego sposobu rozśmieszenia cię, prawda? — spytał.

Nagle kobieta uprzytomniła sobie, że się śmieje i w tym śmiechu nie ma nutki histerii. No cóż, w każdym razie była w nim nie tylko histeria. Faile związano jak gęś czekającą na ruszt, a teraz po raz drugi, tym razem przed zimnem, ratował ją ten sam mężczyzna. Od tej pory wprawdzie Sevanna będzie ją obserwować uważnie jak jastrząb kurę, Therava natomiast może nawet spróbuje ją zabić, ot tak, dla przykładu, tym niemniej Faile wiedziała, że... ucieknie. Jedne drzwi nigdy się przed nią nie zamknęły, a niespodziewanie otworzyły się drugie. Tak, ucieknie! Śmiała się tak długo, aż się rozpłakała.

ROZDZIAŁ 10

ODLEGŁE ŚWIATEŁKO

Wielkooka służąca bardziej była przyzwyczajona do gniecenia ciasta na chleb niż do manipulowania przyszytymi w rzędach małymi guziczkami; w końcu wszakże skończyła zapinać ciemnozieloną suknię Elayne do jazdy konnej, po czym dygnęła i wycofała się, ciężko sapiąc — trudno powiedzieć, czy z powodu wymuszonej koncentracji, czy też ze względu na sam fakt przebywania w obecności Dziedziczki Tronu. Ze stanem dziewczyny mógł mieć również coś wspólnego pierścień w kształcie Wielkiego Węża, który Elayne nosiła na palcu lewej ręki. Zaledwie nieco ponad dwadzieścia mil w linii prostej dzieliło rezydencję Dynastii Matherin od rzeki Erinin i związanego z nią wielkiego handlu, lecz w istocie odległość okazywała się znacznie większa, gdyż trzeba było pokonać Góry Chishen, a tutejsi ludzie częściej widywali bydło pędzone przez granicę z Murandy niż gości, szczególnie takich jak ona: Dziedziczka Tronu i Aes Sedai w jednej osobie. Na dodatek, niektórzy przedstawiciele służby najwyraźniej nie mieli najmniejszego pojęcia o honorze. Elsie z bolesną sumiennością złożyła w kostkę suknię z niebieskiego jedwabiu, którą Elayne miała na sobie ubiegłej nocy, potem zapakowała ją do dużego, skórzanego kufra podróżnego, jednego z dwóch znajdujących się w garderobie apartamentu; robiła to tak powoli, że Elayne o mało sama nie przejęła zadania tamtej. Pierwszej nocy tej wyprawy spała marnie i niespokojnie, stale się budziła, w następne dni z kolei sypiała do późna, ilekroć tylko mogła. Niecierpliwiła się, że nie wraca do Caemlyn.

Już piątą noc spędziła z dala od stolicy — odkąd się dowiedziała, że w mieście nie jest bezpieczna — i podczas każdej podróży poświęcała dzień na odwiedzenie trzech lub czterech rezydencji, raz nawet pięciu, które stanowiły własność mężczyzn i kobiet związanych z Domem Trakand poprzez krew lub przysięgi. Każda wizyta zajmowała czas. Presja czasu ciążyła Elayne, a jednak przedstawienie swego właściwego wizerunku było dla niej konieczne. W podróży z jednej rezydencji do następnej potrzebne były liczne stroje jeździeckie, Dziedziczka Tronu nie mogła bowiem przybywać w wymiętoszonym ubraniu ani wyglądać jak uciekinierka, musiała się zatem przebierać tuż przed wjazdem, niezależnie od tego, czy przybywała w dane miejsce na noc, czy tylko na kilka godzin. Połowę tych godzin mogłaby spędzać w zwyczajnej sukni, nie zaś w stroju jeździeckim, jednakże ten ostatni mówił o pośpiechu i trudnościach, może nawet o desperacji, podczas gdy korona Dziedziczki Tronu i haftowana suknia obszyta koronką, rozpakowana z kompletu podróżnych kufrów i założona po kąpieli, uosabiała zaufanie i siłę. Dla lepszego wrażenia Elayne najchętniej przywiozłaby własną służącą, gdyby tylko Essande potrafiła dotrzymać jej kroku w zimie, chociaż Dziedziczka Tronu podejrzewała, że powolność siwowłosej kobiety przyprawiłaby ją o złość i frustrację. A jednak nawet Essande prawdopodobnie nie bywała tak straszliwie powolna jak wyłupiastooka młoda Elsie.

W końcu Elsie z ukłonem wręczyła Elayne jej obszyty futrem szkarłatny płaszcz, a Dziedziczka Tronu pospiesznie narzuciła okrycie na ramiona. W kamiennym palenisku płonął wprawdzie ogień, jednak powietrzu w pomieszczeniu daleko było do ciepła, Elayne zaś ostatnio najwyraźniej nie potrafiła całkowicie ignorować zimna. Gdy poprosiła służącą o sprowadzenie ludzi, którzy zniosą na dół jej kufry, Elsie dygnęła, po czym znów nazwała ją „Jej Wysokością”. Kiedy po raz pierwszy użyła tego tytułu, Dziedziczka Tronu łagodnie wyjaśniła, że nie jest jeszcze królową, Elsie jednakże jawnie przerażał sam pomysł zwracania się do niej po prostu „moja pani” czy choćby „księżniczko”, chociaż po prawdzie to drugie określenie wydawało się bardzo staromodne. Stosowne czy niestosowne, zwykle zresztą Elayne podobało się, że ludzie uznają jej prawo do tronu, a poza tym dzisiejszego ranka była zbyt zmęczona, ażeby niepokoić się czymkolwiek poza czekającą ją drogą. Stłumiwszy ziewnięcie, lakonicznie poleciła Elsie sprowadzić ludzi, nakazała jej pośpiech, po czym obróciła się do obitych panelami drzwi. Dziewczyna pospieszyła otworzyć je dla niej, co zajęło więcej czasu, niż gdyby Elayne zrobiła to sama, szczególnie że służąca ukłoniła się zarówno przed ich otwarciem, jak i po nim. Rozcięte, jedwabne spódnice jeździeckie Dziedziczki Tronu ocierały się o siebie z wściekłym szelestem, podczas gdy wychodziła wielkimi krokami z pokoju, naciągając na palce czerwone rękawiczki do jazdy konnej i myśląc, że jeśliby Elsie zwlekała jeszcze jedną sekundę, zaczęłaby na nią wrzeszczeć.

Tym niemniej zamiast niej krzyknęła właśnie Elsie. Zanim Elayne przeszła trzy kroki, usłyszała przerażone wycie służącej, które brzmiało jak siłą wydarte z gardła. Szkarłatny płaszcz zamigotał, gdy Dziedziczka Tronu odwróciła się, obejmując Prawdziwe Źródło i czując zalewające ją bogactwo *saidara*. Elsie stała na wąskim dywanie, który pokrywał środek jasnobrązowych, drewnianych desek podłogowych, i przycisnąwszy obie dłonie do ust, wpatrywała się w głąb holu. W tamtym miejscu zaczynały się dwa przecinające się z sobą korytarze, jednak w zasięgu wzroku Elayne nie było żywej duszy.

— O co chodzi, Elsie? — spytała Dziedziczka Tronu. Akurat kształtowała kilka splotów, sięgających od prostej sieci powietrza po ognistą kulę, którą mogłaby zburzyć pół ściany przed sobą, a w swoim obecnym humorze pragnęła użyć przynajmniej jednego z nich i uderzyć Jedyną Mocą. Ostatnimi dniami jej nastroje były co najmniej chwiejne.

Służąca z drżeniem obejrzała się przez ramię. Jeżeli wcześniej jej oczy wydawały się wielkie i wyłupiaste, teraz o mało nie wyskoczyły z orbit. Dziewczyna nadal przyciskała ręce do ust, jakby starała się powstrzymać przed kolejnym wrzaskiem. Ciemnowłosa i ciemnooka, wysoka, o wydatnym biuście, ubrana w szarobłękitną liberię Dynastii Matherin, Elsie właściwie nie była młoda — może nawet cztery czy pięć lat starsza od samej Dziedziczki Tronu — jednak na widok jej zachowania trudno ją było nazwać kobietą.

— O co chodzi, Elsie? — powtórzyła Elayne. — I nie mów mi, że nic. Wyglądasz, jakbyś zobaczyła ducha.

Służąca wzdrygnęła się.

— Bo zobaczyłam — odparła niepewnie. Fakt, że nie nazwała Elayne żadnym tytułem, podkreślał jej zdenerwowanie. — Panią Nelein, babcię Lorda Aedmuna. Umarła, gdy byłam dzieckiem, pamiętam wszakże, iż nawet sam Lord Aedmun chodził wokół niej na palcach, a służące podskakiwały, ilekroć na którąś popatrzyła, zresztą inni lordowie i lady przybywający z wizytą również. Wszyscy się jej bali, po prostu wszyscy! Przed chwilą stała tuż przede mną i przyglądała mi się tak groźnie, tak wściekle... — Przerwała, a kiedy Dziedziczka Tronu się roześmiała, dziewczyna oblała się rumieńcem.

W tym śmiechu było zresztą więcej ulgi niż czegokolwiek innego. Czyli że Czarna Ajah jakimś sposobem nie weszła za nią do rezydencji Lorda Aedmuna. Nie czekali tu na nią mordercy z nożami w dłoniach ani siostry, lojalne wobec Elaidy, która chciała ściągnąć Elayne z powrotem do Tar Valon. Czasami Dziedziczka Tronu śniła o tych sprawach, o wszystkich naraz w jednym śnie.

Uwolniła *saidar*, niechętnie jak zawsze. Żałowała, że opuszcza ją ta pełnia radości i życia. Dynastia Matherin popierała ją, ale Lord Aedmun mógłby zrozumieć opacznie jej intencje, gdyby mu zrujnowała połowę domostwa.

— Umarli nie mogą skrzywdzić żywych, Elsie — wytknęła służącej łagodnie. Tym łagodniej, że wcześniej się z niej śmiała, a jeszcze wcześniej miała ochotę natrzeć tej ciamajdzie uszu. — Nie należą już do naszego świata i nie mogą nas nawet tknąć w tym świecie. — Dziewczyna kiwnęła głową i skłoniła się w kolejnym dygu, jednak z tak rozszerzonymi oczyma i drżącymi wargami nie wyglądała na przekonaną. Elayne nie miała jednak czasu na rozpieszczanie służącej. — Sprowadź ludzi po moje kufry, Elsie — powtórzyła twardo. — I nie martw się o duchy.

Dziewczyna jeszcze raz dygnęła, po czym wreszcie ruszyła, rozglądając się z niepokojem, czy z obitych panelami drzwi nie wyskoczy nagle Lady Nelein. Duchy! Ależ głupia była ta flegmatyczna służąca!

Dynastia Matherin była starym Domem, choć ani zbyt dużym, ani zbyt silnym. Główne schody rezydencji, prowadzące do wejściowego holu, były szerokie i ozdobione marmurowymi balustradami. Ogromny frontowy hol wyłożono szaroniebieskimi kaflami podłogowymi i oświetlono zwisającymi na łańcuchach z wysokiego na dwadzieścia stóp sufitu olejowymi lampami wyposażonymi w odblaśnice. Niewiele można tu było dostrzec złoceń i mozaik, za to pod ścianami holu stały ozdobnie rzeźbione skrzynie i serwantki, zaś na jednej ze ścian wisiały gobeliny — jeden ukazywał jeźdźców polujących na lamparty, co było, oględnie mówiąc, zabawą dość ryzykowną, drugi natomiast przedstawiał kobiety z Dynastii Matherin podające miecz pierwszej Królowej Andoru; to ostatnie zdarzenie Matherin wielce sobie cenili, chociaż nie istniała pewność, czy rzeczywiście do niego doszło.

Aviendha była już na dole, niecierpliwie przemierzając hol, a Elayne na jej widok westchnęła. Dzieliły pokój, choć nie dlatego, że Matherin nie potrafili przygotować dwóch odpowiednich dla tak znacznych gości pomieszczeń, jednak Aviendha zupełnie nie pojmowała, że im mniejszy Dom, tym dumniejsi są jego członkowie. Mniejsze Domy często posiadały niewiele więcej poza tą dumą. Aviendha powinna znać znaczenie tego słowa, gdyż od niej samej wręcz biła dzika duma i siła. Zawsze wyprostowana i jeszcze wyższa niż Elayne, z grubym ciemnym szalem narzuconym na jasną bluzkę i złożoną szarą chustą przytrzymującą jej długie, rudawe włosy, wyglądała jak typowa Mądra, mimo iż była zaledwie rok starsza od Elayne. Mądre, które potrafiły przenosić Moc, często wyglądały na młodsze, niż były w istocie, a Aviendha miała też w sobie jakieś dostojeństwo. W każdym razie na pewno teraz wyglądała godnie, choć wcześniej wystarczająco często zdarzało im się we dwie chichotać. Tyle że... Aviendha nie była jeszcze Mądrą, lecz zaledwie uczennicą. Tak czy owak — podobnie jak większość Mądrych — nosiła sporo biżuterii: długie, srebrne naszyjniki kandoryjskie, broszkę z bursztynu w kształcie żółwia oraz szeroką bransoletę z kości słoniowej. Dziedziczka Tronu nigdy za bardzo nie przejmowała się Aviendhą i co jakiś czas miała z nią z tego powodu pewne problemy. Czasami podejrzewała, że Mądre i ją uważają za uczennicę, a przynajmniej adeptkę. Głupia myśl, na pewno głupia, ale czasami...

Kiedy Elayne dotarła do podnóża schodów, Aviendha poprawiła szal.

— Dobrze spałaś? — spytała z pozornym spokojem, choć w jej zielonych oczach Dziedziczka Tronu dostrzegła wyraźną troskę. — Nie posłałaś po wino, żeby łatwiej zasnąć, prawda? Podczas posiłku dzięki moim staraniom stale otrzymywałaś jedynie rozwodnione, widziałam jednak, jakim wzrokiem spoglądałaś na dzban z trunkiem.

— Tak, Matko — powiedziała Elayne ckliwie słodkim głosem. — Nie, Matko. Zastanawiałam się tylko, skąd Aedmun ma tak doskonałe wina, Matko. Wstyd rozwadniać tak dobry napitek. A przed snem piłam jedynie kozie mleko. — Właśnie od niego mogła mieć mdłości! Chociaż już się do niego przyzwyczaiła, może nawet je polubiła.

Aviendha oparła na biodrach zaciśnięte pięści, stając się istną personifikacją oburzenia. Na ten widok Elayne nie mogła się nie roześmiać się. Istniały niewygody ciąży, począwszy od nagłych huśtawek nastrojów, przez bolesność piersi po ciągłe uczucie zmęczenia, jednak w pewnym sensie najgorszy był fakt, jak ludzie cackali się z nią i ją rozpieszczali. Wszyscy w Królewskim Pałacu wiedzieli o jej odmiennym stanie, sporo osób wiedziało wręcz przed nią — dzięki widzeniom Min i jej gadatliwości — i Dziedziczka Tronu nie pamiętała, czy w dzieciństwie ktoś jej tak matkował jak teraz. A jednak znosiła wszystkie problemy z największym wdziękiem, na jaki potrafiła się zdobyć. Zazwyczaj. Przecież wokół jedynie usiłowano jej pomóc. Po prostu wolałaby, żeby wszystkie znane jej kobiety przestały uważać, że ciąża zrobiła z niej idiotkę. Bo prawie wszystkie traktowały ją jak głupią. A najgorsze były te, które same nigdy nie rodziły.

Myśląc o dziecku... czasami żałowała, że Min nie może jej powiedzieć, czy urodzi chłopca, czy dziewczynkę, a raczej, że Aviendha albo Birgitte nie potrafią sobie dokładnie przypomnieć, co właściwie powiedziała Min. Min nigdy się nie myliła, jednak tamtej nocy we trzy wypiły zbyt dużo wina i Min opuściła pałac na długo, zanim sama Elayne zdążyła ją o cokolwiek zapytać. Tak czy inaczej, myśląc o rosnącym w niej dziecku, zawsze przywoływała w pamięci Randa. I odwrotnie — myśli o nim wyzwalały myśli o maleństwie. Mężczyzna i dziecko stanowili w jej głowie parę równie nierozłączną jak śmietanka i mleko. Elayne straszliwie tęskniła za Randem, chociaż mogłaby za nim... nie tęsknić. Jakaś jego część, jego istota, zawsze wszak tkwiła w tyle jej głowy, chyba że Elayne zamaskowała więź. Podobnie sprawa się przedstawiała z Birgitte, jej kobietą Strażnikiem. Więź miała jednakże swoje ograniczenia. Rand przebywał gdzieś na zachodzie, na tyle daleko, że niewiele więcej mogła o nim powiedzieć poza tym, że żył. Właściwie nic więcej, chociaż sądziła, że wyczułaby, gdyby został poważnie ranny. Nie była zresztą pewna, czy chce wiedzieć, co się z nim dzieje. Rand znajdował się daleko na południu przez długi czas po opuszczeniu Elayne, a obecnie, akurat dzisiejszego ranka Podróżował i znalazł się gdzieś na zachodzie. Niepokojące było czuć go raz w jednym miejscu, a następnie w zupełnie innym, jeszcze odleglejszym. Może ścigał wrogów, uciekał przed nimi lub robił jedną z tysiąca innych rzeczy. Dziedziczka Tronu miała wielką nadzieję, że powody, które skłoniły go do Podróżowania, były niewinne i dla niego nieszkodliwe. Miała nadzieję, że Randowi nie stanie się nic złego, wiedziała wszak, że mężczyźni umiejący przenosić Moc zawsze z powodu tego talentu umierali, pragnęła jednak z całych sił jak najdłużej utrzymać go przy życiu.

— Rand ma się dobrze — oświadczyła Aviendha, prawie jakby potrafiła czytać jej w myślach. Jako pierwsze siostry umiały się wyczuwać, choć nie łączyła ich tak bliska więź jak więź ze Strażnikiem, która łączyła je obie oraz Min z Randem. — Jeśli da się zabić, odetnę mu uszy.

Elayne zamrugała, potem znów się roześmiała, a Aviendha posłała jej zaskoczone spojrzenie, po czym również zaczęła się śmiać. Zdanie to nie było właściwie zabawne, chyba że dla Aielów — Aviendha miała naprawdę osobliwe poczucie humoru — a jednak Elayne nie mogła powstrzymać śmiechu, podobnie Aviendha. Objęły się mocno i przez długą chwilę po prostu trzęsły ze śmiechu. Życie było bardzo dziwne. Gdyby ktoś powiedział Elayne kilka lat temu, że będzie się dzieliła swoim mężczyzną z inną kobietą — z dwiema innymi kobietami! — wyzwałaby go od szaleńców. Sam pomysł był już nieprzyzwoity. Jednakże kochała Aviendhę równie mocno jak Randa, choć w inny sposób, a Aviendha kochała Randa tak samo mocno jak ona. Zaprzeczanie tej miłości oznaczałoby wyparcie się Aviendhy, a tego Dziedziczka Tronu nie potrafiłaby zrobić. Kobiety Aielów, siostry czy bliskie przyjaciółki, często wychodziły za mąż za tego samego mężczyznę, rzadko zresztą pytając go o zgodę w tej kwestii. Elayne zamierzała poślubić Randa, podobnie postanowiły Aviendha i Min. Takie były zasady, z którymi nikt nie powinien polemizować. Nawet Rand. O ile w ogóle pożyje wystarczająco długo.

Nagle Dziedziczka Tronu przestraszyła się, że własny śmiech za chwilę doprowadzi ją do łez. „Proszę, o Światłości — pomyślała — nie pozwól mi zmienić się w jedną z tych kobiet, które stale podczas ciąży płaczą". Dostatecznie mocno przeszkadzała jej własna huśtawka nastrojów i niewiedza, czy za moment popadnie w melancholię, czy też we wściekłość. Całe godziny mogła się czuć idealnie normalnie, a później nagle godzinami odnosiła wrażenie, że jest dziecięcą piłką zeskakującą w dół po nieskończonym ciągu schodów. Dziś rano miała wrażenie, że znajduje się właśnie na takich schodach.

— Nic mu nie jest i nic mu nie będzie — szepnęła gniewnie Aviendha, jakby pragnęła zapewnić Randowi przeżycie poprzez zabicie wszystkich jego wrogów.

Elayne starła czubeczkami palców łzę z policzka siostry.

— Nic mu nie jest i nic mu nie będzie — zgodziła się cicho, chociaż wiedziała, że żadna z nich obu nie potrafi zniszczyć *saidina* i zagrażającej Randowi skazy na męskiej połowie Jedynej Mocy.

Wiszące lampy zamigotały, gdy otworzyły się jedne z wysokich drzwi prowadzących na zewnątrz, wpuszczając podmuch powietrza jeszcze zimniejszego niż to w holu wejściowym. Dwie kobiety szybko odsunęły się nieco od siebie; trzymały się teraz jedynie za ręce. Elayne przywołała na twarz wyraz wyszkolonego spokoju i pogody godnej pełnej Aes Sedai. Nie mogła sobie pozwolić na okazanie komukolwiek, że jawnie szuka pociechy czy przytulenia. Władczyni czy też osobie, która pragnie rządzić, nie wolno nawet w najsubtelniejszy sposób sugerować słabości albo łez, w każdym razie nie publicznie. Wystarczająco dużo pogłosek krążyło o niej, zarówno dobrych, jak i złych. Bywała życzliwa lub okrutna, bezstronna lub bezwzględna, hojna lub chciwa — cechy te zależały od opowieści, której się akurat o Elayne słuchało. Na szczęście opowieści jakoś się równoważyły, jednak na widok Dziedziczki Tronu w ramionach przyjaciółki ludzie mogliby zacząć mówić o jej strachu, a jeśli wrogowie poczują, że Elayne się boi, będą poczynać sobie coraz śmielej. Aż urosną w siłę. Plotka o tchórzostwie jest lepka jak tłuste błoto, którego nigdy nie sposób całkowicie z siebie zmyć. Historia wspominała o kobietach, które straciły z tego powodu szanse do Tronu Lwa. Dobra władczyni powinna mieć duże zdolności i wielką mądrość, tym niemniej kobiety niezdolne i głupie zdobywały czasem tron, a później jakoś sobie radziły, natomiast tchórza mało kto by poparł, a już na pewno żadna z osób, jakie Elayne pragnęła mieć po swojej stronie.

Mężczyzna, który wszedł, obrócił się lekko w progu i pchnął masywne drzwi, po czym je za sobą zamknął. Był jednonogi i wspierał się na kuli. Mimo iż rękaw jego ciężkiego wełnianego płaszcza został podszyty futrem, mocno się już wytarł w miejscu, gdzie dotykał kuli. Ten dawny żołnierz — Fridwyn Ros — miał szerokie ramiona i zarządzał posiadłością Lorda Aedmuna przy pomocy pewnego tłustego urzędnika, który na widok Dziedziczki Tronu zamrugał w konsternacji, rozdziawił gębę, zagapił się na pierścień w kształcie Wielkiego Węża z czymś bliskim trwogi, a następnie szybko wrócił do swoich ksiąg. Wyraźnie mu ulżyło, gdy zrozumiał, że Elayne nie ma do niego żadnej sprawy. Prawdopodobnie bał się sprawdzenia owych ksiąg, w których notował podatki od włości. Z kolei Ros w pierwszej chwili zagapił się z nieukrywanym zdumieniem na jej pierścień, potem jednak uśmiechnął się z zachwytem i wyraził żal, że nie może towarzyszyć Dziedziczce Tronu w jeździe konnej — powiedział to z taką szczerością w głosie, że gdyby był kłamcą, już dawno okradłby Lorda Aedmuna i urzędnika ze wszystkiego, co posiadali. Elayne nie bała się, że ten mężczyzna zacznie szerzyć przedstawiające ją w niekorzystnym świetle opowieści.

Gdy Ros ruszył w górę korytarzem, jego kula rytmicznie stukała, a kiedy dotarł do dwóch kobiet, mimo kalectwa wykonał wiarygodny ukłon, obejmując swą uprzejmością także Aviendhę. Kobieta Aiel początkowo nieco przerażała mężczyznę, jednak zaskakująco szybko się polubili i, choć nie do końca jej ufał, zdecydowanie ją zaakceptował. Chyba nie mogło być lepiej.

— Ludzie przywiązują twoje kufry do grzbietów zwierząt jucznych, moja Królowo, a twoja eskorta jest gotowa. — Należał do osób, które nie zwracały się do niej inaczej niż „moja Królowo" albo „Wasza Wysokość", jednak gdy wspomniał o eskorcie, coś w jego tonie zasugerowało wątpliwości. Pospiesznie wszakże zakaszlał, by odwrócić jej uwagę, po czym szybko kontynuował. — Mężczyźni, których wysyłamy z tobą, to sami jeźdźcy, głównie młodzi ludzie oraz kilku bardziej doświadczonych, wszyscy jednak potrafią świetnie walczyć i doskonale posługują się halabardą. Żałuję, że rezydencja nie może dać ci więcej żołnierzy, ale jak już wyjaśniałem, kiedy Lord Aedmun usłyszał, iż inne osoby również wysuwają żądania do tronu, który prawnie należy się tobie, postanowił, nie czekając na wiosnę, wezwać swoich zbrojnych i bezzwłocznie wyruszył do Caemlyn. Od tej pory mieliśmy kilka razy paskudne śnieżyce, jednak w chwili obecnej Lord Aedmun znajduje się zapewne w połowie drogi, o ile dopisuje mu szczęście gdzieś w przełęczach. — Patrzył na nią z całym przekonaniem w oczach, tym niemniej wiedział lepiej od Elayne, że jeśli Lord Aedmun i jego zbrojni mieli pecha, mogli w tych przełęczach zginąć.

— Dynastia Matherin zawsze była wierna Trakandom — odrzekła Dziedziczka Tronu. — I żywię nadzieję, że zawsze pozostanie nam wierna. Cenię lojalność Lorda Aedmuna, panie Ros, a także twoją.

Nie zamierzała obrażać ani Matherin, ani tego mężczyzny, składając mu na przykład obietnicę, że zapamięta ich poświęcenie lub w jakiś sposób nagrodzi ich w przyszłości, zaś szeroki uśmiech pana Rosa powiedział jej, iż jej łaska wobec niego jest właśnie nagrodą, jaką pragnął od Elayne otrzymać. Zresztą Matherin zyskają oczywiście odpowiednie gratyfikacje, jeśli jej się przysłużą, chociaż Dziedziczka Tronu wiedziała, że wiele dla niej zrobią w jakimś stopniu bezinteresownie i nie sposób ich było przekupić byle ofertą.

Głucho postukując kulą, pan Ros towarzyszył jej do drzwi, aż wyszli na obszerne, granitowe stopnie, gdzie w nieprzyjemnym zimnie czekali ubrani w ciężkie płaszcze służący, rozgrzewając się grzanym z przyprawami gorącym winem. Ros zaproponował Elayne ciepły trunek, jednak Dziedziczka Tronu cicho odmówiła. Stała szczelnie otulona płaszczem, ciągle nie przyzwyczaiła się bowiem do ostrego powietrza panującego na zewnątrz. Aviendha prawdopodobnie znajdzie sposób namówienia jej do zrzucenia okrycia. Sama wzięła już kubek, choć i tak było jej ciepło. Przed lodowatą temperaturą chroniła się jedynie szalem, który zarzuciła na głowę i ramiona. Aviendha oczywiście potrafiła ignorować zimno. Elayne wszak sama ją tego nauczyła. Dziedziczka ponownie spróbowała odepchnąć od siebie zimno i ku swemu zaskoczeniu rzeczywiście przestała je odczuwać. To znaczy nie całkowicie — nadal nie było jej ciepło — ale w stopniu wystarczającym.

Na bezchmurnym niebie słońce świeciło jaskrawo nad górami, lecz wielkie burzowe chmury w każdej chwili mogły nadpłynąć zza okolicznych szczytów. Najlepiej byłoby dotrzeć do pierwszego celu jeszcze dzisiaj, najszybciej jak to możliwe. Niestety, jej wysoki czarny wałach — Płomienne Serce — zachowywał się dziś zgodnie ze swoim imieniem, toteż stawał dęba i parskał, wydychając kłęby pary, jakby nigdy przedtem nie nosił uzdy, natomiast długonoga siwa klacz Aviendhy — zwierzę o wygiętym w łuk karku — postanowiła tamtego naśladować, toteż tańczyła w głębokim po kolana śniegu i próbowała pobiec w każdym kierunku z wyjątkiem tego, w którym usiłowała ją zaprowadzić stajenna. Klacz była bardziej narowistym stworzeniem, niż Elayne chciałaby dla swojej siostry, jednak sama Aviendha, poznawszy jej imię, upierała się, by na niej jeździć. Imię Siswai oznaczało bowiem w Dawnej Mowie włócznię. Stajenne wydawały się zdolnymi kobietami, ale najwidoczniej sądziły, że muszą uspokoić zwierzęta, zanim je przekażą. Elayne o mało nie wrzasnęła, żeby pozwoliły jej samodzielnie okiełznać Płomienne Serce, z którym zazwyczaj świetnie sobie radziła.

Członkinie jej eskorty siedziały już na koniach, ponieważ zapewne nie chciały dłużej stać w śniegu. Było to dwadzieścia kilka amazonek w czerwonych płaszczach z białymi kołnierzami, jaskrawo błyszczących napierśnikach i hełmach Gwardii Królowej. Wątpliwości mistrza Rosa wiązały się właśnie najprawdopodobniej ze strojami tych kobiet — ich płaszcze były jedwabne, podobnie jak czerwone spodnie z białymi lampasami, zaś kołnierze i mankiety obszyto jasną koronką. Ubrania na pewno wyglądały bardziej odświętnie niż skutecznie. A może chodziło mu o to, że miały ją chronić same przedstawicielki jej płci. Kobiety rzadko pracowały w zawodach wymagających użycia broni, czasem pojawiła się jakaś w grupach chroniących kupców lub w armii podczas wojny, jednak Elayne nigdy nie usłyszała o oddziale złożonym wyłącznie z żeńskich żołnierzy, zanim sama takiego nie stworzyła. Och, oczywiście oprócz Panien Włóczni, tyle że one były kobietami Aiel, a Aielowie stanowili w tym sensie zupełnie odmienny naród. Elayne spodziewała się, że ludzie uznają jej obrończynie za kaprys Dziedziczki Tronu i nie będą się obawiać kobiet ubranych w piękne jedwabie i koronki. Mężczyźni z pewnością nie docenią ich umiejętności posługiwania się bronią, póki nie staną do walki z nimi, a nawet większość kobiet uzna jej pomysł za infantylny i niemądry. Przedstawiciele eskorty zwykle starali się prezentować dziko i zawzięcie, dzięki czemu wiele osób w ogóle nie ośmielało się do nich zbliżyć, Elayne wiedziała wszakże, iż jej wrogowie zawsze znajdą sposób podejścia i ataku, nawet gdyby Dziedziczka Tronu otoczyła się całą Gwardią Królowej. Pragnęła więc utworzyć grupę obrończyń, których jej wrogowie nie baliby się, więc podchodziliby w kilka osób i niemal bez uzbrojenia, po czym żałowaliby, że nie przedsięwzięli lepszej strategii. Postanowiła też zaprojektować dla nich szczególnie wyszukane mundury, które podsycą wśród niechętnych jej osób błędne pojęcie na temat miernego jakoby profesjonalizmu strażniczek, a równocześnie karmiła tymi strojami dumę swoich żołnierek pięknie odznaczających się od reszty. Sama jednak nie żywiła najmniejszych nawet wątpliwości co do ich talentów. Wyselekcjonowała swój oddział starannie, tworząc go z kobiet reprezentujących wcześniej rozmaite jednostki — od straży kupców po Myśliwych Polujących Na Róg — rozważnie dobierając je ze względu na ich umiejętności, doświadczenie i odwagę. Aż w końcu była gotowa złożyć swe życie w ich ręce. I złożyła je.

Szczupła kobieta z dwoma złotymi węzłami porucznika naszytymi na ramionach czerwonego płaszcza zasalutowała Elayne, przykładając rękę do piersi, a dereszowaty wałach strażniczki odrzucił głowę, jakby także pozdrawiał Dziedziczkę Tronu; cicho zadźwięczały srebrne dzwoneczki wplecione w jego grzywę.

— Czekamy w gotowości, moja pani, a teren jest czysty.

— Caseille Raskovni należała uprzednio do straży kupców, przemawiała z silnym akcentem niewykształconej Arafelianki, jednak dziarskim głosem i rzeczowym tonem. Zwracała się do Elayne we właściwy sposób, tytułem, który Dziedziczka Tronu będzie nosić aż do czasu koronacji, tym niemniej była gotowa z całych sił walczyć o Różany Wieniec dla Elayne. Bardzo niewiele osób, zarówno mężczyzn, jak i kobiet, trafiało ostatnio do Gwardii Królowej, chyba że były to osoby już wcześniej przeszkolone. — Ludzie wyznaczeni przez pana Rosa również trwają w gotowości. W maksymalnej gotowości, jak na nich.

Fridwyn Ros odchrząknął, słysząc te słowa, po czym przesunął swoją kulę i zaczął się z uwagą wpatrywać w śnieg wokół swoich butów.

Elayne rozumiała, co miała na myśli Caseille. Pan Ros przydzielił jej z trudem znalezionych w rezydencji jedenastu mężczyzn, których wyposażył w halabardy i krótkie miecze oraz ubrał w resztki zbroi, jakie znaleziono w posiadłości. Dziedziczka Tronu naliczyła dziewięć staroświeckich hełmów bez przyłbic i siedem napierśników z wklęśnięciami, które narażały żołnierzy na zranienie. Wierzchowce mężczyzn przedstawiały się całkiem nieźle, chociaż nosiły grubą, zimową okrywę, jednak Elayne zauważyła, że spośród dosiadających ich jeźdźców — skulonych i opatulonych w płaszcze — ośmiu nie goliło się zapewne od ponad tygodnia. Ludzie, których pan Ros opisał jako doświadczonych, mieli pomarszczone twarze, kościste ręce i widoczne braki w uzębieniu. Podsumowując, Ros dał jej, co mógł. Nie kłamał, gdy mówił, że Lord Aedmun zgromadził wszystkich wojowników z okolicy i zabrał ich z sobą, wyposażywszy w najlepsze zbroje i broń, jakie posiadał. Wszędzie powtarzała się ta sama historia. Najwyraźniej wielka liczba krzepkich i zdrowych mężczyzn z całego Andoru próbowała dotrzeć do niej, do Caemlyn. I nikt z nich prawdopodobnie nie wejdzie do miasta, póki nie zostaną podjęte wszystkie ostateczne decyzje. Elayne mogłaby ich szukać całymi dniami i nie znaleźć żadnego. Miała jednak wrażenie, iż przedstawiciele tej małej grupki mężczyzn ze znawstwem trzymają halabardy. Z drugiej strony spokojne siedzenie w siodle z halabardą opartą o strzemię nie było takie trudne. Elayne sama by tak potrafiła.

— Odwiedziłyśmy dziewiętnaście z tych rezydencji, siostro — powiedziała cicho Aviendha, podchodząc, aż wraz z Dziedziczką Tronu zetknęły się ramionami — i licząc tych nowych, zebrałyśmy dwustu pięciu zbyt młodych do walki chłopców oraz starców, którzy dawno temu powinni odłożyć włócznie. Nie pytałam cię wcześniej, znasz wszak swoich ludzi i wiesz, czego chcesz. Ale... Czy ta wyprawa warta jest czasu, który jej poświęcasz?

— Och tak, siostro. — Elayne mówiła równie cicho, nie chciała bowiem, by mógł ją podsłuchać jednonogi dawny żołnierz albo któryś ze służących. Najlepsi z mężczyzn mogą się zmienić w uparte muły, jeśli uświadomią sobie, że ktoś usiłuje ich skłonić do pewnego rodzaju zachowania. Zwłaszcza jeżeli sobie uświadomią, że pomocnicy, których z takim trudem zebrali i zaoferowali, a których Elayne przyjęła, na niewiele jej się przydadzą. — Do tej pory wszyscy mieszkańcy wsi nad rzeką wiedzą, że tu jestem, podobnie jak ludzie z połowy farm w zasięgu kilku mil. Do południa druga połowa się o tym dowie, a jutro następna wioska. I kolejne farmy. Co prawda, nowiny rozchodzą się wolniej w zimie, szczególnie w tym kraju. Mnóstwo osób wie, że wysunęłam żądania wobec tronu, niemniej jednak, gdybym zasiadła na nim jutro rano albo umarła jutro wieczorem, być może nie dowiedzieliby się o tym fakcie przed środkiem wiosny, a może odkryliby to dopiero latem. Natomiast dzięki moim działaniom tutejsi mieszkańcy dziś już wiedzą, że Elayne Trakand żyje, w jedwabiach i klejnotach odwiedziła rezydencję, po czym wezwała mężczyzn pod swój sztandar. Ludzie w odległości dwudziestu mil stąd mogą poświadczyć, że mnie widzieli i dotknęli mojej ręki. W osobistej rozmowie łatwiej kogoś przekonać do swoich racji, a i rozmówca prędzej cię zapamięta, jeśli nie tylko cię widział, ale także z tobą rozmawiał albo przynajmniej się do niego odezwałaś. W dziewiętnastu różnych punktach Andoru istnieją zatem obecnie mężczyźni i kobiety, którzy mogą zaświadczyć, że widzieli Dziedziczkę Tronu w ubiegłym tygodniu, a z każdym dniem ten obszar powiększa się niczym plama atramentowa. Gdybym miała dość czasu, odwiedziłabym każdą wieś w Andorze. Moja wyprawa może nie ma wielkiego znaczenia dla aktualnych zdarzeń w Caemlyn, nie zdziwi mnie wszakże, jeśli się okaże bardzo ważna, gdy wygram. — Elayne oficjalnie nie brała pod uwagę żadnej innej możliwości poza zwycięstwem. Szczególnie kiedy pomyślała, kto objąłby tron w razie jej klęski. — Widzisz, Aviendho, większość Królowych w naszej historii spędziła pierwsze lata swoich rządów na zbieraniu sojuszników, którzy pozostali im w każdej sytuacji wierni. Może niektóre nie musiały tego robić, jednak obecnie nadchodzą cięższe czasy i po objęciu tronu mogę nie mieć nawet roku na przekonanie do siebie Andoran, a chciałabym otrzymać poparcie ich wszystkich. Nie mogę czekać do koronacji. Jak powiedziałam, nadchodzą cięższe czasy i muszę być gotowa na każdą ewentualność. To znaczy... Andor musi być gotów, a ja muszę swój kraj przygotować — dokończyła stanowczo.

Aviendha uśmiechnęła się, po czym dotknęła policzka Elayne.

— Sądzę, że wiele się od ciebie nauczę o odpowiednim dla Mądrej zachowaniu i postępowaniu.

Ku swemu upokorzeniu zakłopotana Dziedziczka Tronu straszliwie się zarumieniła. Odnosiła wrażenie, że jej policzki płoną! Och, może huśtawka nastrojów była jednak gorsza niż rozpieszczanie przez otoczenie. O Światłości, przed Elayne były jeszcze całe miesiące oczekiwania! Nie po raz pierwszy zawrzała gniewem na myśl o Randzie. Miała prawo być na niego oburzona. Zrobił jej to — no może sama mu w tym pomogła, sama go w gruncie rzeczy do tego namówiła, choć w tej chwili jej pomoc nie miała zbytniego znaczenia — tak czy owak, zrobił jej to, co zrobił, a później odszedł z zadowolonym uśmiechem na twarzy. Wątpiła, czy Rand był naprawdę w tamtym momencie taki ogromnie z siebie zadowolony, ale aż za łatwo potrafiła go sobie wyobrazić z kołtuńskim uśmieszkiem. Ach, gdyby to on przeżywał taką huśtawkę nastrojów, gdyby w jednej godzinie miał zawroty głowy, był roztargniony, a później płakał bez powodu... ciekawe, jak by mu się taki stan spodobał! „Ech, nie mogę się skupić na jednej konkretnej rzeczy" — pomyślała z irytacją. Za swój obecny brak koncentracji również obarczała winą Randa.

Stajenne w końcu uznały Płomienne Serce i Siswai za dostatecznie potulne dla obu lady i Aviendha wspięła się na siodło ze specjalnego, służącego do tego celu kamiennego bloku, okazując przy tym znacznie więcej gracji niż kiedykolwiek wcześniej, poprawiwszy uprzednio szerokie, lecz nieprzecięte spódnice, które w ten sposób skrywały większą część jej nóg w ciemnych pończochach. Aviendha nadal czuła niechęć do jazdy konnej, jednak jeździła już zupełnie przyzwoicie. Chociaż czasem zaskakiwało ją, że koń słucha jej poleceń. Płomienne Serce spróbował się kręcić, gdy Elayne znalazła się na jego grzbiecie, ale zapanowała nad nim elegancko i nieco ostrzej niż zazwyczaj. Teraz miała problem nie tylko ze swoimi zmiennymi nastrojami, ale także z nagłym poczuciem strachu o Randa, któremu nie mogła w tej chwili zapewnić bezpieczeństwa.

Sześć Gwardzistek stępa ruszyło drogą prowadzącą z rezydencji, gdyż szybszą jazdę utrudniał głęboki śnieg, reszta oddziału zaś ruszyła za Elayne i Aviendhą w równiutkich szeregach, przy czym ostatnie amazonki prowadziły na postronkach zwierzęta juczne. Miejscowi mężczyźni wlekli się za nimi w nierównym rzędzie z własnym koniem jucznym, kudłatym stworzeniem obciążonym rondlami, nieforemnymi pakunkami, a nawet pół tuzinem żywych kurcząt. Niewiele osób pozdrawiało ich, gdy przejeżdżali przez wieś, wśród krytych strzechą chat i przez kamienny most przerzucony nad krętym niczym wąż zamarzniętym strumieniem. Czasem ktoś głośno skandował: „Elayne, Złota Lilia!", „Trakand! Trakand!" albo „Dynastia Matherin!", choć Dziedziczka Tronu widziała też kobietę łkającą na piersi męża, a i on miał łzy na twarzy, dostrzegła także inną niewiastę, która odwróciła się do jeźdźców plecami i spuściła głowę, nie zamierzając nawet zerknąć przez ramię. Elayne miała nadzieję, że synowie tych matek wrócą dzięki niej do swoich domów. Walki w Caemlyn nie powinny być szczególnie zaciekłe, chyba że Elayne popełni jakiś straszny błąd, na pewno jednak czekały ich bitwy — wtedy, gdy na głowie Dziedziczki Tronu znajdzie się już Różany Wieniec. Na południu leżał Seanchan, na północy zaś gotowały się do Tarmon Gai'don Myrddraale i trolloki. W najbliższej przyszłości Andor zażąda krwi od swoich synów. Bodajby sczezła, nie będzie z tego powodu płakała!

Za mostem droga znów zaczęła się wspinać. Wjeżdżali między sosnami, jodłami i okazami mahoniowca, na szczęście do górskiej łąki, której szukali, pozostało już tylko niewiele ponad milę. Na śniegu połyskującym w porannym słońcu nadal widać było ślady kopyt ciągnących się do miejsca, w którym głęboką bruzdę w śniegu pozostawiła brama. Obecność obcych ludzi w pobliżu otwartej niegdyś bramy zawsze łączyła się z niebezpieczeństwem.

Podczas drogi ku łące Aviendhę otoczyła poświata *saidara*. Właśnie kobieta Aiel utworzyła bramę, przez którą zjawiły się tutaj wczorajszego popołudnia z poprzedniego miejsca postoju, czyli rezydencji położonej sto mil na północ, więc i Aviendha miała teraz utkać bramę do Caemlyn. Na widok rozświetlonej Jedyną Mocą przyjaciółki Elayne się zadumała. Ktokolwiek wykonał bramę służącą do opuszczenia Caemlyn, zawsze musiał później konstruować inne bramy, aż do powrotu, tym niemniej podczas każdej z ich pięciu podróży Aviendha stale prosiła o pozwolenie wykonania pierwszej bramy. Może po prostu rzeczywiście — tak jak twierdziła — chciała poćwiczyć, chociaż Elayne nie była wcale od niej bardziej doświadczona... Dziedziczce Tronu skojarzyła się wszakże również inna możliwość. Może Aviendha chciała ją uchronić przed przenoszeniem Mocy, przynajmniej w jakimś stopniu. A chciała ją uchronić, ponieważ Elayne była w ciąży! Splotu, który uczynił je siostrami tej samej matki, nie można było użyć, jeśli któraś z sióstr była ciężarna, gdyż nienarodzone dziecko uczestniczyłoby w więzi, czego — jako istota słaba — mogłoby nie przeżyć. Z drugiej strony, gdyby kobieta w stanie błogosławionym powinna unikać przenoszenia Mocy, na pewno jedna z Aes Sedai w pałacu poinformowałaby o tym Elayne. Tyle że... naprawdę niewiele Aes Sedai rodziło dzieci, więc może nie znały wszystkich ograniczeń związanych z ciążą. Dziedziczka Tronu zdawała sobie sprawę z istnienia wielu spraw, o których Aes Sedai nie miały pojęcia, jakkolwiek intensywnie udawały swe obycie przed resztą świata — sama od czasu do czasu korzystała z dobrodziejstw takiego stwarzania pozorów — tym niemniej wydawało jej się bardzo dziwne, iż Aes Sedai mogły być nieświadome kwestii tak ważnej dla większość kobiet. Skoro wiedziały wszystko o przenoszeniu Mocy, powinny też znać związki między tym aktem a stanem ciąży.

Tak czy inaczej, Mądre, które częściej od Aes Sedai zachodziły w ciążę i rodziły dzieci, również nijak nie przestrzegły Elayne przed przenoszeniem...

Nagle coś brutalnie wypchnęło z myśli Dziedziczki Tronu rozważania na temat związku jej dziecka z przenoszeniem Jedynej Mocy oraz pytania o zakres wiedzy Aes Sedai w tej kwestii. Elayne całym swym jestestwem poczuła, że ktoś gdzieś przenosi *saidar*. Nie Aviendha jednakże ani też żadna osoba na jednej z otaczających gór czy w ich bliskiej odległości. Ten ktoś znajdował się daleko i dysponował ogromną siłą. Dziedziczce Tronu skojarzyła się latarnia morska błyskająca tak silnym światłem, że docierało w nocy na znaczną odległość, choć sama latarnia znajdowała się na jakimś niezwykle odległym klifie. Bardzo, bardzo odległym klifie. Elayne nie potrafiła sobie wyobrazić, jak dużo Jedynej Mocy potrzebuje ten osobnik, skoro mogła wyczuć przenoszenie z takiej odległości. A prawdopodobnie wyczuwała je w tejże chwili każda umiejąca przenosić Moc kobieta na świecie. I każda potrafiła wskazać kierunek, z którego przenoszono. Ta „latarnia morska" znajdowała się gdzieś na zachodzie. Nic nie zmieniło się w więzi z Randem i Elayne nadal nie potrafiła dokładnie określić miejsca jego pobytu, na pewno nie było go w zasięgu stu mil... A jednak wiedziała o jego związku z tamtym miejscem.

— Rand jest w niebezpieczeństwie — oświadczyła. — Musimy do niego iść, Aviendho.

Jej pierwsza siostra potrząsnęła głową, po czym przestała się wpatrywać na zachód i odwróciła głowę. Wciąż otaczała ją poświata *saidara*, a Elayne wiedziała, że towarzyszka czerpała wcześniej moc ze Źródła najgłębiej, jak tylko potrafiła. Z drugiej strony, gdy Aviendha na nią popatrzyła, Dziedziczka Tronu wyczuła, że ilość dzierżonego przez drugą kobietę *saidara* zanika.

— Nie, nie wolno nam, Elayne.

Osłupiała Dziedziczka Tronu poruszyła się nerwowo w siodle Płomiennego Serca, po czym nieruchomo zagapiła na Aviendhę.

— Chcesz go opuścić?! Zostawić go tam?!

Nikt nie mógł sobie poradzić z tak wielką ilością *saidara*, nawet najsilniejszy okrąg, nie bez wsparcia. Przypuszczalnie ktoś wykorzystywał w tym momencie jakiś nowy *sa'angreal* potężniejszy niż wszystkie, jakie kiedykolwiek wykonano, jeśli jednak Elayne dobrze słyszała, użycie takiego *sa'angreala* również wymagało wielkich umiejętności. Bo z tego, co wiedziała, żadna kobieta nie mogłaby skorzystać z pomocy tak potężnego *sa'angreala* i przeżyć, chyba że wsparłaby się *ter'-angrealem* stworzonym specjalnie do tego celu. A podejrzewała, że taki *ter'angreal* nie istniał. Zresztą, nawet mając do dyspozycji wspaniały *ter'angreal,* pewnie żadna siostra nie odważyłaby się przenosić tak ogromnej ilości Jedynej Mocy. Taka duża ilość mogłaby bowiem w jednej chwili zrównać góry z poziomem morza! Nie, nie, żadna siostra nie podjęłaby takiej próby... no chyba że przedstawicielka Czarnych Ajah. Albo, co gorsza, ktoś spośród Przeklętych. A może kilkoro z nich! Któż inny potrafiłby sobie z taką Mocą poradzić?! Aviendha zaś chciała po prostu zignorować to niezwykłe zdarzenie?! Musiała przecież wiedzieć, że Rand znajduje się w samym centrum.

Gwardzistki, zupełnie nieświadome tego, co się dzieje, nadal cierpliwie czekały na koniach, trwając na straży przy linii drzew stanowiących granicę łąki. Kobiety były nieco zmartwione przyjęciem ich w rezydencji, a Caseille przyglądała się Elayne i Aviendzie, lekko marszcząc brwi pod hełmem. Wiedziała, że nigdy przedtem nie zwlekały z otwarciem bramy. Mężczyźni z rezydencji zebrali się wokół swego jucznego konia, nerwowo szurając przy tobołkach i wyraźnie się sprzeczając, czy wszystko wzięli. Aviendha podjechała jeszcze bliżej karosza Elayne.

— Niczego nie wiemy, Elayne — odezwała się do niej szeptem. — Może Rand tańczy z włóczniami, a może robi coś zupełnie innego. Jeśli tańczy z włóczniami, a my się wtrącimy, może nas zaatakować, zanim odkryje, kim jesteśmy. Przecież się nas nie spodziewa. A jeżeli go rozproszymy i z tego powodu zwyciężą jego wrogowie? Jeżeli Rand al'Thor umarł, odnajdziemy osoby, które odebrały mu życie i je pozabijamy, teraz jednak nie możemy wyruszyć, bo szukałybyśmy po omacku i prawdopodobnie ściągnęłybyśmy na siebie katastrofę.

— Mogłybyśmy zachować ostrożność — odparła markotnie Dziedziczka Tronu. Własne nadąsanie rozwścieczyło ją, a szczególnie fakt, że nie potrafiła ukryć swoich uczuć, niewiele jednak mogła zrobić poza poddawaniem się tym zmiennym nastrojom i ignorowaniem ich. — Nie musimy Podróżować aż do miejsca pobytu Randa. — Chwyciła woreczek, wymacała w środku małą figurkę z kości słoniowej wyrzeźbioną w kształt siedzącej kobiety, po czym spojrzała ostro na bursztynową broszkę siostry. — Dzięki Światłości, Aviendho, mamy *angreala* i żadna z nas nie jest całkowicie bezradna. — Niech sczeźnie, teraz we własnym głosie dosłyszała rozdrażnienie. Dobrze wiedziała, że obie wraz z *angrealem* są niczym komary lecące wbrew sobie w stronę płomienia, jednakże czasem, szczególnie we właściwym momencie, nawet ukąszenie komara może zmienić sytuację. — I nie mów mi, że narażam dziecko. Min zapewniła nas, że urodzi się silne i zdrowe. Sama mnie o tym zapewniałaś. Przepowiednia ta oznacza, że pożyję przynajmniej do narodzin mojej córki. — Dziedziczka Tronu miała szczerą nadzieję, że nosi w łonie córkę.

Płomienne Serce właśnie w tejże chwili zapragnął ugryźć siwą klacz, Siswai odpowiedziała tym samym, więc Elayne musiała zapanować nad wałachem, chronić Aviendhę przed spadnięciem z klaczy i równocześnie opędzać się od pomocy Caseille. Minutę później opuściła ją wszelka posępność. Miała ochotę pacnąć Płomienne Serce prosto między uszy.

Gdy zwierzęta się uspokoiły, Aviendha zachowywała się, jakby zupełnie nic się nie zdarzyło. Zmarszczyła czoło i popatrzyła nieco niepewnie spod okalającego jej twarz szala z ciemnej wełny, jej niepewność wszakże nie miała nic wspólnego z końmi.

— Opowiedziałam ci o pierścieniach w Rhuidean — oznajmiła powoli, a Dziedziczka Tronu niecierpliwie pokiwała głową. Każdą kobietę, która chciała zostać Mądrą, zanim rozpoczęła szkolenie, wysyłano po jakiś *ter'angreal*. Przypominał on *ter'angreal* używany do sprawdzania nowicjuszek, które miały zostać Przyjętymi w Białej Wieży, tyle że dana kobieta widziała przy okazji całe swoje życie. To znaczy, w rzeczywistości widziała całe swoje potencjalne życie, gdyż każda decyzja coś w tym życiu zmieniała, tworząc nieskończony wachlarz żywotów opartych na różniących się od siebie, dokonanych wyborach. — Nikt nie może zapamiętać wszystkiego, Elayne, jedynie skrawki i fragmenty. Wiedziałam, że pokocham Randa al'Thora... — Czasami czuła się nieprzyjemnie, gdy musiała wymieniać jego imię przy innych osobach — ...I że znajdę siostry-żony. Przeważnie po tych wizjach pozostają ci jedynie niewyraźne wrażenia i to w najlepszym wypadku. Czasem coś w rodzaju sugestii ostrzeżenia. Myślę, że jeśli teraz udamy się do niego, przydarzy się coś bardzo złego. Może jedna z nas umrze, może nawet obie... mimo obietnicy Min. — Fakt, że bez oporów nazwała Min po imieniu, wiele mówił o jej trosce. Nie znała Min zbyt dobrze i zwykle nazywała ją oficjalnie pełnym nazwiskiem, czyli Min Farshaw. — Być może Rand umrze. Albo stanie się jeszcze coś innego, nie wiem na pewno... może wszyscy zachowamy życie, a później, gdy znajdziemy Randa, my dwie usiądziemy wokół ognia wraz z nim i uprażymy sobie orzechy *pecara*... Tym niemniej, ostrzegawcze światełko wyraźnie migocze mi w głowie.

Elayne z gniewem otworzyła usta, zamierzając coś powiedzieć, po chwili jednak znów je zamknęła, a gniew opuścił ją niczym woda spływająca przez otwory sita. Zgarbiła ramiona i pochyliła się do przodu. Być może migotliwe światełko Aviendhy było prawdziwe, a może nie, jednak fakt faktem, że kobieta Aiel miała dobre argumenty. Wielkie ryzyko podjęte w niewiedzy mogło się skończyć katastrofą. A osobnik przenoszący straszliwą ilość Mocy nadal ją przenosił. Mówiąc obrazowo, latarnia morska stawała się ciągle jaśniejsza. Rand zaś znajdował się tam, gdzie było owo światło. Więź nie sugerowała tego Elayne, nie przy tak olbrzymiej odległości, ona wszakże wiedziała. I wiedziała, że musi zostawić swego kochanka samemu sobie — do czasu, aż jako królowa przejmie pieczę nad Andorem.

— Nie mogę ci już udzielać żadnych nauk, jak być Mądrą, Aviendho — stwierdziła cicho. — Stałaś się bowiem mądrzejsza ode mnie. A także odważniejsza, rozważniejsza i znacznie bardziej opanowana. Wracamy do Caemlyn.

Słysząc komplementy z ust Dziedziczki Tronu, Aviendha lekko się zarumieniła — czasami bywała bardzo wrażliwa — lecz nie marnowała więcej czasu i natychmiast zabrała się za otwarcie bramy, za którą szybko pojawił się widok dziedzińca przed stajniami Królewskiego Pałacu. Wejście w powietrzu rozszerzyło się do znacznego otworu, a śnieg z łąki spadł w miejscu odległym o niemal trzysta mil na czysto zamiecione kamienie brukowe, gdzie roztopił się bez śladu. Elayne niespodziewanie pomyślała o Birgitte, która przebywała gdzieś w pałacu. Dzięki więzi z nią Dziedziczka Tronu wiedziała, że Birgitte cierpi z powodu migreny i niestrawności. Te dolegliwości nie były ostatnio u kobiety Strażnik niczym niezwykłym, tym niemniej aż za dobrze pasowały do nastroju Elayne.

„Muszę go zostawić samemu sobie" — myślała, przejeżdżając przez bramę. O Światłości, jak często miała wcześniej takie myśli? Nieważne. Rand był miłością jej serca i radością jej życia, jednak jej obowiązkiem był Andor.

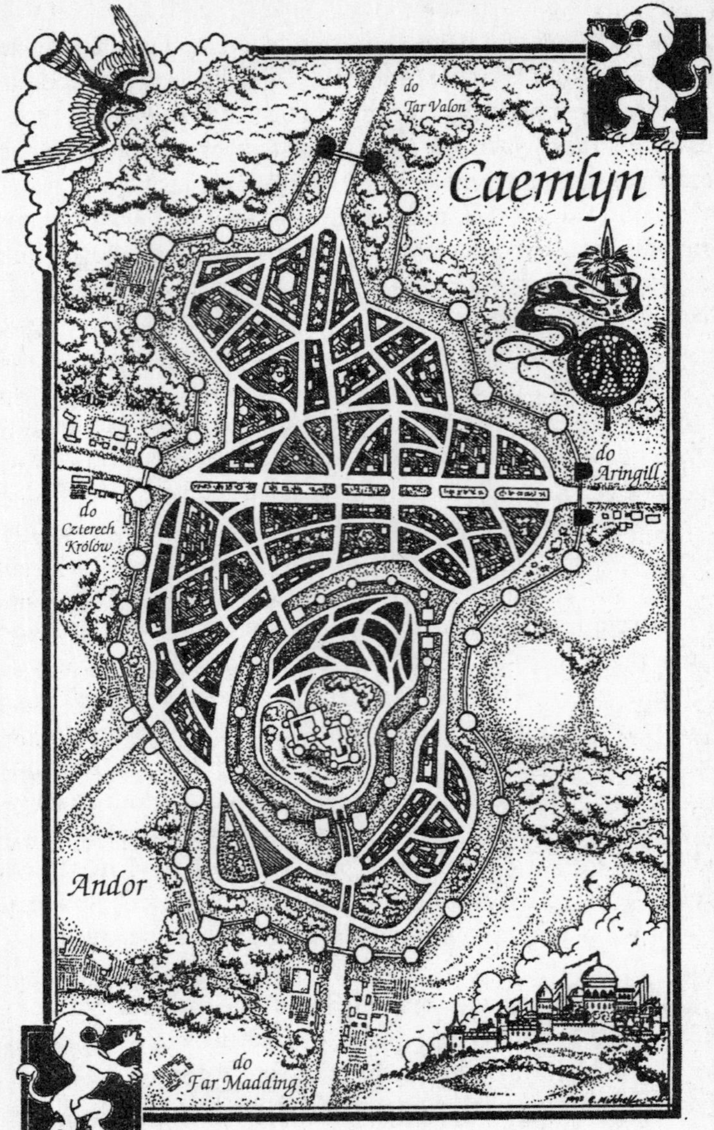
Caemlyn
do
Tar Valon
do
Aringill
do
Czterech
Królów
Andor
do
Far Madding

ROZDZIAŁ 11

ROZMOWA O DŁUGACH

Brama została umieszczona w taki sposób, żeby ewentualni gapie sądzili, iż Elayne wyjeżdża z dziury w murze prosto w kwadrat wyznaczony dla bezpieczeństwa przez napełnione piaskiem i ustawione na brukowanej nawierzchni beczki po winie. Dziwnym trafem Dziedziczka Tronu nie potrafiła wyczuć ani jednej kobiety przenoszącej Moc — nigdzie w pałacu, chociaż zamieszkiwało go ponad sto pięćdziesiąt niewiast z tą zdolnością. Niektóre oczywiście stacjonowały na zewnętrznych murach miejskich, zbyt daleko dla Elayne, która z takiej odległości mogłaby je wyczuć jedynie jako uczestniczka połączonego kręgu, niektóre też zapewne opuściły miasto, tym niemniej prawie zawsze ktoś w pałacu używał *saidara* — czy to próbując zmusić jedną z pojmanych *sul'dam* do przyznania, że naprawdę potrafi dostrzec sploty Jedynej Mocy, czy to po prostu do wygładzenia pogniecionego szala bez użycia gorącego żelazka. Nie dzisiejszego ranka jednak. Aes Sedai bywały aroganckie, Poszukiwaczki Wiatru jeszcze bardziej, czym wszakże były wobec potężnego osobnika przenoszącego ogromną ilość Mocy. Elayne pomyślała, że jeśli wychyli się przez okno gdzieś na wysokościach, na pewno zobaczy sploty tej „wielkiej latarni", nawet jeśli były odległe o setki lig. Czuła się jak mrówka, która właśnie uświadomiła sobie istnienie gór, jak mrówka porównująca Grzbiet Świata ze wzgórzami, które zawsze napawały ją trwogą. Tak, nawet Poszukiwaczki Wiatru powinny się wobec tego zjawiska pokłonić z respektem.

Na wschodniej stronie pałacu, frontem do strony północnej i południowej, przy dwupiętrowych, zwyczajnych stajniach z czystobiałego kamienia, mieściły się Stajnie Królowej, tradycyjnie przeznaczone dla osobistych koni aktualnej władczyni i jej powozów. Wcześniej Elayne wahała się, czy ich używać, zanim oficjalnie zasiądzie na Tronie Lwa. Kroki, które prowadziły ku tronowi, były delikatne jak w tańcu dworskim i choćby ten taniec czasem przekształcał się w coś podobnego do tawernianej kłótni, Dziedziczka Tronu — jeśli pragnęła osiągnąć cel — nadal musiała wykonywać swoje kroki z wdziękiem i precyzją. Wysuwanie roszczeń do dodatkowych korzyści przed koronacją mogło się skończyć dla niej utratą szans na rządzenie. W końcu uznała, że nikt nie będzie jej podejrzewał, iż naruszyła tę zasadę z przesadnej dumy. Poza tym Stajnie Królowej były stosunkowo małe i nie miały żadnego innego zastosowania. Kręciło się tu znacznie mniej osób, więc otwarta brama nie powinna przyciągać dużej uwagi. W rzeczywistości, gdy znalazła się przed Stajniami, odkryła, że dziedziniec jest niemal kompletnie pusty. Wyjątkiem był stojący w progu jednego z łukowatych wejść do stajni samotny stajenny w czerwonym stroju. Tyle że mężczyzna ów natychmiast się obrócił i krzyknął coś do środka, a wówczas ze stajni wypadły całe tuziny innych stajennych i ruszyły ku Elayne, która wyjechała na Płomiennym Sercu z oznaczonego kwadratu. Ostatecznie mogłaby przecież wrócić w towarzystwie potężnych lordów i lady, w każdym razie taką zapewne mieli nadzieję.

Caseille przeprowadziła Gwardzistki przez bramę, a później większości z nich kazała zsiąść z koni i pilnować zwierząt. Wraz z pół tuzinem innych pozostała w siodle, skąd obserwowały wszystko z uwagą. Nawet tutaj Caseille nie zamierzała ani na chwilę spuścić Elayne z oka. A może raczej szczególnie tutaj, gdzie Dziedziczce Tronu groziło większe niebezpieczeństwo niż w odwiedzanych rezydencjach. Z bramy wyjechali teraz reprezentanci Dynastii Matherin. Podjeżdżali do stajennych i Gwardzistek, równocześnie gapiąc się na górujące nad dziedzińcem balkony i kolumnady z białego kamienia oraz na widoczne za nimi iglice i złote kopuły. Zimno wydawało się tutaj mniej dotkliwe niż w górach — Elayne w każdym razie z całych sił nie dopuszczała go do siebie, choć zdawała sobie z niego sprawę, a mężczyźni, kobiety i konie wciąż wydychali słabe pióropusze mgły. Odór końskiego łajna był tu dość silny, zwłaszcza po czystym górskim powietrzu. Elayne chętnie weszłaby do ustawionej przed trzaskającym w kominku ogniem wanny z gorącą wodą. Później będzie musiała wrócić do spraw związanych z tronem, teraz jednak przede wszystkim pragnęła odpoczynku — najchętniej w ciepłej wodzie.

Do Płomiennego Serca podbiegło dwoje stajennych. Kobieta wzięła uzdę z pospiesznym dygnięciem pod adresem Elayne, gdyż większą uwagę zwracała na zachowanie wysokiego wałacha, który zresztą nie sprawiał żadnych problemów, podczas gdy Dziedziczka Tronu z niego zsiadała przy pomocy mężczyzny pochylonego w ukłonie i z rękoma ułożonymi w prowizoryczne strzemię, na którym Elayne mogła postawić nogę. Żadne z nich nie zerkało już nawet na widoczek ośnieżonej, górskiej łąki pozostały w połowie kamiennego muru. Pracownicy stajni zdążyli się w końcu przyzwyczaić do bram. Dziedziczka Tronu wiedziała, że wiele osób stawia im drinki w tawernach, aby posłuchać, jak się chełpią liczbą widzianych bram i innych przypadków użycia Jedynej Mocy. Elayne potrafiła sobie wyobrazić brzmienie tych opowieści w momencie, gdy docierały do Arymilli. Dziedziczce Tronu spodobała się myśl o Arymilli nerwowo zagryzającej paznokcie.

Gdy Elayne postawiła stopę na brukowych kamieniach, od razu otoczyła ją grupa Gwardzistek w szkarłatnych kapeluszach o szerokich rondach z białymi pióropuszami i jasnych napierśnikach przepasanych również szkarłatnymi, obszytymi koronką szarfami, z haftem Białego Lwa. Żołnierki Caseille miały eskortować Elayne do stajni. Rozglądały się ostrożnie, spoglądając w każdym kierunku, a ich ręce dotykały rękojeści mieczów — ręce wszystkich z wyjątkiem Deni, postawnej kobiety o spokojnych rysach, która nosiła długą, mosiężną, nabijaną gwoździami pałkę. Było ich tylko dziewięć... „Tylko dziewięć" — pomyślała z goryczą Elayne. „O Światłości, jakie to szczęście, że potrzebuję zaledwie dziewięciu osobistych strażniczek w samym Królewskim Pałacu!" — dodała w myślach z sarkazmem. Tak czy owak, było ich jedynie dziewięć, lecz każda doskonale władała mieczem. Kobiety, które poświęciły się „rzemiosłu miecza", jak to nazywała Caseille, musiały być dobre w swoim fachu, w przeciwnym razie prędzej czy później przegrywały z zazwyczaj silniejszymi od nich mężczyznami. Deni natomiast nie posiadała żadnych zdolności do walki na miecze, jednak mężczyźni, którzy mieli do czynienia z jej pałką, dobrze ją zapamiętali. W dodatku, mimo sporej tuszy, Deni była bardzo szybka, zawzięta, w razie potrzeby nie walczyła fair, lecz zawsze z pełnym poświęceniem.

Rasoria, krępa podporucznik dowodząca, wyraźnie odprężyła się z ulgą, gdy stajenni odprowadzili Płomienne Serce do stajni. Gdyby osobiste strażniczki Elayne postawiły na swoim, nikt z wyjątkiem Gwardzistek nie miałby prawa zbliżyć się do Dziedziczki Tronu na odległość wyciągniętej ręki. No cóż, może nie były aż tak restrykcyjne, jednak bez wątpienia spoglądały podejrzliwie niemal na każdego — oprócz Birgitte i Aviendhy. Rasoria, Tairenianka mimo swych niebieskich oczu i króciutko przyciętych blond włosów, była pod tym względem najgorsza, nalegała nawet na doglądanie kucharek przygotowujących posiłki Elayne i kazała kosztować każdą potrawę, zanim trafiła ona na stół Dziedziczki Tronu. Elayne nie protestowała, jakkolwiek nadgorliwe wydawało jej się owo polecenie. Jeden łyk zatrutego wina mógłby się dla niej źle skończyć — wbrew przepowiedniom, że Elayne przeżyje przynajmniej do narodzin dziecka. Jednakże nie nieufność Gwardzistek ani konieczność ich posiadania sprawiła, że Dziedziczka Tronu zacisnęła nagle usta. Zdenerwował ją raczej widok Birgitte przeciskającej się wśród tłumu na dziedzińcu przed stajniami. Birgitte szła, lecz nie do Elayne.

Aviendha wyłoniła się oczywiście z bramy jako ostatnia i to dopiero w momencie, gdy miała pewność, że wszyscy inni przeszli. Kiedy kobieta Aiel pozwoliła bramie zaniknąć, Dziedziczka Tronu ruszyła w jej stronę tak wielkimi krokami, że członkinie jej eskorty musiały podbiec, by ponownie otoczyć ją kręgiem. Chociaż Elayne szła szybko, Birgitte, kobieta z grubym złotym warkoczem zwisającym aż do talii, zjawiła się przy Aviendzie pierwsza. Pomogła kobiecie Aiel zsiąść z siwej klaczy i przekazała lejce stajennej o pociągłej twarzy i nogach niemal równie długich jak kończyny Siswai. Aviendha zawsze miała więcej problemów ze zsiadaniem niż z dosiadaniem konia, Birgitte wszakże nie chodziło jedynie o pomoc. Elayne wraz z eskortą przybyła w samą porę, toteż usłyszała pospieszne pytania kobiety wypowiedziane cichym głosem:

— Czy ona piła kozie mleko? Czy dostatecznie dużo spała? Czy czuje się…? — Birgitte nagle umilkła, po czym wciągnęła głęboki wdech, odwróciła się i stanęła twarzą w twarz z Dziedziczką Tronu. Wyglądała na kompletnie spokojną i z pozoru nie dziwiła się, że widzi swoją panią przed sobą. Więź działała w obie strony.

Birgitte nie była szczególnie dużą kobietą, chociaż w butach na obcasie przewyższała Elayne i mniej więcej dorównywała wzrostem Aviendzie, jednak zazwyczaj prezencji dodawał jej uniform Kapitan-Generał Gwardii Królowej, na który składał się krótki, czerwony płaszcz z wysokim, białym kołnierzem oraz workowate, niebieskie spodnie wsunięte w błyszczące, czarne kozaki, cztery złote węzły na lewym ramieniu i cztery złote koła na każdym białym mankiecie. Ostatecznie była przecież Birgitte Srebrny Łuk, legendarną bohaterką. Pozostała ostrożna, próbując sprostać tym legendom. Twierdziła, że jedne historie rażąco rozdęto, inne przejaskrawiono, niektóre zaś nazywała całkowitymi wymysłami. A jednak Birgitte była wciąż tą samą kobietą, która dokonała czynów stanowiących sedno lub początek znanych jej i nieznanych legend. W chwili obecnej — wbrew pozornemu spokojowi — w jej zainteresowaniu Elayne było sporo niepokoju; Dziedziczka Tronu wyczuwała wszystko poprzez więź, wraz z bólem głowy i niestrawnością Birgitte. A kobieta Strażnik bardzo dobrze wiedziała, że Elayne nienawidzi, gdy się ją sprawdza za jej plecami. Dzięki więzi Birgitte znała wszystkie emocje Elayne, zdawała zatem sobie także sprawę z jej rozdrażnienia i zdenerwowania.

Aviendha spokojnie rozwinęła chustę, zdjęła ją z głowy i rozłożyła na ramionach, usiłując wyglądać na osobę, która nie zrobiła niczego niewłaściwego i na pewno nie miała związków z nikim, kto postępował źle. Niestety, mimo starań wyglądała podejrzanie, szczególnie że wytrzeszczyła oczy, by wyglądać bardziej niewinnie, a skutek okazał się dokładnie przeciwny. W pewnym sensie Birgitte miała na nią zły wpływ.

— Piłam kozie mleko — odezwała się Elayne spokojnie, świadoma bliskości trzech Gwardzistek. Choć żołnierki stały tyłem i rozglądały się wokół, uważnie przeglądając dziedziniec, balkony i dachy, na pewno uważnie słuchały. — Spałam dostatecznie dużo. Chcesz mnie jeszcze o coś spytać?

Na policzkach Aviendhy pojawił się lekki szkarłat.

— Myślę, że w tej chwili otrzymałam wszystkie potrzebne mi odpowiedzi — odparła Birgitte bez rumieńca, na który liczyła Dziedziczka Tronu. Ta kobieta doskonale wiedziała, jak bardzo Elayne jest zmęczona, wiedziała zatem również, że Dziedziczka Tronu kłamie, mówiąc o śnie.

Więź okazywała się czasami straszliwie niewygodna. Elayne wypiła ubiegłej nocy jedynie pół kubka mocno rozwodnionego wina, a jednak czuła się rano jak skacowana Birgitte — bolała ją głowa i miała zgagę. Żadna z Aes Sedai opowiadających o więzi nigdy nie wspomniała o tego rodzaju doznaniach, a jednak Elayne i Birgitte aż za często wyczuwały siebie nawzajem, zarówno w sposób fizyczny, jak i emocjonalny. Te ostatnie kwestie stanowiły prawdziwy problem, odkąd Elayne zaczęła doświadczać huśtawki nastrojów. Czasami udawało jej się zlekceważyć ogarniające ją emocje Birgitte albo je zwalczyć, dzisiaj jednak wiedziała, że pocierpi do czasu, aż jej Strażnik zostanie Uzdrowiona. Dziedziczka Tronu obarczała za tę ciągłą wymianę odczuć fakt, że obie były kobietami. Nikt wcześniej nie słyszał o więzi między kobietami. Po prawdzie, i teraz mało kto o takiej więzi słyszał, a jeszcze mniej osób wierzyło w jej istnienie. Strażnik powinien być mężczyzną, dokładnie tak samo jak samcem był byk. W takich przypadkach ludzie po prostu nie dopuszczali do siebie myśli o innej możliwości.

Złapana na kłamstwie, kiedy próbowała żyć zgodnie z nakazami Egwene, czyli tak, jakby już złożyła Trzy Przysięgi, Elayne usiłowała się bronić.

— Czy Dyelin wróciła? — spytała ostro, zmieniając temat.

— Nie — odparła Birgitte równie ostrym tonem.

Dziedziczka Tronu westchnęła. Dyelin opuściła miasto na kilka dni przed pojawieniem się armii Arymilli. Wzięła z sobą Reanne Corly, która miała konstruować dla niej bramy i tym samym przyspieszać podróż. A od powrotu Dyelin zależało sporo. I od wieści, jakie Dyelin przyniesie. Oraz od tego, czy przyniesie coś oprócz wieści.

Wybór Królowej Andoru był właściwie sprawą całkiem prostą. W królestwie istniało czterysta Dynastii, ale tylko dziewiętnaście z nich uważano za wystarczająco silne, by inne podążyły za ich przykładem. Zwykle cała dziewiętnastka

— albo większa część tej liczby — opowiadała się za daną Dziedziczką Tronu, chyba że kobieta była wyraźnie niekompetentna. Po śmierci Mordrellen, Dom Mantear stracił tron na rzecz Dynastii Trakand tylko z powodu zniknięcia Dziedziczki Tronu Tigraine, która nie pozostawiła po sobie córki, a jedynie syna, oraz dlatego, że Morgase Trakand zdołała zyskać poparcie trzynastu Domów. Zgodnie z prawem i zwyczajami do wstąpienia na tron konieczne było poparcie jedynie dziesięciu z tychże dziewiętnastu Dynastii. Nawet pretendentki, które były pewne swego prawa do tronu, rezygnowały z roszczeń i ustępowały, gdy inna kobieta miała za sobą dziesięć spośród najważniejszych Domów.

Sytuacja Elayne nie była jednoznaczna. Wcześniej Dziedziczka Tronu miała trzy poważne rywalki, ale teraz Naean i Elenia zjednoczyły się z Arymillą Marne, najmniej prawdopodobną z trzech kandydatek. Zmiana ta oznaczała, że Elayne posiada poparcie dwóch Domów (to znaczy dwóch dużych i liczących się, gdyż Matherin i osiemnaście innych, które właśnie odwiedziła, były na to zbyt małe) — własnego Domu Trakand i Dynastii Dyelin, czyli Taravin — przeciwko sześciu. Och, Dyelin twierdziła, że po stronie Dziedziczki staną Carand, Coelan i Renshar, a także Norwelyn, Pendar i Traemane, jednak pierwsze trzy pragnęły posadzić na tronie samą Dyelin, ostatnie trzy natomiast zachowywały się tak, jak gdyby zapadły w sen zimowy. Dyelin na szczęście pozostawała niezmienna w swej lojalności i niezmordowanie działała w sprawie Elayne. Nie przestawała wierzyć, że Domy, które na razie zachowywały milczenie, można przekonać do poparcia Dziedziczki Tronu. Elayne oczywiście nie mogła się do nich zbliżyć, Dyelin natomiast mogła. A teraz sytuacja stawała się rozpaczliwa. Sześć Domów popierało Arymillę. Tylko głupcowi by nie przyszło do głowy, że Arymilla z pewnością namawia w tej chwili inne. Niektóre z nich mogły ją poprzeć tylko dlatego, że miała już za sobą sześć.

Mimo iż Caseille wraz ze swoimi Gwardzistkami wcześniej opróżniła dziedziniec z ludzi, Elayne i jej towarzyszki znów przemierzały brukowaną nawierzchnię wśród tłumu. Mężczyźni z Matherin w końcu zsiedli z koni, ale nadal kręcili się niepewnie, upuszczali halabardy, podnosili je i znów upuszczali; próbowali też rozładować juczne zwierzę, tam, na dziedzińcu przed stajniami. Jeden z chłopców ścigał kurczę, które skądś uciekło i przemykało między nogami koni, a któryś z pomarszczonych starców wykrzykiwał słowa zachęty, choć Elayne nie wiedziała, kogo ów człowiek zachęca — chłopca czy kurczę. Stary chorąży o twardej, ogorzałej twarzy i lichych, białych włosach, ubrany w jasnoczerwony mundur, którego kurtka opinała mu wydatny brzuch, próbował zaprowadzić porządek z pomocą tylko nieznacznie młodszego od siebie Gwardzisty; obaj najprawdopodobniej porzucili emeryturę, tak jak wielu im podobnych. Z kolei jakiś młokos zamierzał chyba wejść ze swoim kudłatym koniem do samego pałacu i Birgitte musiała usunąć go z drogi przed przejściem Elayne. Chłopak, zaledwie z meszkiem zarostu na twarzy, zapewne najwyżej czternastoletni, zamiast odpowiedzi zagapił się na Birgitte z buzią otwartą tak szeroko, jakby chciał połknąć cały pałac. Strażnik bez wątpienia prezentowała się w swoim mundurze bardziej malowniczo niż Dziedziczka Tronu w sukni do jazdy konnej, zresztą młokos już przypuszczalnie wcześniej widział Elayne. Rasoria popchnęła go lekko ku wiekowemu chorążemu, potrząsając przy tym mocno głową.

— Psiakrew, nie wiem, co mam z nimi zrobić — gderała Birgitte w małym holu wejściowym, gdy służąca w czerwono-białym uniformie wzięła od Dziedziczki Tronu płaszcz i rękawiczki.

Hol był mały, lecz tylko jak na standardy ogromnego Królewskiego Pałacu. Oświetlony lampami na złoconych stojakach migoczących wśród wąskich, smukłych, białych kolumn, zajmował obszar o połowę większy od całego głównego korytarza wejściowego Matherin, chociaż sufit miał od tamtego niższy. Inna służąca z Białym Lwem na lewej piersi sukni, dziewczyna niewiele starsza od chłopca, który próbował wejść ze swoim koniem do pałacu, podsunęła tacę ze srebrnej plecionki, zastawioną wysokimi pucharami napełnionymi parującym, grzanym z przyprawami winem, szybko się jednak nieśmiało wycofała, gdyż otrzymała niemiłe spojrzenia równocześnie od Aviendhy i Birgitte.

— Cholerne dzieciaki zasypiają podczas pełnienia straży — kontynuowała kobieta Strażnik, groźnie popatrując na odsuwającą się służącą. — Starzy wprawdzie czuwają, ale połowa nie potrafi sobie przypomnieć, co, psiakrew, mają zrobić, jeśli zobaczą osobę usiłującą sforsować przeklęty mur, a druga połowa w kupie nie umiałaby odeprzeć sześciu pastuchów z owczarkiem. — Aviendha uniosła czoło, popatrzyła na Elayne i kiwnęła głową.

— Nie są tu po to, by walczyć — przypomniała im Dziedziczka Tronu podczas spaceru korytarzem wyłożonym niebieskimi kaflami, rozświetlonym stojącymi lampami z odblaśnicami i zastawionym inkrustowanymi skrzyniami. Birgitte i Aviendha szły po jej bokach, a Gwardzistki kilka kroków przed nimi i kilka kroków za nimi. „O Światłości — pomyślała Elayne — nie wypiłabym tego wina!". W głowie jej łomotało, identycznie jak Birgitte, więc dotykając skroni, zastanowiła się, czy powinna polecić swej Strażnik natychmiast pójść do Uzdrowicielki.

Birgitte jednakże miała inny pomysł. Przypatrzyła się Rasorii i innym Gwardzistkom przed sobą, potem obejrzała się przez ramię i gestem poleciła idącym z tyłu wycofać się jeszcze dalej. Zachowywała się dziwnie. Osobiście wybierała każdą Gwardzistkę i ufała im wszystkim w pełni. Mimo to odezwała się teraz pospiesznym półszeptem, pochylając głowę jak najbliżej Dziedziczki Tronu.

— Coś zdarzyło się tuż przed twoim powrotem. Pytałam Sumeko, czy mnie Uzdrowi, zanim wrócisz, a ona nagle przewróciła się i zemdlała. Potoczyła oczyma i po prostu upadła. Nie chodzi tylko o nią. Nikt mi się nie przyznał, psiakrew, nie mnie, ale widziałam, jak pewne przedstawicielki Rodziny o mało nie wyskoczyły ze swoich przeklętych skór. Podobnie Poszukiwaczki Wiatru. Prawie pluły i parskały. Wróciłaś, zanim zdołałam znaleźć odpowiednią Aes Sedai, podejrzewam jednak, że wszystkie będą patrzeć na mnie wilkiem. Tobie wszakże na pewno powiedzą prawdę.

Pałac wymagał populacji dużej wioski, tylko wówczas wszystko właściwie działało, a służący znajdowali się we właściwych miejscach. Oczom Elayne zaczęli się ukazywać mężczyźni i kobiety w uniformach — pędzili korytarzami, przemykali się pod ścianami lub nurkowali w boczne korytarze, robiąc miejsce dla eskorty Dziedziczki Tronu, więc te nieliczne wyjaśnienia, które znała, przekazała najciszej, jak potrafiła i w jak najmniejszej liczbie słów. Nie przeszkadzało jej, że niektóre pogłoski docierają na ulice i nieuchronnie do Arymilli, jednak opowieści o Randzie mogłyby jej zaszkodzić; wydawały się równie groźne jak opowieści o Przeklętych. A może nawet, w jakimś sensie, były gorsze. Nikt nie uwierzy, że Przeklęci próbują umieścić Elayne na tronie jako swoją marionetkę.

— Tak czy inaczej — dokończyła — ta sprawa nie ma z nami nic wspólnego.

Sądziła, że mówi w sposób niezwykle przekonujący, bardzo chłodny i bezstronny, ale Aviendha wyciągnęła rękę i ścisnęła jej dłoń, co dla powściągliwych Aielów było gestem pociechy niemal tak spektakularnym jak niedźwiedzi uścisk, szczególnie na oczach wielu ludzi. Birgitte przekazała swą sympatię przez więź. Było to coś więcej niż współczucie, raczej zrozumienie kobiety, która znała smutek utraty swojego mężczyzny. Gaidal Cain był stracony dla Birgitte, jakby już nie żył, na domiar złego wspomnienia kobiety Strażnik z wcześniejszego etapu jej życia powoli zanikały. Nie pamiętała wyraźnie już prawie nic sprzed założenia Białej Wieży, a i z tego okresu nie wszystko. Czasami, szczególnie nocami, bała się, że Gaidal także zniknie z jej pamięci, że zatraci wszelkie wspomnienia z nim związane, zapomni, że go znała i kochała. Z tego strachu nie mogła spać, póki nie wypiła całej dostępnej brandy i nie straciła przytomności. Rozwiązanie było marne i Elayne żałowała, że nie może zaoferować swojej kobiecie Strażnik lepszego, wiedziała wszak, iż będzie pamiętała Randa aż do końca swego życia i nie potrafiła sobie wyobrazić lęku Birgitte i jej pewności, że wspomnienia ukochanego mężczyzny kiedyś znikną. Tym niemniej miała nadzieję, że ktoś Uzdrowi Birgitte choćby z porannej migreny — wkrótce, czyli nim jej własna głowa pęknie niczym zbyt dojrzały melon. Sama miała zbyt liche zdolności i nie umiałaby Uzdrowić Strażnik z takiego bólu, a Aviendha nie była wcale w tej kwestii mocniejsza.

Mimo emocji, które wyczuwała w Birgitte, kobieta Strażnik miała gładką twarz, a minę łagodną, wręcz beztroską.

— Ach ci Przeklęci — szepnęła oschle, lecz bardzo cicho Birgitte. Takiej nazwy nie rzucało się pochopnie. — No cóż, póki nie dają nam się we znaki, nic nam, psiakrew, nie grozi. — Chrząknięcie, które można by uznać za śmiech, sugerowało, że kobieta Strażnik nie mówi całej prawdy. Z drugiej strony... Twierdziła wprawdzie, że nigdy wcześniej nie była żołnierką, wyglądała jednak na wojowniczkę. Niezależnie od szans powodzenia, zadanie trzeba było wykonać. — Zastanawiam się, co one o tym myślą? — dodała, kiwając głową ku czterem Aes Sedai, które właśnie wyszły przed nimi z bocznego korytarza.

Vandene, Merilille, Sareitha i Careane, idąc, pochylały ku sobie głowy czy też raczej ostatnie trzy pochylały głowy ku

Vandene. Rozmawiały, intensywnie gestykulując, aż kołysały się frędzle ich szali. Vandene sunęła powoli, jakby szła sama, nie zwracając na nic uwagi. Zawsze pozostawała smukła, teraz jednak ciemnozielona suknia, z wyhaftowanymi kwiatami na rękawach i przy szyi, niemal na niej wisiała, jakby należała do innej, mocniej zbudowanej kobiety, natomiast białe włosy zebrane w koński ogon na karku wręcz domagały się szczotki. Wyraz twarzy tej Aes Sedai był ponury, ale oczywiście nie musiał mieć związku ze słowami pozostałych sióstr. Vandene miała smutną minę, odkąd zabito jej siostrę. Elayne założyłaby się, że jej suknia należała niegdyś do Adeleas. Od dnia morderstwa Vandene nosiła ubrania siostry częściej niż własne. Niestety, stroje Adeleas nie pasowały na nią. Obie kobiety były wprawdzie tego samego wzrostu, tyle że apetyt Vandene zniknął wraz z jej siostrą. Tamtego dnia zresztą straciła wyraźnie ochotę na większość rzeczy i spraw.

Właśnie w tym momencie Sareitha, Brązowa, której ciemnej, kwadratowej twarzy jeszcze nie dotknął typowy dla Aes Sedai brak śladu przeżytych lat, dostrzegła Elayne i położyła rękę na ramieniu Vandene prawdopodobnie z zamiarem pociągnięcia kobiety w górę korytarza. Vandene zepchnęła rękę Tairenianki i szła dalej, zaledwie zerknąwszy na Dziedziczkę Tronu, po czym zniknęła w kolejnym korytarzu. Idące za nimi w pełnej szacunku odległości dwie kobiety w białych strojach nowicjuszek szybko ukłoniły się pozostałym siostrom i pospieszyły za Vandene. Merilille, niewysoka Aes Sedai w ciemnoszarej sukni nadającej jej bladej cerze Cairhienianki odcień kości słoniowej, przez moment wahała się, w którą stronę pójść. Careane poprawiła tylko szal z zielonymi frędzlami na ramionach szerszych, niż miało wielu mężczyzn, po czym spokojnie wymieniła kilka słów z Sareithą. Obie obróciły się ku nadchodzącej Elayne i wykonały dygnięcia prawie tak głębokie jak ukłony nowicjuszek. Merilille zauważyła Gwardzistki i zamrugała, potem dostrzegła Dziedziczkę Tronu i zastygła zaskoczona. W końcu uprzejmie i z szacunkiem się ukłoniła.

Merilille nosiła szal od stu lat, Careane od ponad pięćdziesięciu. Nawet Sareitha nosiła swój dłużej niż Elayne Trakand, jednak pozycja wśród Aes Sedai zależała od siły w Mocy, a żadna z tych trzech nie należała do szczególnie uzdolnionych sióstr. Według Aes Sedai większą siłą w Mocy zyskiwało się, jeśli nie większą mądrość, to przynajmniej większy szacunek; inne siostry przykładały też dużą wagę do opinii tych zdolniejszych. A bywało, że owe opinie zmieniały się w rozkazy. Elayne uważała czasem, że najlepsze jest podejście Rodziny.

— Nie wiem, o co chodzi — powiedziała, zanim odezwała się któraś z pozostałych Aes Sedai. — Ale skoro nic nie możemy poradzić, nie powinnyśmy się martwić. Mamy wystarczająco dużo problemów, więc po co dodatkowo niepokoić się kwestiami, które od nas nie zależą.

Rasoria odwróciła nieco głowę, zmarszczyła brwi i jawnie się zastanawiała, co przeoczyła, jednak ciemne oczy Sareithy rozjaśniły się po słowach Dziedziczki Tronu. Nie uspokoiły jej całkowicie, ponieważ kobieta podniosła dłonie, jakby zamierzała wygładzić brązowe spódnice szaty, jednak była skłonna podążyć za przykładem siostry, która dorównywała wzrostem Elayne. Istniały korzyści wysokiego wzrostu, czasem słuszna postawa wystarczała do stłumienia jednym zdaniem czyjegoś sprzeciwu. Careane odzyskała już spokój, o ile w ogóle się zdenerwowała. W każdym razie była teraz całkowicie spokojna i mimo jasnozielonych jedwabi i gładkiej, wiecznie młodej twarzy o miedzianej cerze wyglądała bardziej na prostą kobietę niż na Aes Sedai. Zielone jednakże zazwyczaj uważano za kobiety wytrzymalsze od Brązowych. Merilille za to bynajmniej nie wyglądała pogodnie. Z szeroko otwartymi oczyma i lekko rozchylonymi wargami wydawała się nieco wstrząśnięta. Taka mina nie była jednakże w jej przypadku nietypowa.

Elayne nadal szła korytarzem, mając nadzieję, że wszystkie zabiorą się za swoje sprawy, Merilille wszakże podeszła do Birgitte. Szara powinna objąć prymat nad pozostałymi, niestety wolała czekać na polecenia innych, toteż gdy Sareitha grzecznie poprosiła Birgitte o ustąpienie miejsca, bez słowa się przesunęła. Siostry zawsze zachowywały się uprzejmie wobec Strażnik Elayne, która miała rangę Kapitan-Generał. Rangę tę tolerowały, nie uznawały tylko jej funkcji Strażnika. Aviendhy nie potraktowały jednakże zbyt grzecznie, a Careane po prostu się przepchnęła między nią i Elayne. Przenoszące Moc kobiety, które nie szkoliły się w Białej Wieży, były z samej definicji dziksze, a Careane gardziła dzikuskami. Aviendha wydęła wargi, chociaż nie wyciągnęła zza pasa noża ani nawet nie zrobiła żadnego ruchu ku rękojeści, za co Elayne była jej niezmiernie wdzięczna. Jej pierwsza siostra postępowała czasami... zbyt pochopnie. Potem Dziedziczka Tronu pomyślała, że akurat w tym momencie mogłaby wybaczyć kobiecie Aiel lekki pośpiech. Zwyczaje zabraniały nieuprzejmego zachowania wobec innej Aes Sedai niezależnie od okoliczności, jednak Aviendha potrafiła wykrzykiwać groźby i do upadłego wymachiwać nożem. Wtedy wszystkie trzy prawdopodobnie by odeszły lub uciekły w panice. Careane wydawała się nie zauważać oceniającego ją chłodnego spojrzenia zielonych oczu.

— Powiedziałam Merilille i Sareicie, że nic nie możemy zrobić w tej sprawie — oświadczyła spokojnie. — Ale czy nie powinnyśmy być gotowe do ucieczki, jeśli zagrożenie wzrośnie? Nie jest wstydem uciekać przed czymś tak potężnym. Nawet wszystkie razem jesteśmy tylko niczym ćmy walczące z pożarem lasu. Vandene też mogłaby posłuchać.

— Sądzę, że naprawdę powinnyśmy poczynić pewne przygotowania, Elayne — mruknęła Sareitha nieobecnym tonem.

Dziedziczka Tronu odniosła wrażenie, że kobieta konstruuje w głowie jakieś projekty. — Musimy mieć plany, żebyśmy potem nie żałowały. W tutejszej bibliotece jest nieco woluminów, których nie możemy zostawić. Wydaje mi się, że niektórych nie ma nawet w Bibliotece Wieży.

— Tak. — Głos Merilille był osobliwie zdyszany i równie zaniepokojony jak jej duże ciemne oczy. — Tak, w istocie powinnyśmy przygotować się do drogi. Być może... Może nie należy już dłużej czekać. Odejście z konieczności na pewno nie naruszyłoby naszego porozumienia. Nie mam co do tego wątpliwości.

Birgitte jedynie zerknęła na nią, lecz kobieta się cofnęła.

— Jeśli pójdziemy — powiedziała Careane, kompletnie ignorując słowa Merilille — będziemy musiały zabrać z sobą wszystkie przedstawicielki Rodziny. Pozwólmy im się rozproszyć, a Światłość jedna wie, co wtedy zrobią i czy kiedykolwiek je wyłapiemy, szczególnie teraz, gdy niektóre z nich nauczyły się Podróżować. — W jej tonie nie było goryczy, chociaż spośród przebywających w pałacu sióstr tylko Elayne umiała Podróżować. Dla Careane wyraźnie miało znaczenie, że Kuzynki szkoliły się w Białej Wieży, nawet jeśli większość została z niej wydalona, a jedynie nieliczne uciekły. Careane sama rozpoznała co najmniej cztery z nich, w tym jedną uciekinierkę. Przynajmniej nie były dzikuskami.

Sareitha jednakże zacisnęła usta. Denerwowało ją, że kilka Kuzynek potrafi tkać bramy i wyraźnie miała inne zdanie na temat Rodziny. Zazwyczaj ograniczała swe sprzeciwy do sporadycznego zmarszczenia brwi lub lekceważącego grymasu, o ile Elayne dobrze zauważyła, poranna sytuacja wszakże najwidoczniej rozluźniła jej język.

— Naprawdę musimy zabrać je z sobą — powiedziała ostrym tonem. — W przeciwnym razie wszystkie zaczną się podawać za Aes Sedai, natychmiast gdy znikną nam z oczu. Kobieta, która mówi, że ponad trzysta lat temu wydalono ją z Wieży, może powiedzieć wszystko! Moim zdaniem należy je dobrze pilnować, a nie tańczyć, jak nam zagrają, szczególnie jeśli chodzi o te, które potrafią Podróżować. Może do tej pory chodziły tam, Elayne, gdzie im kazałaś i wracały... jak długo wszakże tak będzie? Przyjdzie moment, gdy jedna z nich nie wróci. Zapamiętaj moje słowa, bo jeśli jedna ucieknie, inne natychmiast pójdą w jej ślady i zaczną się problemy, z którymi nigdy nie zdołamy sobie poradzić.

— Nie ma żadnego powodu, żebyśmy gdziekolwiek szły — przerwała jej twardo Elayne. Zwracała się zarówno do Gwardzistek, jak i do sióstr. Potężna Moc, którą ktoś przenosił, znajdowała się wciąż w tym samym miejscu, w jakim Dziedziczka Tronu ją wyczuła. Nawet jeśli ów osobnik się przemieści, zdaniem Elayne małe były szanse, że uda się on do Caemlyn, naprawdę niewielkie, natomiast pogłoska o planowanej przez Aes Sedai ucieczce mogłaby zrodzić prawdziwy popłoch wśród mieszkańców i ludzie popędziliby tłumnie ku wyjściom, umykając przed niezwykłą siłą, która przeraziła nawet Aes Sedai. Tratowaliby się i zabijali. Prawdopodobnie nawet plądrująca miasto armia nie dokonałaby tak wielkich zniszczeń. A te trzy siostry gadały tak głośno, jakby były same w tym korytarzu, jakby nikt nie mógł ich tu podsłuchać! Dla Merilille Elayne potrafiłaby znaleźć wytłumaczenie... ale pozostałe?! — Zostaniemy tutaj, zgodnie z rozkazami Zasiadającej na Tronie Amyrlin! Nie ruszymy się stąd, póki Amyrlin nie wyda nam takiego polecenia. Kuzynkom nadal będziecie okazywać uprzejmość, aż zostaną ponownie zaproszone do Wieży, a zdarzy się to również z rozkazu Zasiadającej na Tronie Amyrlin, jak same dobrze wiecie. Będziecie też kontynuować szkolenie Poszukiwaczek Wiatru i żyć w taki sposób, jak przystało Aes Sedai. Naszym obowiązkiem jest uśmierzyć lęk mieszkańców i nie dopuścić do rozprzestrzenienia się paniki, którą mogą wywołać bezsensowne plotki i pogłoski o naszym odejściu.

No cóż, może jej ton okazał się bardziej stanowczy, niż sobie zamierzyła. Sareitha spuściła wzrok na kafle podłogi niczym upomniana przez starszą siostrę nowicjuszka. Merilille znowu się wzdrygnęła, słysząc wzmiankę o Poszukiwaczkach Wiatru, ale tego Dziedziczka Tronu mogła się spodziewać. Inne także udzielały lekcji, jednakże przedstawicielki Ludu Morza trzymały Merilille równie krótko jak własne uczennice. Kobieta sypiała w ich kwaterach i rzadko ją widywano bez dwóch czy trzech osób depczących jej cicho po piętach i sprawdzających, czy jest dostatecznie pokorna.

— Oczywiście, Elayne — odparła pospiesznie Careane. — Oczywiście. Żadna z nas nie sugeruje sprzeciwu wobec Amyrlin. — Zawahała się i przez chwilę poprawiała szal z zielonymi frędzlami na ramionach, pozornie całkowicie skupiona na tej czynności. Raz tylko posłała litościwe spojrzenie Merilille. — Jeśli jednak mówimy o przedstawicielkach Ludu Morza, mogłabyś nakazać Vandene wzięcie udziału w szkoleniu? — Elayne nic nie odpowiedziała, więc następne zdanie Careane wypowiedziała tonem, który u osoby nie będącej Aes Sedai nazwano by ponurym. — Vandene twierdzi, że jest zbyt zajęta tymi dwiema uciekinierkami, niemniej jednak znajduje czas na rozmowy ze mną tak długo w noc, aż na wpół przysypiam. A te dwie są już tak zastraszone, że nie pisnęłyby słowa, nawet gdyby ich sukienki stanęły w ogniu. Nie potrzebują już uwagi Vandene, która mogłaby się teraz poświęcić szkoleniu tych przeklętych dzikusek. Niech Vandene również zacznie się zachowywać jak Aes Sedai!

Jeszcze przez moment Careane popatrywała na Elayne złowrogo i z przyganą, dopiero później, powoli, jej wzrok zaczął łagodnieć. To właśnie Dziedziczka Tronu skorzystała z okazji i nakłoniła Aes Sedai do szkolenia Poszukiwaczek Wiatru, lecz sama dotychczas udzieliła zaledwie kilku lekcji, wymawiając się ważniejszymi zajęciami i obowiązkami. Poza tym przedstawicielki Ludu Morza postrzegały „lądowe” nauczycielki jako najemniczki (nawet kiedy chodziło o Aes Sedai), a najemnik miał u nich niższą pozycję od pomywaczki. Od pomywaczki, która źle wykonuje swoją pracę. Elayne ciągle uważała, że Nynaeve odeszła tylko dlatego, że chciała się wykpić od dalszego udzielania tych lekcji. Ma się rozumieć, nikt nie podejrzewał, iż mogłaby skończyć tak jak Merilille, ale zapewne wystraszyć mogło już nawet kilka godzin podobnego traktowania.

— Och, nie, Careane — wtrąciła Sareitha, nadal unikając oczu Dziedziczki Tronu. Nie patrzyła też na Merilille. W jej opinii Szara sama była sobie winna i jedynie z własnej winy pozostawała w tym nieprzyjemnym układzie, zasłużyła sobie zatem na takie traktowanie i na wszystko, co ją spotkało. Na szczęście Sareitha nie zamierzała rozdrapywać niezagojonych ran. — Vandene szaleje z bólu po utracie siostry, a dzięki Kirstian i Zaryi zapomina o tragedii i ma na czym skupić umysł. — Cokolwiek Sareitha myślała o pozostałych Kuzynkach, zaakceptowała fakt, że Zarya jest zbiegiem, zresztą musiała go zaakceptować, gdyż Zaryę rozpoznała Careane. A jeśli Kirstian kłamała, zapłaciła za własne kłamstwo. Uciekinierek nie traktowano najlepiej. — Ja także spędzam z nią całe godziny i wiem, że Vandene pragnie mówić prawie wyłącznie o Adeleas. Może chce dołączyć moje wspomnienia związane z jej siostrą do własnych. Sądzę, że należy dać jej tyle czasu, ile potrzebuje, a dzięki towarzystwu tych dwóch uciekinierek nie jest zbyt często samotna. — Posłała Elayne spojrzenie z ukosa, potem wzięła głęboki wdech. — Niemniej jednak… szkolenie Poszukiwaczek Wiatru to z pewnością… prawdziwe i trudne wyzwanie. Może godzinka lekcji co jakiś czas pomogłaby Vandene otrząsnąć się z przygnębienia, choćby miała się przy tym na nie rozgniewać. Zgadzasz się ze mną, Elayne? Godzina lub dwie, od czasu do czasu.

— Pozwolę Vandene tak długo boleć z powodu utraty siostry, jak będzie potrzebowała lub chciała — odrzekła Dziedziczka Tronu spokojnie, lecz stanowczo. — I nie zamierzam więcej na ten temat dyskutować.

Careane westchnęła ciężko i znów poprawiła szal. Sareitha wydała znacznie słabsze westchnienie i zaczęła obracać pierścień w kształcie Wielkiego Węża, który nosiła na palcu wskazującym lewej ręki. Może obie Aes Sedai wyczuły nastrój Elayne, a może po prostu żadna z nich nie miała ochoty na kolejne szkolenie Poszukiwaczek Wiatru. Merilille wciąż wyglądała na zaskoczoną, z drugiej strony wszakże jej sesje z przedstawicielkami Ludu Morza trwały całe dnie i noce, chyba że Elayne udało się kobietę od nich odciągnąć. Tyle że Poszukiwaczki Wiatru coraz rzadziej pozwalały jej odejść, niezależnie od próśb i pomysłów Dziedziczki Tronu.

Na szczęście Elayne udawało się unikać zbędnej szorstkości w kontaktach z tymi trzema. Uprzejmość wymagała od niej wysiłku, szczególnie że towarzyszyła jej Aviendha. Dziedziczka Tronu nie wiedziała, co by zrobiła, gdyby kiedykolwiek straciła siostrę. Vandene nie tylko tęskniła za Adeleas i smuciła się z powodu jej śmierci, ale także szukała mordercy siostry, a nie miała pewności, czy nie jest nim Merilille Ceandevin, Careane Fransi czy też Sareitha Tomares. Jedna z nich albo — co gorsza — więcej niż jedna. Z pozoru trudno było oskarżyć o zbrodnię Merilille w jej obecnym stanie, jednak w przypadku Aes Sedai nigdy nie można mieć pewności. Jak zauważyła Birgitte, jeden z najgorszych Sprzymierzeńców Ciemności, jakich kiedykolwiek spotkała (a było to podczas Wojen z Trollokami), wydawał się łagodnym jak baranek chłopcem, który podskakiwał na każdy głośniejszy hałas… A później młokos ów zatruł zapasy wody dla całego miasta. Gest Aviendhy był jednoznaczny i przeraził Birgitte, Aviendha jednakże nie obawiała się już Aes Sedai tak jak kiedyś. Zwyczaj nakazywał grzeczne zachowanie do czasu, gdy znajdą się dowody skazujące. Później można zupełnie dać sobie spokój z uprzejmością.

— Och — powiedziała Sareitha. Nieoczekiwanie się ożywiła. — Kapitan Mellar jest tutaj. Znów się wsławił podczas twojej nieobecności, Elayne.

Aviendha chwyciła rękojeść noża za paskiem, a Birgitte zesztywniała. Twarz Careane znieruchomiała i spłynął z niej cały kolor. Nawet Merilille popatrzyła wyniośle i z wyraźną dezaprobatą. Żadna siostra nie czyniła tajemnicy ze swojej niechęci do Doilana Mellara.

Kapitan miał zbyt pociągłą twarz, nie był mężczyzną atrakcyjnym ani nawet przystojnym, tym niemniej poruszał się z gibkim wdziękiem szermierza, któremu los nie poskąpił też siły fizycznej. Jako kapitan straży przybocznej Elayne, Mellar zarobił trzy złote węzły rangi i nosił je przylutowane na każdym ramieniu swego lśniącego od polerki napierśnika. Nieświadomy obserwator mógłby pomyśleć, że Mellar usiłuje się wywyższać nad Birgitte. Śnieżnobiała koronka jego koszuli — przy szyi i na mankietach — była dwukrotnie grubsza i dwa razy dłuższa niż tego typu dodatki do stroju którejkolwiek z Gwardzistek, ale znów zdjął szarfę, może dlatego, że przesłaniała mu złote węzły na jednym ramieniu. Twierdził, że nie pragnie niczego więcej w życiu poza dowodzeniem osobistą strażą Dziedziczki Tronu, bez końca wszakże wspominał bitwy, w których walczył jako najemnik. Wnosząc z jego opowieści, chyba nigdy nie stał po stronie przegranych, a żołnierze często zawdzięczali zwycięstwo jego osobistym wysiłkom w polu, których zresztą nikt nie doceniał. Teraz kapitan Mellar szybkim ruchem zdjął z głowy ozdobiony białym pióropuszem kapelusz i równocześnie wykonał głęboki, zamaszysty ukłon, zwinnie przytrzymując przy tym jedną ręką miecz. Następnie skłonił się po raz drugi, choć nie tak nisko. Ten drugi ukłon był przeznaczony dla Birgitte, którą mężczyzna pozdrowił także, przykładając sobie rękę do piersi.

Elayne uśmiechnęła się uprzejmie.

— Sareitha mówi, że znów postąpiłeś dziś jak bohater, kapitanie Mellar. Jak to się stało?

— Wypełniałem jedynie swoje obowiązki wobec królowej, nic więcej. — Mimo udawanej skromności i pozorowanego oburzenia jego uśmiech był cieplejszy, niż można by się spodziewać. Połowa pałacu uważała go za ojca dziecka Elayne. A ponieważ Dziedziczka Tronu nijak nie zaprzeczała tym pogłoskom, Mellar najprawdopodobniej wierzył, że ma przed sobą niezłe perspektywy. Jego ciemne oczy jednakże zawsze pozostawały ponure, więc i teraz nie było w nich radości. Wzrok mężczyzny był lodowaty niczym śmierć. — Moje obowiązki wobec ciebie to dla mnie wyłącznie przyjemność, moja Królowo.

— Kapitan Mellar poprowadził wczoraj kolejny wypad mimo braku rozkazów — oznajmiła Birgitte starannie wyważonym głosem. — Tym razem bitwa o mało nie dotarła do Bramy Far Madding, którą polecił pozostawić otwartą na wypadek jego powrotu.

Elayne poczuła, że jej rysy twardnieją.

— Och, nie — zaprotestowała Sareitha. — Wcale tak się to nie odbyło. Stu zbrojnych Lorda Luana próbowało wejść pod osłoną nocy do miasta, ocenili jednak porę jako zbyt późną i złapał ich świt. Było ich trzy razy mniej niż ludzi Lorda Nasina. Gdyby kapitan Mellar nie otworzył bramy i nie poprowadził odsieczy, zginęliby porąbani na kawałki na naszych oczach. A ponieważ podjął właściwą decyzję, ocalił osiemdziesięciu popierających cię ludzi.

Mężczyzna uśmiechał się, wyraźnie się rozkoszując pochwałami Aes Sedai. Najwyraźniej wcześniejszą krytykę ze strony Birgitte kompletnie zignorował. Wydawał się też nie widzieć dezaprobujących spojrzeń Careane i Merilille. Ten człowiek zawsze potrafił lekceważyć ludzką niechęć.

— Skąd wiedziałeś, że masz do czynienia ze zbrojnymi Lorda Luana, kapitanie? — spytała cicho Elayne.

Na twarzy Birgitte pojawił się nieznaczny uśmieszek, który powinien stanowić dla Mellara ostrzeżenie. Tyle że kapitan należał do osób, które jawnie nie wierzyły, że Birgitte jest kobietą Strażnik. Nawet jeśli w to wierzył, niewiele osób poza Strażnikami i Aes Sedai wiedziały, co pociąga za sobą więź. Elayne doszła raczej do wniosku, że Mellar wygląda na jeszcze bardziej zadowolonego z siebie.

— Nie kierowałem się sztandarami, moja Królowo. Każdy może nieść sztandar. Spojrzałem przez moją lunetę i rozpoznałem Jurada Accana. Accan to człowiek oddany Luanowi w każdym calu. Kiedyś wiedziałem, że... — Podniecony ruchem zamachał ręką w gwałtownym zaprzeczeniu, aż zawirowała koronka jego mankietu. — Reszta nie była trudniejsza od zwykłych ćwiczeń.

— A ten Jurad Accan? Czy przyniósł jakąś wiadomość od Lorda Luana? Jakieś pismo podpisane, opatrzone pieczęcią i potwierdzające poparcie Domu Norwelyn dla Dynastii Trakand?

— Nie mam nic na piśmie, moja Królowo, lecz jak wspomniałem...

— Lord Luan nie opowiedział się oficjalnie po mojej stronie, kapitanie!

Uśmiech Mellara nieco zbladł. Mężczyzna nie był przyzwyczajony, żeby mu ktoś przerywał.

— Ależ moja Królowo, Lady Dyelin twierdzi, że Luan praktycznie przeszedł na twoją stronę. Accan okazał dowód na...

— Na nic, kapitanie — powiedziała zimno Elayne. — Być może Lord Luan trafi w końcu do mojego obozu, do tego czasu jednak mogę jedynie stwierdzić, że dałeś mi, panie, osiemdziesięciu ludzi, których trzeba obserwować. — Osiemdziesięciu ze stu! A ilu jej ludzi stracił? I przy tym wystawił na szwank bezpieczeństwo Caemlyn, niech sczeźnie! — Skoro mimo swoich obowiązków znajdujesz czas na wypady poza miasto z moją osobistą ochroną, może znajdziesz go również na doglądanie nowo przybyłych. Nie wyznaczę do tego zadania nikogo z murów. Może pan Accan i jego ludzie dołączą do musztrowanych żołnierzy, których przywiozłam z wizytowanych rezydencji. Musztra zajmie im wszystkim większą część dnia, a my nie będziemy musieli się nimi przejmować, chociaż zostawiam tobie, kapitanie, wymyślenie zajęć, które utrzymają ich z dala od miejskich murów przez pozostałe godziny doby. A oczekuję, że będą się trzymali z dala od murów i nie wpakują się w żadne kłopoty. Możesz już teraz się nimi zająć.

Oszołomiony Mellar gapił się na nią bez słowa. Elayne nigdy wcześniej go nie zrugała i mężczyźnie wyraźnie nie spodobały się jej słowa, szczególnie wobec tak wielu świadków. Nikt już nikomu nie posyłał teraz gorących uśmiechów. Kapitan wykrzywił usta i popatrywał jeszcze bardziej posępnym wzrokiem. Nie mógł jednakże zrobić nic innego poza kolejnym ukłonem, mruknięciem ochrypłym głosem: „Jak rozkaże moja Królowa" i odejściem z maksymalnym wdziękiem, na jaki zdołał się zdobyć. Niemal od razu ruszył tak wielkimi krokami w dół korytarza, jakby pragnął podeptać wszystkich, którzy wejdą mu w drogę. Elayne będzie musiała polecić Rasorii, aby na siebie uważała, gdyż kapitan może spróbować ukoić swój gniew poprzez wyładowanie się na osobach, które były świadkami jego poniżenia i słyszały reprymendę Dziedziczki Tronu. Merilille i Careane prawie w identyczny sposób pokiwały głowami. Chętnie same by zrugały Mellara, a nawet usunęły go z pałacu. I to już dawno temu.

— Nawet jeżeli kapitan Mellar postąpił niewłaściwie — oświadczyła ostrożnie Sareitha — a wcale nie jestem o tym przekonana, uratował twoje życie, Elayne, narażając własne. Twoje życie, a także życie Lady Dyelin. Czy naprawdę trzeba go było wprawiać w zakłopotanie w obecności nas wszystkich?

— Nigdy nie unikam spłaty własnych długów, Sareitho. — Dziedziczka Tronu poczuła, że Aviendha chwyta ją za jedną rękę, Birgitte zaś za drugą. Każdą z dłoni lekko uścisnęła. Gdy człowiek znajduje się w otoczeniu wrogów, dobrze mieć siostrę i przyjaciółkę w pobliżu. — Teraz zamierzam znaleźć wannę z gorącą wodą, więc jeśli któraś ma ochotę wyszorować mi plecy, to...

Kobiety potrafiły rozpoznać odprawę, toteż odeszły — zresztą z większą gracją niż kapitan Mellar. Careane i Sareitha natychmiast zaczęły dyskutować, czy Poszukiwaczki Wiatru chcą właściwie uczestniczyć dziś w lekcjach, Merilille zaś usiłowała rozglądać się równocześnie na wszystkie strony w nadziei uniknięcia ewentualnych Poszukiwaczek Wiatru. Czy jednak później nie zaczną omawiać tego, co się zdarzyło? Czy nie rozpowiedzą, że Elayne posprzeczała się z prawdopodobnym ojcem swego dziecka? I czy udało im się ukryć swój udział w zabójstwie Adeleas?

„Zawsze spłacam swoje długi" — pomyślała Elayne, patrząc za odchodzącymi. „I pomagam moim przyjaciołom spłacać ich długi".

ROZDZIAŁ 12

UMOWA

Nietrudno było znaleźć wannę, chociaż Elayne musiała przez jakiś czas poczekać w holu, popatrując z marsową miną na wiodące do jej apartamentów, ozdobione płaskorzeźbami lwów drzwi i na zarysy migoczących lamp stojących, wyposażonych w odblaśnice. Tymczasem Rasoria i dwie Gwardzistki poszły sprawdzić pomieszczenia. Gdy się upewniły, że w środku nie czai się żaden morderca, a wartownicy pilnują korytarza i przedsionka, pozwoliły Dziedziczce Tronu wejść do środka. Wewnątrz Elayne natychmiast dostrzegła siwowłosą Essande czekającą w sypialni wraz z Naris i Sephanie, dwiema młodymi garderobianymi, które szkoliła. Essande była szczupła, na lewej piersi sukni miała wyhaftowaną Złotą Lilię, symbol Dziedziczki Tronu, i cechowała się ogromną godnością podkreślaną przez jej powolne, uważne kroki, choć na jej sposób chodzenia wpływał też zaawansowany wiek i ból stawów, do którego się nie przyznawała. Dwie rodzone siostry, Naris i Sephanie, miały świeże twarze, były krzepkie i silne, lecz nieśmiałe. Obie z dumą nosiły uniformy i wydawały się szczęśliwe, że wybrano je do tego zajęcia, zamiast do sprzątania korytarzy, jednak Essande przerażała je równie mocno co Elayne. Dziedziczka Tronu miała do wyboru bardziej doświadczone służące, kobiety, które przepracowały w pałacu wiele lat, niestety — i było to smutne — kontakt z dziewczynami, które zjawiały w poszukiwaniu jakiejkolwiek pracy, zazwyczaj okazywał się znacznie bezpieczniejszy.

Dwie miedziane wanny stały na grubych warstwach ręczników ułożonych na podłodze pokrytej różowymi kaflami. Jeden z dywanów zrolowano i szczegół ten stanowił dowód, iż wiadomość o nadejściu Elayne znacznie wyprzedziła jej przybycie. Służące miały swoje sposoby na zdobywanie informacji, tak doskonałe, że mogłyby im ich pozazdrościć „oczy i uszy" Białej Wieży.

Po wejściu do komnat z zimnego korytarza Dziedziczka Tronu od razu poczuła ciepło, które pomieszczenie zyskiwało dzięki intensywnemu płomieniowi w kominku i szczelnie zamkniętym oknom z kwaterami. Essande odczekała chwilę i posłała Sephanie pędem po ludzi z gorącą wodą. Mężczyźni przynosili wodę w specjalnych wiadrach o podwójnych ściankach i wiekach, które zapobiegały ucieczce ciepła po drodze z kuchni, chociaż woda mogła nieco ochłodnąć podczas rewizji — gdy Gwardzistki sprawdzały, czy w wiadrze nikt nie schował noża.

Aviendha przypatrzyła się drugiej wannie z niemal tak ogromnym powątpiewaniem, z jakim Essande przyglądała się Birgitte. Kobieta Aiel wciąż czuła się nieswojo na myśl o wejściu do wanny, Birgitte zaś nadal nie akceptowała podczas kąpieli żadnych osób oprócz tych całkowicie niezbędnych. Siwowłosa Essande nie traciła czasu i natychmiast zaczęła spokojnie popędzać Elayne i Aviendhę do garderoby, której powietrze ogrzewał ogień płonący w obszernym, marmurowym palenisku. Dziedziczka Tronu poczuła wielką ulgę na samą myśl, że Essande pomoże jej zdjąć ubrania do jazdy konnej, że nie będzie się trzeba spieszyć z kąpielą ani martwić następnymi zajęciami. Jednym słowem, mogła się po prostu odprężyć. Wprawdzie pamiętała, że czekają na nią różne ludzkie pretensje, niech ją Światłość wesprze, a także różne zmartwienia, teraz jednak znajdowała się w domu i to było najważniejsze. Niemalże zapomniała o potężnej Mocy przenoszonej przez kogoś gdzieś na zachodzie. Niemalże.

No cóż, tak naprawdę wcale nie zapomniała, ale potrafiła zepchnąć myśli o tym na dalszy plan. Teraz nie musiała się nad tą kwestią rozwodzić.

W końcu Aviendha i Elayne były nagie. Aviendha odepchnęła Naris i sama zdjęła sobie biżuterię, z całych sił udając, że Naris nie istnieje i że ubranie po prostu spadło z niej samo. Naris otuliła każdą z dwóch kobiet w szaty z haftowanego jedwabiu i zawinęła Dziedziczce Tronu włosy w biały ręcznik. Aviendha trzykrotnie usiłowała sama zawiązać sobie ręcznik na głowie i dopiero gdy po raz trzeci misterna konstrukcja się zawaliła i ręcznik spadł kobiecie Aiel na szyję, Aviendha pozwoliła dokończyć robotę Naris, choć nie przestawała cicho utyskiwać na swoją nieporadność. Kiedy wymruczała, że niedługo będzie potrzebowała kogoś do wiązania butów, Elayne zaczęła się śmiać, a Aviendha się do niej przyłączyła i tak chichotała, że aż odrzuciła głowę w tył, toteż Naris musiała się ponownie zabrać za zawijanie jej włosów. Wreszcie obie kobiety, przygotowane, wróciły do sypialni, gdzie czekały na nie napełnione wodą wanny, a powietrze pachniało aromatem olejku różanego, dodanego do wody. Mężczyźni, którzy przynosili wodę, oczywiście już odeszli, Sephanie zaś trwała w gotowości z podwiniętymi nad łokcie rękawami — na wypadek gdyby Aviendha lub Dziedziczka Tronu pragnęły, by wyszorowała im plecy. Birgitte siedziała na inkrustowanej turkusem skrzyni u stóp łóżka, złożywszy łokcie na kolanach.

Elayne pozwoliła Essande pomóc sobie w zdjęciu jasnozielonej, luźnej szaty i natychmiast weszła do wanny, po czym zanurzyła się aż po szyję w niemal zbyt gorącej wodzie. Siedziała z ugiętymi nogami, kolana wystawały ponad powierzchnię, jednak większą część omywała ciepła woda. Westchnęła, czując, jak z jej ciała spływa zmęczenie, a wpływa weń spokój. Pomyślała, że gorącą wodę powinno się uznać za największy i najwspanialszy dar cywilizacji.

Gapiąc się na drugą wannę, Aviendha wzdrygnęła się, gdy Naris usiłowała zdjąć jej lawendową szatę z wyhaftowanymi na szerokich rękawach kwiatami. Wykrzywiwszy się, w końcu pozwoliła garderobianej na wypełnienie zadania i minutę później ostrożnie weszła do wody, a następnie wyrwała z ręki Sephanie okrągłe mydło i zaczęła się energicznie myć. Energicznie, lecz równocześnie z wielką rozwagą, starając się nie wylać z wanny więcej niż parę chlustów wody. Aielowie używali wody do prania, a także w namiotach parowych, szczególnie do spłukiwania szamponu, który wytwarzali z grubych liści krzewów rosnących w Pustkowiu, brudną wodę zaś konserwowano i używano do podlewania uprawnych roślin. Elayne pokazała jej kiedyś dwa ogromne rezerwuary pod Caemlyn, zasilane przez parę podziemnych rzek, tak duże, iż druga ściana każdego z nich ginęła gdzieś wśród lasu wielkich kolumn i cieni. Mimo to Aviendha zbyt dobrze pamiętała swoje jałowe Pustkowie.

Ignorując znaczące spojrzenia Essande (która rzadko mówiła dwa słowa ponad to, co niezbędne, a teraz, podczas kąpieli, uważała wszelką rozmowę za stratę czasu), Birgitte zaczęła snuć opowieść o zaszłych w mieście podczas wyjazdu Elayne zdarzeniach, chociaż uważała na słowa, gdyż zdawała sobie sprawę z obecności Naris i Sephanie. Nie było raczej prawdopodobne, żeby opłacał je inny Dom, ale służące plotkowały niemal równie swobodnie jak wszyscy inni — była to prawie tradycja. Niemniej jednak niektórym pogłoskom warto było sprzyjać. Birgitte mówiła przede wszystkim o dwóch ogromnych grupach kupców, jednej przybyłej poprzedniego dnia z Łzy wozami ciężkimi od ziarna i solonej wołowiny i drugiej z Illian — z olejem, solą i wędzonymi rybami. Zawsze dobrze jest przypomnieć wszystkim o osobach, dzięki którym do miasta nie przestawało płynąć pożywienie. Niewielu kupców odważało się na jazdę drogami Andoru zimą, a jeszcze mniej spośród nich decydowało się na przewóz czegoś tak taniego jak jedzenie, jednak możliwość konstruowania bram oznaczała, że Arymilla z łatwością może „przejąć" wszystkich kupców, których zechce, a jednak jej wojska i tak zaczną głodować na długo, zanim Caemlyn poczuje pierwszy ból głodu. Poszukiwaczki Wiatru, które tworzyły większość z tych bram, poinformowały, że Wysokiego Lorda Darlina — roszczącego sobie prawo do tytułu Zarządcy Smoka Odrodzonego w Łzie! — oblegają w Kamieniu Łzy panowie wielkich rodów, pragnący całkowicie usunąć z tego kraju Smoka Odrodzonego, nawet oni wszakże prawdopodobnie nie próbowaliby zatrzymywać intensywnego handlu ziarnem, szczególnie odkąd zaczęli podejrzewać, że towarzyszące Poszukiwaczkom Wiatru przedstawicielki Rodziny to Aes Sedai. Nie znaczy to, że ktoś próbował oszukiwać, jednak Kuzynki, które pozytywnie przeszły testy na Przyjęte, jeszcze przed wydaleniem z Wieży otrzymały pierścienie w kształcie Wielkiego Węża, więc jeśli ktoś wyciągnął niewłaściwe wnioski... no cóż... jego problem. Tyle że nikt nie mógł nikomu zarzucić kłamstwa.

Dziedziczka Tronu uznała, że jeśli będzie zbyt długo czekać, woda za bardzo się ochłodzi, postanowiła zatem, że czas się zabrać za mycie, toteż wzięła od Sephanie pachnące różanym aromatem mydło i pozwoliła Naris szorować plecy szczotką o długiej rączce. Gdyby były jakieś wiadomości od Gawyna albo Galada, Birgitte z miejsca by o nich wspomniała. Sama słuchała takich nowin równie chętnie jak Elayne i na pewno nie zatrzymałaby ich dla siebie. O powrocie Gawyna natychmiast powinni się dowiedzieć wszyscy w mieście. Birgitte dobrze wypełniała swoje obowiązki jako Kapitan-Generał i Dziedziczka Tronu pragnęła zachować ją na tym stanowisku najdłużej, jak mogła, jednak dzięki obecności Gawyna obie kobiety mogłyby się nieco odprężyć. Większość żołnierzy w mieście była najemnikami, w dodatku ich liczba wystarczała jedynie na obsadzenie wszystkich bram i demonstracyjny obchód mil muru otaczającego Nowe Miasto, tym niemniej tworzyli ponad trzydzieści kompanii, a każdą dowodził kapitan, dumny, opętany pragnieniem prymatu i gotów ostro naskoczyć na innego kapitana za każdą, mniej lub bardziej wyimaginowaną zniewagę lub byle uchybienie. Gawyn całe życie uczył się dowodzić armią. Potrafił sobie radzić z pieniaczami, pozostawiając ochronę tronu Elayne i Birgitte.

Poza tym Dziedziczka Tronu chciała po prostu utrzymać Gawyna jak najdalej od Białej Wieży. Modliła się, żeby jeden z jej posłańców się przedostał i żeby Gawyn znalazł się do tej pory daleko w dole rzeki. Egwene wraz ze swoją armią oblegała Tar Valon już od ponad tygodnia i byłby to najbardziej okrutny psikus losu, gdyby Gawyn dał się schwytać między swoją przysięgę ochrony Wieży a miłość dla Egwene. Co gorsza, raz już złamał tę przysięgę, a w każdym razie „nagiął" ją z powodu miłości do swojej siostry i może też miłości dla Egwene. Jeśliby Elaida zaczęła podejrzewać, że Gawyn pomógł ucieczce Siuan, wszelkie zaufanie, jakie sobie zdobył, pomagając jej zastąpić Siuan na stanowisku Zasiadającej na Tronie Amyrlin, wyparowałoby niczym kropelka rosy, a gdyby się tego dowiedziała i miała dowody, zaś Gawyn nadal pozostawałby w jej zasięgu w tym momencie, trafiłby do celi i miałby szczęście, o ile uniknąłby ręki kata. Elayne nie czuła się urażona z powodu podjętej przez niego decyzji udzielenia pomocy Elaidzie. Z pewnością dobrze to sobie przemyślał i najprawdopodobniej nie miał innego wyboru. Wiele sióstr zdezorientowały przeszłe zdarzenia. Zbyt wiele sióstr... Jakżeż Elayne mogłaby prosić Gawyna o zrozumienie faktów, których nawet Aes Sedai nie potrafiły pojąć?

Co do Galada... Dziedziczka Tronu nie potrafiła lubić tego człowieka, a on pewnie żywił urazę i do niej, i do Gawyna. Galad bez wątpienia sądził, że któregoś dnia zostanie Pierwszym Księciem Miecza, później jednak urodził się Gawyn i sytuacja się zmieniła. Z najwcześniejszych wspomnień Elayne związanych z Galadem wynikało, że jako chłopiec, a raczej młody mężczyzna, już gdy udzielał Gawynowi pierwszych lekcji obchodzenia się z mieczem, zachowywał się bardziej jak ojciec lub wujek niż jak brat. Z tamtego okresu pamiętała swój lęk o Gawyna... Jakże się bała, iż Galad podczas tych lekcji rozpłata jej bratu głowę. Na szczęście po lekcjach z Galadem młodzikom zostawały najwyżej lekkie sińce. Galad wiedział, co jest właściwe, co zaś nie, i postępował w sposób godziwy niezależnie od kosztów — czy to związanych z kimś innym, czy z nim samym. O Światłości, Galad wywołał nawet wojnę, by pomóc jej i Nynaeve uciec z Samary, mimo iż przypuszczalnie od początku znał stopień ryzyka! Lubił Nynaeve, choć ta sympatia należała chyba do przeszłości, gdyż Elayne trudno było sobie wyobrazić, że mógłby nadal sympatyzować z Nynaeve, skoro obecnie włożył Biały Płaszcz, przebywa Światłość jedna wie gdzie i robi nie wiadomo co, nie mogła wszakże zaprzeczyć, że wywołał tę wojnę, by ratować siostrę. Dziedziczka Tronu nie potrafiła mu przebaczyć jego decyzji przyłączenia się do Synów Światłości, nie mogła go lubić, choć z drugiej strony spodziewała się, że przyrodni brat jest cały, zdrów i bezpieczny. Miała też nadzieję, że Galad odnajdzie drogę do Caemlyn. Takie nowiny powitano by z niemal równie wielką radością jak wiadomości o Gawynie. To zaskakiwało Elayne, lecz było jak najbardziej prawdziwe.

— Po twoim wyjeździe przybyły jeszcze dwie siostry. Są w Srebrnym Łabędziu. — Birgitte powiedziała to takim tonem, jakby dwie Aes Sedai zatrzymały się w zajeździe, ponieważ w pałacu zajęte były już wszystkie łóżka. — Zielona z dwoma Strażnikami i Szara z jednym. Przybyły oddzielnie. Tego samego dnia opuściły miasto Żółta i Brązowa, toteż znów jest tutaj dziesięć sióstr. Żółta udała się na południe, do Far Madding, Brązowa natomiast skierowała się na wschód.

Sephanie, która czekała cierpliwie obok wanny Aviendhy, gdyż nie miała chwilowo żadnych innych zajęć, wymieniła nad głową Elayne spojrzenia ze swoją siostrą i uśmiechnęła się. Jak wiele osób w Caemlyn, obie wiedziały, że obecność Aes Sedai w Srebrnym Łabędziu oznacza poparcie Białej Wieży dla Elayne i Dynastii Trakand. Przyglądając się dwóm dziewczynom z godną jastrzębia uwagą, Essande pokiwała głową; ona również o tym wiedziała. Każdy uliczny sprzątacz i zbieracz łachmanów miał świadomość, że w Wieży doszło do rozłamu, jednak mimo to sama nazwa ciągle brzmiała potężnie i kojarzyła się z armią, która nigdy nie doznała niepowodzenia. Wszyscy wiedzieli, że Biała Wieża udzieli wsparcia każdej legalnej Królowej Andoru. Po prawdzie, większość sióstr oczekiwała monarchini, która byłaby także Aes Sedai, w dodatku taka szansa zaistniała po raz pierwszy od tysiąca lat i po raz pierwszy od Pęknięcia Świata. Z drugiej strony wszakże Dziedziczki Tronu nie zaskoczyłaby informacja, iż w obozie Arymilli przebywa jakaś siostra, trzymając się dyskretnie w cieniu. Biała Wieża nigdy nie stawiała na jednego konia przed końcówką wyścigu.

— Wystarczy tego szorowania — powiedziała, z irytacją wykręcając się spod szczotki.

Dobrze wyszkolona służąca natychmiast odłożyła szczotkę na stołek i wręczyła Elayne dużą illiańską gąbkę, którą Dziedziczka Tronu zwykła spłukiwać mydło. Żałowała, że nie może poznać myśli sióstr. Były niczym ziarenka piasku w pantoflu, tak małe, że niemal nie sposób uwierzyć, iż mogą sprawiać ból, niestety im dłużej pozostawały w bucie, tym bardziej uwierały. A przebywające w Srebrnym Łabędziu Aes Sedai z każdą chwilą bardziej zmieniały się z uprzykrzonych ziarenek w spore kamyki.

Zanim Elayne przybyła do Caemlyn, liczba Aes Sedai w zajeździe często się zmieniała, kilka sióstr wyjeżdżało co tydzień, kilka innych przyjeżdżało je zastąpić. Oblężenie niczego nie zmieniło. Oblegający miasto żołnierze z pewnością nie zamierzali zatrzymywać Aes Sedai, toteż miały one pełną swobodę, podobnie jak zbuntowani arystokraci z Łzy. Caemlyn odwiedzały także Czerwone; przybywały tu na krótko, wypytując o mężczyzn kierujących się do Czarnej Wieży, jednak im więcej się dowiedziały, tym większe okazywały niezadowolenie, ostatnia para zaś wyjechała z miasta następnego dnia po zjawieniu się przed murami Arymilli. Każdej Aes Sedai, która wjechała do Caemlyn, ostrożnie się przyglądano, a ponieważ żadna Czerwona od długiego czasu nie zbliżyła się do Srebrnego Łabędzia, więc Elaida chyba jednak nie wysłała tych sióstr z rozkazem porwania Dziedziczki Tronu. Z jakiegoś powodu Elayne wyobraziła sobie małe, rozproszone grupki Aes Sedai, które od Ugoru do Morza Sztormów płynęły stałym strumieniem, zbierając informacje i dzieląc się nimi z innymi. Dziwna myśl! Szczególnie że siostry obserwowały świat przy pomocy swoich „oczu i uszu" i rzadko się z kimś dzieliły zdobytymi wiadomościami, chyba że pod groźbą kogoś ważnego z Wieży. Prawdopodobnie przybyłe Aes Sedai pragnęły przeczekać w Srebrnym Łabędziu kłopoty Białej Wieży i nie zamierzały stawać po niczyjej stronie do czasu, aż Egwene lub Elaida zadecydują w sprawie Tronu Amyrlin. Elayne nie uważała takiego podejścia za odpowiednie. Jej zdaniem każda Aes Sedai powinna dokonywać wyborów zgodnie ze swoimi przekonaniami i nie martwić się o to, czy stoi akurat po stronie zwycięzcy!

Siostrami ze Srebrnego Łabędzia przejmowała się Dziedziczka Tronu, tyle że przede wszystkim z innych powodów.

Ostatnio bowiem jedna z jej obserwatorek przebywających w zajeździe podsłuchała niepokojące imię wypowiedziane szeptem i szybko zmilczane, jakby w strachu przed wścibskimi słuchaczami. Cadsuane! Nie chodziło nawet o samą Cadsuane Melaidhrin, lecz o jej związki z Randem podczas jego pobytu w Cairhien. Vandene bez zastanowienia nazwała tę kobietę upartą i tępą, jednak Careane o mało nie zemdlała z lęku, gdy usłyszała jej imię. Najwyraźniej historie mówiące o Cadsuane zdążyły urosnąć w legendę. Taką próbę poradzenia sobie w pojedynkę ze Smokiem Odrodzonym mogła podjąć tylko Cadsuane Melaidhrin. Elayne zresztą nie interesowała się związkami Randa z Aes Sedai, chociaż wiedziała, że mógłby je straszliwie obrazić, gdyż bywał uparty i głupi. I nie zastanawiał się, co jest dla niego dobre! Dziedziczkę Tronu bardziej jednak ciekawiły powody, dla których jakaś siostra wymienia imię Randa al'Thora w Caemlyn. Oraz dlaczego druga natychmiast ją w takiej sytuacji ucisza...

Mimo omywającej ciało gorącej wody, zadrżała na myśl o wszystkich sieciach, które Biała Wieża tkała przez te minione wieki, sieciach tak cieniutkich, że nikt poza samymi snującymi je siostrami nie potrafił ich dostrzec i tak zagmatwanych, że nikt prócz tych sióstr nie mógłby ich rozplątać. Wieża snuła sieci, Ajah je snuły, snuły je nawet poszczególne siostry. Czasami intrygi mieszały się z sobą, jakby kierowane ręką jednej osoby, innymi razy znacząco się od siebie oddalały. Tak został ukształtowany świat na trzy tysiące lat, teraz zaś Biała Wieża podzieliła się na trzy niemal równe części — część dla Egwene, część dla Elaidy i jeszcze jedną, która pozostawała odrębna. Jeśli te dwie ostatnie pozostawały z sobą we wzajemnym kontakcie, jeśli wymieniały się informacjami, jeśli wspólnie konstruowały plany... Ach, nie wyglądało to dobrze...

Nagły tumult głosów przytłumionych przez zamknięte drzwi sprawił, że Elayne się wyprostowała. Naris i Sephanie zapiszczały, doskoczyły do siebie i przylgnęły, po czym wpatrzyły się szeroko otwartymi oczyma w wejście.

— Co się dzieje, psiakrew...? — Przeklinając, Birgitte zerwała się ze skrzyni i wybiegła z pomieszczenia, trzaskając za sobą drzwiami.

Głosy podniosły się.

Elayne odniosła wrażenie, że Gwardzistki sprzeczają się najgłośniej, jak umieją, a więź — wraz ze straszliwym bólem głowy kobiety Strażnik — przyniosła jej głównie gniew i frustrację Birgitte, tym niemniej Dziedziczka Tronu wyszła z wanny i wyciągnęła ręce do Essande, która pomogła jej nałożyć szatę. Opanowanie siwowłosej staruszki, a także zachowanie samej Elayne uspokoiły obie młode służące na tyle, że dziewczyny zarumieniły się ze wstydu, kiedy Essande na nie spojrzała. Aviendha jednakże jak oparzona wyskoczyła z wanny, rozchlapując wodę na wszystkie strony, po czym naga popędziła do garderoby. Dziedziczka Tronu miała nadzieję, że kobieta Aiel wróci z nożem, który nosiła za paskiem, zamiast tego wszakże Aviendha zjawiła się otoczona poświatą *saidara* i z bursztynowym żółwiem w jednej dłoni. Drugą ręką podała Elayne *angreal*, który nosiła w woreczku przy pasie — wyrzeźbioną z kości słoniowej figurkę starszej kobiety przyobleczonej jedynie we własne włosy. Z wyjątkiem ręcznika na głowie, kształty Aviendhy spowijał jedynie mokry blask, lecz odprawiła gniewnym machnięciem ręki Sephanie, gdy ta próbowała narzucić jej na ramiona szatę. Z nożem czy bez noża, Aviendha wydawała się sądzić, że stoczy walkę na ostrza, podczas której szata ograniczałaby jej ruchy.

— Odnieś ją do garderoby — poleciła starej służącej Elayne, wręczając jej *angreal* z kości słoniowej. — Aviendho, naprawdę nie sądzę, żebyśmy potrzebowały…

Drzwi otworzyły się z trzaskiem i w szczelinę wetknęła głowę Birgitte z nachmurzoną miną. Naris i Sephanie znów podskoczyły. Najwyraźniej wcale nie udało im się uspokoić.

— Zaida chce się z tobą spotkać — warknęła Birgitte do Elayne. — Powiedziałam jej, że będzie musiała poczekać, ale… — Z nagłym okrzykiem wpadła do pokoju, odzyskując równowagę dopiero po dwóch krokach. Natychmiast gniewnie się odwróciła, aby sprawdzić, kto ją wepchnął.

Mistrzyni Fal klanu Catelar nie wyglądała na kobietę, która właśnie kogoś popchnęła. Końce jej zawile zawiązanej czerwonej szarfy wirowały na wysokości kolan przedstawicielki Ludu Morza. Zaida majestatycznie weszła do pokoju, za nią zaś wkroczyły dwie Poszukiwaczki Wiatru, z których jedna zamknęła drzwi przed nosem rozgniewanej Rasorii. Wszystkie trzy przedstawicielki Atha'an Miere kołysały się, gdy szły — niemal tak bardzo jak Birgitte w swoich butach na obcasie. Zaida była niska, jej mocno kręcone włosy przeplatały smugi siwizny, lecz opalona twarz nadal była piękna i pięknaiała wraz z latami. Uroku dodawał kobiecie także ciężki od małych medalionów złoty łańcuszek, który łączył jeden z jej grubych złotych kolczyków z pierścieniem w nosie. Co ważniejsze, Zaidę otaczała atmosfera władzy. Nie arogancji, ale wiedzy, że inni będą ją słuchać i wypełniać jej rozkazy. Poszukiwaczki Wiatru przypatrzyły się Aviendzie, nadal otoczonej poświatą Mocy i na kanciastej twarzy Chanelle pojawiło się napięcie, a jednak oprócz pomruku Shielyn, że „ta dziewczyna Aiel jest gotowa do przenoszenia", trwały w milczeniu i oczekiwaniu. Osiem kolczyków w uszach Shielyn znaczyło ją jako Poszukiwaczkę Wiatru klanowej Mistrzyni Fal, a na łańcuszku Chanelle wisiało prawie tak wiele złotych medalionów, co na łańcuszku samej Zaidy. Obie posiadały autorytet, który było widać w ich postawach i ruchach, tym niemniej nawet nic nie wiedząc o Ludzie Morza, miało się pewność, że absolutne pierwszeństwo ma Zaida din Parede.

— Chyba się potknęłaś o własne buty, Kapitan-Generał — mruknęła z nieznacznym uśmieszkiem błąkającym się po pełnych wargach. Opaloną i pokrytą tatuażami ręką bawiła się wiszącym jej na piersiach złotym pudełkiem zapachowym. — Niezdarne przedmioty z tych butów. — Ona i dwie Poszukiwaczki Wiatru jak zwykle przyszły boso. Przedstawiciele Atha'an Miere mieli podeszwy stóp tak stwardniałe, że przypominały podeszwy butów, toteż niestraszne im były ani chropowate powierzchnie, ani zimne kafle podłogi. Co dziwne, każda kobieta w dodatku do bluzki i spodni z jaskrawego, jedwabnego brokatu nosiła szeroką, białą stułę, która zwisała z jej talii i prawie skrywała liczne naszyjniki danej kobiety z Ludu Morza.

— Brałam kąpiel — powiedziała Elayne z napięciem w głosie. A przecież musiały widzieć ręcznik na włosach i szatę przylegającą do jej wilgotnego ciała. Essande prawie drżała z oburzenia, co oznaczało, że w środku aż się gotuje z furii. Elayne czuła się bardzo podobnie. — Wrócę do wanny natychmiast po twoim wyjściu. A od razu po skończeniu kąpieli porozmawiam z tobą. Jeśli to miłe Światłości. — Tak postanowiła! Skoro nieproszone wepchnęły jej się do apartamentu, będą musiały przeczekać całą ceremonię!

— Niech i na ciebie spłynie łaska Światłości, Elayne Sedai — odparowała gładko Zaida. Popatrzyła na Aviendhę, marszcząc czoło, chociaż z pewnością nie przypatrywała się poświacie *saidara*, gdyż jej nie widziała, jako że sama nie potrafiła przenosić Mocy, ani goliźnie kobiety Aiel, bowiem Atha'an Miere traktowali nagość z wielką swobodą, przynajmniej kiedy znajdowali się poza zasięgiem wzroku mieszkańców lądu. — Nigdy mnie nie zaprosiłaś do wspólnej kąpieli, choć postąpiłabyś w takim przypadku uprzejmie, nie na ten temat wszakże zamierzam rozmawiać. Dowiedziałam się, że Nesta din Reas Dwa Księżyce nie żyje. Zabili ją Seanchanie. Opłakujemy jej stratę. — Wszystkie trzy kobiety dotknęły białych stuł, po czym przytknęły koniuszki palców do warg, jednak Zaida wydawała się równie zniecierpliwiona etykietą jak Dziedziczka Tronu. Nie podniosła głosu ani nie przyspieszyła kroku, wyciągnęła tylko palce i niespodziewanie wycelowała w jedną ze swoich towarzyszek. — Dwanaście Pierwszych Atha'an Miere musi się spotkać i wybrać kolejną Mistrzynię Statków. Zdarzenia na zachodzie upewniają nas, że nie możemy zwlekać. — Shielyn zacisnęła usta, a Chanelle podniosła do nosa przekłute pudełko zapachowe, jakby chciała zapomnieć jakąś inną woń. Perfumy z pudełka były na tyle ostre, że przebiły się przez aromat olejku różanego i Elayne również je poczuła. Choć Zaida wiedziała, jakie emocje targają jej towarzyszkami, nie okazała niepokoju ani żadnej innej reakcji poza całkowitą pewnością siebie. Nie odrywała mocnego spojrzenia od twarzy Dziedziczki Tronu. — Musimy być przygotowane na wszystko, co się może zdarzyć i do tego potrzebujemy Mistrzyni Statków. W imię Białej Wieży, obiecałaś nam dwadzieścia nauczycielek. Nie mogę wziąć Vandene w żałobie ani ciebie, pozostałe trzy wezmę jednak z sobą. Co do reszty, uznam, że Biała Wieża jest nam je winna i będę miała nadzieję na szybką spłatę. Posłałam kogoś z zapytaniem do sióstr w Srebrnym Łabędziu, czy któraś z nich zamierza spłacić dług Wieży, niestety nie mogę czekać na ich odpowiedź. Jeśli Światłość pozwoli, wraz z innymi Mistrzyniami Fal wpłynę jeszcze dzisiejszego wieczoru do portu Illian.

Elayne bardzo się starała zachować kamienne oblicze. Czyżby ta kobieta właśnie obwieściła, że zamierza przejąć każdą napotkaną w Caemlyn Aes Sedai i zabrać ją z sobą?! Wnosząc z jej słów, najwyraźniej nie zamierzała również zostawiać tu żadnej Poszukiwaczki Wiatru… Na tę myśl Dziedziczka Tronu aż zastygła. Do powrotu Reanne było tu siedem przedstawicielek Rodziny, dysponujących siłą, która pozwoliłaby im konstruować bramy, chociaż dwie dowolnie wybrane spośród Kuzynek niewiele potrafiłyby same osiągnąć. Bez Poszukiwaczek Wiatru plany otrzymania dla Caemlyn wsparcia z Łzy i Illian stawały się w najlepszym razie problematyczne. Srebrny Łabędź! O Światłości, osoba, którą Zaida wysłała do przebywających w zajeździe Aes Sedai, na pewno przy okazji ujawni szczegóły zawartej umowy! A Egwene nie podziękuje Elayne za rozgłoszenie detali związanych z zawartymi potajemnie układami! Dziedziczka Tronu nie sądziła, że z racji jednego krótkiego stwierdzenia czeka ją tyle problemów.

— Współczuję z powodu straty wam i wszystkim Atha'an Miere — rzuciła, intensywnie myśląc, co dalej robić. — Nesta din Reas była wspaniałą kobietą. — Rzeczywiście była to osoba potężna, która cechowała się niezwykle silną osobowością. Elayne czuła się szczęśliwa, gdy po spotkaniu z nią nadal pozostawała sobą. Przyszło jej do głowy, że nie może sobie pozwolić na najmniejszą stratę czasu. Mistrzyni Fal nie mogła czekać, więc Elayne musiała sobie darować ubieranie. Otuliła się szczelniej szatą. — Musimy pomówić — oświadczyła Zaidzie. — Essande, przynieś wino dla naszych gości, a dla mnie herbatę. Słabą herbatę. — Westchnęła, gdy poczuła poprzez więź ostrzeżenie Birgitte. — Podaj w mniejszym salonie. Przyłączysz się do mnie, Mistrzyni Fal?

Ku jej zdumieniu Zaida ledwie kiwnęła głową, jakby dokładnie takiej propozycji oczekiwała. Fakt ten skłonił Dziedziczkę Tronu do zastanowienia się nad częścią umowy Zaidy. Albo umów, bo właściwie były dwie i ta liczba mogła być kwestią decydującą.

Już od jakiegoś czasu nie używano mniejszego salonu, toteż w panował w nim chłód, chociaż Sephanie szybko rozpaliła podpałkę pod dębowymi drwami na obszernym białym palenisku. Garderobiana opuściła pokój, kiedy płomienie zajęły szczapy, a kobiety rozsiadły się na rozstawionych w półkolu przed kominkiem, skromnie rzeźbionych krzesłach o niskich oparciach. To znaczy najpierw usiadły Elayne i Zaida. Dziedziczka Tronu starannie obciągnęła szatę na kolanach; żałowała, że Mistrzyni Fal nie przyszła choćby godzinę później, dając jej czas na nałożenie właściwego stroju. Poszukiwaczki Wiatru cierpliwie odczekały, aż Zaida spocznie, dopiero potem usadowiły się po obu jej stronach. Birgitte na rozstawionych stopach stanęła przed biurkiem, ręce ułożywszy na biodrach. Jej oblicze przypominało burzowe chmury. Więź przenosiła jawne pragnienie połamania wszystkim Atha'an Miere karków. Aviendha oparła się niedbale o jeden z kredensów, a kiedy Essande przyniosła jej szatę i podała, jednoznacznie sugerując włożenie ubioru, kobieta Aiel ledwie go na siebie narzuciła, po czym przybrała ostentacyjną pozę, zaplatając ramiona pod biustem. Wypuściła *saidara*, ale wciąż trzymała w dłoniach bursztynowego żółwia i Elayne podejrzewała, że Aviendha za chwilę znów będzie gotowa ponownie objąć Moc. Ani nienawistne spojrzenie zielonych oczu kobiety Aiel, ani nachmurzona mina Birgitte nijak nie oddziaływały jednakże na przedstawicielki Ludu Morza. Były, kim były, wiedziały, kim są i w żaden sposób się z tym nie kryły.

— Atha'an Miere rzeczywiście miały obiecane dwadzieścia nauczycielek — oświadczyła Dziedziczka Tronu z lekkim naciskiem, gdyż Zaida powiedziała, że to jej obiecano nauczycielki i ona sama się o nie upomni, a Elayne zawierała układ z Nestą din Reas. Zaida najprawdopodobniej wierzyła, że zostanie nową Mistrzynią Statków. — Odpowiednie nauczycielki wybiera Zasiadająca na Tronie Amyrlin. Wiem, że Atha'an Miere zawsze w pełni dotrzymują przyrzeczeń i umów, czym się szczycą, zapewniam cię jednak, że Wieża także wypełni swoją część układu. Ale wiedziałaś też, że tutejsze siostry zgodziły się was nauczać jedynie tymczasowo. Zresztą umowę zawarła Mistrzyni Statków. Sama się do tego przyznałaś, przyzwalając, aby Poszukiwaczki Wiatru skonstruowały bramy, przez które udały się po zapasy dla Caemlyn do Illian i Łzy. Na pewno nie masz ochoty włączać się w sprawy lądowe, chyba że w celu dopilnowania umowy. Jeśli opuścicie miasto, przestaniemy zabiegać o waszą pomoc, ale nie zechcemy już też was uczyć. Jednym słowem, nasza umowa wygaśnie. Obawiam się również, iż nie znajdziesz w Srebrnym Łabędziu żadnych nauczycielek. Atha'an Miere będą musiały zaczekać, aż Amyrlin przyśle wybrane przez siebie instruktorki. Zgodnie zresztą z umową zawartą z Mistrzynią Statków. — Szkoda, że Elayne nie mogła nakazać przedstawicielkom Ludu Morza trzymanie się z daleka od oberży, lecz po pierwsze może było już na to zbyt późno, a poza tym nie potrafiła wymyślić sensownego i brzmiącego przekonująco powodu. A pusty argument tylko rozzuchwaliłby Zaidę. Atha'an Miere potrafiły się ostro targować. Były skrupulatne, ale dzikie. Z tego też względu Dziedziczka Tronu musiała postępować z Zaidą bardzo spokojnie i bardzo ostrożnie.

— Moja siostra dobrze prawi, Zaido din Parede — zarechotała Aviendha, poklepując się po udzie. — I mówi całą prawdę, chyba się zgodzisz. — Kobietę Aiel najwyraźniej bardzo rozbawiło, że Elayne potrafi przekonać przedstawicielkę Ludu Morza.

Dziedziczka Tronu zapanowała nad wybuchem rozdrażnienia. Aviendha cieszyła się, że może dogryźć Atha'an Miere — zaczęła tę grę jeszcze podczas ucieczki z Ebou Dar i w gruncie rzeczy nigdy jej nie porzuciła — tyle że teraz pora nie była odpowiednia na takie zabawy.

Chanelle zesztywniała, jej spokojna twarz wręcz się rozjarzyła, a w oczach pojawił się gniew. Ta szczupła kobieta niejednokrotnie już doświadczyła na własnej skórze złośliwości Aviendhy, była też ofiarą godnego pożałowania epizodu z *oosquai*, bardzo potężnym napojem Aielów. Teraz praktycznie otoczyła ją poświata *saidara*! Zaida nie mogła tego widzieć, lecz wiedziała o *oosquai* i słyszała, że Chanelle zaniesiono wówczas do łóżka, a ona całą drogę wymiotowała, toteż podniosła szybko rękę, nakazując swej Poszukiwaczce Wiatru spokój. Poświata zniknęła, twarz Chanelle pociemniała. Można by pomyśleć, że wcześniej kobieta po prostu się zarumieniła.

— W twoich słowach jest nieco racji — odrzekła Zaida urażonym tonem, którego bez wątpienia nie powinno się używać w rozmowie z Aes Sedai. — Tak czy owak, nic, co powiedziałaś, nie dotyczy Merilille. Merilille zgodziła się zostać jedną z nauczycielek na długo przed dotarciem do Caemlyn i pojedzie ze mną, aby kontynuować nauczanie.

Elayne zaczerpnęła długi wdech. Nawet nie próbowała spierać się w tej kwestii z Zaidą. Biała Wieża miała wielki posłuch u ludzi przede wszystkim dlatego, że jej członkinie zawsze dotrzymywały słowa — tak samo jak przedstawiciele Ludu Morza. Po prostu trzeba było dotrzymać tej obietnicy. Och, ludzie mawiali, że powinno się słuchać uważnie, żeby mieć pewność, iż dana Aes Sedai rzeczywiście przyrzekła to, co sądzimy, że przyrzekła... i w tym stwierdzeniu również tkwiło sporo prawdy, ale jednoznaczna obietnica była równie pewna jak przysięga złożona w imię Światłości. A zatem Poszukiwaczki Wiatru nie pozwolą odejść Merilille. Zresztą przez cały czas ledwie spuszczały ją z oczu.

— Może będziesz musiała mi ją zwrócić, jeśli naprawdę jej będę potrzebować. — Jeżeli na przykład Vandene i dwie pomocnice znajdą dowód, że Merilille jest Czarną Ajah. — Jeśli jednak do tego dojdzie, dokonam zamiany. — Tyle że nie miała pojęcia, na kogo miałaby wymienić Merilille.

— Merilille musi nam służyć do końca roku. Zgodnie z umową musi przesłużyć co najmniej rok. — Zaida zrobiła gest sugerujący ustępstwo. — Dobrze, że rozumiesz, iż ktoś musi zająć jej miejsce. Nie pozwolę jej odejść, jeśli nie dostanę zastępczyni.

— Sądzę zatem, że wszystko ustaliłyśmy — podsumowała spokojnie Elayne. Wiedziała, że musiała się zgodzić na tę wymianę, po prostu nie miała innego wyboru!

Zaida uśmiechnęła się słabo i na długi moment zapanowało milczenie. Zniecierpliwiona Chanelle zaszurała stopami. Może chciała wstać z krzesła, jednakże Mistrzyni Fal się nie ruszała. Wyraźnie pragnęła czegoś więcej, liczyła na inne układy, a na dodatek wyraźnie wolała, ażeby Elayne odezwała się jako pierwsza. Ale Dziedziczka Tronu postanowiła przeczekać kobietę z Ludu Morza. Ogień rozpalił się i buchał, drwa trzeszczały, iskry wzbijały się w komin. W pokoju zrobiło się znacznie cieplej, niestety wilgotna szata Elayne wchłaniała chyba cały chłód z powietrza i przenosiła go na skórę. Elayne potrafiła ignorować zimno, lecz jak ignorować zimno i wilgoć równocześnie atakujące skórę i wnikające w głąb ciała? Dziedziczka Tronu wytrzymała bezpośrednie spojrzenie Zaidy i posłała jej nieznaczny uśmiech. Essande wróciła wraz z Naris i Sephanie, które niosły tace z plecionki — na jednej stał srebrny imbryczek w kształcie lwa i zielone filiżanki z cienkiej porcelany Ludu Morza, na drugiej zaś puchary z kutego srebra i wysoki dzban z winem, które wydzielało aromat przypraw. Wszystkie kobiety wybrały wino, oczywiście poza Elayne, która znów nie miała wyboru. Dziedziczka Tronu przyjrzała się herbacie i westchnęła. Całkiem dokładnie widziała dno filiżanki. Gdyby herbata była jeszcze ciut słabsza, miałaby niemal barwę wody!

Po chwili Aviendha przeszła wielkimi krokami pokój, odstawiła puchar z winem na tacę pozostawioną na jednym z kredensów i nalała sobie filiżankę herbaty. Kiwnęła głową w stronę Elayne i posłała jej uśmiech łączący sympatię z aluzją, że kobieta Aiel preferuje właściwie wodnistą herbatę od wina. Elayne mimo wszystko odpowiedziała uśmiechem. Pierwsze siostry dzieliły się z sobą i szczęściem, i nieszczęściem. Birgitte uśmiechnęła się nad brzeżkiem srebrnego pucharu, po czym jednym haustem pochłonęła połowę jego zawartości. Więź przeniosła jej rozbawienie złym humorem, który wyczuwała od Elayne. Do Dziedziczki Tronu nadal docierał też ból głowy kobiety Strażnik, który ani na jotę nie osłabł. Elayne potarła skroń. Gdy spotkała Merilille, powinna była nalegać, aby ta Uzdrowiła Birgitte. Kilka spośród Kuzynek prześcignęło Merilille w umiejętności Uzdrawiania, która była jedyną pełną Aes Sedai w pałacu z tą zdolnością.

— Bardzo potrzebujesz kobiet, które potrafią tworzyć bramy — oznajmiła nagle Zaida.

Na jej pełnych ustach nie było już uśmiechu. Nie spodobało jej się, że musiała się jednak odezwać jako pierwsza.

Elayne wypiła łyk swej żałosnej herbaty i nic nie odpowiedziała.

— Może zadowoliłabym Światłość, zostawiając tutaj jedną czy dwie Poszukiwaczki Wiatru — kontynuowała Mistrzyni Fal. — Na jakiś czas.

Dziedziczka Tronu zmarszczyła czoło, jakby się zastanawiała nad propozycją przedstawicielki Atha'an Miere. Naprawdę potrzebowała tych przeklętych kobiet i potrzebowała ich więcej niż jedną czy dwie.

— Czego pragniesz w zamian? — spytała w końcu.

— Jednej mili kwadratowej ziemi nad rzeką Erinin. Dobrej ziemi, w każdym razie. Nie błotnistej, nie bagnistej. I byłaby to ziemia Ludu Morza po wsze czasy. Ziemia, na której będziemy się rządzić własnymi prawami, nie zaś prawami Andoru — dorzuciła tonem nic nie znaczącej dodatkowej wzmianki.

Elayne o mało nie zakrztusiła się herbatą. Atha'an Miere nienawidziły opuszczać morza, nienawidziły przebywać z dala od niego, w miejscach, gdzie go nie widziały. A Zaida prosiła o grunt odległy o tysiąc mil od najbliższej słonej wody! I prosiła o całkowitą, bezwarunkową cesję tej ziemi. Cairhienianie, Murandianie, a nawet Altaranie używali wszelkich sposobów dla wyłudzenia choćby kawałka ziemi Andoru, Andoranie zaś wykrwawiali się w jej obronie, lecz nie wypuszczali swoich terenów z rąk. Tym niemniej jedna mila kwadratowa stanowiła naprawdę niewielki fragment lądu, a jego odstąpienie wydawało się niską ceną za strumień posiłków dla Caemlyn. Ma się rozumieć, Elayne nie zamierzała wspominać o tych drobiazgach Zaidzie. A jeżeli w dodatku przedstawiciele Ludu Morza zaczną handlować bezpośrednio z Andorem, wtedy andorańskie towary popłyną na statkach Atha'an Miere we wszystkie dosłownie rejony świata i tam zostaną zaprezentowane. Mistrzyni Fal przypuszczalnie zdawała sobie z tego sprawę, jednakże Dziedziczka Tronu nie uważała za stosowne informować jej, że również o takich kwestiach myśli. Więź z Birgitte także zasugerowała ostrożność, Elayne uznała wszakże, iż nadeszła pora na nieco zuchwałości, o czym jej Strażnik powinna zresztą wiedzieć lepiej niż ktokolwiek inny.

— Czasami łyk herbaty wpłynie w niewłaściwą dziurkę. — Wcale nie kłamała, choć może pragnęła nieco zyskać na czasie. — Za milę kwadratową Andor zasługuje na więcej niż dwie Poszukiwaczki Wiatru. Atha'an Miere dostały dwadzieścia nauczycielek i dodatkową pomoc w postaci Czary Wiatrów, a kiedy tamte odejdą, dostaniecie dwadzieścia, które je zastąpią. Masz z sobą dwadzieścia jeden Poszukiwaczek Wiatru. Za milę Andoru powinnam dostać wszystkie dwadzieścia jeden i jeszcze dwadzieścia jeden kolejnych na ich miejsce, kiedy te odejdą, zakończywszy nauki u Aes Sedai. — Elayne nie chciała sugerować tej kobiecie, iż zamierza z miejsca odrzucić jej ofertę. — Oczywiście, wszystkie towary wwożone z tego terenu do Andoru zostaną obciążone zwyczajowymi opłatami celnymi.

Zaida podnosiła do ust srebrny puchar, a gdy go odstawiła, popatrzyła na Dziedziczkę Tronu z nikłym uśmiechem. Tym niemniej Elayne uznała, że jest to raczej uśmiech ulgi niż triumfu.

— Towary wwożone do Andoru owszem, ale nie dobra pochodzące z rzeki na naszej ziemi. Mogę zostawić trzy Poszukiwaczki Wiatru. Powiedzmy, na pół roku. Nie wolno ci ich jednak używać do walki. Nie życzę sobie, aby moi ludzie umierali za ciebie, nie chcę też rozgniewać innych Andoran, którzy mogliby znienawidzić Lud Morza, gdybyśmy zaczęły zabijać niektórych z nich.

— Twoje Poszukiwaczki Wiatru będę prosić jedynie o konstruowanie bram — przerwała jej wywód Elayne. — Chociaż muszą je stawiać tam, gdzie im nakażę. — O Światłości! Wszak nie zamierzała używać Jedynej Mocy jako broni! Przedstawiciele Ludu Morza postępowali tak bez zastanowienia, ale Dziedziczka Tronu bardzo się starała działać zgodnie z postulatami Egwene i w taki sposób, jakby już złożyła Trzy Przysięgi. Poza tym, gdyby wysadziła w powietrze *saidarem* te obozy za murami albo pozwoliła na to komuś innemu, żaden Dom w Andorze nie stanąłby po jej stronie. — Muszą pozostać do wyjaśnienia się sprawy mojej korony, czy to będzie pół roku, czy dłużej. — Elayne spodziewała się otrzymać koronę w znacznie krótszym czasie, ale jak mawiała jej stara niania Lini, należy liczyć śliwki w swoim koszyku, nie zaś na drzewie. Gdy jednak w końcu założy na głowę koronę, nie będzie potrzebowała pomocy Poszukiwaczek Wiatru w dostarczaniu miastu zapasów, a wtedy, szczerze mówiąc, chętnie się ich pozbędzie. — Trzy wszakże mi nie wystarczą. Zechcesz zapewne zachować Shielyn, ponieważ jest twoją osobistą Poszukiwaczką. Ja przejmę zatem wszystkie pozostałe.

Medaliony na łańcuszku Zaidy zakołysały się lekko, bowiem kobieta potrząsnęła głową.

— Talaan i Metarra nadal są uczennicami. Muszą podjąć szkolenie. Inne również mają swoje obowiązki. Do czasu objęcia przez ciebie tronu mogę ci użyczyć cztery Poszukiwaczki Wiatru.

Od tej pory zaczęły się prawdziwe negocjacje handlowe. Elayne nigdy nie oczekiwała, że zatrzyma te uczennice, natomiast klanowa Mistrzyni Fal nie mogła też zachować wszystkich Poszukiwaczek Wiatru. Większość Mistrzyń Fal używało swoich Poszukiwaczek i Mistrzów Mieczy jako bliskich doradców i rozłączały się z nimi równie niechętnie, jak Dziedziczka Tronu rozstawała się z Birgitte. Zaida próbowała zatrzymać także inne Poszukiwaczki Wiatru, na przykład te, które służyły na wielkich okrętach takich jak rakery albo szkimery, dla wielu z nich jednakże nie znajdowała uzasadnienia, Dziedziczka Tronu zaś nie przestawała odmawiać ani nie ustępowała w swoich żądaniach, póki Zaida nie przystałaby na jej warunki. A Zaida ustępowała powoli, żałując każdego ustępstwa. Choć nie tak powoli, jak Elayne się obawiała. Mistrzyni Fal wyraźnie potrzebowała tego układu tak samo rozpaczliwie, jak Elayne potrzebowała kobiet umiejących tkać bramy.

— W imię Światłości, uzgodniłyśmy — mogła wreszcie oświadczyć Dziedziczka Tronu. Ucałowała koniuszki palców swej prawej dłoni, po czym pochyliła się do przodu i przycisnęła je do warg Zaidy. Aviendha uśmiechnęła się, gdyż jawnie była pod wrażeniem zakończonych właśnie negocjacji. Wyraz twarzy Birgitte nie zmienił się, tym niemniej Elayne wiedziała dzięki więzi, że kobieta Aiel niemal nie wierzy, iż Dziedziczka Tronu osiągnęła tak spektakularny sukces.

— Zatem uzgodniłyśmy, w imię Światłości — mruknęła Zaida, przykładając do warg Elayne własne palce, które okazały się twarde i pokryte zgrubieniami, chociaż Mistrzyni Fal od wielu lat sama nie ciągnęła już liny. Wyglądała na całkiem usatysfakcjonowaną zawartą umową, zgodnie z którą musiała oddać dziewięć spośród swoich Poszukiwaczek Wiatru. Elayne zastanawiała się, ile z tych dziewięciu okaże się kobietami, których statki zniszczyli Seanchanie w Ebou Dar. Utrata statku — niezależnie od powodów — była dla Atha'an Miere kwestią poważną i może wystarczała, by dana osoba zapragnęła na jakiś czas zamieszkać z dala od domu. Zresztą, Dziedziczki Tronu nie interesowały szczegóły tej sprawy.

Chanelle patrzyła posępnie, trzymając wytatuowane ręce zaciśnięte na kolanach spodni z czerwonego brokatu, a jednak nie wydawała się tak ponura, jak można by się spodziewać po kobiecie z Ludu Morza, która musi pozostać przez jakiś czas na lądzie. Chanelle miała kierować pozostałymi Poszukiwaczkami Wiatru i nie podobało jej się, że za zgodą Zaidy będzie podlegała zarówno Elayne, jak i Birgitte. Przedstawicielki Atha'an Miere przestaną wreszcie dumnie kroczyć pałacowymi korytarzami, zachowywać się jak właścicielki Królewskiego Pałacu, wysuwać żądania na prawo i lewo. Z drugiej strony Dziedziczka Tronu podejrzewała, iż Zaida przychodząc na spotkanie z nią, zdawała sobie sprawę z konieczności pozostawienia w Caemlyn części swojej grupy, a Chanelle przyszła, wiedząc, że będzie członkiniami tej ekipy dowodzić. Nie miało to właściwie znaczenia dla Elayne, podobnie jak nie interesowały jej ewentualne korzyści, które Zaida pragnęła zdobyć dzięki stanowisku Mistrzyni Statków. A na pewno na jakieś liczyła — było to dla Dziedziczki Tronu jasne jak słońce. Tyle że dla niej liczyło się w tej chwili jedynie, iż mieszkańcy Caemlyn nie będą głodować. I fakt, że... ta przeklęta latarnia morska nadal płonęła na zachodzie. Wciąż ktoś przenosił gdzieś tam potężne ilości Jedynej Mocy. Nie miała wszakże ochoty o tym myśleć. Wkrótce zostanie królową, więc nie może się zachowywać jak głupia, przesądna dziewucha. Ważne były dla niej tylko Caemlyn i Andor!

ROZDZIAŁ 13

WYSOKIE TRONY

Zaida i dwie Poszukiwaczki Wiatru opuściły apartament Elayne z wielką gracją i na pozór niespiesznie, lecz — tak jak podczas wejścia — niemal bez ceregieli. Na koniec życzyły Elayne, by Światłość ją oświeciła i zapewniła jej bezpieczeństwo. Szybkie wyjście... jak na Atha'an Miere. Elayne zdecydowała, że jeśli Zaida naprawdę chce być następną Mistrzynią Statków, ma prawdopodobnie do tego stanowiska jakąś konkurentkę, nad którą zamierza niepostrzeżenie zyskać przewagę. Dla Andoru byłoby chyba lepiej, żeby to Zaida sięgnęła po tron Atha'an Miere... czy jakkolwiek przedstawiciele Ludu Morza określali władzę. Dzięki umowom Zaida zapamięta przecież, że Andor udzielił jej pomocy, za którą zawsze będzie wdzięczna. Jeśli jednak Mistrzyni Fal przegra rywalizację o pozycję Mistrzyni Statków, jej zwycięska konkurentka także nie zapomni, komu Andor wyświadczył przysługę. Detale te pozostawały wszak na razie kwestią przyszłości. Liczyło się tu i teraz.

— Wiem, że trzeba dobrze traktować posłów — stwierdziła cicho natychmiast, gdy za Atha'an Miere zamknęły się drzwi. — Jednak w przyszłości zapewnijcie mi z łaski swojej nieco więcej prywatności. Nawet posłowie i ambasadorzy nie mogą, ot tak sobie, po prostu wchodzić do moich apartamentów. Czy mnie rozumiecie?

Rasoria kiwnęła głową. Jej twarz pozostała obojętna, jedynie szkarłat zalał jej policzki i stąd Dziedziczka Tronu wiedziała, że jej porucznik odczuwa prawdziwe upokorzenie, ponieważ dopuściła do swej pani przedstawicielki Ludu Morza. Dzięki więzi Elayne wiedziała z kolei, że Birgitte jest zażenowana i nieszczęśliwa. Zakłopotana Dziedziczka Tronu aż się zaczerwieniła.

— Nie zrobiłyście właściwie nic złego — bąknęła — postarajcie się jednak, ażeby nie doszło powtórnie do takiej sytuacji. — O Światłości, teraz natomiast się ośmieszała i brzmiała jak ciamajda! — Nie będziemy o tym więcej rozmawiać — dorzuciła sztywno.

Och, niech ta Birgitte sczeźnie razem z więzią! Elayne miała świadomość, że gdyby jej kobiety chciały powstrzymać Zaidę przed wejściem, musiałyby z nią walczyć, a teraz oprócz bólu głowy swojej Strażnik czuła przez więź także jej straszliwy wstyd i poniżenie. Wszystkie te emocje wręcz sprawiały jej ból! A Aviendha tylko się uśmiechała w ten swój... przymilny sposób. Elayne nie wiedziała, kiedy ani jak jej siostra odkryła, że ona i Birgitte czasami wymieniały się doznaniami, ale najwyraźniej uważała więź za coś ogromnie zabawnego. Jej poczucie humoru bywało czasami nieokrzesane i niezrozumiałe.

— Myślę, że wy dwie stopicie się któregoś dnia w jedność — zauważyła ze śmiechem. — To będzie kolejny niezły żart z twojej strony, Birgitte Trahelion. — Kapitan-Generał rzuciła jej gniewne spojrzenie, po chwili jednak konsternację w więzi przygniótł nagły popłoch, a twarz Birgitte wypełniła całkowita niewinność.

Elayne zdecydowała, że lepiej nie pytać o przeszłość. Lini powiedziała jej kiedyś, że gdy człowiek zada pytanie — czy tego chce, czy nie — musi wysłuchać odpowiedzi, która po nim nastąpi. A Dziedziczka Tronu nie chciała teraz poznawać żadnych opowieści na temat Birgitte, nie w towarzystwie Rasorii z uwagą studiującej podłogowe kafle przed swoimi butami i nie w obecności reszty Gwardzistek, które w przedsionku bezskutecznie udawały, że nie słuchają rozmowy.

Dziedziczka Tronu nigdy nie rozumiała, jak cenna jest prywatność, póki jej całkowicie nie straciła. W każdym razie była blisko jej utraty.

— Teraz dokończę kąpiel — oznajmiła spokojnie. Na krew i popioły, jakiego psikusa spłatała jej Birgitte?! Zrobiła coś, dzięki czemu... stapiała się z nią? Nie było to chyba nic strasznego, skoro Elayne ciągle nie zdawała sobie z tego sprawy.

Woda w wannie niestety bardzo się ochłodziła. Była teraz zaledwie letnia. Dziedziczka Tronu nie bardzo miała ochotę w niej usiąść. Chciała się jeszcze kilka minut pomoczyć, ale nie za cenę czekania, aż wanna zostanie opróżniona wiadro po wiadrze, a potem ponownie napełniona gorętszą wodą. Do tej pory wszyscy w całym pałacu wiedzieli prawdopodobnie, że wróciła, toteż Pierwsza Pokojówka i Pierwszy Urzędnik na pewno pragną zdać codzienne sprawozdania. Składali je codziennie, jeśli Elayne była w mieście, a gdy wyjeżdżała, denerwowali się podwójnie. Jeżeli ktoś zamierza rządzić krajem, musi pamiętać, że obowiązki są ważniejsze od przyjemności. Tym bardziej musi o tym pamiętać osoba, która dopiero stara się o miejsce na tronie.

Aviendha zdjęła ręcznik z głowy i potrząsnęła włosami. Kobieta Aiel czuła wyraźną ulgę, że nikt jej nie każe ponownie siadać w wodzie. Ruszyła do garderoby, zrzuciwszy szatę, zanim jeszcze dotarła do drzwi, a kiedy Elayne i służące weszły za nią do pomieszczenia, miała już na sobie niemal kompletny strój. Mamrocząc gderliwie, pozwoliła Naris sobie pomóc, chociaż do nałożenia pozostała jej jedynie ciężka, wełniana spódnica. Po chwili odepchnęła zresztą rękę służącej i sama zawiązała sznurowadła miękkich, wysokich do kolan butów.

Elayne nie poszło tak łatwo. O ile nie zdarzył się jakiś nagły wypadek, Essande musiała przedyskutować kwestię wyboru sukienki, w przeciwnym razie czuła się zlekceważona.

Z bliskimi służącymi zawsze trzeba zachowywać delikatną równowagę. Członkowie straży przybocznej znają więcej sekretów swojej pani, niż ona podejrzewa, widują ją także w najgorszych chwilach, w złym humorze, zmęczeniu, płaczu w poduszkę, stanie wściekłości i złym nastroju. Obie strony powinny zatem okazywać sobie szacunek, inaczej wzajemne stosunki stawały się niemożliwe. Z tego też względu Aviendha usiadła na jednej z wyściełanych ław i pozwoliła, by Naris uczesała jej włosy, Dziedziczkę Tronu zaś w tym czasie ubrano w obszytą czarnym lisem, gładką, szarą suknię z delikatnej wełny, z zielonymi haftami przy wysokim kołnierzu i rękawach. Elayne wcale nie miała szczególnych kłopotów z podjęciem decyzji, jednakże Essande stale podsuwała jej jedwabne suknie zdobione perłami, szafirami albo łzami ognia, jedną kwieciściej haftowaną od drugiej. Wbrew temu, że tron nie należał jeszcze do Elayne, Essande chciała, aby jej pani codziennie ubierała się jak królowa gotowa na audiencję.

Miało to sens wcześniej, gdy każdego dnia przybywały delegacje wnoszących petycje lub składających uszanowanie kupców, a także grupy cudzoziemców obawiających się, czy kłopoty w Andorze nie wpłyną negatywnie na ich handel. Stare powiedzenie mówiące, że osoba rządząca Caemlyn, rządzi całym Andorem, w oczach kupców nigdy naprawdę nie brzmiało prawdziwie, a szanse, że Elayne rzeczywiście zdobędzie tron, słabły wraz ze zbliżaniem się do murów armii Arymilli. Dynastie stojące po stronie każdej z kandydatek kupcy potrafili policzyć równie łatwo jak monety. Teraz wszakże nawet andorańscy handlarze unikali Królewskiego Pałacu, a przynajmniej trzymali się najdalej, jak mogli od Wewnętrznego Miasta, aby ludzie ich nie podejrzewali o to, że odwiedzają pałac, bankierzy zaś zjawiali się w anonimowych wozach i z twarzami skrytymi pod wielkimi kapturami. Nikt nie życzył jej źle, wiedziała o tym, i na pewno nikt nie pragnął jej rozgniewać, żaden jednak również nie chciał rozsierdzić Arymilli, nie w obecnej sytuacji. Tym niemniej bankierzy nadal przybywali, a Dziedziczka Tronu nie słyszała dotychczas o nikim spośród kupców, kto by wystąpił z petycją do Arymilli. A byłby to dla niej pierwszy znak przegranej sprawy.

Założenie sukni zajęło dwa razy więcej czasu, niż powinno, ponieważ Essande wyznaczyła Sephanie do pomocy Dziedziczce Tronu. Dziewczyna przez cały czas oddychała ciężko, gdyż jak dotąd nie nauczyła się jeszcze ubierać kogoś innego niż ona sama i okropnie się bała, że na oczach Essande popełni jakiś straszliwy błąd. Elayne podejrzewała, iż służąca o wiele bardziej obawia się opinii staruszki niż samej Dziedziczki Tronu. A lęk zmieniał tę silną, młodą kobietę w istotę niezdarną, z kolei niezdarność skłaniała ją do większej staranności, niestety równocześnie Sephanie jeszcze mocniej martwiła się o ewentualne pomyłki, więc w efekcie poruszała się wolniej niż kruchej, znacznie od niej starszej Essande kiedykolwiek się zdarzyło. W końcu jednak całkowicie ubrana Elayne zasiadła naprzeciwko Aviendhy i poddała się grzebieniowi z kości słoniowej, którym Essande przeciągała po jej lokach. Stara niania mogła oczywiście pozwolić którejś z dziewczyn nakładać Dziedziczce Tronu suknię przez głowę bądź zapinać guziki, nie zamierzała wszakże ryzykować, że jakaś niezdarna służąca splącze Elayne włosy. Czesanie miało zupełnie inną ważność w oczach Essande.

Tyle że zanim grzebień przesunął się dwa tuziny razy, w progu ukazała się Birgitte. Essande głośno pociągnęła nosem i Dziedziczka Tronu wyobraziła sobie grymas na twarzy stojącej za jej plecami staruszki. Essande zgadzała się — aczkolwiek niechętnie — na obecność Birgitte podczas kąpieli, garderobę uważała jednakże za pomieszczenie święte.

Co zaskakujące, kobieta Strażnik odpowiedziała na jawną dezaprobatę starej służącej łagodnym, spokojnym spojrzeniem. Zwykle nie potrafiła się pohamować i docinała Essande lub traktowała ją pogardliwie.

— Elayne, Dyelin wróciła. Przybyła w towarzystwie. Przywiozła z sobą Głowy Dynastii Mantear, Haevin, Gilyard i Northan. — Z jakiegoś powodu przez więź dotarła do Dziedziczki Tronu smuga zakłopotania i rozdrażnienia.

Mimo dzielonego bólu głowy Elayne miała ochotę podskoczyć z radości. I podskoczyłaby, gdyby Essande nie trzymała grzebienia zatopionego głęboko w jej włosach. Cztery Wysokie Trony! Nie spodziewała się, że Dyelin dokona tak wiele. W duszy miała na to nadzieję i modliła się o to, nigdy jednak w gruncie rzeczy nie oczekiwała tak wielu popleczników, na pewno nie w jednym, krótkim tygodniu. Szczerze mówiąc, była przekonana, że Dyelin wróci z pustymi rękoma. Dzięki względom czterech Dynastii, Elayne miała teraz takie samo poparcie jak Arymilla. Irytujące było porównywanie się „w kwestii poparcia" z tą głupią kobietą, liczby jednak nie kłamały. Mantear, Haevin, Gilyard i Northan! Ale dlaczego nie Candraed? Dyelin udała się przecież także do nich. Och, po stronie Elayne stały teraz cztery dodatkowe Domy, toteż nie powinna się przejmować brakiem tego jednego.

— Zajmij się nimi w dużym salonie do czasu, aż będę mogła do was dołączyć, Birgitte. — Mały salon wystarczał dla Zaidy, a Dziedziczka Tronu miała nadzieję, że Mistrzyni Fal nie uznała pobytu w nim za afront, Głowy czterech Dynastii zasługiwały wszakże na coś więcej. — I poproś Pierwszą Pokojówkę o przygotowanie gościnnych apartamentów. — Apartamentów! O Światłości! Aby zrobić miejsce, Atha'an Miere będą musiały jak najszybciej opuścić zajmowane obecnie pokoje. Do czasu swego odejścia przedstawicielki Ludu Morza zamiast po dwie, będą musiały sypiać po trzy. — Essande, założę chyba zielony jedwab z szafirami. I szafiry we włosy. Duże szafiry.

Birgitte wyszła, nadal zakłopotana i zdenerwowana. Z jakiej przyczyny tak się czuła? Chyba nie sądziła, że z powodu sprawy Zaidy powinna pozwolić Dyelin czekać w nieskończoność? O Światłości, Elayne zaintrygowało zakłopotanie jej Strażnik. Więź znowu ją zirytowała. Ta ciągła wymiana emocji zaczynała się robić niebezpieczna! Gdy za Birgitte zamknęły się drzwi, Essande ruszyła do najbliższej szafy po suknię. Uśmiechu staruszki nie można było nazwać inaczej jak triumfalnym.

Patrząc na Aviendhę, która machnięciem ręki odprawiła Naris wraz z jej grzebieniem, a później sama włożyła sobie na głowę ciemnoszarą chustę, by związać nią włosy z tyłu, Elayne się uśmiechnęła. Dzięki przyjaciółce mogła zapomnieć zarówno o więzi, jak i o innych kwestiach.

— Może tym razem powinnaś włożyć jedwabie i klejnoty, Aviendho — zaproponowała z łagodnym przytykiem w tonie. — Dyelin nie będzie oczywiście miała nic przeciwko twojemu strojowi, jednak inni nie są przyzwyczajeni do Aielów. Mogliby pomyśleć, że zabawiam stajenną.

Zamierzyła to stwierdzenie jako żart — stale dowcipkowały o ubraniach, a Dyelin patrzyła na Aviendhę z ukosa niezależnie od stroju kobiety Aiel — jednakże pierwsza siostra zmarszczyła brwi, spoglądając na ustawione pod ścianą szafy, potem skinęła głową, zdjęła chustę i położyła ją obok siebie, na pikowanej poduszce.

— No cóż, rzeczywiście chcę wywrzeć wrażenie na Głowach tych Dynastii. Nie sądź jednak, że już zawsze będę się tak ubierać. Po prostu wyświadczam ci przysługę.

Jak na osobę „jedynie" wyświadczającą przysługę, Aviendha ślęczała nad ubraniami wyjętymi przez Essande zbyt długo i ze zbyt wielkim zainteresowaniem, w końcu jednak zdecydowała się na granatowy aksamit zdobiony zielenią oraz na srebrną siatkę podtrzymującą włosy. Te stroje uszyto właśnie dla Aviendhy, kiedy zjawiła się w Caemlyn, tyle że do tej pory kobieta Aiel unikała ich, jakby roiło się w nich od pająków i skorpionów. Teraz, gładząc rękawy włożonej sukni, Aviendha zawahała się, o mało nie rozmyśliła i nie zdjęła stroju, w końcu wszakże pozwoliła Naris pozapinać małe, perłowe guziki. Odrzuciła ofertę Elayne i nie przyjęła szmaragdów, które wspaniale pasowałyby do sukni, zatrzymała jednak swoje naszyjniki ze srebrnych płatków śniegu i ciężką bransoletkę z kości słoniowej, choć w ostatniej chwili przypięła do ramienia bursztynowego żółwia.

— Nigdy nie wiadomo, kiedy może się przydać — oświadczyła.

— Lepiej się zabezpieczyć, niż później żałować — zgodziła się z nią Elayne. — Pięknie ci w tych kolorach.

To była prawda, jednak Aviendha się zarumieniła. Przyjmowała jako zasłużone komplementy na temat własnej celności w strzelaniu z łuku lub szybkości, z jaką potrafiła biegać, ale z trudem godziła się na sugestie, że jest piękna. Aż do niedawna zupełnie ignorowała swój wygląd.

Essande z dezaprobatą potrząsnęła głową, nie wiedziała bowiem, że broszka jest *angrealem*. Chodziło jej tylko o to, że bursztynowy odcień gryzie się z niebieskim aksamitem. A może nie podobał jej się nóż z rogową rękojeścią, który Aviendha wsunęła za zielony, aksamitny pas. Siwowłosa staruszka upewniła się wszakże, iż Elayne przypięła sobie do pasa ze złotego splotu mały sztylet z szafirami na pochwie i głowicy. Dziedziczka Tronu musiała wyglądać idealnie, jeśli chciała zyskać aprobatę Essande.

Rasoria znieruchomiała, zaskoczona widokiem Aviendhy wchodzącej do przedsionka w aksamitnej sukni z wysokim kołnierzem. Gwardzistki nigdy wcześniej nie widziały jej w stroju innym niż typowy dla Aielów. Aviendha zerknęła na nie spode łba, chociaż wcale się z niej nie śmiały, po czym zdecydowanym ruchem chwyciła za rękojeść wsuniętego za pasek noża, na szczęście jej uwagę przyciągnęła przykryta obrusem taca, która stała na długim, bocznym stole pod ścianą. Gdy się ubierały, dostarczono najwyraźniej południowy posiłek dla Elayne. Aviendha odgarnęła obrus w niebieskie paski i starała się zainteresować Dziedziczkę Tronu jedzeniem, uśmiechając się, podkreślając potencjalną słodycz gulaszu z suszonych śliwek i rozpływając się nad kawałkami wieprzowiny w ziarnistej papce. Ta ostatnia potrawa nie wyglądała jednak szczególnie kusząco. W tym momencie Rasoria odchrząknęła i zauważyła, że w większym salonie apartamentu piękniej płonie ogień. Dodała, że będzie bardziej niż szczęśliwa, jeśli zaniesie tam tacę dla Lady Elayne. Wszyscy starali się pilnować, aby Dziedziczka Tronu odpowiednio się odżywiała, jednakże słowo „odpowiednio" postrzegali w bardzo osobliwy sposób. Taca stała tu od pewnego czasu, toteż papka zmieniła się w zakrzepłą masę, która prawdopodobnie tkwiłaby w misce, nawet gdyby odwrócić naczynie do góry dnem!

Na Elayne oczekiwały wszak Głowy czterech Domów. Goście czekali już zbyt długo! Dziedziczka Tronu przypomniała o tym obu kobietom, dodała jednak, że jeśli któraś z nich jest głodna, może coś zjeść. Właściwie dała im do zrozumienia, iż wręcz nalega, ażeby zasiadły do jedzenia. Aluzja wystarczyła. Aviendha wzruszyła ramionami, po czym natychmiast opuściła obrus na potrawy, Rasoria również nie marnowała więcej czasu.

Do dużego salonu trzeba było przejść niedługi odcinek lodowatego korytarza, w którym oprócz nich poruszały się jedynie jaskrawe, zimowe draperie ścienne, jednakże Gwardzistki utworzyły wokół Elayne krąg, Aviendha zaś pełniła straż. Zachowywały się tak ostrożnie, jakby spodziewały się tutaj trolloków! Dziedziczka Tronu z trudem przekonała Rasorię, że nie istnieje potrzeba przeszukania salonu przed jej wejściem. Gwardzistki jej służyły i słuchały, tym niemniej zobowiązały się zapewniać jej całkowite bezpieczeństwo i potrafiły być straszliwie uparte w kwestii tego ostatniego obowiązku, a Birgitte niemal nie umiała postanowić, czy w danym momencie ma być Strażnikiem, Kapitan-Generał czy starszą siostrą. Ze względu na niedawne zdarzenie z Zaidą,

Rasoria o mało nie poleciła czekającym wewnątrz lordom i lady zdeponowanie u niej wszelkiej broni! Na szczęście stanowczość Elayne w sprawie jedzenia nieco zmieniła sytuację. Po krótkiej sprzeczce Dziedziczka Tronu i Aviendha przeszły szerokie wejście razem i tylko we dwie. Uczucie satysfakcji nie ogarniało wszakże Dziedziczki Tronu zbyt długo.

W tym wielkim salonie bez problemów można było ugościć tuziny ludzi. Ciemna boazeria na ścianach, pokryte dywanami kafle podłogowe, krzesła z wysokimi oparciami ustawione w kształcie podkowy przed dużym kominkiem z białego, poprzecinanego delikatnymi czerwonymi żyłkami marmuru. Tu Elayne przyjmowała ważnych dostojników z większymi honorami niż w sali audiencyjnej, gdyż pomieszczenie zapewniało spotkaniom doskonałą intymność. Płomień tańczący na drwach w kominku nie zdążył jeszcze ogrzać chłodnego powietrza, chociaż na pewno nie z tego powodu Elayne poczuła się, jakby ktoś uderzył ją nagle w żołądek. Zrozumiała teraz zakłopotanie Birgitte.

Dyelin ogrzewała sobie ręce nad ogniem, lecz odwróciła się od paleniska, gdy Elayne i Aviendha weszły. Ta kobieta o mocnych rysach, delikatnych zmarszczkach w kącikach oczu i pasemkach siwizny w złotych włosach najwyraźniej nie chciała tracić czasu na przebieranie się po powrocie do pałacu, toteż nadal nosiła nieco ubłoconą podczas podróży suknię do jazdy konnej w głębokim odcieniu szarości. Właściwie się nie ukłoniła, jedynie lekko skłoniła głowę i nieznacznie ugięła kolana, choć bynajmniej nie zamierzała zachowywać się niegrzecznie. Całą biżuterię kobiety stanowiła mała, złota brosza ozdobiona Sową i Dębem Domu Taravin, przypięta do ramienia i stanowiąca jawny znak, że Głowa Dynastii Taravin nie potrzebuje żadnych innych symboli. Dyelin, podobnie jak Zaida, doskonale znała swoją wartość, a jednak pewnego dnia o mało nie umarła, udowadniając swoją lojalność wobec Dziedziczki Tronu.

— Moja Lady Elayne — zagaiła formalnie — mam honor przedstawić ci Lorda Perivala, Głowę Domu Mantear.

Ładny, złotowłosy chłopiec w prostym, niebieskim płaszczu oderwał się od spoglądania przez kalejdoskop o czterech okularach, umieszczony na pozłacanym stojaku wyższym od niego samego. Chłopiec miał w ręku srebrny puchar. Ze względu na młody wiek Perivala, Elayne żywiła nadzieję, że puchar zawiera niewiele wina albo wino nadzwyczaj mocno rozwodnione. Na jednym z bocznych stołów stało kilka tac zastawionych dzbankami i filiżankami. Oraz ozdobny imbryczek, który równie często napełniano wodą.

— Cała przyjemność po mojej stronie, moja Lady Elayne — zapiszczał, rumieniąc się. Wykonał wiarygodny ukłon mimo odrobinę niezdarnego panowania nad mieczem przypasanym do talii. Broń wydawała się dla niego o wiele za długa. — Dom Mantear opowiada się po stronie Domu Trakand.

Oszołomiona Dziedziczka Tronu odpowiedziała ukłonem, mechanicznie unosząc spódnice.

— Lady Catalyn, Głowa Domu Haevin — kontynuowała prezentację Dyelin.

— Elayne — mruknęła młoda, ciemnooka kobieta u jej boku, dotykając ciemnozielonych, rozciętych do jazdy konnej spódnic i lekko się pochylając. Może obmyśliła dygnięcie, a może jedynie zamierzała naśladować powściągliwość Dyelin. Albo nie chciała dotykać podbródkiem dużej, emaliowanej broszy, którą miała przypiętą przy wysokim kołnierzu sukni; brosza przedstawiała Błękitnego Niedźwiedzia — godło Dynastii Haevin. Włosy ukryła w srebrnej siatce, również przyozdobionej symbolem Błękitnego Niedźwiedzia, nosiła także wydłużony pierścionek z tymże godłem. Ilość biżuterii sugerowała prawdopodobnie jej przesadną dumę z własnej Dynastii. Mimo bijącej od lady chłodnej arogancji trudno ją było właściwie już nazwać kobietą, jej policzki nadal pozostawały bowiem zaokrąglone i tłuściutkie jak u dziecka. —

Haevin staje oczywiście po stronie Trakand, w przeciwnym razie nie byłoby mnie tutaj.

Dyelin zacisnęła nieznacznie usta i posłała dziewczynie twarde spojrzenie, którego Catalyn wydawała się nie dostrzegać.

— Lord Branlet, Głowa Domu Gilyard.

Kolejny chłopiec z niesfornymi, czarnymi lokami, w zielonym stroju przyozdobionym złotym haftem na rękawach, pospiesznie odstawił puchar z winem na boczny stolik. Wyraźnie wolał, ażeby nikt nie widział go z trunkiem. Młokos miał niebieskie oczy, zbyt wielkie jak na jego drobną twarzyczkę, a podczas ukłonu o mało nie potknął się o własny miecz.

— Mam przyjemność powiadomić, że Dom Gilyard staje po stronie Domu Trakand, Lady Elayne. — W połowie zdania głos chłopca opadł z sopranu do basu, a on sam zarumienił się jeszcze mocniej niż Perival.

— Oraz Lord Conail, Głowa Domu Northan.

Conail Northan uśmiechnął się nad obrzeżem srebrnego pucharu. Był wysoki i szczupły, nosił szary płaszcz, z którego już wyrósł, toteż zbyt krótkie rękawy nie skrywały jego kościstych przegubów. Młodzieńca charakteryzował ujmujący, szeroki uśmiech, wesołe, brązowe oczy i nos przywodzący na myśl orli dziób.

— Ciągnęliśmy słomki dla ustalenia kolejności przedstawiania i ja wyciągnąłem najkrótszą, więc jestem ostatni. Northan staje po stronie Trakand. Nie możemy pozwolić tak głupiej osobie jak Arymilla na objęcie tronu. — Dobrze sobie radził z mieczem i przynajmniej on jeden osiągnął pełnoletność, choć dopiero kilka miesięcy temu ukończył szesnaście lat. Uwadze Elayne nie umknęły jego wysokie buty z wywiniętymi cholewami i srebrnymi ostrogami.

Ich młodość nie mogła niewątpliwie stanowić żadnego zaskoczenia, Dziedziczka Tronu oczekiwała jednak, że zarówno Conail, jak i inni przybędą ze starszymi od siebie, zaglądającymi im przez ramię doradcami. W pomieszczeniu wszakże nie było nikogo poza czwórką dzieci, Dyelin i Birgitte, która przed wysokimi łukowatymi oknami stała z ramionami założonymi na piersi. W jaskrawym świetle południowego słońca, wpadającego przez szyby w oknie z kwaterami, Strażnik wyglądała na niezadowoloną.

— Trakand wita was wszystkich i ja was wszystkich witam — oświadczyła Elayne, starając się ukryć konsternację. — Nie zapomnę o waszym poparciu i Trakand o nim nie zapomni. — Najwyraźniej nie do końca udało jej się zamaskować zmieszanie, gdyż Catalyn zacisnęła usta, a jej oczy zalśniły.

— Jeśli naprawdę musisz to wiedzieć, Elayne, powiem ci, że już wyrosłam z opieki doradców — oznajmiła sztywno. — Mój wuj, Lord Arendor, powiedział w Święto Świateł, że jestem gotowa jak nigdy i jeszcze w tym roku mogę zacząć samodzielnie podejmować wszystkie decyzje. Sądzę, co prawda, że chciał zyskać w ten sposób tylko więcej czasu dla siebie. Może teraz częściej jeździć na polowania, póki ma jeszcze na to dość sił. Zawsze uwielbiał polować, a ostatnio szybko się starzeje. — Ponownie udała, że nie widzi marsowej miny Dyelin. Arendor Haevin i Dyelin byli mniej więcej w tym samym wieku.

— Ja również nie mam opiekuna — stwierdził niepewnie Branlet głosem niemal równie wysokim jak głos Catalyn.

Dyelin posłała mu współczujący uśmiech i odgarnęła mu z czoła włosy, które natychmiast ponownie opadły.

— Mayv jeździła sama, tak jak lubiła, aż nagle jej koń wpadł do świstaczej dziury — wyjaśniła cicho. — Gdy ją znaleziono, było już za późno. Przez jakiś czas... dyskutowano... kto ma zająć jej miejsce.

— Sprzeczają się od trzech miesięcy — szepnął Branlet. Przez chwilę wyglądał jeszcze młodziej od Perivala. Prawdopodobnie cała czwórka próbowała znaleźć własną drogę, bez doradców wskazujących odpowiedni kierunek. — Nie przekazuję mojej opinii wszystkim, ale tobie wyznam. Będziesz Królową.

Dyelin położyła rękę na ramieniu Perivala, który się wyprostował, chociaż nadal pozostał od niej niższy.

— Lord Willin miał przybyć wraz z Lordem Perivalem, jednak ma już swoje lata, a poza tym leży powalony przez chorobę. Starość wszystkich nas w końcu dopada. — Zerknęła na Catalyn, ale dziewczyna z wydętymi wargami wpatrywała się teraz uważnie w Birgitte. — Willin prosił ci przekazać życzenia powodzenia, a przysłał także młodzieńca, którego traktuje jak swojego syna.

— Wuj Willin kazał mi strzec honoru Mantear i Andoru — dodał Perival głosem tak poważnym, na jaki może się zdobyć wyłącznie dziecko. — Będę się starał, Elayne. Będę się bardzo, bardzo starał.

— Jestem pewna, że ci się uda — odparła Dziedziczka Tronu, usiłując się zdobyć na ton najcieplejszy z możliwych. Miała ochotę wygonić całą czwórkę z pomieszczenia i zadać Dyelin kilka niezwykle istotnych dla siebie pytań, niestety nie mogła tego zrobić, przynajmniej nie od razu. Niezależnie od młodego wieku, każdy z tych młodych ludzi zasiadał obecnie na Wysokim Tronie swojej Dynastii i pełnił funkcję Głowy potężnego Domu, toteż Elayne musiała im najpierw zaproponować przekąskę i odbyć z każdym przynajmniej krótką rozmowę. Dopiero później może im zasugerować przebranie się po podróży i odświeżenie.

— Naprawdę jest Kapitan-Generał Gwardii Królowej? — spytała Catalyn, wskazując na Birgitte, która właśnie wręczyła Dziedziczce Tronu wypełnioną nieznacznie zaciemnioną gorącą wodą filiżankę z cienkiej, niebieskiej porcelany. Dziewczyna mówiła w taki sposób, jakby kobiety Strażnik nie było w pomieszczeniu. Zanim Birgitte odeszła, uniosła brwi, jednak młodziutka Lady Catalyn jawnie miała praktykę w niedostrzeganiu tego, czego nie chciała widzieć. Nad pucharem z winem, który trzymała w pulchnej, dziecięcej rączce, unosił się ostro-słodki aromat przypraw. Do nędznej, udającej herbatę wody dodano zaś zaledwie parę kropel miodu.

— Tak, jest Kapitan-Generał, a także moim Strażnikiem — odrzekła uprzejmie. „Gotowa jak nigdy?!". Dziedziczka Tronu chętnie polemizowałaby z tym określeniem. A dziewczyna prawdopodobnie uznała je za komplement. Zdaniem Elayne za swoje jawnie niegrzeczne zachowanie Catalyn powinna dostać rózgi, tyle że nie można karać Głowy danej Dynastii. Szczególnie gdy potrzebuje się jej wsparcia.

Catalyn łypnęła na dłonie Dziedziczki Tronu, jednakże pierścień w kształcie Wielkiego Węża nie zmienił jej chłodnej miny.

— Dali ci go? Nie wiedziałam, że wyniesiono cię do pełnej Aes Sedai. Myślałam, że Biała Wieża odesłała cię do domu. To znaczy… po śmierci twojej matki. A może z powodu panujących w Wieży kłopotów, o których stale słychać. Wyobraź sobie Aes Sedai sprzeczające się na rynku jak wiejskie baby. Ale jak ona może być generałem albo Strażnikiem bez miecza? Zresztą moja ciocia Evelle twierdzi, że kobiety powinny zostawić miecze mężczyznom. Nie podkuwasz sama konia, kiedy posiadasz kowala i nie mielesz własnego ziarna, jeśli masz młynarza. — Bez wątpienia dosłownie zacytowała słowa Lady Evelle.

Elayne zapanowała nad wyrazem twarzy, usiłując ignorować niemal nieskrywaną zniewagę.

— Mieczem generała jest armia, Catalyn. Gareth Bryne twierdzi, że generał, który używa innego ostrza, powinien zmienić pracę. — Nazwisko nie zrobiło chyba na dziewczynie żadnego wrażenia. A przecież nawet dzieci górników z Gór Mgły znały nazwisko Garetha Bryne!

U boku Dziedziczki Tronu pojawiła się nagle Aviendha. Uśmiechała się radośnie, jakby zachwycała ją możliwość pomówienia z młodą Lady Catalyn.

— Miecze nie mają żadnego sensu — potwierdziła słodko. Aviendha i słodki ton! Elayne nigdy nie przypuszczała, że jej pierwsza siostra tak umiejętnie potrafi udawać. Również ona miała w dłoni puchar z grzanym winem. Trudno było wszak oczekiwać, że przez cały dzień będzie piła gorzką herbatę tylko z siostrzanej sympatii. — Powinnaś nauczyć się władać włócznią. A także nożem i łukiem. Birgitte Trahelion mogłaby ci trafić z łuku w oczy z dwustu kroków. A może i z trzystu.

— Włócznią? — spytała nieśmiało Catalyn, po czym dorzuciła z nieznacznym niedowierzaniem w głosie: — W oczy? Mnie?

— Nie poznałaś jeszcze mojej siostry — wtrąciła Elayne. — Aviendha, to Lady Catalyn Haevin. Catalyn, oto Aviendha ze szczepu Dziewięć Dolin, z klanu Taardad. — Może powinna przedstawić ją inaczej, jednakże Aviendha przecież naprawdę była jej siostrą. Zresztą, nawet Głowa Dynastii musi się pogodzić ze statusem osoby mniej znaczącej niż siostra Dziedziczki Tronu. — Aviendha to kobieta Aiel. Uczy się na Mądrą.

Dziewczyna otworzyła szeroko usta, dolna warga jej opadła, podbródek osunął się niżej. W końcu wyglądała jak wyjęta z wody, łaknąca powietrza ryba. Elayne poczuła satysfakcję. Aviendha posłała jej lekki uśmieszek, zielone oczy kobiety Aiel zaiskrzyły się wesoło nad pucharem z winem. Dziedziczka Tronu zachowała powagę, choć miała ochotę odpowiedzieć szerokim uśmiechem.

Z pozostałymi gośćmi było jej dużo łatwiej, zresztą zachowywali się znacznie mniej denerwująco. Perivala i Branleta onieśmielił pierwszy pobyt w Caemlyn i w Królewskim Pałacu, toteż nie wypowiadali nawet dwóch słów, póki ktoś nie zagadnął któregoś z nich wprost. Z kolei Conail uznał za żart stwierdzenie, że Aviendha jest Aielem i roześmiał się hałaśliwie, czym o mało nie skłonił Aviendhy do wyjęcia zza pasa noża, co — na szczęście — również uznał za dowcip. Kobieta Aiel zachowywała tak lodowaty spokój, że w zwyczajnym stroju pewnie wyglądałaby na Mądrą, jednak w aksamitach mimo noża wydawała się bardziej damą dworu. Branlet wciąż rzucał ukośne spojrzenia w stronę Birgitte. Elayne dopiero po długiej chwili pojęła, że chłopiec przygląda się, jak jej Kapitan-Generał kroczy w butach na wysokich obcasach, w szerokich spodniach dobrze dopasowanych na biodrach, ale jedynie westchnęła. Na szczęście kobieta Strażnik niczego nie zauważyła, więc Dziedziczka Tronu — wiedząc o sile łączących je więzi — starała się ukryć swoje myśli. Birgitte lubiła prowokować mężczyzn i lubiła, gdy na nią patrzyli. Chodziło jej jednak o dorosłych mężczyzn, ma się rozumieć. Jednakże w tym momencie sprawie Elayne nie pomogłoby, gdyby jej Strażnik poklepała po tyłku młodego Branleta.

Wszyscy chcieli wiedzieć, czy Reanne Corly jest Aes Sedai. Nikt z tej czwórki nigdy wcześniej nie widział wprawdzie żadnej przedstawicielki sióstr, ale uważali Reanne za Aes Sedai, ponieważ potrafiła przenosić Moc oraz przemieściła ich wraz z ich zbrojnymi w jednej minucie na odległość setek mil. Była to dobra okazja na poćwiczenie wymijających odpowiedzi i uniknięcie prawdziwego kłamstwa, w czym Elayne pomógł pierścień w kształcie Wielkiego Węża, który miała na palcu. Kłamstwo od początku popsułoby jej stosunki z czwórką Głów Dynastii, z drugiej strony Dziedziczka Tronu nie chciała, ażeby do Arymilli dotarły pogłoski o pomocy Aes Sedai. Ma się rozumieć, cała czwórka chętnie zdradziła Elayne liczbę zbrojnych, których przywiedli z sobą; ogólnie żołnierzy było ponad trzy tysiące, prawie połowę z nich stanowili kusznicy lub halabardnicy, szczególnie przydatni na murach. Spora siła jak na cztery Domy — na dodatek zbrojnych gotowych na wezwanie przekazane przez Dyelin — chociaż prawda była taka, że w obecnych, niespokojnych czasach żaden Dom nie wypuszczał swojej Głowy bez odpowiedniej ochrony. Gdy tron pozostawał pusty, nierzadko zdarzały się porwania. Wszystko to powiedział Dziedziczce Tronu Conail. Ze śmiechem, gdyż tego młodzieńca wyraźnie wszystko bawiło. Branlet kiwnął głową i przeczesał ręką włosy. Elayne zastanowiła się, ile spośród jego licznych cioć, wujków i kuzynów wiedziało, że odszedł i co by zrobili, gdyby się dowiedzieli o jego nieobecności.

— Gdyby Dyelin była skłonna zaczekać kilka dni — dodała Catalyn — mogłabym sprowadzić ponad tysiąc dwustu ludzi. — Już po raz trzeci podkreślała, że przyprowadziła z sobą najliczniejszą grupę zbrojnych. — Posłałam wiadomość do wszystkich Domów, które złożyły przysięgę Haevin.

— A ja do wszystkich Domów wiernych Dynastii Northan — dorzucił Conail, oczywiście znów z szerokim uśmiechem. — Northan nie może wezwać tyluż zbrojnych, co Haevin czy Trakand... albo Mantear — powiedział, lekko się kłaniając Perivalowi — lecz gdy Orły wzywają, wszyscy konni ruszają do Caemlyn.

— W zimie nie dojadą zbyt szybko — zauważył cicho Perival, choć nikt go nie pytał. — Chyba należy założyć, że może będziemy musieli zadowolić się tym, co mamy.

Conail znów się roześmiał, szturchnął drugiego chłopca w ramię i kazał mu się rozchmurzyć, ponieważ jego zdaniem każdy, kto miał serce, z pewnością zmierzał teraz do Caemlyn, by wesprzeć Lady Elayne. Tymczasem Dziedziczka Tronu dokładniej przypatrzyła się Perivalowi. Niebieskooki młodzieniec przez długą chwilę wytrzymywał jej spojrzenie bez mrugnięcia, po czym nieśmiało odwrócił wzrok. Choć był bardzo młody, wiedział, na co się poważył, w każdym razie wiedział to lepiej niż Conail czy Catalyn, która znów podkreślała wyjątkową liczbę zbrojnych, których z sobą przywiodła. Przypomniała też, jak wielu Haevin może jeszcze wezwać. A przecież wszystkie obecne tu osoby — poza Aviendhą — wiedziały dokładnie, ilu każdy Dom potrafi zebrać dobrze wyszkolonych żołnierzy, obeznanych z halabardami lub pikami farmerów, którzy walczyli już wcześniej w jakiejś wojnie, a także wiejskich chłopów zwoływanych w największej potrzebie. No, przynamniej znały prawie dokładne liczby. Lord Willin dobrze wychował młodego Perivala. Teraz Elayne musiała uważać, aby młodzieńca nie zmarnować.

W końcu nadeszła pora na wymianę grzecznościowych pocałunków. Gdy Dziedziczka Tronu pochylała się nad Branletem, ten zarumienił się aż po same włosy, Perival zamrugał wstydliwie, Conail zaś obiecał, że nigdy już nie umyje cmokniętego przez Elayne policzka. Catalyn oddała zaskakująco niezdecydowany całus Dziedziczce Tronu, muskając jej policzek w taki sposób, jakby właśnie sobie uświadomiła, że przyzwala się wywyższać Elayne, po chwili wszakże pokiwała do siebie głową, a chłodna duma opadła na nią ponownie niczym płaszcz. Wreszcie całą czwórką zajęły się służące i pokojówki, które poprowadziły ich do apartamentów. Elayne miała nadzieję, że Pierwsza Pokojówka zdążyła przygotować pokoje na czas. Dyelin ponownie napełniła sobie puchar winem i ze znużonym westchnieniem usadowiła się na jednym z wysokich, rzeźbionych krzeseł.

— Zauważ, że mówimy o efektach mojej tygodniowej pracy. Zjechałam do Candraed, chociaż nie było mi po drodze. Nie sądziłam, żeby Danine umiała podjąć decyzję i godzinę zajęło mi przekonanie jej do moich racji, a przez następne trzy musiałam się powstrzymać przed obrażeniem jej. Odniosłam wrażenie, że ta kobieta wyleguje się w łóżku aż do samego południa, ponieważ nie potrafi postanowić, na którą stronę materaca opuścić nogi! Szczególnie że inne Głowy Dynastii dostrzegły sens mojego wywodu po kilku minutach przekonywania. Nikt z głową na karku nie ma ochoty ryzykować, że tron przejmie Arymilla.

Przez moment kobieta marszczyła brwi, łypiąc na swoje wino, potem wpatrzyła się ponuro w Elayne. Dyelin nigdy nie wahała się mówić tego, co myśli, nawet gdy wiedziała, że zdanie Dziedziczki Tronu znacznie się różni od jej opinii.

Tym razem najwyraźniej miała zamiar postąpić podobnie.

— Może błędem było określać te Kuzynki mianem Aes Sedai, nawet jeśli nie wypowiadałyśmy tego określenia głośno. Te kobiety pozostają w zbyt wielkim napięciu, co naraża nas wszystkie na niebezpieczeństwo. Dzisiaj rano bez żadnego znanego mi powodu pani Corly wpatrywała się długą chwilę w jeden punkt, otworzywszy usta niczym gęsiarka, która pierwszy raz w życiu weszła do miasta. Sądzę, że z trudem udało jej się utkać bramę, za pomocą której wróciłyśmy do Caemlyn. Wyobrażasz sobie, co by się stało, gdyby nas wtedy zawiodła... gdyby stworzony przez nią otwór nigdy nie zmaterializował się w powietrzu. Utknęłabym wówczas w towarzystwie Catalyn na Światłość jedna wie jak długi czas. Wstrętna dziewucha! Posiada niby bystry umysł i można by ją wiele nauczyć, ale ta mała żmija ma dwukrotnie ostrzejszy języczek niż inni przedstawiciele Domu Haevin.

Elayne zazgrzytała zębami. Wiedziała, jak uszczypliwi potrafią być Haevinowie. Cała rodzina słynęła ze swej złośliwości, wręcz się nią szczyciła! Catalyn więc oczywiście także nie pozwalała sobie w kaszę dmuchać. A Dziedziczkę Tronu zmęczyło już wyjaśnianie potencjalnych zagrożeń, które mogą przestraszyć kobietę z umiejętnością przenoszenia Mocy. W ogóle miała dość przypominania sobie o problemach, które usilnie starała się zignorować. Ta przeklęta latarnia morska wciąż płonęła na zachodzie. Niemal niewyobrażalna była zarówno ilość dzierżonej tam Mocy, jak i długość przenoszenia. Ktoś przenosił Jedyną Moc już od wielu godzin bez przerwy! Każdy, kogo Elayne znała, po tak długim przenoszeniu padłby już do tej pory z wyczerpania. I gdzieś tam przebywał też przeklęty Rand al'Thor, był w samym sercu tego szaleństwa. Elayne nie miała co do tego najmniejszych wątpliwości! Rand żył, ale ponieważ wpakował ją w tę nieprzyjemną sytuację, miała ochotę dać mu w twarz. No cóż, nie widziała wprawdzie jego twarzy, lecz...

Birgitte postawiła srebrny puchar na bocznym stoliku tak gwałtownie, że wino chlusnęło we wszystkie strony. Jakaś praczka będzie się musiała mocno namęczyć, zanim zdoła usunąć plamy z rękawów kaftana kobiety Strażnik. Dobre kilka godzin zajmie jej też szorowanie i polerowanie bocznego stołu.

— Dzieciaki! — warknęła. — Ludzie będą umierać z powodu decyzji podejmowanych przez dzieci. A Conail jest najgorszy ze wszystkich! Słyszałaś go, Dyelin. Chce wyzwać mistrza Arymilli jak przeklęty Artur Jastrzębie Skrzydło! Nie, nawet Jastrzębie Skrzydło nigdy nie walczył z niczyim cholernym mistrzem i jako jeszcze młodszy chłopak od Lorda Northama wiedział, że głupotą jest polegać na przeklętym pojedynku... Conailowi zaś się zdaje, że potrafi zdobyć dla ciebie cholerny tron swoim przeklętym mieczem!

— Birgitte Trahelion ma rację — oświadczyła zawzięcie Aviendha. Dłonie zacisnęła mocno na fałdach spódnic. — Conail Northan to prawdziwy głupiec! Jak ktokolwiek może podążyć za tymi dziećmi i przyłączyć się wraz z nimi do tańca włóczni? Jak ktokolwiek mógłby ich poprosić o dowództwo?

Dyelin obrzuciła obie kobiety ostrym spojrzeniem, po czym postanowiła odpowiedzieć najpierw Aviendzie. Wydawała się jawnie rozbawiona strojem kobiety Aiel. Tyle że uprzednio bawił ją fakt, iż Aviendha i Elayne zaadoptowały się wzajemnie jako siostry, a jeszcze wcześniej śmiała się z wiadomości, że Dziedziczka Tronu na przyjaciółkę wybrała sobie przedstawicielkę Aielów. Tolerowała jakoś, że Elayne zdecydowała się włączyć pierwszą siostrę do kręgu swoich doradców, tym niemniej stale i na wszelkie możliwe sposoby tę swoją tolerancję podkreślała i o niej wspominała.

— Zostałam Głową Domu Taravin jako piętnastolatka,

gdy mój ojciec zginął w potyczce podczas Altarańskich Marszów. Moi dwaj młodsi bracia zmarli w tym samym roku, walcząc z murandiańskimi złodziejami bydła. Słuchałam moich doradców, ale to ja wskazywałam jeźdźcom Taravinu, gdzie mają uderzyć. Przegoniliśmy wówczas z naszego kraju Altaran i Murandian, sugerując, żeby kradli gdzieś indziej. Czasem przychodzi pora i dzieci nagle muszą dorosnąć, Aviendho. I nie my o tym decydujemy, lecz historia. W takich momentach Głowa Dynastii, choć według wieku zaledwie chłopiec czy dziewczynka... musi przestać być dzieckiem! Co do ciebie, Lady Birgitte — kontynuowała bardziej cierpkim tonem — twój język jest... jak zawsze... drażniący. — Nie spytała, skąd kobieta Strażnik wie tak dużo o Arturze Jastrzębie Skrzydło, skąd ma informacje nieznane żadnemu historykowi, tym niemniej studiowała ją krytycznie. — Branlet i Perival będą otrzymywać wskazówki ode mnie, podobnie Catalyn, chociaż już żałuję czasu, który będę zmuszona spędzić z tą dziewczyną. Co do Conaila, nie pierwszy to młody człowiek, jaki uważa się za osobnika niezwyciężonego i nieśmiertelnego. Jeśli jako Kapitan-Generał nie potrafisz go utrzymać w cuglach, proponuję przed nim przemaszerować. Widziałam, jak ten młokos patrzył na twoje spodnie i wnioskuję, że pójdzie, gdzie każesz.

Elayne niemal się zatrzęsła, gdyż ogarniała ją czysta furia. W dodatku nie była to jej własna furia, lecz wściekłość Birgitte. Bardziej był to w każdym razie gniew Birgitte na Dyelin niż jej, Dziedziczki Tronu, gniew na Birgitte za rozlanie wina. I to również nie ona sama pragnęła spoliczkować Randa al'Thora, lecz Birgitte... Och, Elayne także tego pragnęła, lecz nie aż tak strasznie. O Światłości, więc także Conail wpatrywał się w Birgitte?

— To Głowy Dynastii, Aviendho. Nikt z ich Domów nie podziękuje mi, jeśli potraktuję ich nieodpowiednio. Wręcz przeciwnie... Ich ludzie będą walczyć za nich i w ich obronie... nie dla mnie będą walczyć, lecz dla Perivala, Branleta, Conaila i Catalyn! Bo to oni są Głowami, nie ja.

Aviendha zmarszczyła brwi i złożyła ręce, jakby usiłowała otoczyć się szalem, tym niemniej kiwnęła głową. Zrobiła to obcesowo i niechętnie, gdyż wśród Aielów nikt nie osiągał takiego znaczenia bez lat doświadczenia i aprobaty Mądrych... jednak kiwnęła.

— Birgitte jako Kapitan-Generał będziesz się musiała nimi zająć, gdyż są Głowami Dynastii. Białe włosy niekoniecznie dodałyby im mądrości, a już na pewno nie uczyniłyby ich łatwiejszymi we współpracy. Zawsze będą mieli własne opinie, a po latach, kiedy zyskają też doświadczenie, najprawdopodobniej staną się dziesięciokrotnie pewniejsi, że lepiej od ciebie wiedzą, co trzeba zrobić. Albo lepiej ode mnie. — Z całych sił starała się zachować spokojny ton i Birgitte bez wątpienia wyczuwała ten jej wysiłek. Przynajmniej strumień wściekłości płynący przez więź nagle osłabł. Gniew nie zniknął, został jedynie odepchnięty (Birgitte cieszyła się uwagą mężczyzn, w każdym razie wówczas, gdy chciała, aby na nią patrzyli, nie lubiła wszakże, kiedy ktoś jej wypominał, że próbuje przyciągnąć uwagę przedstawicieli płci przeciwnej), a przecież znała grożące im obu niebezpieczeństwo związane z uwolnieniem ich własnych, negatywnych emocji.

Dyelin zaczęła popijać wino, nadal z uwagą przypatrując się kobiecie Strażnik. Tylko nieliczni zdawali sobie sprawę z tego, że Birgitte rozpaczliwie pragnie ukryć swoją przeszłość. Dyelin wprawdzie do tych osób nie należała, lecz Kapitan-Generał zachowywała się tak nieostrożnie — przejęzyczenie tutaj, nieopatrzne stwierdzenie tam — że starsza kobieta nie mogła mieć wątpliwości, iż za tymi bystrymi, niebieskimi oczyma kryje się jakaś tajemnica.

Światłość jedna wie, co Dyelin sobie pomyśli, jeśli rozwiąże tę zagadkę. Ona i Birgitte były jak ogień i woda. Potrafiły się bez końca sprzeczać o wybraną drogę i o wszystko inne. Tym razem Dyelin wyraźnie sądziła, że wygrała w cuglach.

— Jakkolwiek by było, Dyelin — podjęła Elayne — bardziej by mi się podobało, gdybyś przywiodła ich tu wraz z doradcami. Co się stało, to się nie odstanie, jednak ci ludzie mnie niepokoją, szczególnie Branlet. Jeśli Dom Gilyard oskarży mnie o porwanie go, sytuacja obróci się na gorsze, nie na lepsze.

Dyelin zamachała ręką.

— Nie znasz zbyt dobrze Gilyardów, prawda? Stale się między sobą sprzeczają i mam wrażenie, że przed latem nie zauważą zniknięcia chłopca. A jeśli nawet zauważą, nikt nie będzie się rozwodził nad jego decyzją. Nikt z nich nie przyzna się, że tak bardzo się kłócili o stanowisko jego doradcy, aż zapomnieli go upilnować. I po drugie, nikt z nich nie ujawni głośno, że Branlet się z nim wcześniej nie skonsultował. Tak czy inaczej, Gilyardowie wybiorą Zaidę nad Dom Marne, a Arawnów czy Sarandów w ogóle nie lubią.

— Żywię nadzieję, że się nie mylisz, Dyelin, ponieważ wyznaczam cię do kontaktów z wszelkimi rozgniewanymi Gilyardami, którzy się zjawią. W przypadku zaś pozostałej trójki... radzę ci pilnować Conaila, aby nie zrobił niczego głupiego.

Po pierwszej sugestii Dyelin nieznacznie się skrzywiła, druga wywołała u niej westchnienie.

Birgitte roześmiała się głośno.

— W przypadku problemów, pożyczę ci parę spodni i wysokie buty, a wtedy możesz dla niego przemaszerować — zasugerowała.

— Niektóre kobiety — mruknęła Dyelin w puchar z winem — kiwnięciem palca potrafią przywołać rybę w sieci, Lady Birgitte. Inne, niestety, muszą rozłożyć przynętę po całym stawie.

Aviendha zaśmiała się, jednak Dziedziczka Tronu poczuła przez więź, że Birgitte znów zaczyna ogarniać gniew.

Podmuch zimnego powietrza wpadł do pokoju, gdy drzwi się otworzyły. Weszła Rasoria i zatrzymała się sztywno w progu.

— Przyszli Pierwsza Pokojówka i Pierwszy Urzędnik, moja Lady Elayne — obwieściła. Na końcu zdania załamał jej się głos, gdyż najwyraźniej wyczuła panującą w pomieszczeniu atmosferę.

Nawet ślepy kozioł wiedziałby, co się dzieje. Dyelin promieniała zadowoleniem niczym kot w mleczarni, Birgitte groźnie popatrywała to na nią, to na Aviendhę, Aviendha natomiast przypomniała sobie, że Strażnik Elayne to Birgitte Srebrny Łuk, więc wbiła wzrok w podłogę, speszona, jakby zakpiła sobie z Mądrej. Od czasu do czasu Dziedziczka Tronu żałowała, że jej przyjaciółki nie rozumieją się między sobą tak dobrze jak ona z Aviendhą, chociaż musiała przyznać, że ostatnio jakoś zdołały się „dotrzeć". Przypuszczała, że nie może od nich więcej wymagać. Doskonałość istniała jedynie w księgach i historiach snutych przez bardów.

— Wpuść ich — oświadczyła Rasorii. — I nie przeszkadzajcie nam, chyba że miasto zostanie zaatakowane. Albo jeśli zdarzy się coś ważnego — dodała, zreflektowawszy się. W opowieściach kobiety wydające tego typu rozkazy zawsze przyciągały katastrofę. Jeśli dobrze poszukać, można czasem w historii znaleźć nauki, z których należy wyciągać wnioski.

ROZDZIAŁ 14

TO, CO WIEDZĄ MĄDRE

Halwin Norry, Pierwszy Urzędnik, i Reene Harfor, Pierwsza Pokojówka, weszli razem. On wykonał nierówny, niewyćwiczony ukłon, ona zaś dygnęła z wdziękiem, ani za głęboko, ani zbyt płytko. Tych dwoje nie mogłoby się chyba bardziej od siebie różnić. Pani Harfor miała okrągłą twarz i po królewsku dostojną prezencję, włosy nosiła gładko sczesane i upięte w schludny, siwy kok na czubku głowy, pan Norry zaś był wysoki i niezdarny niczym czapla, a nad uszami rosły mu sterczące, rzadkie kępki włosów, które wyglądały jak białe pióropusze. Każde z nich trzymało w rękach wypchaną dokumentami teczkę z tłoczonej skóry. Pierwsza Pokojówka przyciskała swoją mocno do boku, starając się nie pognieść służbowego szkarłatnego kaftana, choć jak dotąd wydawał się on pozostawać w stanie idealnym zawsze — niezależnie od pory dnia czy liczby godzin, które w nim spędziła. Pierwszy Urzędnik natomiast przytulił swoją do wąskiej piersi, być może przykrywając stare plamy od atramentu, których miał na kaftanie kilka, łącznie z dużą, szpecącą czarną kępką końcówkę ogona Białego Lwa. Po ukłonach oboje natychmiast się od siebie oddalili i starali się na siebie nie patrzeć.

Gdy drzwi zamknęły się za Rasorią, Aviendhę otoczyła poświata *saidara*, dzięki któremu kobieta utkała przy ścianach pokoju pas chroniący przed podsłuchem. Wszystko, co od tej pory powiedzą, będzie bezpieczne, a jeśli ktoś spróbuje podsłuchiwać, używając Jedynej Mocy, Aviendha natychmiast ten fakt odkryje. Świetnie sobie radziła z tego typu sytuacjami.

— Pani Harfor — zagaiła Elayne — zacznij, proszę. — Nie zaproponowała oczywiście wina ani krzesła. Pan Norry byłby śmiertelnie wstrząśnięty wobec tak niestosownej oferty, a i pani Harfor z pewnością mogłaby się poczuć urażona. Zresztą Norry i tak się skrzywił, po czym spojrzał z ukosa na Reene, która zacisnęła usta. Nawet po tygodniu spotkań na milę była wyczuwalna ich niechęć wobec konieczności przedstawiania sprawozdań przed kilkoma osobami. Byli zazdrośni o zakres obowiązków drugiego, szczególnie odkąd Pierwsza Pokojówka zaczęła wkraczać na „teren", za który kiedyś był odpowiedzialny pan Norry. Rzecz jasna, prowadzenie Królewskiego Pałacu zawsze należało do obowiązków Pierwszej Pokojówki, a nowe czynności można by nazwać jedynie rozszerzeniem podstawowych. Tyle że... Halwin Norry niestety tak nie uważał. W tym samym momencie w kominku opadły z głośnym trzaskiem płonące drwa, wysyłając w komin chmury iskier.

— Jestem przekonana, że Zastępca Bibliotekarza jest... szpiegiem, moja pani — odezwała się w końcu Reene Harfor, ignorując Norry'ego, jakby go wcale nie było w pomieszczeniu. Dotąd nie chciała nikomu sugerować, że poszukuje w całym pałacu szpiegów, a wiedza Pierwszego Urzędnika w tej kwestii chyba najbardziej ją drażniła. Jeśli pan Norry miał nad nią jakąś władzę czy przewagę, łączyła się ona z faktem płacenia pałacowych rachunków, na szczęście mężczyzna nigdy nie pytał o wydatki Pierwszej Pokojówki, choć mimo to i tak ją denerwował. — Co trzy, cztery dni pan Harnder odwiedza gospodę Pętla i Strzała. Przypuszczałam, że bywa tam z powodu piwa serwowanego przez właściciela gospody, niejakiego Millisa Fendry'ego, odkryłam jednak, że pani Fendry trzyma też gołębie i ilekroć pan Harnder do nich zachodzi, kobieta wysyła jednego ptaka na północ. Wczoraj trzy spośród przebywających w Srebrnym Łabędziu Aes Sedai znalazły powód do odwiedzin Pętli i Strzały, chociaż gospoda przeznaczona jest dla znacznie marniejszych gości niż ich zajazd. Weszły i wyszły z twarzami skrytymi pod kapturami, a w tym czasie przez godzinę konferowały z panią Fendry na osobności. Wszystkie trzy siostry należą do Brązowych Ajah. Boję się, że to wskazuje na pracodawcę pana Harndera.

— Fryzjerzy, lokaje, kucharze, mistrz stolarski, przynajmniej pięciu urzędników pana Norry'ego, a teraz jeden z bibliotekarzy. — Rozparłszy się na krześle i założywszy nogę na nogę, Dyelin popatrzyła groźnie na Pierwszą Pokojówkę. — Istnieje ktoś, kogo na pewno nie podejrzewa pani o szpiegostwo, droga Harfor?

Norry poruszył nerwowo głową. Podejrzenia dotyczące pracujących dla niego urzędników uważał za osobisty afront.

— Mam nadzieję dotrzeć do źródła problemu, moja pani — oświadczyła beztroskim tonem Pierwsza Pokojówka. Ani szpiedzy, ani Głowy potężnych Domów nie mogli jej zaniepokoić. Szpiegów uważała za szkodniki, od których pragnęła uwolnić pałac, podobnie jak od pcheł czy szczurów — choć przy szczurach została ostatnio zmuszona zaakceptować pomoc Aes Sedai — potężnych panów wielkich rodów traktowała zaś jak deszcz czy śnieg, czyli elementy natury, którymi nie ma co się podniecać, lecz które należy po prostu znosić, póki nie odejdą. — Nie każdego można przekupić, chociaż wielu zapewne ulegnie pokusie. I takich trzeba znaleźć.

Elayne spróbowała sobie przypomnieć pana Harndera, niestety obraz pojawiający się w jej umyśle wydawał się bardzo niewyraźny. Pucołowaty, łysiejący mężczyzna, który bezustannie mrugał powiekami. Służył jej matce, a wcześniej — o ile dobrze pamiętała — Królowej Mordrellen. Nikt nie skomentował faktu, że pan Harnder najprawdopodobniej służył także Brązowym Ajah. W pałacu każdego władcy między Grzbietem Świata a Oceanem Aryth przebywały „oczy i uszy" Białej Wieży. Wiedział o tym każdy, nawet najmniej rozgarnięty rządzący. Niewątpliwie również Seanchanie będą żyli pod czujnym okiem Wieży. Jeśli oczywiście jeszcze do tego nie doszło. Reene odkryła kilka osób szpiegujących dla Czerwonych Ajah, z pewnością stanowiących pozostałość z czasów Elaidy w Caemlyn, jednak ten bibliotekarz był pierwszym szpiegiem innych Ajah. Elaidzie — gdy była doradczynią Królowej — nie spodobałoby się, że członkinie innych Ajah wiedzą, co się dzieje w pałacu.

— Szkoda, że nie mamy żadnych fałszywych historii, które moglibyśmy podrzucić Brązowym Ajah — oznajmiła lekko Dziedziczka Tronu. Wielka szkoda, że zarówno one, jak i Czerwone dowiedziały się o Rodzinie. W najlepszym razie musiały sobie jednak zdawać sprawę z liczby przenoszących Moc kobiet w pałacu, więc nie minie dużo czasu i odkryją, z kim mają do czynienia. Wtedy pojawią się problemy, które na razie wszakże pozostawały kwestią przyszłości. Lini mawiała, że zawsze trzeba wszystko sobie planować, jednak jeżeli za bardzo przejmujesz się przyszłym rokiem, możesz zapomnieć o kłopotach jutra i następnego dnia popełnić błąd. — Obserwuj uważnie pana Harndera i spróbuj wykryć, z kim się przyjaźni. Na razie taka wiedza musi nam wystarczyć.

Niektórzy szpiedzy polegali głównie na własnym słuchu, starając się intensywnie skupiać na wszystkich krążących po Caemlyn plotkach lub podsłuchiwać pod drzwiami. Inni umieli po kilku pucharach wina pociągnąć ludzi za język i namówić ich do zwierzeń. Zanim się zneutralizuje szpiega, należy poznać metody jego działania i dowiedzieć się, w jaki sposób uzyskał posiadane informacje.

Aviendha prychnęła głośno i rozłożywszy spódnice, zaczęła siadać na dywanie, zanim zrozumiała, co ma na sobie. Dyelin rzuciła jej ostrzegawcze spojrzenie i kobieta Aiel zamiast na podłodze, usiadła sztywno na brzeżku krzesła. Oczy iskrzyły jej się i wyglądała jak uosobienie damy dworu.

Z tym wyjątkiem, że damy dworu nie dotykają stale kciukiem rękojeści noża za paskiem. Pozostawiona samej sobie, Aviendha podcięłaby gardło każdemu szpiegowi, który nawinąłby jej się pod nóż. Nadal uważała szpiegostwo za haniebną profesję, za którą jej zdaniem należała się kara śmierci, mimo iż Elayne wielokrotnie jej wyjaśniała, że każdego schwytanego szpiega można wykorzystać jako podwójnego agenta — mógłby przekazywać jej wrogom rozmaite fałszywe informacje, dzięki czemu nieprzyjaciel myślałby tak, jak chciała Dziedziczka Tronu.

Zresztą nie każdy szpieg koniecznie pracował dla wrogów. Większość z tych, których wykryła Pierwsza Pokojówka, przyjęło pieniądze z kilku źródeł, między innymi od Króla Murandy, Roedrana, różnych taireniańskich Wysokich Lordów i Lady, niektórych panów wielkich rodów z Cairhien i sporej liczby kupców rozmaitych nacji. Wiele osób interesowało się zdarzeniami w Caemlyn, czy to ze względu na ich skutki dla handlu, czy też z innych powodów. Czasami Elayne wydawało się, że każdy tu każdego szpieguje.

— Pani Harfor, nie znalazła pani żadnych „oczu i uszu" Czarnej Wieży? — spytała.

Jak większość ludzi, którzy słyszeli nazwę „Czarna Wieża", Dyelin zadrżała i wypiła głęboki łyk wina, Reene jednakże tylko się słabo skrzywiła. Już jakiś czas temu postanowiła zignorować fakt istnienia mężczyzn umiejących przenosić Moc. Skoro nie mogła zmienić obrotu spraw… Dla niej Czarna Wieża była jedynie… kłopotem.

— Nie mieli dość czasu, moja pani. Daj im rok, a zobaczysz, że i stamtąd lokaje albo bibliotekarze zaczną przyjmować zapłatę.

— Przypuszczam, że tak. — Okropna myśl. — Co jeszcze masz dla nas dzisiaj?

— Zamieniłam słówko z Jonem Skellitem, moja pani. Mężczyzna, który raz zmieni front, może go zmienić po raz wtóry, a Skellit jest pazerny. — Fryzjerowi Skellitowi płaciła Dynastia Arawn, która obecnie popierała Arymillę.

Birgitte powstrzymała się przed przekleństwem, choć popatrzyła z nienawiścią na Reene Harfor.

— Ty z nim zamieniłaś słówko? Nie pytając nikogo o zgodę? — spytała ze smutkiem w głosie.

Dyelin ostro przypatrzyła się Pierwszej Pokojówce.

— Mleko matki w kubku! — wyszeptała.

Elayne nigdy nie słyszała z jej ust tak sprośnego przekleństwa. Pan Norry zamrugał i o mało nie wypuścił z rąk teczki. Ze wszystkich sił starał się nie spoglądać na Dyelin. Pierwsza Pokojówka jednakże ledwie zwróciła uwagę na miny Dyelin i Birgitte, po czym spokojnie kontynuowała.

— Wydawało mi się, że nadeszła odpowiednia pora, a Skellit dojrzał do rozmowy. Jeden z ludzi, którym wręcza swoje sprawozdania, opuścił miasto i jeszcze nie wrócił, drugi zaś podobno złamał nogę. Tam, gdzie pogaszono ogień, ulice są zawsze oblodzone — powiedziała to tak ironicznym tonem, że Dziedziczka Tronu uznała za bardziej niż prawdopodobne, iż pani Harfor sama w jakiś sposób przyczyniła się do upadku mężczyzny. Trudne czasy ujawniały u najbardziej zaskakujących osób najdziwniejsze talenty. — Skellit całkiem chętnie przystał na propozycję osobistego przekazania informacji poza obóz. Widział wykonaną bramę, więc nie będzie musiał udawać strachu. — Można by pomyśleć, że Pierwsza Pokojówka sama przez całe życie przyglądała się wozom przemykającym przez wykonane w powietrzu otwory.

— Co powstrzyma tego fryzjera przed ucieczką, gdy znajdzie się już poza... hmm... miastem? — spytała z irytacją kobieta Strażnik. Wstała, spięła dłonie za plecami i zaczęła nerwowo kroczyć przed kominkiem. Jej włosy w ciężkim złotym warkoczu niemal się zjeżyły. — Jeśli odejdzie, Dom Arawn wynajmie kogoś innego i trzeba będzie od nowa szukać. O Światłości, Arymilla na pewno usłyszała o bramach natychmiast po przyjeździe, o czym ten Skellit bez wątpienia wie. — To nie myśl o ucieczce Skellita ją zdenerwowała, w każdym razie nie tylko ta myśl. Najemnicy sądzili, że zatrudniono ich, by nie wpuszczali do miasta żołnierzy, ale za kilka srebrnych monet z pewnością pozwolą czasem jednemu czy dwóm prześlizgnąć się nocą przez bramy w dowolnym kierunku. Najemnicy uważali bowiem, że jeden żołnierz czy dwaj nie mogą wyrządzić żadnej szkody. Birgitte nie lubiła, gdy jej o tym przypominano.

— Chciwość go zatrzyma, moja pani — odparła spokojnie Reene Harfor. — Nadzieja na zarobienie złotych monet od Lady Elayne, a także od Lady Naean na pewno niezwykle skusi tego mężczyznę. To prawda, że Lady Arymilla na pewno już słyszała o bramach, to jednak wszakże tylko dodatkowy powód dla osobistej wyprawy Skellita.

— A jeśli jest tak strasznie chciwy, czy nie spróbuje zarobić więcej złota, zmieniając front po raz trzeci? — zainteresowała się Dyelin. — Mógłby spowodować sporo… szkód, pani Harfor.

Ton Pierwszej Pokojówki stał się nieco bardziej szorstki. Pani Harfor nigdy nie przekraczała dopuszczalnych granic, lecz nie lubiła, kiedy ktokolwiek nazywał ją nieostrożną.

— Lady Naean zakopałaby go za to pod najbliższą zaspą, moja pani. I wiem, że pan Skellit zdaje sobie z tego sprawę. Lady Naean nigdy nie była osoba cierpliwą. Sądzę, że doskonale o tym wiecie. W każdym razie z obozów dostajemy wiadomości naprawdę rzadko, oględnie mówiąc, a pan Skellit może tam zobaczyć kilka rzeczy, o których chciałybyśmy mieć jakieś pojęcie.

— Jeśli Skellit potrafi nam powiedzieć, w którym obozie i kiedy będą Arymilla, Elenia i Naean, osobiście wręczę mu zapłatę w złotych monetach — oznajmiła Elayne z rozmysłem. Elenia i Naean kręciły się blisko Arymilli, a może to ona trzymała je blisko przy sobie, tak czy owak, Arymilla miała znacznie mniej cierpliwości niż Naean i dużo mniej była skłonna uwierzyć, że coś może się dziać bez jej udziału. Spędzała połowę każdego dnia, jeżdżąc od obozu do obozu i nigdy nie przesypiała dwóch nocy w tym samym. O ile Elayne miała właściwe wiadomości. — To jest jedyna informacja na temat obozów, którą pragnę poznać.

Pierwsza Pokojówka skłoniła głowę.

— Stanie się tak, jak sobie życzysz, moja pani. Dopilnuję tego.

Zbyt często próbowała nie mówić wprost przy Norrym, jednak w żaden sposób nie dała po sobie poznać, że usłyszała jakikolwiek wyrzut. Dziedziczka Tronu nie była oczywiście pewna, czy otwarcie upomni kobietę. Jeśli to zrobi, pani Harfor i tak będzie wykonywała właściwie swoje obowiązki, na pewno też nie porzuci polowania na szpiegów, wręcz przeciwnie — podejmie je z nie mniejszym żarem, choćby dlatego, że ich obecność w pałacu osobiście ją obrażała. Jednak sytuacja Elayne może się stać wtedy trudniejsza. Dziedziczka Tronu codziennie zmagała się z tuzinem różnych kłopotów i niewygód, które mogą się nawarstwić, a ona nie będzie mogła przypisać ich bezpośrednio Pierwszej Pokojówce.

„Musimy kroczyć tak pewnie jak nasi służący" — powiedziała jej kiedyś matka. „Możesz stale wynajmować nowych służących i spędzać cały swój czas na szkoleniu ich i męczarniach, póki nie nauczą się tego, czego od nich wymagasz, a później zwalniać ich i wracać do punktu wyjścia. Możesz też, podobnie jak oni, zaakceptować reguły gry i żyć komfortowo, pożytkując zyskany czas na rządzenie".

— Dziękujemy, pani Harfor — powiedziała, za co otrzymała kolejny pedantyczny ukłon. Reene Harfor znała swoją wartość. — Panie Norry?

Mężczyzna przypominający czaplę drgnął zaskoczony, po czym znieruchomiał i wpatrzył się w Pierwszą Pokojówkę ze zmarszczonym czołem. W pewien sposób postrzegał bramy jako coś własnego i nie miał ochoty, by go w tej kwestii lekceważono.

— Tak, moja pani. Oczywiście — mówił niewyraźnym, monotonnym tonem. — Ufam, że Lady Birgitte już poinformowała cię o grupach kupców z Illian i Łzy. Sądzę, że jest to... hmm... jej typowy zwyczaj, ilekroć wracasz do miasta.

Przez chwilę spoglądał karcąco na Birgitte. Nigdy nie pomyślałby o wywołaniu u Elayne najmniejszej choćby irytacji, nawet jeśli na niego krzyknęła, ale trzymał się własnego zestawu zasad i w jakiś łagodny sposób obraził się na Birgitte za odebranie mu szansy wyliczenia wozów oraz przywiezionych nimi beczek i beczułek. Ten mężczyzna wprost uwielbiał liczby. W każdym razie Dziedziczka Tronu przypuszczała, że chodziło o jakiś łagodny sposób, gdyż w panu Norrym trudno się było dopatrzyć gorętszych emocji.

— Rzeczywiście, przekazała mi tę wieść — odparła Pierwszemu Urzędnikowi, zaledwie z lekką nutą przeprosin, na tyle lekką, by go nie zakłopotać. — Boję się, że opuszcza nas dziś część przedstawicieli Ludu Morza. Zostanie nam jedynie połowa wytwórczyń bram.

Pan Norry przesunął palcami po skórzanej teczce, którą nadal przyciskał do piersi, jakby usiłował wymacać skrywane w środku papiery. Elayne nigdy nie widziała, aby je przy niej przeglądał.

— Ach. Ach! Poradzimy... poradzimy sobie, moja pani. — Pierwszy Urzędnik zawsze jakoś sobie radził. — Wracając do tematu, wczoraj i ubiegłej nocy doszło do dziewięciu podpaleń, czyli nieco więcej niż zazwyczaj. Dokonano trzech prób podpalenia magazynów, w których gromadzimy pożywienie. Spieszę dodać, że żadna nie zakończyła się pomyślnie dla podpalaczy — wbrew oświadczeniu, przemawiał tym samym powolnym, flegmatycznym tonem. — Jeśli mogę tak powiedzieć, Gwardzistki patrolujące ulice doskonale się sprawują, toteż dzięki nim liczba napaści i kradzieży spadła niemal do stanu normalnego dla tej pory roku, jednak wydaje się oczywiste, że ktoś kieruje podpaleniami. Siedemnaście budynków zniszczono, wszystkie z wyjątkiem jednego zostały wcześniej opuszczone... — Zacisnął usta z jawną dezaprobatą. Żeby skłonić go do pozostawienia Caemlyn, sytuacja musiałaby być daleko gorsza niż obecnie; trzeba by czegoś więcej niż oblężenia. — ...I moim zdaniem wszystkie miejsca na pożary wybrano w jak najznaczniejszej odległości od pozycji wozów z wodą, starając się je odciągnąć od magazynów z żywnością, które usiłowano następnie podpalić. Doszedłem do wniosku, że ta zasada charakteryzuje każdy pożar, z którym mieliśmy do czynienia w poprzednich tygodniach.

— Birgitte? — spytała Dziedziczka Tronu.

— Mogę spróbować umiejscowić te magazyny na mapie — odparła kobieta Strażnik z powątpiewaniem. — I wystawić dodatkowe Gwardzistki na ulicach, które wydają się znajdować najdalej od tych magazynów, tyle że nie zmniejszy to... przeklę... hmm... ewentualnego zagrożenia. — Nie spojrzała na panią Harfor, ale Elayne wyczuła przez więź, że Birgitte się nieco zawstydziła. — Osobie z krzesiwem i kawałkiem stali w torbie przy pasku minutę zabierze podpalenie garści suchej słomy i wywołanie pożaru.

— Zrób wszystko, co w twojej mocy — powiedziała Dziedziczka Tronu. Miałyby rzeczywiście niesamowite szczęście, gdyby złapały podpalacza na gorącym uczynku, a jeszcze większe, jeśliby ów podpalacz zdradził coś poza oświadczeniem, iż do wywołania pożaru skłonił go kilkoma monetami nieznany mu osobnik chowający twarz pod kapturem. A uzyskanie wiadomości, iż złoto to pochodzi od Arymilli, Elenii czy Naean, wymagałoby już szczęścia na miarę Mata Cauthona. — Ma pan dla nas jeszcze jakieś informacje, panie Norry?

Mężczyzna pocierał przez moment nos, unikając jej spojrzenia.

— Pewien fakt... hmm... przyciągnął moją uwagę — stwierdził z wahaniem. — Domy Marne, Arawn i Sarand całkiem ostatnio pobrały bardzo duże pożyczki na poczet dochodów ze swych posiadłości.

Pani Harfor uniosła brwi, zanim zdążyła nad sobą zapanować.

Elayne zerknęła w swą filiżankę z herbatą i odkryła, że właściwie już ją opróżniła. Bankierzy nigdy nikomu nie mówili, jak duże kwoty, komu i pod jaki zastaw pożyczyli, jednakże Dziedziczka Tronu nie spytała Pierwszego Urzędnika, skąd ma swoje dane. To byłoby... krępujące. Dla nich obojga. Uśmiechnęła się, gdy Aviendha wzięła jej filiżankę, lecz szybko się skrzywiła, gdyż siostra wróciła z napełnioną. Kobieta Aiel najwyraźniej uważała, że Elayne aż do rozwiązania powinna pić wyłącznie słabą herbatkę! Lepsze byłoby kozie mleko, a jednak Dziedziczka Tronu stale dostawała pomyje po herbacie. No cóż, będzie trzymała tę cholerną filiżankę, ale przecież nie musi wypić jej zawartości.

— Najemnicy — mruknęła Dyelin. Jej oczy zapłonęły tak gwałtownie i gorąco, że mogłaby spojrzeniem wystraszyć nawet niedźwiedzia. — Powiedziałam to już raz wcześniej i powtórzę swoje słowa. Kłopot z kupowaniem żołnierzy, słynących ze sprzedawania swoich usług, polega na tym, że ich miecze nie na zawsze pozostają kupione. — Od początku sprzeciwiała się zatrudnianiu najemników do pomocy w obronie miasta, wbrew faktowi, że gdyby nie oni, Arymilla wraz ze swoją armią mogłaby wjechać do Caemlyn w dowolnie wybranym momencie i przez dowolnie wybraną bramę. Po prostu nie starczało im ludzi do ochrony każdej miejskiej bramy, szczególnie że wielu ustawiono na murach.

Birgitte także sprzeciwiła się wynajmowaniu najemników, jednak — chociaż niechętnie — przyjęła powody, które wyjaśniła jej Elayne. Kobieta Strażnik nadal im nie ufała, teraz wszakże potrząsnęła jedynie głową. Siedziała na poręczy krzesła blisko ognia, na siedzeniu zaś postawiła nogę w bucie z ostrogą.

— Najemnicy, nawet jeśli nie są honorowi, dbają przynajmniej o swoją reputację. Zmiana strony płacącej to jedna rzecz, ale jawna zdrada i otwarcie bramy wrogowi to coś zupełnie innego. Oddział, który postąpiłby w taki sposób, nigdy już nie mógłby liczyć na ponowne zatrudnienie przez kogokolwiek i gdziekolwiek. Arymilla musiałaby zaoferować kapitanowi kwotę, która pozwoliłaby mu przeżyć resztę życia jako lord… i przynajmniej drugie tyle na przekonanie żołnierzy, że dożyją swych dni w podobnym dobrobycie.

Norry odchrząknął. Nawet jego chrząknięcie brzmiało osobliwie nijako.

— Wydaje się, że członkowie wskazanych przeze mnie Dynastii — podjął — pożyczyli pieniądze na bazie tych samych dochodów dwa razy, a może nawet trzy. Bankierzy, ma się rozumieć, nie zdają sobie z tego sprawy… przynajmniej… jak dotąd.

Birgitte zamierzała zakląć, ale się powstrzymała. Dyelin łypała na wino w swoim pucharze tak gniewnie, że trunek z łatwością mógłby skwaśnieć. Aviendha na chwilę ścisnęła rękę Elayne, po czym równie szybko ją puściła. Palone drwa zatrzeszczały, w komin wzniósł się snop iskier, z których kilka wyskoczyło z kominka i o mało nie zajęło dywanu.

— Tak czy inaczej trzeba obserwować oddziały najemników. — Elayne podniosła rękę, aby uprzedzić komentarze Birgitte. Kobieta Strażnik wprawdzie nie otworzyła ust, lecz jej chęć wypowiedzi dotarła do Dziedziczki Tronu poprzez więź. — Będziecie musiały znaleźć gdzieś ludzi do tego. — O Światłości, od tej pory będą zatem miały tyleż samo potencjalnych wrogów wewnątrz miasta, jak poza murami! — Birgitte, nie musicie ich pilnować na każdym kroku — dodała — chcę po prostu otrzymać informację, w razie gdyby zaczęli postępować dziwacznie albo zagadkowo. Takie ich zachowanie powinno nam wystarczyć za ostrzeżenie.

— Zastanawiałam się, co robić, jeśli jeden z oddziałów się sprzeda — powiedziała Birgitte z lekką drwiną w głosie. — Powiadomienie czy ostrzeżenie nie wystarczy, póki nie będę miała ludzi na obsadzenie miejskiej bramy, przy której dojdzie do zdrady. A połowa żołnierzy w Caemlyn to najemnicy. Spośród reszty zaś połowa to starcy, którzy jeszcze kilka miesięcy temu żyli z emerytury. Sądzę, że zacznę przesuwać najemników co jakiś czas, najlepiej w nieregularnych odstępach czasu, z jednego stanowiska na inne. Będzie im trudniej zdradzić bez pewności, przy której bramie wyznaczę im dyżur następnego dnia. Jednakże nawet w takiej sytuacji zdrada nie stanie się zupełnie niemożliwa... — Birgitte była wszak generałem, a poza tym przeżyła więcej bitew i oblężeń niż dziesięciu innych żyjących dowódców do kupy, toteż świetnie wiedziała, jak sobie radzić z rozwojem wydarzeń.

Dziedziczka Tronu niemalże żałowała, że nie ma w swojej filiżance wina. Niemalże.

— Istnieje jakaś szansa, że bankierzy odkryją posiadane przez pana informacje, panie Norry? Zanim udzielą tych pożyczek? — Gdyby dowiedzieli się prawdy już po ich udzieleniu, któryś mógłby dojść do wniosku, że woli widzieć na tronie Arymillę, ponieważ dla spłaty pożyczki mogłaby wtedy wziąć pieniądze ze skarbców kraju. Z pewnością ta kobieta była do tego zdolna. Kupców mało interesowała polityka, chyba że mogli na niej skorzystać. Wówczas wybierali najlepszą dla siebie drogę. A bankierzy znani byli z tego, że usiłują wpływać na wydarzenia.

— W mojej opinii coś takiego nie jest prawdopodobne, moja pani. Musieliby... hmm... zadać właściwe pytania właściwym ludziom, bankierzy jednakże są zwykle... hmm... małomówni... wobec siebie i innych. Tak, myślę, że to jest nieprawdopodobne. Na razie.

Wobec powyższego nie mogły nic w tej sprawie poradzić. Najwyżej ostrzec Birgitte, że może się spotkać z nowymi motywami morderstw i porwań. Zresztą, po nagłej srogości w więzi i twardej minie kobiety Strażnik, Elayne wiedziała, że Birgitte także uświadomiła sobie możliwość tego nowego źródła. Trudno było obecnie ochronić setkę kobiet. Nie tylko zapewne obecnie...

— Dziękujemy, panie Norry — zakończyła Dziedziczka Tronu. — Dobrze pan sobie radzi, jak zawsze zresztą. Proszę dać mi znać natychmiast, jeśli zauważy pan, iż bankierzy zadali te właściwe pytania.

— Oczywiście, moja pani — mruknął, pochylając głowę niczym biała czapla rzucająca się za rybą. — Pani jest bardzo uprzejma dla mnie, Lady Elayne.

Kiedy Pierwsza Pokojówka i Pierwszy Urzędnik wyszli z pomieszczenia — pan Norry przytrzymał drzwi dla pani Harfor i wykonał ukłon charakteryzujący się nieco większą gracją niż dotychczasowe, pani Harfor zaś lekko skinęła mu głową, gdy prześlizgiwała się obok niego na korytarz — Aviendha nie opuściła zabezpieczeń przed podsłuchem. Odczekała, aż za parą z głośnym trzaskiem zamkną się drzwi, po czym oświadczyła:

— Ktoś usiłował nas podsłuchać.

Elayne potrząsnęła głową. Nie istniał sposób odkrycia niedoszłego szpiega. Któż to mógł być? Czarna siostra? Ciekawska Kuzynka? Na szczęście dzięki kobiecie Aiel szpiegowanie się nie udało. Nie istniała wprawdzie zbyt duża szansa, że ktoś zdoła się przebić przez utkany przez Aviendhę pas zabezpieczeń, gdyż nawet Przeklęci zapewne by tego nie potrafili, jednak w przypadku zagrożenia kobieta Aiel bez wątpienia ostrzegłaby je bezzwłocznie po wykryciu próby „włamania".

Dyelin przyjęła oświadczenie Aviendhy z mniejszym opanowaniem. Natychmiast wymruczała kilka niepochlebnych słów pod adresem przedstawicielek Ludu Morza. Nie zareagowała, gdy Elayne powiadamiała wszystkich o odejściu połowy Poszukiwaczek Wiatru, nie zrobiłaby żadnego gestu w obecności Reene i Norry'ego, teraz wszakże poprosiła o szczegóły tej historii.

— Nigdy nie ufałam Zaidzie — gderała, kiedy Dziedziczka Tronu skończyła opowiadać. — Twoja umowa może dobrze zapowiadała się w przypadku handlu, ale nie zaskoczyłaby mnie informacja, że jedna z Poszukiwaczek Wiatru usiłowała nas podsłuchać. Zaida wydała mi się kobietą, która pragnie wiedzieć wszystko, na wypadek gdyby pewnego dnia coś jej się mogło przydać. — Dyelin naprawdę rzadko się wahała, teraz wszakże wydawała się niezdecydowana, choć tylko na chwilę zamyśliła się, zapatrzona w puchar, który trzymała w dłoniach. — Elayne — spytała w końcu — jesteś pewna, że ta... symboliczna latarnia morska... ta potężna przenoszona w oddali Moc... nie może nas skrzywdzić?

— Całkiem pewna, Dyelin. Gdyby ów potężny osobnik pragnął nas skrzywdzić, do tej pory najprawdopodobniej doprowadziłby przynajmniej do pęknięcia świata.

Aviendha roześmiała się, Dyelin jednak straszliwie pobladła. Tak, tak! Czasami człowiek musi się roześmiać, choćby tylko po to, by powstrzymać się od płaczu.

— Jeśli zabawimy w tym salonie zbyt długo samotnie... po wyjściu pana Norry'ego i pani Harfor — zauważyła Birgitte — ktoś może się zacząć zastanawiać, z jakiej przyczyny tu tkwimy. — Zamachała rękoma ku ścianom, wskazując ochronę, której nie potrafiła dostrzec. Wiedziała jednak, że pas zabezpieczeń nadal znajduje się na swoim miejscu. W trakcie codziennych spotkań z Pierwszą Pokojówką i Pierwszym Urzędnikiem zawsze dowiadywały się czegoś nowego.

Wszystkie zebrały się wokół kobiety Strażnik, która przestawiła dwie miski Ludu Morza ze złoconej porcelany na jeden z bocznych stołów, po czym spod krótkiego płaszcza wyjęła dużą, złożoną mapę. Nosiła ją przy sobie zawsze, chyba że spała, a i wtedy wkładała ją pod poduszkę. Rozłożona mapa, której rogi przed zwinięciem powstrzymywały ustawione tam puste puchary po winie, przedstawiała Andor — od rzeki Erinin do granicy między Altarą i Murandy. Po prawdzie można by rzec, że mapa pokazywała cały Andor, ponieważ tereny leżące dalej na zachód od pokoleń znajdowały się jedynie w połowie pod kontrolą Caemlyn. Mapa stanowiła prawdziwe arcydzieło sztuki kartograficznej i chociaż miejsca po zgięciach zaciemniały kilka detali, ogólnie rzecz biorąc, wystarczająco dobrze prezentowała teren, na którym zostały oznaczone każde miasto i wieś, każda droga, most i bród. Elayne odstawiła filiżankę z herbatą w odległości dłoni od mapy, starając się uniknąć rozlania, a tym samym jeszcze większego poplamienia. Dzięki mapie nie musiała się też tłumaczyć, dlaczego nie pije tej paskudnej pseudoherbaty.

— Mieszkańcy Ziem Granicznych przemieszczają się — oświadczyła Birgitte, wskazując na lasy porastające obszar na północ od Caemlyn, miejsce ponad północną granicą Andoru. — Ale nie przemierzyli zbyt wielkiej przestrzeni. W takim tempie w okolicy Caemlyn znajdą się dopiero za miesiąc.

Obracając w rękach srebrny puchar, Dyelin przez moment spoglądała w ciemne wino, po czym nagle podniosła wzrok.

— Myślałam, że wy, mieszkańcy Północy, jesteście przyzwyczajeni do śniegu, Lady Birgitte. — Nawet teraz sondowała kobietę Strażnik. Gdyby jej tego zakazać, byłaby dziesięć razy pewniejsza, że Birgitte skrywa jakieś sekrety, które oczywiście zapragnęłaby odkryć dwadzieścia razy mocniej.

Aviendha groźnie przypatrzyła się starszej kobiecie — jeśli nie bała się Birgitte, czasami zaczynała wściekle bronić jej sekretów — jednak sama kobieta Strażnik spokojnie wytrzymała spojrzenie Dyelin, a Elayne nie poczuła przez więź nawet nutki trwogi z jej strony. Najwyraźniej Birgitte całkowicie wygodnie czuła się już z kłamstwem dotyczącym jej pochodzenia.

— Od długiego czasu nie byłam w Kandorze. — To była zresztą prawda, chociaż Dyelin z pewnością nie wyobrażała sobie, o jak długi czas chodzi. Gdy Birgitte odwiedzała tamte tereny, kraj nie nosił jeszcze nawet nazwy „Kandor". — Jednakże niezależnie od przyzwyczajeń, mówimy o przemarszu tysiąca dwustu żołnierzy, że nie wspomnę o Światłość jedna wie ilu obozowych zwolennikach, którzy się za nimi ciągną, opóźniając marsz z powodu zimy. Co gorsza, dostałam nowiny od pani Ocalin i pani Fote, które wysłałam na inspekcję niektórych wiosek leżących kilka mil na południe od granicy. — Sabeine Ocalin i Julanya Fote były Kuzynkami, które potrafiły Podróżować. — Ich zdaniem wieśniacy uważają, że mieszkańcy Ziem Granicznych zamierzają się rozłożyć obozem na zimę.

Poirytowana Dziedziczka Tronu fuknęła i z niezadowoloną miną spojrzała na mapę, równocześnie próbując odmierzyć odległości palcem. Miała nadzieję na jakąś wiadomość o mieszkańcach Ziem Granicznych, choć w skrytości ducha bardziej liczyła na ich szybkie przybycie. Informacja o tej wielkości armii wchodzącej do Andoru powinna wyprzedzić samo wojsko, przemieszczając się z szybkością pożaru ogarniającego suchą trawę. Jednak tylko głupiec uwierzyłby, że żołnierze przemierzyli te setki lig po to, aby podjąć próbę zdobycia Andoru, ale wszyscy, którzy słyszeli o ich przemarszu, zastanawiali się nad intencjami. Rozmyślali też, co z nimi zrobić. Istniało tyleż opinii, ilu opiniodawców. W każdym razie będzie tak, kiedy wiadomość się rozejdzie. A gdy się już rozejdzie, Elayne zyska przewagę nad całą resztą. To ze względu na nią mieszkańcy Ziem Granicznych przemierzali Andor, więc i ona się ich pozbędzie.

Wybór nie był szczególnie trudny. Zatrzymanie armii skończyłoby się zapewne krwawo, o ile w ogóle było możliwe, choć żołnierze nie pragnęli w zasadzie niczego więcej poza szeroką drogą do Murandy, gdzie w ich opinii znajdą Smoka Odrodzonego. Z tym pomysłem Dziedziczka Tronu również miała wiele wspólnego. Ponieważ oni ukryli przed nią fakt poszukiwania Randa, ona nie podała im prawdziwego miejsca jego pobytu, zresztą i tak mieli z sobą co najmniej tuzin Aes Sedai, który to szczegół również pominęli. Ale skoro wiadomość o nich dotarła już do Głów Dynastii...

— Powinno się udać — oświadczyła łagodnie. — Jeśli zajdzie konieczność, możemy same sprokurować pogłoski o mieszkańcach Ziem Granicznych.

— Rzeczywiście, powinno się udać — zgodziła się z nią Dyelin, po czym dodała ponuro: — Póki Bashere i Bael będą krótko trzymać swoich ludzi. Byłaby to mieszanka wybuchowa: mieszkańcy Ziem Granicznych, Aielowie i Legion Smoka w zasięgu kilku mil. Poza tym nie mam pojęcia, skąd mogłybyśmy wziąć pewność, że Asha'mani nie zrobią czegoś... hmm... szalonego. — Zakończyła, głośno pociągnąwszy nosem. Jej zdaniem mężczyzna musiał być szaleńcem, skoro postanowił zostać Asha'manem.

Aviendha pokiwała głową. Spierała się z Dyelin niemal tak często jak Birgitte, jednak w kwestii Asha'manów zawsze się zgadzały.

— Dopilnuję, żeby mieszkańcy Ziem Granicznych trzymali się z dala od Czarnej Wieży — uspokoiła ich Elayne po raz nie wiadomo który.

Nawet Dyelin wiedziała, że Bael i Bashere trzymają swoje wojska w szachu — żaden człowiek nie chciał wywoływać niepotrzebnej bitwy, a Davram Bashere na pewno nie walczyłby z własnymi rodakami — lecz każdy miał prawo lękać się Asha'manów i z niepokojem myśleć o ich potencjalnych czynach. Dziedziczka Tronu przesunęła palec od sześcioramiennej gwiazdy oznaczającej Caemlyn przez kilka mil aż do ziemi, którą przywłaszczyli sobie Asha'mani. Czarnej Wieży nie zaznaczono na tej mapie, Elayne wszakże aż za dobrze znała jej dokładne położenie. Szczęście, że Czarna Wieża znajdowała się z dala od Drogi do Lugard. Wysłanie mieszkańców Ziem Granicznych na południe, do Murandy, nie denerwując przy tym Asha'manów, nie powinno być trudne.

Dziedziczka Tronu zacisnęła usta na myśl, że nie wolno jej denerwować Asha'manów, jednak nie mogła nic na to poradzić, przynajmniej na razie, toteż w ogóle przestała się zastanawiać nad tymi odzianymi na czarno mężczyznami. Sprawę, której nie można załatwić w chwili obecnej, trzeba odłożyć na później.

— A inni?

Nie musiała pytać o nic więcej. Sześć głównych Domów do tej pory się nie zaangażowało — nie opowiedziały się po żadnej stronie, w każdym razie nie po stronie Arymilli czy Elayne. Dyelin twierdziła, że cała szóstka przyjdzie w końcu do Dziedziczki Tronu, jak dotąd jednak nijak nie okazały chęci takiego wyboru, trwając w bezstronności. Sabeine i Julanya także o tych sześciu zbierały informacje. Obie kobiety działały przez ostatnich dwadzieścia lat jako domokrążcy, przyzwyczajone więc były do długich, intensywnych podróży, sypiania w stajniach lub pod drzewami i nie tylko słuchania tego, co mówią ludzie, ale także czytania między wierszami. Dzięki tym umiejętnościom doskonale sprawdzały się podczas zwiadów. Byłaby to wielka strata, gdyby Elayne musiała je nagle zacząć wykorzystywać do pomocy przy zaopatrywaniu miasta.

— Gdyby wierzyć pogłoskom, Lord Luan mógłby się znajdować w tuzinie miejsc, na wschodzie i zachodzie. — Birgitte zmarszczyła brwi, wpatrzyła się w pognieciona mapę, jakby została na niej zaznaczona rzeczywista pozycja Luana, po czym wymamrotała przekleństwo, znacznie paskudniejsze, niż wymagała tego chwila. Odkąd wyszła Reene Harfor, kobieta Strażnik już się nikim nie krępowała. — Zawsze ma być w następnej wiosce albo w jeszcze następnej. Lady Ellorien i Lord Abelle zupełnie gdzieś zniknęli, choć wydaje się to trudne w przypadku Głów Dynastii. W każdym razie do pani Ocalin i pani Fote nie dotarła nawet najsubtelniejsza plotka na ich temat ani też na temat żadnego ze zbrojnych Domu Pendar czy Domu Traemane. Nie słyszały o żadnym człowieku ani o żadnym koniu.

To było niezwykłe. Ktoś bardzo się w tej sprawie wysilił.

— Abelle zawsze świetnie potrafił się ukryć, jeśli tylko chciał — szepnęła Dyelin. — I zawsze umiał nas zmylić. Co do Ellorien... — Przesunęła palcami po wargach, po czym westchnęła. — Ta kobieta zbyt rzuca się w oczy, by ot tak zniknąć. Chyba że jest z Abelle'em albo Luanem. Lub w towarzystwie obu tych lordów. — Dyelin wyraźnie nie podobał się ten pomysł.

— A w kwestii naszych innych „przyjaciół" — wtrąciła Birgitte. — Lady Arathelle skierowała się tutaj z Murandy pięć dni temu. — Lekko musnęła mapę w miejscu odległym mniej więcej dwieście mil na południe od Caemlyn. — Cztery dni temu Lord Pelivar przekroczył granicę jakieś pięć czy sześć mil na zachód od tego punktu, a Lady Aemlyn tutaj, a więc też w odległości około pięciu czy sześciu mil...

— Czyli nie byli razem — zauważyła Dyelin, kiwając głową. — Przyprowadzili z sobą Murandian? Nie? To dobrze. Może kierowali się do swoich posiadłości, Elayne. Jeśli jeszcze bardziej oddalą się od siebie, zyskamy pewność co do ich intencji.

Te trzy Dynastie bardzo Dziedziczkę Tronu niepokoiły.

— Może zdążają do domów — zgodziła się Birgitte niechętnie. Jak zawsze, gdy przyznawała Dyelin rację. Chwyciła swój warkocz i przeniosła go przez ramię z pleców na pierś. Trzymała włosy w dłoni niemal tak ściśle, jak robiła to Nynaeve. — Ludzie i konie są bez wątpienia wyczerpani po zimowym marszu do Murandy. Jednak możemy mieć pewność tylko co do jednego — że pozostają w ruchu.

Aviendha pogardliwie prychnęła. Taki odgłos od kobiety w eleganckich aksamitach wstrząsnął pozostałymi.

— Zawsze należy zakładać, że nasz wróg zrobi to, czego nie chcemy. Zdecydujmy, czego byśmy najbardziej nie chciały i... zaplanujmy to.

— Aemlyn, Arathelle i Pelivar nie są wrogami — zaprotestowała słabo Dyelin. Chociaż sądziła, że ostatecznie staną po stronie Elayne, w tej chwili wszystkie trzy Dynastie oficjalnie popierały jako kandydatkę do tronu samą Dyelin.

Dziedziczka Tronu nigdy nie czytała o żadnej królowej zmuszonej do wstąpienia na tron — jeśli takie sytuacje się zdarzały, nie trafiały do oficjalnej historii — tym niemniej Aemlyn, Arathelle i Pelivar wydawały się chętne pchnąć Dyelin, licząc przy tym oczywiście na dużą władzę dla siebie. Dyelin nie chciała objąć tronu i zapewne byłaby władczynią absolutnie bierną. Elayne wiedziała, że podczas końcowego roku swoich rządów Morgase Trakand popełniała błąd za błędem i tylko nieliczni uświadamiali sobie lub wierzyli, że była wówczas jeńcem jednego z Przeklętych. Z tego też między innymi względu niektóre Dynastie pragnęły widzieć na tronie obojętnie kogo — byle nie Trakanda. Tak przynajmniej sądzili przedstawiciele tych Domów.

— Jaka jest ostatnia rzecz, którą naszym zdaniem powinni zrobić? — spytała Dziedziczka Tronu. — Gdyby rozjechali się do swoich posiadłości, nie wystawią z nich nosów aż do wiosny, a do tego czasu wszystko się zdecyduje. — Z wolą Światłości tak będzie. — A jeśli ruszą tutaj, w stronę Caemlyn?

— Bez Murandian nie mają dość zbrojnych, by wyzwać Arymillę. — Birgitte potarła podbródek, studiując mapę. — Choć do tej pory nie znają może jeszcze miejsca pobytu Aielów i Legionu Smoka, na pewno wkrótce je odkryją, zechcą wszakże zachować ostrożność. Przedstawiciele żadnego z tych Domów nie są chyba na tyle głupi, żeby prowokować walkę, której nie potrafią wygrać. Szczególnie jeśli wcale nie muszą walczyć... Powiedziałabym, że rozłożą się obozem gdzieś na wschodzie albo na południowym wschodzie, w punkcie, z którego będą mogli obserwować zdarzenia i ewentualnie na nie wpłynąć w stosownym momencie.

Dyelin dopiła wino, które do tej chwili z pewnością było już zimne, ciężko westchnęła i poszła ponownie napełnić puchar.

— Jeżeli zjawią się w Caemlyn — oświadczyła powoli — będzie to oznaczało, iż żywią nadzieję, że Luan, Abelle albo Ellorien do nich dołączą. Może nawet cała trójka.

— W takim przypadku musimy wymyślić sposób niedopuszczenia ich do Caemlyn, zanim zaczniemy realizować nasze plany. Powinniśmy zadziałać subtelnie, po co robić sobie z nich trwałych wrogów. — Elayne starała się przemawiać stanowczym i pewnym głosem, który stanowił kontrast dla apatycznego tonu Dyelin. — Trzeba też zaplanować, co zrobimy, jeśli zjawią się w mieście zbyt wcześnie. Jeżeli przybędą za szybko, Dyelin, będziesz musiała ich przekonać do dokonania wyboru między mną i Arymillą. W przeciwnym razie zarówno my, jak i cały Andor znajdziemy się w chaosie, z którego trudno się będzie wydobyć.

Dyelin chrząknęła, jakby Elayne ją uderzyła. Ostatnio wielkie Domy podzieliły się równo między trzy pretendentki do Tronu Lwa prawie pięćset lat temu i wtedy dopiero po siedmiu latach otwartej wojny koronowano królową. Do tego momentu zresztą nie dożyła żadna z trzech pierwotnych kandydatek.

Dziedziczka Tronu bezwiednie podniosła do ust filiżankę i wypiła łyk. Herbata znacznie się ochłodziła, Elayne jednakże poczuła na języku miód. Miód! Zerknęła ze zdziwieniem na Aviendhę, a jej siostra odpowiedziała uśmiechem nieznacznym, lecz osobliwie konspiratorskim. A przecież niczego nie ukrywały przed Birgitte. Kobieta Strażnik nie wiedziała prawdopodobnie, co się dzieje, gdyż ich dziwnie wzmocniona więź nie przenosiła zapachów ani smaków, choć Birgitte zapewne wyczuła zaskoczenie Elayne i jej nagłe zadowolenie ze skosztowania herbaty, toteż ostentacyjnie wbiła pięści w biodra i obrzuciła obie kobiety krytycznym spojrzeniem. A może raczej usiłowała zareagować groźnie, ponieważ wbrew sobie również ona się uśmiechnęła. Dziedziczka Tronu zupełnie nieoczekiwanie uprzytomniła sobie, że migrena Birgitte minęła. Nie miała pojęcia, kiedy ból głowy zniknął, lecz na pewno już go nie było.

— Nadzieja w najlepszym wypadku i plan w najgorszym — podsumowała. — Czasami najlepsze jest to, co się akurat dzieje.

Dyelin, nieświadoma miodu ani żadnych innych powodów ich uśmiechów, parsknęła głośno.

— Tak, a czasami najgorsze. Jeśli twój pomysłowy plan uda się dokładnie tak, jak tego pragniesz, Elayne, nie będziemy potrzebowały ani Aemlyn, ani Ellorien, ani nikogo innego, choć gra może się okazać straszliwa. Jeżeli jednak wszystko pójdzie źle...

Drzwi po lewej stronie otworzyły się i przez pokój przesunęła się fala zimnego powietrza. W progu stanęła kobieta o pucołowatych policzkach, lodowatych oczach i ze złotym węzłem podporucznika na ramieniu. Może uprzednio zastukała, ale jeśli tak, zabezpieczenia ścian stłumiły odgłos. Tak jak Rasoria, Tzigan Sokorin należała do Myśliwych Polujących na Róg, zanim dołączyła do osobistej straży przybocznej Elayne. Najwyraźniej coś się zdarzyło.

— Mądra Monaelle pragnie się zobaczyć z Lady Elayne — oświadczyła sztywno wyprostowana Tzigan. — Jest z nią pani Karistovan.

Dziedziczka Tronu mogłaby kazać czekać Sumeko Karistovan, lecz z pewnością nie Monaelle. Ludziom Arymilli Aes Sedai wkrótce będą przeszkadzać tak bardzo jak Aielowie, a jednak jedynie coś ważnego mogło sprowadzić tę Mądrą do miasta. Birgitte także o tym wiedziała, toteż natychmiast zaczęła składać mapę. Aviendha zaś opuściła osłonę zabezpieczającą przed podsłuchem i wypuściła z rąk Źródło.

— Poproś, aby weszły — poleciła Elayne.

Monaelle nie czekała zresztą na zachętę Tzigan, lecz wsunęła się do pomieszczenia natychmiast po opadnięciu zabezpieczeń. Jej liczne bransolety ze złota i kości słoniowej zagrzechotały, kiedy Mądra, czując względne ciepło, opuściła szal z ramion na wysokość łokci. Elayne nie wiedziała, ile lat ma Monaelle — Mądre równie niechętnie mówiły o swoim wieku jak Aes Sedai, choć nie potrafiły go tak doskonale ukrywać jak siostry — ale w jej ocenie była chyba mniej więcej w wieku średnim. W jej długich do talii, złotych włosach można było dostrzec smugi rudości, lecz nie siwizny. Monaelle była niska jak na kobietę Aiel, niższa niż Dziedziczka Tronu, miała łagodną, matczyną twarz i dysponowała tak wielką siłą, jeśli chodzi o władanie Mocą, że zostałaby przyjęta do Białej Wieży, tyle że dla Mądrych siła w Mocy nie miała szczególnego znaczenia, choć Monaelle inne Mądre szanowały. Co ważniejsze dla Elayne i Aviendhy, Monaelle była akuszerką podczas ich odrodzenia się jako pierwsze siostry.

Dziedziczka Tronu dygnęła Mądrej, ignorując głośne i pełne dezaprobaty pociągnięcie nosem ze strony Dyelin, Aviendha natomiast wykonała głęboki ukłon z dłońmi złożonymi na wysokości piersi. Oprócz obowiązków, które wedle zwyczajów Aielów Elayne była winna swojej akuszerce, Dziedziczka Tronu pozostawała przecież nadal jedynie uczennicą Mądrej.

— Przyjmuję, że nie potrzebujecie już prywatności, skoro zniknęło zabezpieczenie sali — zagaiła Monaelle. — I nadeszła pora na sprawdzenie twojego stanu, Elayne Trakand.

Będę cię badać dwa razy w miesiącu aż do rozwiązania. — Dlaczego zmarszczyła brwi, patrząc na Aviendhę? O Światłości, dostrzegła aksamity!

— A ja przyszłam zobaczyć, co robi Mądra — dodała Sumeko, wchodząc za Monaelle do pokoju. Sumeko była okazałą, mocną kobietą o pewnym siebie spojrzeniu. W dobrze skrojonej, czerwonej, wełnianej sukni przepasanej żółtą szarfą, ze srebrnymi grzebieniami w prostych, czarnych włosach i pokrytą czerwoną emalią, srebrną, okrągłą szpilką przy wysokim kołnierzu sukni wyglądała jak pani wielkiego rodu albo bogata handlarka. Kiedyś okazywała nieco nieśmiałości, przynajmniej w obecności Aes Sedai, jednak ten okres wyraźnie miała już za sobą. Nie wstydziła się już ani Aes Sedai, ani żołnierzy z Gwardii Królowej. — Możesz odejść — powiedziała do Tzigan. — Te sprawy ciebie nie dotyczą — oświadczyła tonem arystokratki. — Wy również możecie iść, Lady Dyelin i Lady Birgitte. — Przyglądała się Aviendzie, jakby zastanawiała się, czy dodać ją do tej listy.

— Aviendha może pozostać — oznajmiła Monaelle. — Traci wiele lekcji, a prędzej czy później musi się tego nauczyć. — Sumeko kiwnęła głową, akceptując Aviendhę, po czym przez chwilę niecierpliwie przenosiła chłodne spojrzenie z Dyelin na Birgitte.

— Lady Dyelin i ja mamy sprawy do przedyskutowania — oznajmiła Birgitte, wpychając złożoną mapę z powrotem pod czerwony płaszcz i ruszając w stronę drzwi. — Powiem ci dziś wieczorem, Elayne, co wymyśliłyśmy.

Dyelin posłała jej ostre spojrzenie, niemal tak samo ostre jak to, którym obrzuciła Sumeko, odstawiła wszakże puchar z winem na jedną z tac i skłoniła się Dziedziczce Tronu, potem czekała z jawną niecierpliwością na Birgitte, która pochyliła się i mruczała coś Monaelle w ucho, Mądra zaś odpowiedziała jej krótko, choć równie cicho. O czym szeptały? Prawdopodobnie o kozim mleku.

Gdy za Tzigan i dwiema innymi kobietami zamknęły się drzwi, Elayne zaproponowała, że pośle po dodatkowe wino, ponieważ pozostały w dzbanach trunek był już zimny, Sumeko jednakże zwięźle odmówiła, Monaelle natomiast grzecznie, ale raczej dość nieobecnym tonem. Mądra studiowała Aviendhę z taką intensywnością, że młodsza kobieta zaczęła się czerwienić i odwróciła wzrok, miętosząc spódnice.

— Nie powinnaś rugać Aviendhy za jej ubranie, Monaelle — wyjaśniła Elayne. — Sama ją prosiłam o taki strój, a ona założyła go, bo chciała mi wyświadczyć przysługę.

Mądra wydęła wargi i zastanowiła się, zanim odpowiedziała.

— Pierwsze siostry powinny sobie oddawać przysługi — oświadczyła w końcu. — Znasz swoje obowiązki wobec naszych ludzi, Aviendho. Dotychczas dobrze siebie radziłaś z tym trudnym zadaniem. Musisz nauczyć się życia w dwóch światach, świetnie więc, że przyzwyczajasz się do tych ubrań. — Aviendha zaczęła się odprężać. Niestety, Monaelle dodała: — Byleby ci w nich nie było zbyt wygodnie. Od tej pory co trzecią dobę, dzień i noc spędzisz w namiotach. Możesz wrócić jutro wraz ze mną. Musisz się jeszcze wiele nauczyć, aby zostać Mądrą i wizyta w namiotach jest dla ciebie takim samym obowiązkiem jak noszony strój.

Elayne wyciągnęła rękę, wzięła w nią dłoń siostry i nie puściła jej, mimo że Aviendha próbowała się wyzwolić po pierwszym uścisku. Po krótkim wahaniu przestała się wszakże wyrywać. W dziwny sposób bliskość Aviendhy stanowiła dla Dziedziczki Tronu pocieszenie po stracie Randa. Aviendha była nie tylko jej siostrą, ale siostrą, która także kochała mężczyznę Elayne. Mogły się dzielić siłą i rozśmieszać jedna drugą, gdy którejś chciało się płakać, w razie potrzeby zaś mogły sobie razem poszlochać. Jedna doba na trzy w oddaleniu oznaczała prawdopodobnie samotny płacz co trzecią noc. O Światłości, co robi Rand? Ta straszna, wyobrażona latarnia morska nadal i nieprzerwanie płonęła na zachodzie z ogromną siłą, a Elayne żywiła przekonanie, że Rand znajduje się w samym sercu zdarzeń. Wprawdzie w więzi nie dostrzegała najdrobniejszej sugestii jego tam pobytu, tym niemniej była pewna.

Nagle zrozumiała, że prawie miażdży dłoń Aviendhy, a pierwsza siostra odpowiada jej równie dzikim uściskiem. W tej samej chwili obie rozluźniły palce, jednak żadna nie wypuściła ręki drugiej ze swojej.

— Mężczyźni powodują kłopoty, nawet kiedy znajdują się daleko — zauważyła cicho kobieta Aiel.

— Rzeczywiście tak jest — zgodziła się z nią Dziedziczka Tronu.

Monaelle zareagowała uśmiechem. Mądra należała do nielicznych osób, które wiedziały o więzi z Randem i o tym, że właśnie al'Thor był ojcem dziecka Elayne. Żadna z Kuzynek nie zdawała sobie wszakże z tego sprawy.

— Można by ocenić, Elayne, że sama zezwoliłaś temu mężczyźnie na przysporzenie ci wszelkiego kłopotu — oznajmiła afektowanym tonem Sumeko. Reguła Rodziny, po części oparta na zasadach obowiązujących nowicjuszki i Przyjęte w Białej Wieży, zabraniała nie tylko posiadania dzieci, ale także stosunków prowadzących do zapłodnienia i Kuzynki starannie swoich zasad przestrzegały. Kiedyś członkini Rodziny prędzej połknęłaby własny język, zanim by zasugerowała, że jakaś Aes Sedai nie przestrzega ich Reguły. Sporo się jednak zmieniło od tamtego czasu. — Mam Podróżować dziś do Łzy, toteż mogę jutro wrócić z transportem ziarna i oliwy, a ponieważ robi się późno, proponuję, żebyś pozwoliła Monaelle... o ile, rzecz jasna, skończyłyście gawędzić o mężczyznach... przekazanie ci informacji, z którymi tu przyszła.

Mądra ustawiła Elayne przed kominkiem, na tyle niedaleko od ognia, że gorąco bliskich, choć na wpół spalonych kłód stało się prawie nieprzyjemne. Wyjaśniła, że dla przyszłej matki najlepsze jest ciepło. Potem otoczyła ją poświata *saidara* i Monaelle zaczęła tkać wątki Ducha, Ognia i Ziemi. Aviendha przyglądała się temu niemal równie chciwie jak Sumeko.

— Co to takiego? — spytała Dziedziczka Tronu, gdy sploty pojawiły się najpierw nad nią, później wokół niej, aż w końcu na nią opadły. — Czy to coś w rodzaju Sondowania? — Każda Aes Sedai w pałacu Sondowała Elayne, chociaż tylko Merilille posiadała dostateczną umiejętność Uzdrawiania wykrytych podczas Sondowania problemów, jednakże ani one, ani Sumeko nie potrafiły ustalić nic więcej poza faktem ciąży. Teraz Dziedziczka Tronu poczuła na skórze słabe swędzenie, a w swoim ciele coś w rodzaju brzęczenia.

— Nie bądź głupia, dziewczyno — rzuciła roztargnionym głosem Sumeko. Elayne uniosła brwi i nawet przemknęła jej przez głowę myśl o zamachaniu kobiecie pod nosem pierścieniem w kształcie Wielkiego Węża, jednak pucołowata twarz Sumeko uosabiała wyłącznie koncentrację na działaniach Monaelle, toteż Dziedziczka Tronu uprzytomniła sobie, że kobieta może w ogóle nie zauważyć jej pierścienia. Sumeko pochyliła się do przodu i zagapiła na ciało Elayne, jakby pragnęła dostrzec w jej wnętrzu tkany splot. — Mądre uczyły się wszak Uzdrawiania właśnie ode mnie. I od Nynaeve, jak mi się zdaje — przyznała po chwili. Och, Nynaeve na te słowa wybuchnęłaby zapewne niczym fajerwerk Iluminatora. Z drugiej strony jednakże Sumeko już dawno temu prześcignęła Nynaeve w wielu umiejętnościach. — I nauczyły się od Aes Sedai prostej formy. — Głośne jak rozdarcie płótna parsknięcie wskazało jawnie, co Sumeko sądzi na temat „prostej” formy, czyli jedynego rodzaju Uzdrawiania, jakie Aes Sedai znały od tysięcy lat. — Mamy raczej do czynienia z własną techniką Mądrych.

— Nazywamy ją Pieszczeniem Dziecka — wyjaśniła Monaelle rozkojarzonym tonem. Większą część swej uwagi koncentrowała na splocie. Zwykłe Sondowanie, dzięki któremu można było odkryć dolegliwości badanej osoby — rzeczywiście proste i zwyczajne w porównaniu z Pieszczeniem Dziecka — zakończyłoby się już do tej pory, Mądra natomiast zmieniła strumienie, a wtedy brzęczenie wewnątrz Elayne zmieniło tonację i sięgnęło głębszych warstw jej ciała. — Można tę metodę uznać za element Uzdrawiania... swego rodzaju Uzdrawiania, chociaż znałyśmy ją, jeszcze zanim wysłano nas do Ziemi Trzech Sfer. Niektóre z używanych sposobów przepływów podobne są do tych, które nam pokazały Sumeko Karistovan i Nynaeve al'Meara. Podczas Pieszczenia Dziecka sprawdzamy zdrowie matki i dziecka, a poprzez zmianę splotów możemy wyleczyć niektóre problemy jego lub jej, choć oczywiście metoda ta nie sprawdzi się w przypadku kobiety, która nie jest w ciąży. Ani, ma się rozumieć, w przypadku mężczyzny. — Brzęczenie stało się głośniejsze, aż Dziedziczka Tronu zaczęła odnosić wrażenie, że obecnie słyszą je już wszyscy wokół niej. Wydawało jej się także, że drżą jej wszystkie zęby.

Wróciła pewna uprzednio niepokojąca ją już myśl.

— Czy przenoszenie Mocy zrani moje dziecko? — spytała niepewnie. — To znaczy, o ile będę przenosić Moc.

— Nie bardziej niż oddychanie. — Monaelle uśmiechnęła się i wypuściła splot. — Nosisz w swoim łonie dwójkę. Zbyt wcześnie, by powiedzieć, jakiej dzieci są płci, bez wątpienia jednak są zdrowe, podobnie zresztą jak ty.

Dwójkę! Elayne posłała szeroki uśmiech Aviendzie. Prawie mogła wyczuć zachwyt w emocjach, które ogarnęły jej siostrę. Będzie miała bliźniaki! Dzieci Randa. Urodzi chłopca i dziewczynkę, taką miała nadzieję, albo dwóch chłopców. Dwie dziewczynki bliźniaczki stanowiłyby zbyt wielki problem w kwestiach dziedzictwa. W kwestiach dziedzictwa, sukcesji i Różanego Wieńca. Wcześniej nie było takiej sytuacji.

Sumeko wydała nagły gardłowy dźwięk, równocześnie wskazując na Elayne. Monaelle kiwnęła głową.

— Zrób dokładnie to, co ja, a dowiesz się — powiedziała. Obserwując, jak Sumeko obejmuje Źródło i konstruuje splot, pokiwała głową, a wtedy pucołowata Kuzynka zatopiła utkany splot w ciele Elayne, sapiąc przy tym ciężko, jakby sama odczuwała brzęczenie. — Nie będziesz się też musiała martwić o dolegliwości związane z porodem — kontynuowała Mądra, zwracając się znów do Dziedziczki Tronu — chociaż podczas ciąży czasami możesz odkryć u siebie trudności z przenoszeniem Mocy. Wątki mogą ci się czasem wyślizgiwać, wydając się osobliwie tłuste niczym naoliwione albo rzadkie i nikłe jak mgła, będziesz więc musiała stale próbować, starając się wykonać najprostszy możliwy splot, a później go utrzymać. Sytuacja może się pogorszyć wraz z rozwojem ciąży i zdarzy się, że nie będziesz mogła wcale przenosić Mocy podczas pracy lub w trakcie porodu, jednak po urodzeniu dzieci wszystkie kłopoty z tym związane znikną. Wkrótce zaczniesz miewać zmienne nastroje, staniesz się kapryśna... o ile jeszcze do tego nie doszło... płaczliwa w jednej minucie, gniewna w następnej. Ojciec twoich dzieci jest mądry, toteż będzie stąpać ostrożnie w twojej obecności, a przez większą część czasu trzymać się najdalej, jak może.

— Słyszałam, że już dziś rano krzyczała — szepnęła Sumeko. Wypuściła splot, wyprostowała się i poprawiła czerwony pas otaczający jej talię. — Nadzwyczajna sprawa, Monaelle. Nigdy nie myślałam o splocie przeznaczonym wyłącznie dla ciężarnej kobiety.

Elayne zacisnęła usta, po czym spytała:

— Dzięki temu splotowi potrafisz powiedzieć wszystko, Monaelle? — Dobrze, że ludzie uważali za ojca dzieci Dziedziczki Tronu Doilana Mellara. Dzieci Randa al'Thora natychmiast zaczęłyby stanowić cel, wzbudzać strach lub nienawiść, kojarzyć się z rozmaitymi korzyściami... Nikt jednakże nie będzie się zastanawiał nad potomkami Mellara, nawet sam Mellar. Ta plotka wyszła zatem wszystkim na dobre.

Monaelle odrzuciła głowę w tył i roześmiała się tak gwałtownie, że po chwili musiała sobie wytrzeć szalem kąciki oczu.

— Wiem wszystko, gdyż urodziłam siedmioro dzieci, Elayne Trakand, i miałam trzech mężów. Umiejętność przenoszenia Mocy chroni cię przed dolegliwościami ciąży i porodu, istnieje jednak cena, którą trzeba zapłacić. Chodź, Aviendho, musisz także spróbować. No, ostrożnie. Dokładnie tak, jak robiłam ja.

Aviendha ochoczo objęła Źródło, lecz zanim zaczęła tkać wątek, pozwoliła *saidarowi* odejść i odwróciła głowę ku ścianie pokrytej ciemną boazerią. Na zachód. To samo zrobiły Elayne, Monaelle i Sumeko. Światło, płonące tam od tak dawna, właśnie zniknęło. Jeszcze przed sekundą ktoś na zachodzie przenosił potężne ilości Mocy, a wszystkie cztery kobiety widziały oczyma wyobraźni wściekle gorejący płomień *saidara*, który teraz zagasł, jakby nigdy nie istniał.

Solidny biust Sumeko zafalował, gdy kobieta wciągnęła głęboki oddech.

— Sądzę, że zdarzyło się dziś coś bardzo cudownego lub coś bardzo strasznego — powiedziała cicho. — I zdaje mi się, że nawet obawiam się sprawdzić, czy stało się to pierwsze, czy to drugie.

— Coś cudownego — odparła jej Elayne. Cokolwiek się działo, skończyło się już, a Rand przeżył. Dla Dziedziczki Tronu fakt ten był wystarczająco cudowny. Monaelle zerknęła na nią zagadkowo. Wiedząc o więzi, mogłaby się domyślić reszty, jednak tylko dotknęła w zadumie jednego ze swych naszyjników. Może zamierzała wypytać później Aviendhę.

Na odgłos stukania do drzwi wszystkie wzdrygnęły się nerwowo. W każdym razie wszystkie oprócz Monaelle, która — udając, że nie widzi, jak jej towarzyszki podskakują —

skupiła się nieco zbyt intensywnie na poprawianiu szala. Ten jej ruch jeszcze wzmocnił kontrast między nimi. Sumeko zakaszlała, usiłując ukryć zakłopotanie.

— Wejść — zawołała głośno Elayne. Ten niemal krzyk był konieczny, w przeciwnym razie osoba za drzwiami (nawet bez zabezpieczenia przeciwpodsłuchowego) na pewno by jej nie usłyszała.

Do salonu wsunęła głowę Caseille z ozdobionym piórami kapeluszem w ręku, potem weszła i starannie zamknęła za sobą drzwi. Biała koronka przy jej kołnierzyku i przegubach była świeża, koronka i lwy na szarfie błyszczały, a napierśnik kobiety lśnił jak dopiero co wypolerowany, gdyż właśnie się ogarnęła po podróży i teraz wracała na dyżur.

— Wybacz, że przerywam, moja pani, pomyślałam jednak, że powinnaś bezzwłocznie otrzymać tę nowinę. Przedstawicielki Ludu Morza wpadły w szał… mam na myśli te, które nadal są z nami. Podobno jedna z ich uczennic zniknęła.

— Coś jeszcze? — spytała Dziedziczka Tronu. Zniknięcie uczennicy było nieprzyjemną wiadomością, lecz coś w twarzy Caseille mówiło Elayne, że kobieta ma w zapasie gorsze informacje.

— Gwardzistka Azeri przypadkiem mi powiedziała, że jakieś trzy godziny temu widziała Merilille Sedai opuszczającą pałac — odparła niechętnie Caseille. — Towarzyszyła jej kobieta, której twarz skrywał kaptur, a ciało było szczelnie otulone płaszczem. Wzięły konie i obładowały zapasami jucznego muła. Yurith twierdzi, że ręce tej nieznanej kobiety były wytatuowane. Moja pani, nikt nie miał powodu, aby szukać…

Elayne zamachała dłońmi, uciszając ją.

— Nikt nie zrobił nic złego, Caseille. Nie ma winnego. — Przynajmniej nie wśród Gwardzistek. Niezła kabała, w każdym razie. Talaan i Metarra, dwie uczennice Poszukiwaczek Wiatru, posiadały spore umiejętności związane z Mocą, a jeśli Merilille udałoby się wmówić którejś z nich konieczność próby zostania Aes Sedai, może zdołałaby samą siebie przekonać, że zabierając dziewczynę w miejsce, gdzie jakoby wpiszą ją do księgi nowicjuszek, znalazła odpowiedni powód dla wykpienia się z własnej obietnicy nauczania Poszukiwaczek Wiatru. A one będą bardziej niż zaniepokojone utratą Merilille i bardziej niż wściekłe z powodu zaginięcia uczennicy. Będą obwiniać dosłownie każdą osobę, która znajdzie się w zasięgu ich wzroku, a najbardziej ze wszystkich Dziedziczkę Tronu.

— Czy już powszechnie znana jest wiadomość o odjeździe Merilille? — spytała.

— Jeszcze nie, moja pani, jednak ludzie, którzy siodłali konie i ładowali zapasy na muła, nie utrzymają języka za zębami. Stajenni uwielbiają plotkować.

Sytuacja była zatem gorsza, niż Elayne sądziła. Istniała mała szansa, że pogłoska nie rozeszła się jeszcze po stajniach.

— Mam nadzieję, że później zjesz ze mną obiad, Monaelle — powiedziała Dziedziczka Tronu — teraz wszakże musisz mi wybaczyć. — Niezależnie od swoich zobowiązań wobec akuszerki, Elayne nie czekała na zgodę Mądrej. Może jeszcze uda się powstrzymać kłopoty, może plotka się nie rozejdzie. Może. — Caseille, poinformuj o całej sprawie Birgitte. Przekaż jej też mój rozkaz. Niech powiadomi wartowników przy wszystkich bramach, aby wypatrywali Merilille. Wiem, wiem, że mogła już opuścić tereny miasta, a wartownicy i tak nie potrafią zatrzymać Aes Sedai, może jednak w jakiś sposób opóźnią jej odjazd albo przestraszą jej towarzyszkę, która wpadnie w panikę i wróci do Caemlyn, gdzie zechce się ukryć. Sumeko, poproś Reanne, żeby poleciła wszystkim Kuzynkom, które nie potrafią Podróżować, przeszukiwanie miasta. Nie mamy na to zbyt wielkiej nadziei, lecz może Merilille uznała, że dziś pora jest zbyt późna na wyruszenie w drogę. Sprawdźcie każdą gospodę, łącznie ze Srebrnym Łabędziem i…

Spodziewała się, że Rand dokonał dzisiaj czegoś cudownego, jednakże w chwili obecnej nie mogła tracić czasu nawet na myślenie o nim. Musiała zdobyć tron, musiała poradzić sobie z rozgniewanymi Atha'an Miere, zanim wyładują wściekłość na niej, czego się niestety obawiała. Krótko mówiąc, dzień przypominał każdy inny od powrotu do Caemlyn, co oznaczało, że Elayne Trakand ma pełne ręce roboty.

SPIS TREŚCI